**Reader's Digest
Auswahlbücher**

Die Kurzfassungen in diesem Buch erscheinen
mit Genehmigung der Autoren und Verleger
© 1998 by Verlag Das Beste GmbH, Stuttgart
Alle Rechte, insbesondere das der Übersetzung, Verfilmung
und Funkbearbeitung, im In- und Ausland vorbehalten
298 (217)
Printed in Germany
ISBN 3 87070 740 2

Reader's Digest
Auswahlbücher

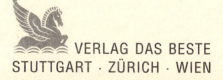

VERLAG DAS BESTE
STUTTGART · ZÜRICH · WIEN

INHALT

Seite 7

Sam Llewellyn
Roulette mit dem Teufel

Niemals zuvor in seiner langen Karriere bei der Handelsmarine ist Kapitän Jenkins eine Fracht untergekommen wie die der *Glory of Saipan:* 370 chinesische Flüchtlinge sollen in Amerika eine neue Heimat finden. Schon bald erkennt Jenkins, daß er belogen wurde. Um seine Passagiere vor einem unmenschlichen Schicksal zu bewahren, muß er sich auf ein gefährliches Spiel einlassen.

Seite 185

Penelope Williamson
Das Tal der Träume

Im Tal der Träume in Montana führt eine strenggläubige Gemeinschaft von Siedlern ein einfaches Farmerleben fernab der verderbten Welt. Als eines Tages ein schwerverwundeter Fremder bei den Siedlern Zuflucht sucht, möchten ihn fast alle so schnell wie möglich wieder loswerden – bis auf eine einsame junge Frau, die an das Gute in jedem Menschen glaubt, auch wenn sie dafür geächtet wird.

INHALT

Seite 339

Seite 499

John Grisham
Das Urteil

Patricia Hermes
**Amy
und die Wildgänse**

In der Tabakindustrie schrillen die Alarmglocken: die Witwe eines an Lungenkrebs gestorbenen Rauchers klagt auf Schadenersatz. Ein Präzedenzfall droht! Rankin Fitch, der für die Tabakkonzerne schon mehrere Prozesse zum „richtigen" Ende gesteuert hat, soll das verhindern, und er ist in der Wahl seiner Mittel keineswegs zimperlich. Aber diesmal stört eine geheimnisvolle junge Frau seine Kreise.

Nahe der Farm ihres Vaters in Kanada findet die dreizehnjährige Amy verlassene Wildgansnester mit Eiern darin. Sie rettet die Eier, und bald wimmelt das Haus von Gänseküken, die Amy auf Schritt und Tritt folgen. Doch als es Herbst wird und die Gänse nach Süden fliegen müßten, fragt sich Amy, wie sie ihren Schützlingen das Ziehen beibringen könnte.
  Da hat ihr Vater, ein eigenwilliger Erfinder, eine verrückte Idee.

Roulette mit

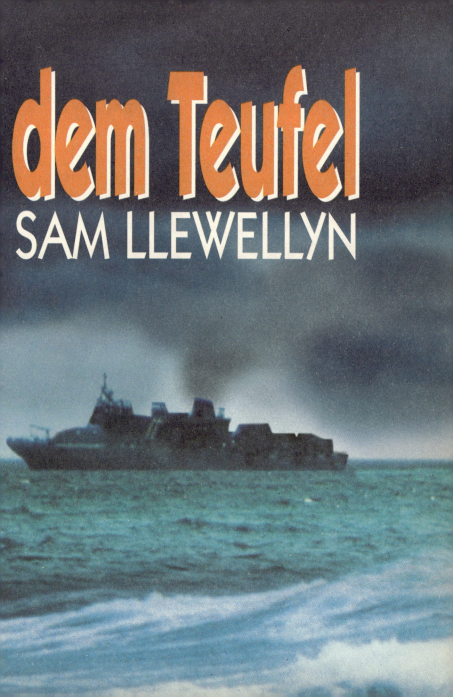
dem Teufel
SAM LLEWELLYN

KAPITÄN DAVID JENKINS
WAR EINER DER ANGESEHENSTEN MÄNNER SEINER ZUNFT – BIS EINE VERZWEIFELTE TAT SEINE GLÄNZENDE KARRIERE ZERSTÖRTE.
UM SEINER FRAU WEITERHIN DAS LEBEN IM KOSTSPIELIGEN HONGKONG ZU ERMÖGLICHEN, IST JENKINS GEZWUNGEN, DEN EINZIGEN JOB ANZUNEHMEN, DEN MAN IHM ANGEBOTEN HAT – DEN DES ERSTEN OFFIZIERS AUF DEM HERUNTERGEKOMMENEN CONTAINERSCHIFF *GLORY OF SAIPAN*.
DOCH ERST AUF HOHER SEE BEGREIFT JENKINS, DASS FÜR DEN EIGNER DES SCHIFFS EIN MENSCHENLEBEN NICHTS ZÄHLT.

Den ganzen Tag lang strömte der Regen auf die Felder an der Flußmündung herunter. Er tauchte das Labyrinth aus Wasserläufen und Inseln in einen grauen Dunstschleier und durchnäßte die 370 Menschen, die nervös am Kai darauf warteten, daß das Versprechen eingehalten wurde.

Die meisten dieser Menschen hatten Hunderte von Kilometern hinter sich. Es war eine mühsame Reise gewesen, voller Umwege – das hatte zu den Bedingungen gehört. Die Organisatoren hatten alles hervorragend durchdacht, und sie wollten sich ihre Pläne nicht von einem neugierigen Milizionär und dadurch verpatzen lassen, daß sich unterwegs verängstigte Familien mit ihrer gesamten Habe an einem Ort versammelten. In dem kleinen Dorf am Perlenfluß stellten 370 Leute eine riesige Menschenansammlung dar, selbst im Februar, am Tag des chinesischen Neujahrsfestes, an dem die Familien zusammenkommen und Schulden bezahlt werden.

Die Dunkelheit brach herein. Um sieben Uhr ertönte eine Stimme aus den Lautsprechern, die am Gebäude hinter dem Kai befestigt waren. Die Menschen gerieten in Bewegung und begannen in ungeordneten Reihen einem kleinen Schuppen entgegenzudrängen. In diesem Schuppen saß ein Mann hinter einem Tisch und hakte Namen auf der Liste vor ihm ab. Die Menschen liefen weiter, an Barrieren entlang, bis zu einer Gangway, die zur Seitenpforte einer heruntergekommenen Fähre mit verrosteter Reling hinaufführte.

Um neun Uhr hatte sich die gesamte Menschenschlange durch den Schuppen gewälzt und war im Bauch des Schiffs verschwunden. Irgend jemand schob die Gangway fort und schloß die Pforte. Zwei Schauerleute, die gerade noch Proviant zugeladen hatten, rannten davon. Dann zog die Strömung die Fähre vom Kai fort. Ihre regennasse Seite glänzte kurz im Lampenlicht auf. Dann tauchte sie in die Dunkelheit ein und verschwand.

1. KAPITEL

An dem Tag, an dem alles begann, spielte Jenkins Tennis.
Diana schlug auf. Jenkins sah auf ihre langen, sonnengebräunten Beine, den kurzen weißen Rock, den dunklen Schweißfleck unter der Achsel, als sie den gelben Ball hoch in die feuchte Februarluft warf. Bei ihrem Anblick konnte man fast glauben, daß sich seit ihrer Heirat nichts geändert hatte. Doch damals hatten sich hinter dem Drahtzaun des Tennisplatzes noch die grünen Bäume der englischen Grafschaft Dorset erhoben. Jetzt konnte er hinter ihrem Tennisschläger die Hochhaustürme von Hongkong sehen, die aus dem schwefelgelben Dunst aufragten.

Dorset – das war vor zwanzig Jahren gewesen. Alles hatte sich inzwischen verändert. Und wer konnte wissen, wohin das alles noch führen würde ...

Diana fing den Ball und warf ihn erneut hoch. Jenkins kam es vor, als bewege er sich ungewöhnlich langsam. Vielleicht lag das aber daran, daß sich alles andere um ihn herum seit kurzem mit erschreckender Schnelligkeit abspielte.

Neben Diana fuhr sich Jeremy Selmes lächelnd durch die schwarzen, gewellten Haare und ging dann in Position. Er trug weiße Shorts und eines dieser Hemden mit dem Krokodil. Bis vor kurzem war Jeremy Kommissar bei der Polizei von Hongkong gewesen und wußte daher, wie man sich zu formellen Anlässen kleidete, Tennis eingeschlossen. Das wußte auch Jenkins' Partnerin Rachel, seine Tochter, eine etwas dunkler gebräunte, jüngere und unbeschwertere Version ihrer Mutter. Jenkins dagegen trug abgeschnittene Jeans und schmuddelige Turnschuhe, in die seine Zehen Löcher gebohrt hatten.

Jenkins sah auf seine Armbanduhr und spürte, wie sich in seiner Magengegend Panik breitmachte. Der Griff seines Tennisschlägers wurde plötzlich feucht.

Dianas Arm holte aus. Sie ächzte, als sie den Ball traf – so, wie der Trainer es ihr beigebracht hatte. Der Ball kam angeschossen, traf innerhalb von Jenkins' Feld auf und flog Richtung Steuerbord davon.

„As!" rief Jeremy von der anderen Seite des Netzes.

Jenkins stand da wie aus Beton gegossen, unfähig, das zischende gelbe Geschoß mit seinem Schläger zu erreichen. „Aus", entgegnete er kopfschüttelnd.

„Bist du ganz sicher?" fragte Jeremy mit dem gereizten Unterton eines Freundes, der nicht direkt widersprechen möchte.

„Er war drin", erklärte Diana. „Ich habe genau gesehen, daß er drin war."

Jenkins sah zu Rachel hinüber. Rachels Gesicht war glatt und herzförmig, ihr Teint leicht gebräunt. Auch ihre Augen waren braun und funkelten belustigt. Sie wußte, daß Jenkins ein hoffnungsloser Tennisspieler war und daß er schummelte. Aber sie würde ihn nicht verraten. Rachel und Jenkins waren Freunde und Verbündete.

„Wie wäre es mit einer Wiederholung?" schlug Rachel versöhnlich vor,

Rachel, der Friedensengel. Rachel, die weise Achtzehnjährige. Jenkins ertappte sich dabei, erneut auf seine Uhr zu schielen. Es war eine gefälschte Rolex, die man hier fast überall für hundert Dollar bekam. Bis vor drei Monaten hatte er eine echte besessen. Glücklicherweise hatte niemand den Wechsel bemerkt.

Diana ließ den Ball zweimal auf dem Boden auftippen und rümpfte die Nase. „Fertig?" fragte sie gereizt.

„Fertig", verkündete Jenkins, doch seine Gedanken schweiften schon wieder ab.

Diana hieb den Ball über das Netz. Jenkins parierte ihn mit der Rückhand und legte seine ganze Kraft in den Schlag. Er traf den Ball auf den Punkt. Jeremy reckte sich vergebens nach dem Ball, als er viel zu hoch über das Netz zurückschoß. Der Ball ging weit über die Grundlinie hinaus, überflog den Zaun und verschwand schließlich zwischen zwei Palmen hinter einer weißen Mauer.

„Satz", erklärte Diana selbstgefällig.

„Also wirklich, Dad", rügte Rachel ihren Vater, lächelte jedoch nachsichtig.

Wieder sah Jenkins auf die Uhr. Dabei war die genaue Uhrzeit absolut gleichgültig. Entscheidend war, daß die Minuten vergingen und ihn einer Folge von Ereignissen entgegentrugen, die so erschreckend sein würden, daß er sich nicht dazu durchringen konnte, über die Details nachzudenken.

„Verdammt!" meinte er dann. „Ich muß los, ins Büro."

„Arbeitet ihr denn auch an Neujahr?" fragte Jeremy neugierig.

Jenkins grinste vage in seine Richtung und vermied einen Blick in die Augen des Expolizisten. Hier in Hongkong wurde heute Neujahr gefeiert, ein Fest, zu dem sich die Familien trafen und an dem Schulden beglichen wurden.

„Also, dann bis später", sagte Jeremy.

„Ich werde es versuchen", versprach Jenkins halbherzig. „Ich rufe dich an. Was machst du, Rachel?"

„Ich muß noch zu Aufnahmen", erwiderte sie. „Am Statue Square. Irgend etwas mit Pferden."

Jenkins nickte, wie immer verblüfft darüber, daß sich sein kleines Mädchen seinen Lebensunterhalt als Fotomodell verdienen konnte, doch dann erinnerte er sich wieder einmal daran, daß Rachel kein kleines Mädchen mehr war.

Diana sammelte die Bälle am Rand des Tennisplatzes auf. „Spielen wir nun Tennis oder nicht?" Soweit es Diana betraf, war Arbeit Männersache. Das war eben der Preis, den man für die Gesellschaft von Frauen mit gebräunter Haut und blonden Haaren zu zahlen hatte.

Als Jenkins den Tennisplatz verließ, hatten die anderen drei bereits ein amerikanisches Doppel begonnen. Er drehte sich um und ging auf das Klubhaus zu, während er sorgsam darauf achtete, die Vorsichtsmaßnahmen einzuhalten, die ihm mittlerweile zur Gewohnheit geworden waren. Wenn er an der Terrasse vorbeiging, würde er vermutlich von jemandem an die Bar gelockt werden, und das hieß, daß er eine Runde spendieren mußte, was ihm nicht möglich war. Also lief er rechts am Gebäude entlang. Er schaffte es bis zu den Duschräumen, ohne jemandem zu begegnen, zog sich aus und betrat eine Kabine.

Während ihm das Wasser auf den Schädel trommelte, versuchte er, nicht darüber nachzudenken, wieviel ihn die Klubmitgliedschaft kostete. Fast fünftausend Pfund. Ein Tropfen im Ozean der Dinge, die die gute, arme Diana benötigte, um ihren gewohnten Lebensstil aufrechtzuerhalten.

Es gab eine Zeit, in der Jenkins Kapitän Jenkins gewesen war, Herr der *Komodo President* der Orient Line – einer der großen Reedereien des Landes. Damals war sein Leben ordentlich aufgeteilt: vier Monate auf See, zwei an Land. Die Bezahlung war gut genug, um Diana mit einem Luxus zu umgeben, von dem sie in ihrer Kindheit in Poole nicht einmal zu träumen gewagt hätte. Sie hatte eine Wohnung in der Repulse-Bucht, mit Blick auf das blaugraue Südchinesische Meer. Sie vertrieb sich ihre Zeit im Jachtklub, im Stanley-Klub und in Raouls Frisier- und Schönheitssalon. Einmal im Jahr fuhr sie für zwei Wochen nach England zurück, das sie nun mit einem sentimentalen Ausdruck in den braunen Augen „Heimat" nannte.

Jenkins trocknete sich ab und zog einen beigefarbenen Leinenanzug an, der noch immer als korrekt durchging. Er betrachtete sich im Spiegel und zupfte die dunkelblaue Krawatte zurecht. Bis auf das Gesicht sah er ganz respektabel aus, aber mehr war nicht möglich. Sein Gesicht war braun gebrannt, mit dunklen Haaren, die an den Schläfen grau wurden und dringend geschnitten werden mußten, doch ihm fehlte die Aura von Gesundheit und Dynamik, die erfolgreichen europäischen Gesichtern in Hongkong zu eigen war.

Jenkins schenkte sich ein höfliches Lächeln. Doch er konnte noch so selbstsicher wirken – es würde ihm diesmal nichts nützen. Er ging zu einem Treffen mit Tommy Wong, und Tommy Wong wußte sehr genau, wie es um ihn stand.

Jenkins verließ die Garderobe und ging hinten um das Klubgebäude herum. Sein Rad war an den gußeisernen Zaun angekettet. Er stieg auf und radelte Richtung City.

Der Wind strich ihm warm und staubig um die Nase. Zwischen großen Villen mit steinernen Löwen auf den Torpfosten senkte sich die Straße abwärts. Diana würde gern hier oben leben, in der kühlen Brise, die den Millionären Luft zufächelte. Zwischen den Wolkenkratzern hindurch sah man den Hafen, Victoria Harbour, blau und glitzernd. Neben zwei Containerschiffen hievten Hafenkräne rostige Eisenkisten durch die Luft. Himmel! dachte Jenkins. Fracht löschen am Neujahrstag. Sie würden den Schauerleuten den dreifachen Lohn zahlen müssen. Er war froh, daß er nicht derjenige war, der es dem Reeder erklären mußte.

Er wandte den Blick vom Hafen ab. Er war in Wirklichkeit keineswegs froh, daß er nicht derjenige war. Er hätte fast alles dafür gegeben, da draußen im Hafen zu sein und seinen Job zu tun – Dreifachlohn oder nicht.

Aber das war nicht möglich.

Er bog nach links ab, tauchte zwischen die Apartmenthäuser ein. Die Straßen waren leer. Niemand öffnete die Geschäfte, und niemand ging ins Büro. Auch Jenkins nicht.

Er flitzte an der Happy-Valley-Rennbahn vorbei, die breite Auffahrt am Fuß des Hügels hinauf und stellte sich auf die Pedale, um das letzte Stück zum Harbour Tower Hotel zu bewältigen. Dort suchte er nach einer Möglichkeit, sein Rad anzuschließen. Der Türsteher blickte geflissentlich durch ihn hindurch. Jenkins sah auf das Roleximitat. Er hatte noch zehn Minuten.

Er fand ein Geländer und kettete das Rad an. Dann schüttelte er seine Leinenjacke, um die Schwitzflecken zu trocknen, und schluckte einige Male, um wieder etwas Feuchtigkeit in den Mund zu bekommen.

Sieben Minuten.

Im Geist sah er, wie sich die Tennisspieler dort oben auf ihrem Platz reckten und hin und her rannten. Auch deren Leben würde sich ändern. Wenn kein Wunder geschah, mußte er zu Diana zurückgehen und sagen: Sorry, Darling, aber all das muß ein Ende haben.

Er sah schon jetzt ihren Gesichtsausdruck: ungeduldig, amüsiert und eine Spur herablassend. Darling, würde sie sagen, was meinst du damit?

Und er würde von dem Tennisklub sprechen müssen, dem Jachtklub, den Reisen in die Heimat und dem geleasten BMW. Mit einem wohldosierten spröden Auflachen würde sie die Tatsache quittieren, daß er einen Witz machte, den sie nicht verstand. Dann würde ihre Miene angesichts dessen, was sie in seinem Gesicht lesen konnte, so leer werden wie ihr Kopf, und ihr Leben würde in ein großes Nichts zusammenfallen.

Er wußte, daß er auch beim nächsten Schritt versagen mußte, dem Trösten. Vermutlich würde er ihr versichern, es handle sich nicht um das Ende der Welt. Was natürlich nicht stimmte. Sie würde reagieren wie damals, als Billy getötet wurde. Erst würde die Leere kommen. Dann die Trauer. Dann würde die Trauer ein Ziel suchen und sich in Wut verwandeln.

Es war seine Schuld. Er war auf See gewesen, als Billy starb. Immer war er auf See gewesen.

Diana hatte sich denn auch erfreut gezeigt, als er ihr vor drei Monaten erzählte, daß er von nun an in einem Büro arbeiten würde. Büros bedeuteten einen gewissen gesellschaftlichen Status, saubere Hemden und Aktienbezugsrechte. Die Zeit auf See hatte immer etwas von, nun ja, sehr handfester Arbeit gehabt.

Zwei Minuten. Sehr bald schon würde er Diana die Wahrheit sagen müssen.

David Jenkins straffte die Schultern im verschwitzten Leinensakko, ging die Rampe zum Eingang hinauf und betrat die eisige Kühle der klimatisierten Hotelhalle.

TOMMY WONG war ein schlanker Mann mit Hermès-Krawatte und dunklem Blazer. Mit dem Rücken zum Fenster saß er auf einem roten Samtsofa. Hinter ihm bot sich ein faszinierender Ausblick auf wellenbewegtes Wasser und die Schiffe im Hafen von Kaulun, der gebirgigen Halbinsel

Hongkongs auf dem chinesischen Festland. Aber Tommy Wong war ausschließlich an Menschen interessiert, nicht an Hafenansichten. Beim Geldverleih zählte Menschenkenntnis, besonders wenn man die Art Geldverleiher war, zu dem die Kunden kamen, nachdem sie von allen Banken und Finanzierungsunternehmen abgewiesen worden waren. Für Tommy Wongs Geschäft war Charakter die einzige Sicherheit.

Charakter oder besondere Fähigkeiten.

Wong nippte vornehm an einer Tasse Tee. Er beobachtete den *gweilo*, den weißen Mann, der in diesem Moment die Hotelbar betrat. Wong stellte fest, daß der Saum des beigefarbenen Jacketts an den Stellen durchsackte, wo allzulanges Tragen die Taschen ausgebeult hatte. Das gebräunte Gesicht des eintretenden Mannes war verschwitzt, und sein Blick suchte nervös den Raum ab.

Wong war sich darüber im klaren, daß so kein Mann aussah, der gekommen war, um dreißigtausend US-Dollar zurückzuzahlen plus zehntausend Dollar Zinsen.

Er hob eine Hand in angemessene Höhe. Es wird ein heikles Gespräch, dachte Wong. Unbeholfen bahnte sich der *gweilo* seinen Weg zwischen den Sesseln hindurch.

Jenkins fühlte sich in Hotelbars nicht wohl. Die Drinks waren zu teuer, die Möbel standen zu dicht. Angesichts des schmächtigen Tommy Wong, der vor dem hellen Wasser hinter ihm nur als Silhouette zu erkennen war, regte sich Widerstand in Jenkins. Wenn er schon alles verlieren sollte, dann nur an jemanden, dessen Gesicht er sehen konnte.

„Rücken Sie ein wenig zur Seite!" forderte er Wong etwas ruppig auf.

Wong rückte, und Jenkins setzte sich heftig genug, um ihn auf den Sprungfedern hopsen zu lassen.

Ein Kellner baute sich neben ihnen auf. Die Geldrolle in Jenkins' Tasche würde für den teuren Whisky des Hauses auf keinen Fall weiter dezimiert, so nötig er ihn auch hatte. „Tee", bestellte er statt dessen. Jetzt, da die Stunde gekommen war, fühlte er sich fast beschwingt.

Eine Weile saßen beide schweigend da. Dann bemerkte Wong: „Es ist heiß heute."

„Ich habe Tennis gespielt."

„Ein teures Vergnügen."

Jenkins' Widerstand sank in sich zusammen. „Hören Sie, ich brauche einen Aufschub", begann er mit veränderter Stimme.

Wong hob seine schwarzen Brauen. „Aufschub?" fragte er, als hätte er dieses Wort noch nie gehört.

Jenkins' Unbeschwertheit verwandelte sich in ein Schwindelgefühl. Er hatte nur noch Geld für zwei Wochen. „Zwei Wochen", sagte er schnell, bevor er es sich anders überlegen konnte.

„Schulden sind zu Neujahr zu bezahlen", erwiderte Wong. „So haben wir es vereinbart."

„Ich kann nicht zahlen."

„So", meinte Wong langsam und öffnete ein kleines Notizbuch. „Da ist doch noch die Miete für Ihre Wohnung. Ihre Möbel. Der Schmuck Ihrer Frau."

„Das würde nicht reichen", antwortete Jenkins und wartete auf den nächsten Axthieb.

„Einen Augenblick bitte", bat Wong höflich. Er zog ein kleines Telefon aus der Tasche, wählte eine Nummer und begann kurz darauf Kantonesisch zu reden. Als das Gespräch zu Ende war, wandte er sich Jenkins wieder zu und nickte. „Ein Aufschub um eine Woche ist möglich", sagte er dann.

„Ausgezeichnet!" Jenkins empfand große Erleichterung. Das Blut pulste mit neuer Energie durch seine Adern. In einer Woche konnte er seine Situation entscheidend verbessern. Eine weitere Runde durch die Reedereien und Heueragenturen. In einer Woche konnte alles geschehen.

Geborgte Zeit. Geborgtes Geld.

Ein Kellner brachte die Rechnung. Zwei Tassen Tee verschlangen Jenkins' gesamtes Vermögen bis auf fünf Hongkong-Dollar. Die ließ er als Trinkgeld zurück. Mittellos radelte er zurück.

Es war eine große Wohnung. Diana hatte sie früher einmal nach den raffinierten Vorschlägen eines gefeierten Innenarchitekten umgestalten lassen. Diana war ganz entzückt gewesen, weil der Innenarchitekt diverse Auszeichnungen errungen hatte. Das einzige, was Jenkins beeindruckt hatte, war die Rechnung gewesen. Aber schon bald war Diana wieder zu Rosa und Beige zurückgekehrt, mit Volants hier und Trockenblumen da. Denn so war Diana nun einmal: erst Feuer und Flamme für eine neue Idee, aber dann folgte der Rückzug in die Sicherheit. Darin waren sie und Jenkins sich sehr ähnlich: Jenkins hatte sich vom Kadetten zum Dritten Offizier, Zweiten Offizier, Ersten Offizier und schließlich zum Posten des Kapitäns hinaufgearbeitet; vier Monate auf See, zwei zu Hause; das klare Raster eines geordneten, abgesicherten Lebens. Alles, was nicht hineinpaßte, wurde weggeschoben: aus den Augen, aus dem Sinn.

Jetzt war Dianas größte Sicherheit die Clique. Auch heute abend war sie bei der Clique; schließlich hatte die Cocktailstunde geschlagen, und in der Welt der *gweilos* war Neujahr der Zeitpunkt für Partys.

Jenkins erschauerte in der pastellfarbenen Weite des Wohnzimmers. Auf dem Fernseher stand eine gerahmte Fotografie: Diana und er vor einem Kirchenportal – eine kühle blonde Schönheit und ein lächelnder, sonnenverbrannter junger Mann. Auf Dianas Zügen lag etwas, was aus heutiger Sicht wie ein Triumph wirkte. Zum ersten Mal glaubte er, in seinem Lächeln von damals betäubte Verwirrung zu entdecken. Jenkins' Tante Helen hatte auf der Hochzeit kein Blatt vor den Mund genommen. „Sie hat dich also doch gekriegt", hatte Tante Helen damals gesagt.

Als Mann, der frisch verliebt war, konnte Jenkins nicht verstehen, was Tante Helen damit gemeint hatte. Im Laufe der Jahre war es dann deutlicher geworden. Doch er war mit Diana verheiratet, und also hatten sie sich zu lieben, mit all ihren Eigenheiten und Fehlern.

Jenkins stöberte in den CDs, bis er Beethovens viertes Klavierkonzert fand. Er legte es in den CD-Player, und der Raum füllte sich mit Musik. Einen Augenblick lang fühlte er sich unglaublich frei. Dann, wie auf einen Schlag, war es wieder vorbei.

Eine Woche. Tommy Wong wußte verdammt gut, daß sich in der nächsten Woche nichts Positives ergeben würde, wenn in den vergangenen drei Monaten nichts geschehen war. Warum also der Aufschub? Aus Herzensgüte?

Jenkins lachte laut auf. Sein Lachen hörte sich irgendwie verrückt und gefährlich in der leeren Wohnung an. Darüber solltest du dir keine Gedanken machen, alter Junge, dachte er. Du solltest darauf warten, daß die Büros öffnen, dich dann auf dein Rad schwingen und die Adressen abklappern.

Er wanderte ziellos umher, steckte den Kopf in das Eßzimmer und fühlte sich von der strengen Anordnung der Stühle abgestoßen. Rachels Zimmer lag ein paar Schritte den Flur entlang. Dort fühlte er sich wohler. Es roch nach ihrem Parfum. Rachel hatte sich geweigert, den Raum tapezieren zu lassen, sondern ihn selbst weiß angestrichen. An den Wänden hing eine Sammlung Masken aus Neuguinea. Jenkins lehnte sich gegen den Türpfosten.

„Daddy?"

Er zuckte zusammen. Rachel saß hinter der Tür, ihr Computerbildschirm warf einen grünlichen Schein auf ihre zurückgekämmten blonden Haare. „Geht es dir gut?"

„Ausgezeichnet", antwortete Jenkins etwas lahm. „Ich wußte nicht, daß du hier bist."

„Du siehst aber nicht ausgezeichnet aus."

„Die Dinge laufen nicht ganz so, wie sie sollten", erwiderte er. „Im Büro. Ich dachte, du wärst bei Aufnahmen?"

„Abgesagt. Da war irgend etwas mit dem Pferd. Also dachte ich, ich könnte statt dessen ein wenig arbeiten."

Im letzten Jahr hatte Rachel die Schule abgeschlossen und wartete nun darauf, mit dem Studium zu beginnen. Ihre Zensuren waren so hervorragend, daß sie ihr mit Leichtigkeit ein Stipendium an jeder Universität in Großbritannien, Hongkong oder den USA gesichert hätten. Aber sie war der Meinung, daß eine Universität etwas für Erwachsene sei; sie war jedoch noch nicht bereit, eine Erwachsene zu sein, und wollte abwarten, bis es soweit war. Inzwischen hatte sie bei einer der Cocktailpartys ihrer Mutter Mavis Yee kennengelernt. Mavis Yee leitete eine Werbeagentur und hatte Rachel erklärt, sie habe das Gesicht des Jahres und eine große Karriere als Model vor sich. Rachel hatte zuerst ungläubig abgewinkt. Dann hatte sie jedoch einige Fotos von sich machen lassen und sie an Mavis Yee gesandt. Die Aufnahmen zeigten sie schlank, hochgewachsen, mit einer natürlichen Grazie. Ihre Wimpern waren lang und dunkel, ihre Augen groß und mandelförmig. Viele Bekannte behaupteten, sie sähe asiatisch aus – so, als hätte Hongkong auf sie abgefärbt. Die Sache mit dem asiatischen Einschlag war Unsinn, denn sie war in Dorset geboren und erst im Alter von acht Jahren nach Hongkong gekommen. Aber die Modelhonorare kamen wie gerufen, denn sie verschafften Rachel die Möglichkeit, ihrem Interesse für chinesische Keramik zu frönen.

„Was hast du morgen vor?" fragte sie.

„Nicht viel", entgegnete Jenkins, ohne nachzudenken. Er setzte sich auf einen Stuhl.

„Hollywood Road", schlug sie vor. „Wir könnten uns mal wieder amüsieren gehen."

Es gehörte zu ihren Lieblingsbeschäftigungen, die Antiquitätengeschäfte an der Hollywood Road heimzusuchen und Fälschungen zu entlarven. „Wird nicht klappen", meinte Jenkins schnell. „Ich habe eine Besprechung."

Sie ließ ihre Augen über seinen ausgebeulten Anzug und das nicht mehr ganz frische Hemd wandern. Er hatte das unangenehme Gefühl, daß sie ihn durchschaute. Sie seufzte. „Es ist schließlich deine Pflicht, uns auf die Weise zu versorgen, an die wir gewöhnt sind", sagte sie mit einem schiefen Grinsen. Diana hätte es ernst gemeint. Aber dies war Rachel.

„Für die *memsahibs* nur vom Allerfeinsten", pflichtete ihr Jenkins mit einem Nicken bei.

Es war nicht komisch, aber sie lachten beide, und Jenkins spürte, daß er den Gefilden des Zweifels entglitten war und sich wieder im gewohnten Raster befand. Wie schon so oft briet Rachel für ihn etwas später Rühreier auf Toast und erzählte begeistert von einem Lehrgang in Berkeley, den sie gern besuchen würde. Einen Moment lang gelang es Jenkins sogar, sich davon zu überzeugen, daß er eines Tages in der Lage sein könnte, sie dorthin zu schicken. Um neun Uhr kam Diana zurück, mit geröteten Wangen vom Gin anderer Leute. Jenkins ging früh zu Bett. Später kam Diana herein und bestrich ihr Gesicht mit einer übelriechenden Creme. Weit voneinander entfernt lagen sie in dem großen Bett. Jenkins starrte ins Dunkel des Zimmers und versuchte das unbehagliche Gefühl in seinem Magen zu ignorieren.

Morgen, beruhigte er sich selbst, wird alles anders.

Er wachte früh auf und kletterte aus dem Bett, um die Post zu holen. Da war ein Umschlag mit dem Logo eines Kreditkartenunternehmens. Er schluckte und riß den Umschlag auf.

Es war eine Karte, vierfarbig mit einer Champagnerflasche und zwei Gläsern bedruckt. *Herzlichen Glückwunsch zu Ihrem Geburtstag – Ihre Freundschaftskarte* war in geschwungenen Lettern zu lesen.

Er drehte die Karte um, suchte nach dem Betrag, den er zu bezahlen hatte. Doch da stand nichts. Langsam fiel der Groschen. Es war eine verfrühte Glückwunschkarte von der Kreditkartenfirma, die ihn zu Ausgaben verführen sollte, die er sich nicht leisten konnte.

Er begann zu lachen – leise, um Diana nicht zu wecken. In der Küche schrieb er eine Nachricht für Rachel, zog Jeans, ein T-Shirt und seine Turnschuhe an. Dann lief er in die Garage hinunter, wo er sein Rad untergestellt hatte.

DIE LEITERIN der öffentlichen Bibliothek von Kaulun war eine breithüftige Frau mit einem Pferdegesicht. Elf Minuten nach neun blickte sie vom Bildschirm ihres elektronischen Verzeichnisses hoch. Und prompt kam der große *gweilo* durch die Tür, verschwitzt, den Saum seines rechten Hosenbeins in die Socke gestopft. Vor drei Monaten, als er mit seinen Besuchen begann, hatte er drei Anzüge abwechselnd getragen und jeden Tag ein frisches Hemd. Die Anzüge waren seitdem schmuddliger geworden, und die Hemden hielten sich länger. Für die

Bibliothekarin war er eindeutig auf dem Weg nach unten. Nach den ungeschriebenen Gesetzen von Hongkong war das ein Grund für Verachtung, nicht für Mitleid.

An diesem Morgen war nichts anders als sonst. Der *gweilo* nahm ein paar maritime Magazine und Zeitungen heraus und begab sich an seinen üblichen Tisch. Dann zog er einen Notizblock aus seiner Aktentasche und begann Telefonnummern aus den Zeitschriften abzuschreiben. Viertel vor zehn war er damit fertig und verließ die Bibliothek in Richtung der öffentlichen Telefone.

Das Telefonieren haßte Jenkins am meisten.

Es war zwei Wochen her, seit er mit Guy Warwick gesprochen hatte. Warwick war einst mit ihm gefahren, als Erster Offizier auf der *Komodo President*. Er war ein mäßiger Offizier auf See gewesen, aber er hatte sich als ein geschickter Taktierer erwiesen, der sich ins Büroleben an Land schnell eingefunden hatte. Dafür bewunderte ihn Jenkins. Er selbst war auf diesem Gebiet eher schwach. Er bewältigte zwar seine Aufgaben, stieß aber früher oder später unweigerlich jemanden vor den Kopf.

„Southern Cross Manning", meldete sich eine weibliche Stimme.

Southern Cross Manning vermittelte Schiffsmannschaften. Warwick war dort inzwischen in die Position des stellvertretenden Chefs aufgestiegen. Jenkins verharrte lange in der Warteschleife, bis er endlich durchgestellt wurde. „David", hörte er Warwick am anderen Ende in jovialem Tonfall sagen. „Was können wir für dich tun?"

„Ich wollte nur mal nachfragen, ob sich inzwischen etwas getan hat", erklärte Jenkins und bemühte sich, ähnlich sicher und jovial zu klingen.

„Viel nicht, fürchte ich", erwiderte Warwick. „Zu viele Kapitäne, aber nicht genug Schiffe."

„Und wie sieht es bei den Offizieren aus?"

„Könnte ich dir doch nicht antun", meinte Warwick. Er kannte Jenkins' Situation. „Es sei denn, du wärst Filipino. Fünfzehntausend US-Dollar im Jahr. Haha!"

Hoffnungslosigkeit überkam Jenkins und erstickte sein mühsam aufgebautes Selbstvertrauen. „Verstehe, trotzdem vielen Dank", sagte er, verabschiedete sich und legte auf.

Jenkins steckte weitere Münzen in den Apparat. Seine Finger zitterten so heftig, daß er den Geldeinwurf verfehlte, und er brauchte zwei Versuche, um die Nummer von China Shipping korrekt zu wählen. „Mister Dacre, bitte", sagte er, als sich die Dame von der Telefonzentrale meldete.

Diesmal brauchte er nicht zu warten. „Dick Dacre", sagte eine ungeduldige Stimme mit australischem Akzent.

Jenkins kratzte den letzten Rest seines Selbstvertrauens zusammen. „Guten Morgen, Dick!" Er versuchte unbefangen zu klingen. „Hier spricht David Jenkins."

„Oh, hallo!" Dacres Stimme wurde deutlich kühler. „Was wollen Sie?"

„Ich suche Arbeit auf einem Schiff."

Kurzes, ungläubiges Schweigen. „Sie wollen einen Job?"

„So ist es. Ich habe vor zwei Wochen schon einmal angerufen. Sie sagten..."

„Sie rufen seit Monaten alle zwei Wochen an."

Jenkins merkte, wie ihm der Schweiß inzwischen in Strömen herunterlief. Bisher war jedermann wenigstens höflich gewesen. Er umklammerte den Telefonhörer fester. „Ich suche schließlich Arbeit."

„Tatsächlich? Sie suchen also tatsächlich Arbeit? Nach allem, was Sie sich verdammt noch mal geleistet haben?"

„Was haben Sie da gerade gesagt?" fragte Jenkins.

„Soll ich es Ihnen buchstabieren?" fragte Dacre zurück. „Sie sind überall auf dem Pazifik als ein Wahnsinniger bekannt, der Amok läuft."

„Moment mal", unterbrach ihn Jenkins fassungslos. „Vor einem Jahr haben Sie mir im Jachtklub erklärt, Sie würden jedem ein Loch in den Pelz brennen und sein Boot versenken, der unerlaubt Ihr Schiff betritt. Wieso diese Meinungsänderung?"

Schweigen am anderen Ende der Leitung.

„Erklären Sie mir das, Sie Heuchler! Jetzt! Sofort!"

Erneut Schweigen. Und im Hintergrund des Schweigens ein Rauschen. Das Blut in seinen Ohren. Und hinter dem Rauschen des Blutes das Freizeichen der Leitung. Eine Hand legte sich auf seinen Arm. Seine Kehle schmerzte. Er mußte vor Wut geschrien haben. Er drehte sich um.

Da waren zwei ausdruckslose, fahle Gesichter über blauen Uniformkragen. „Erregen Sie kein Aufsehen", kam es von einem der Gesichter. „Bitte gehen Sie."

Jenkins nahm die Aktentasche, bestieg sein Rad und fuhr ziellos umher. *Tu etwas. Das kannst du doch. Etwas tun.*

Aber es gab nichts, was er tun konnte. Wie sie damals gesagt hatten, als das mit Bill passierte. Nichts zu machen.

Einige Zeit später fand er sich in der Hollywood Road wieder. Er schloß das Rad an den Bambuspfosten eines Baugerüstes an und setzte sich. Er hatte keine Ahnung, wie er hierhergekommen war. Hollywood Road bedeutete Rachel. Vielleicht hing es damit zusammen.

Die Sonne schien. Es roch nach Rauch. Das kam von den Weihrauchspiralen, die sich wie gigantische rote Sprungfedern über dem Man-Mo-Tempel erhoben, der der Gelehrsamkeit und dem soldatischen Mut gewidmet war.

Soldatischer Mut hatte das Raster seines Lebens zertrümmert.

2. KAPITEL

Die Brücke der *James Beeson* glich bis in das kleinste Detail all den anderen Brücken, auf denen Jenkins die letzten zwanzig Jahre seines Lebens verbracht hatte. Es war ein langer, dunkler Raum, der sich über die gesamte Breite des Schiffes erstreckte, mit Steuerrad, Radaranlage und Kartentisch. Vor den Bugfenstern bildeten auf dem über 110 Meter langen Deck Stapel von Containern einen scharfkantigen schwarzen Berg vor dem Nachthimmel über der Straße von Zamboanga. Die Container enthielten unetikettierte Ananasdosen, die für Niedriglöhne in der Nähe von Davao im Süden der Philippinen produziert worden waren. Die *James Beeson* sollte die Dosen nach Hawaii schaffen.

Jenkins war mit Juan, dem philippinischen Ersten Offizier, auf der Brücke. Geoff Wallace, der Leitende Ingenieur, kam gerade aus dem Maschinenraum herauf.

„Hübsch, was?" meinte Geoff.

Die *James Beeson* glitt unter einer schweren schwarzen Wolkendecke dahin, an deren Rändern violette Blitze aufzuckten. Drüben, an Steuerbord, thronte die angestrahlte Kuppel der Moschee von Zamboanga über den Lichtern der Stadt. Zwischen der *Beeson* und der Moschee funkelten die Kerosinlampen der Fischer wie ein Schwarm Glühwürmchen auf dem dunklen Wasser.

Jenkins knurrte. Für seinen Geschmack war es da drüben zu vollgestopft. Ein Schweißtropfen rann seine Nase hinunter. „Heiß", stöhnte er.

„Nicht so heiß wie unten in dem verdammten Maschinenraum", erwiderte Geoff. Er war ein kleiner, unrasierter Mann aus Lancaster, der einen entnervenden Frohsinn als Gegenmittel zum schauerlichen Geratter der Maschinen kultivierte, die er in Gang halten mußte. Er war Rachels Pate und hatte ihr nach und nach die Sammlung von Masken aus Neuguinea geschenkt, die in ihrem Zimmer hingen.

Beinahe alle Decklampen der *Beeson* brannten, und die lange Erfahrung der einheimischen Fischer bewahrte sie davor, von den großen Schiffen gerammt zu werden. Aber diese Meerenge machte Jenkins nervös. Der schwarze Bildschirm der ARPA-Radaranlage war mit winzigen grün leuchtenden Punkten bedeckt. Größere Brocken schimmerten zwischen ihnen auf. Man wußte nicht, wer sie waren und was sie machten. „Volle Kraft voraus" war das Gebot der Stunde.

„Was ist mit den Decklampen?" fragte er seinen Leitenden Ingenieur.

„Ich habe Manuel gesagt, er solle die Birnen überprüfen. Vermutlich hat er es nicht getan", antwortete Geoff. „Ich werde mal nachsehen."

Jenkins lehnte sich gegen die Wand und blickte auf das blasse Leuchten des Kompasses. Er war schläfrig. Bald würden sie das rote Blinken des Leuchtfeuers von Little San Pedro sehen. Dann hätten sie diese widerlich überfüllte Enge hinter sich, die neue Wache würde übernehmen, und er könnte sich endlich schlafen legen.

„Dieser Mistkerl Manuel!" hörte er Geoff rufen. „Zwei Birnen sind hin."

Auf einmal drang von draußen ein merkwürdiges Geräusch auf die Brücke: Es klang, als würde ein Stuhl über den Boden eines Ballsaals gezogen. Aber da standen keine Stühle, und der nächste Ballsaal war Tausende von Seemeilen entfernt.

Jenkins' Eingeweide zogen sich zusammen. „Was war das?" fragte die hohe, ängstliche Stimme des wachhabenden Rudergängers. Der Stuhl bewegte sich erneut, diesmal begleitet von metallenem Getöse. Glas klirrte. Plötzlich waren die Fenster weg. Heiße Nachtluft drang herein, vermischt mit Metallbrocken, die herumzischten wie große, harte Insekten. Kugeln aus Maschinengewehren.

Jenkins rannte zur Ecke der Brücke und hieb auf den Schalter des großen Suchscheinwerfers ein. Er brauchte zwei Anläufe, bis der Lichtstrahl die dunstige Luft durchschnitt und seine weiße Scheibe auf das Meer richtete. Die Scheibe wanderte zu einem großen, schlanken Boot, einem roten Rumpf mit zwei Auslegern, der sich längsseits neben die *James Beeson* schob.

„Megaphon!" schrie Jenkins.

Jemand drückte ihm einen Lautsprecher in die Hand. „Abdrehen, oder ich schieße!" rief Jenkins auf englisch.

Ein kantiges Gesicht unter einem ausgeblichenen orangefarbenen

Turban starrte vom roten Boot zu ihm herauf. Jenkins bewegte den Scheinwerfer, behielt den scharlachfarbenen Rumpf dabei fest im Blick. Der Mann an dem doppelläufigen Maschinengewehr, das dort auf dem Vordeck aufgestellt war, hob die Hand und blinzelte in den Lichtkegel.

„Setzt die Sirene in Gang!" befahl Jenkins.

Über seinem Kopf heulte die Schiffssirene auf. Das Kielwasser des roten Bootes geriet in Bewegung. Dann drehte es ab und verschwand in der Nacht.

Hinter Jenkins hustete jemand. Es war ein eigentümliches Husten, schwach und irgendwie sprudelnd. Jenkins blickte über die Schulter.

Da lag jemand, an die Wand der Unterkunft gelehnt. Der Mann trug einen Overall wie Geoff. Aber er hatte die falsche Farbe, wirkte schwarz und glänzend im Licht der Decklampen. Schwarz und glänzend hieß rot und naß. Das Gesicht war weiß. Es war Geoffs Gesicht.

Geoff sah Jenkins an und runzelte die Brauen. „Verdammt schwachsinnig", flüsterte er. Sein Mund blieb offen, und ein dunkler Faden Blut lief sein Kinn herunter.

Jenkins ging neben ihm in die Hocke und griff nach dem kräftigen, behaarten Handgelenk, in dem kein Leben mehr pulste. Alles war wie zuvor: das leichte Brummen des Schiffes, das Donnergrollen in den Wolken. Aber das Deck unter seinen Füßen war klebrig von Geoffs Blut. Jenkins begann zu zittern.

Geoff. Er würde jeden Moment aufstehen, lachen, Bierzeit ausrufen und fragen, wie es denn mit einem Schluck wäre.

Jenkins wollte ihn zurückholen. Puls, Atmung – nichts. Herzmassage, Mund-zu-Mund-Beatmung. Seine Luft zischte und pfiff in der zerschmetterten Brust, aber die Atmung wollte nicht wiedereinsetzen.

Schließlich stand Jenkins auf. Er hatte das Gefühl, daß ihm etwas Wertvolles durch die Finger und ins Meer geglitten war. Er wollte die *James Beeson* wenden und es zurückholen, und er wollte zwischen den Fischerbooten durch die Wogen pflügen, dem roten Boot nach, um es mit der 3-Meter-Schiffsschraube der *James Beeson* in den Grund zu rammen.

„Militär im Anmarsch, Sir", berichtete Juan aufgeregt.

Der Radarschirm zeigte einen Schwarm grüner Punkte. Sie wiegten sich sanft wie Fische in einem Bassin. Es gab keinerlei Hinweis darauf, welcher davon das rote Boot war. In den Büros in Hongkong würden die an Schreibtischen gestrandeten Kapitäne bekümmert nicken. Eine Tragödie, würden sie sagen, jede Menge Piraten hier in diesen Gewässern. Aber Vergeltungsmaßnahmen sind die Aufgabe des Militärs. In diesem Fall des philippinischen Militärs. Eine feine Truppe, das philippinische Militär, dachte Jenkins. Das sind doch noch üblere Halunken als die Piraten. Aber die Reeder hielten nichts von direkten Aktionen. Machte sich nicht gut gegenüber den Versicherungen. Also mußte man klein beigeben. Eine hervorragende Politik – für feige Flottenmanager.

Einen Moment lang erkannte Jenkins sich selbst nicht wieder. Er war seit zwanzig Jahren bei der Orient Line. Er war Kapitän, ein pflichtbewußter Diener der Reederei.

Aber Geoff war tot! Und Dinge, die selbstverständlich gewirkt hatten, waren es plötzlich nicht mehr.

Anderthalb Stunden später kam das Militär mit einem rostiggrauen Kanonenboot längsseits. Sie kündigten an, die Mannschaft als unentbehrliche Zeugen festzunehmen. Jenkins überreichte dem kommandierenden Leutnant den üblichen Umschlag, und der Leutnant verlor sein Interesse an den unentbehrlichen Zeugen. Die *James Beeson* passierte die Meerenge und pflügte dann ungehindert durch die Nacht.

Damals war Ross Clements Frachtdirektor gewesen. Als ihm Jenkins die Nachricht über Satellitentelefon mitteilte, sprach er ihm sein Beileid für den Verlust seines Leitenden Ingenieurs aus und gratulierte ihm zu seiner Handhabung der Situation.

„Gut gemacht", sagte Clements und meinte damit „im Einklang mit der Reedereitaktik": passiver Widerstand, einfach zusehen, wie sie einen überfielen, und dann so tun, als wäre nichts passiert. Aber plötzlich stellte Jenkins fest, daß ihn die Reedereitaktik um den Schlaf brachte. Und das wurde noch schlimmer, nachdem er mit Geoffs Frau in Australien gesprochen hatte.

Die Reederei hatte Charlene bereits informiert. Jenkins ertappte sich bei Entschuldigungen.

„Du hättest es doch nicht verhindern können", sagte Charlene leise. Ihre Stimme klang rauh vom Weinen. Jenkins spürte, daß sie nicht glaubte, was sie sagte. Die Wahrheit drängte sich aus einer chaotischen Dunkelheit, die er sorgsam aus seinem Leben verdrängt hatte. Jenkins hatte es stets geschafft, sich davon zu überzeugen, daß auf der Welt Ordnung herrsche, doch nun bestand sie für ihn aus einer Verschwörung feiger Wegschauer.

„Mist", schluchzte Charlene plötzlich auf. „Ich wollte eigentlich ganz vernünftig und einsichtig sein. Aber ich schaffe das einfach nicht. Hier sind zwei Kinder, die ihren Daddy wiederhaben wollen, und da ist ein kleiner brauner Mistkerl, der ihn ohne Grund abgeknallt hat. Ich bin so verdammt wütend, Dave."

„Ich verstehe dich so gut", sagte Jenkins und versuchte, sie zu beschwichtigen. Erst sehr viel später beendete er dieses Telefonat.

Sie brachten den Toten nach Hongkong. Ross Clements kam an Bord.

„Haben Sie etwas dagegen, die Fahrt fortzusetzen?" fragte er seinen Kapitän.

„Nun", begann Jenkins. „Ich würde gern zu Geoffs..."

„Wir haben einen neuen Ingenieur angeheuert. Er muß jede Minute hiersein. Es ist nicht besonders günstig, gleich zwei Mann ersetzen zu müssen."

„Also keine Zeit, um zur Beerdigung zu gehen." Jenkins hatte schnell begriffen.

Clements kannte seinen Jenkins. Guter Mann, verläßlich und unkompliziert. Wenn es sein mußte, würde Jenkins tun, was man von ihm verlangte. Aus Pflichtgefühl oder so was. „Die Reederei wird bei der Beerdigung vertreten sein", versicherte er ihm nun. „Das Problem ist nur, daß uns die Zeit davonläuft... Ich weiß, daß Geoff Ihr Freund war."

„Und der Pate meiner Tochter."

„Wir werden Ihre Frau hinfliegen lassen."

Jenkins bezweifelte, daß Diana wegen einer Trauerfeier bis nach Australien fliegen würde. Diana fand Beerdigungen deprimierend. „Keine Sorge", meinte er deshalb. „Ich werde Blumen schicken."

Clements wirkte erleichtert. „Anständig von Ihnen, daß Sie es so sehen."

Jenkins sah es durchaus nicht so. Aber er würde Clements nicht anvertrauen, wie er es sah. Was er vorhatte, war strikt persönlich.

DIE *James Beeson* VERLIESS Hongkong und fuhr über Honolulu nach Oakland, Kalifornien. In Oakland rief Jenkins ein Taxi. Das Taxi hielt in einer von niedrigen Häusern gesäumten Straße. Jenkins ging zu einem Laden, dessen Schaufenster nicht aus Glas, sondern aus Stahlbeton bestanden. Ein hochgewachsener Sicherheitsposten stand rechts neben der Stahltür. MEYER GUNS stand über der Tür.

Eine halbe Stunde später kam er mit einem länglichen, in braunes Papier eingeschlagenen Paket wieder heraus. Er trug es, als enthielte es rohe Eier. Das Taxi brachte ihn zu einem Supermarkt und dann zurück zu den Docks, wo er den Wachtposten an den Toren aufgeräumt zuwinkte. Sie winkten zurück und ließen ihn passieren, ohne einen Blick in das Taxi zu werfen, in dem sich fünfundzwanzig Kilo Rindersteak und fünf Kästen Bier befanden – alles auf das braun eingeschlagene Paket aus dem Waffengeschäft gestapelt.

Das Steakfleisch wurde in der Tiefkühltruhe verstaut, das braune Paket verschwand hinter einem nicht genutzten Leitungsrohr der Klimaanlage.

Drei Monate später näherte sich die *James Beeson* wieder der Straße von Zamboanga. Jenkins befand sich mit Juan, dem philippinischen Ersten Offizier, und Carlos, dem wachhabenden Rudergänger, auf der Brücke. Es war bereits dunkel. Jenkins ging mit einem schweren Schraubenschlüssel unter Deck. Eine halbe Stunde später kehrte er auf die Brücke zurück.

Jenkins schwitzte vor Nervosität. Er trat hinter die Vorhänge, die den Kartentisch von der Brücke abtrennten. Auf der Karte war der Kurs des Schiffes mit Bleistift eingezeichnet. Eine gezackte Linie zog sich auf der rechten, dem Festland zugewandten Seite der Meerenge entlang.

„Viele Fischer", meldete Juan. Da waren sie wieder auf dem schwarzen Bildschirm der ARPA-Anlage: die vielen kleinen, leuchtenden Punkte und einige größere Brocken dazwischen.

„Rechts halten!" befahl Jenkins.

„Geht in Ordnung." Juan nickte. Er war ein zuverlässiger Mann, solange er seine Anordnungen bekam und nicht aus der Fassung gebracht wurde. „Einige Boote ankern."

Auf dem Schirm waren Lichtpunkte zu sehen, die sich nicht von der Stelle bewegten. Das waren vermutlich größere Motorschiffe, die außerhalb des Hafens vor Anker lagen.

Jenkins gab weiter Anordnungen, die die *James Beeson* am rechten Rand der Fahrrinne durch die Meerenge manövrierten. „Halbe Kraft", sagte er schließlich zu Juan.

Juans Augen begannen nervös zu zwinkern. Die Vorschriften der Reederei verlangten in Piratengewässern volle Kraft. Aber er zog gehorsam den Hebel zurück.

Jenkins trat ans Schalterbrett und knipste zwei Positionslampen an Steuerbord aus. Also gut, Geoff, dachte er. Jetzt zeigen wir es ihnen – allen, die keinen Finger gerührt haben.

Um Piratenangriffe zu vermeiden, empfahlen die Behörden, daß Handelsschiffe mit Höchstgeschwindigkeit und hell beleuchtet die gefährdeten Gewässer passierten. Die *James Beeson* dagegen tuckerte mit vier Knoten dahin. Steuerbords, wo Jenkins die Lampen gelöscht hatte, herrschte pechschwarze Finsternis.

Schnell lief Jenkins die Eisentreppe auf das Deck hinunter und griff sich das dort bereitliegende Paket aus Oakland sowie ein Nachtsicht- und ein Sprechfunkgerät. Er öffnete das Paket und nahm eine Bazooka, eine schwere amerikanische Panzerfaust, heraus. Er legte das Geschoß in den Lauf ein, wie es ihm der Mann im Geschäft gezeigt hatte. Dann setzte er sich auf den weißen Plastikstuhl, den er bereits etwas früher bereitgestellt hatte, und wartete. Natürlich war es ziemlich unwahrscheinlich, daß sie zweimal dasselbe Schiff angreifen würden. Jenkins befühlte das Metall der Bazooka in seinen Armen. Dennoch ...

Er konnte nur warten ... In all diesen Jahren hatte er seinen Mund gehalten. Aber jetzt mußte er tun, was er als richtig empfand.

Jenkins hob das Nachtsichtgerät an seine Augen und blickte nach achtern. In der roten Welt des Suchers bewegte sich etwas: etwas, was zu groß für ein Fischerboot war.

Jenkins legte das Nachtsichtgerät beiseite, griff nach der Waffe und legte an. Kühl spürte er das Metall der Bazooka an seiner Wange. Er kniff das linke Auge zu und spähte durch das Visier in die Dunkelheit.

Draußen auf dem Wasser konnte er einen weißen Streifen entdecken.

Mit seiner freien Hand hob er das Sprechfunkgerät ans Ohr.

„Brücke", meldete sich Juans Stimme.

„Bleib dran", flüsterte Jenkins.

„Verstanden." Juan hörte sich angespannt an.

Der weiße Streifen wurde zur Bugwelle eines Boots. Es tauchte aus der Dunkelheit auf, paßte seine Geschwindigkeit der *James Beeson* an und kam näher. Als es nur noch zehn Meter entfernt war, rief Jenkins: „Licht!"

An Deck der *James Beeson* wurde es taghell. Im Lichtschein lag ein scharlachrotes Boot mit Bambusauslegern. Sechs Männer befanden sich an Deck. Einer von ihnen trug einen ausgeblichenen orangefarbenen Turban. Jenkins sah den Mann in das grelle Licht blinzeln. Dann beugte sich dieser über das aufs Vordeck montierte Maschinengewehr. Von oben beleuchtet, wirkten seine Wangenknochen scharf wie Messerklingen.

Jenkins richtete die beiden Visierscheiben der Bazooka auf den Bug des roten Bootes. Ein großer Außenborder heulte auf, und der Bug des roten Boots hob sich, als der Mann am Ruder beschleunigte und nach steuerbord drehte. Das Maschinengewehr begann zu hämmern, während der Schütze bemüht war, nicht das Gleichgewicht zu verlieren.

Die beiden Scheiben vor Jenkins' Auge zeigten auf die rote Seitenwand des Bootes.

Jenkins drückte ab.

An seinem Ohr zischte es wie eine Feuerwerksrakete, dann gab es einen Blitz, eine Erschütterung, und ein Schwall heiße Luft breitete sich schlagartig über dem Deck aus. Für einen Sekundenbruchteil wurde die Nacht schneeweiß. Um Jenkins wurde es schwarz, seine Ohren dröhnten, und vor seinen Augen zitterte ein riesiger roter Ball. Der rote Ball löste sich in Flammenklumpen auf, die achtern im öligen Wasser trieben. Das rote Boot schien verschwunden zu sein.

Jenkins stand auf. Die Luft roch scharf nach Munition. Er hob das Nachtsichtgerät auf und brachte es samt der Bazooka in seine Kajüte. Dann rannte er wieder zur Brücke hinauf. Es begann zu regnen.

Er hörte die erregten Stimmen, noch bevor er oben angekommen war. Juan und Carlos standen am Fenster und zeigten nach achtern, wo sich die Flammen im dunklen Wasser widerspiegelten. „He", sagte Jenkins. „Wer ist am Steuer?"

„Autopilot, Sir", antwortete Carlos, ohne sich umzudrehen.

„Geh wieder ans Ruder!" befahl Jenkins mit leicht zitternder Stimme.

„Ja, Sir", sagte Carlos und ging nach vorn.

Jenkins fühlte sich benommen. Dort unten schwammen in einem Meer von Flammen die Überreste von vermutlich sechs Männern. Hier oben hingegen herrschte wohltuende Ruhe und Ordnung.

Er trat zur Karte und kontrollierte den Kurs. Die Brückentür öffnete sich, und Dan Smith, der neue Leitende Ingenieur, trat ein. „Was war das für ein Knall?" fragte er beunruhigt.

„Welcher Knall?" hörte sich Jenkins mit einer ihm fremden Stimme sagen.

Juan gluckste. „Kapitän hat mit Bazooka auf Piraten geschossen."

„Halt den Mund, Juan!" entfuhr es Jenkins barsch.

Jetzt, da alles vorüber war, erkannte Jenkins, wie weit er gegangen war, und das bereitete ihm Übelkeit. „Wenn du auch nur ein Wort über diese Sache verlierst, werden alle gefeuert." Er trat um Carlos herum und starrte auf den Kompaß neben dem Steuerrad. Dort zeigte die Nadel einen Kurs von achtzehn Grad. „Welchen Kurs steuerst du?" wandte er sich an seinen Ersten Offizier.

„Achtzehn, Sir."

„Dreihundertfünfzig habe ich gesagt. Was zum Teufel denkst du dir eigentlich, Juan?"

Juan kicherte nervös. „Tut mir leid, Sir."

Der Regen, der in den letzten Minuten stark zugenommen hatte, legte sich nun wie ein dichter Vorhang über die Brückenfenster. Juan ging hinüber und warf einen Blick auf den ARPA-Schirm. Jenkins sah ihm über die Schulter. Aufgrund des Regens produzierte die Radaranlage im Moment unzählige leuchtende Pünktchen auf dem Schirm und lieferte so ein gänzlich unleserliches Bild. Wegen der vielen kleinen Fischerboote, die sie passieren mußten, war der Kollisionsalarm noch immer ausgeschaltet. Jenkins hatte ein flaues Gefühl im Magen. Nie hätte er Juan allein auf der Brücke zurücklassen dürfen. Er wußte doch, wie unberechenbar er auf Aufregungen reagierte.

Wenig später ließ der Regen etwas nach, und sofort zeigte sich auf dem Schirm wieder ein klareres Bild der unmittelbaren Umgebung der *James Beeson*.

Und dann sah er es!

Rechts vor dem Klecks, der die *James Beeson* darstellen sollte, war ein weiterer Klecks zu sehen. Ein riesiger Klecks, wahrscheinlich ein anderes großes Schiff. Auf dem ARPA-Schirm tauchten kleine grüne Zeichen auf: *30 Sekunden* – die Zeit zum nächsten Ansteuerungspunkt.

„Hart backbord!" schrie Jenkins dem Rudergänger zu und rannte zum Maschinentelegrafen, der direkt mit dem Maschinenraum verbunden war, und riß den Hebel hart herum. Dabei sah er unablässig nach vorn, über die lange Reihe der Container hinweg. Aber die Sicht war zu schlecht, er konnte den Bug seines eigenen Schiffs kaum erkennen, geschweige denn, was sonst noch da draußen war.

Statt dessen spürte er es. Ein unvermitteltes Rucken des Decks, ein fast zu vernachlässigendes Nachgeben der eigenen Knie. Der Schweiß brach ihm aus. Dabei hatte alles so glasklar und einfach ausgesehen. Nur ein kleiner Schritt vom Wege. Die Piraten ausschalten. Dann zurück in Reih und Glied. Auf nach Hongkong, und niemand würde etwas erfahren. Aber Jenkins hatte es verpatzt.

Er streckte die Hand aus und drückte den Alarmknopf. Es begann zu schrillen, überall. Schreie und Rufe waren zu hören. Jemand stand mit dem Suchscheinwerfer in der Brückennock und richtete den Strahl auf etwas in knapp hundert Meter Entfernung: auf ein Schiff, das offensichtlich dort vor Anker lag. An seinem Heck war deutlich eine lange schwarze Schramme in der Anstrichfarbe der *James Beeson* zu sehen.

Das Brückentelefon klingelte. „Wasser dringt in Laderäume Nummer eins und zwei ein", meldete Dan Smith mit sich überschlagender Stimme. „Jede Menge Wasser."

„Auspumpen!" brachte Jenkins über gefühllose Lippen.

Während der nächsten dreißig Sekunden blieb das andere Schiff da, wo es war. Sehr gut, dachte Jenkins und mochte sein Glück kaum fassen.

Doch dann schien der Vorsteven des anderen Schiffs immer kürzer zu werden. Sein Bug senkte sich unübersehbar wie bei einem U-Boot, das abtauchte.

O nein, dachte Jenkins.

Der Bug verschwand vollständig unter Wasser. Innerhalb von fünfzig Sekunden war das Schiff gesunken.

Das war's dann wohl, dachte Jenkins mit einem Gefühl absoluter Gleichgültigkeit, das er später für Schock hielt. Damit ist die Karriere im Eimer. Dann konzentrierte er sich darauf, sein Schiff und seine Fracht nach Hongkong zurückzubringen.

Es HATTE kein Aufsehen gegeben, keine Presseberichte. Die *James Beeson* kam ins Trockendock, und ihre Fracht übernahm – zu immensen Kosten – ein anderes Schiff. Jenkins wurde aufgefordert, das Ergebnis der Untersuchungen zu Hause abzuwarten. Und so erzählte er Diana, er habe Urlaub, und wartete ab.

Die Orient Line war ein guter Arbeitgeber, wie eine Familie, hieß es immer. Seit seinem sechzehnten Lebensjahr arbeitete Jenkins für diese Firma. Sie hatte ihn ausgebildet und danach eingestellt. Sie hatte geholfen, als Diana und die Kinder von Lee-on-the-Solent in England nach Hongkong gezogen waren. Sie hatte ihm das Geld für die Wohnung vorgeschossen und ihm nach Bills Tod Urlaub gewährt. Es war eine große, machtvolle, allumfassende Organisation. Wie eine Familie. Aber wenn man über die Stränge schlug, konnte man sicher sein, daß die Orient Line zurückschlug.

Nicht, daß man ihn vor ein Seegericht geladen hätte. Ross Clements lud ihn zum Essen ein. Mit hochgezogenen Brauen und Chili-Schweiß auf der Stirn beugte er sich über seinen Teller mit Thai Green Curry. Ihm gegenüber saß Jenkins, der nur ein Bier trank. Überrascht stellte Jenkins fest, daß er weder Scham noch Furcht empfand, sondern nur Abneigung.

Er sah zu, wie Clements sich mehr Reis auf den Teller häufte. „Und?" brach er endlich das Schweigen.

Clements' Mund lächelte, seine blauen Augen jedoch nicht. „Es ist ein bißchen heikel", meinte er kauend. „Schließlich gibt es Verhaltensregeln der Reederei und internationale Gesetze, und über beide haben Sie sich hinweggesetzt."

„Und wie viele Piratenüberfälle hat es seither in der Straße von Zamboanga gegeben?" fragte Jenkins aggressiv.

Clements zuckte mit den Schultern. „Keinen. Garantiert nicht, Dave. Aber das Büro in Manila mußte..., nun, ich möchte Ihnen gar nicht sagen, auf welche Summen sich die Mehrkosten belaufen. Und Sie haben das verdammte Schiff beschädigt und einen Filipino versenkt, weil Sie vom Kurs abgekommen sind."

„Aber Geoff ist ermordet worden."

Clements runzelte die Stirn. „Ich dachte, gerade Sie würden ein Einsehen haben. Ihre Loyalität hat der Reederei zu gelten, nicht dem einzelnen. Unsere Reederei erwartet unbedingte Gewaltlosigkeit." Er beugte sich vor. „Wenn das vor den Untersuchungsausschuß kommt, sind Sie Ihr Patent los. Wir tun Ihnen einen Gefallen, wenn wir es unter der Decke halten. Sehen Sie das ein?"

„Nein", erwiderte Jenkins starrköpfig.

Clements hatte gewußt, daß es ihm Jenkins nicht leichtmachen würde. „Dave", sagte er, „ich fürchte, wir müssen uns von Ihnen trennen. Sofort. Sie bekommen noch zwei Monate Ihr Gehalt. Wir werden niemandem etwas sagen. So behalten Sie Ihr Patent."

Jenkins spürte, wie ihm das Blut aus dem Kopf wich. Die Orient Line war sein Leben gewesen. Er stand so abrupt auf, daß sein Stuhl nach hinten kippte. Schnell verließ er das Restaurant und trat hinaus in die emsige Betriebsamkeit der City.

In der anglikanischen Kathedrale war es dunkel und kühl. Seine Gedanken überschlugen sich nicht mehr. Sie wurden gelassen, logisch und düster. Er hatte sich finanziell verausgabt, weil er mit einer Fahrtzulage gerechnet hatte, die er nun nicht erhalten würde. Die Abfindung der Orient Line würde gerade für einen Monat reichen.

Er sah Geoffs Gesicht und hörte die Explosion der Bazooka. Wenn der verdammte Juan doch nur seinen Kurs gehalten hätte... Probeweise, wie ein Mann, der mit der Zunge einen schmerzenden Zahn betastet, versuchte er, seine Handlungen zu bedauern. Es gelang ihm nicht. Er hatte das Richtige getan – für Geoff.

Aber nicht für Diana. Diana war an das Leben gewöhnt, das sie führte. Und sie hat dieses Leben verdient, sagte sich Jenkins. Sie würde es nicht verstehen.

Sie würde es mit Sicherheit nicht verstehen. Bring es in Ordnung, ermahnte sich Jenkins. Aber halte den Mund.

Er stand auf, verneigte sich vor dem Altar und verließ die Kirche.

In den folgenden zwei Wochen startete er seine Arbeitssuche und wurde zum Stammgast in der öffentlichen Bibliothek. Er rief jede Reederei in Hongkong an und erzählte überall das gleiche. Er sei Seemann mit mehr als zwanzigjähriger Erfahrung und Kapitänspatent. Aber sobald die Flottenmanager seinen Namen hörten, erstarb ihr Interesse abrupt.

Jenkins wußte, was das bedeutete: Er stand auf der schwarzen Liste.

MIT DER Zeit verlor Jenkins jegliche Hoffnung. Eine Woche bevor die Abfindung ausgezahlt wurde, verabredete er sich mit Jeremy Selmes im „British Bulldog", einem Pub nach Londoner Vorbild. Jeremy kam fünf Minuten zu spät. Er zwinkerte der Kellnerin zu. „Nicht übel", meinte er und sah ihrem schwarzen Minirock hinterher. Dann lehnte er sich gegen das Sitzpolster. „Na, Dave", begrüßte er ihn lächelnd. „Wie geht's, wie steht's?"

Jenkins registrierte den feinen blauen Anzug und die schwarzen, auf Hochglanz polierten Schuhe. „Ich habe beschlossen, an Land zu kommen."

Die schwarzen Brauen stiegen in die Höhe. „Die Lust am großen, weiten Meer verloren?"

Jenkins zwang sich zu einem Lächeln. „Peile eine andere Fahrrinne an", meinte er. „Flottenmanagement."

Jeremy stellte fest, daß Jenkins erschöpft wirkte. „Für wen?" wollte er wissen.

„Neue Truppe", erwiderte Jenkins vage. Er hatte sich bereits an Ausweichmanöver dieser Art gewöhnt und brachte sie ohne größere Schwierigkeiten über die Lippen. „Griechen."

„O ja, verstehe." Jeremy kannte sich mit der Schiffahrt nicht aus.

„Im Grunde wollte ich darüber mit dir sprechen. Wir haben da einen Kapitän, einen verdammten Trottel. Er sitzt tief in der Klemme." Jetzt kam er in Fahrt, und irgendwie hielt er sich an die Wahrheit. „Er braucht Geld. Aber auf konventionellem Weg kann er sich es nicht beschaffen." Jeremy war Polizist gewesen, ein Experte auf dem Gebiet der Unterwelt und ihrer unkonventionellen Wege. „Ich habe mich gefragt, ob...?"

„Ah", unterbrach ihn Jeremy. „Dieser Kerl braucht also einen Kredit." Jeremy blickte ihn an. Seine Augen waren dunkel und kalt. „Würdest du seine Situation als verzweifelt bezeichnen?"

Jenkins zögerte einen Moment, obwohl jede Überlegung überflüssig war. „Ja, das trifft es vermutlich. Warum?"

„Wegen des Typs, an den ich denke", erklärte Jeremy. „Das reine

Vergnügen ist der nicht. Kennt ein paar recht gefährliche Leute. Aber als Geldverleiher ist er sehr korrekt. Fünfundzwanzig Prozent Zinsen, vielleicht fünfzig, kommt auf die Sicherheiten an. Keine Zudringlichkeiten, bis die Hauptsumme fällig ist. Wie hört sich das an?"

Jenkins' Magen hatte sich wieder einmal bemerkbar gemacht. „Ganz so, als wäre es besser, ihn vom Büro fernzuhalten", meinte er schließlich. „Er soll mich zu Hause anrufen."

„In Ordnung." Jeremy nickte. „Er heißt Tommy Wong."

3. KAPITEL

Drei Monate später, fünf Tage nachdem Jenkins Tommy Wong um Aufschub gebeten hatte, saß in der Bibliothek ein kurzgeschorener Chinese auf Jenkins' Stammplatz. Jenkins reagierte irritiert. Er lief zum Zeitungsregal, zog die neueste Ausgabe der *South China Morning Post* heraus und ging mit ihr zu dem Tisch. Er setzte sich dem Mann gegenüber und hielt sich die Zeitung vors Gesicht. Der Chinese gegenüber sprach auf kantonesisch und in normaler Lautstärke in ein Mobiltelefon. Auch das noch, dachte Jenkins. Aber er brachte nicht genug Konzentration für Verärgerung auf. In seinem Kopf kreiste nur ein einziger Gedanke. *Was mache ich jetzt?*

Jenkins holte tief Luft. Er brauchte ein Schiff, er mußte ein Schiff steuern. Er wußte nicht, was er sonst tun könnte. Aber niemand wollte ihm ein Schiff geben. Dann raube doch eine Bank aus, dachte Jenkins. Rachel zuliebe, überfall eine Bank. Diana zuliebe natürlich auch. Aber bestimmt wirst du geschnappt. Und dann stecken Rachel und Diana in noch größeren Schwierigkeiten. Jenkins war verblüfft über sich selbst. Er dachte ernsthaft über einen Banküberfall nach? Verrückt. Was er brauchte, war ein Schiff.

Jemand kam und setzte sich neben den kurzgeschorenen Mann.

„Entschuldigung", sagte eine Stimme. „Kapitän Jenkins?"

Er ließ die Zeitung sinken und sah in die dunklen, undurchdringlichen Augen von Tommy Wong.

„Da gibt es jemanden, den Sie kennenlernen sollten", begann Wong.

Jenkins stellte fest, daß sein Herz unbehaglich schnell klopfte. „Woher wußten Sie, wo ich bin?"

Wong zuckte mit den Schultern. „Sie sind wichtig für mich", erwiderte er dann. „Die Ente, die goldene Eier legt."

„Die Gans", verbesserte Jenkins. „Sie kommen aber zu früh."
Wong lachte. „Hierbei geht es nicht um Geld." Er stand auf. „Kommen Sie. Ohne jedes Risiko und zu Ihrem Vorteil."

Er könnte lügen, überlegte sich Jenkins. Er könnte mich von hier fortbringen, um mich zusammenschlagen zu lassen. Aber vor Fälligkeit der Summe keine Gewalt, hatte Jeremy gesagt. Und mit solchen Dingen kannte sich Jeremy aus.

Er stand auf und folgte Wong. Der muskulöse Mann, der auf seinem Stuhl gesessen hatte, kam ihnen nach.

Vor der Bibliothek parkte ein stahlgrauer Wagen am Straßenrand. Der Muskelmann öffnete die hintere Tür. Wong stieg als erster ein, dann folgte Jenkins, dann der Muskelmann. Der Fahrer fuhr an.

„Wir fahren zu meinem Chef, Mr. Chang", erklärte Wong.

Jenkins nickte. So etwas wie Frieden breitete sich in ihm aus. Es geschah etwas. Und für den Augenblick genügte das.

Der Wagen hielt vor dem Gebäude der Hongkong-and-Shanghai-Bank. Zu dritt durchquerten sie die große Halle und betraten den Fahrstuhl. Der Leibwächter drückte auf einen Knopf. Jenkins verspürte Hoffnung. Zu einem Überfall auf ihn eignete sich dieser Ort kaum.

Als die Stockwerksangabe den oberen Dreißigerbereich erreicht hatte, ging die Tür auf. Sie gingen an zwei gelangweilten Sekretärinnen vorbei und betraten ein Büro. Es war ein großer Raum mit Fenstern vom Boden bis zur Decke und Ausblick auf den Hafen. An der Wand hinter dem Schwarzlackschreibtisch hing ein edel gerahmtes chinesisches Schriftzeichen auf handgeschöpftem Papier. Das Schriftzeichen war in Hongkong allgegenwärtig, auf Konservendosen, Theaterplakaten und Schiffscontainern. Es war das Markenzeichen des Chang-Imperiums. Darunter saß ein stämmiger Chinese mit Brille, einem sehr teuren Anzug und einer ebensolchen Krawatte. Tommy Wong sagte etwas auf kantonesisch, und selbst jemand wie Jenkins, der die Sprache nicht verstand, konnte den Respekt aus Wongs Tonfall heraushören. Der Mann hinter dem Schreibtisch nickte und wandte sich mit einem verblüffend pausbäckigen Lächeln Jenkins zu.

„Mein werter Kapitän Jenkins", sagte er. „Es ist mir in der Tat eine Freude, Sie kennenzulernen. Ich bin Hugh Chang. Bitte nehmen Sie Platz."

Jenkins nahm Platz. Wong und der Leibwächter zogen sich zurück. Jenkins spürte, wie seine Gelassenheit bedenklich abnahm.

Das war also Hugh Chang. Man sah ihn im Fernsehen, wie er Delegationen aus Peking die Hände schüttelte, oder las über ihn auf der ersten Seite des Wirtschaftsteils in den Zeitungen. In Hugh Changs Büro wurde man von keinem Schmalspurgeldverleiher geleitet.

„Es ist sehr zuvorkommend von Ihnen, sich ein paar Minuten für unsere Begegnung zu nehmen", sagte Chang, immer noch lächelnd, und neigte leicht den Kopf. „Wir beide sind sehr beschäftigt, also werde ich, wenn Sie gestatten, gleich zur Sache kommen. Über Ihre Geschäftsbeziehung zu Mr. Wong bin ich informiert und überzeugt davon, daß Sie diese Angelegenheit im Griff haben." Das Pausbackenlächeln wankte keine Sekunde. „Aber für den unwahrscheinlichen Fall, daß Sie auf Schwierigkeiten stoßen – wie weit würden Sie gehen, um Ihren Verpflichtungen nachzukommen?"

Vor einer halben Stunde habe ich ernsthaft erwogen, Banken zu überfallen, dachte Jenkins. „Ich würde tun, was nötig ist."

Chang nickte. „Und..., verzeihen Sie..., wie war das in der Straße von Zamboanga? Haben Sie da auch getan, was nötig war?"

„Woher wissen Sie davon?"

„Viele Leute wissen davon, Mr. Jenkins."

Jenkins dachte an die schwarze Liste. „Warum interessiert Sie das?"

„Mr. Wong und ich sind alte Freunde. Mir kam die Idee, daß wir einander vielleicht helfen können. Aber bevor ich helfen kann, muß ich ein wenig mehr über Sie erfahren." Er sah Jenkins an.

Plötzlich begann Jenkins' Herz zu hämmern, Schweiß trat auf seine Stirn. Das könnte deine Chance für die Rückkehr in eine geordnete Welt sein. Greif zu! Was hast du schon zu verlieren?

„Ein Kollege von mir wurde von Piraten ermordet. Ich kam zu dem Schluß, daß das Stillhaltegebot der Reederei für diesen Fall nicht anwendbar war. Ich mußte diesen Piraten unschädlich machen, damit er keinen weiteren Schaden anrichten konnte."

„Problemlösung durch direkte Aktion", stellte Chang fest und nickte zufrieden. „Wußten Sie, daß mein Sohn Raymond mit Ihrer Tochter Rachel befreundet ist?" fragte er nach einer kurzen Pause unvermittelt. „Wenn junge Leute Freunde sind, sollten sich kluge Eltern kennenlernen und eine Beziehung zueinander knüpfen." Er nickte wieder, diesmal das Nicken eines Weisen. „Und in geschäftlichen Dingen kooperieren. Beispielsweise nach einer Lösung zur Begleichung Ihrer Schulden suchen. Und zufällig brauche ich gerade einen Offizier für eines meiner Schiffe."

Jenkins spürte, wie das Blut in sein Gesicht zurückkehrte.

„Ein wirklich glücklicher Zufall. Ich werde Mister Wong darüber in Kenntnis setzen. Ein Kapitän namens Soares wird sich mit Ihnen in

Verbindung setzen, um alles Weitere zu vereinbaren. Und jetzt bitte ich Sie, mich zu entschuldigen."

Jenkins glaubte nicht an glückliche Zufälle. Aber einem geschenkten Gaul sieht man nicht ins Maul. Das war seine Chance. Seine plötzliche Sorgenfreiheit half ihm auf die Füße und brachte ihn zur Tür hinaus.

Nachdem er gegangen war, betrachtete Chang einen Moment lang sein Spiegelbild auf der lackierten Schreibtischplatte. Dieser Jenkins war ein hervorragender Seemann nach allem, was man hörte. Das war gut. Er hatte zwanzig Jahre lang für dieselbe Reederei gearbeitet. Auch das war gut. Und doch hatte er keine Bedenken, Gewalt bei der Verteidigung der Menschen anzuwenden, denen er sich verpflichtet fühlte. Das war sehr gut.

Es gab nur zwei Dinge, die noch besser waren. Zum einen befand sich Jenkins in einer verzweifelten Situation. Zum anderen hatte er eine Tochter. Nach allem, was man hörte, liebte Jenkins seine Tochter.

Die Tochter war ein entscheidender Vorteil.

RACHEL war in ihrem Zimmer und betrachtete mit der Lupe einen Reiter aus der Tang-Zeit, als das Telefon klingelte.

Eine Männerstimme meldete sich. Sie war jung und voller Elan. „Hallo, Rachel!"

Ihr Herz begann wie wild zu klopfen. „Raymond?"

„Hör zu", sprudelte er los. „Ich würde heute gern mit dir in die Galerie Ong gehen."

„Heute?"

„In einer Stunde bin ich bei dir. Halte dich bereit."

Allmählich hatte sich ihr Herzschlag wieder etwas normalisiert. Raymond Chang war ausgesprochen attraktiv. Er war nett, witzig, intelligent, er sah sehr gut aus, er hatte ein Auto und so weiter. Aber Rachel wurde von einer Sorge geplagt: Wie konnte man eine Beziehung zu jemandem haben, der davon ausging, daß man pausenlos in den Startblöcken saß?

„Eigentlich glaube ich nicht, daß ich mitkommen kann", erwiderte sie. „Ich habe bereits andere Pläne."

Raymonds Stimme kühlte sich merklich ab. „Welche anderen Pläne?"

Rachel verspürte leichte Genugtuung darüber, daß er eifersüchtig war, befürchtete aber gleichzeitig, daß sie vielleicht zu schroff gewesen sein könnte. Jetzt nicht weich werden, sagte sie sich. „Pläne eben", antwortete sie statt dessen.

„Oh", sagte Raymond.

„Aber morgen abend würde es passen", lenkte Rachel ein.

„Vielleicht", erwiderte Raymond verstimmt. „Ich melde mich wieder." Wenn er erregt war, neigte er dazu, aus „r" ein „l" zu machen.

„Bis..." Aber bevor sie den Satz beenden konnte, hatte er aufgelegt.

Prachtvoll, dachte sie. Einfach prachtvoll. Er ist der erste Mann, den du wirklich magst, aber du mußt ihn immer wieder verprellen.

Draußen schlug die Wohnungstür zu, und kurz darauf rauschte die Dusche im Bad. Zehn Minuten später kam ihr Vater herein, bekleidet mit einem schwarzen Kimono. Sein Gesicht wirkte noch immer erschöpft, aber in seinen Augen schien ein neues Leuchten zu stehen.

„Gehst du aus?" fragte er.

„Ja. Mit meinem Alten Herrn, dachte ich." Sie strahlte ihn mit ihren dunklen Augen an. „Herzlichen Glückwunsch zum Geburtstag. Ich wollte dich ins ,Loon Fung' einladen."

„Donnerwetter", sagte er überrascht. „Mein Lieblingslokal."

Rachel betrachtete ihren Vater nachdenklich. In den letzten Wochen war jeder Aufmunterungsversuch zwecklos gewesen, doch heute ging eine fröhliche Unbeschwertheit von ihm aus. „Was stimmt dich so heiter?" fragte sie.

„Ich hatte einfach einen guten Tag", entgegnete er. „Das macht munter. Wo ist deine Mutter?"

„Unterwegs. Ein wichtiges Tennisspiel, sagte sie. Und anschließend geht sie mit Myra Jennings essen. Sie bat mich, dir ihre Glückwünsche zu übermitteln." Der letzte Satz war ein Spontaneinfall.

Rachel suchte nach einem anderen Thema und fand es. Sie griff nach dem Merkzettel, der auf ihrer Schreibtischplatte klebte. „Ein Mann hat angerufen. Unangenehme Stimme. Nannte sich Suarez oder so ähnlich."

„Tatsächlich?" Jenkins fühlte sich nahezu euphorisch.

Er zog ein helles Sakko und eine dunkelblaue Leinenhose an. Er mußte sich dringend die Haare schneiden lassen. Ansonsten war er bereit für die See.

Er ging zum Telefon und wählte die Nummer, die Rachel auf ihren Zettel geschrieben hatte. „Hallo?" meldete sich eine kalte Stimme.

„Kapitän Soares? Mein Name ist Jenkins."

„Ah ja", sagte die Stimme und wurde aalglatt. „Kapitän Jenkins. Wie angenehm. Hören Sie, ich habe so viel von Ihnen gehört, daß ich Ihnen bei einem Bier ein Angebot machen möchte. Ich habe noch eine

Menge zu tun, aber später, so gegen elf, können wir uns treffen. Kennen Sie den ‚Kitten-Klub' in Wan Chai?"

„Ich fürchte, das ist heute nicht möglich", erwiderte Jenkins. „Wie wäre es mit morgen?"

„Morgen ist es zu spät. Wenn wir uns einig werden wollen, müssen wir uns noch heute abend einigen. Um elf, abgemacht?"

Jenkins erklärte sich einverstanden, legte auf und fühlte sich irgendwie über den Tisch gezogen. Egal, dachte er. Bis elf war es sein Geburtstag.

Sie fuhren mit dem Taxi nach Aberdeen, dem großen Fischereihafen an der Südküste der Insel. Im Loon Fung herrschte ein Getöse wie neben einem Wasserfall. Rachel sprach in fließendem Kantonesisch mit dem Kellner, und er führte sie durch die Menge an einen Tisch mit Ausblick auf das Wasser.

„Soll ich bestellen?" fragte sie.

Jenkins lächelte sie an und nickte. Sie würde das Richtige bestellen, denn sie wußte, was er gern aß, und noch wichtiger: Sie konnte die Karte lesen. Mit beträchtlichem Stolz beobachtete er, wie sie sich durch die Gänge arbeitete. Es ist, dachte er, ein unglaubliches Glück, daß sie das Aussehen ihrer Mutter und das Köpfchen ihres Vaters mitbekommen hat und nicht andersherum.

Das Essen kam schnell. „Ich bin am Verhungern", sagte Rachel, hob die Schale und schob sich mit den Stäbchen die Bissen in den Mund. Als ihr erster Heißhunger gestillt war, hielt sie inne und musterte ihn nachdenklich mit den schönen dunklen Augen. „Warum fährst du nicht wieder zur See?"

Er blickte auf die Wantans, die kleinen gefüllten Teigtaschen, die wie Geldsäcke in seiner Suppe schwammen. „Vielleicht werde ich genau das tun", sagte er und sah wieder Mr. Changs Pausbacken vor sich. „Übrigens", fuhr er fort, „man hört da so gewisse Dinge in, äh, Cocktailkreisen. Was ist mit dir und Raymond Chang?"

Sie wandte ihm das Gesicht zu – große, geheimnisvolle Augen unter feingeschwungenen Brauen. Es war offensichtlich, warum die Leute sie fotografieren wollten. Sie schob die dichten blonden Haare hinter ihr linkes Ohr, so wie sie es immer tat, wenn sie verlegen war. „Raymond?" meinte sie mit bemühter Gleichgültigkeit. „Das Übliche. *Guanxi.*"

„Aha." *Guanxi* brauchte man, um in der chinesischen Welt voranzukommen. Es bedeutete Beziehungen zu Menschen, die man kannte oder denen man Gefälligkeiten erwiesen hatte – Gefälligkeiten, die man zurückfordern konnte, wenn man sie brauchte.

„Ich werde für seinen Vater arbeiten."
„Als was?"
„Ich soll ein Schiff steuern, glaube ich."
„Raymond sagt, sein Vater sei ein altmodischer Typ." Sie war intensiv damit beschäftigt, Krabben und Schwarzbohnensauce in ihre Schale zu schaufeln. „Er ist mit mir nicht einverstanden."

Noch nie hatte Rachel irgendwelchen Wert auf die Anerkennung durch die Väter ihrer Freunde gelegt. Das ist eindeutig etwas Ernstes, dachte Jenkins. Um sie aufzumuntern, erwiderte er: „Davon hat er mir aber nichts gesagt."

„Du hast über mich und Raymond gesprochen?"

„Sein Vater äußerte sich dahingehend, daß es gut wäre, wenn sich die Eltern befreundeter junger Leute kennenlernten."

„Davon weiß ich nichts. Nach Raymonds Äußerungen glaube ich, daß der alte Scheißkerl vermutlich für von den Eltern arrangierte Ehen ist. Und zwar für reinrassige."

„Sehr vernünftige Einstellung", sagte Jenkins.

Sie legte ihre Hand auf seine Finger. Sie klebte ein bißchen von der Schwarzbohnensauce. „Da widerspreche ich dir." Eine Sekunde lang war sie für ihn wieder zehn Jahre alt, marmeladen- und sandverklebt, am Strand mit ihrem Bruder Bill. Bill war acht gewesen. Zwei klebrige, herumtollende Kinder. Jetzt war eines davon tot.

Das Gefühl von Unerbittlichkeit war wieder da. Bills Tod hatte Diana aus dem Gleis geworfen. Seither war alles, was ganz natürlich sein sollte, zur Pflicht geworden. Er hatte für sie gesorgt, auf eine verbissene Weise, eine geradezu unerbittliche Art.

„Dad?" Rachel klopfte ihm auf die Hand.

Er wurde sich bewußt, daß sie etwas gesagt hatte. „Entschuldige", sagte er. „Ich war gerade ganz woanders."

„Herzlichen Glückwunsch", sagte sie und schob ihm ein rotes Päckchen zu.

In dem Päckchen war eine kleine Plastikhalbkugel. In der Halbkugel eine tropische Insel mit Palmen. Als er sie umdrehte, wirbelten Schneeflocken um die Palmen. „Genau das, was ich mir immer gewünscht habe", verkündete er erfreut.

„Du hattest doch diese Bilder von Schweizer Berghütten in deiner Kajüte auf der *James Beeson*. Du hast immer gesagt, sie wären besser als jede Klimaanlage. Ich dachte, das würde vielleicht auch helfen."

Jenkins küßte sie auf die Wange.

„Es freut mich, daß du wieder auf See gehst", sagte sie lächelnd.

Er nickte. Einen Moment lang gab es nur sie und ihn, in ihrer eigenen kleinen Halbkugel. Töchter waren etwas Wunderbares. Um halb zehn setzte er sie zu Hause ab und fuhr mit dem Taxi weiter nach Wan Chai.

DER KITTEN-KLUB lag in einer dunklen Ecke von Wan Chai. Jenkins bezahlte den Taxifahrer, drückte die schwere Holztür auf und trat ein.

Eine spärlich bekleidete Frau kam sofort auf ihn zu und setzte ein verführerisches Lächeln auf. „Spendieren Sie mir einen Drink?" fragte sie.

„Nein, keinen Drink." Jenkins schüttelte den Kopf und schaute sich um. Im Hintergrund befanden sich einige Sitznischen vor einem roten Vorhang. Er setzte sich in eine der Nischen und rümpfte die Nase über den Geruch der Räucherstäbchen. Da teilte sich der rote Vorhang, und ein Kopf tauchte auf. Die Haare waren schwarz und glänzten gelfeucht. Der massige Schnurrbart war gleichfalls schwarz wie auch die Stoppeln auf dem fliehenden Kinn und die Pupillen über den dunklen Augensäcken. Der Blick der ruhelosen Augen huschte nach links und rechts. Der Kopf schob sich aus dem Vorhang, gefolgt von einem massigen Körper in einem weißen, kurzärmeligen Hemd und einer Khakihose.

„Kapitän Soares?" fragte Jenkins.

Die Lippen unter dem schwarzen Schnurrbart verzogen sich zu einem gewinnenden Lächeln. „Mister Jenkins", begrüßte ihn Soares strahlend, „wie liebenswürdig, daß Sie gekommen sind."

Soares setzte sich an den Tisch, bestellte ein Bier, trank und rülpste. „Es heißt, Sie suchen einen Job", begann er dann unvermittelt.

Jenkins nickte.

„Also gut", begann Soares. „Wir haben da ein Schiff. Ein echter Mistkahn, muß ich Ihnen sagen. Wir bringen es zum Abwracken, und zwar nach Oakland, Kalifornien."

„Nach Kalifornien", wiederholte Jenkins und versuchte nicht zu verständnislos zu schauen. Die meisten Abwrackwerften befanden sich in Indien oder China, wo Arbeitskräfte billig waren.

„Ich brauche einen Ersten Offizier", fuhr Soares unbeirrt fort.

Jenkins nickte. Bettler durften nicht wählerisch sein.

„Das Geld stimmt", erklärte Soares. „Sechzigtausend Dollar."

„Hongkong?"

„Amerikanische", sagte Soares.

Jenkins' Bier verharrte auf halbem Weg zu seinem Mund. „Was?"

„Die Hälfte jetzt. Die andere am Ziel."

Jenkins setzte das Glas schnell ab, damit es ihm nicht aus den Fingern rutschte. Sechzigtausend Dollar waren genau die Summe, mit der er seine Schulden bezahlen und ein neues Leben beginnen konnte. Aber niemand, den Jenkins kannte, würde sechzigtausend Dollar zahlen, um ein Schiff über den Pazifik zum Abwracken zu bringen.

„Und was ist das für ein Schiff?" wollte er mißtrauisch wissen.

„Containerschiff. Zirka siebentausend Bruttoregistertonnen. Wir laden ein paar Container. Vor allem leere. Ich brauche einen Mann, der es gewöhnt ist, mit Filipinos zu arbeiten, der die Fracht im Auge behält, die Deckmannschaft überwacht und den Mund hält. Der Zweite Offizier ist ein Brite, die beiden anderen Flips. Der Leitende Ingenieur ist Australier. Er nimmt seine Frau mit. Filipino-Mannschaft, chinesische Köche."

Jenkins nickte. Das hörte sich alles sehr seltsam an. Das einzig ermutigende Zeichen war die Frau des Leitenden Ingenieurs. Schiffsoffiziere nehmen ihre Frauen für gewöhnlich nicht auf dubiose Fahrten mit. „Eine Frage", sagte er schnell. „Ist die Sache legal?"

Soares legte seine Wurstfinger auf die Brust. „Beim Grab meiner Mutter", antwortete er. „Wollen Sie den Job?"

Sechzig Riesen. „Selbstverständlich", erwiderte Jenkins.

„Willkommen an Bord", sagte Soares. „Vielleicht brauchen Sie einen Vorschuß." Er tauchte mit der Hand in seine Hose und holte ein dickes Bündel Banknoten hervor. „Reichen zehntausend Dollar?"

Jenkins gefiel die Art nicht, in der Soares es für selbstverständlich hielt, daß er den Vorschuß annehmen würde, aber er konnte den Blick nicht von dem Geld wenden.

„Hübsch, was?" Soares lächelte.

Die Tür ging auf, und ein Mann kam herein. Die Frauen hinter der Bar schwärmten auf ihn zu. Er war dunkel, stämmig und Ende Zwanzig. „Laßt ihn in Ruhe!" rief Soares den Mädchen zu. „Er will zu mir." Er überreichte Jenkins das Geld. Der Mann kam auf sie zu. „Dave Jenkins", stellte Soares ihn vor. „Das ist Ihr Zweiter Offizier Peter Pelly."

Pelly hatte glatt zurückgestrichene schwarze Haare und ein breites Gesicht. Zumindest ein Großelternteil war chinesisch gewesen. „Wie geht's?" fragte er mit Londoner Akzent. Seine Hand fühlte sich rauh und trocken an. Er sah die Frauen an, nicht Jenkins. Dann spendierte er einer der Frauen einen Kognak und zog mit einer Art naiver Freude ein dickes Geldbündel aus der Tasche. Er war Jenkins sympathischer als Soares.

„Komm zu mir, Schätzchen", lockte Pelly. Die Frau kam und setzte sich auf seine Knie. Jolly Jack auf Landgang, dachte Jenkins. Zeichen dafür, daß du wieder zu einem Schiff gehörst. Du solltest begeistert sein. Jenkins stand auf. „Meine Frau wartet auf mich", flunkerte er.
„Boje C-elf. Morgen früh, acht Uhr", meinte Soares zum Abschied.

Als er nach Hause kam, lag Diana bereits im Bett. Creme glänzte auf ihrem Gesicht. Sie trug ein blaues Spitzennachthemd und las ein Modemagazin. „Darling", begrüßte sie ihn, „Rachel hat mir erzählt, daß ihr im Loon Fung gegessen habt."
„Stimmt." Jenkins nickte. Er wollte sich ihr anvertrauen, wollte ihr sagen: Diana, du kannst weiter hier wohnen bleiben, und auch das mit den Klubs und dem BMW geht in Ordnung. Aber natürlich hatte sie keine Ahnung, daß dies alles bis vor kurzem auf dem Spiel gestanden hatte. „Ich muß dir etwas sagen", meinte er statt dessen.

Sie blätterte eine Seite ihrer Zeitschrift um.

„Ich fahre wieder zur See." Er wappnete sich.

Sie blickte nicht von ihrem Magazin auf, aber Jenkins sah, daß sie die Lippen zusammenpreßte. „Tatsächlich?"

„Ich hoffe, du hast nichts dagegen."

„Ich weiß, du wirst tun, was du für uns alle am besten hältst." Diana lächelte das blendende Cocktailpartylächeln, das kam und ging, ohne auf ihrem Gesicht irgendeine Spur zu hinterlassen. Sie wandte sich wieder ihrer Zeitschrift zu.

Jenkins zog sich aus und kletterte ins Bett. Es war leichter gewesen, als er befürchtet hatte.

Diana schloß die Zeitschrift und legte sie ordentlich auf den Stapel auf ihrem Nachttisch. Es sah so aus, als würden sie miteinander reden. „Weißt du, wer Rachel heute abend angerufen hat?" fragte sie. „Raymond Chang!"

„Sie hat irgendwas davon erwähnt. Netter Kerl?" fragte Jenkins möglichst unbefangen.

Diana schnalzte mißbilligend. „Sein Vater ist einer der zehn reichsten Männer von Hongkong."

„Oh", sagte er. „Der?"

„Du bist wirklich nicht von dieser Welt", meinte sie halb versöhnt. Er legte die Hand auf ihre Schultern. Die Haut war noch immer glatt und jung. An ihrem nächsten Geburtstag würde Diana sechsunddreißig. Plötzlich verspürte er ein Verlangen, den Wunsch nach Nähe. Er ließ seine Hand über ihren Oberarm zum seidigen Schwung ihrer Hüfte wandern.

Sie schüttelte sie ab. „Es ist schon spät. Ich muß früh aufstehen."
Für Termine im Fitneßstudio und beim Friseur, dachte Jenkins grimmig. Er glitt unter die Bettdecke. Manchmal erschien ihm sein Zusammenleben mit Diana so, als wären sie nicht Mann und Frau.

Er war zwanzig gewesen, als er sie kennengelernt hatte: Nach vier Jahren auf See, mit einem gerade erworbenen Steuermannspatent in der Tasche, hatte er sich bei seinen Eltern in Dorchester für einen einmonatigen Urlaub einquartiert. In der Canford School, wo er mit ein paar Freunden regelmäßig Tennis spielte, hatte eine Tanzveranstaltung stattgefunden. Und dort war er ihr begegnet.

Es war eindeutig Liebe auf den ersten Blick gewesen. Jenkins hatte kurze Haare und ein braunes Gesicht, und sein damaliger Kapitän hatte dafür gesorgt, daß Jenkins sorgfältig auf seine Kleidung achtete: Blazer und Flanell zwischen all den Koteletten und Schlaghosen seiner Altersgenossen. Und Diana – nun, Diana hatte lange braungebrannte Beine, lange Haare, die sie hochgesteckt trug, und strahlendweiße Zähne, und zwischen den Plateausohlen, den Baumwollkleidern und den falschen Wimpern war sie das einzige natürliche Wesen.

Er hatte sie angesprochen. Und als sie sich unterhielten, stellte sich heraus, daß sie – im Unterschied zu vielen ihrer Altersgenossinnen – es nicht für sonderbar oder spießig hielt, bei der Handelsmarine zu sein.

An jenem ersten Abend tanzte er mit ihr. Und später, draußen auf dem Parkplatz, in seinem Wagen, hatte sie ihm ins Ohr gehaucht: „Nein, nicht am ersten Abend, bitte –" So etwas mußte ein anständiger Kerl selbstverständlich respektieren. Und so hatte er sie für den nächsten Abend ins Kino eingeladen und war am Abend danach mit ihr zu einem Konzert nach Bournemouth gefahren. Und am Abend danach waren sie am Strand entlanggelaufen, und später, auf einer Decke in den Dünen, hatte sie ihm dann bewiesen, daß sie das, was sie am ersten Abend nicht tun wollte, am vierten mit Hingabe tat.

Und dann mußte Jenkins wieder an Bord.

Er hatte ihr dreimal wöchentlich geschrieben, lange, ausführliche Briefe über sein Leben auf dem Schiff. Die Briefe, die zurückkamen, waren kürzer und in großer, quadratischer Schrift, mit kleinen Kreisen über dem „i". Sie erzählten vom Tennis und von Menschen, die Jenkins nicht kannte, und vermittelten ihm den Eindruck, daß sie begehrt war. Sie machten ihn sogar sehr besorgt, denn er saß auf diesem verdammten Schiff fest, und sie war der Star von Poole, und der Himmel mochte wissen, mit wem sie ausging. Als sie ihm dann eines Tages schrieb, sie sei schwanger, war es fast eine Erleichterung. Postwendend machte er ihr einen Heiratsantrag.

Merkwürdigerweise, wie Jenkins fand, schienen seine Eltern von Diana nicht gerade begeistert zu sein. Jenkins erinnerte sich, was er damals empfunden hatte: er und Diana gegen den Rest der Welt.

Nach Rachels Geburt wurde ein Kindermädchen eingestellt, weil Jenkins zum Zweiten Offizier befördert worden war. Aber mit der Beförderung war viel Arbeit verbunden. Mitunter kam er sechs Monate lang nicht nach Hause. Während einer seiner Urlaube empfing sie Bill. Es war eine ideale Ehe. Zwei entzückende Kinder, eine wunderschöne Frau. Das einzige Problem war, daß sie sich so selten sahen.

Am nächsten Morgen wachte er früh auf. Der Wind sang in den Balkongittern. Diana lag schlaff unter der Decke und schnarchte leise. Er holte seinen Seesack vom Schrank herunter und verließ das Schlafzimmer. Als er an Rachels Zimmer vorbeikam, streckte sie den Kopf aus ihrer Tür. „Tee?" fragte sie.

Sie gingen in die Küche. „Wann mußt du los?" wollte sie wissen, während sie das Wasser für den Tee aufsetzte.

„Heute."

„Ist mit dir wirklich alles in Ordnung?" Sie kannte ihn beunruhigend gut.

„In absoluter Topform", erwiderte er. Sie küßte ihn auf die Wange. „Ich wünsche dir eine gute Fahrt."

Er nickte.

Später packte er seine Sachen in den Seesack und brachte Diana eine Tasse Tee. „Du bist noch nicht fort?" fragte sie gähnend und schlief kurz darauf wieder ein.

Er küßte Rachel zum Abschied und hievte seinen schweren Seesack zur Haustür hinaus. Er hatte sich an Diana gewöhnt. Dennoch ertappte er sich bei einem unwürdigen Gedanken. Manchmal, neuerdings, hatte er nicht mehr das Gefühl: er und Diana gegen den Rest der Welt. Manchmal, neuerdings, hatte er das Gefühl: Rachel und er gegen Diana.

4. KAPITEL

Boje C-11 markierte einen Ankerplatz nordwestlich der Pier, von der die Fähre nach Macau verkehrte. An einer roten Tonne, die über eine Kette fest mit einem Betonblock auf dem Meeresboden verbunden war, lag mitten im Hafenbecken ein Schiff vertäut. Am Heck waren noch Spuren der weißen Buchstaben zu sehen, die einst den Namen *Glory of Saipan* gebildet hatten.

Die *Glory* sah aus wie ein rostiger Kasten von 120 Meter Länge und gut 27 Meter Breite. Vorn befand sich ein Unterkunftsblock, fünfstöckig und weiß gestrichen, darüber die Spiegelglasfenster der Brücke. Von dem Antennenmast, der auf dem Peildeck montiert war, flatterte die Flagge von Liberia.

Hinter dem Unterkunftsblock verliefen Schiebeluken bis zum Heck. Auf den Lukendeckeln waren 20- und 40-Fuß-Container über die gesamte Länge des Decks gestapelt.

Jenkins näherte sich Boje C-11 mit einem baufälligen Wassertaxi. Die *Glory of Saipan* war kein ermutigender Anblick. Nahezu alles ließ Böses ahnen. Bullaugen und Fenster standen offen. Das hieß, daß die Klimaanlage nicht funktionierte. Auf dem Achterdeck, in der Nähe des Schornsteins, sah Jenkins einen 500-Kilowatt-Generator, dessen Kabel sich durch eine Luke unter Deck schlängelten, vermutlich in den Maschinenraum. Und das bedeutete, daß die Generatoren des Schiffs ebenfalls den Geist aufgegeben hatten.

Das Wassertaxi stieß gegen das Heck der *Glory*. Jenkins schulterte seinen Seesack und kletterte an Bord, während das Taxi zum Ufer zurücktuckerte.

„Wer zum Teufel sind Sie?" ertönte hinter ihm eine Männerstimme mit australischem Akzent.

Er drehte sich um und spürte das Knirschen von Rostpartikeln unter seinen Schuhen. Der Mann war etwa einen Meter siebzig groß und hatte ein hageres Gesicht. Sein Teint schimmerte rötlich, doch das war kein Zeichen von Gesundheit, sondern rührte von den geplatzten Äderchen auf seinen Wangen her, die seine Vorliebe für Alkohol dokumentierten.

Jenkins streckte die Hand aus. „Jenkins", stellte er sich vor. „Erster Offizier."

Der Australier ignorierte die Hand. „Nairn", sagte er, ohne die Lippen zu bewegen. „Leitender Ingenieur." Er stampfte auf eine Tür neben dem Schornstein zu.

Jenkins bemühte sich, nicht verblüfft zu sein. Neues Schiff, neue Regeln, aber ihm gefielen weder Schiff noch Regeln. Seufzend schulterte er seinen Sack, knirschte über das schmale Stahldeck neben den Containern und zog die Tür zur Unterkunft auf. Fünf Treppen hinauf mußte er sich durch den Gestank von schalen Kochgerüchen und

Männerschweiß quälen. Es war schauerlich. Aber es gab auch Tröstliches. Heute früh waren zwanzigtausend Dollar an Tommy Wong überwiesen worden und zehntausend auf Dianas Bankkonto. Nach der Ankunft in Oakland würde Wong den Rest erhalten.

Inzwischen hatte er die Kommandozentrale auf der Brücke erreicht. Er sah sich um. Die meisten Gerätschaften waren verdreckt und vernachlässigt wie der Rest des Schiffes. Dann entdeckte Jenkins zu seiner Überraschung eine nagelneue ARPA-Radaranlage sowie im Kartenraum GPS und Satcom – hochsensible Satelliten-Navigations- und Kommunikationssysteme. Das Schiff mochte eine Rostlaube sein, aber wenn es sank, würde man wissen, wo es sank. Und noch besser: Man wäre in der Lage, Hilfe zu alarmieren.

„Mr. Jenkins", hörte er plötzlich jemanden hinter sich sagen.

Er blickte sich um. Es war Soares. Jenkins schüttelte seine feuchte Hand und fragte: „Wann legen wir ab?"

Soares zuckte mit den Schultern. „Wir warten auf Anordnungen. Mittagessen um halb eins." Er griff zu einem Telefon und wählte. „Messeboy auf die Brücke."

Der Messeboy führte Jenkins in seine Kajüte, einem schmuddligen Kunststoffgeviert mit Schreibtisch, Koje und einem kleinen, muffigen Bad. Jenkins schickte den Messeboy nach Mop und Desinfektionsmitteln, legte Zeitungsbogen in die Fächer des Stahlspinds und packte seinen Seesack aus. Er aktivierte Rachels tropischen Schneesturm und stellte die Halbkugel auf das Regalbrett unter dem Bullauge. Die künstlichen Flocken wirbelten um die Palmen. Verdammt gräßliches Schiff, dachte er. Aber immerhin ein Schiff. Die Dinge waren wieder auf Kurs.

Um halb eins ging er zum Essen hinunter. Die Messe bestand aus einem mit blau-weiß kariertem Wachstuch bedeckten Stahltisch. Peter Pelly, der Zweite Offizier, war bereits da. Er zwinkerte und nickte. Nairn und Soares aßen Sardinen und fettige Bratkartoffeln mit Knoblauch. Am Ende des Tisches saß eine Frau von rund fünfzig Jahren, mit langem Kinn und zu einem Knoten zusammengezurrten Stahlwollehaaren. Sie musterte Jenkins aus argwöhnischen grauen Augen. Ihr Mund war ein schmaler Schlitz – ganz so, als hätte jahrelange Resignation ihre Lippen verschwinden lassen. „Irma, das ist der Erste Offizier", sagte Nairn, „er..., äh..."

„David Jenkins", kam ihm Jenkins zu Hilfe.

Mrs. Nairn zog den Schlitz breit und sagte mit einem kurzen Nicken: „Erfreut, Sie kennenzulernen." Zu weiterer Konversation kam es nicht. Jenkins zog eine Packung Käsescheibletten sowie ein paar blasse Tomaten zu sich heran und machte sich ein Sandwich. Nairn goß sich hintereinander drei kleine Gläser Apfelsaft ein und kippte sie ruckartig. Jenkins nahm an, daß er eher an Whiskey gewöhnt war.

Soares wischte sich mit dem Handrücken über die Lippen. „Läuft alles zufriedenstellend?"

Nairn rülpste. „Abgesehen von der verdammten Maschine haben die beiden Schlitzaugen, die mir als Maschinisten zugeteilt wurden, noch nie einen Maschinenraum von innen gesehen. Ich will Ihnen nur sagen, daß ich derartige Umstände nicht gewöhnt bin. Ich war auf der *Asia Ruby*. Dort hatte ich einen Zweiten, einen Dritten, zwei Kadetten, fünf Matrosen. Meine schwerste Aufgabe am Tag war die Entscheidung, welchen Wein ich mir zum Abendessen kommen lassen sollte..."

„Das war einmal", unterbrach ihn Mrs. Nairn. Ihre Stimme klang wie ein Peitschenhieb.

Nairn blickte auf, als wäre er gerade aus tiefem Schlaf erwacht. „Oh", sagte er, „ja, das ist vorbei."

„Dave, sprechen Sie sich mit Rodriguez ab, dem Dritten Offizier. Peter, Sie navigieren. Ich sehe Sie auf der Brücke. Um vier kommt der Lotse an Bord", schaltete sich Soares wieder ein.

„Wo finde ich Rodriguez?" fragte Jenkins.

„Die Flips haben ihre eigene Messe auf dem Unterdeck", erklärte Soares. „Wenn Sie gern Blut und Fischköpfe essen, können Sie ihnen Gesellschaft leisten." Er wühlte in seiner Tasche herum und warf Jenkins einen Schlüsselbund zu.

Unten in der Mannschaftsmesse sahen sich Rodriguez und Johnny, der Dritte und Vierte Offizier, einen Spielfilm auf Video an. Rodriguez war ein kleiner Mann mit vollen Lippen und pomadisierter Tolle, Johnny war stämmig und erschien irgendwie kummervoll, mit hervortretenden braunen Augen. „Hallo", begrüßte Rodriguez den Eintretenden lahm. Beide Männer bedachten Jenkins mit einem schlaffen Handschlag.

„Johnny", fragte Jenkins, „was haben Sie für den Nachmittag vor?"

„Schlafen. Video schauen", antwortete Johnny. „Ich habe Magenschmerzen und ein krankes Herz."

„Und was ist mit der Rettungsausrüstung?"

„Später", brummte Johnny.

„Nein, jetzt!" befahl Jenkins. Ab jetzt würde hier Ordnung herrschen. Wie auf einem richtigen Schiff.

Johnny schob die Unterlippe vor und watschelte schnaufend und ächzend aus der Messe.

Die Vorräte befanden sich in kajütengroßen Spinden im untersten Geschoß des Unterkunftsblocks. Jenkins steckte den Schlüssel ins erste Spind und öffnete es. Das Spind war mit Säcken gefüllt. Jenkins versuchte sie zu zählen. Es waren zu viele.

„Spind eins: Reis. Zweihundertvierzig Fünfzigkilosäcke", verkündete Rodriguez nach einem Blick auf seine Liste. Er gähnte.

Schweigen. Dann fragte Jenkins: „Wieviel Reis essen achtzehn Filipinos pro Tag?"

„Ungefähr zwanzig Kilo."

„Also haben wir für sechshundert Tage Reis."

„Scheint ein sehr langsames Schiff zu sein", meinte Rodriguez.

Im Tiefkühlraum befanden sich fünfzig Schweine in Stücken sowie mehrere Zentner Fisch. Es gab diverse Kanister Speiseöl, Kisten mit Zwiebeln und etliche Korbflaschen Sojasauce. Als sie ihre Inventur beendet hatten, ging Jenkins mit der Liste ins Büro. Er hatte das Gefühl, daß ein extrem kurzer Glücksmoment vorüber war.

Soares blätterte in einem *Playboy*. „Alles okay?"

„Wie schnell läuft dieses Schiff?" fragte Jenkins.

„Elf Knoten", erwiderte Soares.

„Wie lange brauchen wir bis Oakland?"

Soares' feuchtkalte Augen waren schmal und hart geworden. „Einen Monat", erwiderte er. „Mehr oder weniger. Warum?"

„Wir haben genügend Vorräte für dreihundertundfünfzig Menschen an Bord."

Soares blätterte eine Seite des *Playboy* um. „Mister Zamboanga-Schlaumeier-Jenkins, wenn Ihnen dieses Schiff nicht paßt, können Sie das Geld zurückgeben und an Land gehen." Er blickte auf seine Armbanduhr. „Wir stechen um siebzehn Uhr in See."

Ich bin der Erste Offizier, sagte sich Jenkins. Ich werde dafür bezahlt, den Anordnungen meines Kapitäns zu folgen. Es wird für alles eine logische Erklärung geben. „Verstanden", sagte er deshalb und verließ das Büro.

Jenkins verbot sich jedes weitere Grübeln über die Vorräte. Er zog einen Overall und Stahlkappenstiefel an und setzte sich einen Schutzhelm auf. Dann schob er sich ein Sprechfunkgerät in die Brusttasche und scheuchte ein halbes Dutzend Matrosen aufs Vorderdeck. Das Funkgerät in seiner Tasche quäkte. „Lotse an Bord", sagte Soares' Stimme. „Also, los geht's."

Jenkins wußte, was jetzt kam. Er reckte den Kopf über den Vorsteven und sah unter sich einen Chinesen vom Lotsenboot aus die Trossen der *Glory* lösen. Unter seinen Füßen spürte er das schwache Vibrieren der Schiffsmotoren. Dann hörte er den Lotsen von tief unten rufen: „Leine einholen!"

Jenkins drehte sich zu seiner Mannschaft um und wiederholte laut: „Leine einholen!" Kurz darauf klatschte die Stahltrosse in das khakifarbene Wasser und wurde dann über eine elektrische Winde an Bord gezogen. Das Schiff war frei. Der Bug schwang herum, und die *Glory of Saipan* befand sich in der Fahrrinne, die in das offene Südchinesische Meer hinausführte.

Jenkins' Funksprechgerät meldete sich wieder. „Jenkins", quäkte Soares. „Im Maschinenraum gibt es ein Problem. Kümmern Sie sich darum."

IM MASCHINENRAUM war es heiß wie in der Hölle und mindestens doppelt so laut. Aber da sich Jorge in Maschinenräumen aufhielt, seit sein reicher Onkel ihm vor sechs Jahren per Bestechung einen Befähigungsnachweis besorgt hatte, war er an die Hitze und den Krach gewöhnt. Jorge war davon überzeugt, daß seine wahre Berufung die Zucht von Kampfhähnen war. Das Leben auf See erschien ihm im großen und ganzen unerfreulich, besonders aber auf einem alten Dreckkasten wie diesem.

Heute abend war es ganz besonders mies. Mit den beiden neuen Maschinisten Ho und Lee hatte alles angefangen. Selbst Jorge konnte erkennen, daß sie keine Ahnung von ihrer Arbeit hatten. Aber das hätte er ihnen nie ins Gesicht gesagt, denn sie waren Typen, die sich nicht die Butter vom Brot nehmen ließen. Jorges Erfahrung mit den Hähnen hatte ihn gelehrt, Kämpfernaturen auf den ersten Blick zu erkennen.

Die Maschinisten hielten sich in einem Kabuff neben dem Maschinenraum auf. Zwischen ihnen stand ein Stahltisch, an den zwei Pappröhren geklebt waren. Sie standen über den Röhren und schrien sich an. Auf einer Seite des Tisches lag ein Haufen Geld.

Plötzlich sah Jorge einen kleinen Kopf mit spitzen Ohren und Schnurrhaaren aus der rechten Röhre auftauchen. Der Chinese Ho griff nach dem Geldhaufen.

Jorge ging ein Licht auf. Hier fand ein Rattenrennen statt. Jorge war ein Mann mit ausgeprägten sportlichen Instinkten. Er trat an den Tisch. Die Ratte des Chinesen Ho steckte wieder den Kopf heraus. Der

Chinese Lee zahlte. Jorge zog sein Geld aus der Tasche und klatschte hundert amerikanische Dollar auf Hos Tischseite.

Keiner der Männer würdigte ihn oder sein Geld auch nur eines Blicks.

Wieder gewann Hos Ratte. Lee zahlte. Aber noch immer ignorierten sie Jorge. Er tippte Lee auf die Schulter – eigentlich war es mehr ein leichter Stoß oder ein freundschaftlicher Schubs.

Nun wurde er nicht mehr übersehen. Lee wandte sich um, das Gesicht ausdruckslos wie ein Bogen gelbes Papier. Dann verspürte Jorge einen brennenden Schmerz an seinem rechten Ohr. Er flog zur Seite und auf das schmierige Stahldeck. Er hat mich geschlagen, dachte er durch einen blutroten Schmerznebel. Seine Finger schlossen sich um den Griff seines Messers, während er sich langsam erhob.

Lee nahm Jorges Geld vom Tisch und stopfte es sich in die Tasche. Mit gezücktem Messer stürzte Jorge vorwärts. Lee lächelte. Es war ein Lächeln, das Jorge plötzlich erkennen ließ, daß Lee kein Mann war, dem man mit einem Messer vor der Nase herumfuchtelte. Aber er hatte es nun einmal gezückt und sah keine Möglichkeit, es auf einigermaßen anständige Weise wieder einzustecken.

Lees Fuß schnellte hoch und trat gegen Jorges Messer. Während es im hohen Bogen durch die Luft flog, schoß Lees Faust vor, um Jorges Nase zu treffen. Aber Jorge hatte sich geduckt, so daß ihn der erste Schlag an der Stirn traf. Er flog nach hinten in den Hauptmaschinenraum und blieb vor den Fenstern des Kontrollraums liegen. Es kam ihm so vor, als ob der Obermaschinist im Kontrollraum etwas in ein Telefon schrie. Er öffnete die Tür, stolperte hinein und schloß hinter sich ab. Irgend jemand schrie, aber was, konnte er wegen des Rauschens in seinen Ohren nicht verstehen. Er hörte ohnehin nicht zu. Voller Entsetzen blickte er durch das Fenster in den Maschinenraum, den der Chinese Lee gerade durchquerte. In den Händen hielt Lee eine große rote Axt.

Jenkins stand oben an der Treppe. Seine Brust hob und senkte sich krampfhaft nach dem Hundertmetersprint von der Brücke. Unter ihm dröhnten die Maschinen inmitten der drei stählernen Galerien, auf deren höchster er stand. Ganz unten hieb ein Mann im weißen Overall mit einer roten Axt auf das Fenster des Kontrollraums ein. Neben Jenkins' Hand befand sich ein großer roter Knopf. Der Generalalarm.

Er drückte auf den Knopf. Neben dem Kontrollraum flackerte das orangefarbene Alarmsignal auf. Jenkins wartete auf eilig nahende Schritte. Sie blieben aus. Eigentlich sollten Alarmglocken ertönen.

Aber es würde sowieso niemand auf sie reagieren, denn dieses Schiff war ganz anders als all die Schiffe, auf denen Jenkins sein Leben zugebracht hatte. Das orangefarbene Licht hörte auf zu flackern. Jemand hatte den Alarm ausgeschaltet.

Die Erkenntnis kam Jenkins so hell wie ein Magnesiumblitz. Für sechzigtausend Dollar machte man sich die Regeln nach Bedarf.

Er sah sich um. In einem an der Wand befestigten Behälter steckten ein paar rostige Eisenstangen. Er zog eine etwa einen Meter lange Stange heraus und rannte die Stufen zum Zentrum des Aufruhrs hinunter.

Der Chinese Lee hatte mit voller Wucht gegen das Fenster geschlagen. Aber anstatt zu zersplittern, war das Glas nur durch Sprünge undurchsichtig geworden. Der ist kein Maschinist, dachte Jenkins, sonst müßte er wissen, daß die Scheibe verstärkt ist. Der Mann holte gerade zum zweiten Mal aus, als Jenkins hinter ihn trat. Drinnen zog Nairn Grimassen und gestikulierte. Der Chinese drehte sich um. Seine kurzgeschnittenen Haare standen stoppelartig vom Schädel ab. Die schwarzen Augen unter den buschigen Brauen waren zusammengekniffen.

Jenkins zeigte auf die Treppe. Der Chinese legte die Stirn in Falten. Jenkins sah, daß er unsicher wurde. Erneut zeigte er mit seinem Eisenrohr auf die Treppe, diesmal nachdrücklicher. Dann begann er selbst die Stufen hinaufzulaufen, Richtung Deck. Über die Vibrationen der Maschine hinweg konnte er das Poltern von Stiefeln hinter sich fühlen. Von zwei Paar Stiefeln.

Oben, am Ende der Treppe, sah er ein kleines Rechteck Tageslicht. Endlich hatte er die Luke erreicht und kletterte hinaus an die kühle Meeresluft. Das waren keine Seeleute, sagte sich Jenkins, weder Maschinisten noch irgendeine andere Art von Matrosen. Er wußte, daß es nur eine Chance gab, ihnen die Regeln beizubringen.

Eine Eisenleiter führte am Aufbau über dem Maschinenraum empor. Jenkins kletterte hinauf. Oben auf der Leiter angekommen, drehte er sich um. Die beiden Männer sahen zu ihm hinauf. „Hier herauf!" brüllte er. „Und zwar schnell!"

Lee sah erst die Leiter an, dann die Axt. Er ließ die Axt fallen und begann zu klettern. Der andere folgte ihm.

Lees linke Hand legte sich um die oberste Sprosse der Leiter. Jenkins hieb ihm mit dem Eisenrohr über die Finger. Der Mann schrie auf. Dann schlug Jenkins ihm auf die Finger der anderen Hand. Der Mann ließ die Leiter los und stürzte mit lautem Geschrei zwischen die Container.

Jenkins beugte sich über die Leiter. Der zweite Mann klammerte sich mit einer Hand an die Sprossen und rieb sich mit der anderen den Nacken, den Lee vermutlich im Sturz gestreift hatte. „Verstehen Sie Englisch?"

Der Mann wandte ihm ein hartes, ausdrucksloses Gesicht zu. „Bißchen."

„Sie werden im Maschinenraum keine Schlägerei anzetteln. Sie werden auf diesem Schiff überhaupt keine Schlägereien mehr anzetteln. Sie werden auf diesem Schiff meine Befehle befolgen."

„Ja, Mr. Jenkins", erwiderte der Mann und lächelte, ein breites, absolut unfreundliches Lächeln. Und plötzlich erkannte ihn Jenkins. Das war der Muskelmann, der ihn und Tommy Wong zu Hugh Chang begleitet hatte.

Was zum Teufel machte er auf der *Glory of Saipan?*

SOARES war auf der Brücke und hatte einen Rattansessel so auf eine Frachtkiste gestellt, daß er aus dem Fenster sehen konnte. „Was gibt es für Probleme?" fragte er, als Jenkins eintrat.

„Die Mannschaft prügelte sich herum", berichtete Jenkins. „Zwei Chinesen. Ich habe sie eingesperrt und schlage vor, daß Sie die Mistkerle an Land setzen."

„An Land setzen?"

„Sie haben den Maschinenraum verwüstet. Sie haben keine Ahnung von der Arbeit, für die sie bezahlt werden. Irgendwann werden sie jemanden umbringen."

„Hm", machte Soares. „Die Sache ist nur, daß wir sie vielleicht noch brauchen."

Jenkins starrte ihn an. „Brauchen?"

„Ist ohnehin ihr erstes Vergehen", meinte Soares. „Ich sag Ihnen was. Ich werde sie mir mal in meinem Büro zur Brust nehmen." Ächzend erhob er sich aus seinem Sessel und ging.

Peter Pelly kam herein, ging zum Kartentisch und beugte sich über eine der großen Seekarten. Jenkins sah ihm über die Schulter.

Der dort eingezeichnete Kurs würde die *Glory of Saipan* an die Nordküste Luzons bringen, der nördlichsten Insel der Philippinen, und damit viel zu südlich für eine direkte Fahrt nach Kalifornien. „Warum fahren wir eigentlich so weit südlich?" fragte Jenkins.

„Anordnung des Alten", erwiderte Pelly. Pelly verbreitete die typische Atmosphäre eines Handelsschiffes, durchaus leichtlebig, aber unerschütterlich. „Woher kommen Sie?"

„Oh, ich war gestrandet", antwortete Jenkins.
„Ich auch", gestand Pelly. „In der verdammten Mission für Seeleute. Hatte im Oktober abgemustert. Saß da rum und war mittlerweile davon überzeugt, daß es auf der ganzen Welt kein verdammtes Schiff mehr für mich gab. Dann tauchte Soares auf." Pellys Blick wanderte über den abblätternden grünen Anstrich der Brücke, die Roststellen unter den Fenstern. „Nicht unbedingt meine Traumvorstellung von einem Schiff. Aber gegen die Heuer ist nichts einzuwenden." Er zog einen Taschenrechner hervor und begann Zahlen einzutippen.

Jenkins beobachtete, wie die Inseln von Hongkong im Meer verschwanden, und fühlte sich einsamer als je zuvor. Lebe wohl, Rachel, dachte er. Denk hin und wieder an deinen Vater.

Irgendwo achtern begannen Werkzeuge zu wimmern und zu kreischen. Als Jenkins aus dem Brückenfenster blickte, sah er orangefarbene Funkenregen sprühen und blaue Blitze von Schweißbrennern zucken. Und er wußte, daß die Dinge alles andere als normal waren. Aus irgendwelchen Gründen, die ihm verborgen waren, wurden Veränderungen an den Containern vorgenommen.

JENKINS hatte gerade vier Stunden geschlafen, als Soares ihn über das Bordtelefon weckte. Er stemmte sich gegen das leichte Schlingern des Schiffes und lief zum Büro.

Soares saß in einem Drehstuhl, Beine auf dem Schreibtisch. „Da kommt Frachtarbeit auf Sie zu."

Hinter den Bullaugen des Büros erstreckte sich das Südchinesische Meer, leer und blau bis zum Horizont. „Wir haben keine Fracht", widersprach Jenkins.

„Ja", sagte Soares. „Sie haben ja recht. Aber ich möchte ein paar Kisten weghaben." Er schob Jenkins vier Bogen Papier zu und sah zu, wie dieser die Papiere stirnrunzelnd betrachtete.

„Was ist das?" wollte Jenkins wissen.

„Staupläne." Soares steckte sich eine Zigarette an und blies den Rauch an die Decke.

Für einen Stauplan nahm sich das, was auf den Papieren abgebildet war, reichlich sonderbar aus. Sie zeigten eine schematische Darstellung des Decks der *Glory of Saipan*. Die mittleren Container waren als Leerflächen eingezeichnet, die zwei Container tief bis zu den Lukendeckeln hinunterreichten. Insgesamt sollten laut Plan vierzehn Container entfernt werden. „Wohin mit den Kisten, die Sie weghaben wollen?" fragte Jenkins.

Soares deutete mit dem Daumen durch das Bullauge auf die blaue See.

Jenkins bediente den großen Portalkran selbst. Inmitten riesiger weißer Gischtblüten klatschten die Container auf das Wasser. Die Luft entwich in einem Strom dicker Blasen; wenig später wurden die rostbraunen Behälter grün und verschwanden schließlich im blauen Nichts. Aus diesem Nichts tauchte am Ende der langen Kette von Luftblasen eine Frage auf. Eine Frage, die Jenkins nicht wahrhaben wollte.

Warum?

Um Viertel nach fünf war er fertig, ging in seine Kajüte und duschte, als Mrs. Nairn an seine Tür klopfte. „Bier?" fragte sie. Kurze Zeit später folgte er ihr über den Gang zu ihrer Kajüte.

Die Kajüte der Nairns war auffallend aufgeräumt und sauber. Mrs. Nairn stellte zwei Flaschen Bier und eine Dose Limonade auf die Spitzentischdecke. Mit einem geübten Schwung ihres Handgelenks öffnete sie die Bierflaschen. „Schon ein bißchen eingewöhnt?" fragte sie und reichte Jenkins eine Flasche.

„Ja." Jenkins nickte und nahm einen großen Schluck von dem kalten Bier.

„Cheers!" prostete Mrs. Nairn ihm zu. Sie nippte an ihrer Flasche, den kleinen Finger abgespreizt.

Nairn kam herein. Er kippte die Hälfte der Limonade in einem Zug hinunter und verzog angewidert das Gesicht. „Habe mit Ihnen ein Hühnchen zu rupfen", wandte er sich Jenkins zu.

„Wie bitte?" fragte Jenkins.

„Sie waren bei der Orient, stimmt's? Mir ist klar, daß ihr Jungs bei der Orient glaubt, Hand in Hand mit Gott zu fahren. Aber ist es für Orient-Kapitäne üblich, ihre Nase in den Maschinenraum zu stecken?" erkundigte sich Nairn mit mühsam unterdrückter Wut in der Stimme. Es war die Stimme eines Mannes, der Streit suchte, irgendeinen Streit.

Jenkins stand auf. „Ich werde jetzt besser weitermachen", sagte er schnell.

Nairn ging in die angrenzende Schlafkajüte und schlug die Tür zu.

Mrs. Nairn lächelte besänftigend. „Kümmern Sie sich nicht um Edwin", meinte sie. „Sein Gedächtnis ist neuerdings nicht mehr das allerbeste. Er hat getrunken, wissen Sie..."

„Nun wissen Sie es", tönte Nairns Stimme hinter der Tür hervor. „Aber ich bin jetzt trocken. Anordnung des Arztes. Und der verdammte Arzt ist sie."

„Eine Schiffsärztin?" fragte Jenkins erstaunt. Auf Schiffen von der

Größe der *Glory of Saipan* fuhren für gewöhnlich keine Ärzte mit. Mrs. Nairn zwinkerte Jenkins kurz zu. „Ganz angenehm, sich nützlich zu machen", erklärte sie.

Jenkins zwang sich zu einem Lächeln, verabschiedete sich und ging wieder auf die Brücke. Die Sonne entzündete Feuer um die Wolken am westlichen Horizont. Achtern wirkten die neu entstandenen Lücken zwischen den Containern wie drei kleine Innenhöfe. An den Containern gab es Öffnungen, die fast Fenster und Türen hätten sein können.

Jenkins warf einen Blick auf die Karte. Auf der geraden Linie des Kurses der *Glory* waren die Positionen des Schiffes eingetragen, ein Kreuz für jede Stunde. Er sah näher hin.

110 Meilen weiter voraus hatte jemand ein Kreuz eingezeichnet. Heute früh war es noch nicht dagewesen.

UM 4.10 UHR war die Brücke dunkel bis auf das grünliche Leuchten des ARPA-Schirms. Jenkins hatte gerade die Wache übernommen und starrte auf den runden Schirm. An dem Punkt, wo der Schiffskurs die Peripherie des Schirms erreichte, war ein kleiner grüner Echoimpuls aufgetaucht. Ohne es nachzuprüfen, wußte Jenkins, daß das die Position des neu hinzugekommenen Bleistiftkreuzes auf der Karte war. Auf dem Schirm rückte der Echoimpuls immer näher.

Um fünf, als die ersten Anzeichen der Morgendämmerung den Himmel grau färbten, schrillte das Telefon.

„Meldung?" bellte Soares am anderen Ende der Leitung.

„Unbekanntes Objekt voraus", erwiderte Jenkins knapp. „Ortsfest. Entfernung elf Komma drei Meilen." Hoffnung regte sich in Jenkins. Ein Fischerboot, würde Soares jetzt sicherlich gleich sagen. Räumen Sie ihm eine Meile ein. Und sie würden nach Oakland weiterfahren.

„Halten Sie Ihren Kurs", sagte Soares statt dessen. „Wir gehen längsseits."

„Längsseits?"

„Sie haben Ihr Geld bekommen, Jenkins!" fauchte Soares. „Fangen Sie endlich an, es sich zu verdienen."

Die Hoffnung zerplatzte wie eine Seifenblase.

Der Himmel im Osten war rosa geworden. Draußen, am Horizont, hob sich etwas Kleines und Quadratisches dunkel vom heller werdenden Himmel ab.

Jenkins griff nach seinem Fernglas und trat auf die Nock seitlich der Brücke. Das Ding war ein Schiff. Es hatte kastenförmige Aufbauten, drei Reihen Fenster und einen untersetzten Schornstein. Es sah aus wie eines der Schiffe, die in Hongkong von Insel zu Insel schipperten. Eine Fähre.

Die Sonne erhob sich jetzt am Horizont und warf erste Strahlen über das Wasser. Die Fähre kam immer näher. Soares erschien auf der Brücke. „Jenkins!" brüllte er. „Kommen Sie her!"

Jenkins füllte die Lungen noch einmal mit sauberer Luft und trat dann ein. „Lassen Sie antreten. Die Gangway muß angelegt werden!" wies ihn Soares an.

Die klotzige Fähre hatte sich mit einem dunklen Bewuchs überzogen. Aber es war kein Fell, es waren Menschen: Hunderte von Menschen standen auf den Aufbauten, bewachten Säcke und Bündel, hielten Kinder an der Hand. Sie winkten nicht. Sie standen nur da und starrten herüber.

„Da sehen Sie es", begann Soares zu erklären. „Es gefällt ihnen nicht mehr in China. Sie wollen nach Amerika. Also bringen wir sie dorthin. Und wenn wir kurz vor der Küste der Vereinigten Staaten sind, hat unser Freund Mr. Chang dafür gesorgt, daß ein paar Thunfischfänger sie übernehmen. Auf den Schiffen bekommen sie ihre Visa, ihre Green Cards – was auch immer, das ist nicht unser Problem. Und dann gehen sie an Land und leben glücklich und in Freuden."

„Sie haben gesagt, alles sei ganz legal", versuchte Jenkins zu protestieren.

„Da befinden sich dreihundertsiebzig Menschen in Seenot. Wir retten sie von dieser verdammten Fähre, stimmt's? Und wir nehmen sie dorthin mit, wohin wir auch fahren. Und bevor wir die amerikanischen Hoheitsgewässer erreichen, treffen wir auf diese Fischerboote, von denen ich Ihnen erzählt habe. Und die nehmen sie uns ab. Gibt es da für Sie ein Problem?"

„Kein Problem", antwortete Jenkins mit einer Stimme, die einem Fremden zu gehören schien.

Die *Glory of Saipan* ging längsseits zur Fähre. Unter Jenkins' Anleitung vertäute die Deckmannschaft die beiden Schiffe miteinander. Die Gangway wurde hinabgelassen. Ein stämmiger Chinese ging an Deck der Fähre: Lee, der Maschinist, der mit der Axt auf Jorge losgegangen war. Die Menschen von der Fähre begannen an Bord der *Glory* zu gehen. Ein Chinese stand oben an der Gangway und hakte die Ankömmlinge auf seiner Liste ab. Der Chinese war Ho, der Kumpan von Lee und Exleibwächter von Tommy Wong.

UNTEN auf dem Deck der Fähre wartete Fung in der dichtgedrängten Menge darauf, daß er an die Reihe kam. Er war ein kleiner Mann mit einfältigem Gesicht, der seine Tochter Lin an der Hand hielt und seine drei Kisten und einen Koffer mit sich zerrte, wenn die Warteschlange weiterrückte. Sein Mund war trocken, aber sein Herz war voller Freude.

Dieses kleine Schiff war schmutzig und übelriechend gewesen, das Essen miserabel. Als die Mannschaft von Bord gegangen war, hatten Fung und seine Freunde mit dem Schlimmsten gerechnet. Sie hatten den Herrn auf ihre Weise angebetet. Zu Hause hatte die Armee ihre Kirche verwüstet, als sie sich weigerten, Schutzgeld zu zahlen. Sie waren drangsaliert und gefangengenommen worden. Also hatten sie ihr Geld gezahlt und wurden prompt aus der Gefangenschaft befreit. Aber dann wurden sie auf dem Meer sich selbst überlassen. Also hatten sie Gott um Errettung angefleht.

Und die Rettung kam in Form dieses großen, stählernen Schiffes. Zugegeben, es war ein bißchen rostig, aber nach der verrotteten Fähre beruhigend solide. Es entsprach schon eher dem, was versprochen worden war. Aber Fung hatte bisher ein Leben geführt, in dem das Einhalten eines Versprechens an ein Wunder grenzte. Die *Glory of Saipan* war ein Wunder, das sich mit der Teilung des Roten Meeres durch Moses' Hand vergleichen ließ.

Er sah nach links und rechts auf seine Freunde. Ihnen war ein Platz im ersten Innenhof zugewiesen worden. Das hatte Fung den Plänen entnommen. Dafür hatte Lucy gesorgt, verbissen und unermüdlich.

Er konnte Lucy nicht sehen, aber die Menge stand dicht, und sie war klein. Um ihn herum gerieten die Leute wieder in Bewegung, und plötzlich stand Fung auf der Gangway. Er jubelte innerlich auf, als er unter den Blicken der beiden Männer hinüberlief: des strengen Chinesen mit der Liste und des hochgewachsenen *gweilo* mit der großen Nase. Fung zog Lin schnell auf das Metalldeck und blickte in den ersten Innenhof. Obwohl sein neues Zuhause ein ramponierter Container mit einer aus dem Metall herausgeschlagenen Türöffnung war, stieß er ein erleichtertes „Halleluja" aus.

Lucy konnte er noch immer nirgendwo entdecken.

DIE DÜNNER werdende Menschenschlange schob sich weiter. Schließlich kam Lee, der Axtheld, als letzter wieder an Deck der *Glory*. „Überprüfung beendet", meldete Ho laut. „Jetzt haben wir sie alle an Bord."

Jenkins kletterte auf die Container und lief auf den Rand der ersten Freifläche zu. Der Hohlraum war jetzt eindeutig zu einem Innenhof geworden, und er wimmelte von Menschen. Jemand hatte bereits auf dem Lukendeckel eine Art Feuerstelle errichtet, und schwacher Holzkohlengeruch drang in Jenkins' Nase.

Alles absolut legal.

Ein kleines Mädchen fiel ihm auf. Panisch kletterte es die Leitern, die vom Innenhof zu den oberen Containern führten, hinauf und herunter. Zunächst nahm er an, es wäre freudige Erregung. Dann sah er, daß das kleine Gesicht weiß und verängstigt wirkte. Über das allgemeine Getöse hinweg hörte er die schrille Stimme des Mädchens. Es rief etwas, was ein Name sein konnte. Das Kind schien jemanden zu suchen.

Jenkins lief weiter am Rand der Container entlang, in Richtung des Mädchens. Doch Ho kam ihm zuvor und fing das Mädchen ab, als es die Leiter heraufkam. „Was gibt es?" fragte Jenkins den Chinesen.

„Nichts", grinste Ho. „Dummes kleines Mädchen."

„Lusi", schluchzte das Mädchen immer wieder. Es weinte. Ein Mann kam die Leiter herauf, vermutlich der Vater des Kindes. Er packte Jenkins am Ärmel und zog ihn zur Schiffsseite gegenüber der Fähre. Das Sprechfunkgerät in Jenkins' Tasche meldete sich. „Gangway einholen", quäkte Soares' Stimme. „Dann Leinen los."

Der Mann zupfte an Jenkins' Ärmel. „Lusi!" rief er und zeigte senkrecht hinunter in die Kluft zwischen den Schiffen.

Da unten sah Jenkins eine Reihe Bullaugen. Eines von ihnen war anders, ganz so, als würde sich dahinter etwas bewegen. Dann glitzerte es da unten kurz auf – zerbrochenes Glas. Und dort, wo bis eben die Scheibe des Bullauges gewesen war, sah man nun etwas anderes, etwas Blasses bewegte sich durch die Luft.

Eine Hand. Sie winkte.

Das Sprechgerät in Jenkins' Tasche krächzte. „Was treiben Sie da unten?" wollte Soares gereizt wissen.

„An Bord der Fähre ist jemand zurückgeblieben", gab Jenkins durch.

„Verdammt noch mal!" tönte Soares durch das Sprechfunkgerät. „Wir haben ein chinesisches Kanonenboot auf dem Radar."

Hinter dem Mann schrie das kleine Mädchen, der Hysterie nahe. Jenkins schaltete das Sprechfunkgerät aus und schob sich durch die Menschen auf die Reling zu.

Lee stand oben an der Gangway. Er schüttelte den Kopf. „Loch im Boden", erklärte Ho. „Boot sinkt."

Jenkins' Erfahrung nach widersetzten sich Maschinisten Ersten Offizieren nicht. Also stieß er Lee beiseite und rannte die stählerne Gangway hinunter. Er sprang auf das Oberdeck der Fähre, fand eine Treppe und sprang sie, vier Stufen auf einmal nehmend, hinunter. Drei Decks tiefer fand er sich in einem langen dunklen Gang wieder, mit Kabinentüren zu beiden Seiten. Das einzige Licht war ein düsterer Schein am anderen Ende, ein Bullauge vielleicht.

„Ist da wer?" rief er.

Von weiter hinten im Gang kam ein schwaches, durch Wände gedämpftes Geräusch. „Hier!" rief eine Frauenstimme.

Jenkins lief dem Geräusch nach, bis er die Tür gefunden hatte.

„Gott sei Dank", hörte er die Stimme innen ausrufen. „Ich habe uns eingeschlossen. Der Riegel klemmt."

Jenkins merkte, daß seine Füße naß wurden. Der Gang stand bereits unter Wasser. „Gehen Sie zur Seite!" rief er und trat gegen die Tür. Sie rührte sich nicht.

Jenkins platschte durch den Gang zurück. Das Wasser reichte ihm bis an die Knie, trieb gurgelnd den Treppenschacht hoch. Er zerrte einen Feuerlöscher aus der Verankerung, watete zurück und hieb mit ihm gegen die Tür.

Beim dritten Schlag begann das Holz zu splittern.

„Noch einmal", wies ihn die Stimme an. „Genau gegen das Schloß." Er schlug erneut zu. Die Tür flog auf. Wasser strömte in die Kabine.

Zunächst sah Jenkins nur die Frau – klein, zierlich und in einem Overall, der ihr zu groß war. Das Wasser reichte ihr fast bis zur Taille. Sie hatte ein junges Gesicht, nicht hundertprozentig chinesisch.

„Schnell!" sagte er atemlos. „Laufen Sie an Deck."

Sie hielt einen Koffer in der Hand. „Sie werden ihm helfen müssen", antwortete sie. Ihr Englisch war ausgezeichnet, mit einem leichten amerikanischen Akzent. Sie hörte sich erstaunlich gelassen an. Über ihre Schulter hinweg sah Jenkins, daß ein Mann auf der oberen Koje lag. Seine Augen waren geschlossen und sein Gesicht eingefallen und grau.

„Jer ist krank", erklärte die Frau.

„Der Kahn kann jederzeit kentern", drängte Jenkins zur Eile.

„Ich weiß." Sie verließ die Kajüte, als ginge sie zu einer Bushaltestelle.

Jenkins griff nach dem Arm des Mannes. Er war kräftig und muskulös unter dem weißen Nylonhemd. Jenkins zerrte ihn aus der Kabine und zog ihn den Gang entlang. Die Fähre schlingerte, und für einen Moment sank der Wasserpegel, brachte die Tür der Kabine zum Schwingen. Irgend etwas stimmte nicht mit der Tür, aber den Grund konnte Jenkins nicht feststellen, denn er konzentrierte sich darauf, was geschehen würde, sobald die Fähre das nächste Mal rollte. Er hievte den kranken Mann die Treppe hinauf und trat an Deck. Die kleine Frau war bereits auf der Gangway. So schnell er konnte, lief Jenkins hinterher.

Sobald sie das Deck der *Glory* erreicht hatten, kreischte das Megaphon von der Brücke. Die Leinen wurden gelöst. Unmittelbar darauf schnaufte die Fähre tief und gurgelnd auf und legte sich auf die Seite. Dann, ganz langsam, drehte sie sich ganz herum und trieb kieloben – wie eine große schwarze Schildkröte im türkisfarbenen Meer.

Lee lehnte an der Reling und starrte die kleine Frau mit zusammengekniffenen Augen an. Die Frau lächelte ihn an und zeigte ihm den erhobenen Mittelfinger. Dann wandte sie sich Jenkins zu: „Er wird Ihnen sagen, daß er uns übersehen hat. Oder daß wir blinde Passagiere sind. Und daß Jer eine ansteckende Hepatitis hat und somit eine Gefahr für alle bedeutet. Aber das stimmt nicht."

Jenkins packte den Arm des kranken Mannes und führte ihn zu den Unterkünften. Er schleppte ihn in eine freie Kabine, wo der Mann sich erschöpft auf eine Koje setzte.

Jenkins lehnte sich an die Wand des Ganges. Seine Beine fühlten sich wacklig an. Denn er erinnerte sich daran, was ihm an der Kabinentür nicht gefallen hatte.

Der Riegel wäre verklemmt gewesen, hatte die Frau behauptet. Aber als die Fähre schlingerte und die Tür aufgeschwungen war, hatte Jenkins das Schnappschloß gesehen. Aus dem Schloß hatte nicht nur ein Messingstift geragt, sondern zwei.

Der Riegel könnte geklemmt haben. Aber es sah ganz so aus, als hätte jemand die Tür vorsätzlich abgeschlossen. Und zwar von außen.

Vier Minuten später fuhr der massige Bug der *Glory of Saipan* über die Fähre. Der Bug schnitt durch das verrottete Plankenwerk der Fähre wie ein Messer durch ein weichgekochtes Ei.

„Volle Fahrt zurück!" befahl Soares.

Die *Glory of Saipan* drückte den breiten Fährenrumpf unter Wasser. Blasen stiegen aus Spalten und Rissen hoch. In der glasklaren See konnte man den Rumpf noch lange sehen, bevor er endgültig verschwand. Übrig blieben nur ein paar wurmzerfressene Planken und zwei Rettungsringe.

Gähnend stellte Soares den Maschinentelegrafen auf volle Kraft voraus. Gischt schäumte unter dem Heck der *Glory of Saipan* auf.

5. KAPITEL

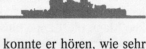

Als Jenkins in die Messe hinunterging, konnte er hören, wie sehr sich das Schiff verändert hatte. Über das schwache Plärren des Fernsehers in der Mannschaftsmesse hinweg war das Gezwitscher vieler Stimmen zu hören. Da waren die Gerüche von 367 zusätzlichen Menschen, von Zigaretten und Desinfektionsmitteln, Räucherstäbchen und Holzkohlenpfannen.

Soares saß am Tisch in der Offiziersmesse und las eine Zeitung. Jenkins öffnete die Kühlschranktür und zog die Zutaten für ein Tomaten-Käse-Sandwich heraus. Während er sich etwas zu essen machte, informierte er den Kapitän über die beiden zusätzlichen Passagiere.

Soares musterte ihn mit Verachtung. „Ist Ihnen bekannt, daß man Anordnungen auch befolgen kann?"

„Und was ist aus Ihrem chinesischen Kanonenboot geworden?" erwiderte Jenkins bissig.

„Warum sollten wir blinde Passagiere befördern? Wir sind hier im Osten. Wenn man Passagiere aufnimmt, berechnet man die Passage."

„Und wenn sie nicht zahlen können, bringt man sie um?"

Die Tür öffnete sich, und die Nairns traten ein. „Mrs. Nairn", wandte Soares sich der Frau seines Leitenden Ingenieurs zu, „unser Lebensretter hier hat einen Kerl an Bord geholt, der erschreckend gelb aussieht. Leberkrebs, meint er. Infektiöse Hepatitis, vermutet ein anderer."

„Und wenn er nun das ganze verdammte Schiff ansteckt?" fragte Nairn aggressiv.

„Immer mit der Ruhe", beschwichtigte ihn seine Frau. „Es bricht erst vier bis sechs Wochen später aus. Dann sind sie längst fort."

Jenkins war nicht in der Lage, sein Sandwich zu essen. Er ging damit auf die Brücke, wo Peter Pelly Wache schob und jemand mit lebhafter Einbildungskraft so tun konnte, als wäre die *Glory* ein normales Schiff. Mit sehr lebhafter Einbildungskraft.

Zuvor hatten die Containeroberflächen eine rostbraune Plattform gebildet. Jetzt waren sie von kleinen Menschengruppen besiedelt, die miteinander plauderten und in der Sonne lagen. An einigen Stellen waren Leinen aufgespannt, und Wäschestücke flatterten im warmen Passatwind.

Pelly sah Jenkins an. „Bißchen komisch, was?"

Jenkins warf die Reste seines Sandwichs in den Abfallkorb. „Einerseits ja, andererseits nein."

„Hübsches Geschäft", meinte Pelly. „Die Passage kostet pro Kopf zwanzig Riesen. Amerikanische."

„Passage plus Visum plus Green Card."

„Visum", wiederholte Pelly nachdenklich. „Vermutlich ist es das wert, wenn man in ihrer Lage ist. Wie immer im Leben. Alles läuft aufs Geld hinaus."

„Stimmt", pflichtete ihm Jenkins bei. Er hatte immer für Geld gearbeitet. Man arbeitete, um seine Familie zu ernähren. Diana wäre auch hiermit einverstanden gewesen.

Rachel nicht.

Nicht, daß er etwas getan hätte, weswegen er sich schämen müßte. Es war ein krummer Job, aber er konnte ihn aufrecht ausüben. Denn Diana würde ihr Geld bekommen. Und Rachel würde es nie erfahren. Durfte es nicht erfahren. Es war die Art von Wissen, die man eventuell mit dem Leben bezahlen mußte.

Allmächtiger.

Seine Gedanken wanderten zu seinem Geburtstagsessen mit Rachel zurück. Er hatte Chang erwähnt und gesagt, daß er auf einem seiner Schiffe arbeiten würde. Er ging in den Kartenraum und zog einen Stuhl vor das Satellitentelefon. Er gab den Zugangscode ein, die Nummer seiner Wohnung und hob den Hörer ab.

„Küsschen, Küßchen!" forderte der Fotograf sie auf.

Rachel hob den Blick über die Kamera, machte einen Kußmund und bewegte ihren Körper so, daß das kleine Seidenhemd in genau den eleganten, aber provokanten Schwung geriet, den der Modeschöpfer beabsichtigt hatte. Model spielen war langweilig. Wenn das Geld nicht wäre...

Vor dem Anlegesteg, auf dem sie posierte, tuckerte ein mit Gemüse beladener Sampan – eines der zahllosen chinesischen Hausboote – durch den Hafen.

„Nur noch einmal", bat der Fotograf. „Der Pony..."

Während sich der Friseur mit ihrem Haar befaßte, bemerkte Rachel am Zugang zum Anlegesteg ein kleines Getümmel. Ein Mann war gekommen, ein Chinese, hochgewachsen und mit einem eleganten Armani-Anzug bekleidet. Rachels Herz schlug schneller. Sie bewegte sich wieder, flirtete mit der Kamera, versuchte, sie von sich zu überzeugen.

„Perfekt", lobte sie der Fotograf. Sie hat etwas, dachte er. Plötzlich beginnt sie zu leuchten. Einfach so. Aber er sah, daß sie wieder fortblickte, auf den Chinesen im Armani-Anzug. Er seufzte. Damit konnte man nicht konkurrieren. Nicht mit Raymond Chang. „Danke, Engelchen", sagte er. „Alles erledigt."

Rachel entspannte sich und lief mit großen Schritten auf die Fischerhütte zu, die als Umkleidekabine diente. Raymond Chang beobachtete sie. Er hatte eine Flasche Champagner und zwei Gläser in den Händen. „Hallo, Rachel!" rief er. „Wie wär's mit einem kleinen Schluck?"

Arroganter Blödmann, dachte sie und versuchte ihr Herzklopfen zu ignorieren. Schnell betrat sie die Hütte und zog sich Jeans, ein T-Shirt und die Bomberjacke über – ihre Tarnung für die lange Busfahrt nach Hause.

Als sie wieder ins Freie trat, war Raymond noch immer da. Hinter dem Rücken holte er einen Strauß Jasminblüten hervor. Und das fand Rachel nun wirklich süß.

„Rachel", begrüßte er sie. „Wie geht's?" Er lächelte.

Er war verwöhnt, faul und stinkreich. Aber sein Lächeln war hinreißend. Sie stellte fest, daß sie zurücklächelte.

„Gehen wir essen?" fragte er.

„Ich bin in Eile", erwiderte sie.

„Du kannst mit mir fahren", bot er ihr an.

„Aber der Verkehr ist um diese Zeit schrecklich. Ich wohne in der Repulse-Bucht."

„Ich weiß, wo du wohnst. Deshalb bin ich mit meinem *dai fei* gekommen." Er zeigte auf den nächsten Anlegesteg, an dem ein schlankes rotes Boot auf den Wellen schaukelte. „Bitte, meine Schöne."

Was soll's, dachte Rachel. Unter den finsteren Blicken der anderen Mädchen stiegen Raymond und sie in das Boot.

Sie brauchten eine halbe Stunde bis in die Repulse-Bucht, wo Raymond den Motor drosselte. Das Boot schaukelte auf den Wellen, fünf Meter vom Strand entfernt. „Und wie soll ich an Land kommen?" fragte sie.

„Habe ich nicht bedacht", antwortete er schuldbewußt. „Waten?"

Sie sah zu ihm auf. „Jemand wird sich naß machen müssen", meinte sie dann.

Raymond Chang war bekannt für seine tadellose Kleidung. Einen Moment lang zögerte er. Doch dann fuhr er das Boot mit dem Bug auf den Strand, zog seine Schuhe aus, sprang ins Wasser und trug sie an

Land. Sie sah auf seine sandigen Füße, die nassen Hosenbeine. „Ist meine Krawatte verrutscht?" fragte er.

Sie lachte. „Sitzt perfekt" war ihre prompte Antwort. Sie hatte sich dafür gerächt, daß er das letzte Mal einfach den Hörer aufgelegt hatte. Sie wußten es beide. Und noch etwas mehr.

„Wann sehen wir uns wieder?" fragte er leise.

„Du könntest anrufen", schlug sie vor.

Er griff nach ihrer Hand. „Vielleicht klappt es ja diesmal", sagte er. Das war eindeutig eine Entschuldigung. Er schob das Boot ins Wasser und stieg ein. Winkend raste er aus der blaugrünen Bucht. Sie sah ihm nach, bis er um die Landspitze verschwand.

Die Wohnung lag dreihundert Meter weiter, mit Blick auf das Meer. Sie kam eine Stunde zu früh, mit ein wenig Glück war ihre Mutter noch nicht zurück, und sie konnte ein bißchen arbeiten. Ihre Mutter würde jede Einzelheit der Fotosession erfahren wollen. Sie nahm die ganze Sache viel zu ernst. Sie verbrachte viel Zeit damit, ihre Tochter dazu zu überreden, nicht auf die Universität zu gehen und statt dessen weiter als Model zu arbeiten. Das Modelgeschäft bringt viel Geld und Popularität.

Rachel verließ den Fahrstuhl und ging auf die Wohnungstür zu.

Als sie die Tür öffnete, klingelte das Telefon. Sie lief darauf zu, angezogen von der Vorstellung, es könnte Raymond sein. Das Klingeln hörte auf. Jemand hatte den Hörer des zweiten Apparats im Schlafzimmer ihrer Mutter bereits abgenommen.

AUF DER Brücke der *Glory of Saipan* begann Jenkins vor Ungeduld zu schwitzen. Komm schon...

„Hallo?" meldete sich eine Männerstimme.

„Wer ist da?" fragte Jenkins beunruhigt.

„Jeremy. Bist du es, Dave? Bin vorbeigekommen, um den Fernseher zu reparieren", kam es von Jeremy. „Diana sagte, er sei nicht in Ordnung."

„Ah", machte Jenkins desinteressiert. „Ist Rachel zu Hause?"

„Nein. Hat irgendwelche Aufnahmen, glaube ich."

Jenkins war enttäuschter, als er vermutet hätte. Er hatte Rachel nicht nur warnen wollen, er hatte sich auch darauf gefreut, ihre Stimme zu hören. „Diana da?"

„Leider nicht", erwiderte Jeremy. „Soll ich irgendwas ausrichten?"

„Nein", sagte Jenkins. „Nun..., vielleicht doch." Jeremy war diskret, ihm konnte er vertrauen. „Könntest du Rachel etwas von mir bestellen?"

„Selbstverständlich."

„An meinem Geburtstag, beim Abendessen, habe ich ihr etwas über meine Arbeit erzählt. Könntest du ihr sagen, sie soll mit niemandem darüber sprechen? Mit niemandem. Es ist wichtig."

„Sicher", versprach Jeremy. „Hör mal, Junge. Möchtest du mit mir darüber reden?"

„Darüber gibt es nichts zu reden. Sag nur Rachel Bescheid, ja?" Er gab Jeremy die Nummer der *Glory* und legte auf.

Jeremy ließ langsam den Hörer sinken. Er legte den dunklen Kopf wieder auf die Kissen des breiten Bettes.

„Wer war das?" fragte Diana neben ihm. Wie er war sie nackt. Sie küßte ihn auf den Mund. Ihre Finger wanderten über seinen sorgsam gebräunten Bauch.

Jeremy zog ihr Gesicht zu sich heran. „Dave", antwortete er.

Sie lachte leise und schob ein Bein über seinen Körper, bis sie rittlings über ihm kniete.

„Was wollte er?"

„Nichts."

Er sah zu ihr auf. Ihre Brüste waren noch immer straff, der Bauch flach. Schade, daß sie nur Nichtigkeiten im Kopf hatte.

UM ZEHN Uhr abends fuhr sich Soares mit einem Kamm durch die Haare, spritzte sich Menthol in den Mund, klatschte ein paar Tropfen Rasierwasser auf seine Bartstoppeln und lief in den Laderaum hinunter. Ihm gefiel der Geruch auf der „Burma Road", dem Gang, der rund um den riesigen Laderaum der *Glory* herumführte. Es war ein aufregender Geruch nach exotischem Essen und nach vielen Menschen – der Geruch eines fremdländischen Dorfes.

Ein Mann in weißem Overall saß auf der Burma Road und rauchte eine Zigarette. Als er Soares sah, stand er auf. Es war Lee, der Maschinist. Soares zwinkerte ihm zu. „Wo ist die Frau?" fragte er.

Lee grinste. Er ging voran und führte ihn durch den Gang, bis sie zu einem Verschlag kamen, der durch einen Vorhang abgetrennt war. Soares schob den Vorhang zur Seite. Der Verschlag war ein Zelt ohne Dach und wurde von an der Decke befestigten Leuchtstoffröhren erhellt. „Die Frau" war die Frau, die Jenkins von der Fähre gerettet hatte. Nervös stand sie auf. „Was wollen Sie?"

Soares lachte hüstelnd. „Wieviel?" fragte er.

Ihre Augen wurden groß. Grüne Augen. Hübsch. „Wovon reden Sie?"

Spielt die Prüde, dachte Soares. Er grinste. „Komm her, dann zeige ich es dir", antwortete er. Er streckte die Hand aus und wollte nach ihr greifen.

Die Frau zuckte zurück. „Lassen Sie das!" fuhr sie ihn an.

Soares hatte nicht gewußt, daß sie so gut Englisch sprechen konnte. „Komm mit in meine Kabine. Du kannst die Dusche benutzen, und ich sorge für Essen."

Die Frau sah überhaupt nicht mehr ängstlich aus. Wenn es Soares recht bedachte, sah sie sogar wütend aus. „Wenn Sie nach einer Prostituierten suchen, sollten Sie es am Ende des Ganges versuchen. Fragen Sie nach Chiu", sagte sie erbost.

Jetzt war Soares doch ein wenig betroffen, sie gehörte schließlich zur Fracht. „Ich will aber dich, Baby", entgegnete er.

Sie lächelte mit ihrem hübschen, großzügigen Mund. „Kapitän Soares", antwortete sie mit großer Autorität in der Stimme, „ich muß Ihnen zu meinem Bedauern mitteilen, daß ich Sie meinerseits körperlich abstoßend finde. Wenn Sie nicht wollen, daß ich mich unverzüglich mit den Eignern dieses Schiffes in Verbindung setze, schlage ich vor, daß Sie sich mit Ihrem Verlangen dorthin begeben, wo es eher willkommen ist."

Soares starrte sie mit offenem Mund an.

„Gehen Sie jetzt!" befahl sie streng. „Zur Tür hinaus und dann nach links."

Widerstrebend zog sich Soares zurück und tappte gehorsam den Gang entlang. Weiter hinten schob sich ein Gesicht durch einen weiteren Vorhang und lächelte ihn mit einem breiten Lächeln an. Es gehörte Chiu, einer Chinesin in einem knappen schwarzen Kleid. Durch einen Schlitz an der Seite konnte man hellrote Unterwäsche aufblitzen sehen. Sie zog ihn hinter den Vorhang. „Kapitän", säuselte sie. „Wie haben Sie mich gefunden?"

„Die Frau hat es mir gesagt." Soares zeigte mit dem Daumen nach hinten.

„Ah." Chiu schnalzte mit den Lippen. „Lucy Moses." Sie legte ihm die Arme um den Hals. „Dumme Frau", sagte sie dann.

In ihrem Zelt setzte sich Lucy auf ihren Koffer und drückte die Knie zusammen, um sie am Zittern zu hindern. Eine perfekte Art, das Leben zu verkürzen. Sitze auf einem Schiff mit Lee, dem Killer, fest und beleidige dann auch noch den Kapitän.

Sie würde Hilfe suchen und finden müssen. Schnell.

JENKINS hatte den größten Teil der Nacht über Karten und Plänen verbracht. Wenn man das Ganze auf Zahlen reduzierte, konnte man sich durchaus einbilden, einen legitimen Job zu tun.

157 Menschen befanden sich in den Innenhöfen, die zwischen den Containern entstanden waren, und weitere 213 im Laderaum: 93 Familien und eine gute Handvoll Singles.

Die Schweißer hatten Latrinen mit Segeltuchwänden aufgestellt: Frauen an Steuerbord, Männer an Backbord. Jenkins hatte die chinesischen Köche zusammengerufen und ihnen Anweisungen erteilt. Um zehn Uhr vormittags und vier Uhr nachmittags sollten sie gekochten Reis sowie irgendeine Art von Fleisch oder Fisch in die 120 bereitgestellten großen Plastiktrommeln austeilen, fünfhundert Gramm pro Person.

Zur 10-Uhr-Essensverteilung ging Jenkins auf die Brücke und blickte auf die Container hinunter. Wie Ameisen strömten die Menschen auf den schmalen Gang, in dem die Köche ihre Kessel aufgestellt hatten. Am Fuß der Treppe, die an Deck führte, strich Rodriguez, der Dritte Offizier, die Namen der Passagiere auf einer Liste ab. In der Schlange rumorte es.

Es hat System, dachte Jenkins. Abgesehen von den Streitereien schien es ganz gutzugehen. Eine gute Organisation hatte entschieden etwas für sich. Und sie hielt einen vom Nachdenken über Dinge ab, die man aus Überlegungen des eigenen Seelenfriedens besser ruhen ließ. Beispielsweise Überlegungen, warum Menschen wie Vieh transportiert wurden, warum man die Vorzüge der Frau, die man geheiratet hatte, nicht mehr erkannte. Jenkins war schockiert. Wie hatte das alles nur passieren können?

Plötzlich nahm das Geschrei zu, und die Menge scharte sich um einen Mann in Shorts und eine Frau mit einem Strohhut. Der Mann schrie etwas und griff nach dem Reisbehälter der Frau. Diese umklammerte den Behälter mit beiden Armen. Der Mann griff nach dem Henkel. Plötzlich stand zwischen dem Mann und der Frau eine dritte Gestalt: eine zierliche Frau mit schwarzem T-Shirt und Jeans. Selbst von hier aus, von der Brücke, erkannte Jenkins sie als diejenige, die auf der Fähre eingeschlossen gewesen war. Lucy hatte man sie genannt. Lucy nahm einem der Wartenden eine Schüssel ab und löffelte eine Handvoll Reis aus dem Behälter der Frau in den des Mannes. Gelächter drang zu Jenkins herauf.

Lucy sah zu Jenkins herauf und rief lächelnd: „Alles in Ordnung!" Jenkins verspürte ein Gefühl von Wärme und Verständnis.

Auf dem Weg ins Ruderhaus war Jenkins noch immer erschüttert, daß er mit so wenig Gefühl an Diana gedacht hatte.

In all diesen Jahren hatte Diana zu Hause die Festung gehalten. Schon damals in Lee-on-the-Solent. In jenem Dezember war er von einer Fahrt mit der *Penang Bridge* zurückgekehrt. Sie hatten Makrelendosen und australisches Bier um Indonesien herumgeschippert. Am Heiligen Abend war er in Lee-on-the-Solent angekommen. Kalt war es gewesen, und es hatte geregnet. Das Haus war überheizt, und überall hing der Geruch von trocknenden Windeln. Rachel war gerade drei und Bill ein Jahr alt. Beide Kinder hatten Jenkins nicht erkannt. Aber Diana hatte einen Weihnachtsbaum gekauft, ihn geschmückt und ein Lächeln auf ihr erschöpftes Gesicht gezaubert.

Später am Abend hatte Diana geweint. Und Jenkins, der zwanzig von den vergangenen vierundzwanzig Monaten auf der anderen Seite der Welt verbracht hatte, wußte nicht, was er tun sollte. Er wußte, wie man mit einer Schiffsmannschaft fertig wurde. Aber das hatte nichts mit einer Familie zu tun und einer Frau, die er zu selten sah.

Er und Diana gegen den Rest der Welt. Aber er sah Diana doch kaum. Und wenn sie weinte, war es seine Schuld.

Die Dinge besserten sich, natürlich. Seine Schiffskameraden ließen sich scheiden. Er und Diana lernten, miteinander zu leben; nun, getrennt zu leben, besser gesagt. Und dann geschah das Entsetzliche.

Rachel war zehn, Bill acht. Sie und Diana waren in England gewesen und verbrachten am Ende der Reise drei Tage in London. Bill war Dinosaurierfan, also gingen sie ins Naturhistorische Museum. Sie hatten bei McDonald's am Marble Arch Hamburger und Pommes frites gegessen. Anschließend waren sie durch den Hyde Park gelaufen, zu Harrods, dem großen Kaufhaus in der Brompton Road.

Bill entdeckte das Eichhörnchen auf dem Rasen, weit weg von jedem Baum. Er rannte ihm nach; es gab nur sehr wenige Eichhörnchen in Hongkong. Er wollte es fangen und mit dem Rest der Erdnüsse füttern, die er in der Tasche hatte. Das Eichhörnchen wollte sich nicht fangen lassen. Es rannte davon. Und Bill rannte hinterher.

Das Eichhörnchen blieb am Rand der Straße stehen und blickte über die Schulter zurück. Das hatte Diana später immer wieder betont. *Es hat tatsächlich über die Schulter zurückgeblickt.*

Dann rannte es quer über die Straße und Bill ihm nach.

Das Taxi erfaßte ihn mit seinem Kühlergrill. Es wirbelte ihn fast zwanzig Meter durch die Luft. Als sie zu ihm kamen, standen seine

Augen offen und spiegelten – blau – den Himmel wider. „Wo ist Dad?" flüsterte er. Dann starb er.

Das war das andere Detail, das sie später betonte. Sie betonte es häufig, fast täglich.

Es war der schlimmste Tag in ihrem Leben gewesen. Und er war nicht einmal dabeigewesen. So etwas konnte man nicht vergessen.

Er hatte versucht, es Diana zu erleichtern. Er war schließlich ihr Mann. Er tat seine Pflicht, sorgte nach Kräften für sie, denn so waren die Dinge nun einmal organisiert. Sie hatte eine grauenhafte Zeit durchgemacht. Eine grauenhafte Zeit verdiente Ausgleich. Und er liebte sie. Jedenfalls glaubte er das, denn er war ihr Mann.

Aber als er durch die Brückenfenster seines Schiffes voller Gangster und Flüchtlinge auf die See blickte, begann die Scham wieder in ihm aufzusteigen. Sobald man sich einmal außerhalb des Rasters des Wohlverhaltens befand, sah man die Dinge anders. Und er sah, daß das mit Liebe bereits seit sehr langer Zeit nichts mehr zu tun hatte.

Mrs. Nairn hielt viel von Dämmerschoppen, weil sie wußte, daß man am Ende eines langen Tages und nach ein paar Bier die Menschen kennenlernte. Und auf einer Fahrt wie dieser hing viel von den Menschen ab, mit denen man es zu tun hatte. Und so füllte sie um halb sechs den Kühlschrank mit einigen Flaschen Bier und stellte eine Schale Erdnüsse bereit.

Kurz nach halb sechs tauchten Jenkins und der Zweite Offizier auf. Mrs. Nairn erkannte, daß sie sich um Pelly keine Sorgen zu machen brauchte. Er mochte vielleicht ein bißchen chinesisch aussehen, aber er war ein ordentlicher, anständiger Profi. Soares dagegen war ein Mistkerl, aber ein habgieriger Mistkerl, und darauf aus, sein Geld zu verdienen, also sorgte sich Mrs. Nairn auch um ihn nicht allzusehr. Jenkins war ein bißchen komplizierter, und Mrs. Nairn hatte die Dinge gern einfach. Ich sollte versuchen, Jenkins ein wenig näher kennenzulernen, überlegte sie sich.

„Nun", begann Mrs. Nairn. „Haben sie sich eingewöhnt? Unten im Laderaum, meine ich."

„Noch zu früh", erwiderte Jenkins. „Arme Hunde."

„Nur zu wahr", sagte Mrs. Nairn gleichgültig. Aber das Leben war hart und bot keinen Raum für sentimentalen Firlefanz. Ihr kam der Verdacht, daß Jenkins eine ausgesprochen gefühlsbetonte Ader haben könnte. Irgend jemand mußte versuchen, sein Vertrauen zu gewinnen.

„Muß häßlich gewesen sein, die Orient Line zu verlassen", bemerkte sie. „Was ist geschehen?"

„Zusammenstoß", gab Jenkins etwas mundfaul Auskunft.

„Und Sie haben den Kopf hingehalten."

„Es war meine Schuld", gab Jenkins zu und fühlte sich extrem unbehaglich. „Aber keiner von uns ist hier, weil er es sich gewünscht hätte."

„Sie meinen Edwin", sagte sie. „Er hatte einen Zusammenbruch. Kam ins, äh, Krankenhaus." Sie bedachte ihn mit einem Blick aufdringlicher Offenheit. „Edwin ist eine labile Persönlichkeit. Also quittierte er den Dienst auf See. Kam an Land, wo ich ihn im Auge behalten konnte. Mit der Auszahlung haben wir uns eine Farm gekauft." Sie zeigte auf ein Foto an der Wand. „Fast in der Wüste. Knapp dreitausend Hektar Weizen. Mit einem Bankdarlehen kauften wir die Maschinen und beteten um Regen."

Jenkins betrachtete das Foto. Nairn lehnte am Lenkrad eines Mähdreschers. Er wirkte betrunken. „Aber es hat nicht geregnet?"

„Oh, geregnet hat es. Aber Edwin betrank sich und verspielte die Farm auf der Rennbahn. Also kam Edwin wieder in die Klinik, ein anderer fuhr die Ernte ein, und wir machten uns wieder auf die Suche nach einem Schiff."

„Muß hart gewesen sein", sagte Jenkins teilnahmsvoll.

Mrs. Nairn zuckte mit den Schultern. „Jedenfalls nicht leicht", entgegnete sie. Weich wie Butter, dieser Jenkins. Das sah man ihm an.

Jenkins nickte.

„Diese Fahrt soll uns einen neuen finanziellen Start ermöglichen. Ich arbeite wieder. Edwin bleibt trocken. Jeder konzentriert sich auf das Seine." Plötzlich waren ihre Augen stahlhart. Und das sollten Sie auch tun, vermittelten sie Jenkins.

Jenkins' Miene blieb unverbindlich. Sobald es der Anstand zuließ, trank er sein Bier aus und ging.

Um halb neun am nächsten Morgen war es Edwin Nairn übel. Das muß am Essen liegen, sagte er sich. Oder an nervöser Verdauung. Ich kann es einfach nicht ertragen, sie Bier schlucken zu sehen, während ich Limo trinken muß. Und nur Kaffee zum Frühstück war auch nicht gut. Jede Leistung brauchte den entsprechenden Treibstoff. Genau wie eine Maschine. Er blickte auf das Schaltpult mit den Instrumentenanzeigen. Der Wasserkessel sah immer noch mies aus. Es war eine Niedrigtemperatur-Destillationsanlage, in der Meerwasser entsalzt wurde. Pumpen sorgten für ein partielles Vakuum, damit das Salzwasser bei Raumtemperatur kochte und verdampfte. Leider arbeiteten die

Pumpen nur sehr mangelhaft, und die Dichtungen waren im Laufe der Zeit spröde und rissig geworden. Wenn der Wasserkessel den Geist aufgab, gäbe es keinen Wassernachschub für die Tanks, und natürlich hätten auch die Passagiere nichts mehr zu trinken.

Er runzelte die Stirn.

Im schallisolierten Kontrollraum war das Geräusch der Schiffsmaschine laut, aber beständig gewesen. Einen Moment lang hatte Nairn noch etwas anderes gehört. Da war es wieder – ein Klopfen, das er nicht richtig hörte, aber durch die Sohlen seiner Füße und die Oberfläche seiner Haut aufnahm. Er verließ den Kontrollraum und trat in den Lärm des nebenan gelegenen Maschinenraums ein.

Etwas stieß mit ihm zusammen und schleuderte ihn gegen den Treibstofftank. Benommen nahm er wahr, wie ein weißer Schatten an ihm vorbei die Eisenleiter zur nächsten Galerie hinaufeilte. Als er den Mund zu einem Schrei öffnete, war der Schatten verschwunden.

Zitternd rappelte er sich hoch und sah sich nervös um. Vor ihm, zwischen den Ölfiltern, lag ein Mann mit dem Gesicht nach unten auf dem Boden.

Der Mann wand sich auf dem Stahlboden und schlug die Hände vors Gesicht. Nairn spähte zu ihm hinunter. Einer von der Fracht, dachte er. Was hat der hier unten zu suchen? Geht mich nichts an. Frachtsache. Das ist Arbeit für den Ersten Offizier. Er schlurfte in den Kontrollraum zurück und griff zum Bordtelefon.

MRS. NAIRN stapfte über den Gang und begann mit ihrer Runde. Draußen vor der Tür traf sie auf Jenkins. Ihre Miene hellte sich auf. „Ist es nicht ein herrlicher Morgen?"

„Tut mir leid, daß ich ihn verderben muß", erwiderte er statt einer Begrüßung. „Könnten Sie mitkommen?"

Er führte sie die Burma Road entlang. In der provisorischen Zeltstadt gackerten Hühner, es roch nach Herdfeuern und Exkrementen.

Im Maschinenraum war es heiß und laut. Im Kontrollraum saß Nairn. Als Jenkins den Kopf durch die Tür steckte, zeigte er, ohne aufzublicken, in Richtung der Ölfilteranlage.

Der Mann lag mit angezogenen Knien da. Noch immer bedeckte er sein Gesicht mit den Händen. Man konnte seinen Mund sehen. Er stand offen. Er sah aus, als ob er schreien wollte.

Mrs. Nairn klopfte dem Mann leicht auf die Schulter. Seine Augen sahen sie verständnislos an. Sie faßte nach seinen kleinen Fingern und zog ihm sacht die Hände vom Gesicht.

„Großer Gott!" entfuhr es Jenkins.

Auf jeder Wange war die Haut in der Größe einer Zigarettenschachtel rot und mit Blasen übersät. Mrs. Nairn holte eine Ampulle aus ihrer Tasche und zog eine Spritze auf. Sie verabreichte sie ihm, und augenblicklich entspannte sich das Gesicht des Mannes, seine Pupillen rutschten nach oben.

„Hat sich verbrannt", erklärte Mrs. Nairn kühl. „Armer Teufel."

„Nein, das hat er nicht", widersprach ihr Jenkins. „Dazu hätte er erst die eine Wange gegen das heiße Metall drücken müssen und dann die andere."

„Stimmt", bestätigte Mrs. Nairn mitleidslos.

„Dieser Mann war es, der mir gesagt hat, daß noch Leute auf der Fähre sind."

„Hören Sie, wir sollten ihn in die Krankenstation bringen", meinte Mrs. Nairn, ohne auf ihn einzugehen.

Als Ärztin war Mrs. Nairn nur an dem medizinischen Problem interessiert. Als Erster Offizier war Jenkins jedoch für Frachtprobleme zuständig – dies hier war kein übliches, aber immerhin ein Frachtproblem. Lee hatte Jenkins daran hindern wollen, Lucy und den gelbsüchtigen Mann zu retten. Der kleine Mann mit den Verbrennungen hatte Jenkins gesagt, daß sie sich noch auf der Fähre befanden. Es war durchaus vorstellbar, daß sich Lee gerächt hatte.

Gemeinsam legten sie den Mann in die Lazarettkoje. „Wer hat das getan?" fragte Jenkins den Verletzten.

Der Mann murmelte etwas auf chinesisch.

„Darüber sollten Sie sich keine Sorgen machen", mischte sich Mrs. Nairn ein. „Sie schlagen sich. Dagegen kann man nichts machen. Sie sprechen unsere Sprache nicht. Sie denken auch nicht wie wir."

Mit der Sprache hatte sie recht. Aber die Sprache war auch das einzige, womit Mrs. Nairn recht hatte.

Er brauchte einen Dolmetscher, und er dachte unwillkürlich an die Chinesin mit den grünen Augen. Sie sprach Englisch. Sie hatte den Streit an der Essensausgabe geschlichtet – offensichtlich besaß sie so etwas wie Autorität. Und Lee hatte sie umbringen wollen. Jenkins nahm an, daß Lee sich einer Schiffsdolmetscherin gegenüber anders benehmen würde als einem einfachen Passagier.

„Ich komme gleich zurück", sagte er und machte sich auf die Suche nach Lucy.

Im vorderen Innenhof spielten ein paar kleine Mädchen Seilspringen. Eines davon war mit dem Mann an Bord gekommen, der jetzt mit verbrannten Wangen auf der Krankenstation lag. Er winkte dem Mädchen zu. Es winkte schüchtern zurück.

„Lucy?" fragte er.

„Lusi Moses", erwiderte das Kind und nickte. Es gab das Seil einer Freundin und winkte Jenkins, ihm zu folgen. Sie gingen in den Laderaum hinunter und liefen durch den Irrgarten der Zelte und Vorhänge.

Das Mädchen hielt vor einem mit zwei Bettlaken abgeschirmten Verschlag inne. Zwei dünne, nervös wirkende Männer saßen auf Faltstühlen. Die *Glory of Saipan* sensibilisierte Jenkins auf ganz neuen Gebieten. Er wußte sofort, daß diese Männer Leibwächter waren.

Eines der Bettlaken wurde vorsichtig zwei Zentimeter beiseite geschoben. Das Gesicht, das in dem Spalt erschien, war schmal, hart und argwöhnisch. Es veränderte sich nicht, als sie ihn erkannte.

„Ich brauche Ihre Hilfe", sagte er.

„Wobei?"

„Es geht um jemanden, den Sie kennen. Kommen Sie mit, bitte."

Der verletzte Mann lag stöhnend auf der Koje. Lucy betrachtete ihn einen Moment lang schweigend. Dann sagte sie etwas in einer Sprache, die kein Kantonesisch war. Der Mann antwortete mit langsamer, schwerfälliger Zunge.

„Er heißt Fung", übersetzte Lucy. „Er hat sich im Maschinenraum umgesehen. Aus Neugierde. Er ist Ingenieur. Er ist gestürzt."

„Das ist der Mann, der mir erzählte, daß Sie noch auf der Fähre sind. Ich glaube, daß Lee darüber nicht gerade erfreut war. Also hat er ihn in den Maschinenraum gezerrt und ihn verbrannt."

„Und warum sollte Ihnen das etwas ausmachen?" Noch immer war ihr Gesicht ausdruckslos.

„Ich werde dafür bezahlt. Es ist mein Job. Daß ich auf einem Rosteimer voller illegaler Einwanderer fahre, heißt noch längst nicht, daß ich meine Pflichten vernachlässigen werde. Ich bin Erster Offizier und für die Fracht verantwortlich, und im Moment heißt das, daß ich erfahren möchte, was da unten passiert ist. Ist das klar?"

„Ja."

„Und dafür brauche ich einen Dolmetscher."

Ihre dunklen Brauen zeichneten feine Bogen auf ihre Stirn. „Sie meinen mich?"

„Sie sprechen ausgezeichnet Englisch."

„Ich möchte eine Kabine. In der Nähe von Jer. Mit einem Schlüssel."

Jenkins sah in das schmale, verschlossene Gesicht. Es gab freie Kajüten. Eine Dolmetscherin wäre sehr nützlich. Und vielleicht gäbe es da noch etwas: Vielleicht würde das Gefühl von Wärme und Vertrauen andauern, das er jetzt in ihrer Anwesenheit empfand. Eigentümlicherweise ertappte er sich dabei, sich auf die Zusammenarbeit mit Lucy Moses zu freuen.

6. KAPITEL

Lucys Kabine war zweieinhalb Meter lang und zwei Meter breit. Sie war nicht viel größer als die Zelle, in der sie nach den Vorfällen auf dem Platz des Himmlischen Friedens drei Monate verbracht hatte. Aber im Unterschied zu der Zelle von damals befand sich hier der Schlüssel an der Innenseite der Tür.

Lucy hämmerte mit den Fingernägeln ein schnelles Ratatata an die Wand und rief: „Alles in Ordnung, Jer?" Und nebenan klopfte Jer mit seiner gelbsüchtigen Hand zweimal zurück.

Ein wenig aufgemuntert, begann sie ihre Kleidung aus dem Koffer in den Schrank zu räumen. Die drei guten Kleider, die sie in Amerika tragen wollte, und den Strohhut, der wundersamerweise heil geblieben war. Sie hängte ihn an einen rostigen Nagel an der Wand.

Es klopfte an die Tür. Sofort war sie wieder aufs äußerste angespannt. „Wer ist da?"

„Erster Offizier", ertönte Jenkins' Stimme.

Sie öffnete die Tür einen Spalt und stellte von hinten den Fuß dagegen.

„Ich muß ein paar Dinge wissen", erklärte er. Als er in der Kabine war, ließ sie die Tür offen und hielt sich von ihm so weit wie möglich entfernt. Er hatte zwar ein offenes, freundliches Gesicht, aber er hatte der Arbeit auf diesem menschenverachtenden Transport zugestimmt, und das bedeutete, daß sie auf verschiedenen Seiten standen.

„Hören Sie, ich muß erfahren, was hier vorgeht", platzte Jenkins heraus.

Sie beschloß, ihn nicht zu verstehen. „Vor einer Woche sind wir an der Mündung des Perlenflusses ausgelaufen."

„Was ist mit der Besatzung passiert?"

„Sie ging von Bord", erzählte sie. „Nachts, mit einem Motorboot. Dann kamen Sie, drei Tage später."

Jenkins wollte unbedingt wieder auf Lee zurückkommen. „Warum wurden Sie und Ihr Freund auf der Fähre zurückgelassen?"

„Der Türriegel klemmte. Man hat uns übersehen."

Das war die offizielle Version, die mit Sicherheit nicht stimmte. Aber es hatte wenig Sinn, jetzt darauf herumzuhacken.

„Sie sind aber keine Chinesin", fuhr er deshalb fort.

„Der Abstammung nach halb. Aber chinesische Staatsbürgerin. Mein Vater war Amerikaner."

„Und warum bemühen Sie sich dann nicht um einen amerikanischen Paß?"

„Meine Eltern waren nicht verheiratet. Wenn Sie mich jetzt bitte entschuldigen würden", erwiderte sie knapp und wandte sich ab. „Es ist eine Woche her, seit ich eine Dusche gesehen habe."

ZUM ABENDESSEN gab es Ochsenschwanz, kurzgebraten und in süßsaurer Soße. Es war, als würde man auf Tauwerk herumkauen. „Heiliger Strohsack", schimpfte Pelly und schob seinen Teller von sich. Er stand auf, ging zum Telefon an der Wand und wählte. „Smutje?" rief er in den Hörer. „Schon mal was von Fritten gehört?" Stille. „Fritten", wiederholte er. „Frittierte Kartoffeln." Er drehte sich um. „Wie heißen Fritten auf chinesisch?" Jenkins hatte den Eindruck, daß er es sehr wohl wußte, aber auf der Ansicht beharrte: Ich gehöre zu euch, nicht zu denen.

„Schluß damit", knurrte Soares. Ihm schien irgendeine Laus über die Leber gelaufen zu sein. „Wasser", sagte er. Pelly reichte ihm den Krug.

„Vorsicht", warnte Nairn. „Wasser gibt es nicht unbegrenzt."

„Wovon zum Teufel reden Sie?" fragte Soares unwirsch.

„Der Wasserkessel ist am Auseinanderbrechen", sagte Nairn.

„Dann ordern Sie Ersatzteile." Soares stand so abrupt auf, daß sein Stuhl umkippte, verließ die Messe und schlug die Tür hinter sich zu.

JENKINS' Wache auf der Brücke begann um acht Uhr. Er packte die Griffe des Radargeräts und blickte auf den Bildschirm. Voraus und nach backbord sah er die Schraffur einer Insel und die Punkte von Fischerbooten. Würde er ans Fenster treten, könnte er sie sehen: kleine gelbe Kerosinsterne in der schwarzen Leere. Hinter den Lichtern lag die Weite des Pazifiks: sechstausend Seemeilen und fast einen Monat Fahrt für die *Glory of Saipan*.

Etwas später nebelte ihn auf einmal eine Wolke schalen Deodorants ein. Soares stand neben ihm. „Ich übernehme den Rest Ihrer Wache", sagte er bestimmt. „Gehen Sie schlafen."

Jenkins ging in seine Kajüte. Er lag schwitzend in seiner Koje und dachte an Diana. In seiner Vorstellung wurde ihr Gesicht riesig und karikaturähnlich, ledrige gelbbraune Haut, die klebrigen roten Lippen...

Das Telefon neben seinem Kopf explodierte wie eine Bombe. Er fuhr hoch und griff nach dem Hörer. „Jenkins", flüsterte eine Stimme, „gehen Sie an Deck, nach steuerbord."

„Wer ist das?"

Der Hörer wurde aufgelegt.

Jenkins hob die Füße aus dem Bett. Er zog sich T-Shirt und Shorts über und lief an Deck.

Die Passagiere in den Containern waren ruhig. Er lehnte sich an die Reling und atmete tief durch. Auf der Brücke plärrte ein Radio. Blitze zuckten über ihm auf. Es erinnerte ihn an Zamboanga. Allerdings hatte es vor Zamboanga keine Telefonanrufe gegeben.

Das Zucken waren keine Blitze. Es war zu gelb und nicht hell genug. Ein Lichtstrahl zuckte auf dem Deck direkt über ihm auf. In der Brückennock spielte jemand mit einer Taschenlampe herum. Und das keineswegs willkürlich. Dreimal kurz. Pause. Dreimal kurz.

Jenkins blickte angestrengt in die Dunkelheit. Draußen schimmerte etwas Weißes. Etwas, das Kielwasser gewesen sein könnte.

Er stürzte die Leiter zur Nock hinauf. Oben waren die Decklichter abgeschirmt, das einzige Licht ging vom grünen Radarbildschirm und den silbernen Sternen aus. Vor den Sternen hob sich eine Silhouette ab, die er als Soares identifizierte. „Jemand hat mit einer Taschenlampe Signale gegeben", meldete Jenkins etwas atemlos.

„Ich habe mein Feuerzeug fallen lassen und danach gesucht", kam es in beiläufigem Tonfall von Soares. „Sie träumen."

Er hat recht, dachte Jenkins. Ich bin übererregt, sehe Gespenster. Warum sollte Soares signalisieren? „Ich dachte, ich hätte Kielwasser gesehen", meinte er lahm.

„Sie haben sich geirrt", entgegnete Soares barsch. „Gehen Sie wieder ins Bett."

In diesem Moment hörte er hinter sich das Tuckern eines großen Außenborders. Er rannte hinaus zur Reling. Ein Boot schob sich von Steuerbord heran. Fünf kleine braune Männer balancierten auf dem Bambusausleger. Als das Boot die *Glory* erreicht hatte, griffen sie nach der Reling und kletterten herüber.

Diesmal hatte er keine Bazooka.

„Warten Sie!" Soares hielt ihn zurück.

Jenkins begriff. Emigranten reisen mit leichtem, aber wertvollem

Gepäck. Piraten erbeuten die Wertgegenstände. Soares bekommt die Provision.

„Was haben Sie vor?" fragte Soares. „Missionar spielen? Kommen Sie, Jenkins. Machen wir ein Geschäft."

Aber Jenkins sah, daß seine rechte Hand etwas Langes hielt, das im grünlichen Schein des ARPA-Schirms bösartig funkelte. Soares hielt das Messer in der ausgestreckten Hand. Eigenartig watschelnd bewegte er sich auf Jenkins zu.

Unten in den Containern begannen Menschen zu schreien.

Jenkins trat hinter das Kompaßgehäuse. Soares machte einen Ausfallschritt vorwärts. Jenkins sprang nach hinten und fühlte sich gegen das Stahlbord gedrückt, das an der Wand entlang verlief.

Die *Glory* schlingerte. Auf dem Brett in seinem Rücken geriet etwas ins Rollen. Etwas Zylindrisches. Seine Hand griff danach. Es war die Taschenlampe, die Soares kurz zuvor benutzt hatte.

„Jetzt mache ich Sie kalt, Mr. Lebensretter!" stieß Soares hervor.

Jenkins' Daumen fand den Schalter der Taschenlampe. Er sah kurz Soares' schwarzen Schnurrbart, die großporige Nase und die in der plötzlichen Helligkeit zusammengekniffenen Augen. Dann hieb Jenkins ihm mit aller Kraft mitten ins Gesicht. Soares seufzte und kippte um. Jenkins hörte, wie das Messer auf den Boden schepperte. Er bückte sich, hob es auf und warf es durch die offene Tür ins Meer. Dann löste er den Alarm aus und rannte zur Brückennock hinüber.

FUNG hatte auf dem Rücken in seinem Container am ersten Innenhof gelegen und gebetet. Offen gestanden hätte er lieber geschlafen, aber mit den Verbrennungen fand Fung nur schwer Schlaf. Zum einen konnte er keine Wange auf das Kopfkissen legen, zum anderen machte er sich Sorgen. Was als Marsch aus der Gefangenschaft begonnen hatte, hatte eine beunruhigende Wendung genommen. Es gab Wölfe hier an Bord. Sie hatten sich an Fung vergriffen. Und sie würden noch Schlimmeres tun. Herr, betete er, wir sind nur wenige und sie so viele...

In diesem Moment hatten die Schiffsglocken zu schrillen begonnen, war der bislang graue Türausschnitt blendend weiß geworden. Irgendwo in der Nähe sagte eine heisere Stimme etwas in einer ihm fremden Sprache.

Füße rannten über den Container und kletterten über die Leiter neben der Tür herab. Helles Licht schien in Fungs Augen und auf etwas, was eindeutig ein Gewehrlauf war. Der Mann mit der Waffe machte eine Geste, die Fung verstand.

„Alle raus!" rief Fung den anderen im Container zu. Er schob seine Tochter Lin zur Tür hinaus und die Leiter hinunter. Der Innenhof war bereits voller Menschen. „Was ist los?" fragte jemand.

„Piraten", antwortete ein anderer.

„Und wo ist Lee? Und Ho?"

„Haben sich versteckt."

Wölfe meiden das Feuer, dachte Fung.

Oben in Fungs Container hatte der Mann inzwischen fünf 100-Dollar-Scheine im Futter eines Koffers gefunden. Fungs Cousin Yu war noch auf der Leiter. „He!" protestierte er. „Sie..."

Das Licht des Piraten richtete sich auf ihn. Ein Fuß trat ihm gegen den Kiefer. Er stürzte in den Innenhof, in dem es totenstill wurde.

Der Name des Piraten war Bing. Er sah auf die Masse gelber Gesichter hinunter und knirschte mit den Zähnen, es war ein heiteres Knirschen, hervorgerufen durch eine ordentliche Dosis Amphetamin. Geld! Geld! Geld! hämmerte es in seinem Kopf. Bings Freunde Jojo und Inky waren auf dem Weg zur Brücke; sie suchten den Schiffstresor. Nur Jojo und Inky waren ernsthaft geschäftlich hier. Bing, Julio und Lupo waren nur mitgekommen, weil sie voller Drogen steckten und ihnen der Sinn nach Aufregung und Vergnügen und – natürlich – Geld stand.

Oben in der Brückennock dachte Jenkins an den Schiffstresor. Der Safe war im Büro. Das hatte Soares den Piraten mit Sicherheit mitgeteilt. Sie konnten damit rechnen, daß er sie dort mit dem Schlüssel erwartete. Jenkins lief die Außentreppe hinunter, verharrte einen Moment auf dem Bootsdeck, um die kurze Stahlpinne aus dem Rettungsboot zu holen. Dann trat er die Unterkunftstür auf und rannte den Gang entlang.

Und blieb stehen.

Vor der Bürotür stand ein kleiner brauner Mann. Bis auf lindgrüne Satinshorts war der Mann nackt. Er hielt eine Maschinenpistole in den Händen. Soares hatte diesen Mann doch sicher angewiesen, Offiziere ungeschoren zu lassen, dachte Jenkins. Zumindest mußte er es hoffen.

„Lassen Sie das verdammte Ding fallen!" sagte Jenkins sehr langsam und sehr deutlich. Er begann auf den Mann zuzugehen.

Die Pupillen des Mannes huschten erst in die eine, dann in die andere Richtung. Er hatte verrückte, blutunterlaufene Augen. Die Mündung der Waffe senkte sich. Schweiß rann aus Jenkins' Haaren in den Ausschnitt seines T-Shirts.

Hinter ihm flog die Tür zum Gang erneut auf. Plötzlich war Soares hinter ihm und schrie etwas auf tagalog, der auf den Philippinen am weitesten verbreiteten Sprache. Der kleine braune Mann runzelte die Stirn; die Worte konnten das Kreischen des Amphetamins in seinem Kopf nicht durchdringen. Erneut schrie Soares los. Das Gesicht des Mannes klärte sich. Die Waffe kam hoch.

Jenkins begriff, daß er zum Tod verurteilt war.

Sein Mund fühlte sich trocken an. Er sprang vorwärts und schwang die Rettungsbootpinne. Sie traf etwas Metallisches. Schüsse explodierten neben seinem Kopf. Hinter sich hörte er ein Krachen und ein keuchendes Stöhnen. Seine Hand griff um einen braunen Hals, und er drückte mit aller Macht zu. Der kleine Mann sackte auf den Boden. Auch Jenkins fand sich auf allen vieren wieder. Unter seinem rechten Knie befand sich die Maschinenpistole des Piraten. Er ergriff sie und stand auf. Die Bürotür stand offen, das Schloß war zertrümmert. Der Safe war verschlossen. Breitbeinig stand ein Mann davor.

Jenkins richtete die Maschinenpistole auf ihn. Der Mann ließ sein Messer fallen.

„Raus!" Jenkins machte eine schnelle Bewegung mit der Waffe.

Der Mann hatte ein breites, gewalttätiges Gesicht. „Äh?" machte er.

Dann rannte er zur Tür hinaus. Der Gang schien jetzt voller Menschen zu sein. Da war Rodriguez, der Dritte Offizier, und Ramos, der Zweite Ingenieur, schrie etwas in Tagalog. Der Pirat, den Jenkins niedergeschlagen hatte, röchelte auf dem Boden. Jenkins zeigte auf den Mann aus dem Büro und befahl seinem Zweiten Ingenieur: „Bringen Sie ihn an Deck, und halten Sie ihn fest!" Die einzige Person, die zu fehlen schien, war Soares.

Er blickte über den Gang dorthin, wo Soares gestanden hatte. Mrs. Nairn hockte dort. Neben ihr lag ein Körper. Auf dem Boden sah Jenkins eine rotgraue Masse.

Der Körper gehörte zu Soares. Die rotgraue Masse hatte sich in Soares' Schädel befunden, bevor ihm der Feuerstoß aus der Maschinenpistole die Schädeldecke abgerissen hatte. Jenkins' Magen geriet ins Schlingern. Doch jetzt war keine Zeit für Übelkeit.

„Was machen wir jetzt?" fragte Rodriguez.

„Senden Sie ein Mayday."

Mrs. Nairn blickte auf. „Das ist vielleicht keine besonders gute Idee", wandte sie ein. „Was ist, wenn das Flip-Militär diesen Haufen sieht? Sie sind jetzt der Kapitän."

Jenkins schluckte, dachte an Geoff, seinen Tod in der Straße von

Zamboanga und daran, wie das philippinische Militär den dicken Umschlag mit Dollars entgegengenommen hatte. „Bringen Sie diese kleinen Bastarde auf die Brücke!" wies er schließlich Rodriguez an.

Im Laderaum beendete Bing gerade seinen Raubzug durch den ersten Innenhof, kletterte die Leiter hoch und lief auf den nächsten zu. Seine Hose war voller Geld, und in seinem Kopf summte es. Hoch über ihm ertönte eine laute, blecherne Stimme. Schockiert erkannte Bing, daß sie Tagalog sprach.

Bings Gefühl der Lockerheit schwand. Er nahm seine M-15 von der Schulter und richtete sie auf das Geräusch. „Kommt auf die Container herauf!" wies sie die Stimme an. „Bing, Julio und Lupo."

Oben neben der Brücke ging ein Licht an, ein Scheinwerfer. Er beleuchtete das Gesicht von Inky, bleich und hohl vor Entsetzen. Inkys Mund stand offen. Da steckte etwas in seinem Mund, so heftig hineingeschoben, daß es den Kopf zur Seite drückte. In Inkys Mund steckte der Lauf einer M-15.

Inky schloß die Augen. Die Waffe wurde aus seinem Mund gezogen. „Kommt herauf! Haltet eure Waffen bei den Läufen!" schrie seine Blechstimme.

Bing drehte sich um und blickte über das Flachdach der Container. Julio und Lupo waren ins grelle Licht unterhalb des Portalkrans getreten. Sie hielten ihre Waffen an den Läufen.

„Werft sie auf den Boden!"

Bing war von der Qual auf Inkys Gesicht tief beeindruckt. Außerdem konnte man nicht wissen, wie viele Waffen sich im Dunkel hinter den Lichtern verbargen. Er warf seine Waffe zu Boden.

Inkys Blechstimme meldete sich wieder: „Rückt das Geld raus!" Bing griff in seine Hose, zog eine Handvoll Geldnoten heraus und ließ sie in den Innenhof flattern. „Und jetzt holt das Boot!"

Bing trottete an den Rand der Container. Mit zitternder Hand suchte er nach seiner Taschenlampe und blinkte dann dreimal in die Dunkelheit.

Unten in der Dunkelheit kam das Boot zurück. Die drei kleinen braunen Männer von den Containern kletterten über die Reling.

„Über Bord!" befahl Jenkins.

„Was?" fragte Rodriguez ungläubig.

Jenkins deutete zur Reling. Der Pirat, der die Anordnungen weitergegeben hatte, begann zu zappeln.

Pelly hob den leichten Piraten hoch und warf ihn ins Meer.

„Und jetzt den anderen!" kommandierte Jenkins.

Der Pirat, den er gewürgt hatte, murmelte etwas, als sie ihn hochhoben. Schlaff und klatschend fiel er ins Wasser. Das Boot der Piraten fiel achtern ab und kreiste mit eingeschalteten Lichtern.

„Nachsehen, ob jemand verletzt ist!" gab Jenkins neue Anweisungen. „Pelly, Sie sollten Lucy holen. Sorgen Sie dafür, daß sich die Leute beruhigen. Finden Sie heraus, was gestohlen wurde, und geben Sie es den Leuten zurück."

Jenkins fühlte sich grauenhaft. Es war eine Sache, Erster Offizier zu sein und Befehle zu befolgen. Es war eine andere, der Alte zu sein und Verantwortung zu übernehmen. Zentimeter für Zentimeter war er in den Sumpf hineingewatet. Zuerst war er in die Hände von Tommy Wong geraten, dann war er Erster Offizier auf einer Rostschüssel geworden, dann Erster Offizier auf einem illegalen Immigrantenschiff und jetzt Kapitän und Mitwisser von Mordtaten.

Steifbeinig lief er in den Kartenraum und schickte einen knappen Bericht an die Eigner in Hongkong. Dann schaltete er auf Autopilot, und die *Glory of Saipan* rauschte von neuem den Sternen entgegen.

„TENNIS, Darling?" fragte Diana.

Rachel blickte vom Schreibtisch auf und ihre Mutter an. Ich weiß, was du tust, wollte sie sagen, und das ist nicht fair gegenüber Daddy, gegenüber mir oder sonst jemandem.

„Darling", drängte Diana. „Ich habe es eilig."

„Ich habe zu tun", erwiderte Rachel widerwillig.

„Aufnahmen?" fragte Diana erfreut. „Für wen?"

„Ich möchte einfach lesen."

„Oh, verstehe", sagte Diana enttäuscht. „Meine kluge Tochter."

Ich verabscheue dich, dachte Rachel und hatte gleichzeitig Gewissensbisse.

Die Tür fiel zu. Aber es gelang ihr nicht, sich auf das vor ihr aufgeschlagene Buch zu konzentrieren. Sie sah Raymond vor sich: mit nackten Füßen, in seinem Armani-Anzug, hatte er sie durchs Wasser an Land getragen. Nie hätte sie geglaubt, daß er sich seine teure Hose für jemanden ruinieren würde. Auch wenn sie es gehofft hatte, so wie sie jetzt hoffte, daß er anrief.

Das Telefon klingelte.

Sie nahm den Hörer ab – und erkannte seine Stimme.

Plötzlich sangen die Vögel, strömte die Sonne zum Fenster herein. Freudige Erregung durchpulste sie. Auch Raymond hörte sich aufgeregt an. „Bist du an etwas wirklich Spannendem interessiert?"

„Was?" fragte Rachel zurück.

„Hör zu", begann er aufgeregt. „Mein Alter Herr möchte mich nach Xian mitnehmen. Wir haben da ein Haus. Er hat geschäftlich dort zu tun, ich soll ihm helfen, und er erzählte etwas von Ausgrabungen in der Gegend. Neue Tonarmeen oder so. Ich dachte, es könnte dich interessieren."

Neue Tonarmeen! Rachel hatte bereits davon gehört. Aber die Ausgrabungen waren nicht zugänglich. Ihr Herz machte Sprünge. Dennoch zwang sie sich zu Einwänden. „Xian? Aber das ist doch so weit weg."

„Wir fliegen mit dem Jet hin", erklärte Raymond. „Morgen früh um sechs. Möchtest du mitkommen?"

Rachels Wangen glühten. „Für wie lange?"

„Eine Woche. Zehn Tage. Schwer zu sagen. Du kannst auch bei uns schlafen, um nicht noch früher aufstehen zu müssen. Das heißt, wenn du es über dich bringst, etwas freundlich zu meinem Alten Herrn zu sein. Er ist, hm, altmodisch, wenn du verstehst, was ich meine."

Unter diesen Umständen hätte Rachel auch nichts dagegen gehabt, wenn Raymonds Alter Herr ein fünfköpfiger Drache gewesen wäre. „Das hört sich doch sehr angenehm an", antwortete sie.

„Also gut", meinte Raymond. „Schön. Ich komme in einer halben Stunde und hole dich ab."

Zwanzig Minuten später stand er da, mit seinem hinreißenden Lächeln und einem roten Mercedes.

Rachel griff nach ihrer Tasche und lief zu ihm hinaus. Sie hatte eine Nachricht an die Schlafzimmertür ihrer Mutter geklebt.

„Entschuldige, daß ich so früh komme", begrüßte Raymond sie. „Aber ich konnte es nicht mehr erwarten." Wieder schenkte er ihr dieses unglaubliche Lächeln. Rachel spürte, wie ihr Herz dahinschmolz. Sie warf ihre Tasche auf den Rücksitz. Er ließ sich Zeit auf dem Weg zum Anwesen seiner Familie, denn er wußte, daß Rachel diese Fahrt mit ihm genoß. Ihr entging das ebensowenig wie die Tatsache, daß vor jeder Säule am Portal zum Haus seines Vaters Polizisten standen.

Er führte sie an den Bronzelöwen vorbei die Treppe zur Haustür hinauf und in einen Raum hinein, in dem ein kleiner, pausbäckiger Mann telefonierte. Als der kleine Mann aufstand, erkannte sie ihn als Mr. Chang, den sie bereits auf Zeitungsfotos gesehen hatte. Er lächelte. „Aha", sagte er. „Miß Jenkins."

„Rachel", verbesserte Raymond. Es kam Rachel so vor, als wäre er nervös.

„Ja", sagte Chang, ohne mit der Wimper zu zucken. „Es freut mich sehr, daß Miß Jenkins uns in unserem kleinen Haus auf dem Festland Gesellschaft leisten kann. Man wird Ihnen Ihr Zimmer zeigen."

Während des Essens sprachen sie Mandarin. Es gelang Mr. Chang, ihr ohne Worte zu vermitteln, wie beeindruckt er von ihren Sprachkenntnissen war. Raymond schien sich ein wenig zu entspannen. Sie gingen früh zu Bett.

Am Morgen gab es Croissants und Kaffee. Mr. Changs Augen wirkten geschwollen, als hätte er schlecht geschlafen. Als er fertig war, erschien der Butler mit einem Telefon. Mr. Chang drückte ein paar Tasten und reichte es Rachel. „Ihr Vater", sagte er.

„SATELLIT", meldete Rodriguez. „Ein Anruf."

Jenkins nahm den Hörer ab.

„Daddy", sagte eine Stimme.

Rachels Stimme. Einen Moment lang empfand er nur Freude. „Wie hast du mich gefunden?"

„Raymonds Vater hat die Verbindung hergestellt. Ich bin in seinem Haus."

Die Freude war verschwunden, restlos. „Raymonds Vater?"

„Mr. Chang. Wir fliegen aufs Festland. Deshalb rufe ich so früh an. Wir fliegen nach Xian, wo sie eine Tonarmee ausgraben. Mr. Chang kennt jemanden, der eine neue ausgräbt."

Jenkins konnte wieder denken. „Mr. Chang", wiederholte er.

Wie immer spürte sie die Besorgnis in seiner Stimme. Aber sie ordnete sie falsch zu, Gott sei Dank. „Es ist völlig in Ordnung. Er hat dort ein Haus, im alten Stil, mit drei Innenhöfen. Raymond hat mir Fotos gezeigt. Mr. Chang hat Raymond den Umgang mit *gweilos* eigentlich verboten. Also werden wir in weit auseinander liegenden Zimmern schlafen!"

„Hör mal...", setzte Jenkins an.

„Ich muß los", unterbrach sie ihn. „Mr. Chang ist nebenan. Er möchte noch mit dir sprechen."

„Hallo", meldete sich eine neue Stimme kurze Zeit darauf.

Jenkins sah die munteren Augen, das pausbäckige Lächeln. Sei vorsichtig, dachte er. „Wie ich hörte, haben Sie ... meine Tochter zu Besuch."

Sogar seine Stimme lächelte. „Sie hat meinem Sohn und mir die Ehre erwiesen, unser Haus zu besuchen. Sie freut sich schon sehr auf unseren archäologischen Ausflug. Kapitän Jenkins, mein Büro hat mich von Ihrem Bericht in Kenntnis gesetzt. Die von Ihnen erwähnten Piraten hatten großes Glück, zufällig einen solchen Treffer zu landen."

„Es war kein Zufall. Soares signalisierte ihnen über Funk und mit einer Taschenlampe."

Chang schnalzte empört mit der Zunge. „Tatsächlich?" rief er. „Und dann ist er gestorben. Ich stehe tief in Ihrer Schuld, Kapitän Jenkins. Es wäre mir eine Ehre, wenn Sie eine Beförderung akzeptieren würden."

Jenkins wartete.

„Das Schiff und seine Ladung sind sehr wichtig", erklärte Chang. Er lachte, ein hüstelndes Lachen. „Ich empfinde große persönliche Hochachtung vor Ihnen. Beispielsweise weiß ich, welch ein hingebungsvoller Vater und Ehemann Sie sind."

Jenkins verharrte in angstvollem Schweigen.

„Und ganz besonders", fuhr Chang fort, „lieben Sie Ihre Tochter. Ich weiß, Sie wissen es zu schätzen, daß wir sehr liebevoll für sie sorgen."

Es entstand eine Pause, die Jenkins unendlich lang vorkam.

„Natürlich", sagte Chang, „gibt es einen Kapitänsbonus in Höhe von zwanzigtausend Dollar und eine Empfehlung an das College Ihrer Wahl, daß Ihre Tochter Rachel ein Stipendium erhält. Ich vergebe viele Stipendien. Ich bin wirklich sehr dankbar."

Jetzt nur nicht die Beherrschung verlieren, sagte sich Jenkins.

„Also, herzlichen Glückwunsch, Kapitän Jenkins", hörte er Chang sagen. „Es freut mich, daß wir uns verstehen. Sie erhalten alle weiteren Anweisungen schriftlich."

Die Verbindung brach ab.

Rodriguez kam auf die Brücke, um seine Wache anzutreten. Er griff zur Kanne. „Tasse Kaffee, Kapitän?"

Jenkins griff zu der Tasse. Aber als er trinken wollte, zitterte seine Hand so sehr, daß er sie nicht an die Lippen brachte.

Der Sumpf war über seinem Kopf zusammengeschlagen.

NACH Bills Tod war Diana abweisend und distanziert gewesen. Er hatte es verstanden. Es war alles seine Schuld, weil er nicht dagewesen war. Sofort nach der Beerdigung waren sie nach Hongkong zurückgekehrt. Diana hatte die alte Wohnung verkauft; zu klein, zu viele Erinnerungen, hatte sie behauptet. Unter größten Anstrengungen finanzierten sie eine größere. Diana zog sich zurück. Mit Familie wollte sie nichts mehr zu tun haben. Die Familie hatte ihr Schmerz und Trauer zugefügt, also war es nur logisch, Kontakte zu vermeiden. Jenkins begann, für Rachel zu sorgen, teils, um die arme Diana zu entlasten, und teils, weil er sich eingestand, zu wenig Zeit mit Bill verbracht zu haben, und diesen Fehler bei Rachel nicht wiederholen wollte. Er lernte Rachel besser kennen, als er es je für möglich gehalten hätte. In seinen Urlauben verbrachte er mehr Zeit mit ihr als mit Diana. Und jetzt das.

Um zehn Uhr zerrten die Köche ihre Kessel auf die kleine Plattform oberhalb der Container, und die Passagiere stellten sich für die morgendliche Portion Reis an. Pelly übernahm die Wache. Um fünf nach zehn begann das Faxgerät zu surren, und eine lange Papierschlange schob sich aus dem Apparat.

Befehle von Mr. Chang. Jenkins breitete das Papier auf dem Kartentisch aus.

NACH ERREICHEN VON 40° N 135° W WERDEN SIE AUF KANAL 72 UKW UM 13.10 UND 01.10 ORTSZEIT FÜNF MINUTEN LANG DIE WÖRTER „SCHWIMMENDES HOTEL" SENDEN. UNTERSTÜTZUNG IST VOM 7. MÄRZ AN BEREIT.

Bis zum 7. März waren noch drei Wochen. Unterstützung eines Rettungsschiffes außerhalb territorialer Gewässer war keineswegs illegal. Dem Telefax war noch ein Hinweis hinzugefügt:

BETRIFFT DIE VOM ERSTEN INGENIEUR GEFORDERTEN WASSERKESSEL-ERSATZTEILE. DIESE WERDEN AN DIE ADRESSE VON CHEE AGENTS NACH YAP GELIEFERT. TEILEN SIE ANKUNFT ZWANZIG MEILEN VOR YAP MIT. ERSATZTEILE WERDEN PER BARKASSE GELIEFERT.

Yap gehörte zur Inselgruppe der Karolinen, die den Föderierten Staaten von Mikronesien zugerechnet wurden. „Wie weit ist es noch bis Yap?" fragte Jenkins. Pelly griff zu seinem Taschenrechner.

„Elfhundert Meilen", kam die Antwort.

Jenkins ging in seine Kajüte und stieg in seine weiße Uniform. Dann lief er ins Schiffsbüro und wühlte in den Büchern, bis er den „Praktischen Ratgeber für Kapitäne zur See" gefunden hatte. Er schob das kleine Buch in seine Tasche, stülpte sich die Mütze auf und ging zu den Containern hinaus. Das hier war ein Job, und Jobs hatten ordentlich erledigt zu werden. Alles ganz normal, versuchte er sich selbst einzureden. Es war Zeit für die Kapitänsrunde.

Der erste Innenhof war sauber und aufgeräumt, mit Plastikmarkisen über Strohmatten, auf denen eine größere Gruppe Flüchtlinge über ein Buch diskutierte. Jenkins hatte den Eindruck einer Sonntagsschule. Im zweiten Innenhof war die Atmosphäre anders, weniger bevölkert. Aus einem Radio plärrte verzerrte Popmusik, und vor einer Containeröffnung hatte jemand Tische aufgestellt und eine Art Café aufgemacht. Die Leute spielten Mah-Jongg, ein chinesisches Gesellschaftsspiel, und tranken Tee oder Bier. Ein Mann holte ein großes Dollarbündel hervor, um eine Limonade zu bezahlen. Er sah hinauf, als Jenkins' Schatten auf ihn fiel. Er wirkte selbstsicher: ein Geschäftsmann, der seine Unternehmungen von einer Seite des Pazifiks auf die andere verlegte. Jenkins nickte ihm zu. Der Mann nickte flüchtig zurück, auf die Art, wie vielleicht ein Hotelgast dem Direktor zunicken würde. Alles in Ordnung im „Schwimmenden Hotel".

Der hintere Innenhof unterschied sich wiederum von den anderen. In ihm war es lauter; Jenkins sah hier sehr viel mehr Menschen. Sie schienen in einer Ecke sogar einen kleinen Markt eingerichtet zu haben, wo Orangen und Nudeln feilgeboten wurden, die jemand in seinem Bündel an Bord gebracht hatte. Er kletterte eine Leiter hinunter in den Laderaum der *Glory*. Hier gab es drei sehr große Räume, die durch die wasserdichten Türen der Burma Road miteinander verbunden waren. Sie wurden von den Leuchtstoffröhren an der Unterseite der Lukendeckel beleuchtet. Mit Ballastsand gefüllte Container bedeckten den Boden, so daß es bis zu den Lukendeckeln nur drei Meter Bewegungsspielraum waren.

Doch es waren dichtbesiedelte drei Meter.

Die Passagiere hatten den Raum mit Zelten, Trennvorhängen oder Kartons abgeteilt. Der Lärm war unglaublich: Das Dröhnen der Schiffsmotoren wurde überlagert von Dutzenden von Kassettenrecordern sowie vielstimmigen Gesprächsfetzen. In den Gestank nach Essen, Exkrementen und Räucherstäbchen mischte sich der Geruch von Holzrauch. Das geht nicht, das ist verboten! dachte Jenkins und bog in einen Gang zwischen zwei Vorhängen ein.

Der Gang erschien ihm wie eine Straße. Ein blasser Mann schlief auf einem Lumpenhaufen hinter einer Abtrennung aus Sackleinen, nicht weit von ihm machten zwei muskulöse Jugendliche Bauchaufzüge. Als sich ihre Blicke trafen, wandten die Chinesen die Augen ab. Der Rauch stieg direkt vor ihm auf und legte sich wie eine Decke auf die Dächer der Container. Er trat auf eine Art Platz, auf dem aus Pappstücken ein Feuer entfacht worden war. Um das Feuer saß ein Dutzend junger Männer. Sie sahen ihn an, leer und abweisend.

„Machen Sie das Feuer aus!" forderte Jenkins sie auf.

Keine Reaktion.

Er griff nach einem Eimer, der neben dem Eingang zu einem Wohnviert stand, und schüttete den Inhalt auf die Glut. Es zischte und qualmte. Die jungen Männer protestierten lautstark. Da bellte eine Stimme Worte, die Jenkins nicht verstand. Es war Hos Stimme.

Langsam kam er auf den Platz geschlendert.

„Kein offenes Feuer", wandte sich Jenkins an ihn.

Ho sprach mit den Männern. „Entschuldigung", sagte Ho schließlich und setzte sein unaufrichtiges Lächeln auf. „Kein weiteres Feuer." Jenkins drehte sich um und ging.

In den übrigen Bereichen des Laderaums herrschte eine andere Atmosphäre, fand Jenkins. Er lief durch die Straßen wie ein Bürgermeister. Hähne krähten, Enten schnatterten. In einem Abteil nahm ein Schneider einem Mann Maß für einen Anzug. An ein Schott gelehnt, spielte ein Mädchen Bach auf einer Geige. Jenkins blieb stehen und hörte zu. Als das Mädchen ihn bemerkte, hörte es verängstigt auf.

„Mach nur weiter", sagte er und bemühte sich, ermunternd auszusehen.

Sie spielte weiter. Sie spielte wirklich gut. Als sie fertig war, applaudierte er. Sie verbeugte sich lächelnd.

So schlimm war das alles doch gar nicht.

7. KAPITEL

Die Deckmannschaft hatte Soares' Leiche in ein Stück schmutziggrünes Segeltuch genäht und auf dem Achterdeck aufgebahrt.

Mrs. Nairn und Pelly standen neben der Leiche. „Alles bereit?" fragte Jenkins.

Ein paar Filipinos standen herum und, überraschenderweise, etwa dreißig Chinesen. Jenkins blätterte im „Praktischen Ratgeber". Bestattungen standen ganz hinten.

Er nahm die Mütze ab und begann zu lesen. Seine Worte waren jedoch durch das Dröhnen des Generators kaum zu verstehen. Schließlich kam er zum Ende: „Wir übergeben diesen Körper der See."

Die Filipinos steckten ihre Zigaretten wieder zwischen die Lippen, hoben die Planke hoch und über die Reling. Wie ein Turmspringer tauchte die grüne Rolle mit einem kleinen Klatscher in die blauen Wellen. Auf einmal mischten sich eigenartige, hohe Töne in das brummende Geräusch des Generators.

Jenkins drehte sich um. Die rund dreißig Chinesen sangen mit von der Sonne und Begeisterung leuchtenden Gesichtern einen chinesischen Choral. Mit verpflasterten Wangen stand Fung vor ihnen und dirigierte. Jenkins wandte sich wieder dem Meer zu und blickte auf das weiße Band des Kielwassers, das sich schnurgerade bis zum westlichen Horizont zog.

„Den wären wir los", sagte Pelly.

Weiter hinten im Kielwasser tauchte eine grüne Rolle auf.

Das Singen geriet ins Stocken. „Was für ein Pfusch", sagte eine Stimme neben Jenkins' Schulter höhnisch. Nairns Stimme. Jenkins erkannte, daß der Hohn ihm galt.

„Sie hätten Ihrer Frau sagen können, ein wenig Gewicht hineinzutun", antwortete Jenkins gelassen.

Nairn wurde hochrot. „Was wollen Sie damit sagen?" Jenkins sah, daß sich die Wut in Nairns Augen in Furcht verwandelte. „Sie wollen mich aus dem Weg haben", flüsterte er. „So wie ..." Er brach ab. So wie Sie Soares beiseite geräumt haben, hatte er sagen wollen.

„So wie was?" fragte Jenkins.

„Nichts", entgegnete Nairn schnell und wich seinem Blick aus.

„Edwin", fuhr Mrs. Nairn ihren Mann scharf an. „Was ist los?"

„Nichts", wiederholte Nairn listig.

Sie warf ihm einen mißtrauischen Blick zu und ging.

Nairn wußte, was ihm dabei helfen würde, sich über all das hier klarzuwerden. „Haben Sie was zu trinken?" fragte er Pelly, der noch immer an der Reling lehnte.

„Nicht bei mir", erwiderte Pelly.

„Meine Frau hält nichts davon", vertraute Nairn ihm an.

„Ah", nickte Pelly verständnisvoll. „Also Wodka? Wodka macht keine Fahne."

„Wodka wäre gut", schwärmte Nairn mit wäßrigem Mund.

„Hundert Dollar", sagte Pelly. „Literflasche."

„Bringen Sie ihn in den Maschinenraum", antwortete Nairn. „Und passen Sie auf, daß meine Alte Sie nicht sieht."

NAIRN zog die Flasche Smirnoff aus dem Plastikbeutel. Er goß sich ein Glas ein, drei Viertel Wodka, ein Viertel Limonade. Natürlich brauchte er es nicht, aber die Bestattung war deprimierend gewesen. Und dieser Jenkins beunruhigte ihn.

Der Wodka brannte ein glühendes Loch in seinen Magen. Er goß sich noch einen ein. Der zweite glitt ihm besser durch die Kehle als der erste. Im abweisenden Kontrollraum war es hell und behaglich geworden. Zeit für Nummer drei.

Nummer drei war komisch. Er machte ihn unsicher, mutlos und nervös.

Diese Bastarde, die ihm die Farm gestohlen hatten, hatten ihm irgendwie den Mumm genommen. Er wußte selbstverständlich, was ihn neben all diesen Menschen ängstigte: die Zukunft. Die Zukunft ohne eine finanzielle Rücklage. Er sah sich selbst als alten Mann, wie er seiner Frau zuschaute, wie sie Untersetzer häkelte. Er sah einen Wohnwagen neben einer Müllhalde, Armut, Tod... Um halb zwölf trank er Nummer vier, vielleicht auch schon Nummer fünf, er hatte aufgehört zu zählen. Armut und Tod waren verschwunden wie hinter einem Vorhang. Er sah auf seine Armbanduhr. Zeit für die tägliche Runde. Er lauschte dem ohrenbetäubenden Dröhnen des großen Diesels, musterte finster die Armaturen an den Ölfiltern und stand mit sich bewegenden Lippen vor der großen Tafel mit den Angaben für die tägliche Treibstoffzufuhr.

Runde eins war geschafft, er ging in den Kontrollraum zurück und warf noch einen Blick auf die Instrumentenanzeigen dort, besonders auf die des Wasserkessels. Dann setzte er sich wieder. Zeit für eine Erfrischung. Er griff zur Wodkaflasche. Seine Finger waren ölig und unbeholfen und glitten von der Flasche ab. Sie rutschte aufs Stahldeck und zersprang.

Nairn blickte auf die kleine Pfütze um die Glassplitter. Er begann zu schluchzen.

Er weinte nicht unbedingt über den Verlust des Wodkas. Er weinte darüber, daß ihm seine Frau keine Ruhe ließ. Er weinte, weil Schiffe nicht mehr so waren wie früher. Er weinte, weil er das mit der Farm nicht besser hinbekommen hatte. Und er weinte, weil, wenn das Trinkwasser ausging – was mit Sicherheit passieren mußte –, es einen großen Chinesenaufstand geben würde. O Gott, dachte Nairn und ballte die Fäuste, um seine Hände am Zittern zu hindern. O Gott, hilf mir. Wir hocken auf einer verdammten Zeitbombe.

Also gut. Konzentriere dich. Wir haben den ersten Teil des Geldes unter falschen Namen auf einem steuerfreien Konto in Singapur deponiert, an das die Schlitzaugen nie herankommen. Fünfzig US-Riesen. Ein halber Laib ist besser als gar kein Brot. Höchste Zeit, sich in Sicherheit zu bringen. Wenn du es schlau genug anstellst, könnte es sogar eine Belohnung geben. Aber ziemlich gefährlich, dachte Nairn erschauernd. Aber wer sich in harten Zeiten bewährt, bekommt..., weiß nicht mehr, was er kriegt. Aber keine Armut. Keinen Tod.

Er schwankte aus dem Maschinenraum und stieß fast mit einer Chinesin zusammen, als er die Treppe zur Brücke hinauflief. Gelbe Bastarde. Ihr schneidet mir nicht die Kehle durch. Das werdet ihr nicht schaffen.

Vorsicht hier! dachte er, als er auf der Brücke anlangte. Sie stecken doch alle unter einer Decke.

Pelly sah von der Karte auf, als Nairn hereinkam. Pelly wurde nervös. Der Zustand ihres Mannes würde Mrs. Nairn ganz und gar nicht gefallen. „Ich werde Ihnen besser einen Kaffee machen." Er packte Nairn bei den Schultern und drückte ihn in den Rattansessel. „Bleiben Sie sitzen. Hier ist keiner mehr. Ich hole Ihnen eine Tasse aus der Kombüse."

Die Gelegenheit könnte nicht günstiger sein, dachte Nairn. Stöhnend ließ er den Kopf sinken und täuschte Müdigkeit vor. Er wartete, bis sich die Tür geschlossen hatte. Dann legte er den Riegel um und stolperte in den Kartenraum. Der Bildschirm beobachtete ihn, machte irgendwelche hinterhältigen Pläne. Er streckte die Finger nach der Tastatur der Satcom-Anlage aus und begann zu tippen.

Die Tasten hüpften ein bißchen herum, aber er stellte fest, daß Fluchen sie ruhigstellte. Er tippte weiter. Das sollte genügen, dachte er, als er fertig war. Er stolperte durch den Kartenraum, kramte ein nautisches Jahrbuch hervor und fand die Nummer der Küstenwache. Dann setzte er sich wieder und gab die Nummer ein. Nun brauchte er nur sitzen zu bleiben, die Return-Taste zu drücken und abzuwarten.

Sein Finger bewegte sich in Richtung Return-Taste.

Er erreichte sie nicht. Eine Hand hatte seine Finger ergriffen, eine schmale braune Hand, die seine Finger von den Tasten fortzog, auch seine andere Hand einfing und ihn mit seinem Stuhl rückwärts auf den Boden zerrte. Nairn begann zu schreien und um sich zu schlagen.

Jenkins hörte das Schreien in seiner Kabine. Er rannte zur Tür hinaus und die Treppe zur Brücke hinauf, immer zwei Stufen auf einmal nehmend. Die Tür war verschlossen. Er rannte zur Außentreppe. Zwei Gestalten rangen miteinander auf dem Boden des Kartenraums. Es roch nach Alkohol. Eine der Gestalten war Nairn, die andere Lucy.

Jenkins stürzte sich auf die Kämpfenden, packte Lucy am Arm und zog sie hoch. Nairn rollte sich zu einem Ball zusammen und begann zu wimmern. „Was zum Teufel machen Sie hier?" fuhr Jenkins Lucy an. „Der Aufenthalt auf der Brücke ist Ihnen nicht gestattet."

Lucy entwand sich seinem Griff. „Sehen Sie auf den Bildschirm", erwiderte sie atemlos.

AN DEN LEITER DER US-KÜSTENWACHE – *GLORY OF SAIPAN* NÄHERT SICH MIT 370 ILLEGALEN CHINESISCHEN EINWANDERERN US-HOHEITSGEWÄSSERN STOP SCHIFF ERNSTES SICHERHEITSRISIKO STOP VERLANGE BELOHNUNG FÜR INFORMATION ÜBER BEABSICHTIGTE VERLETZUNG VON US-EINWANDERUNGSBESTIMMUNGEN STOP GEZEICHNET NAIRN LEITENDER INGENIEUR

Jenkins griff zum Bordtelefon und wählte die Nummer von Mrs. Nairn.

Sie kam sofort mit einer Arzttasche, zwei Matrosen und einer Trage. „Tut mir leid", entschuldigte sie sich. „Es wird nicht wieder vorkommen." Sie zog eine Spritze auf und stieß sie ohne viel Federlesen in Nairns Schulter. Nairn wimmerte, erschauderte und fiel in sich zusammen. Pelly erschien mit einer Kanne Kaffee. Er sah Mrs. Nairn, stellte den Kaffee ab und verließ hastig wieder die Brücke.

„Was ist passiert?" fragte Mrs. Nairn.

Jenkins zeigte auf den Bildschirm und setzte sich so behutsam an den Schreibtisch, als wollte er jede Erschütterung vermeiden. Der Mitteilung auf dem Bildschirm fehlte ein einziger Tastendruck, um zum Todesurteil für Rachel zu werden. Jenkins löschte die Nachricht.

Als er aufblickte, war Lucy noch immer da. Er wollte aufspringen, sie umarmen, ihr für die Rettung seiner Tochter danken. Aber das schickte sich nicht für einen Kapitän. Statt dessen fragte er spröde: „Was haben Sie hier oben gesucht?"

„Ich sah, wie dieser Mann auf die Brücke ging. Betrunken, schreiend und fluchend. Er lallte etwas von Küstenwache. Dann schloß er sich ein. Ich kam über die Außentreppe und las ... das." Sie schlug die Augen nieder. „Ich hielt es für besser, daß er das nicht weitergibt."

„Ja", sagte Jenkins. „Danke."

Sie lächelte. Es war ein kluges Lächeln, wieder voller Wärme und Verständnis. „Wir sitzen alle im selben Boot", erwiderte sie.

Er nickte. Irgend jemand hatte ihn vor dem Piratenüberfall gewarnt. Und jetzt war diese Frau zur Stelle gewesen, um ihre Auslieferung an die Küstenwache zu verhindern. Es geschahen Dinge, über die er als Kapitän informiert sein mußte. „Was geht auf diesem Schiff vor?"

Sie fragte sich, ob sie es ihm erzählen sollte. Seine Augen gefielen ihr. Sie waren durchdringend blau, und manchmal wirkten sie sehr freundlich. Aber das war noch kein Grund, ihm zu trauen. „Erwarten Sie etwa von mir, daß ich meine Landsleute ausspioniere?" fragte sie.

„Nur, daß Sie die Ohren aufhalten. Mehr nicht."

Sie hob die Schultern. „Ich werde es mir überlegen."

„Tun Sie das bitte."

Lucy verließ die Brücke und ballte die Fäuste vor Genugtuung. Das Vertrauen des Kapitäns zu haben würde alles viel leichter machen. Ihn zum Verbündeten zu haben. Vielleicht sogar mehr als das.

Zunächst mußte der Fisch anbeißen. Dann konnte man ihn an Land ziehen.

Sie ging zu Jers Kabine und klopfte dreimal. Jer ließ sie ein. Sie setzte sich.

„Der Kapitän möchte, daß ich mich für ihn unten im Laderaum ein bißchen umhöre", berichtete sie stolz.

Jer verbeugte sich leicht. „Vermutlich kannst du das sehr gut."

Sie lachten. Jer lachte laut und herzhaft für einen Kranken. Lucy mußte sich schon etwas mehr anstrengen. Sie mochte den Kapitän. Wenn sie es recht bedachte, war sie überrascht, wie sehr sie ihn mochte. Wenn man einen Fisch fangen will, sollte man darauf achten, daß man nicht selbst an den Haken geriet.

Jenkins blieb auf der Brücke. Er nahm die Bedienungsanleitung für das Satcom vom Bücherbord, setzte sich vor die Tastatur und gab ein neues Paßwort ein. Dann nahm er die Handapparate des Sprechfunkgeräts, trug sie in seine Kabine und verschloß sie im Safe neben der Koje.

Von jetzt an hatten die vierhundert Menschen auf der *Glory of Saipan* nur noch eine Stimme, die sie mit der Außenwelt verbinden konnte. Seine.

AM DARAUFFOLGENDEN Tag stand Pelly auf der Brücke, als das Bordtelefon klingelte. „Wo ist der verdammte Engländer?" fragte die Stimme des Leitenden Ingenieurs.

„Der Kapitän?"

„Der ist nicht der Kapitän – nicht für mich."

Pelly wußte aus langer Erfahrung, daß man schnell zwischen die Fronten geraten konnte, was die Loyalität zum Kapitän einerseits und dem Chief, dem Leitenden Ingenieur, andererseits betraf. Besonders, wenn der Leitende Ingenieur gerade eine Standpauke von seiner Frau erhalten hatte – wegen Alkohols, den man besorgt hatte. Und so fragte er betont versöhnlich: „Kann ich ihm etwas ausrichten, Chief?"

„Es geht um die Wasserration", erklärte Nairn verstimmt. „Für

Besatzung und Passagiere gibt es künftig nur noch etwa tausend Liter pro Tag. Verstanden?"

Pelly kannte seine Chinesen. Verdammt! dachte er. Da bahnt sich was an.

„Sagen Sie es ihm!" forderte Nairn eindringlich. „Ich bleibe hier unten. Habe zu tun."

Es wäre interessant zu erfahren, wie der Alte mit der Situation fertig wurde. Lächelnd leckte Pelly sich die Lippen. Dann rief er in der Kajüte des Kapitäns an und teilte ihm die Neuigkeit mit.

„Danke", antwortete Jenkins höflich und gelassen. Er war aber nicht gelassen. Der Wind wehte heiß und salzig, er brachte einen ins Schwitzen. Tausend Liter am Tag bedeuteten ungefähr zweieinhalb Liter pro Kopf.

Er rief Lucy an. „Könnten Sie bitte ins Büro kommen?"

Sie kam – in schwarzen Jeans, einem schwarzen T-Shirt und die Haare zu einer Art Knoten zusammengefaßt, was ihren Augen einen schmalen, feindlichen Ausdruck verlieh. „Was gibt's?" fragte sie.

Jenkins seufzte. „Ich muß Ihnen zwei Dinge sagen. Erstens wird die tägliche Wasserration auf zweieinhalb Liter pro Kopf beschränkt, bis wir auf Yap Ersatzteile an Bord nehmen können. Ich möchte, daß Sie das den Passagieren mitteilen."

„Wie weit ist es bis Yap?" fragte sie.

„Vier Tage. Ich möchte, daß jeder heute um vier seinen Wasserbehälter mitbringt, wenn wir den Reis austeilen, damit wir sie numerieren können."

„Es wird bestimmt Ärger geben", meinte sie pessimistisch.

„Andernfalls geht uns aber das Wasser aus, und dann kommen wir in eine echte Notlage. Alle." Er beobachtete sie. Sie betrachtete ihre Hände. Er holte eine von Soares' Whiskyflaschen und zwei Gläser hervor. „Trinken Sie einen Schluck mit?"

Sie zuckte mit den Schultern.

„Und zweitens", fuhr er fort, „gibt es da noch ein paar Sachen, die dringend einer Erklärung bedürfen."

Sie trank einen Schluck Whisky und musterte ihn mit hochgezogenen Brauen. „Beispielsweise?"

„Sie und Jer wurden auf der Fähre eingeschlossen – von außen, ganz gleich, was Sie auch behaupten. Und dann hat mich jemand am Abend des Piratenüberfalls angerufen. Er hat mich gewarnt."

„Beide Vorfälle nahmen ein gutes Ende", antwortete sie leise. „Also warum länger darüber nachgrübeln?"

„Ich muß wissen, was dahintersteckt", wiederholte er störrisch.

Sie lachte. Sie war sehr hübsch, wenn sie lachte. „In Ordnung", gab Lucy nach. „Lee befürchtete, daß Jer die anderen anstecken könnte. Ich bin mit Jer befreundet. Also wollte er mich auch zurücklassen – um zu verhindern, daß ich Schwierigkeiten mache. Über den abendlichen Anruf weiß ich nichts."

„Warum vertrauen Sie Ho, aber nicht Lee?"

„Lee hatte einen Handel mit Soares abgeschlossen", erklärte sie. „Deshalb war von ihm nichts zu sehen, als die Piraten an Bord kamen."

„Auch Ho war verschwunden."

„Ho könnte man vielleicht als Pragmatiker bezeichnen. Vermutlich nahm er an, daß ein Mann allein nicht viel ausrichten könnte." Sie warf ihm einen Blick unter gesenkten Wimpern zu. „Damit lag er falsch, wie sich ja dann herausstellte."

Jenkins erkannte, daß das ein Kompliment war. „Also, warum vertrauen Sie Ho?"

„Ho ist effizient. Wenn auch auf seine Weise skrupellos. Lee ist krank. Wahnsinnig."

„Also sind Ho und Lee ... Überwacher."

„Wie Sie längst vermutet haben."

Jenkins trank einen Schluck Whisky. „Können Sie mit Ho über das Wasserproblem reden?"

„Selbstverständlich." Unter anderen Umständen hätte sie sich diesem Mann anvertraut. Es war nun jedoch an der Zeit, das Thema zu wechseln.

„Ich sitze hier auf einem Schiff und trinke ein Glas mit einem Liberalen." Sie seufzte. „Sie können sich gar nicht vorstellen, wie privilegiert ich mir vorkomme."

Jenkins fühlte sich leicht unbehaglich. Sie gefiel ihm. Aber er wurde das Gefühl nicht los, daß sie nicht offen zu ihm war. „In England halten sie mich nicht für einen Liberalen."

„Glauben Sie mir, ich habe lang genug mit Sklaven gelebt, um einen freisinnigen Menschen zu erkennen. Mein Vater war einer."

„Der Amerikaner?"

„Er war nicht nur irgendein Amerikaner", sagte sie gespielt hochnäsig. „Er war Professor für englische Literatur an der Universität von Buffalo."

„Und wie hat er Ihre Mutter kennengelernt?"

„Er war auf einer Vortragsreise", erzählte sie. „In Schanghai. Er hat sich in sie verliebt und sie außer Landes geschmuggelt. Er war ein

Freigeist. Hielt nicht viel von der Ehe. Und sie liebte ihn zu sehr, um darüber zu streiten. Sie lebten zusammen – eheähnlich, würden Sie es nennen. Ich wurde in Buffalo geboren. Mein Vater zog nach Kalifornien, und wir folgten ihm natürlich." Jetzt spielte sie nicht mehr die Unzugängliche. „Kann ich noch etwas Whisky haben?"

Jenkins goß ihr nach. Vertrauen oder nicht – das hier gefiel ihm. Zwei Leute, die auf diesem riesigen, rostigen Kahn miteinander redeten, von Mensch zu Mensch.

„Aber meiner Mutter gefiel es nicht in Kalifornien. Für sie war es eine Wüste, weil die Häuser so weit voneinander entfernt standen, weil es keine Onkel, Tanten, Cousins und Cousinen gab. Sie wurde unglücklich, ihr Unglück machte sie zänkisch, und ihre Nörgelei hielt meinen Vater von zu Hause fern. So wurde sie einsam, und er lernte eine andere Frau kennen. Er heiratete die andere Frau und starb an einem Herzschlag. Niemand wußte, daß es uns gab. Dann hörte meine Mutter, daß sie die Viererbande inhaftiert hatten und sich die Lage in China besserte. Also fuhr sie nach Hause und nahm mich mit." Lucy brach ab, erinnerte sich an die Menschenmassen, die Gerüche, das Gewirr fremder Sprachen. Dann riß sie sich zusammen. Sie war nicht hier, um sich einem anderen Menschen anzuvertrauen. Sie war hier, um eine Fährte zu legen.

Sie stand auf. „Ich rede zuviel."

„Für mich nicht", widersprach Jenkins.

Sie lächelte ihn an. Und wieder spürte er die Wärme, das Verstehen, die Komplizenschaft; stärker als je zuvor. „Ich werde ihnen wegen des Wassers Bescheid sagen", versprach sie und ging.

Jenkins bedauerte es. Es gab nicht viele Menschen auf der *Glory of Saipan*, mit denen er sich unterhalten konnte.

Oder sonstwo.

DIE MENSCHENSCHLANGE, die sich vor den Wasserbehältern gebildet hatte, war unruhig, aber nicht gereizt.

Es begann alles wie üblich. Ramos, der Zweite Ingenieur, erschien mit einer Liste am Fuß der Treppe, ein weiterer Mann baute sich mit Farbeimer und Pinsel neben ihm auf. Ramos nickte. Die Schlange setzte sich in Bewegung.

Lucy legte die Hände auf die Knie und wartete.

Sobald jemand aus der Schlange auf Ramos zutrat, hakte ihn dieser in seiner Liste ab und streckte die Hand aus. Sein Gegenüber drückte ihm dann zwei US-Dollar in die Hand und ging weiter, um sich eine Nummer auf seinen Wasserbehälter malen zu lassen. Lucy hatte beobachtet, daß Ramos bei jeder Essensausgabe ein kleines Vermögen einnahm, und die Wasserrationen steigerten den Gewinn zusätzlich. Ihre Nachforschungen hatten ergeben, daß ein Viertel seiner Einnahmen an die Köche und der Rest an die Maschinenraummannschaft ging. Es war wirklich ein gutes Geschäft. Aber die Menschen hatten ihre Passage inklusive Verpflegung gebucht. Sie zweimal zahlen zu lassen grenzte an Piraterie. Verstohlen blickte sie zum Brückendeck hinauf. Da oben stand Jenkins, eine hochgewachsene, leicht linkische Gestalt in blauen Shorts. Die Arme auf die Reling gestützt, beobachtete er aufmerksam die Vorgänge vor ihm auf dem Deck. Sein Blick ruhte auf Ramos, der damit beschäftigt war, das Geld entgegenzunehmen. Seinen Gesichtsausdruck konnte Lucy nicht erkennen, sie empfand aber so etwas wie hämische Freude, als sie sich ihn vorstellte.

Wenige Minuten später verschwand der Kapitän. Kurz darauf tauchte Pelly mit einem stämmigen Matrosen auf. Sie bezogen Position neben Ramos. Pelly sprach mit Ramos. Der zog eine Handvoll Geld aus der Tasche, gab es Pelly und verließ mit mürrischer Miene das Deck. Grinsend gab Pelly den Menschen ihr Geld zurück. Zufriedenes Gemurmel war aus der Menge zu hören. Die hochgewachsene Gestalt in den blauen Shorts stand wieder an der Brückenreling. Lucy verspürte das warme Gefühl, recht behalten zu haben. Dann ging sie dem Gefühl intensiv nach und war erstaunt.

Das warme Gefühl war nicht ausschließlich Selbstzufriedenheit. Ein Teil davon hing eindeutig mit dem Kapitän selbst zusammen.

Traue niemandem, ermahnte sich Lucy. Oder du wirst sterben.

LEE BEOBACHTETE Lucy, wie sie auf den Stufen zur Brücke saß und die Vorgänge an Deck verfolgte. Die Passagiere blieben enttäuschend gelassen und liefen nacheinander mit ihren Behältern zu den Quartieren zurück. Er hätte es genossen, die Frau gleich zu töten, sie unter den Blicken des Kapitäns in Stücke zu schneiden. Aber Ho hätte etwas dagegen. „Vergiß deinen Stolz", sagte er immer, „deine Zeit wird noch kommen."

Der Haß tobte so sehr in ihm, daß er nicht mehr still sitzen konnte. Er lief nach hinten aufs Achterdeck, fort von den ganzen Leuten, und steckte sich eine Zigarette an.

Ein Mann trat hinter dem Generator hervor.

Lees Mund klappte auf. Er ließ die Zigarette fallen. Dann begann er zu lächeln. Seine Hand glitt zur Hosentasche und schloß sich um das Heft seines Messers.

Von seinem Aussichtspunkt auf dem Brückendeck sah Jenkins, daß sich hinter den Containern eine kleine Menge zu sammeln begann. Ein seltsames Geräusch war zu hören und wurde immer lauter. Es hatte mit einem einzigen Ruf begonnen. Dann begannen die Menschen zu schreien: „Mann über Bord!"

JENKINS folgte den ausgestreckten Händen mit seinem Fernglas. Das Objekt war nicht mehr als ein weißer Schimmer in den blauen Wellen und begann zu rotieren, als Rodriguez die Maschine abrupt stoppte. Es wurde zu einer Gestalt, die langsam steuerbords an der *Glory* entlangtrieb. Fünfzehn Meter von der Gestalt entfernt, trieb ein orangefarbener Rettungsring. Die Gestalt unternahm keine Anstalten, darauf zuzuschwimmen. „Wo ist das Rettungsboot?" fragte er.

Johnnys trübsinnige Augen sahen ihn vom Bootsdeck aus an. „Steckt fest!" rief er hoch. „Kann nicht zu Wasser gelassen werden."

Verfluchte Hölle! dachte Jenkins. „Ganz langsame Fahrt zurück", wies er an.

Der Maschinentelegraf surrte. Gischt schäumte um das Heck der *Glory* auf.

Die Gestalt trieb nur fünf Meter entfernt, schwamm aber nicht. Es war ein ausgezeichnetes Schiffsmanöver, aber wenn der verdammte Idiot nicht schwamm...

„Maschine stoppen."

Jenkins eilte die Eisenstufen zum Deck hinunter. Die Gestalt lag mit dem Gesicht nach unten im Wasser. Ein Luftpolster im Rücken ihres weißen Overalls hinderte sie am Versinken. Während Jenkins hinunterblickte, glitt ein langer dunkler Schatten aus der blauen Weite der See heran.

Der Hai rollte, sein Bauch blitzte weiß in der Sonne. Die Gestalt im weißen Overall zuckte und drehte sich. Jenkins wurde klar, daß er in ein Gesicht blickte.

Es hatte eine totenblasse Haut, einen offenen Mund und Augen, die ins Nichts starrten. Das Gesicht war das von Lee.

Unter Lees Mund war ein zweiter Mund, sehr breit und rosafarben. Bevor er über Bord ging, hatte ihm jemand die Kehle durchgeschnitten.

Auf einmal waren da drei Haie. Lees Körper begann im Wasser zu tanzen, die Wolken seines Bluts verbargen die Fetzen seines Overalls. Als die Turbulenzen aufhörten, war nichts mehr übrig.

Jenkins wischte sich mit dem Handrücken den Schweiß von der Stirn. Dann ging er zurück auf die Brücke und ordnete halbe Kraft voraus an. Die *Glory of Saipan* setzte ihre behäbige Fahrt nach Yap fort.

HINTER den Brückenfenstern war es Nacht geworden, schwarz wie Pech. Das Satellitentelefon klingelte. Jenkins griff zum Hörer. „Ja?"
„Kapitän", sagte die glatte Stimme Changs. „Man hat mich darüber informiert, daß Lee getötet wurde."
„Ich muß Ihnen leider sagen, daß der Mann kein Verlust ist, Mr. Chang", erwiderte Jenkins.
„Das deckt sich mit meinen Informationen", pflichtete Chang ihm bei. „Ich bin Ihnen dankbar." Er lachte trocken. „Direkte Aktion, um Schlimmeres zu verhindern. Genau das hatte ich von Ihnen erhofft."
Einen Moment lang hatte Jenkins keine Ahnung, was Chang damit meinte. Dann traf es ihn wie ein Blitz: Er glaubt, daß ich Lee getötet habe.
„Es ist eine erfreuliche Vorstellung, daß Sie auf eigene Initiative gehandelt haben", fuhr Chang fort. „Aber wie Sie nach Ihrem Zwischenfall vor Zamboanga selbst feststellen konnten, sollte Initiative stets mit Beherrschung gepaart sein. Ich möchte nicht hoffen, daß Sie sich derartig drastische Maßnahmen zur Gewohnheit machen."
„Zur Gewohnheit?" Er glaubt, daß ich auch Soares getötet habe.
„Ich räume ein, daß Piraterie verwerflich ist, und ich weiß zu schätzen, daß Sie meine Interessen wahren", redete Chang weiter. „Aber als ich das von Lee hörte, dachte ich, wir sollten miteinander reden."
Als ich das von Lee hörte.
Jenkins hatte die Kommunikationsmittel der *Glory* im Griff. Von der Brücke aus konnte niemand mit Chang in Verbindung getreten sein. Irgend jemand mußte ein eigenes Funkgerät oder Satellitentelefon besitzen.
„Jetzt möchten Sie sicher mit Rachel sprechen", meinte Chang. „Sie wächst uns immer mehr ans Herz."
„Guten Abend, Dad", meldete sich Rachel.
„Geht es dir gut?" krächzte er.
„Sollte es mir nicht gutgehen?" Ihre Stimme klang vertraut, ein wenig heiser, unbeeindruckt von der Gefangenschaft.
„Doch, natürlich", sagte Jenkins schnell. „Was treibst du so?"
„Wir wohnen in Mr. Changs Villa", erzählte Rachel begeistert. „Es

ist wundervoll. Sie haben mich gebeten, noch etwas länger zu bleiben. Einen Monat oder so."

In einem Monat wäre die Reise beendet. Chang ist ein Mörder, wollte Jenkins schreien. Sieh zu, daß du von dort verschwindest. Aber solange er seinen Job tat, war nichts zu befürchten. „Paß gut auf dich auf", sagte er statt dessen.

„Ich passe auf mich auf. Wie geht's mit dem Schiff?"

„Jede Menge Container", wich Jenkins aus. „Immer dasselbe."

Jenkins hörte Unverständliches am anderen Ende der Leitung. „Zeit für das Mittagessen", erklärte Rachel. „Ich muß los." Sie legte auf.

IHR VATER hatte sich erschöpft angehört. Aber Rachel dachte nicht lange über ihn nach, denn sie saß an einem Lacktisch vor den großen Fenstern einer Terrasse, deren Seitenmauern mit grünen Kacheln gedeckt waren. Hinter der Terrasse erstreckte sich ein winterbraunes Tal bis zu den fernen blauen Bergen. Direkt vor ihr gab es einen kleinen Teich, in dem zwei Karpfen unter einer einzigen weißen Seerosenblüte dösten. Neben dem Teich telefonierte Raymond mit einem Professor des archäologischen Instituts von Xian, um einen Besuch der Ausgrabungsstätten zu vereinbaren. Perfekt.

Nach dem Essen brachte sie Raymond dazu, mit ihr zu den Ausgrabungen zu fahren.

Es waren streng abgeschottete Ausgrabungen, also gab es keine Touristen. Aber Mr. Changs *guanxi* öffnete alle Türen. Sie sahen Sandhügel, ein paar Lastwagen, einen ameisenähnlichen Schwarm Arbeiter in wattierten Jacken und den Professor.

Der Professor begrüßte sie mit schmeichlerischer Unterwürfigkeit. Er führte sie über das Gelände und erläuterte die Arbeiten in Begriffen, die selbst Passagiere eines Kreuzfahrtschiffes verstanden hätten. Als die offizielle Besichtigungstour vorüber war, meinte Rachel zu Raymond: „Laß uns gehen."

„Jederzeit", antwortete Raymond. Er zog sein Telefon hervor. „Wohin?"

„Die Ausgrabungen ansehen."

„Die haben wir doch bereits gesehen", entgegnete er erstaunt.

„Aber nicht richtig."

Seufzend schob Raymond das Telefon wieder in die Tasche. Er folgte ihr eine Rampe hinunter in eine Grube, in der Frauen mit weichen Bürsten eine Wand bearbeiteten. Das ist doch nichts weiter als eine Lehmwand, dachte Raymond verstimmt. Wie langweilig. Aber Rachel wirkte ganz und gar nicht gelangweilt. Sie unterhielt sich mit einer der Ausgräberinnen. Die Frau lächelte und übergab Rachel ihre Bürste. Rachel machte sich an der Wand zu schaffen. Die Frau, die ihr die Bürste gegeben hatte, hielt sich die Hand vor den Mund und lachte, halb schüchtern, halb erstaunt.

Und hielt inne.

Der Lehm unter Rachels Bürste hatte sich in einen Vorsprung und eine Kuppel aus Ton verwandelt: eine Nase und einen Mund, mit einer behelmten Stirn darüber. Es war der Kopf eines Kriegers.

Der Krieger kam ganz langsam aus der Erde, mit finsterer Miene, als wäre er zornig, aus dem Schlaf geweckt zu werden. Raymonds Langeweile war verflogen. Er suchte sich auch eine Bürste, begann neben Rachel zu arbeiten und achtete nicht auf die Risse, die der scharfe Xian-Kies im Leder seiner eleganten Schuhe verursachte. Und während er so mit Rachel in der Nähe von Xian in der Erde wühlte, fühlte er sich wohler als je zuvor in seinem Leben.

Der Professor kam und schüttelte verwundert den Kopf. „So schnell?" fragte er. „Großes Glück." Er strahlte Rachel an. Und Raymond konnte sich nicht erinnern, jemals so stolz gewesen zu sein.

Erst als es so dunkel war, daß sie nichts mehr sehen konnten, kehrten sie zum Haus seines Vaters zurück. Sobald sie aus dem Auto stiegen, kam ein Diener auf sie zu. „Ihr verehrter Vater erwartet Sie, wenn Sie nichts dagegen haben, Sir", sagte er.

„Entschuldigst du mich?" fragte Raymond Rachel und ging nach oben. Er duschte, zog einen schwarzen Armani-Anzug an und ging in das Büro seines Vaters.

„Raymond?"

„Vater?"

„War der Ausflug mit dem Mädchen interessant?"

Raymond hütete sich, allzu interessiert zu wirken. Familienpflichten hatten Vorrang. „Sicher", erwiderte er vorsichtig. „Sie ist in Ordnung."

„Gut", meinte Chang. „Ich denke, sie wird noch eine Weile bei uns bleiben. Ihr Vater ist ein sehr skrupelloser Mann."

„Was?"

„Du hast also nichts dagegen, dich weiterhin um sie zu kümmern?"

„Im Grunde nicht", erwiderte Raymond kühl, um seine Erregung zu verbergen. Also war Rachel für seinen Vater eine Art Handelsobjekt. Der Krieger verlor auf einmal an Bedeutung für ihn, während er sich im großen, bequemen Sessel zurücklehnte. Er war vergrabene Vergangenheit, sollte ihn doch jemand anders ausgraben; auf ihn warteten andere Aufgaben – hier und jetzt.

8. KAPITEL

Zwei Tage später verließ Jenkins kurz nach Sonnenaufgang seine Kajüte und kletterte die Außentreppe zur Brücke hinauf, um den frischen Wind zu genießen. Es war ein herrlicher Morgen und noch immer kühl. Auf der Brückenreling lag noch der Tau der Nacht. Er fuhr mit dem Finger über das Metall und leckte ihn ab. Die Feuchtigkeit linderte das brennende Gefühl auf seiner Zunge und hinterließ in ihm das Verlangen nach mehr. Als er auf die Brücke zuging, meldete Johnny: „Eine Botschaft vom Festland für den Chief."

Jenkins riß das Papier aus dem Drucker und ließ sich auf den Rattansessel fallen. Der einzige Vorzug des Wassermangels war die Apathie, die er unter den Passagieren verursachte. Seit Lees Tod war alles ruhig geblieben. Er sah auf die Nachricht.

> ERSATZTEILÜBERGABE AUF YAP NICHT MÖGLICH. LEITEN SIE NACH SAIPAN WEITER. DORT STEHEN SIE DREI TAGE NACH DEM HEUTIGEN DATUM ZUR VERFÜGUNG.

Jenkins las die Mitteilung zweimal und trat an die Konsole, um Nairn in seiner Kabine anzurufen.

„Was heißt ‚nicht möglich'?" erkundigte sich Nairn.

„Wir bekommen sie erst auf Saipan. In drei Tagen. Es sei denn, wir können ein wenig Geschwindigkeit zulegen."

„Nicht, wenn Sie noch den Rest des Pazifiks überqueren wollen."

„Vermutlich ist es nicht möglich, weiteres Wasser aufzubereiten?"

„Hören Sie mal", erwiderte Nairn gereizt. „Dieser Wasserkessel ist total im Eimer. Heute habe ich noch genug, um meinen Treibstoff zu erhitzen, aber das wär es dann auch schon."

„Und welche Möglichkeiten bleiben uns?"

„Ein viertel Liter pro Kopf und Tag", antwortete Nairn. „Wenn Sie mehr wollen, machen Sie's selbst."

Jenkins legte auf. Ein viertel Liter. Kaum mehr als ein Fingerhut. Er rief Lucy an.

„Schlecht" war ihr prompter Kommentar. „Es gibt Städter unter den Passagieren. Die könnten das nicht begreifen. Die würden verrückt werden." Sie schwieg einen Augenblick. „Ich dachte, wir wären in der Nähe von Yap", sagte sie dann. „Da müssen sie doch Wasser haben."

„Haben sie auch", erwiderte Jenkins ironisch und hängte ein.

Im Moment bestand seine Aufgabe darin, seine Fracht sicher über den Pazifik zu bringen. Wahrscheinlich hätte Chang nicht viel gegen einen kleinen Aufstand einzuwenden, nicht einmal gegen ein paar Tote. Jenkins dachte an die Passagiere: an Lin, die Tochter von Fung, an die Mah-Jongg-Spieler. Es waren die Unschuldigen, die zu leiden hätten. Er blickte durchs Fenster auf den wolkenlosen Himmel. Dann griff er zum Telefon und rief Nairn an. „In welchem Zustand sind die Zellen des Doppelbodens?"

„In welchem Zustand sollen sie denn sein?"

„Sind sie zu reinigen?"

„In Maßen", knurrte Nairn. „Warum?"

Der Doppelboden, der das Schiff bei Beschädigung vor Wassereinbruch schützen sollte, bestand aus niedrigen Tanks zwischen dem Schiffs- und dem Laderaumboden. Sie konnten auch zur Aufnahme von Seewasserballast genutzt werden. „Ich möchte zwanzigtausend Liter Süßwasser da unten deponieren", erklärte Jenkins.

„Und woher kriegen Sie zwanzigtausend Liter Süßwasser?" fragte Nairn.

„Auf Yap", sagte Jenkins kurz angebunden und legte auf.

Das kann dich Kopf und Kragen kosten, dachte er. Yap mit seiner Fracht anzulaufen war illegal. Die Fracht zu verheimlichen war noch illegaler. Bisher war alles legal gewesen. Zumindest nach Changs Vorstellung von Legalität.

Jenkins faßte einen Entschluß. Er würde Chang nicht konsultieren. Aber er kannte Rachels Antwort, wenn sie sich zwischen dem Verdursten der Menschen und ihrer eigenen Sicherheit entscheiden müßte. Chang würde natürlich davon erfahren. Aber erst danach. Das einzig Wichtige war, dabei nicht erwischt zu werden.

Er rief Lucy an. „Wir werden auf Yap anlegen."

„Wirklich?" Sie klang erleichtert. „Wir legen wirklich an? Gehen richtig an Land?"

„Für drei oder vier Stunden. Es wird schon klappen. Es sei denn, irgend jemand kommt auf dumme Gedanken. Ich möchte, daß Sie das verhindern."

„Sicher", versprach sie. „Und wenn wir an Land sind, spendiere ich Ihnen einen Drink."

„Wir werden sehen." Für lockere Scherze war keine Zeit. Die Fahrrinne von Yap war ein sehr schmaler Schlitz in einem Riff, das wegen der Gezeiten wie eine Schleuse wirkte; eine Passage mit einem Schiff dieser Größe bedurfte also höchster Konzentration. „Kommen Sie hoch, und holen Sie sich das Megaphon."

Die Schlange vor der Wasserzuteilung begann sich sechs Stunden vor der Zeit zu bilden, und die Passagiere holten die letzten Tropfen aus den Tanks. Dann verließen die meisten das Deck und gingen in den Laderaum hinunter, der unter der Wasserlinie lag und wo die Hitze erträglicher war. Lucy hatte ihnen mitgeteilt, daß jeder Zwischenfall die sofortige Rückkehr nach China zur Folge hätte.

Auf der Brücke griff Jenkins zum Mikrofon seines UKW-Sprechfunkgeräts, stellte den Hafenkanal ein und sagte: „Hafenmeisterei von Yap, hier *Glory of Saipan*. Erbitten Erlaubnis, anlegen zu dürfen, um Wasser aufzunehmen."

„*Glory of Saipan*", erwiderte eine erfreute Stimme. „Sie sind uns willkommen."

Die *Glory* schob sich um die westliche Spitze der Insel. Yap war eine heiße, feuchte Tropeninsel, deren Bewohner lange und viel schliefen und auf der eine Handvoll Hotels Taucher beherbergten, die die Schönheiten des Riffs erkunden wollten. Niemand hatte für etwas anderes Interesse als für die Fische und das Innenleben seiner Lider. Wenn man irgendwo mit einer Fracht wie der der *Glory* anlegen wollte, war Yap eigentlich der ideale Ort.

Schwitzend vor Hitze und Angst, peilte Jenkins das Leitfeuer der Anlegestelle an und steuerte durch die enge Rinne im Riff. Um zwölf Uhr mittags lag die *Glory of Saipan* vertäut an einem weiß angestrichenen Betonkai.

Die Zoll- und Einreisebehörden der Föderierten Staaten von Mikronesien wurden von einem schokoladenfarbenen Insulaner in pinkfarbenen Shorts angeführt, der seine offiziellen Unterlagen in einer ausgefransten Kokosfasertasche bei sich trug. Er ließ sich im Schiffsbüro zu einem Bier einladen, tupfte sich den Schweiß mit einer *Herald Tribune* von den fleischigen Wangen und blätterte lustlos in den Pässen der Mannschaft. „Wie lange bleiben Sie?"

„Vier Stunden", antwortete Jenkins.

„Zu schade", bedauerte der Zollbeamte. „Heute abend gibt es eine Grillparty im Shark Bay Hotel. Was ist Ihr Zielhafen?"

„Oakland. Zum Abwracken."

Der Zollbeamte blinzelte den Rost an. Im Hafen, ohne den Fahrtwind, war die Luft in der Unterkunft der *Glory* absolut unerträglich. Jenkins fragte sich, wie es ihm gelang, die Menschen im Laderaum nicht zu riechen. Der Zollbeamte leerte sein Bier mit einem gigantischen Schluck, hievte sich hoch und watschelte aus dem Büro. Jenkins sah ihm nach. Zwei Männer entrollten am Kai einen großen Schlauch. Nairn kam an Deck, kniff seine wäßrigen Augen vor der blendenden Helle des Betons zusammen und schrie ein paar Matrosen gereizt etwas zu. Der Schlauch schwoll an, und Wasser floß in die Tanks im Schiffsboden.

Jenkins war in seiner Kajüte, drehte Rachels tropischen Schneesturm in den Händen und versuchte, nicht an die Gefahr zu denken, der er sie aussetzte. Es klopfte an die Tür, und Lucy trat ein.

Schnell stand Jenkins auf. Das war nicht die Lucy mit schwarzem T-Shirt, Jeans und schmutzigen Füßen. Diese Lucy trug ein weißes Leinenkleid, einen breiten Strohhut und Schuhe, denen selbst Jenkins ansehen konnte, daß sie teuer gewesen waren. „Kommen Sie?" fragte sie.

„Wohin?"

„An Land. Ich möchte Sie zu einem Drink einladen. Schon vergessen?"

„Sie sind verrückt", erwiderte Jenkins und dachte gleichzeitig: Hübsche Beine hat sie auch.

Sie legte die Stirn in Falten. „Bin ich das?"

„Sie haben keinen Paß. Wenn jemand Sie sieht..."

„Ah!" Lucy schaute ihn spöttisch an. „Verstehe. Sie wollen nicht mitkommen. Auch gut." Sie lächelte.

Jenkins fühlte sich in der Zwickmühle. Er konnte die Tatsache nicht ignorieren, daß sie sehr schön war. „Wollen Sie nicht hier ein Bier trinken?"

„Eigentlich nicht", antwortete sie und ging.

Jenkins schüttelte wieder den tropischen Schneesturm. Er konnte sich nichts Angenehmeres vorstellen, als den Schmutz der *Glory* zu verlassen, um mit Lucy in einem schönen Hotel ein Glas zu trinken.

Das Telefon klingelte.

„Brücke", meldete sich Pellys Stimme. „Ich..., äh, ich glaube, Sie sollten heraufkommen. Schnell!"

Jenkins rannte aus seiner Kabine und die Treppe hinauf. Pelly stand in der Brückennock und zeigte auf den Kai hinaus.

Der Kai war eine leere weiße, sonnenüberflutete Fläche. Bis auf eine schlanke Frau mit breitem Strohhut und weißem Leinenkleid, das gut oberhalb der Knie endete. Sie trat vorsichtig über den Wasserschlauch hinweg und lief auf den Zaun zu, der den Kai vom Landesinneren trennte.

Jenkins war bereits wieder auf der Treppe, holte seinen Paß aus dem Safe im Schiffsbüro und rannte über die Gangway an Land.

Er holte sie ein, als sie gerade ein verrostetes Maschendrahttor mit einem verrottenden Sperrholzschild und der Aufschrift ZUTRITT FÜR UNBEFUGTE VERBOTEN! durchqueren wollte. „Kapitän", sagte sie leicht überrascht, als hätten sie sich zufällig im Jachtklub von Hongkong getroffen.

„Um Himmels willen!" stieß er atemlos aus. „Wo wollen Sie hin?"

„Ich hörte, daß es hier ein nettes Hotel geben soll", erwiderte sie. „Dort würde ich gern etwas trinken."

„Kommen Sie zurück", drängte er sie. „Sofort. Oder ich schleppe Sie an Bord."

Sie lächelte. „Das wäre nicht klug", sagte sie. Sie sah an ihm vorbei.

„Hallo", dröhnte eine Stimme hinter ihnen. Jenkins drehte sich um. Da stand der Zollbeamte von vorhin und drückte so viele Körperteile wie möglich in einen schmalen Schattenstreifen. „Kann ich Ihnen helfen?"

„Wir würden gern etwas trinken", antwortete Lucy schnell und schenkte ihm ein Lächeln, das den Schatten unter ihrem Hut erhellte. „Etwas Ordentliches."

„Wir könnten aufs Schiff zurückgehen", schlug Jenkins vor.

Der Zollbeamte sah erst ihn, dann Lucy an. „Nee", sagte er. „Es ist heiß. Sie sollten ein bißchen ausspannen und mit der Lady ein Bier trinken gehen." Er deutete auf die Straße hinunter. „Das Shark Bay Hotel ist gleich da hinten."

Lucy legte ihre Hand auf Jenkins' Arm. „Oh, ergebenen Dank, Sir", erwiderte sie hoheitsvoll. „Ich wünsche Ihnen einen guten Tag."

„Nichts zu danken", sagte der Zollbeamte und verneigte sich.

Jenkins spürte seinen wohlwollenden Blick, der ihnen auf ihrem Weg die Straße hinunter und in den Schatten der Bäume folgte. Schweiß rann ihm über das Gesicht. Sie liefen unter grünen Kokospalmen über Beton, der nicht verdreckt war und nicht schaukelte. Die Passagiere waren unter den Lukendeckeln verwahrt, und die Tanks füllten sich mit Wasser – Jenkins merkte, wie er wieder neuen Mut sammelte.

Das Hotel war ein weißer Holzkasten mit einem grünen Wellblechdach und einer palmenbeschatteten Veranda über einer kleinen Bucht. Als er ihr die Tür öffnete, schlug ihm die klimatisierte Luft der Bar entgegen wie ein Schwall kühlen Wassers. Drei oder vier Paare saßen an Tischen. Der Barmann lächelte sein Willkommen. Hinter den Fenstern, über das blaue Wasser hinweg, hatte man einen Blick auf den korallenweißen Kai und den rostfarbenen Rumpf der *Glory of Saipan*. Sie erschien Jenkins so fern und fremd, als befände sie sich auf einem anderen Planeten.

Mit einem kleinen Seufzer ließ sich Lucy in einen der Bambussessel fallen und schlug die Beine übereinander. Jenkins setzte sich ihr gegenüber, völlig verspannt vor Nervosität. Lucy winkte dem Barmann, der sie bewundernd beobachtete. „Haben Sie vielleicht eine Flasche Champagner?"

„Moët", antwortete der Barmann.

„Fein."

Der Champagner ließ nicht lange auf sich warten. Sie zahlte. Nachdem er eingegossen hatte, trank sie einen Schluck und schloß die Augen. „Ich bin das Schiff wirklich leid." Sie sah ihn wieder an, bemerkte sein starres, schweißnasses Gesicht und lächelte – ein sehr herzliches Lächeln. „Vielen Dank, daß Sie mir Gesellschaft leisten. Es ist wirklich alles in Ordnung."

Jenkins stürzte den Champagner hinunter. Es war überhaupt nichts in Ordnung.

Der Barmann kam an ihren Tisch. Er war groß und blond und braun gebrannt. „Sind Sie von dem Schiff da draußen?" fragte er interessiert.

„Ja", erwiderte Lucy.

„Aus Hongkong, stimmt's?"

„So ist es", sagte Lucy. „Das ist der Kapitän. Ich bin seine Frau." Sie richtete ihre grünen Augen auf Jenkins.

Jenkins wünschte sich sehnlichst, daß sie den Mund hielte. Aber gleichzeitig empfand er einen absurden Drang zum Grinsen – wie ein Kind, das die Schule schwänzt.

Der Barkeeper starrte ihn stirnrunzelnd an. Plötzlich hellte sich sein Gesicht auf. *„Powderfinger!"* rief er und schnippte mit den Fingern. „Ich bin Harry McFee. Erinnern Sie sich?"

Alles Blut schien aus Jenkins' Gesicht zu weichen. „Nein", antwortete er knapper als beabsichtigt.

„Regatta von Macau, letztes Jahr", half der Barmann. „Ich war auf dem Boot eines Freundes von Ihnen, Jeremy Selmes. Segeln Sie dieses Jahr wieder mit?"

„Nein." Gleich würde er sich auch noch zu ihnen setzen. Natürlich erinnerte sich Jenkins an ihn. Er hatte Diana in der Bar des Jachtklubs kennengelernt. Und Diana zufolge waren sie sich recht sympathisch gewesen.

Draußen ertönten Stimmen. Die Tür ging auf, und vier laut gestikulierende Australier kamen herein.

„Neue Gäste", meinte Jenkins – zu schnell.

Das Gesicht des Barmanns erstarrte. Ich habe ihn gekränkt. Jenkins wollte gehen, jetzt, sofort. Aber die Champagnerflasche war noch nicht einmal halb geleert. Sie hatten bereits genug Aufmerksamkeit erregt, um nun nicht auch noch mehr als einen halben Liter des teuersten Getränks im Pazifik stehenlassen zu können.

Der Barmann lächelte, ein unaufrichtiges, professionelles Lächeln. „Kapitän, Mrs. Jenkins." Er machte eine kleine Verbeugung und ging hinter seinen Tresen zurück.

„Ganz ruhig", sagte Lucy, die seine Beunruhigung nicht nachvollziehen konnte. „Es ist nicht ungewöhnlich, ein Glas zu trinken."

Jenkins nickte. Sie waren Kapitän Jenkins und Frau, die sich in einer Ecke miteinander unterhielten. Vielleicht hatte der Barkeeper Diana vergessen. Er trank sein Glas aus. „Warum wollen Sie China verlassen?" fragte er dann und versuchte, sich auf etwas anderes zu konzentrieren.

Sie trank einen Schluck, als müsse sie Kraft sammeln. „Wie schon gesagt, kam ich mit sieben Jahren nach Schanghai, um bei meiner Tante Daisy zu wohnen." Sie runzelte die Stirn. Es war nicht leicht, sich an die Art zu gewöhnen, in der ihr Gesicht Gefühle zeigte: chinesisches Aussehen, westliche Körpersprache. „Tante Daisy war nicht erfreut, mich zu sehen. Aber das kann ich ihr kaum übelnehmen. Die Roten Garden hatten sie zusammengeschlagen, weil ihre Schwester, meine Mutter, emigriert war. Nach unserer Rückkehr ließ sie es mich büßen. Ich teilte mir ein Zimmer mit meinen Cousinen Chee und Yin. Wenn ihre Mutter ihre Schwester nicht leiden konnte, brauchten sie auch ihre Cousine nicht leiden zu können. Sie sagten mir ins Gesicht, daß meine Haut zu rosa sei, meine Augen zu grün und meine Füße zu groß. In Amerika hatten mich die Kinder ‚Schlitzauge' und ‚Chink' genannt. Also begann ich zu glauben, nirgendwohin zu gehören. Und das war ein sehr deprimierendes Gefühl. Verzeihen Sie", sagte sie, „aber das alles ist vermutlich sehr langweilig für Sie."

Jenkins schüttelte den Kopf. Der Champagner tat seine Wirkung. Er hatte vergessen, sich Sorgen zu machen. Es schien Wochen herzusein, daß ihm jemand die Wahrheit über irgend etwas gesagt hatte.

„Und wenn einem so etwas passiert, muß man entscheiden, ob man untergehen oder schwimmen will. Man muß herausfinden, was in einem steckt. Drücke ich mich verständlich aus?"

Sie drückte sich verständlich aus.

Versunken betrachtete sie die in ihrem Glas aufsteigenden Perlen. „Meine Mutter starb", fuhr sie schließlich fort. „Die Cousinen benutzten mich als Dienstmädchen. Ich erkannte, daß ich für immer ein Dienstmädchen bleiben würde, wenn ich nicht endlich etwas lernte. Also ging ich zur Schule und danach zur Universität. Das heißt, ich zwang meine Tante dazu, mich dabei zu unterstützen."

„Sie zwangen sie?"

„Ich sagte ihr, daß ich sie denunzieren würde, wenn sie nicht tat, was ich wollte. Sie hatte etwas zu verbergen; sie stahl Benzin in der Tankstelle, in der sie arbeitete. Man lernt schnell, die Menschen zu benutzen." Sie sah Jenkins an. „Wie Sie sicher schon bemerkt haben. Wie auch immer, ich wurde Physikerin und knüpfte gute *guanxi*." Sie verzog das Gesicht. „Und dann habe ich mir alles verpatzt."

„Wie?"

„Ich verliebte mich." Sie leerte ihr Glas, Jenkins füllte es auf. „Er hieß Piao. Wir lernten uns an der Universität kennen. Er war ein netter Kerl. Pianist. War sehr lustig. Liebte Politik, haßte Politiker. 1988 bekamen wir eine Tochter. Klein Lucy nannte er sie. Und dann kam es neunundachtzig zu diesem Aufstand; wir faxten Nachrichten und Gedichte in alle Welt, und er war auf dem Platz des Himmlischen Friedens, und diese Schweine griffen ihn sich heraus. Sie schnappten auch mich. Ihn schickten sie in ein Lager in der Mandschurei, wo sie Wagenheber für den westlichen Markt produzierten. Und mich steckten sie für eine Weile ins Gefängnis. Klein Lucy ließ ich bei Nachbarn zurück. Als ich aus dem Gefängnis kam, erzählten sie mir, daß sie gestorben sei. Plötzlicher Kindstod. Ich glaube, sie ist verhungert." Wieder verzog sie das Gesicht. „Und Piao fiel in den laufenden Metallshredder." Sie ließ die Hände auf den Tisch sinken. „Damals entschloß ich mich zur Auswanderung. Dann nutzte ich ein paar *guanxi*, um auf dieses Schiff zu kommen. Und hier bin ich. Vermutlich sind das Dinge, die jedem zustoßen können – in der einen oder anderen Form."

„Nein", widersprach Jenkins. Ein Kind zu verlieren war etwas, das nicht jedem zustieß; das war ein Leid, das nicht jeder erdulden mußte.

„Was wollen Sie damit sagen?" Lucy schaute ihn an. Sein entschiedener Ton hatte sie aufhören lassen.

Doch er konnte nicht über Bill sprechen. „Ich ging mit sechzehn zur See. War ein schönes, sicheres Leben."

„Sie arbeiten für Hugh Chang. Das ist durchaus nicht sicher."

„Mitunter kommt man in eine verzweifelte Lage." *Man muß herausfinden, was in einem steckt.* Und was steckte in ihm?

„Hört sich verständlich an", sagte sie. „Man bekommt eine Chance und greift zu." Ihre Hände auf dem Tisch waren nur zwei Zentimeter voneinander entfernt.

Es könnte am Champagner gelegen haben. Aber es schien ganz natürlich zu sein, daß sich ihre Finger berührten, ineinander verhakten.

Doch Jenkins zog seine Hand fort. Er war der Kapitän und sie die Fracht. Er goß den letzten Rest Champagner in ihre Gläser. Es war Zeit zum Aufbruch.

Die neu hinzugekommenen Gäste an der Bar bestellten eine weitere Runde. Jetzt griff einer von ihnen zu einer Kamera und machte Schnappschüsse von seinen Freunden. Lautes Gelächter. „Wie kommen wir wohl auf dieser Insel zu einer Frau?" fragte eine Stimme.

„Holen Sie Ihr Eheweib, Len", antwortete der Barmann mit einem beschwichtigenden Lächeln.

Len ging nicht weiter auf McFee ein, sondern blickte in die Runde. „Wie wäre es denn mit der kleinen schlitzäugigen Puppe da drüben?" fragte er seine Kameraden.

Sie waren ihnen allen aufgefallen, wie sie da ruhig in einer Ecke miteinander plauderten, der hochgewachsene Kerl in Jeans und Batik-T-Shirt mit den schwarzen, an den Schläfen leicht grauen Haaren und dem müden, abgekämpften Gesicht und die hübsche Chinesin oder Halbchinesin in seiner Gesellschaft. Und Len und seine Gefährten waren bei ihrem fünften Bier angelangt, und das hier war der wilde Pazifik, wo alles erlaubt war.

Len nahm einen Schluck Bier, stützte die Ellbogen auf den Tresen, richtete seinen Blick auf das Samtband an Lucys Strohhut und sagte laut: „Mein Lieblingsmaterial."

Das Gemurmel in der Bar geriet ins Stocken und verstummte. „Und eine so schöne Farbe", tönte Len, durchschritt steifbeinig den Raum und setzte sich neben Lucy an den Tisch. „Hübsches kleines Stück gelber Samt."

Jenkins sah in das grobe, dümmliche Gesicht mit den bösen Augen und dem ausgeprägten Kinn. „Vielleicht sollten wir besser gehen", schlug er vor.

Lucy nickte. Sie und Jenkins standen auf. Len runzelte die Stirn und streckte eine klobige braune Hand aus, um nach Lucy zu greifen.

Und dann geschah alles auf einmal.

Harry McFee sah, wie sich die Finger der Chinesin in Lens Augen bohrten. Len brüllte auf und verpaßte Jenkins einen Fausthieb. Jenkins schlug zurück. Len lag mit dem Rücken auf dem Boden, Blut rann aus seinem linken Auge. Zwei von Lens Begleitern schossen sofort auf den großen Mann los.

Jenkins griff nach dem Marmortisch und hob ihn an. „Neiiin!" schrie McFee. Zu spät.

Der Tisch kippte um: eine wundervolle Platte aus Carraramarmor, unter phantastischen Kosten um die halbe Welt herangeschafft. Sie prallte gegen die sonnengebräunten Schienbeine der beiden Angreifer und rutschte ihnen hautabschürfend vor die Füße. Dann zerbrach sie in mehrere Teile.

„Wir müssen jetzt los", wandte Jenkins sich an Lucy, während sich seine Kontrahenten die schmerzenden Beine rieben.

„Und was ist mit meinem verdammten Tisch?" schrie McFee erbost.

Jenkins zeigte auf Len. „Halten Sie sich an den", sagte er und machte sich mit Lucy aus dem Staub.

McFee schaute wütend auf die Tür, dann sagte er: „Ist ja kaum zu glauben."

Denn er hatte sich gerade an etwas erinnert.

Nach der Regatta von Macau hatte es eine Party gegeben. Er wußte nicht mehr, ob Jenkins daran teilgenommen hatte oder nicht. Aber eine Frau war dabeigewesen, eine Frau, die Jeremy ihm als Mrs. Jenkins vorgestellt hatte.

Und diese Mrs. Jenkins war eine hochgewachsene Blondine gewesen, keine schnucklige Chinesin mit grünen Augen. Vor nur einem Jahr. Der Barmann wußte verdammt gut, daß man innerhalb von zwölf Monaten keine Frau los wurde, um sich eine neue angeln zu können. Und da war noch etwas. Als die schnuckelige Chinesin den Champagner bezahlt hatte, hatte er keine Ringe an ihren Fingern gesehen.

Was alles auf einen neuen Marmortisch hinausläuft, dachte McFee.

„Leihen Sie mir schnell mal Ihre Kamera", sagte er hastig zu Lens Kumpel.

Der große Mann und die Frau mit dem Hut gingen das helle Betonband unter den Palmen hinunter. Mit dem Rücken zu ihm. Mist, dachte McFee. Doch dann war ihm das Glück hold.

Die Frau blieb stehen. Der Mann blieb stehen. Sie wandten sich einander zu. Sie waren gut hundert Meter entfernt, so daß McFee nicht hören konnte, was sie sagten. Aber er konnte immerhin sehen – durch das Objektiv der Kamera.

Die Frau streckte die Hände aus, legte sie um den Kopf des hochgewachsenen Mannes und zog ihn zu sich herunter. Ihre Lippen berührten

seine, leicht wie eine Feder. Die beiden Köpfe hoben sich deutlich vom frischen tropischen Grün der Palmen hinter ihnen ab.
Er betätigte den Auslöser schnell ein paarmal hintereinander. Das werde ich so rasch wie möglich entwickeln lassen, dachte McFee. Bringt nicht viel, dir auf dein Schiff nachzusetzen. Ich treffe dich lieber, wo es wirklich weh tut.

LUCY und Jenkins gingen schnell und schweigend an Bord zurück. Hier erwartete sie wieder die wirkliche Welt. Jenkins hatte den Gestank vergessen gehabt, den scharfen Geruch nach Treibstoff, Schweiß, Abfall und Kochdünsten aus den Containern. Er ging auf die Brücke und telefonierte mit zitternden Fingern auf dem Schiff herum, bis er Nairn gefunden hatte, und wies ihn an, die Maschine startbereit zu machen.
„Ja, gleich", vertröstete Nairn seinen Kapitän.
„Beeilen Sie sich gefälligst!" befahl Jenkins wütend und warf unter Nairns schrillem Protest den Hörer auf. Er hatte es versaut. Polizisten und Vertreter der Einreisebehörden würden auftauchen, und Rachel müßte sterben.
Aber die Sonne strahlte auf einen weiterhin leeren Kai herunter, und niemand kam, um einen europäischen Mann und eine chinesische Frau festzunehmen, die in eine Auseinandersetzung geraten waren.
Zehn Minuten später war Nairn bereit. Jenkins erteilte den Befehl zum Ablegen. Langsam löste sich die *Glory of Saipan* von der Kaimauer, richtete ihren Bug auf die Fahrrinne und schob sich durch die schmale Öffnung im Riff.
An Land verfaßte McFee in der Zwischenzeit eine kurze Nachricht: *Hier sehen Sie Ihren Freund Jenkins*, schrieb er. *Richten Sie ihm aus, daß er mir noch 1500 Dollar schuldet. Falls er sich weigert zu zahlen, werde ich für einen Skandal sorgen.* Er steckte das Schreiben in einen Umschlag und adressierte ihn an Jeremy Selmes in Hongkong. Sobald er den Film entwickelt hätte, würde er den Brief samt Aufnahme per Luftpost auf den Weg schicken.
Die Sonne fiel ins Meer, Yap blieb hinter dem Horizont zurück. Jenkins stützte sich auf die Brückenreling und sah zu, wie sich die Menschen wieder über die Decks verteilten. Bis Saipan waren es noch drei Tage. Und von Saipan aus wäre es eine problemlose Route über den Pazifik.
Vorausgesetzt, es kam nicht zu Zwischenfällen.

9. KAPITEL

Als Mrs. Leung Mr. Leung heiratete, wußte sie, daß er ein Mann mit einem Hang zur Eigenwilligkeit war. Diese Eigenwilligkeit führte erst zu der Erkenntnis, daß es klug wäre, Mr. Changs Auswanderungsagenten aufzusuchen, und dann zum Aufenthalt von Mr. und Mrs. Leung sowie ihrer sechsjährigen Tochter Ma in der vorderen Backbordecke von Laderaum Nummer zwei.

Ma liebte ihre Puppen über alles. Am Nachmittag nach ihrem kurzen Aufenthalt am Kai von Yap servierte sie ihnen eine Mahlzeit. Große-Puppe beschwerte sich bei Ohne-Nase bitter über die Reisqualität. Große-Puppe beklagte sich, daß der Reis überhaupt nicht weiß sei, sondern bräunlich, mit einem metallischen Geschmack und einem Hauch von etwas, was Kloreiniger sein könnte.

Leung saß da und sah seiner Tochter zu, seine flinken Finger hantierten an dem Segeltuch herum, aus dem er ein Zelt nähte. Er war stolz auf Ma. Und mit dem Reis hatte sie recht. Der Reis war ebenso unansehnlich wie ungenießbar gewesen. Aber jetzt, da die Köche nicht mehr für die Rationen bezahlt wurden, war es nur natürlich, daß sie sich rächten.

Er betrachtete die kleinen, regelmäßigen Stiche des Saums, den er gerade nähte. Noch drei, dann kam die Ecke... Er hörte ein höchst unerfreuliches Geräusch. Als er aufblickte, saß Ma mit hervortretenden Augen ganz reglos da. Große-Puppe und Ohne-Nase lagen in dem See, den sie erbrochen hatte. „Schlechter Reis", sagte sie leise und begann zu weinen.

Die Schiffsglocke läutete zweimal. Es war vier Uhr, Zeit für den Nachmittagsreis. Diese Tatsache wurde Leung nur vage bewußt, denn er sprang auf und rief nach seiner Frau. Sie kam von den Nachbarn herbeigeeilt.

Und so, während seine Frau aufwischte und Ma hinlegte, stürmte Leung an Deck. Mit einem Wutgeheul durchbrach er die Warteschlange, umfaßte den Kessel, zerrte ihn von seinem Untersatz und rollte ihn quer über das Deck. Der merkwürdig bräunliche Reis ergoß sich auf die rostigen Stahlplanken. Die Wartenden stöhnten enttäuscht auf. Einer der Köche versetzte ihm einen Stoß. Leung holte mit der Faust aus. Zwei Männer versuchten, ihn zurückzuhalten. In weniger als zwanzig

Sekunden war der Bereich auf den Containern gleich hinter der Unterkunft ein Getümmel miteinander ringender Körper.

Jenkins hatte die Wache zwischen Mitternacht und vier gehabt und den ganzen Morgen im Schiffsbüro gearbeitet. Jetzt lag er in tiefem Nachmittagsschlaf. Durch wirre Träume drangen immer lauter werdende Stimmen. Er zuckte hoch und stolperte wie betäubt zur Brücke hinauf. Rodriguez sah Jenkins, reckte den Daumen nach hinten und grinste. „Große Aufregung."

Jenkins war plötzlich hellwach. „Holen Sie Miß Moses auf die Brücke!" sagte er schnell, griff zum Megaphon und lief zur Brückennock. Auf den Containern hatte sich eine schreiende Menge zusammengefunden, hier und da prügelte man sich.

Lucy erschien auf der Brücke. „Was zum Teufel tut sich da unten?" wollte er von ihr wissen.

„Ein Mädchen hat sich mit dem schlechten Wasser aus dem Laderaum vergiftet."

„Das Wasser ist nicht schlecht."

„Das werden Sie beweisen müssen."

Jenkins blickte zur Menge auf den Containern hinunter. Das kleine Deck, auf dem die großen Speisekessel standen, wirkte wie eine Bühne. „Eine öffentliche Wasserprobe", schlug er vor.

Sie nickte. „Wir brauchen Ho. Einige der Leute da unten trauen nur ihm."

„Dann holen Sie ihn."

Jenkins rief Mrs. Nairn an und schickte sie zu dem kranken Mädchen. Als er den Hörer wieder auflegte, kam Lucy mit Ho zurück.

„Passen Sie auf", sagte Jenkins entschlossen. Er trat ans Waschbecken und zapfte ein Glas Wasser. „Widerliche Farbe", stellte er fest und beäugte die bräunliche Brühe. Er roch daran und merkte, daß ihn Ho nicht aus den Augen ließ. „Chlor. Eisen. Beides anorganische Stoffe und medizinisch einigermaßen unbedenklich." Er trank das Glas in einem Zug aus. Hos Gesicht hellte sich auf. Er nickte. „Okay", fuhr Jenkins fort. „Und nun demonstrieren wir das vor den Leuten. Wir drei."

Sie gingen die Treppe hinunter und stellten sich auf das Deck, von dem die Menge die Köche inzwischen vertrieben hatte.

Lucy rief ein paar Worte durch das Megaphon. Die Menschen wurden ruhiger. Der Messeboy, den Jenkins an Deck beordert hatte, erschien mit einem Tablett, auf dem ein Glaskrug und drei Gläser standen. Er setzte das Tablett auf dem von den Köchen verlassenen Tisch ab.

Jenkins griff nach dem Krug. Er trug ihn zum Hahn, aus dem die Wasserrationen ausgeteilt wurden, und füllte ihn. Er goß Wasser in die Gläser. Ho nahm ein Glas. Lucy und Jenkins gleichfalls. Der Messeboy füllte für jeden von ihnen eine Schale mit Reis aus dem Kessel.

„Ex!" sagte Jenkins, setzte das Glas an und trank. Die anderen auch. Dann aßen sie den Reis.

Die Menge sah ihnen atemlos zu. Jenkins lächelte und kam sich reichlich töricht vor. Lucy zeigte ein strahlendes Lächeln. Ho rülpste und zeigte wieder seine Harte-Kerl-Miene. Dann klappte sein Kiefer herunter. Er griff sich an den Magen und krümmte sich stöhnend zusammen.

Jenkins bemerkte, daß ein Teil der Menge, besonders die jungen Männer aus dem hinteren Bereich des dritten Laderaums, plötzlich erstarrte und ein bösartiges Zischen hören ließ.

Doch unvermittelt richtete sich Ho wieder auf. Sein Stöhnen wurde zu einem hohen, nicht enden wollenden Gelächter. Auch die harten Jungs im Hintergrund hatten sich entspannt und lachten herzlich mit.

„Danke, Ho", sagte Jenkins.

Ho ging davon, ohne sich noch einmal umzusehen.

In der Ecke des Laderaums Nummer zwei, die von der Familie Leung bewohnt wurde, diagnostizierte Mrs. Nairn eine Blinddarmentzündung und entfernte das kranke Organ später im Schiffslazarett.

JENKINS ging auf die Brücke, wo Pelly Wache schob. „Berechnen Sie, wann wir ungefähr in Saipan ankommen", sagte er.

Pelly hantierte mit Lineal und Winkelmaß herum und tippte einige Zahlen in seinen Taschenrechner. „Morgen, sechs Uhr früh", antwortete er kurze Zeit später.

Jenkins setzte sich an das Satcom-Gerät. Er gab sein Paßwort ein, teilte Changs Agenten in Saipan die Ankunftszeit mit und verlangte, daß ein Boot oder ein Hubschrauber mit Ersatzteilen zur *Glory* geschickt wurde.

Anschließend ging er zu Lucys Kajüte hinunter und klopfte an die Tür. Er hörte die Geräusche einer Auseinandersetzung. „Wer ist da?" ertönte Lucys Stimme.

„Der Kapitän", erwiderte Jenkins.

Die Tür ging auf. Über ihren schwarzen Kopf hinweg sah er Ho. Lucy rief ihm über die Schulter etwas zu. Er drängte sich an Jenkins vorbei und verschwand.

Jenkins runzelte die Stirn.

„Was wollte Ho hier?" fragte er.

Sie musterte ihn. Der Ausdruck seiner Augen war selten so hart wie der seines Gesichts. Er war nicht wie die anderen weißen Offiziere. Sie hatte immer stärker den Eindruck, daß er mitfühlte.

„Ho kennt eine Gruppe unserer Passagiere sehr gut. Ich dagegen eine andere", erklärte sie. „Beide wollen wir, daß unsere Leute ihr Ziel gesund und wohlauf erreichen. Hitze und schlechtes Wasser machen die Menschen gereizt. Wir haben... ein paar Streitigkeiten bereinigt."

„Welche Streitigkeiten?"

„Dummheiten. Nebensächliche Dinge. Aber doch gefährlich, weil sie zu begreifen beginnen, was mit ihnen geschieht. Es ist eine Sache, seine Habseligkeiten zu packen, die Passage anzuzahlen und eine Fähre zu besteigen, um sich von ihr zu einem Schiff bringen zu lassen. Das ist leicht – verglichen mit dem, was dann geschieht."

„Sie steigen auf ein anderes Boot um", ergänzte Jenkins verständnislos. „Jemand händigt Ihnen eine Green Card und ein Visum aus. Wo ist das Problem?"

Lucy spürte, wie es ihr warm durch den Körper und in die Wangen schoß. Sie hatte richtig vermutet, er wußte nichts. Plötzlich war die Welt hell und hoffnungsvoll.

„Wer hat etwas von Green Cards und Visa gesagt?" fragte sie.

Jenkins hörte das Blut in seinen Ohren rauschen. „Soares sagte mir, daß Sie an Bord der Thunfischboote Visa und Green Cards erhalten würden."

Sie lachte über die Absurdität dieser Vorstellung. Oder über Jenkins' Naivität, Soares etwas zu glauben, was der nur gesagt hatte, um ihn zu beruhigen. „Er wußte, daß Sie ein aufrichtiger Mann sind, und das beunruhigt Diebe. Soares fürchtete sich vor Ihnen. Wußten Sie das nicht?"

Wenn das stimmte, hatte auch Chang vor ihm Angst. Deshalb hatte er Rachel in sein Haus geholt.

„Und wie wollen Sie sich Unterkunft und Arbeit suchen, wenn Sie keine Visa und Green Cards erhalten?"

Lucy sah auf ihre Hände. „Man wird sich um uns kümmern", sagte sie. „Die meisten Menschen konnten den vollen Passagepreis nicht aufbringen. Also leisteten wir eine Anzahlung. Zehntausend Dollar, manche Leute sehr viel weniger. Wenn wir diesen Treffpunkt erreichen, werden wir auf Thunfischboote gebracht. Diese Boote gehören Freunden des Besitzers dieses Schiffs. Sie bringen uns nach San Francisco. Und wir arbeiten, bis der volle Fahrpreis bezahlt ist. Es stehen

Jobs für uns an Orten bereit, wo man keine Arbeitspapiere braucht. Wenn wir dort unsere Schulden abgearbeitet haben, melden sie uns für Green Cards an." Sie zog eine Karte mit chinesischen Schriftzeichen hervor. „Da, sehen Sie."

„Das kann ich nicht lesen."

„Das heißt ‚Massagesalon Venusberg'."

Jenkins setzte sich und starrte sie an.

„Nur für ein Jahr", fügte sie hinzu. „Dann bin ich frei."

Jenkins fand seine Stimme wieder. „Wissen Sie, was das ist?"

„Natürlich. Aber welche Wahl habe ich ohne Visum, Green Card und das alles?" Sie senkte den Blick. „Und verglichen mit China ist das ein Kinderspiel. Wie auch immer. Prostituieren Sie sich denn nicht?"

Jenkins öffnete den Mund. Und schloß ihn wieder. „Und Sie glauben wirklich, daß Sie am Ende eine Green Card bekommen?" fragte er schließlich.

Ihre Finger berührten sich. Er drückte ihre Hand. Massagesalon Venusberg. Irgend etwas mußte er dagegen unternehmen. Aber wie konnte er das, solange sich Diana auf ihn verließ und Chang Rachel in Gewahrsam hatte?

Es klopfte. „Kapitän!" rief Rodriguez. „Satcom. Auf der Brücke. ‚Dringend', sagen sie."

Jenkins stand auf. „Bin schon unterwegs", antwortete er.

Lucy schloß die Tür hinter ihm ab. Er ist ein feiner Kerl, dachte sie. Ein wirklich feiner Kerl. Aber mitunter muß man feine Kerle benutzen, wenn es um höhere Ziele geht.

DIANA fragte sich, ob Jenkins je begreifen würde, wieviel Mut sie dieser Anruf kostete. Wahrscheinlich nicht. David war absolut gefühllos. Nach Bills Tod hatte sie ihn nur noch aus Menschenfreundlichkeit ertragen. Aber jetzt war das Faß übergelaufen.

Da David auf irgendeinem Schiff herumschipperte und sich Rachel in China aufhielt, hatte sie viel Zeit mit Jeremy verbracht. Und logischerweise führte Jeremy sie gern aus. Natürlich bedeutete das die alten Torturen: Fitneßstudio, Schönheitssalon, Maniküre, lange heiße Bäder. Dann hinein in etwas Kleines von Versace, hinunter zum Jachtklub, um ein bißchen mit den Wimpern zu klimpern, während Jeremy ein bißchen segelte, danach ein nettes Abendessen, häufig mit wichtigen Geschäftspartnern von Jeremy. Endlich konnte sich Diana wieder nützlich fühlen, und das war etwas, was sie in den öden Jahren mit David sehr vermißt hatte.

Es war ein phantastischer Zufall gewesen. Eigentlich ein wirkliches Wunder. Sie hatte an der Bar des Jachtklubs gesessen, und Jeremy war gerade vom Segeln zurückgekommen, als ihm der Barmann seine Post überreichte. In einem der Umschläge schien sich ein Foto zu befinden. Jeremy lachte. „Sieh dir das an", sagte er und schob ihr das Foto zu.

Es war ein Schnappschuß. Sie warf lächelnd einen Blick darauf, bereit, das Foto lustig zu finden. Dann verging ihr das Lächeln.

Dianas Lippen, eben noch so sanft und hingebungsvoll, hatten sich zu einem schmalen Strich verzogen, ihre Winkel zeigten nach unten.

Jeremy reckte den Hals, um noch einmal einen Blick auf den Mann und die Frau vor dem Hintergrund grünen Blattwerks zu werfen. Die Frau lehnte den Kopf zurück, der Mann beugte sich über sie. Ihre Lippen berührten sich.

„Romantisch, was?" meinte Jeremy.

„Woher hast du das?" fragte Diana mit seltsam verzerrter Stimme.

„Wurde auf Yap aufgenommen", antwortete Jeremy. „Hat mir ein Freund geschickt. Harry McFee. Da ist auch noch eine Rechnung offen." Er rückte näher. „Tut mir leid. Wirklich."

„Leid?" Dianas Lächeln sah aus, als würde es ihr Gesicht jeden Moment mitten entzweireißen. „Was sollte dir denn leid tun?" Sie griff nach dem Foto. „Kann ich es behalten?"

„Fürs Familienalbum?" fragte Jeremy lachend.

Auch Diana lachte, denn sie hatte gerade das Gute an der Sache entdeckt. Der wundervolle Jeremy hatte ihr aus blauem Himmel gerade einen Weg gezeigt, wie sie den langweiligen David los wurde und ihm die Schuld daran zuschieben konnte.

„Noch einen Gin Tonic?" fragte Jeremy.

„Entschuldige", sagte Diana. „War gerade ganz woanders. Ich werde dir einen holen." Sie besann sich. „Nein. Ich sag dir was. Wir trinken Champagner."

Sie amüsierten sich prächtig. Später, in der Wohnung, wählte sie die Satcom-Nummer der *Glory of Saipan*.

„DAVID?" fragte eine Frauenstimme am anderen Ende der Leitung. Dianas Stimme. Sie klang eindeutig erbost. „Du solltest jetzt gut zuhören. Ich will die Scheidung."

Eine Bombe schien geräuschlos neben Jenkins zu explodieren. „Was?"

„Muß ich es buchstabieren? S-C-H-E-I-D-U-N-G."

In Jenkins' Kopf dröhnte es. „Wovon redest du eigentlich?"

Diese Gelegenheit ließ sich Diana nicht entgehen. Sie holte tief Luft und gab es ihm – richtig, wie sie Jeremy später erzählte. „Ich rede davon, daß du dein Leben auf verdammten Schiffen verbringst und nicht für deine Kinder da bist."

„Hör mal!" ächzte Jenkins.

Jetzt war sie richtig in Fahrt. „Du hattest einen absolut anständigen Job an Land, und du weißt genau, daß ich es nicht ertrage, wenn du fort bist, aber du mußtest ja unbedingt alles hinschmeißen, um wieder zur See zu gehen. Aber ich werde dir sagen, wovon ich wirklich spreche. Ich spreche von einem Foto, das jemand von dir und einem Flittchen auf einer Insel aufgenommen hat. Einem chinesischen Flittchen. Was meinst du, wie ich mich fühle, wenn jemand sagt: ‚Ach, deshalb ist er wieder zur See gegangen?' Glaubst du, das ist angenehm für mich?" Sie begann heftig zu schluchzen. „Und deshalb verlange ich die Scheidung. Du Mistkerl!"

Einen Moment lang war Jenkins wie gelähmt von Schuldgefühlen. Die arme Diana, ganz allein auf sich gestellt. Dann setzte sein Denkvermögen wieder ein. Jemand hatte Fotos gemacht? Auf Yap? „Moment mal", sagte er. „Wer dir das auch gesagt hat, er hat es völlig falsch..."

„O nein", unterbrach ihn Diana. „Ich habe das Foto gesehen. Schwarz auf weiß. Sehr romantisch, unter Palmen. Du und dein kleines gelbsamtenes Miststück."

Gelbsamtenes Miststück. Er dachte an Lucys verletzliche Sensibilität, an Dianas dreiste Rücksichtslosigkeit, an Diana, die sich ihrer Rechte und ihrer Rolle so sicher war. Wie konnte sie es wagen, ihm Egoismus vorzuwerfen?

Er hörte seine Stimme wie aus großer Ferne: „Es gibt nichts zu erklären. Wenn du die Scheidung willst, dann leite sie ein."

Ein scharfes Geräusch, als würde sie tief Luft holen. Es klang giftig, selbst über Satellit. „Soll ich dir was sagen? Als Bill starb... Ich habe dir doch erzählt, daß er ‚Wo ist Dad?' gesagt hat?"

„Diana..."

„Ich habe gelogen!" fauchte sie. „Er hat gar nichts gesagt. Er ist einfach gestorben. Ich habe es dir nur gesagt, um es dir leichter zu machen. Aber er konnte ja gar nicht wissen, wo du eigentlich bist, oder? Du bist zu nichts nutze, David. Ich verabscheue dich abgrundtief und werde dafür sorgen, daß du zahlst." Die Verbindung wurde abgebrochen.

Jenkins legte den Hörer so behutsam auf, als wäre er aus Porzellan. Er war Kapitän eines Sklavenschiffs. Und Rachel befand sich als eine Art Geisel in Changs Reichweite. Aber für Diana war er nun auf ihren eigenen Wunsch hin nicht mehr verantwortlich, und das war der Hauptgrund dafür gewesen, daß er an Bord dieses Schiffs gegangen war. Und er brauchte nichts von dem zu glauben, was sie über ihre Kinder gesagt hatte. Auch er kannte seine Kinder.

Er fühlte sich unbeschwert und heiter, als würde er frische, von Schuldgefühlen unbelastete Luft atmen. Die Luft der Freiheit.

JENKINS wurde vom Telefon geweckt. „Ein Schleppboot kommt", meldete Johnny. „Mit Ersatzteilen."

Die alten Gummireifen, die dem Schleppboot als Fender dienten, quietschten laut, als es an der Backbordseite der *Glory* festmachte. Zwei Frachtkisten wurden mit einem Kran an Bord gehievt. Dann legte das Schleppboot wieder ab, während die *Glory of Saipan* in das heller werdende Licht eines neuen Tages glitt.

Auf der Zielgeraden, dachte Jenkins. Wo immer das Ziel auch sein mochte.

Im Kartenraum klingelte das Satellitentelefon. Jenkins ging an den Apparat. „Haben Sie Ihre Teile bekommen?" fragte Hugh Chang.

„Vielen Dank. Ihr Agent ist sehr zuverlässig."

„Mein Agent", wiederholte Chang. „Ah, ja. Da ist noch etwas."

Jenkins' Magen krampfte sich zusammen.

„Und zwar zum Thema Disziplin", fuhr Chang in einem beiläufigen Ton fort. „Es ist riskant, Ihrer Fracht eine zu lange Leine zu lassen."

Ho hat ihn über das Mobiltelefon informiert, das er da unten hat, überlegte Jenkins. Jetzt wird ein bißchen an meiner Kette gezerrt.

„Rachel geht es gut", fügte Chang hinzu. „Das wird Sie freuen. Ich bin in Hongkong, aber sie ist in Xian geblieben, wo sie meinen Sohn in die Freuden der Archäologie eingeweiht hat."

Die Kette wurde angezogen.

„Aber ich fürchte, die Archäologie ist ein gefährliches Terrain."

Jenkins hielt den Atem an.

„Besonders, wenn kein Teamgeist herrscht", ergänzte Chang und beendete das Gespräch abrupt.

Jenkins ging auf die Brückennock. Er blickte aufs Meer hinaus und auf den Kielwasserstreifen, den die *Glory* auf ihrem Weg nach Osten durch die Wellen zog. Er kehrte in den Kartenraum zurück, setzte sich vor das Satellitentelefon und wählte mit zitternden Fingern die Nummer von Changs Haus in Xian.

„Raymond Chang", meldete sich die Stimme eines jungen Mannes.

„Guten Abend", sagte Jenkins. „Ich bin Rachels Vater. Kann ich bitte mit Rachel sprechen?"

„Einen Augenblick bitte."

„Dad, liebster Dad", jauchzte Rachel.

Jenkins lauschte angespannt nach Anzeichen von Angst in ihrer Stimme, konnte aber keine entdecken. „Wie geht es dir?" Er wollte ihr sagen, diesem Raymond keinen Zentimeter weit zu trauen.

„Gut, gut, gut!" erwiderte Rachel begeistert. „Wir graben eine Armee aus der Tang-Epoche aus. Und später geht es nach Peking. Nicht wahr, Darling?" Abgesehen von seinem Mißfallen darüber, daß sie diesen jungen Mann „Darling" nannte, sagte sich Jenkins, daß er sich im Moment eigentlich keine Sorgen um seine Tochter machen müsse. „Und wie geht es dir auf dem Schiff?" wollte Rachel nun von ihm wissen.

„Äh, nicht schlecht", entgegnete er zögernd. „Hör mal, ich habe dir etwas anderes zu sagen."

„Was?"

Er schwieg, suchte nach rücksichtsvollen Formulierungen und scheiterte. „Deine Mutter und ich werden uns scheiden lassen."

Stille. Sie wird nie wieder ein Wort mit mir sprechen, schoß es Jenkins durch den Kopf.

„Mein armer Dad", hörte er sie dann aber sagen. „Was hat sie denn diesmal angestellt?"

„Sie wirft mir vor, ich sei immer unterwegs." Jenkins hatte schnell nach einer einfachen Antwort gesucht. „Und das kann man ihr eigentlich nicht übelnehmen."

„Doch, das kannst du", widersprach Rachel trotzig. „Mit Fug und Recht."

Er wollte sie von Chang fortbekommen. Aber wenn er ihr den wahren Grund sagte, könnte sie in Panik geraten und sich verraten. „Ich möchte, daß du zurückfährst", bat er sie deshalb, „und mit ihr redest."

„Aber es würde absolut nichts ändern, wenn ich mit ihr rede. Sie..., nun ja, sie lebt in einer anderen Welt."

Am anderen Ende der Leitung entstand ein Schweigen. Der arme Dad, dachte Rachel. Kurvt da draußen auf dem weiten Meer herum und rackert sich ab, um ein bißchen Geld zu verdienen. Und meine Mutter hat nichts Besseres zu tun, als sich im Jachtklub wichtig zu machen und sich mit Vaters bestem Freund im Bett zu vergnügen.

„Du würdest mir wirklich sehr helfen, wenn du nach Hongkong zurückfährst und mit deiner Mutter sprichst", wiederholte Jenkins eindringlich.

„Ich werde sie anrufen", versprach Rachel. „Ich kann jetzt nicht zurück. Es gibt so viel Spannendes zu tun. Sei doch froh, daß du sie los wirst."
„So darfst du nicht über sie reden", sagte er. Doch diesen Tonfall seiner Tochter kannte Jenkins. Er bedeutete, daß sie ihre Entscheidung getroffen hatte.
„Mach dir keine Sorgen, liebster Dad."

NACHDEM Rachel den Hörer aufgelegt hatte, rief Mr. Chang an, um geschäftliche Dinge mit Raymond zu bereden. Und dann erteilte er seinem Sohn eine ganze Reihe von Aufgaben, die ihn bis nach Mitternacht beschäftigten. Rachel machte es nichts aus. Auch sie wollte arbeiten. Sie hatte damit begonnen, Aufbau und Organisation der vergrabenen Armee zu ergründen, aber die Büchereien in Xian ließen zu wünschen übrig. Die Unterlagen, die sie brauchte, befanden sich in Peking.
Als sie Raymond eine Reise in die Hauptstadt vorschlug, hatte er lächelnd genickt und das Thema gewechselt. Und so packte sie am nächsten Tag den Stier bei den Hörnern.
Es war Mittagszeit, sie saßen am Fenster und sahen hinaus. „Und morgen geht es also nach Peking?"
„Ja", sagte er. Ihr kam es so vor, als wirke er nervös. „Nun, im Glunde ist etwas dazwischengekommen." *Im Glunde*. Er war eindeutig nervös.
„Dazwischen?"
„Mein Vater hat den Jet."
„Dann laß uns doch Linie fliegen."
„Da gibt es ein paar Probleme."
Normalerweise hatte Raymond einen ausdrucksstarken Mund und Augen, die mehr verrieten, als er eigentlich sagen wollte. Aber jetzt waren seine Lippen hart und schmal, die Augen unergründlich.
„Worum geht es bei diesen Problemen?"
„Um Geschäfte. Du würdest das nicht verstehen."
Zorn stieg in ihr hoch. „Weil ich eine Frau bin", sagte sie wütend.
Etwas wie Schmerz überzog Raymonds Gesicht. „Nein", widersprach er. „Wir können nicht nach Peking, das ist alles. Mein Vater wünscht es nicht."
„Deine Beziehung zu deinem Vater ist deine Sache, nicht meine. Wenn wir nicht nach Peking können, möchte ich nach Hongkong zurück. Sofort!"

„Keine Transportmöglichkeit", lautete seine knappe Antwort.

Sie streckte die Hand aus. „Gib mir das Telefon. Ich besorge mir einen Flug. Mit links."

Er rührte sich nicht. Wut schoß in Rachel hoch. Wie kannst du es wagen, mich hierher in die Einöde zu verschleppen, dachte sie, aber dann keinen Finger rühren, wenn ich wieder zurückwill? Was bildet sich dein Vater eigentlich ein?

Raymonds Miene hatte sich verändert, besonders um die Augen herum. Jetzt wußte sie genau, was er dachte. Er flehte um Verständnis, um Gnade. Mit einer plötzlichen Aufwallung von Mitgefühl glaubte Rachel, ihn genau zu verstehen. Wahrscheinlich war der Traditionalist Chang enttäuscht, daß Raymond kein nettes chinesisches Mädchen gefunden hatte. Wahrscheinlich dachte der listige Chang, es sei die beste Art, Raymond daran zu erinnern, was ihm alles entging, wenn er ihn zusammen mit diesem britischen Mädchen in eine kalte Wüste in Mittelchina verbannte und alte Tonsoldaten ausbuddeln ließ.

Du altes Stinktier, dachte Rachel mit glühender Wut. Dir werde ich's zeigen.

Langsam zwang sie sich zur Ruhe. Sie mußte vorsichtig zu Werke gehen, denn Raymond war ein wohlerzogener Junge, der die Wünsche seines Vaters mit einer Ehrfurcht respektierte, deren kulturelle Wurzeln zweieinhalb Jahrtausende zurückreichten. Behutsam, Rachel. Schritt für Schritt. „Aber zu den Ausgrabungen dürfen wir?" fragte sie.

Raymonds Miene hellte sich auf. „Selbstverständlich", antwortete er merklich erleichtert.

„Gleich?"

„Aber ja."

Sie ergriff seine Hand und spürte die leichte Hornhautbildung an Fingern und Handfläche. Diese höchst ehrenwerten Male hatte er sich ihretwegen zugezogen. Sie empfand überwältigende Zärtlichkeit, küßte ihn auf die Lippen und dachte: Ich werde dich retten, mein armer Schatz. Sein Arm legte sich um ihre Taille. Sie liefen hinaus zum Auto.

„He", sagte sie, als sie kurze Zeit unterwegs waren. „Laß uns doch kurz am Flughafen halten und Tickets kaufen."

Raymond blickte starr nach vorn durch die Windschutzscheibe. „Ich habe dir doch gesagt, daß das unmöglich ist."

Sie fuhren zu den Ausgrabungen. Und von da an fuhren sie eine Woche lang jeden Tag dorthin. Raymond war aufmerksam und liebevoll, ließ sich aber nicht erweichen.

Auch am siebten Tag fuhr Raymond zügig am Flughafen vorbei. Als sie an der Ausgrabungsstätte ankamen, vermied er es, sie anzusehen. Es ist vorbei, dachte Rachel resigniert. Wenn du mit Raymond unterwegs bist, bist du gleichzeitig mit seinem Vater zusammen. Du bist seine Sklavin. Wie kamst du darauf, das ändern zu können?

Professor Yu begrüßte sie wie alte Freunde. Raymond wirkte verdächtig enthusiastisch. Rachel sah zu, wie die beiden die Köpfe über einem Tonsoldaten zusammensteckten. Sie befand sich in einer stickigen Hütte in einer kalten Ebene, und in Tausenden von Kilometern Umkreis war die Welt ein fremder, feindlicher Ort, den sie ohne die Erlaubnis ihrer Gastgeber nicht verlassen durfte. Sie war nichts anderes als eine Gefangene. „Ich gehe hinaus", sagte sie.

Sie stieg in einen Graben hinab und half unter einem kalten blauen Himmel elf blaugekleideten Frauen beim Aufschütten des Sands zu Hügeln. Die Arbeit erwärmte sie, und die Frauen machten ihre Scherze. Eine der Frauen hatte sie in den letzten Tagen recht gut kennengelernt. Sie hieß Suyin.

„Wo ist Ihr Mann?" fragte Suyin, als die Frauen eine Teepause machten.

„Im Büro", erwiderte Rachel. „Mit dem Professor."

„Sie sind ja verrückt, hier draußen in der Kälte zu buddeln", sagte Suyin. „Warum bleiben Sie nicht bei ihm? Im Warmen?"

„Hier unten im Graben ist es doch recht warm."

„In der Anwesenheit eines Menschen, der einen liebt, ist es sehr viel wärmer."

Rachel wurde von Angst und Trostlosigkeit überwältigt. Sie senkte den Blick auf die Teetasse zwischen ihren Händen, um ihre Tränen zu verbergen. „Es kann sehr kalt sein, wenn man mit jemandem zusammen ist, der nur vorgibt, einen zu lieben."

Fältchen erschienen um Suyins Augen und ihren Mund. „Vorgibt?" lachte sie. „Wenn der Ihnen nur etwas vormacht, fress' ich einen Besen."

Rachel trank ihren Tee aus, nahm den Spaten wieder auf und stieß ihn in den gelbbraunen Sandhügel. „Dann wünsche ich Ihnen jetzt schon guten Appetit", meinte sie verzweifelt. „Er will mich nirgendwohin lassen."

„So? Er liebt Sie. Er will Sie eben ganz für sich haben. Das ist doch ein Grund, dankbar zu sein."

Ich liebe ihn auch, dachte Rachel. Aber wenn er sich so benimmt, wie er es tut, kann er mich nicht lieben. Doch während sie weitergrub und sich das Blut warm und wohlig in ihrem ganzen Körper ausbreitete, ertappte sie sich bei dem Gedanken, daß Suyin recht haben könnte.

Eine halbe Stunde später fiel ein Schatten über die Grube. Sie blickte hoch. Da stand Raymond, und der Wind spielte mit seinen elegant geschnittenen Hosenbeinen. Plötzlich empfand sie Angst. Diesmal nicht davor, in einer fremden Umgebung ganz allein zu sein – sondern davor, diesen Mann zu verlieren.

„Wir sollten gehen", sagte Raymond leise, fast unsicher.

Er streckte die Hand aus und zog Rachel aus der Grube. Sonst lief Raymond ein paar Schritte voraus, erhaben und würdig, wie es sich für einen reichen Mann schickte, der einer Gruppe Schatzsucher seinen Besuch abgestattet hatte. Aber heute hielt er ihre Hand und sagte kein Wort, während sie zum Auto zurückgingen.

Schweigend fuhren sie zum Haus zurück. Rachel konnte die Wärme seiner Finger noch immer spüren. Sie war sicher, daß Suyin recht hatte.

Raymond steuerte den Wagen zwischen den Löwen des Portals hindurch. Ein Diener erschien und fuhr das Auto in die Garage. Sie betraten die Halle, in der das Licht die Jadeschirme wäßrig durchscheinend machte. Was Rachel zu sagen hatte, steckte ihr wie ein Kloß in der Kehle.

„Warum werde ich hier festgehalten?" fragte sie schließlich.

Er sah sich um. Er sucht nach einem Diener, um dem Thema ausweichen zu können, dachte sie. Aber da war kein Diener in Sicht und die Halle fast zwanzig Meter breit, so daß auch niemand sie hören konnte. Rachel erkannte, daß er sichergehen wollte, daß das, was er sagen würde, nur von ihr gehört werden konnte.

„Ich liebe dich", flüsterte er. Seine Zähne schimmerten im Lampenlicht.

Suyin hatte also doch recht, dachte Rachel und hörte sich sagen: „Ich liebe dich auch." Und dann lehnte sie sich haltsuchend an ihn, sein Arm legte sich um ihre Taille, und sein Mund suchte ihre Lippen. Ihr letzter klarer Gedanke war: endlich!

Am nächsten Morgen fuhr er – blaß und ziemlich nervös – mit ihr zum Flughafen und kaufte Tickets für den Flug nach Peking.

10. KAPITEL

Die *Glory of Saipan* fuhr weiter nach Nordosten, fort von den vulkanischen Erhebungen der Karolinen und hinein in die blaue Weite südwestlich von Hawaii.

Am achten Tag nach der Reparatur des Wasserkessels war Jenkins nach der Vieruhrwache in seine Koje gekrochen. Wie üblich hatte sich sehr schnell ein bleierner Schlaf auf ihn gelegt. Doch plötzlich wurde er wieder hellwach.

Die *Glory* schlingerte behäbig, nicht wie ein Schiff, das zielstrebig die Wellen durchschnitt, sondern sie rollte von Seite zu Seite, als stecke sie mitten in einem Wellental. Es war still. Entsetzlich still.

Jenkins griff nach dem Telefon. Der Hörer fühlte sich klebrig an, als er die Nummer wählte.

„Maschinenraum", meldete sich eine Filipinostimme.

„Warum haben wir die Maschine gestoppt?" fragte Jenkins.

„Maschinendefekt", antwortete die Stimme.

„Geben Sie mir den Chief."

Eine kurze, schreckliche Pause, dann meldete Nairn, fast befriedigt: „Das Pleuellager ist hin."

„Wie lange wird die Reparatur dauern?" wollte Jenkins wissen.

„Sechs Stunden vielleicht."

„Viel Glück", wünschte Jenkins seinem Leitenden Ingenieur.

„Glück hat verdammt wenig damit zu tun", erwiderte Nairn mißmutig. Er warf den Hörer auf die Gabel.

Jenkins ging auf die Brücke. Der Schweiß lief in Strömen. Das Schiff rollte noch immer. Eine laue Brise durchwaberte kaum spürbar die stickige Luft. Jenkins trat in die Brückennock und überschaute das Deck. Die Passagiere hockten lustlos auf den Containern. Auch Lucy war dort. Im Schatten des Unterkunftsblocks spielte sie Karten mit Fungs Tochter Lin. „Hallo!" rief Jenkins ihr zu und winkte sie auf die Brücke herauf. Als sie kam, sah er sie kaum an. Es ging um ein sachliches Thema. Seit einer Woche hatte er sie kaum gesehen, denn Rachels wegen schränkte er Treffen mit ihr auf das Notwendigste ein. „Die Maschine ist defekt", berichtete er ihr. „Sie arbeiten daran. Vermutlich wird es sechs Stunden dauern."

Lucy zeigte ein ironisches Lächeln. „Zehn Tage und sechs Stunden bis zu den Thunfischbooten", sagte sie und ließ ihn nicht aus den Augen. „Lin wird enttäuscht sein. Sie kann es kaum abwarten. Sie glaubt, daß sie bald zur Schule gehen wird."

„Glaubt?"

„Ohne Visa keine Schule. Vermutlich wird sie in einer Konfektionsfirma arbeiten. Der Lohn ist nicht schlecht. Wenn sie die Passage bezahlt hat, kann sie noch ein bißchen mehr verdienen, um eine private Schule zu besuchen und das aufzuholen, was sie versäumt hat."

Jenkins verzog keine Miene. „Und was erwarten Sie von mir?"

Lucys Gesicht war eine undurchdringliche Maske. „Sie haben ein Gewissen."

Jenkins runzelte die Stirn. „Ich habe eine Tochter", sagte er. „Sie ist... Gast von Mr. Chang." Die Worte schmeckten bitter. „Sie ist das einzige Kind, das ich noch habe. Vielleicht können Sie das verstehen."

Lucy sah ihn an. Er glaubte, ihre Züge wären sanfter geworden, aber sicher konnte er sich nicht sein.

„Fragen Sie sie nach ihrer Meinung über Ihre... Situation", schlug sie ihm vor.

„Würden Sie das an meiner Stelle tun?"

„Vielleicht."

„Das ist keine Antwort."

Sie senkte den Kopf. „Die Antwort müssen Sie sich selbst geben", entgegnete sie und verließ die Brücke.

Es war Zeit für Jenkins' Runden über Deck, aber er brachte es nicht über sich, den Menschen ins Gesicht zu sehen. Er setzte sich in den Kartenraum und lauschte dem Schiff. Jetzt, da die Maschine nicht lief, konnte er die Menschen hören, eine Art chaotischer Chor von Stimmen und Schritten auf Metall: das Geräusch des Lebens.

Draußen rief jemand irgend etwas. Jenkins blickte durch das Fenster und sah, daß Fung mit einer unbekannten Frau die Außenleiter heraufgekommen war. Pelly fuchtelte wild mit den Armen. „Weg hier, verpißt euch dorthin, woher ihr gekommen seid. Hier habt ihr, verdammt noch mal, nichts zu suchen!" schrie er.

Jenkins trat hinaus auf die Brückennock. „Was gibt's?" fragte er ruhig.

„Kurzes Gespräch nötig", antwortete die Frau. „Von Fung."

Jenkins zuckte mit den Schultern. „Einverstanden", erwiderte er. „Vielen Dank, Pelly."

Pelly zog sich zurück. Fung begann langsam und lange zu reden. Als er endete, übersetzte die Frau: „Fung sagt, Lucy Moses nicht glücklich, weil sie schlechte Bemerkung über Ihr Kind gemacht. Ja?"

Jenkins sah sie verwundert an.

„Fung möchte Ihnen von Lucy Moses' Kind erzählen, Geschichte, die Lucy nie sagen würde. Lucy im Gefängnis, viele Freunde. Lucy sagt Polizei nicht die Namen von Freunden, weil Freunde sonst große Probleme. Polizisten holen Lucys Kind und geben ihm nichts zu essen. Du reden, dann Kind zurück. Aber Lucy redet nicht. Kind stirbt. Freunde in Sicherheit."

Jenkins sah erst sie, dann Fung an. Fung nickte heftig.

„Stimmt", bestätigte die Frau.

Jenkins nickte. Und nun? fragte er sich. Verdammt noch mal, was erwartet ihr von mir? Was soll ich denn tun?

Aber da war noch eine andere Stimme. Und diese Stimme flüsterte: So entstehen Monster. Man schiebt einen Menschen Zentimeter für Zentimeter weiter in die Unmenschlichkeit, man zwingt ihn zu einer schmutzigen kleinen Tat nach der anderen. Dann nimmt man, was ihm am liebsten ist, als Geisel, und er ist ganz dein: kompromittiert durch seine vorangegangenen Taten und demzufolge zu allem bereit.

Es gibt kein Entkommen.

Lucy war entkommen. Lucy hatte sich geweigert, sich in einen Unmenschen verwandeln zu lassen.

Lucys Tochter war gestorben.

„Vielen Dank", meinte er leise. „Ich verstehe, was Sie sagen wollen."

Fung und die Frau gingen wieder. Schwitzend betrat Jenkins den Kartenraum und setzte sich an das Satellitentelefon und rief die Nummer in Xian an. Eine chinesische Stimme meldete sich. „Rachel Jenkins?"

Die Stimme äußerte Unverständliches.

„Raymond Chang?"

„Ah, Laymond. Nein." Die Verbindung brach ab. Aus welchen Gründen auch immer.

Also kein Kontakt mehr.

Jenkins sah die *Glory* vor sich, sah sein „Schwimmendes Hotel", vollgestopft mit Menschen, die für Chang ein Vermögen repräsentierten – durch die Nabelschnur der Brückenkommunikation und Jenkins' Liebe zu seiner Tochter mit Chang verbunden sowie einem weiteren Satellitentelefon, das sich irgendwo auf dem Schiff befand.

Und in diesem Moment veränderten sich für Jenkins die Bedingungen auf der *Glory*. Er war hier draußen auf dem Meer, mit der Verfügungsgewalt über einen großen Teil von Changs Geld. Gab ihm das nicht ähnliche Macht über Chang, wie Chang sie über ihn hatte?

Jenkins ging auf die Brücke, griff zum Telefon und rief in der Mannschaftsmesse an.

„Rodriguez? Ich möchte, daß Sie und Pelly das Schiff nach einem tragbaren Satellitentelefon durchsuchen!" befahl Jenkins. „Tausend Dollar Belohnung für den, der es findet."

„Ja, Sir", sagte Rodriguez.

„Worum geht's?" fragte Pelly, der neben Jenkins auf der Brücke stand.

„Um das Aufspüren eines Satellitentelefons. Irgend jemand hält Kontakt zum Land."

„So?" Pelly legte die Stirn in Falten.

„Fordern Sie die Passagiere auf, vorübergehend den Laderaum zu verlassen – ohne Gepäck. Erzählen Sie ihnen, es ginge um eine Ungezieferkontrolle. In einer halben Stunde können sie wieder hinein."

Pelly blickte ihn skeptisch an. „Wenn Sie darauf bestehen", erwiderte er.

Die Hitze hatte den üblichen Gestank im Laderaum in einen wahren Ammoniakdunst verwandelt. Als die Leute die Kanister mit Desinfektionsmitteln erblickten, mit denen sich Rodriguez bewaffnet hatte, um glaubwürdig zu erscheinen, reagierten etliche von ihnen ausgesprochen erleichtert.

In Rodriguez' Gesellschaft befanden sich fünf Filipinos der Deckmannschaft mit Eimern und Handpumpen, die sofort in das Labyrinth der Zelte und Verschläge ausschwärmten. Pelly ging nach hinten, zügig und immer schneller. Wenig später hörte er einen Schrei: „Sir!"

Pelly tauchte, der Stimme folgend, in einen der Nebengänge ein. Er schob einen Vorhang aus Sackleinen beiseite und sah sich einem Schott gegenüber, an der eine Kontrolltafel befestigt war. Die Abdeckung war abgenommen. Neben der Öffnung stand einer der Filipinos und grinste. „Hier drinnen", verkündete er stolz. „Versteckt. In der Ecke." Er streckte ihm einen kleinen, geöffneten Koffer entgegen. „Scansat" stand außen, und drinnen befand sich ein Telefon mit Antenne. Pelly schloß den Koffer und nahm ihn an sich. Sie gingen an Deck.

Jenkins wartete an der Tür zum Laderaum. Pelly trug den Koffer, Rodriguez kämmte sich grinsend die Haare. Er sah bereits, wie sich die tausend Dollar in ein schickes Bad für das Haus verwandelten, das er gerade baute.

Die Bewohner des Laderaums strömten in ihre Behausungen

zurück. Rodriguez kletterte an Deck und sah auf die Container hinunter. Ein paar der harten Jungs aus dem hinteren Bereich des dritten Laderaums standen in Gruppen beisammen und drohten zur Brücke hinauf. Dort oben stand der Kapitän mit dem Koffer in der Hand und schien Pelly irgendwelche Fragen zu stellen. Rodriguez ließ seine Blicke über die Menge auf den Containern schweifen. Im Meer der Gesichter fiel ihm eins auf – breit, krötenähnlich, den Blick mit furchterregender Konzentration auf den Koffer in der Hand des Kapitäns gerichtet: das Gesicht von Ho.

Um Himmels willen, dachte Rodriguez. Dieser Bursche sieht wütend aus. Dieser Bursche sieht aus, als könnte er glatt einen Mord begehen.

Er merkte, daß der Kapitän ihm etwas zugerufen hatte. „Gehen Sie runter, und spritzen Sie die Container mit Seewasser ab. Um sie abzukühlen."

Rodriguez nickte. Er trommelte fünf Leute der Deckmannschaft zusammen und ließ sie die Schläuche an die Hydranten anschließen.

Weiße Wasserfontänen stiegen hoch, zauberten in der Sonne zahllose Regenbogen und trommelten dann auf das Metall. Ein kühler, salziger Dunst trieb über die Innenhöfe hinweg.

In ihrer Ecke des ersten Innenhofes hörte Fungs Tochter Lin Wasser auf Metall rauschen. Als sie den Kopf hob, erblickte sie am Himmel bunte Regenbogen. Es war eine langweilige Woche gewesen. Und heute passierte nun schon zum zweitenmal etwas Aufregendes, und diesmal schien es etwas ganz Tolles zu sein. Mit einem Freudenschrei rannte sie auf die nächste Leiter zu.

Sechs weitere Kinder befanden sich im vorderen Innenhof. Sie begriffen ähnlich schnell. Dreißig Sekunden später standen sie alle oben auf den Containern und tanzten durch den silbernen Regen. Die Menschen in den anderen Innenhöfen hörten sie jauchzen. Neugierige Köpfe tauchten auf. Schon bald strömten weitere Kinder zusammen, aus dem Laderaum ebenso wie aus den Innenhöfen. Auch die kleine Ma, der vor kurzem der Blinddarm entfernt worden war und die sich längst auf dem Weg der Besserung befand. Und nach den Kindern kamen die jungen, unverheirateten Leute, denen gleichfalls heiß war und die nichts an Würde zu verlieren hatten, wenn sie sich unter die Fontänen stellten und die Wasserspiele genossen.

Schnelle Schritte kamen eine Leiter herauf, und Ho stand auf den Containern, mit steinernem Gesicht, zusammengezogenen Brauen und gefletschten Zähnen. „Zurück in eure Quartiere!" rief er.

„Zurück in eure Quartiere!" äffte ihn Lin mit hoher Stimme nach. Jubelnd fielen die anderen Kinder in diesen Refrain ein. Ho trat einen Schritt vor und holte aus. Er traf Lin mit großer Wucht am Kopf und schleuderte sie über den Rand des Containers hinaus in den Innenhof, wo sie auf ein Sonnensegel fiel, von ihm hinunterrutschte und auf einem kleinen Tisch liegenblieb, an dem vier ältere Frauen Mah-Jongg spielten.

Einen Moment lang blieb sie dort liegen, mit weit aufgerissenem Mund, aber stumm. Dann erinnerte sie sich ihrer Stimme. „Hilfe!" schrie sie. „Sie wollen uns umbringen!"

Die Leute im ersten Innenhof hatten immer gewußt, daß irgendwann das Maß voll sein würde – entsprechende Vorbereitungen waren deshalb schon längst getroffen worden. Nun holten sie unter ihren Matratzen Eisenstangen hervor, die sie aus Verbindungsstücken der Container geschnitten hatten: an einem Ende nadelspitz gefeilt, am anderen mit Klebeband oder Strippe umwickelt.

Die Kinder sahen, wie sich der Innenhof plötzlich mit Erwachsenen füllte, mit ihren Müttern und Vätern, die sich in den Containern ausgeruht hatten. Ihre Mütter fingen sie ein, aber ihre Väter marschierten entschlossen und mit finsteren Mienen auf Ho und seine schnell herbeigeeilten Helfer zu. Ho schrie seine Männer an, die sich seltsam zögerlich verhielten. Ihnen fehlte die für einen ordentlichen Kampf nötige kaltblütige Entschlossenheit.

In diesem Moment hörte Jenkins das Getümmel und trat ins Freie, um sich einen Überblick zu verschaffen.

Die Fracht krabbelte über die Container wie Ameisen über eine Barkasse. Die Filipinos hatten die Hydranten abgedreht und sich zurückgezogen. Sonnenstrahlen glitzerten auf dem Wasser und auf den Klingen von Messern und Dolchen.

Jenkins steckte den Kopf in die Brücke und befahl Johnny: „Holen Sie Lucy, schnell!" Dann griff er zum Megaphon, lief an die Brückenreling und wiederholte immer wieder: „Gehen Sie in Ihre Unterkünfte zurück!" Niemand schenkte ihm auch nur die geringste Beachtung.

Er zerrte sein Funkgerät aus der Tasche und rief aufgeregt hinein: „Alle Schläuche mit voller Kraft auf die Container. Rest der Mannschaft auf die Brücke." Er rannte zum Bootsdeck hinunter und riß, zum zweiten Mal auf dieser Fahrt, die Eisenpinne aus dem Rettungsboot. Stiefel polterten über die Eisentreppen. Sechs Filipinos erschienen. „Wir müssen diesen Kampf beenden. Aber ohne Messer." Pelly, mit dem er gerade über Funk gesprochen hatte, lehnte an der Reling,

Hände in den Taschen. „Die da unten haben ziemlich beeindruckende Hauer", gab er zu bedenken.

„Sie werden uns schon nichts tun", widersprach Jenkins mit fester Stimme. „Denn nur wir wissen, wie man dieses Schiff steuert."

Lucy kam angerannt. „Begeben Sie sich nicht in Gefahr!" keuchte sie atemlos. „Bitte."

„Nehmen Sie das Megaphon!" wies Jenkins sie an. „Aber wenn es zu brenzlig wird, schließen Sie sich in Ihrer Kajüte ein."

Sie sah ihm nach, wie er die Treppe zu den Containern hinunterhastete, ein Mann, der sich in ein Gefecht stürzte, ohne zu wissen, auf welcher Seite er stand.

JENKINS stand mit dem Rücken am Containerrand zum zweiten Innenhof. Er sah sich vier jungen Männern und Ho gegenüber. Einer der Männer hatte ein Messer in der Hand.

„Gehen Sie in Ihre Quartiere zurück!" befahl er ihnen auf englisch.

Ho musterte ihn verächtlich. Dieser *gweilo* hatte eine einfache Reise unnötig verkompliziert. Ho lächelte. Ein Lächeln, das Jenkins' Magen ins Unendliche abrutschen ließ. „Mach ihn kalt", sagte er zu dem Mann mit dem Messer – auf englisch, damit Jenkins es auch verstand. Dann noch einmal auf kantonesisch.

Der Dolch wurde gehoben. Die Bewegung schien kein Ende zu nehmen. Jenkins spürte den Abgrund in seinem Rücken, die Sonne auf der Messerklinge blendete ihn. Nein, dachte er. So nicht. Das wäre zu blöde. Er schwang die Pinne gegen den Angreifer. Sie verfehlte ihr Ziel, rutschte ihm aus den schweißnassen Fingern und polterte irgendwo auf Metall. Jenkins begriff, daß er dem Tod ins Auge sah.

Er hörte ein Geräusch, irgend etwas zwischen einem dumpfen Schlag und einem Rauschen. Das Deck hinter dem Mann mit dem Dolch wurde schneeweiß. Etwas Salziges traf Jenkins ins Gesicht und schleuderte ihn rückwärts durch die Luft. Blut, dachte er, als er den Boden unter den Füßen verlor. Aber für Blut war das Zeug zu kalt, außerdem hatte es die falsche Farbe. Wasser. Aus den Schläuchen vom Bootsdeck.

Krachend schlug er am Boden auf. Verdutzt blieb er einen Augenblick lang reglos liegen. Er befand sich im mittleren Innenhof, flach auf dem Rücken. Nichts schien gebrochen zu sein. Ein Wunder. Er hörte Gegacker. Unter seinem Rücken spürte er Korbgeflecht, kein Metall. Er lag auf einem Stapel von Körben. In den Körben gackerten empörte Hühner. Er zog die Beine an und kroch mühsam aus dem Korbgewirr heraus.

Er schien nicht der einzige zu sein, den der Strahl aus den Wasserschläuchen in den Innenhof geschleudert hatte. Einige Meter von ihm entfernt rappelten sich Ho und der Mann mit dem Dolch aus den Körben.

Wieder schnürte Todesangst Jenkins die Kehle zu. Der Mann mit dem Messer sah ihn und sprang behende auf die Füße. Doch da schob sich eine neue Gestalt in sein Blickfeld. Es war ein großer Mann in Jeans und T-Shirt, und er bewegte sich so schnell und behende wie einer von Hos jungen Freunden. Was an ihm nicht stimmte, war seine schwarze Kapuzenmütze, die er sich über Kopf und Gesicht gezogen hatte. Seine rechte Hand hielt ein langes, schwertähnliches Messer.

Der Mann mit dem Dolch hatte ihn noch nicht bemerkt. Er schwang seine Waffe. Der Mann mit der Kapuzenmütze sprang ihn von hinten an und schlug ihm mit einem raschen, wuchtigen Hieb die Hand ab.

Jenkins schluckte. Er sah, wie die Hand ihren Aufwärtsschwung fortsetzte, hoch in die Luft flog und sich überschlug. Er sah das Blut aus dem Stumpf schießen, sah, wie sich die Wut auf dem Gesicht des Mannes in Entsetzen und Schmerz verwandelte. Er sah auch, wie der Mann mit der Kapuzenmütze die Leiter hinaufeilte und irgendwo auf den Containern verschwand. Vage nahm Jenkins wahr, daß auch Ho verschwunden zu sein schien. Zwei Menschen beugten sich über den verletzten Mann. Jenkins kletterte die Leiter hinauf. Große Wasserpfützen standen auf den Dächern der Container, die nun wie leer gefegt waren.

Pelly stand auf der Brücke. Mit blassem Gesicht starrte er durch die Fenster aufs Meer. „Nehmen Sie sich vier Mann, und holen Sie mir Ho!" befahl ihm Jenkins. „Aber nehmen Sie sich in acht."

ALS PELLY fort war, rief Jenkins Lucy an. „Kommen Sie her", bat er.

Wenig später stand sie auf der Brücke. „Ho wollte mich töten lassen. Aber ein Mann, den ich noch nie gesehen habe, tauchte buchstäblich aus dem Nichts auf und hieb meinem Angreifer die Hand ab. Wer war das?"

Lucy verzog das Gesicht. „Ich weiß nicht, was Sie meinen."

„Sie wissen sehr wohl, was ich meine."

Das Telefon klingelte. Pelly war am anderen Ende der Leitung. „Ho ist über Bord", berichtete er mit Genugtuung. „Ich habe mit zwei Leuten gesprochen, die seinen Abgang beobachtet haben. Vielleicht haben sie auch nachgeholfen, wer weiß. Jedenfalls ist er von Bord."

„Ich schicke Ihnen Lucy. Bringen Sie sie zu ihnen, damit sie mit ihnen sprechen kann."

„Sir", sagte Pelly gehorsam und legte auf.

„Ho ist über Bord gegangen", erklärte er Lucy. „Finden Sie heraus, wie und warum. Ich möchte es wissen."

Lucy trat auf ihn zu und stellte sich neben ihn an den Kartentisch. Er konnte ihr Shampoo riechen, es war ein unpassend sauberer Duft auf der *Glory of Saipan*. Sie legte ihre Hand auf seine Finger. Und dann küßte sie ihn.

Ihm war, als würde er nach Hause kommen.

Die Tür ging auf. Lucy sprang zur Seite. „Oh, tut mir wirklich leid", sagte Mrs. Nairn und trat ein.

Lucy errötete. „Entschuldigen Sie mich", sagte sie und ging schnell hinaus.

Mrs. Nairn trug einen blauen Rock mit frischen Blutflecken. „In flagranti ertappt?" fragte sie. „Geht mich ja nichts an", bemerkte sie spitz, „aber Sie sollten sich fragen, was sie im Schilde führt. Reißen Sie sich zusammen, Dave."

Die Worte hatten noch eine andere Bedeutung: Wenn Sie sich weiter so benehmen, ist unser Geld in Gefahr.

Jenkins spürte noch immer die Sanftheit von Lucys Lippen. Im Vergleich dazu war das finanzielle Wohlergehen von Mr. und Mrs. Nairn mehr als belanglos.

Das Telefon klingelte. Jenkins griff zum Hörer.

„Maschine läuft wieder", hörte er Nairns Stimme.

Inzwischen war das schwache Beben der Schiffsmaschine selbst oben auf der Brücke zu spüren. Durch die hinteren Fenster des Kartenraums konnte er sehen, wie aus dem Schornstein Rauch in den Himmel aufstieg. Jenkins ordnete volle Kraft voraus an und schickte den Bericht über den Maschinenschaden ab, den Nairn eingetippt hatte.

Später trat Rodriguez seine Wache an, und Jenkins konnte in seine Kajüte hinuntergehen. Als er die Tür schloß, hörte er ein Schnalzen, das scheinbar aus der Wand kam.

Jenkins trat an seinen Wandsafe und öffnete ihn mit dem Schlüssel, den er an einer Kette um den Hals trug. Das Schnalzen kam von Hos tragbarem Satellitentelefon.

Er trug den Koffer auf die dunkle Brückennock hinauf. Er hob den Hörer ab.

„Ho?" fragte eine Stimme.

Er antwortete nicht.

Die Stimme begann schnell und kantonesisch zu sprechen. Er glaubte das Wort „Jenkins" zu hören.

Dann hörte er nur noch das leise Rauschen atmosphärischer Störungen. Jenkins spürte die dunkle Weite um sich, unendlich groß und voller Feinde.

Wütend warf er den Koffer ins Meer und ging zu Lucys Kabine hinunter. Er erhielt keine Antwort auf sein Pochen, hörte aber Stimmen aus der Nebenkajüte. Eine davon gehörte Jer. Also klopfte er dort und sagte: „Kapitän hier."

Lucy öffnete. „Ich habe Jer gerade ein wenig Wasser gebracht", erklärte sie ihm.

Jers Gesicht zeichnete sich quittengelb von dem weißen Kissen ab. Die Decke hatte er bis ans Kinn gezogen. Das Gesicht glänzte feucht.

„Ist es Ihnen denn nicht heiß?" fragte Jenkins besorgt.

„Fieber", flüsterte Jer schwach.

„In meinem Raum ist es kühler", meinte Lucy schnell. Sie gingen hinüber, und Lucy schloß die Tür ab. „Ich habe mit diesen Leuten geredet", berichtete sie. „Sie erzählten mir, daß Ho fortrannte, nachdem diesem Mann die Hand abgeschlagen worden war. Nach hinten, über die Container. Dort traf ihn jemand mit einer Eisenstange, aber sie wissen nicht, wer. Vielleicht wissen sie es auch, wollen es aber nicht sagen. Er ist von den Containern ins Meer gestürzt. Das ist alles, was sie mir erzählt haben."

Jenkins lehnte den Kopf an die Stuhllehne und seufzte leise. Also gab es keinen Ho mehr, und er war hier mit Lucy zusammen – in dem einzigen Raum auf dem Schiff, in dem er sich zu Hause fühlte.

Finger legten sich auf seine Hand. „Kommen Sie, Sie müssen sich ausruhen", flüsterte Lucy.

Willenlos ließ er sich von ihr zur Koje führen. „Ziehen Sie die Schuhe aus." Es war still hier unten, nur das gedämpfte Stampfen der Maschine war zu hören. Er konnte ihre Haare riechen, was ihn verwunderte, bis er erkannte, daß ihr Kopf auf seiner Schulter lag. Seine Finger wanderten über Lucys Nacken, in ihr seidenes schwarzes Haar. Das solltest du lieber nicht tun, ermahnte er sich streng und wollte seine Hand zurückziehen. Aber Lucy flüsterte: „Bitte" und führte seine Hand an ihre Wange. Alle Zweifel, alle Bedenken, ob er das Richtige tat, gingen irgendwo zwischen seinen und ihren Lippen verloren, die sich jetzt vereinten. Das Schiff gab es nicht mehr, dieser riesige Eisenoxidrumpf mit all seinen ungelösten Problemen verschwand. Es existierte nur noch die schmale Koje im Kunststoffgeviert einer engen Kabine, das Bett mit den zwei Menschen darauf, dem großen Mann und der zierlichen Frau.

Erst viel später tauchten sie wieder auf wie aus einem Traum und lagen in enger Umarmung da, ohne sich zu bewegen.

Als er aufstand, vermied er es, sie anzusehen. Er liebte sie. Was war nur falsch daran? Er hatte die Perspektive verloren. Er konnte einfach nicht mehr beurteilen, was richtig war und was nicht.

Bevor er ging, beugte er sich zu ihr hinab und küßte sie sacht auf die Lippen. Als er seine Kajüte erreicht hatte, schloß er die Tür, setzte sich und schüttelte die Schneeflocken in der Halbkugel.

Was habe ich getan? Die eingefahrenen Gleise, das altbewährte System der Ordnung verlassen. Hals über Kopf. Getan, was nur natürlich ist. Getan, was richtig erschien. Nach zwanzig Jahren auf See, nach achtzehn Jahren Ehe mit Diana.

Er ging in die Messe und machte sich gerade ein Sandwich, als die Tür krachend aufflog. „Ich muß mit Ihnen sprechen!" bellte Nairn.

„Wo liegt das Problem?"

„Es geht um den Bericht, den Sie für mich abgeschickt haben. Der Eigner will, daß wir Ersatzteile aufnehmen", meinte Nairn.

„Keine Ahnung, daß Sie Ersatzteile brauchen."

„Die Reparatur an der Maschine war ein Notbehelf", erklärte Nairn. „Es kann jederzeit wieder losgehen. Sie wollen uns vor Kauai einen Schlepper schicken. Die genaue Position nennen sie noch." Er drehte sich um und verschwand.

Jenkins ging auf die Brücke und traf dort auf Johnny, der Wache schob. „Bald vorüber?" fragte Johnny. „Noch vierzehn Tage?"

„Unter Umständen weniger."

„Großartig", erwiderte Johnny erfreut. „Geht mir gar nicht gut. Herz, Magen. Wenn ich zu Geld komme, Operation."

Im Kartenraum piepste das Faxgerät. Jenkins entrollte den Ausdruck. Es war eine Position 150 Meilen nordwestlich von Kauai innerhalb der Inselkette von Hawaii angegeben. Dazu die Ersatzteilnummern und ein Termin in zwei Tagen. Jenkins übertrug die Position auf die Karte.

„Ziemlich weit südlich vom Kurs", schnaufte Johnny über seine Schulter.

Stirnrunzelnd blickte Jenkins auf die Bleistiftmarkierung. Johnny hatte recht. Und da gab es auch noch andere Probleme.

„Warum führt uns der Schiffseigner so nahe an die amerikanischen Hoheitsgewässer heran?"

„Verrückt!" mutmaßte Johnny. „Zuviel Küstenwache!"

Ein hohes Risiko, um Ersatzteile für eine im Moment intakte

Schiffsmaschine aufzunehmen. Es war nicht Changs Art, verrückte Risiken einzugehen. Also mußte er seine Gründe dafür haben.
Das Satellitentelefon schnarrte. Er griff zum Hörer.

CHANGS Haus in Peking versteckte sich hinter einer hohen Mauer. Rachel gefiel der dachziegelgedeckte Bogen über der Einfahrt. Ihr gefiel die Art, in der Raymond heimlich ihre Hand hielt. Aber seine Nervosität gefiel ihr nicht.
Ein breitschultriger Mann öffnete ihnen die Tür. Er trug ein leeres Butlerlächeln zur Schau. „Mr. Pei", stellte Raymond den Mann vor. „Unser guter Hausgeist in Peking."
Mr. Pei führte sie in zwei Zimmer. Rachel duschte in einem makellosen Bad aus Marmor und Jade und lief danach auf einen Gang hinaus, der in das Zentrum des Hauses zurückführte.
Raymond hatte kaum Zeit gehabt, sich nach der Dusche die Haare zu trocknen, als Mr. Pei ihm mitteilte, sein ehrenwerter Vater wünsche ihn am Telefon zu sprechen.
„Ich habe dir befohlen, in Xian zu bleiben!" fuhr ihn der alte Mann erzürnt an.
„Ich habe meine Pläne geändert", erwiderte Raymond und nahm allen Mut zusammen. „Ich muß dringend mit ein paar Leuten in Peking sprechen."
„Du hast dich meinen Wünschen widersetzt!"
„Verzeih", bat Raymond. Er spürte, wie sie alle auf ihn einstürmten, Tausende von Jahren. *Ehre deinen Vater. Arbeite für deine Familie.*
Dann tauchte Rachels Gesicht vor ihm auf. Das goldene Mädchen, das das alles verstand und sich doch nicht zur Sklavin machen ließ.
Raymond stellte fest, daß er lächelte. Etwas ist sehr gut, dachte er. Der ehrenwerte Vater ist so altmodisch, daß er sich nie vorstellen könnte, daß Rachel ihn zu dem Besuch in Peking überredet hatte, nicht er sie.
„Hör zu", fuhr Chang fort. „Ich habe einen Auftrag, wenn du schon in der Stadt bist. Du wirst meinen Freund Jing Zhimin aufsuchen." Er nannte eine Adresse. „Das ist das Hauptquartier der Volksbefreiungsarmee. Bitte Zhimin vertraulich darum, jemanden vor den Hawaii-Inseln an Bord eines Schiffs – der *Glory of Saipan* – zu schicken. Schreib dir die Position auf."
„Ja, Vater." Raymond schrieb sich die Position auf.
„Du wirst Zhimin sagen, daß der Mann sich als Kapitän des

Stein-Marine-Services auf Kauai ausgeben soll. Die Firma ist bereits informiert. Dieser Mann soll den Kapitän der *Glory of Saipan* ablösen."

Raymonds Mund wurde plötzlich ganz trocken. „Den Kapitän der *Glory of Saipan* ablösen?"

„Ich kann mir seiner Loyalität nicht mehr sicher sein – jetzt, da seine Tochter nicht mehr meiner direkten Kontrolle unterliegt."

„Natürlich", pflichtete Raymond seinem Vater mit dem gebotenen Respekt bei.

„Das heißt, falls dir deine anderen Gespräche genügend Zeit dafür lassen." Chang beendete das Gespräch.

Raymond starrte das Telefon an. Mein Vater hat mir die Wahl gelassen, ist aber sicher, daß mir keine Wahl bleibt.

Danke, Vater, dachte er. Vielen Dank für die Chance, meine Liebe zu beweisen. Er spürte, wie Zorn in ihm hochstieg. Und danke, daß du mich so wenig kennst, denn damit hast du es mir leichtgemacht.

Rachel betrat den Raum. Sieh sie dir an, dachte Raymond. Das goldene Mädchen. Rachel lächelte. Ein Lächeln, das das einzig Natürliche in diesem Mausoleum war. Er wünschte sich, daß diese Natürlichkeit sein Leben erhellte. Für immer.

Rachel blickte in Raymonds Gesicht. „Stimmt etwas nicht?"

Raymond griff nach einer Flasche Johnny Walker Black Label und goß sich großzügig ein Glas ein. Rachel sah, daß seine Hand zitterte. „Ich habe mit meinem Vater gesprochen." Er hob den Kopf und sah sie an. „Ich bin es gewohnt, meinem Vater... zu gehorchen. In allen Dingen."

Rachel sah ihn unverwandt an. Ihr kam es vor, als wäre ihr Blickkontakt das rettende Seil über einem Abgrund, in den sie beide stürzen mußten, sobald einer von ihnen die Augen abwandte. „Er ist ein sehr gefährlicher Mann für alle, die ihm nicht gehorchen", sagte Raymond leise.

Rachel wollte ihn fragen, worum es eigentlich ging, aber das wäre zu direkt gewesen. Sie ahnte, daß alles, was sie jetzt sagte, den weiteren Verlauf ihres Lebens beeinflussen würde. „Fühlst du dich gefährdet?" fragte sie.

Er ergriff ihre Hand. „Nein." Er schüttelte seinen Kopf. „Ich bin nicht in Gefahr." Sein Blick löste sich von ihr. „Die Gefahr betrifft deinen Vater", meinte er fast beiläufig. „Es wäre besser, wenn dein Vater mit seinem Schiff den Hawaii-Inseln nicht zu nahe kommt." Ein Diener erschien und servierte gebratene Ente, Teigfladen und mehrere Saucen.

„Mein Vater?"

Er nickte. Er sah sie wieder an.

Sie stand auf. Ihr Gesicht war plötzlich sehr blaß geworden. „Entschuldige", brachte sie mühsam über die blutleeren Lippen, „aber ich muß dringend telefonieren."

Botschaft übermittelt und verstanden.

KLAR und deutlich kam Rachels Stimme über das Satellitentelefon. „Dad?"

„Wo bist du?" wollte Jenkins sofort wissen.

„In Peking. Wir sind schon eine Weile hier. Unabhängig, wie man so schön sagt."

„Hervorragend." Jenkins seufzte erleichtert. „Weiß Mr. Chang, wo du bist?"

„Er weiß es. Aber er hat nicht... mehr soviel Einfluß. Hör zu", fuhr sie ernst fort. „Sie wollen, daß du eine Position nahe den Hawaii-Inseln ansteuerst."

„Woher weißt du das?"

Sie überhörte seine Frage. „Tu es nicht."

„Ich möchte, daß du nach Hongkong zurückkehrst. So schnell wie möglich."

„Mach dir keine Sorgen um mich, bei Raymond bin ich ganz sicher. Wenn du ihn kennen würdest, wüßtest du das." Sie hielt einen Moment inne. „Sei bitte vorsichtig", bat sie dann und legte auf.

Chang hat Rachel verloren, dachte Jenkins. Das letzte Druckmittel. Also muß er auch mich loswerden.

Er ging zum Kartentisch hinüber und radierte die Markierung nordwestlich von Kauai aus. Statt dessen zeichnete er den Kurs nach San Francisco ein und stellte auf Autopilot um. Dann rief er in Nairns Kabine an.

„Wir können Ihre Ersatzteile nicht übernehmen", teilte er ihm mit. „Zu gefährlich."

„Wenn ich meine verdammten Teile nicht bekomme, setzt die Maschine endgültig aus."

„Ich möchte mit Ihrer Frau sprechen", verlangte Jenkins, ohne weiter auf ihn einzugehen.

Der Hörer wurde aufgelegt.

Zehn Minuten später erschien Mrs. Nairn. Ihre Stimme klang honigsüß. „Was gibt es für ein Problem?"

„Ich möchte, daß Sie Ihrem Mann etwas erklären. Sagen Sie ihm einfach, daß der Punkt, an dem wir seine Ersatzteile übernehmen können, Hawaii zu nahe liegt. Wenn die Küstenwache der Vereinigten Staaten an Bord kommt oder uns überfliegt, werden sie 370 Passagiere ohne Visa entdecken. Und das wär's dann. Gefängnis für uns, Rückführung für die Passagiere. Und kein Geld."

Mrs. Nairn kaute besorgt auf ihrer Unterlippe. „Und was geschieht, wenn wir auf dieses Übernahmetreffen verzichten?"

„Wir fahren nach Norden. Außerhalb territorialer Gewässer der USA. Wenn die Maschine ausfällt, setzen wir uns über Funk mit den Thunfischfängern in Verbindung. Sie werden uns zu Hilfe kommen. Sobald wir die Passagiere übergeben haben, funken wir Mayday und werden abgeschleppt."

„Verstehe. Ich werde mit meinem Mann reden", versprach sie.

Zwei Stunden später klingelte das Brückentelefon.

„Hundertvierzig Umdrehungen pro Minute höchstens", meinte Nairn mürrisch.

„Wunderbar! Sonst alles okay da unten?" fragte Jenkins.

Statt zu antworten, warf Nairn den Hörer auf die Gabel.

Jenkins trat in den kühlen Luftzug vor der Brücke. Wenn die Maschine nicht durchhielt, saß er in der Tinte. Für das, was er vorhatte, brauchte er sie.

IN DEN nächsten beiden Tagen fuhr die *Glory of Saipan* nach Norden. Das Meer wurde grüner, und dichte graue Wolkenbänke bedeckten den Horizont. Die Nairns waren sehr schweigsam, aber Jenkins spürte ihre Blicke auf sich – wie die Blicke von Spielern, die den Lauf der Roulettekugeln mit den Augen bestimmen wollen, aber dennoch wissen, wie machtlos sie sind. Außerdem merkte er ihnen jetzt auch eine gewisse Nervosität an. Jenkins bekam den Eindruck, daß sie etwas Unüberlegtes tun könnten. Sie bedurften einer sehr behutsamen Behandlung.

Am dritten Tag hielt er die Zeit für gekommen, Lucy in seinen Plan einzuweihen und ihr zu erklären, wie sie da hineinpaßte.

Als Johnny um zwölf Uhr mittags auf der Brücke erschien, um die Wache zu übernehmen, ging Jenkins zu Lucys Kabine und klopfte an die Tür.

Als sie die Tür öffnete, sah sie ihn mit großen, glänzenden Augen an. Zu glänzenden Augen. Er erkannte, daß sie fast weinte. „Was ist?" fragte er.

Sie blinzelte. Tränen liefen ihr über die Wangen. „Ich kann jetzt nicht reden." Sie schlug ihm die Tür vor der Nase zu. Er hörte, wie sich der Schlüssel im Schloß drehte.

Mit vor Enttäuschung schweren Beinen stieg er die Treppe zur Brücke hinauf und ging an Deck. Er lief über den schmalen Deckgang zwischen den Containern und dem Meer. Vorn durchschnitt der Bug eine blaugrüne Welle. Eine Gischtwolke stieg hoch und wurde nach hinten getrieben, gegen die Seitenwände der Container. Davon gibt es bald mehr, dachte Jenkins. In drei, vier Tagen. Vielleicht noch früher. Ich sollte die Vertäuungen der Container überprüfen lassen.

Ein Tölpel glitt über ihn hinweg. Ein bißchen sehr nördlich für dich, dachte er. Ein weiterer Schatten kam in sein Gesichtsfeld. Für einen Tölpel schien er zu groß und zu massig zu sein, und er kam aus der falschen Richtung, aus einem dunklen Spalt zwischen den Containern. Jenkins sah sich um.

Es war kein Tölpel. Es war ein Mann mit wilden Augen und schwarzen Stoppelhaaren, und in seiner erhobenen Hand hatte er etwas, was auf Jenkins' Kopf zielte. Jenkins zuckte zur Seite. Der für seinen Kopf bestimmte Gegenstand landete krachend auf seiner Schulter.

Ho.

Irgend etwas Schreckliches war mit Jenkins' Schulter geschehen. Seine Beine gaben unter ihm nach. Wieder hob sich das Beil. Jenkins' Augen weiteten sich vor Entsetzen. In panischer Angst rollte er herum.

Er stürzte.

Der Abstand zwischen oberem Deckgang und Seitendeck betrug anderthalb Meter. Er landete auf der verletzten Schulter und federte sich ab. Das war nicht so gut. Erstens schmerzte es wie die Hölle. Zweitens war das Seitendeck nur einen Meter zwanzig breit, mit einer Stahlwand auf der einen Seite und dem Rand des Schiffs auf der anderen. Die *Glory of Saipan* war ein Handelsschiff und als solches nicht vorrangig auf die Sicherheit von Passagieren ausgerichtet. Es gab keine Reling.

Schreiend vor Entsetzen rutschte Jenkins über das Seitendeck und unter dem einzigen Tau hindurch, das die Passagiere der *Glory of Saipan* von der zischenden grünweißen See trennte. Er ging über Bord.

Seine Hände schrappten über das Seitendeck. Er krallte die Finger, seine Nägel splitterten, Rostpartikel drangen ihm in die Haut. Da spürte er eine scharfkantige Erhebung unter den Fingern. Die Finger seiner rechten Hand hakten sich fest. Mit den Fingern seiner linken Hand stimmte etwas nicht, sie versagten den Dienst. Er hielt sich krampfhaft fest.

Die linke Hand löste sich. Nun klammerte er sich nur noch mit der rechten fest, das Gesicht an die rostige Außenwand der *Glory* gedrückt. Direkt vor ihm war ein schwarzer Farbfleck in der Form von Australien in einem Meer braunroten Rosts sowie ein zerklüfteter weißer Farbklecks, übriggeblieben von einem längst vergessenen Anstrichsversuch. Auf diese Dinge achtete man eben, wenn einem das Kielwasser an den Knöcheln zerrte, die Sehnen in Achselhöhle und Ellbogen ächzten und krachten, der rostige Rand des Decks in die Finger schnitt und man darauf wartete, daß Ho kam, um einem die Finger abzuhacken und einen schreiend in die Gischt stürzen zu lassen. Jenkins drückte den Kopf in den Nacken. Er sah seinen Arm, die Bordwand, das blauweiße Strahlen des Himmels. Und, gegen den Himmel, die Umrisse eines Mannes.

Die Gestalt neigte sich ihm zu. Komm schon, du Hund, dachte Jenkins. Schneid mir die Hand ab...

Jenkins' Nerven und Muskeln nahmen keine Befehle vom Gehirn mehr entgegen. Seine Finger beschlossen von sich aus, sich zu strecken. Er spürte, wie sie über den Rost glitten.

Die Gestalt über ihm streckte zwei Hände aus. Die Hände schlossen sich um Jenkins' Handgelenk und zogen ihn hoch. Als sein Bauch auf Deckebene war, sah er ein schwarzes Tuchgesicht. Augen funkelten in den Sehschlitzen.

Das war nicht Ho.

Er landete mit dem Gesicht auf dem Metall. Schon bald konnte er wieder atmen. Sein Leben behalten zu haben erneuerte die Angst, es zu verlieren. Vorsichtig rollte er sich auf die Seite. Er war allein.

Er begann zu kriechen.

ALS DAS Telefon klingelte, griff Mrs. Nairn automatisch zu der Tasche mit den Gummihandschuhen und den gebogenen Nadeln. Sie nahm sie mit hinauf ins Schiffsbüro, stellte sie auf den Schreibtisch und betrachtete die Gestalt im Sessel. Jenkins sah nicht besonders gut aus. Mrs. Nairn schnitt ihm das Hemd von der Schulter. Unter dem Hemd fand sie ein Schlachtfeld vor.

„Tja, Sie scheinen ja ordentlich unter ein Messer geraten zu sein", stellte sie trocken fest.

Jenkins' Pupillen waren riesig, seine Haut feucht. Schock, dachte sie. „Das war Ho", brachte er mit gequälter Stimme heraus. „Wollte mich über Bord werfen."

„Meine Güte", sagte sie. „Ich dachte, der wäre tot."

„Ich auch", murmelte Jenkins schwach.

„Nun", meinte Mrs. Nairn, „ich verkneife mir jede Bemerkung darüber, daß ich Sie gewarnt habe." Sie schüttete ein Desinfektionsmittel in eine Schüssel und begann mit energischen Bewegungen seine Wunden zu betupfen. „Hätte Ihnen glatt den Arm abtrennen können", kommentierte sie die Verletzung. „Aber offenbar hat er das gar nicht beabsichtigt. Das Schlüsselbein wurde nicht durchtrennt und auch kein großer Schaden am Muskelgewebe angerichtet."

Er wollte, daß ich ertrinke, dachte Jenkins, nicht verblute.

Als sie mit der Schulter fertig war, gab sie ihm einen Umschlag mit Tabletten. „Sie werden sich eine Zeitlang noch ziemlich mies fühlen." Sie hob dozierend den Finger. „Und wie ich schon sagte, gehen Sie Ihren schlitzäugigen Freunden aus dem Weg."

Sobald sie fort war, streckte Jenkins die Hand nach dem Telefon aus. Von seiner Schulter ging ein pochender Schmerz aus, und das Wählen gestaltete sich schwierig wegen der Pflaster um die einzelnen Finger.

„Suchen Sie Ho", sagte er, als Pelly an den Apparat kam. „Er lebt. Der Hund hat versucht, mir den Arm abzuhacken und mich vom Schiff zu werfen. Und machen Sie alle ausfindig, die angeblich gesehen haben, wie er von Bord stürzte."

„Was...?"

„Tun Sie, was ich Ihnen sage. Und stellen Sie zwei Mann vor meine Tür. Leibwächter." Er fummelte den Hörer auf die Gabel zurück, spülte zwei der weißen Pillen mit Wild-Turkey-Whiskey aus dem Aktenschrank hinunter und stolperte in seine Kajüte.

Da war ein Mann mit einer Kapuzenmaske gewesen. Ein Mann mit Kapuzenmaske, der in Sekundenschnelle mit Ho fertig geworden war und Jenkins an Deck gezogen hatte. Muß mir überallhin gefolgt sein, dachte Jenkins. Aber warum, zum Teufel?

Er ließ sich auf seine Koje fallen. Vor seinem geistigen Auge flog eine abgeschnittene Hand mit einem Dolch in den blauen Himmel.

Irgendwann klingelte das Telefon. „Kann ihn nirgendwo finden", meldete Pelly, als Jenkins den Hörer endlich in der Hand hielt. „Vielleicht hat ihn der Typ, der Sie gerettet hat, beiseite geschafft."

„Suchen Sie weiter." Jenkins legte auf und fiel kurz darauf in einen wirren Traumzustand.

Dort blieb er sehr lange. Wie lange, konnte er nicht sagen, denn er wußte nicht, ob er wachte oder schlief. In seinen wachen Momenten empfand er Angst, die mit den schwarzen Stoppelhaaren und blinkenden Zähnen von Ho in Verbindung stand. In weniger lichten

Momenten peinigten ihn komplizierte Träume, in denen Diana mit Lucy über Pflicht und Verantwortung stritt. Dann schwanden die Träume, und er glitt in einen langen, dunklen Schlaf.

Als er erwachte, fühlte er sich völlig erschlagen. Doch in seiner Schulter pochte es nicht mehr ganz so schmerzhaft, und auf den rohen Fleischstellen seiner Finger hatte sich bereits eine feine Schutzhaut gebildet.

Jenkins blieb einen Augenblick lang auf dem Bettrand sitzen. Ihm war schwindlig. Er fror. Er sah auf seine Uhr. Die Datumsangabe sagte ihm, daß er drei Tage lang in der Kajüte gelegen hatte. Er erschauerte. In drei Tagen konnten sie sich gut und gern acht-, neunhundert Meilen von ihrer letzten Position entfernt haben. Sie näherten sich ihrem Termin mit den Thunfischbooten. Seine Zeit wurde knapp.

Er stöberte im Stahlspind, fand ein Flanellhemd und einen blauen Pullover und zog sie mühsam an. Die Anstrengung ließ ihn fast wieder auf die Koje zurücksinken. Er öffnete die Tür. Die Filipinos, die vor seiner Tür standen, blickten ihn überrascht an. Sich an den Handlauf klammernd, führte Jenkins die Leibwächter auf die Brücke hinauf und brach dort auf dem Rattansessel zusammen.

Der Pazifik vor den Fenstern war ein ganz neues Meer. Auch die Horizontlinie hatte sich verändert: niedrig hängende graue Wolken verdichteten sich zu schwärzlicher Düsternis. Die See war eine endlose Kette aufwallender Berge, über die sich die *Glory of Saipan* hinwegmühte. Sobald sie einen dieser Wellenberge bewältigt hatte und mit großer Wucht in das darauf folgende Tal krachte, schossen Fontänen weißen Wassers hoch, die dann auf das Deck klatschten und immer noch darüber strömten, als sich bereits der nächste Wasserberg anhob und wenig später donnernd über dem Vordeck zusammenbrach. In den Containern würde es feucht werden. Er zog das Telefon zu sich heran und wählte Pellys Nummer.

„Da sind Sie ja wieder", sagte Pelly mit hörbarer Erleichterung in der Stimme.

„Wo ist Ho?"

„Konnten ihn noch immer nicht finden."

Jenkins legte auf, rappelte sich hoch und stolperte zur Wetterkarte. Der Ausdruck sprach von intensiven Tiefdruckgebieten über dem Nordpazifik und Sturmwarnungen der höchsten Dringlichkeitsstufe. Der Anzeige des Navigationssystems zufolge waren sie zwei Tagesstrecken von der nordamerikanischen Küste entfernt. Jenkins dachte daran, was hinter den grauen Wolken wartete: in den Wellen auf und ab tänzelnde Thunfischboote, dreckige kleine Stahlschüsseln mit stinkenden Laderäumen und Besatzungen, die mit Thunfischhaken bewaffnet waren. Vor seinem geistigen Auge sah Jenkins Menschen ein grobmaschiges Frachtnetz hinunterklettern, das von der *Glory* herabhing. Danach wären es für die *Glory* noch einmal vierundzwanzig Stunden bis Oakland und zur Auszahlung, vielleicht ein bißchen länger.

Wir werden alle nach Amerika fahren, dachte Jenkins entschlossen, weil diese Menschen dort unten dafür bezahlt haben und wir dafür Geld bekommen, sie dorthin zu bringen.

Aber nicht auf diese Art, darüber war er sich nun schon seit geraumer Zeit klargeworden. Er sammelte seine Leibwächter ein und machte sich auf den Weg zu Lucys Kabine.

Niemand reagierte auf sein Klopfen. Ein paar Türen weiter schloß Ramos, der Zweite Ingenieur, gerade seine Kajüte auf. „Sie ist in den ersten Innenhof gegangen", bemerkte er.

Der Innenhof hatte sich verändert. Die Reste der Sonnensegel flatterten als Plastikfetzen im Wind. Die Türen der einzelnen Unterkünfte waren mit Brettern alter Paletten verschlossen, die Ritzen mit Lumpen verstopft.

Jenkins wartete die für ihn günstige Schieflage des Decks ab und erklomm über einen Lukendeckel hinweg die Leiter, die zu dem Container hinaufführte, der Fung beherbergte. Er blieb einen Moment vor der rotkarierten Wachstuchtischdecke stehen, die Fung als Türvorhang diente. Hinter dem Vorhang erklangen Stimmen. Erst Fungs, dann Lucys.

Jenkins hielt den Atem an. Er stellte fest, daß sich seine Hände um die Leiter krampften.

Fung sprach nur Chinesisch, deshalb war Lucy ursprünglich zur Schiffsdolmetscherin geworden.

Warum unterhielten sie sich dann auf englisch?

11. KAPITEL

„Ich weiß nicht." Lucys Stimme war leise. Sie hörte sich besorgt, fast ängstlich an.

„Jetzt", wiederholte Fung mit starkem Akzent, aber verständlich. „Jetzt ist der richtige Zeitpunkt."

Zwei oder drei andere Stimmen sprachen kantonesisch. Lucy und

Fung unterhielten sich offenbar englisch, um nicht verstanden zu werden. Eine Auseinandersetzung schien auszubrechen. Es klang, als drängten sich zwanzig Leute in dem Container zusammen.

Jenkins klammerte sich fest an die Leiter. Er hörte Mrs. Nairns Stimme, die ihn verspotten würde: *Ich verkneife mir jede Bemerkung darüber, daß ich Sie gewarnt habe.*

Lucy hatte ihn die ganze Zeit nur benutzt.

Er steckte den Kopf durch den Vorhang. Der Container war vollgestopft mit Menschen und Gepäck. Er sah das schreckensstarre Gesicht von Lucy, das überrraschte von Fung. Und er sah Jer.

Einen ganz neuen Jer. Einen Jer, dessen Teint nicht quittengelb war, sondern elfenbeinfarben, dessen Augäpfel nicht wie gelbliches Gummi schimmerten, sondern klar und weiß. Und in seiner rechten Hand befand sich ein großes Messer mit langer, vorn stumpfer Klinge, mit deren Breitseite er sich in die linke Handfläche schlug.

Jer lächelte, ein vertrautes, freundliches Lächeln. „Guten Tag, Kapitän", grüßte er.

Jenkins blickte ihn an, weil er es nicht ertrug, Lucy ins Gesicht zu schauen. Ich bin auf sie reingefallen, dachte er. Voll und ganz.

„Was machen Sie hier?" fragte er.

Lucy verbarg das Gesicht in den Händen. Sie empfindet doch etwas, dachte er.

„Es ist Zeit zu gehen", erklärte Fung.

Hinter Jenkins klang Geschrei auf, Körper schienen auf Container zu stürzen.

Dann packte jemand sein Bein. Jenkins drehte sich um.

Er sah, daß sich eine Hand um seinen Knöchel schloß. Er sah, daß eine andere Hand einen spitzgefeilten Eisenstab auf seine Kniekehle richtete. Zwei weitere Männer befanden sich unten im Innenhof, jeder von ihnen drückte einen seiner philippinischen Leibwächter mit dem Gesicht gegen die Wand.

Der Mann mit dem Messer deutete mit dem Kopf unmißverständlich nach hinten. Langsam kletterte Jenkins die Leiter hinunter. „In Ihre Kajüte. Geben Sie mir den Schlüssel. Sie gehen voran!" befahl der Mann mit dem Messer.

Jenkins gab ihm den Schlüssel und setzte sich in Bewegung. Der Mann ging um ihn herum und zielte mit der Messerspitze auf seine rechte Niere.

Jer hatte weder Leberkrebs noch Hepatitis. Jer besaß einen gelben Fettstift und gelbe Kontaktlinsen. Um sich Bewegungsspielraum zu verschaffen, hatte sich Jer selbst zum Kranken gemacht. Chang hatte seine Vollstrecker. Auch Lucy hatte ihre Vollstrecker, damit sie ihre Freunde schützen konnte.

Jenkins schloß die Augen. Außerdem hatte Lucy für die Sicherheit ihrer Freunde gesorgt, indem sie sich mit dem Kapitän anfreundete. Sie mußte gewußt haben, daß die Zeugen für Hos Sturz nicht zuverlässig waren. Daher hatte sie Jer gebeten, den Kapitän im Auge zu behalten und dafür zu sorgen, daß er am Leben und nützlich blieb.

Sie führten ihn in seine Kabine und bedeuteten ihm, sich auf den schweren Schreibtischstuhl zu setzen. Ein Mann zog Handschellen aus der Tasche und schloß eine um Jenkins' Handgelenk, die andere um die Armlehne des Sessels. Dann riß er das Telefonkabel aus der Wand. Er ging zur Tür hinaus und schloß hinter sich ab.

Dann ertönte Geschrei im Unterkunftsblock. Jenkins hörte Pellys Stimme und ein heiseres Heulen, das nach Mrs. Nairn klang.

Ein Schlüssel drehte sich im Schloß. Lucy trat ein. Sie hatte geweint. Sie blickte ihn nicht an. „Die Maschine läuft auf halbe Kraft voraus. Das Schiff ist auf Autopilot geschaltet. Die Mannschaft wurde eingeschlossen, die Offiziere ebenfalls. Pelly hat ein paar Schlaftabletten bekommen. Wenn er aufwacht, wird er dich befreien."

„Warum?" fragte Jenkins.

„Wir gehen von Bord. Wir nehmen das Rettungsboot." Sie holte Luft, als wollte sie noch etwas sagen, aber es gab nichts Sinnvolles mehr zu sagen.

„Du kannst das Rettungsboot bei diesem Seegang nicht zu Wasser lassen. Ihr werdet umkommen."

Sie lächelte. „Das mußtest du sagen."

„Es ist die Wahrheit. Hör zu. Ich war auf dem Weg zu dir, um es dir zu sagen. Ich werde dich..."

„Entschuldige", unterbrach Lucy, „aber ich muß mich beeilen. Ich kann dir nur sagen, daß meine Freunde und ich lieber sterben, als an Bord dieser Thunfischboote zu gehen und die nächsten Jahre als Changs Sklaven zu arbeiten."

„Genau darüber wollte ich mit dir sprechen. Ich werde euch nicht auf diese Boote schicken."

Sie lächelte ihn an. In ihrem Lächeln lag Bedauern und Zärtlichkeit. „Vielleicht stimmt das. Aber wir sind zu viele, als daß ich ein Risiko eingehen könnte."

„Angenommen, ihr laßt das Rettungsboot zu Wasser. Wir sind fünfhundert Meilen vom Land entfernt, und es gibt Sturmwarnungen."

Lucy schien nicht zuzuhören. „Du wirst es mir nicht glauben, aber ich bedauere sehr, dich belogen zu haben."

Er sah sie an. Sie war wunderschön.

„Wer bist du?" fragte er.

„Ein ganz gewöhnlicher Mensch", erwiderte sie und begann zu erzählen: „Ich hörte davon, daß Mr. Chang diesen Transport organisiert. Ich wurde eine von seinen, nun ja, Werberinnen. Ich sprach natürlich auch Menschen an, die ich kannte, die in China Probleme hatten, aber aus politischen Gründen nicht legal ausreisen durften und die nicht reich genug waren, um das Land illegal zu verlassen. Jer ist ein alter Freund, ein Kampfsporttrainer. Er begleitete mich, um mich zu beschützen. Auf der Fähre verlor Fung die Nerven und erzählte einem von Changs Spionen, was ich tat. Der Spion gab es an Lee weiter, und Lee versuchte, uns zu töten." Sie senkte den Kopf. „Und du hast uns gerettet." Die grünen Augen wichen seinem Blick aus. „Lee war Changs Polizist, und Lee wollte mich umbringen, weil ich den Interessen seines Chefs zuwiderhandelte. Aber jetzt muß ich diese Menschen auf der letzten Etappe ihrer Reise begleiten."

„Lucy Moses", sagte Jenkins. „Das ist nicht dein richtiger Name."

„Nein." Sie lächelte.

„Du führst sie aus der Gefangenschaft ins ‚Gelobte Land'?"

„Wenn du so willst, ja."

„Stimmt das mit deiner Tochter?"

„Ja."

Also doch, dachte Jenkins. „Lucy, ich liebe dich", flüsterte er.

Sie umfing sein Gesicht mit den Händen und küßte ihn. Ihre Lippen waren weich, warm und leicht salzig von ihren Tränen. „Die Lügen tun mir leid. Und das mit Ho. Jer auch. Keiner von uns will, daß dir etwas zustößt."

„Und ich will nicht, daß dir etwas zustößt. Aber ich schwöre dir, daß du sterben wirst, wenn du jetzt von Bord gehst."

Die Tür schlug zu. Der Schlüssel rasselte im Schloß. Sie war fort.

Alles Weitere sah er durch das Bullauge. Sie kamen aus Richtung der Container, mit ihren alten Koffern und Bündeln. Insgesamt 54 Menschen, die Rettungswesten trugen und sich nun erwartungsvoll auf dem Deck zusammendrängten.

Jer stellte Posten an die Stahltreppen, die zu den anderen Decks führten. Dann nahm er das Rettungsboot in Angriff.

Er war ein großer, kräftiger Mann, aber auf einem Schiff hatte er keine Chance. Es war offensichtlich, daß er sich nicht auskannte. Er sah eine Reihe von Trommeln mit schmierigen schwarzen Kabeln. Die Kabel schlängelten sich nach oben und um verschiedene Flaschenzüge, deren Funktion er nicht ganz verstand. Er spürte den Druck der mehr als fünfzig Menschen auf dem schwankenden Deck, ihre Blicke in seinem Rücken, die Anstrengung, die es sie kostete, ihm keine Ratschläge zuzurufen. Falls sich Ho noch immer irgendwo auf dem Schiff befand und jetzt heraufkam, würde es ein Massaker geben.

So dachte Jer eben nicht gut genug nach. Er packte die Kurbel der Winde, schlug den Sperrhaken beiseite und machte ein paar Umdrehungen. Die Kabel lockerten sich, doch das Boot rührte sich nicht. Da mußte es, folgerte Jer, eine Art Sperre oder Auslöser geben. Er entdeckte einen weißlackierten Stahlhebel und zog mit beiden Händen daran. Der Hebel rührte sich nicht.

Frustration lähmte sein Überlegungsmanöver. „Die Kurbel wieder zurückdrehen!" rief er dem Mann zu, der nun an der Winde stand.

In diesem Moment donnerte eine schwere Welle, ein gut acht Meter hoher Wasserberg, gegen die Steuerbordseite der *Glory*. Die Woge schoß die Bordwand hoch, gegen den Boden des Rettungsboots und nahm so die Last vom Auslösemechanismus. Jer spürte, wie sich der Hebel in seiner Hand löste. Und plötzlich schrie die Menge auf, denn als die Welle zurückwich, begann das Rettungsboot zu gleiten, langsam zunächst, dann immer schneller.

„Sperrhaken! Sperrt die Winde!" schrie Jer.

Das Boot verschwand außer Sicht, als die *Glory* nach steuerbord rollte. „Kurbeln!" schrie Jer verzweifelt.

Jer verstand auch nichts vom Meer. Als sich die nächste Welle an Steuerbord auftürmte, glaubte er zu wissen, was geschehen würde. Das mächtige Rettungsboot hing in der Luft, durch die Neigung der *Glory* nach steuerbord vom Rumpf fortgedrückt. Gleich würde es zurückschwingen und gegen die Schiffswand prallen. Jemand mußte an Bord und die Schäkel lösen, die seiner Meinung nach die Trossen mit dem Rettungsboot verbanden, um es in die Wellen hinabzulassen.

Jer warf einen prüfenden Blick auf die nächste Woge, ein flacher, langer Wasserwall mit schmutzigen Schaumkronen, der aus siebzig Meter Entfernung langsam auf die *Glory* zukam. Zeit genug, dachte er.

Leichtfüßig trat er über den Handlauf hinweg. Das Rettungsboot hing knapp zwei Meter unter ihm, groß wie ein Schwimmbecken.

Er sprang – und verfehlte sein Ziel.

Es war eine Laune des Meeres, ein kaum spürbares Zucken der *Glory*, als die vorangegangene Welle sich von ihrem Heck absetzte. Es reichte aus, um Jer den Halt verlieren und zwanzig Zentimeter zu kurz springen zu lassen – direkt in die Lücke zwischen Rettungsboot und Schiffswand.

Er wußte es schon, als er zu fallen begann. Er streckte die Hände aus und krallte die Finger um den Rand des Rettungsbootes.

Die nächste Welle schlug zu, als Jer sich hochstemmte und sich über die Seite ins Boot hieven wollte. Die *Glory* rollte nach backbord, und das Rettungsboot schwang gegen ihre Stahlwand wie ein Zweitonnenhammer, der auf einen Siebentausendtonnengong traf. Jer befand sich zwischen Hammer und Gong. Er fiel in die graue See und sank wie ein Stein.

Schreckensstarr verharrte die Menge in ihren orangefarbenen Rettungswesten. Die nächsten sechs Wogen zerschlugen das Rettungsboot an der Schiffswand zu Eisenspänen.

Leider führte die *Glory of Saipan* nur eines mit sich.

Dann hörten die Menschen auf dem Bootsdeck ein seltsames Geräusch. Sie blickten zum Aufbau hinauf, wo die Antennen des Peildecks in den grauen Himmel ragten. Unter den Antennen, mit den Ellbogen auf der Reling, stand ein Mann in weißem Overall. Der Mann lachte schallend – das unverkennbare Lachen des Aufpassers Ho.

Lucys Kabine vermittelte ein kaltes und unbewohntes Gefühl. Der Strohhut war von der Wand verschwunden. Sie saß in der Ecke und blickte nicht auf, als Jenkins hereinkam. Nach Jers Tod war es für Jenkins nicht schwer gewesen, einen der jungen Männer dazu zu überreden, ihm die Handschellen abzunehmen.

„Ich werde dich bis nach San Francisco bringen und irgendwo landen, wo du von diesem Schiff direkt in einen Bus umsteigen kannst."

Sie hob den Kopf. Ihre Augen waren vom Weinen gerötet.

„Es tut mir sehr leid, daß Jer tot ist", sagte Jenkins. „Er war ein mutiger Mann. Aber er war... hilflos. Ich bringe dich an Land. Euch alle. Keine Thunfischboote, ich verspreche es."

„Warum sollte ich dir glauben?"

„Weil ich verdammt schlecht im Lügen bin. Und ich möchte, daß du mit mir kommst."

Sie lächelte, ein abwesendes, sprödes Lächeln. Sie umfaßte seine Hand mit ihren kalten Fingern. „Danke", erwiderte sie. „Aber ich muß jetzt allein sein."

„Wirst du mitkommen?"

Sie drückte seine Hand. Diesmal war der Druck wärmer.

„Keine Sorge", sagte er und verließ die Kajüte.

Jenkins ging zur Brücke hinauf. Hinter den Fenstern brandeten die weißen, gespenstischen Kronen der brechenden Wellen hoch. Er rief Rodriguez an. „Kommen Sie auf die Brücke."

Rodriguez erschien. „War eingesperrt", berichtete er. „Im Farbenverschlag. Auch Mrs. Nairn und der Chief. Sehr wütend." Er grinste. „Aber jetzt zufrieden. Sie sagen, nur noch zehn Stunden bis zum Treffpunkt, dann werden wir alle diese Leute los."

„Besorgen Sie mir jemanden, der streichen kann", sagte Jenkins zu Rodriguez.

ES WAR kein angenehmer Job. Rodriguez mußte Eduardo sogar vier Flaschen Whiskey versprechen, damit er den Job überhaupt annahm.

Und jetzt hing Eduardo außen am Heck der *Glory,* das knochige Hinterteil in einen Bootsmannsstuhl gegurtet, eine Büchse schwarzer Farbe ans rechte Bein geschnallt. Im gelben Schein der Inspektionslichter übermalte er mit einem großen Pinsel einige Buchstaben des Namens *Glory of Saipan.*

Als er mit dem Schwarz fertig war, ließ sein Kumpel an Deck einen Kanister weißer Farbe und einen neuen Pinsel zu ihm hinunter. Er arbeitete eine weitere halbe Stunde. Dann rief er mit klappernden Zähnen: „Geschafft!"

Sie zogen ihn hoch. Rodriguez beugte sich über das Heck und inspizierte seine Arbeit. „Gut", lobte er.

Dann schleppte Eduardo seine Farbtöpfe zum Bug. Und während die *Glory of Saipan* das Heck den Wellen zuwandte, klatschte Eduardo Farbe an die Bugwand. Eine Stunde später war er halb tot vor Kälte. Aber die Arbeit war getan.

Das Schiff schipperte weiter auf den Treffpunkt zu, mit schwarzen Farbflecken unter den Buglichtern, die die Wörter *Glory of Saipan* überdeckten. Aber an ihrem Heck standen die Wörter: *Yoofus – Liberia*. Möglicherweise würde das ausreichen, um die Skipper von Thunfischbooten in die Irre zu führen, die nach einem Schiff mit anderem Namen Ausschau hielten.

Er hatte den großen Schritt gewagt. Diese Thunfischfänger bedeuteten Sicherheit und Schutz. Jenseits von ihnen befand er sich außerhalb der Gesetze von Chang, der Gesetze der Vereinigten Staaten von Amerika und der Gesetze der See. Er würde es für Lucy und ihre Freunde tun.

Die Nairns waren in ihrer Kabine. Pelly schlief. Die Mannschaft wußte nicht, was vor sich ging. Wie können sie uns jetzt noch aufhalten? Ein schrilles Trillern erfüllte die Brücke. Das Satellitentelefon klingelte.

DÜSTER blickte Raymond Chang durch das Fenster des Mercedes auf die riesigen neostalinistischen Gebäude, die den Boulevard säumten.

Nachdem sie bereits eine Woche in Galerien und Bibliotheken zugebracht hatten, wollten Rachel und er vor wenigen Stunden gerade zur Keramikabteilung eines weiteren Museums aufbrechen, als sein Vater anrief und ihn aufforderte, einen Mr. Lim im Ministerium für Kultur aufzusuchen, um die Ausstattung eines Hotels auf der Insel Hainan zu besprechen. Raymond ärgerte vor allem, daß ihn sein Treffen mit Mr. Lim vom Zusammensein mit Rachel abhielt, die daraufhin, begleitet von Mr. Pei, ins Museum gefahren war – trotz ihrer Proteste, es lieber allein aufsuchen zu wollen, wenn sie schon auf Raymonds Begleitung verzichten mußte.

Im Museum verbrachte Rachel einen unerfreulichen Vormittag. Pei klebte an ihr wie Leim. Sein Lächeln wankte und wich nicht, aber er blickte ständig auf die Uhr an seinem breiten, unbehaarten Handgelenk und seufzte unterdrückt auf.

In seiner Tasche zwitscherte ein Telefon. Also wirklich, dachte Rachel verärgert. Telefone im Museum sind entschieden zuviel. Sie ließ ihn stehen und ging weiter. Hinter sich hörte sie, wie Pei sein Gespräch beendete. „Das war Mr. Raymond", teilte er ihr mit, als er wieder neben ihr stand.

„Oh?" Es überraschte sie, daß Raymond sie im Museum angerufen haben sollte. „Warum haben Sie mich nicht mit ihm sprechen lassen?"

„Nicht nötig", erwiderte Pei. „Er hat etwas Interessantes entdeckt. Er will es Ihnen zeigen. Kommen Sie."

Sie verließen das Museum und bestiegen den Wagen. Pei sagte etwas zu dem Chauffeur, was sie nicht mitbekam. Das Auto schoß durch die Spätvormittagswolke von Fahrrädern, tauchte in eine Reihe von Nebenstraßen ein und blieb schließlich vor zwei hohen Stahltoren stehen, die sich in einer von Stacheldraht gekrönten Mauer befanden. Die Tore öffneten sich, und der Wagen fuhr auf einen betonierten Hof.

Es war ein großer Hof, vielleicht fünfzig Meter im Quadrat. Die Mauer mit den Toren schloß ihn zu einer Seite ab, die anderen drei Seiten wurden von einem hohen Gebäude eingenommen. Es gab vielleicht zehn Stockwerke mit Fensterreihen – kleinen Fenstern, stellte

Rachel verdutzt fest. Nicht nur klein, auch vergittert. Es sah aus wie ein Gefängnis. „Was ist das?" fragte sie verwundert.

„Überraschung", antwortete Pei knapp und lächelte nicht mehr. „Wir steigen aus."

Als Rachel auf dem Hof stand, verwandelte sich ihr Erstaunen in Furcht. Es roch nach Schweiß und Latrinen. „Da drüben." Pei zeigte auf eine Tür. Sie schien aus Stahl zu sein und war grün angestrichen. Rachel sah, daß sich in Augenhöhe ein Schlitz öffnete und wieder schloß. „Kommen Sie!" forderte Pei sie auf und packte ihren Arm oberhalb des Ellbogens.

In diesem Moment wußte Rachel, daß es ein Gefängnis war.

Panik stieg in ihr auf. Raymond, dachte sie. *Raymond! Hilf mir!*

Zwei kleine Männer mit Schirmmützen kamen aus der Tür und zerrten sie hinein. Mit einem Knall flog die Tür hinter ihr zu.

AUF DER Brücke der *Glory of Saipan,* die jetzt *Yoofus* hieß, nahm Jenkins den Hörer des Satellitentelefons auf.

„Kapitän Jenkins?" meldete sich eine chinesische Stimme, die er nicht erkannte. „Ein Gespräch für Sie." Er hörte schlurfende Geräusche. Dann eine andere Stimme. Rachels.

„Wie geht es dir?" fragte er besorgt.

„Ich bin im Gefängnis." Rachel hörte sich eingeschüchtert an.

Unter Jenkins' Füßen schien sich der Boden zu öffnen. „Gefängnis?"

„Chang hat es veranlaßt", erklärte Rachel, und Jenkins konnte Angst aus ihren Worten heraushören. „Ich glaube, der Direktor steht auf seiner Lohnliste. Sie haben mich gezwungen, dich anzurufen."

„Wer sind *sie,* und was wollen sie?" fragte er.

„Du hast etwas zu übergeben. Sobald das geschehen ist, werde ich entlassen." Ihre Stimme schwankte. „Was ist das für eine Übergabe?"

„Sag ihnen, daß ich genau das tun werde, was sie von mir verlangen."

„O Daddy!" Rachel schluchzte verzweifelt auf.

Die Verbindung brach ab. Jenkins starrte vor sich hin.

Lucy übergeben. Oder Rachel verlieren.

Großer Gott!

RAYMOND schaffte es schließlich, sich von Mr. Lim zu verabschieden, und fuhr geradewegs zurück zum Haus seines Vaters. „Rachel!" rief er.

Pei tauchte neben ihm auf. „Sie ist nicht hier", sagte er düster.

„Wo ist sie?"

„Woanders. Auf Anordnung Ihres Vaters."

„Was soll das heißen?"

„Ihr Vater war der Meinung, daß sie in Schwierigkeiten geraten könnte", sagte Pei. „Sie befindet sich an einem sicheren Ort."

Raymond lächelte. Hinter dem Lächeln tobte er. Wie konnte es sein Vater wagen, sich Rachels zu entledigen, als wäre sie ein Spielzeug, das er für ihn nicht mehr angebracht hielt? Es zuckte ihm in den Händen, Mr. Pei zu packen und gegen die Wand zu schleudern...

Denk genau nach. Wenn dein Vater verärgert ist, steht Rachels Leben auf Messers Schneide.

„Wohin haben Sie sie gebracht?" fragte er und versuchte beiläufig zu klingen.

Pei wußte, daß absolutes Vertrauen zwischen Raymond und dem alten Mr. Chang herrschte. Er wußte auch, daß Mr. Chang fünfzehn Jahre älter war als er, und wenn auch glückbegünstigt, so doch nicht unsterblich. Pei betrachtete sich weniger als Mr. Changs Angestellter denn als Faktotum der Familie Chang, das im Laufe der Zeit, wenn er seine Karten richtig ausspielte, ein altes Faktotum werden würde. Und so zögerte Pei keine Sekunde. „Ins Volksgefängnis Nummer fünf", antwortete er.

In Raymonds Kopf schien ein Gewitter loszubrechen. Aber er lächelte und gähnte verhalten. „Meine Güte", sagte er. „Ich glaube, ich sollte einen Happen essen."

Der Happen kam. Er zwang sich dazu, sich zu setzen und etwas zu sich zu nehmen. Dann sammelte er mit zitternden Fingern in seinem Arbeitszimmer ein paar Papiere zusammen, steckte sie in seine Aktentasche und ließ seinen Wagen vorfahren.

Der Wagen brachte ihn zum Gefängnis. Er stieg aus und verlangte den Direktor zu sprechen. Der Direktor war ein rundgesichtiger Mann aus dem Norden. Er fand Raymonds Anzug ebenso beeindruckend wie die Aura lässiger Autorität, die er in das Büro brachte.

„Sie halten auf Anweisung meines Vaters eine Frau fest, Rachel Jenkins."

Der Direktor wartete ab.

„Mein Vater hat mich beauftragt, diese Frau zu übernehmen."

Der Direktor wand sich auf seinem Stuhl. „Sie werden verstehen...?" Sein Unbehagen ließ ihn erblassen. „Ihre Vollmacht?"

Raymond zwang sich, dem Direktor gelassen in die Augen zu schauen. Er zog seinen Paß hervor.

Der Direktor vertiefte sich in den Paß. Dieser junge Mann war einwandfrei der, der zu sein er vorgab. Aber der Direktor saß in der Klemme. Wenn er beim Vater nachfragte und der Vater den Sohn tatsächlich beauftragt hatte, die Frau zu übernehmen, hätte er die Pflichttreue innerhalb der Familie Chang in Zweifel gezogen. Wenn er nicht beim Vater nachfragte und das Mädchen gegen seinen Willen entließ, hatte er sich einen Feind geschaffen. Aber Gefängnisdirektoren hatten ebenso viele Feinde wie Gefangene …

Der Direktor lächelte. Er griff zu einem Telefon und rief einen Befehl hinein. Raymond spürte, wie ihn eine Woge der Erleichterung überrann.

Fünf Minuten später wurde Rachel hereingeführt.

„Also das ist die Frau", stellte Raymond emotionslos fest.

Wie besorgt er aussieht, dachte Rachel. Armer Schatz. Jetzt bloß nicht losheulen. Ich muß jetzt durchhalten.

„Kommen Sie mit mir", sagte Raymond mit steinerner Miene.

Ihre Knie zitterten so heftig, daß sie glaubte, keinen Schritt gehen zu können. Irgendwie hielt sie sich auf den Beinen, als der Direktor sie persönlich die Treppe hinunterbegleitete. Sie bestieg Raymonds Wagen. Raymond verabschiedete sich formvollendet von dem Direktor und stieg hinter ihr ein. Er suchte ihre Hand. Sie fühlte sich ebenso kalt und verängstigt an wie seine.

„Fahren Sie los!" sagte er zum Chauffeur.

Rachel sah ihn an. Tränen liefen ihr über die Wangen. „Ich danke dir", flüsterte sie.

Er schüttelte den Kopf. Sie sah, daß auch er mit der Fassung rang. Sie zog seinen dunklen Kopf an ihr Gesicht. „Er hat dich hintergangen. Er hat mich hintergangen", flüsterte er verzweifelt. Rachel spürte, daß er zitterte. „Wie kann er es wagen?"

„Ganz ruhig", erwiderte Rachel zärtlich. „Es ist ja alles gut."

Raymond lächelte durch seine Tränen. „Er glaubte, daß meine Pflicht ihm gegenüber größer wäre als meine Liebe zu dir. Er glaubte nicht, daß ich dich lieben könnte. Also brauchte er dich nur aus dem Weg zu schaffen. Und dann wollte er mich einfach zurückpfeifen. Wie einen Hund."

„Es geht nicht nur um dich", wandte Rachel ein. „Es geht um meinen Vater…"

Doch er hörte nicht zu. „Wie einen Hund", wiederholte er wütend. „Aber jetzt wird er feststellen müssen, daß Hunde beißen können." Er beugte sich vor und schob die Trennscheibe zur Seite. „Bringen Sie uns zum Flughafen!" ordnete er mit fester Stimme an.

Rachel griff zum Telefon und wählte. Sie mußte lange warten. Dann hörte sie die Stimme ihres Vaters, fern, mitten im Meer.

„Ich bin es", meldete sie sich. „Ich bin da raus." Sie lauschte. „Und ich bin auf dem Weg, Peking zu verlassen." Sie holte tief Luft und drückte Raymonds Hand. „Könntest du mir jetzt vielleicht erklären, was da eigentlich vor sich geht?"

Raymond beobachtete sie, während sie zuhörte. Ich will mit den schmutzigen Spielchen meines Vaters nichts mehr zu tun haben. Ich will mein eigenes Leben führen ...

„Himmel", meinte Rachel mit dieser unergründlichen Sanftmut, der sich Raymond so schwer entziehen konnte. „Nun, mach es, um Gottes willen." Eine erneute Pause. „Ich kann auf mich selbst aufpassen", entgegnete sie. „Du kümmerst dich zunächst einmal um diese Menschen. Kennst du ein Hotel in San Francisco?"

„Four Seasons", warf Raymond ein.

„Dad", meinte Rachel bestimmt, „wir treffen uns in San Francisco im Four Seasons. Abgemacht?"

„Abgemacht", sagte Jenkins' dünne Stimme über Tausende von Kilometern hinweg.

HINTER den Brückenfenstern der *Glory of Saipan* begann sich die Welt mit dem Tagesanbruch zu verändern. Die ARPA-Radaranlage war auf einen Umkreis von 25 Meilen eingestellt. Auf dem Bildschirm waren in elf Meilen Entfernung rechts voraus zehn grüne Punkte zu sehen. Ein Alarmsignal ertönte. In der rechten oberen Ecke erschien die Nachricht: *1 Stunde, 7 Minuten.*

„‚Schwimmendes Hotel', hier Catcher", meldete sich eine harte chinesisch-amerikanische Stimme aus dem Sprechfunkgerät.

Jenkins war allein auf der Brücke. Hinter verschlossenen Türen. Er war nervös. Jeder auf der *Glory of Saipan* war nervös.

Es klopfte an der Tür. „Rodriguez", ertönte eine Stimme. Jenkins ließ ihn ein.

„Alles ruhig?" fragte Rodriguez.

„Nein." Jenkins deutete auf die zehn Leuchtpünktchen, die am Bildschirmrand lauerten. „Diese Jungs da."

„Hm", machte Rodriguez und beäugte den ARPA-Schirm. „Wir übergeben die Passagiere."

„Das sind nicht die Boote, mit denen wir zusammentreffen sollen. Das sind Schiffe der Küstenwache. Spione." Jenkins war erstaunt, wie leicht ihm diese Lüge über die Lippen kam.

„Jesus Maria!" stieß Rodriguez entsetzt aus.

„Kann man wohl sagen", meinte Jenkins. „Schalten Sie den Sprechfunk ab."

„Sicher." Rodriguez lief die Brückenfenster entlang und schaltete die Geräte aus, als könnten sie ihn beißen. „Und was machen wir jetzt?"

„Das, wofür wir bezahlt werden", erwiderte Jenkins. Er suchte die Karte von San-Francisco-Bucht und Umgebung heraus. Vierundzwanzig Stunden, schätzte er; alles hing nun vom Wetter ab. Er stellte den Autopiloten auf den neuen Kurs ein.

„Navtext", sagte Rodriguez und legte Jenkins ein Blatt Papier vor.

Der Ausdruck meldete Sturm von Nordwest, Windstärken neun bis zehn.

Die Thunfischfänger auf dem Radarbildschirm waren noch immer ein Rudel. Sie hatten die Kursveränderungen nicht bemerkt und drehten auf, ihrem Treffen mit der *Glory* entgegen. In zwanzig Minuten würden sie ihr vermeintliches Ziel erreicht haben.

Die Brückentür schepperte, als jemand von außen an ihr rüttelte.

„Wer ist da drinnen?" fragte Mrs. Nairns Stimme.

Bevor Jenkins etwas sagen konnte, hatte Rodriguez bereits die Tür geöffnet und sie hereingelassen.

Jenkins' Finger fand die Abschalttaste des Bildschirms und drückte darauf. Mrs. Nairn ließ ihn nicht aus den Augen. „Müßte doch bald soweit sein mit der Übernahme", sagte sie.

„Noch nicht." Jenkins schüttelte den Kopf. „Noch zwölf Stunden, mindestens", meinte er.

In diesem Moment schrie Rodriguez „Da!" und hob die Hand.

Vierhundert Meter entfernt, auf der Steuerbordseite der *Glory*, tummelte sich eine ganze Herde solider, aber schmutziger Fischerboote mit quadratischen Ruderhäusern vor langen Arbeitsdecks.

„Diese Fischer haben den ganzen verdammten Ozean zur Verfügung, aber sie müssen ausgerechnet hier herumdümpeln", meinte Jenkins mit trockener Kehle.

Die Schiffe strebten direkt auf den Bug der *Glory* zu. Nun, dachte Jenkins, wenn sie auf eine Kollision aus sind, haben sie mehr zu verlieren als wir.

„Woher wissen Sie, daß das nicht die Flotte ist, die unsere Fracht übernehmen soll?" erkundigte sich Mrs. Nairn. „Die Übernahmeflotte?" Ihre Stimme war schrill geworden, ihre grauen Wangen färbten sich rötlich.

„Sie hätten über Funk Kontakt aufgenommen."

Mrs. Nairn blickte auf die Geräte. „Sie sind nicht eingeschaltet", wandte sie scharf ein.

„Entschuldigen Sie", meinte Jenkins kurz angebunden. „Keine Zeit zum Plaudern. Möchte mit keinem dieser Burschen da zusammenstoßen."

Der Scheibenwischer putzte seine Glasfläche sauber. Jenkins sah steuerbords eins der Fischerboote, zehn Meter vor dem Bug der *Glory*. Die Ladeluken des kleineren Schiffes standen offen und bereit, die Ladung aufzunehmen. Ein Mann stand neben dem Ruderhaus an Deck. Sein Gesicht war deutlich zu erkennen: ein chinesisches Gesicht mit verblüfft herunterhängendem Unterkiefer, den Kopf in den Nacken geworfen, den Blick auf den frischen Farbfleck am Bug der *Glory* gerichtet. Dann blieb das Fischerboot achtern zurück, und die *Glory* fuhr weiter durch die nun wieder leere See.

Mrs. Nairn rannte erbost von der Brücke.

Jenkins griff zum Telefon und rief Lucys Kabine an. „Mrs. Nairn ist auf dem Weg nach unten", gab er durch. „Wir haben gerade die Thunfischboote passiert. Ich möchte, daß du Mrs. Nairn von den Funkgeräten fernhältst."

„Selbstverständlich." Sie schien noch etwas sagen zu wollen, aber er legte auf.

Mrs. Nairn lief unterdessen eilig die Treppen hinunter. Sie wußte zwar nicht, was dieser Kerl auf der Brücke da eigentlich vorhatte, aber damit würde er auf keinen Fall durchkommen – jedenfalls nicht, solange sie noch einen Funken Atem in sich verspürte. Für dieses Geld hatte sie die Grenze der Legalität überschritten und war deshalb fest entschlossen, es nun auch in Empfang zu nehmen. Sie fand Nairn in ihrer Kajüte. „Wir sind am Treffpunkt. Jenkins ist gerade eben an der Übernahmeflotte vorbeigefahren."

Nairn legte die Stirn in Falten. „Vorbei?"

„Dieses gelbe Flittchen hat ihn dazu gebracht", sagte sie haßerfüllt. „Ich glaube, er will mit diesem verdammten Schiff direkt in den Hafen von San Francisco einlaufen. Der Mistkerl hält sich für einen gottverdammten Wohltäter. Hör mir jetzt zu, Edwin. Du gehst jetzt hinunter in den verfluchten Maschinenraum und stoppst die Maschine. Die Männer auf den Thunfischfängern wissen, was zu tun ist..."

Die Tür flog auf. Als sie sich umdrehte, war die Kajüte voller Gesichter. Sie öffnete den Mund, um zu schreien. Jemand stopfte ihr ein Stück Stoff zwischen die Lippen, verpflasterte ihr Gesicht mit Klebeband. Sie hörte, wie Edwin heiser aufschrie und dann verstummte.

Die Chinesen lehnten Nairn gegen seine Frau und banden sie Wange an Wange zusammen. Dann rissen sie das Telefonkabel aus der Wand und ließen sie allein.

Hinter den zugezogenen Vorhängen des Kartenraums war die Welt ruhig und dämmrig – bis auf den Lichtkegel über der Karte von San Francisco.

Direkter Kurs, dachte Jenkins. Er hatte vage im Gedächtnis, daß Chinatown mehr oder weniger am südlichen Ende der Golden-Gate-Brücke seinen Anfang nahm. Also mußte er lediglich unter der Brücke durch und sich dann rechts halten, um eine Pier, eine Anlegestelle oder einen Strand zu finden und die Passagiere über die Seite von Bord und an Land zu lassen. Es wäre kein Problem für sie, in San Francisco unterzutauchen. Die Passagiere, die in Changs Geschäften arbeiten wollten, könnten jederzeit dort arbeiten. Aber die Passagiere, die das nicht wollten, bekämen wenigstens eine faire Chance. Die Filipinos konnte er aus dem Schiffstresor entlohnen. Dann würde er ins Four Seasons Hotel gehen, um sich mit Rachel zu treffen. Lucy würde Rachel gefallen.

Das Satellitentelefon meldete sich neben seinem Ellbogen. Er nahm den Hörer auf. „Jenkins", raschelte Changs Stimme über das Meer wie eine Schlange durch dürres Laub. „Erklären Sie mir bitte, was Sie da tun."

„Was ich tue?"

„Es ist leicht, nicht begreifen zu wollen", fuhr Chang fort. „Aber ich glaube, auch nicht sehr hilfreich." Er machte eine Pause. „Und wie ich schon sagte: Ich weiß, wo Ihre Tochter ist."

„Mit Ihrem Sohn zusammen, glaube ich", sagte Jenkins. „Mit Raymond."

„Eines sollte man stets im Gedächtnis behalten." Changs Stimme klang angespannt. „Man sollte sich stets daran erinnern, daß die höchste Loyalität innerhalb einer chinesischen Familie die zwischen Eltern und Kind ist. Ich verlasse mich auf meinen Sohn, Kapitän Jenkins. Und wenn ich mir eine persönliche Bemerkung gestatten darf, würde ich es mir zweimal…, mehr als zweimal überlegen, bevor ich eine so begabte und schöne Tochter wie Rachel aufs Spiel setzte."

Als er das letzte Mal mit Rachel gesprochen hatte, war sie in Freiheit gewesen. Chang bluffte. Jenkins spürte, wie Zuversicht in ihm hochstieg. „Was wollen Sie?" fragte er.

„Es liegt in Ihrem eigenen Interesse, die Maschine zu stoppen und Kontakt zur Thunfischbootflotte aufzunehmen. Was Ihnen diese Frau auch versprochen hat, um Sie zu Ihrem jetzigen Verhalten zu bewegen", sagte Chang, „Sie werden es nicht bekommen."

Jenkins war überrascht. „Diese Frau?"

„Ich glaube, man nennt sie Lucy Moses. Sie hat ein paar Passagiere für mich angeworben. Sie bildet sich ein, sie aus der Gefangenschaft ins Gelobte Land führen zu können."

„Und Sie wollten sie durch Lee töten lassen."

„Zunächst. Dann habe ich das Urteil... außer Kraft gesetzt, um die Ordnung aufrechtzuerhalten." Chang seufzte. „Es sieht so aus, als hätte ich sie unterschätzt. Ich habe nicht bedacht, daß ihre Freunde gar nicht die Absicht hatten, ihre volle Passage zu bezahlen. Deshalb hat sie sich an Sie herangemacht, um Sie zu beeinflussen. Ich nehme an, daß sie von Freiheit gesprochen hat. Aber ihre wahren Motive sind finanzielle, das versichere ich Ihnen."

„Sie hat mich nicht beeinflußt", widersprach Jenkins.

Chang lachte. „Mr. Jenkins, es ist noch nicht zu spät, Ihre Meinung zu ändern. Sie haben diese Aufgabe übernommen, weil Sie das Geld brauchten, um Ihre Frau zu unterstützen. Das ist mir bekannt. Was hat Ihnen Lucy Moses versprochen, damit Sie Ihre frühere Entscheidung über Bord geworfen haben?"

„Das würden Sie doch nicht verstehen."

„Stellen Sie mich auf die Probe."

„Ich habe getan, was ich für richtig hielt."

Schweigen, nur das leise Zischen atmosphärischer Störungen.

„Ich habe Sie falsch eingeschätzt, Mr. Jenkins", meinte Chang schließlich. Die Verbindung brach ab.

DAS SCHIFFSTELEFON klingelte. Lucys Stimme klang verzagt. Offenbar machte sich der Druck auch bei ihr bemerkbar. Aber der Klang wärmte ihm das Herz. „Bitte", bettelte sie. „Komm her. Erzähl mir, was du vorhast." Pause. „Ich brauche dich." *Was hat sie Ihnen versprochen?* hatte Chang gefragt.

Nichts, hatte er erwidert.

Das stimmte nicht ganz. Da war Liebe, Zuneigung, ein kleines Feuer in einer kalten Wüste. Vielleicht sogar eine Zukunft.

Er stand auf. Seine Schulter schmerzte. Er fühlte sich erschöpft und fröstelte. Müde schlurfte er die Stufen hinunter. Er ging den Gang hinunter, an dem Lucys Kajüte lag, und klopfte an ihre Tür.

Die Kajütentür öffnete sich. Er blieb stehen, sah hinein.

Es befanden sich zwei Menschen in der Kabine. Auf der Koje lag

Lucy, gefesselt mit einem blauen Kunststoffseil. Sie verdrehte verzweifelt die Augen oberhalb der Leine, die durch ihren Mund und um ihren Kopf in den Nacken führte. Der andere, derjenige, der jetzt die Hand ausstreckte, um Jenkins' Hemd zu packen und ihn in die Kajüte zu reißen, war Ho.

Jenkins wurde mit der verletzten Schulter gegen die Wand geschleudert. Als er hochblickte, hielt Ho ein großes Messer in der Hand.

„Dieses Schiff fährt in ein heftiges Unwetter hinein", sagte Jenkins. „Ohne mich auf der Brücke wird es sinken, und alle Leute an Bord müssen sterben. Sie brauchen einen Kapitän, Ho." Zuckte da so etwas wie Unsicherheit über Hos Miene? „Gehen Sie auf die Brücke. Fragen Sie den wachhabenden Offizier."

Ho starrte ihn an. Jenkins erkannte, daß die Leere in seinem Gesicht nur Leere war, keine Unsicherheit. Ho glaubte ihm nicht. Jetzt wird er uns umbringen.

Ho trat einen Schritt vor. „Ich liebe dich", sagte Jenkins zu Lucy. Es war ein erbärmlich kleiner Satz, zu klein, um all das ausdrücken zu können, was er ihr über Freiheit, Aufrichtigkeit und seine Gefühle für sie sagen wollte.

Die Messerklinge blitzte auf. Jenkins war zu schwach, um sich wegducken zu können. Die Klinge traf ihn links im Nacken, und beinahe gleichzeitig spürte er eine schwere, massive Erschütterung. Er flog quer durch die Kabine und prallte auf die Seite der Koje. Eine Tür schlug zu.

Die schmuddelige Decke der Kajüte war von einer fliegendreckbesprenkelten Neonröhre beleuchtet. Jenkins blinzelte sie an. Neben dem dumpfen Pochen in seiner Schulter verspürte er nun auch noch einen stechenden Schmerz im Nacken. Und dann war da ein unangenehm gegen einen Stuhl verdrehtes Bein. Ohne nachzudenken, bewegte er das Bein. Er sah, daß es sich bewegte. Sehr gut.

Mühsam rappelte er sich auf die Knie. Mit ungelenken Fingern löste er den Knoten an Lucys Hinterkopf. Sie spuckte die Zwiebel aus, die sie am Sprechen gehindert hatte. Sie wirkte wütend.

„Er hat mich mit der stumpfen Seite getroffen", wollte er sagen, doch es kam nur ein unverständliches Gurgeln heraus. Aber Lucy war längst am Telefon und schrie etwas auf chinesisch hinein. An das Telefon hatte Ho nicht gedacht.

Er war also doch nach oben gegangen, um den Offizier auf der Brücke zu fragen, ob Jenkins die Wahrheit gesagt habe. Er würde wiederkommen. Verriegle die Tür, bevor er zurückkommt.

Draußen auf dem Gang waren Schritte, jede Menge Schritte zu

hören, und dann flog die Tür auf. Ho kam herein. Er schlug sie hinter sich zu und schob den Riegel vor. Seinen Dolch hatte er nicht mehr. Er verdrehte die Augen auf eine Weise, die Jenkins an ein verschrecktes Pferd erinnerten. Füße und Fäuste hämmerten gegen die Tür. Ho sah Jenkins an. Aus dem kaltblütigen Riesen war ein kleines, angstschlotterndes Etwas geworden. „Bitte, Kapitän."

Das Getöse an der Tür verwirrte Jenkins. Jetzt waren es keine Füße und Fäuste mehr, sondern etwas Härteres, etwas Metallisches. Zwei weitere Rammstöße gegen die Tür, und der Riegel sprang ab. Ein Dutzend schreiender Chinesen durchbrach die Tür und den Nebel in Jenkins' Schädel. Im Hintergrund schien eine weiße Fontäne zu sprudeln. Ah, dachte Jenkins. Jemand hat mit dem Feuerlöscher auf das Türschloß eingeschlagen.

Die Kajüte war plötzlich voller Menschen, die wild durcheinanderschrien. Eine Schulter prallte gegen ihn und stieß ihn neben Lucy auf die Koje. Die Menge wogte weiter. Plötzlich war die Kabine leer. Auf dem Gang schwoll das Stimmengewirr zu einem Höhepunkt an.

Jenkins stand auf und lief zur Tür. Der Gang war von Leuten verstopft, und der Feuerlöscher versprühte seinen Schaum nun über das Menschenknäuel.

„Allmächtiger!" ächzte Jenkins.

Die Menge zuckte, löste sich auf. Die Tür am Ende des Ganges öffnete sich: ein kalter, salziger Windstoß, das Donnern einer brechenden Welle. Die Tür schloß sich wieder. Der Gang war leer – bis auf Jenkins, den Schaum am Boden und das Blut, das Ho verloren hatte, als die Menge ihn erschlagen hatte.

Jenkins ging in Lucys Kabine zurück und löste die Fesseln an ihren Beinen. Sie klammerte sich an ihn. Sie zitterte. „Und was jetzt?" fragte sie.

Jenkins sagte es ihr.

„Das würdest du tun?" wollte sie erstaunt wissen.

„Noch ist es nicht geschehen." Jenkins gefiel, wie sie ihn ansah.

„Und wenn wir an Land sind?" fragte sie leise. „Was wirst du dann machen?"

„Ich möchte, daß du mit mir ins Hotel Four Seasons kommst, um jemanden kennenzulernen." Weiter hatte er noch nicht gedacht. Es hörte sich unsinnig an. Schnell begab er sich wieder auf vertrautes Terrain zurück. „Ich möchte, daß du alle Leute aus den Containern in den Laderaum bringst. Wir kommen in unangenehmes Wetter."

Er trat auf den kalten Gang hinaus. Seine Schulter fühlte sich an, als würde sie bluten. Er konnte den Kopf nicht bewegen. Oben an der Treppe sah er Pelly, der sich mit verquollenen Augen vor seiner Kajüte in einen Pullover zwängte.

„Großer Gott", meinte er verschlafen. „Was ist passiert? Was sollte dieser Höllenlärm?"

„Die Passagiere haben Ho getötet." Was sage ich Pelly? fragte sich Jenkins. So wenig wie möglich. Aber er ist ein Seemann, er wird es herausfinden. „Wir kommen in einen Sturm", erklärte er. „Und das ist schlecht, weil wir nicht auf Dauer hier draußen bleiben können."

Pelly runzelte die Stirn. „Warum nicht?"

„Wir haben die verdammten Thunfischboote verpaßt. In der Maschine läuft ein Lager heiß. Wir können hier nicht ewig herumschippern."

„Verpaßt? Was ist mit den Passagieren?"

„Ich habe mit der Einsatzleitung gesprochen", fuhr Jenkins fort. Die Lügen fielen der fremden Stimme, die das Sprechen für ihn übernommen hatte, immer leichter. „Sie wollen, daß wir sie in San Francisco an Land setzen."

„An Land?" Pellys Mund blieb offen.

„Das hat der Mann gesagt." Das kauft er mir nie ab, dachte Jenkins.

„Das ist dann aber wirklich abseits der Legalität", meinte Pelly skeptisch.

„Dafür stimmt das Geld", entgegnete Jenkins.

„Das ist wahr", bestätigte Pelly, offenbar beruhigt. Er gähnte. „Nun ja, höchste Zeit, einen Happen zu essen, nehme ich an." Er schlurfte in Richtung Messe davon. Jenkins ging zur Brücke hinauf.

PELLY ging nicht in die Messe. Als er hörte, daß die Tür hinter Jenkins zuschlug, lief er schnell zur Kabine der Nairns und klopfte energisch. Innen hörte er ein seltsames Stöhnen. Er drückte auf die Klinke. Die Tür war verschlossen. Schnell rannte er um die Ecke und kam mit einer Feuerwehraxt wieder. Er hieb zweimal damit gegen das Schloß, bis die Tür endlich aufsprang.

Mr. und Mrs. Nairn bildeten auf dem Boden ein strampelndes und ruderndes Bündel. Pelly stand einen Moment lang mit den Händen in den Taschen da und lachte schallend. Dann zog er ein Messer hervor und durchschnitt die Fesseln der beiden. „Wo ist dieser verdammte…?" fluchte Mrs. Nairn.

„Mund halten", unterbrach sie Pelly mit einer neuen, scharfen Stimme, die ihr das Wort im Mund ersterben ließ. Pelly hatte sich irgendwie verändert. Ganz so, als hätte er bisher im Leerlauf funktioniert, stünde nun aber unter Volldampf. „Sie, Chief, gehen in den Maschinenraum und tun, was Ihnen gesagt wird."

„Was denn?" sträubte sich Nairn.

„Tun Sie, was ich Ihnen sage!" befahl Pelly. „Dann haben Sie wenigstens eine winzige Chance, zu Ihrem Geld zu kommen."

12. KAPITEL

Im Kontrollraum saß Ramos vor dem Schaltpult. Auf der Konsole blinkte es. Das Warnlicht der Ölfilteranlage. Vermutlich eine Fehlfunktion des Warnsystems.

Neben dem ersten begann ein zweites Licht zu blinken.

Das war höchst ungewöhnlich. Ramos' Blicke gingen zu den Öldruckmessern. Zwei der vier Nadeln waren auf Null gesunken. Jetzt fiel auch die dritte, und ein weiteres Licht blitzte. Sein Unterkiefer klappte herunter. Das Herz hämmerte ihm gegen die Rippen. Er rannte aus dem Kontrollraum.

Als seine Stiefel auf den Stahlboden vor der Tür trafen, kamen sie ins Rutschen. Er stürzte auf das Deck, schlitterte weiter und bemerkte ebenso verblüfft wie ungläubig, daß der Boden zentimeterhoch mit heißem schwarzem Öl bedeckt war. Seine Rutschpartie brachte ihn direkt vor die Filteranlage.

Mitten im Raum stand ein schwarzer Mann. Er hob und senkte die schwarzen Arme. In den schwarzen Händen hielt er eine rote, nun aber schwarze Feuerwehraxt. Die Feuerwehraxt schlug auf Rohre und Leitungen ein, so fachkundig, daß die heißen Ölfontänen auf den Boden sprudelten, ohne ihn zu verletzen.

Ramos begann in den Kontrollraum zurückzuweichen. Die Gestalt hinter den Ölfiltern schien die Bewegung zu bemerken und wandte den Kopf. Ramos fing den wilden Blick der blutunterlaufenen Augen in dem ölschwarzen Gesicht ein, und kaltes Entsetzen packte ihn. Er schlug auf den Alarmknopf. Während das Schrillen der Schiffsglocke durch das ganze Schiff drang, rief er die Brücke an.

Eine kühle Stimme antwortete. Mr. Pelly, dachte Ramos. „Sabotage", sagte er. „Kein Öl."

„Ah", machte Pelly, überraschend gelassen. „Maschine stoppen."

Ramos trat vor den Hebel der Treibstoffzufuhr und zog ihn zu sich heran. Die Maschine der *Glory* lief langsamer. Der Mann mit der Axt ist ja total verrückt, dachte Ramos, während ihm der Schweiß in Strömen vom Körper lief. Hoffentlich kann ich die Maschine noch rechtzeitig stoppen.

Seine Hoffnung erfüllte sich nicht.

Ohne Ölzufuhr war das Kolbenlager von Zylinder Nummer drei bereits trockengelaufen. Es wurde rotglühend, obwohl Ramos die Maschine bereits gestoppt hatte. Die letzten paar Umdrehungen brachten es in Weißglut, die gewaltige Hitze ließ das Öl in der Ölwanne verdampfen, und dieser Dampf wiederum entzündete sich an dem glühenden Lager. Ein dumpfes *Wumppp!* ertönte, und eine orangeblaue Flammenwand beherrschte den Maschinenraum.

„Feuer!" schrie Ramos, obwohl er nicht wußte, wer ihn hören sollte. Dann verließ er den Raum durch die von den Flammen am weitesten entfernten Tür, rannte so schnell wie möglich den Gang hinunter, ließ mehrere Brandschutztüren hinter sich und schaffte es, die letzte davon zu verschließen.

Zitternd und fröstelnd stand er am Heck des Schiffes und atmete die frische, salzige Luft in tiefen Zügen ein. Er dachte an die Augen, in die er drei Minuten zuvor geblickt hatte.

Dann erinnerte sich Ramos daran, daß er auf zweihundert Tonnen gebunkertem Treibstoff stand, der sich bald seinem Flammpunkt nähern mußte. Und so begann er nach vorn zu laufen.

Als er zu den Containern kam, sah er vor dem Buckel einer riesigen grauen Welle eine dürre schwarze Gestalt über das Seitendeck auf die Unterkunft zurennen. Lieber Gott, dachte Ramos. Laß mich leben, und ich werde nie wieder zur See fahren.

Jenkins hatte die großen grauen Wellen beobachtet, die unaufhörlich von achtern heranrollten. Es waren vielleicht noch dreißig Meilen bis zur Küste, und der Wind kam von Westen. Doch die Container begannen sich aus den Verankerungen zu lösen. Du mußt zugeben, sagte sich Jenkins, daß da draußen eine Menge Meer ist. Eine verfluchte Menge Meer.

Eine Sekunde lang hörte das Zittern des Decks auf, und das Schiff lag absolut ruhig. Dann begann die Schiffsglocke ohrenbetäubend zu schrillen. Die Maschine hatte gestoppt. Durch das Fenster sah er an den Wellen, daß das Schiff aus dem Kurs lief, daß die Wellen, die unter dem Kiel vom Heck zum Bug verlaufen waren, sich nun gegen die Breitseite richteten. Schon bald würde sich die *Glory* in den Wellentälern die verrottete Seele herausschlingern.

Jenkins kurbelte am Maschinentelegrafen. Kein Summen deutete an, daß der Maschinenraum die Botschaft gehört hatte.

Er eilte nach hinten und blickte durch das Kartenraumfenster.

Hinten am Schornstein waberte schwarzer Rauch. Aber er kam nicht aus dem Schornstein, sondern von irgendwo seitlich. Jenkins dachte an den Laderaum, an die wasserdichten Türen, die die Leute gewöhnlich zu schließen vergaßen, und an Rauchschwaden, die durch die Burma Road trieben. Plötzlich begann sein Herz unangenehm heftig zu pochen.

Er rief Pelly an. „Feueralarm!" brüllte er. „Gehen Sie hinunter, und trommeln Sie die Passagiere zusammen. Bringen Sie sie in den Unterkunftsblock. Und schließen Sie die wasserdichten Türen."

„Geht klar", erwiderte Pelly so gelassen, daß es fast wie ein Gähnen klang.

„Und lassen Sie den verdammten Generator nicht den Geist aufgeben."

„In Ordnung." Die Verbindung brach ab.

Nächster Schritt, überlegte Jenkins. Schadensbewertung: Maschinenversagen, vermutlich nicht zu beheben. Aber: Der Wellengang war hoch genug, um die Radaranlagen der Küstenwache zu beeinträchtigen. Und die Wolken dicht genug, um Satellitenfotos unkenntlich zu machen. Der Wind wehte die *Glory* in die ungefähre Richtung von San Francisco, mit drei Knoten, die durchaus auf fünf zu steigern waren.

Die Brückentür schwang auf und fiel wieder zu. Mrs. Nairn stürmte herein. Ihre Haare hatten sich aus dem Knoten gelöst, ihre Augen blitzten zornig. „Was haben Sie sich eigentlich dabei gedacht?" fragte sie mit vor Wut tonloser Stimme. „Sie sind an den Thunfischfängern vorbeigefahren. Daher hat Edwin das Schiff an Ihrer Stelle gestoppt."

Jenkins lehnte sich haltsuchend gegen das Fenster. „Mit den Thunfischbooten können wir jetzt nicht mehr rechnen."

Der haßerfüllte Ausdruck auf ihrem Gesicht verschwand. Sie erschien Jenkins nur noch wie ein altes, gehetztes Tier, das sich in die Enge getrieben fühlte und zum letzten, bösartigen Schlag ausholen wollte. Sie schob ihr Gesicht nahe an ihn heran. „Ich will, daß die verdammte Fracht an die Thunfischfänger übergeben wird."

„Wie gesagt, es gibt keine Thunfischboote mehr", wiederholte Jenkins. Er schaltete den Radar auf den größten Peilbereich ein. Fünfundzwanzig Meilen voraus zeichnete sich die Küste als helle Linie ab. Ansonsten blieb der Bildschirm schwarz.

Mrs. Nairn begann zu schluchzen. Der Geruch von Rohöl trieb auf die Brücke. „Was haben Sie ihr angetan?" fragte auf einmal eine Stimme aus dem Hintergrund.

Jenkins blickte hoch. Nairn war eingetreten, seine weit aufgerissenen Augen stachen aus seinem schwarzen Gesicht. „Nichts, gar nichts. Die Maschine hat ausgesetzt", antwortete Jenkins.

„Ich habe sie zerschlagen", verkündete Nairn. „Sie brennt."

„Zu spät", sagte Jenkins.

„O nein, das ist es nicht", erklärte Nairn mit irrer Stimme. „Ich übernehme jetzt das Kommando."

„Ich habe das Kommando", widersprach Jenkins ruhig. „Und ich bringe das Schiff an Land."

Nairn holte mit seinem mageren Arm zitternd gegen Jenkins aus. Aber Jenkins wich der öligen Faust ohne Mühe aus, und Nairn stürzte nach vorn auf das Deck. Auf Händen und Knien blieb er am Boden kauern und schüttelte den Kopf. Mrs. Nairn ergriff seine Hand. „Edwin", bat sie. „Steh auf." Sie zog an seinem Arm, und er rappelte sich mühsam auf. Er schien zu weinen.

„Ich hoffe, Sie sind nun zufrieden", zischte Mrs. Nairn in Jenkins' Richtung und führte ihren Mann von der Brücke.

Jenkins rief Pelly an. „Ich möchte ein paar der Container loswerden. Vom hinteren Ende", teilte er ihm mit.

„Warum?" fragte Pelly verständnislos.

„Wir unternehmen eine Segelpartie", erklärte Jenkins. „Und Sie sollten besser den Maschinenraum unter Wasser setzen, sonst geht der Generator jeden Moment flöten."

„Würden Sie vielleicht erklären, was, verdammt noch mal, hier vor sich geht?"

„Wir tun alles, um nicht zu ertrinken", erwiderte Jenkins und schaltete das Funkgerät aus.

AUF DEM Flughafen von Peking durchquerten Raymond und Rachel, ohne nach rechts oder links zu schauen, die Abflughalle. Sie passierten die Sicherheitskontrollen und erkämpften sich ihren Weg zur Maschine. Sie wirkten wie Passagiere der Touristenklasse, zermürbt und mitgenommen. Endlich hob das Flugzeug ab. Rachel lehnte sich in ihrem Sitz zurück und dachte an China, das unter ihnen hinwegglitt, eine riesige, von zahllosen Menschen besiedelte Falle. Sie griff nach Raymonds Hand. *California, here we come*", sang sie leise.

„Und was wollen wir in Kalifornien machen?" fragte Raymond.

„Leben", erwiderte Rachel unbeschwert. „Wie die Kalifornier."

STUNDEN vergingen. Der Generator hielt sich. Befreit von ihren Verankerungen, rutschten die Container vom Deck hinab ins Meer. Vom Wind angeschoben, trieb die *Glory of Saipan* auf Amerika zu.

Johnny stand am Steuer. Jenkins stützte sich auf das Instrumentenpult vor ihm. Es war ruhig hier oben; die Geräusche der in der Unterkunft zusammengepferchten Passagiere waren nur ein gedämpftes Gemurmel.

Pelly erschien auf der Brücke. „Erledigt", verkündete er laut. „Würden Sie mir jetzt endlich erklären, was Sie, verdammt noch mal, vorhaben?"

„Segelunterricht", erwiderte Jenkins und blickte auf den ARPA-Schirm direkt vor ihm. „Wir haben uns der hinteren Container entledigt. Jetzt liegt unsere Windangriffsfläche im vorderen Bereich des Schiffes. Also sind wir nun ein Segelboot, und solange wir einen Generator für die Steuerung haben, können wir uns nach Belieben bewegen – in Maßen."

Aus den hinteren Fenstern nahm sich das Heck der *Glory* tiefer als zuvor aus. Jenkins sah achtern eine Welle hochkommen, die im Licht der Decklampen fast schwarz erschien. Sie rauschte über das Heck hinweg, umspülte den Schornstein und verlief schließlich auf den Lukendeckeln. Früher oder später würde Wasser in die Luftzufuhr des Generators fließen, dann gäbe es kein Licht mehr und, weit schlimmer, keine Steuerungsmöglichkeit.

„Und was machen Sie, wenn wir den Generator verlieren?" fragte Pelly.

„Wir treiben mit dem Bug voran zum Strand. Dann können sie mit den Rettungsflößen an Land."

„Einfach so", sagte Pelly.

„Wollen Sie vielleicht lieber Rettungsboote und Hubschrauber rufen?"

Pelly wandte sich ab. „Sie sind übergeschnappt", brummte er.

Der Bug senkte sich. Tief und tiefer, denn eine große Welle, größer als alle vorangegangenen, begann das Heck zu heben. Jenkins sah über die Schulter hinweg auf die Lukendeckel, sah den Schwall im Schein der Decklichter, sah das silberne Leuchten der Schaumkronen. Eine Schaumkrone brach. Er sah sie nahezu endlos lang über dem schwarzen Quadrat des Generators hängen. Er sah, wie sie sich kräuselte, sich über den Generator beugte und zu stürzen begann...

Es wurde dunkel.

Die *Glory* erschauerte. „Keine Steuerung, Sir", meldete Johnny vom Ruder. Ein furchtsames Aufstöhnen löste das Gemurmel in der Unterkunft ab.

Jenkins blickte zum Fenster hinaus, konnte aber außer undurchdringlichem Dunkel nichts sehen. Aber dann tauchte da draußen in der pechschwarzen Finsternis ein winziges rotes Funkeln auf. Es verschwand so schnell, wie es gekommen war, dann kam es wieder, noch einmal und verschwand erneut.

Fünf Sekunden später war es wieder da, am selben Platz.

Es war eine Boje: die erste Markierungsboje an der südlichen Begrenzung des San-Francisco-Kanals.

„HOLT Lucy", sagte Jenkins. Er hörte Gemurmel und das Rascheln von Kleidern. Die Brückentür öffnete und schloß sich. Etwas später dann Lucys Stimme. „Ja?" Er spürte ihre Wärme neben sich.

„Wir gehen an Land", teilte er ihr mit. „Irgendwo hier am Strand. Ich möchte dir alles ganz genau erklären, damit du es den anderen sagen kannst."

„Ist das denn sicher genug?" fragte Lucy besorgt.

„Wenn alle tun, was ihnen gesagt wird, ja. Ich werde den Bug des Schiffes auf den Strand setzen, das Heck wird herumgeschoben, so daß der Rumpf parallel zum Land liegt. Das schützt vor den Wellen. Ich werde einige Männer mit Tauen an Land schicken. Dann können die Frauen und Kinder über die Seite hinunter und auf die Rettungsflöße, und die Männer ziehen sie an Land. Ich möchte, daß du mir Männer aussuchst, Männer mit Familien, die auf ihre Frauen und Kinder warten und sich nicht einfach davonmachen."

„Verstehe", erwiderte Lucy, doch sie wirkte skeptisch.

„Und weiterhin möchte ich, daß du dafür sorgst, daß jedermann an Bord eine Schwimmweste bekommt. Rodriguez wird sie austeilen. Wirst du das den Leuten erklären können?"

„Ja." Lucy drückte seine Hand. „Man vergißt sehr schnell, daß es auch anständige Menschen auf der Welt gibt."

Er spürte ihre Haare an seiner Wange, ihre Finger auf seinem Gesicht, die Sanftheit ihrer Lippen. „Vielen Dank." Nachdem sie gegangen war, öffnete sich die Tür zur Brücke und schloß sich wieder.

„Wer ist da?" fragte Jenkins in die Dunkelheit.

„Pelly", antwortete eine Stimme. „Und Ramos."

„Können Sie mir genügend Energie für das Satcom und das ARPA beschaffen?" fragte Jenkins seinen Zweiten Ingenieur.

„Kann ich", erwiderte Ramos. „Kapitän, was..., äh..., haben Sie vor?"
„Das Schiff auf den Strand setzen. Die Passagiere und uns an Land bringen. Einen kleinen Spaziergang in die Stadt unternehmen", antwortete Jenkins leichthin.
„Nein, nein, das meine ich nicht. Was wird aus unserer Bezahlung?"
„Sie werden aus dem Schiffstresor bezahlt."
„Ah", machte Ramos, und für ihn war damit alles in Ordnung. „Gut. Ich kümmere mich um Saft für das Satcom."
„Pelly?" fragte Jenkins. „Ich fürchte, es läuft nicht ganz so, wie Sie es sich vorgestellt haben."
„Nein." Pellys Stimme war ausdruckslos, abweisend. „So hatte ich es mir in der Tat nicht vorgestellt."
„Kümmern Sie sich um Kletternetze und Rettungsflöße. Und sehen Sie zu, was Sie an Tauen und Leinen zusammenbringen können."
„Hm", erwiderte Pelly widerwillig. „Also gut." Es entstand eine kleine Pause. „Sie hatten das alles von Anfang an geplant, stimmt's?"
„Sie haben einiges an Geld bekommen", sagte Jenkins kalt. „Und jetzt machen Sie sich an die Arbeit." Kurz darauf krachte die Brückentür zu.
Am Satcom leuchtete ein rotes Licht auf. Ramos kam auf die Brücke zurück. „Ich habe ein bißchen gebastelt", bemerkte er. „Aber ich weiß nicht, ob wirklich genug Energie da ist."
Jenkins sah auf seine Uhr. Die Leuchtzeiger standen auf ein Uhr. Bei Tagesanbruch würde alles vorüber sein. Er schaltete den ARPA-Schirm an. Die Küste war ein grüner Wall, rund zweieinhalb Stunden entfernt. Sie würden ein paar Meilen südlich der Golden-Gate-Brücke auf Grund laufen.
Jenkins schaltete die Satcom-Anlage auf Faxbetrieb. Oben auf den Bildschirm tippte er das Wort PRESSEMITTEILUNG und darunter: HUGH CHANG BEREICHERT SICH AN ILLEGALEN IMMIGRANTEN. Dann stemmte er sich gegen das Schlingern des Schiffes und begann einen langen Text einzuhämmern.

MR. CHANG befand sich wieder in seinem Haus in Hongkong. Wie zu dieser Tageszeit üblich, hielt er sich in seinem Arbeitszimmer auf, um mit den Gegenden des Erdballs zu telefonieren, wo es inzwischen früher Morgen war.
Aber der erste Anruf kam nicht vom anderen Ende der Welt. Er kam von Mr. Soong, seinem besten Kontaktmann bei der Nachrichten-

agentur New China. Mr. Soong hörte sich merkwürdig reserviert an. „Ich habe gerade eine höchst absonderliche Pressemitteilung erhalten", erklärte er. „An Ihrem Kommentar wäre mir sehr gelegen."

„Einen Moment", erwiderte Chang, schaltete Soong in die Warteschleife, drückte die Taste der Sprechanlage und fragte seine Sekretärin: „Haben wir eine Pressemitteilung herausgegeben, Miß Yip?"

„Da ist gerade etwas gekommen. Von einem Schiff. Ich bringe es Ihnen."

Fünf Minuten später hatte Chang die Mitteilung gelesen. „Verbinden Sie mich sofort mit dem Kapitän der *Glory of Saipan*", zischte er in die Sprechanlage.

Jenkins war umgehend in der Leitung.

„Was soll diese Verleumdung?" wollte Chang, kochend vor Wut, wissen.

„Sagen Sie, was Sie zu sagen haben. Ich bin beschäftigt."

„Ich möchte nur erfahren, ob Sie sich immer auf diese Weise für Gefälligkeiten revanchieren."

„Gefälligkeiten wie Erpressung und Sklavenhandel?"

„Ich könnte Sie immens reich machen."

„Um mich brauchen Sie sich keine Sorgen zu machen", entgegnete Jenkins. „Aber Sie könnten den Ersten Ingenieur und seine Frau bedenken wie auch Peter Pelly. Die haben sicher nichts gegen Schweigegeld. Aber Sie müßten ihnen schon mehr zahlen als die Nachrichtenagentur New China, der *Eastern Express*, die *Star News* oder der *San Francisco Examiner*. Ihnen allen habe ich Mitteilungen zukommen lassen."

„Und das alles, um die Schulden Ihrer Frau zu bezahlen?"

„Entschuldigen Sie", antwortete Jenkins kurz angebunden, „ich habe zu tun." Die Verbindung brach ab.

Chang begann, Papiere zusammenzusammeln. Er hatte eine Menge Geld in dieses Projekt gesteckt. Aber der Schaden war weit größer. Er konnte die Geschichte dementieren; aber wenn an der amerikanischen Westküste ein Schiff anlandete, würden Fragen gestellt werden. Und neuerdings waren aus der Hauptstadt höchst unangenehme Töne zu hören. Antikorruptionstöne. Heutzutage war niemand mehr sicher.

Chang preßte die Hände gegen die Schläfen und atmete tief durch. Dieser Jenkins hatte ihm sein Geld gestohlen, seinen Sohn gestohlen, seinen guten Namen gestohlen. Kurz und knapp: Jenkins hatte ihm alles genommen, was ihm teuer war. Also war es nur fair, daß er sich dafür revanchierte.

„Sorgen Sie dafür, daß das Flugzeug bereitsteht!" wies er seine Sekretärin an. „In einer Stunde fliege ich nach Peking."

Aber bevor er das Büro verließ, tätigte er noch einen letzten Anruf. Er galt seinem alten Freund Tommy Wong.

ES WAR ein Abend wie viele im Jachtklub. Diana hatte mit einem Geschäftsfreund von Jeremy geplaudert, während sich Jeremy mit dem Klubsekretär über die Organisation von Regatten und allgemeine Bootspflege unterhielt. Gegen elf Uhr waren sie alle aus dem Jachtklub auf den Parkplatz hinausgegangen. Jeremy hatte seinen Geschäftspartner in ein Taxi gesetzt, dem Fahrer die Hoteladresse zugerufen, mit der flachen Hand auf das Wagendach geklatscht, und das Taxi war losgefahren. „Ausgezeichnet", hatte Jeremy zu ihr gesagt. „Meine kleine Geisha, was?"

Diana hatte ein bißchen verständnislos gekichert und zu ihm aufgesehen. Er sah so gut aus. Ihr gefiel, wie sich sein Haar über den Ohren kräuselte und der Blick seiner Augen, diese Mischung aus Cleverneß und ..., nun ja, Grausamkeit. Das war ja so sexy an ihm. Sie spürte, wie sie ganz leidenschaftlich und sentimental wurde, so daß sie ihn hier und auf der Stelle wollte ...

Hinter ihnen rief irgend jemand etwas. Diana ließ Jeremy los und fuhr sich stirnrunzelnd über die Haare, als zwei Männer über den Parkplatz auf sie zukamen: zwei Chinesen, nicht besonders gut gekleidet. Sie waren einem BMW am Rande des Parkplatzes entstiegen. Die Innenbeleuchtung war lange genug an, um einen weiteren Chinesen im BMW erkennen zu lassen. „Tommy Wong", stellte Jeremy verwundert fest.

Diana sah, daß beide etwas in den Händen hielten, lange, glänzende Gegenstände. Messer. Neben ihr ertönte ein dumpfes Geräusch. Jeremy schrie. Dann ein weiterer Schlag, und es wurde still.

Diana öffnete den Mund, um zu schreien.

Der Gegenstand in der Hand des Chinesen blitzte im Schein der Parkplatzlaternen auf, und Diana empfand einen ungeheuren, überwältigenden Schmerz. Dann wurde es dunkel um sie.

Tommy Wong sprang aus dem BMW, bevor die Körper von Diana und Jeremy auf dem Boden aufschlugen. Er hätte es Mr. Chang von Anfang an sagen können.

Das mit Jenkins war ein Fehler, ein großer Fehler, gewesen.

JENKINS saß im Schiffsbüro. Die Kerze vor ihm auf dem Schreibtisch warf einen gelblichen Schein auf die schweißnassen Gesichter von Johnny und den Ingenieuren und einen dunklen Schatten auf die Stapel Banknoten auf dem Schreibtisch. „Rodriguez ist an Deck", bemerkte jemand.

„Sagen Sie ihm, er soll zu mir ins Büro kommen!" befahl Jenkins.

Die Männer ergriffen die Geldstapel und quittierten ihren Empfang.

„Okay", sagte Jenkins und schlug das Kontobuch zu. „Lassen Sie mich jetzt allein, bitte."

Sie gingen. Er holte tief Luft und drückte die Finger gegen die geschlossenen Lider. Er war sehr müde, und in seiner Schulter pochte der Schmerz. Er steckte Rodriguez' Geld in einem Umschlag in seine Tasche.

Jenkins ging auf die Brücke hinauf. Neben der Seitentür sah er eine dunkle Silhouette vor dem bereits heller werdenden Himmel. Leise trat er auf die Brückennock hinaus.

Pelly stand mit dem Rücken zu ihm, leicht zur Seite geneigt, und hielt sich etwas an sein Ohr. Ein Sprechfunkgerät, die Lautstärke heruntergeschaltet. Er sprach etwas hinein. Anordnungen für die Deckmannschaft, sich auf das bevorstehende Manöver vorzubereiten, dachte Jenkins.

Dann bemerkte er, daß etwas nicht stimmte. Pelly sprach chinesisch!

Voraus und steuerbords funkelten zahllose Lichter unter einer Glocke rötlichen Dunsts. San Francisco.

Das Funkgerät wurde ausgeschaltet. Pelly drehte sich zu ihm um.

„Mit wem haben Sie sich chinesisch unterhalten?" fragte Jenkins.

„Chinesisch?" Pelly kam auf ihn zu. „Nee, Kapitän."

„Mit wem haben Sie gesprochen?"

„Mit niemandem." Pellys Stimme klang irritierend lässig.

Eine Hand schoß plötzlich aus der Dunkelheit auf Jenkins zu, harte Finger krallten sich um seinen Hals. Er spürte, wie er hochgehoben und gegen die Reling gedrückt wurde. Er versuchte zu schreien, aber die Finger drückten jeden Ton in seine Kehle zurück.

„Ich werde Ihnen das Lebenslicht ausblasen", hörte er Pelly sagen. „Aber zunächst möchte ich, daß Sie ein paar Dinge erfahren. Wissen Sie, daß Sie mir sehr geholfen haben? Ich hatte selbst einige Schwierigkeiten mit Mr. Chang und seinen Thunfischfängern. Mr. Chang wollte alle diese Leute für sich selbst haben. Wir hätten ihm natürlich ein paar abkaufen können. Aber wir haben etwas gegen unnütze Ausgaben. Jetzt habe ich dafür gesorgt, daß wir abgeholt werden. Und die Leute, die ich vom Schiff bringen will, sind vor allem die hübschen wie Ihre Freundin Lucy. Sie werden verdammt noch mal für meine Leute arbeiten oder nach China zurückgeschickt. Sie haben uns die Dinge sehr erleichtert.

Mr. Chang wird glauben, Sie seien es, der seine Pläne durchkreuzt hat."
Die Finger um Jenkins' Kehle lockerten sich ein wenig. „Ich verstehe kein Wort", krächzte er.

„Mein Auftraggeber ist das Geheimbündnis der ‚Vierzehn K'. Eine der berüchtigten Triaden, alter Knabe. Ich bezahlte den netten Mr. Soares dafür, mich anzuheuern. Ich bezahlte auch Ho und Lee. Sie haben zwar nicht direkt für mich gearbeitet, aber sie räumten mir ... eine gewisse Bewegungsfreiheit ein. Der einzige, der sich mir in den Weg stellte, waren Sie. Man kann jeden Menschen auf dieser Welt bestechen, nur einen gottverdammten Tugendbold nicht. Aber jetzt werden Sie spüren, wie sinnlos diese Gefühlsduselei ist, Kapitän."

Die Finger schlossen sich wieder fester um Jenkins' Hals.

„Kapitän?" meldete sich eine neue Stimme aus der Dunkelheit. „Sie da?" Stille. Dann sagte die Stimme: „He! Er hat mein Geld."

„Wenn er Ihr Geld hat, dann geht Ihr Geld gleich über Bord", erwiderte Pellys Stimme.

Die andere Stimme begann zu protestieren.

„Wer sollte mich davon abhalten?" fragte Pelly. Die Hände zerrten an Jenkins' Kehle. Jenkins spürte, wie er über die Reling geschoben wurde. Die Hände drückten ihn so weit hinaus, daß er das Donnern der Wogen zwölf Meter unter sich hören konnte. Er zupfte an Pellys Ärmel, hilflos wie ein kleines Kind. Die andere Stimme schrie etwas. Sie klang nach Rodriguez.

Dann verspürte Jenkins ein seltsames Schlingern und vernahm, daß Pelly ächzte. Die Finger um seinen Hals lockerten sich, neue Hände packten sein Hemd und zogen ihn von der Reling wieder an Deck zurück. Vor dem Hintergrund des Himmels machte Pelly zwei Schritte rückwärts, dann weitere zwei, bis er an der Reling lehnte. Mit dem Kopf voran beugte er sich über die Reling, sein Körper schwankte. Dann trat Rodriguez vor und verpaßte ihm einen kleinen Stoß. Pelly verlor das Gleichgewicht, stürzte über die Reling und verschwand.

„Habe mit dem Messer zugestochen", stellte Rodriguez sachlich fest. „Damit er Sie nicht tötet." Er räusperte sich. „Haben Sie mein Geld?"

Jenkins suchte in der Tasche nach dem Umschlag und überreichte ihn. „Ich werde nachzählen", sagte Rodriguez. Er drehte sich um und setzte ein Feuerzeug in Betrieb. „In Ordnung!" rief er zwei Minuten später über die Schulter.

Jenkins blieb auf der Brücke. Noch immer benommen. Noch immer rauschte das Blut in seinen Ohren ...

Nicht das Blut. Mit Blut hatte das Rauschen nichts zu tun. Es waren Brecher.

Der Wind flaute ab, blies mit nicht mehr als Stärke fünf. Mit zwei Knoten bewegte sich die *Glory* auf den Strand zu und schleppte ihr zum Teil überflutetes Heck hinter sich her wie ein Tier einen verletzten Hinterlauf.

Die Wellenbewegungen veränderten sich. Die Wogen kamen jetzt steiler, hoben das Heck an und drückten den Bug hinunter. Langsam arbeiteten sich die Wogen unter dem Rumpf der *Glory* durch, und das Schiff hing förmlich in der Luft – nun Heck unten, Bug oben –, und ein furchtsames Aufstöhnen erhob sich in den Kajüten und auf den Gängen des Unterkunftsblocks. Und Jenkins wartete, sah auf das Leuchten des Magnetkompasses, wartete auf das Pendeln der Rose, das bedeutete, daß der Wind gegen die Aufbauten nicht mehr ausreichte, um die *Glory* mit der Flut steigen und sinken zu lassen, das Pendeln, das bedeutete, daß sie sich aus dem Wind gedreht hatte, daß sie sich längsseits drehte und in die Wellentäler legte und so schlingerte, daß Wasser in die Unterkünfte drang und sie alle ertranken...

Aber die Kompaßrose pendelte nicht, das Heck hob sich, und der Bug tauchte wieder ein. Fast hatte es den Anschein, als bewege sich die *Glory* nicht von der Stelle. Aber voraus wurde das Rauschen stärker, und vor dem rotleuchtenden Dunst am Himmel tauchte eine dichtere, dunklere Masse auf, die von einer geisterhaft weißen Linie unterlegt war.

Land – und Brandung.

Jede Minute muß es soweit sein, dachte Jenkins. Er trat auf die Brückennock hinaus.

Der Wind flaute weiter ab. „Blas weiter", flüsterte er beschwörend. Die Brise flatterte, umwehte leicht seinen Kopf und erstarb kurz. Und in diesem Moment nahm er einen wohltuenden Geruch wahr: Strandhafer, Kiefern, Autoabgase und gebratene Zwiebeln. Der Geruch nach Land.

Er ging auf die Brücke zurück und rief die dunkle Treppe in die Unterkünfte hinunter: „Haltet euch bereit!" Er hörte, wie sich Lucys helle Stimme über das allgemeine Gemurmel erhob, als sie übersetzte.

Eine weitere Welle ging unter dem Rumpf durch, dann noch eine. Bei der dritten verspürte er ein gewaltiges Knirschen unter den Füßen. Er fuhr sich mit der Zunge über die ausgetrockneten Lippen. Heck auf Sand, dachte er. So ist es gut.

Wieder eine Welle. Wieder traf das Heck auf. Die Wellenkrone hob den Bug und ließ ihn fallen. Diesmal traf auch der Bug auf Sand. Ein mächtiges Zittern wie bei einem Erdbeben durchlief das Schiff. Es krachte. Die Brückenfenster zerbarsten in einem Schauer von zersplitterndem Glas. Die Passagiere schrien laut auf.

Wieder eine Welle. Noch ein heftiges Krachen, dann das Ächzen gepeinigter Schweißnähte und Planken. Hinter den leeren Fensterhöhlen war alles absolut weiß. Aber die Gischtfelder endeten in einiger Entfernung. Fünfzig Meter weiter sah Jenkins das blasse Schimmern eines Strandes.

Erneut hob sich die *Glory* träge und sackte wieder ab. Doch diesmal war das Absacken nicht mehr so heftig, weil die Wellen das Schiff so drehten, daß es der ganzen Länge nach auf Grund lag.

Jetzt, dachte Jenkins. Bitte!

Die nächste Woge hob den Bug überhaupt nicht mehr an, weil er festsaß. Aber das Heck lag hundert Meter weiter in tieferem Wasser. Die Woge packte das Heck und drückte es nach backbord. Beim nächsten Mal noch ein bißchen stärker. Nach rund fünf Minuten, die Jenkins wie eine Ewigkeit erschienen, lag die *Glory of Saipan* fast parallel zum Land und nahezu unverrückbar fest.

FUNG hatte die ganze Zeit in der Dunkelheit auf seinem Koffer gesessen und die Hand seiner Tochter gehalten. Unter seinem Koffer geriet das Schiff in furchterregend abrupte Bewegungen. Menschen wurden durch den dunklen Gang geschleudert. Fung hielt die Hand seiner Tochter umklammert und rechnete damit, daß jeden Augenblick die Türen aufflogen und das schwarze, salzige Wasser hereinschoß, um sie alle zu ertränken.

Doch das geschah nicht. Nach ein paar gewaltigen Erschütterungen kam der Schiffsrumpf zur Ruhe. Und diese Ruhe schien für Fung sehr viel mit Land zu tun zu haben. Zum ersten Mal auf dieser Reise erfüllte Fung so etwas wie Zuversicht.

Zehn Minuten später kam Lucy den Gang entlang. „Der Kapitän läßt sagen, daß das Schiff sicher auf Grund liegt."

Fung drückte die Hand seiner Tochter und versetzte ihr ein paar zärtliche Klapse auf die Schwimmweste. „Ich habe jetzt ein bißchen zu tun", erklärte er ihr. „Lucy wird sich um dich kümmern." Und bevor sie zu weinen beginnen konnte, stand er auf und bahnte sich einen Weg durch die Menge zum gelben Lichtkegel der Taschenlampe.

„Okay?" fragte Rodriguez und leuchtete ihm mit der Taschenlampe ins Gesicht. „Acht Mann? Alle mit Schwimmwesten? Dann gehen wir los."

Er öffnete die Tür. Die Männer trabten hinaus. „Ich brauche einen Freiwilligen. Der Wind bläst Richtung Strand. Die Flut geht, also sind die Wellen nicht so hoch. Gut, was?" Rodriguez klang zuversichtlich.

Für Fung sah es keineswegs gut aus.

„Wie ist's?" fragte Rodriguez. „Ich brauche einen Freiwilligen."

Alle Männer hatten Familie. Größere Familien als Fung. Fung seufzte. Er war der einzige, der Englisch sprechen konnte. Er hob die Hand. „Ich werde es tun", meinte er.

Niemand erhob Einspruch.

Rodriguez schlang das Seil um Fungs Taille. „Sei vorsichtig", ermahnte er ihn. „Und schau, daß du so schnell wie möglich weg vom Schiff kommst."

Die Backbordreling des Schiffs befand sich auf fast gleicher Höhe mit dem Meer. Behutsam lief Fung das Deck entlang und zog das Tau hinter sich her. Er blieb stehen, schloß die Augen, betete und spürte, wie der Rumpf unter einer neuen Woge erzitterte. Als er die Augen wieder öffnete, waren die fünfzig Meter donnernden Wassers zu einer Art Silberstraße geworden, die zum Strand und der dahinterliegenden Stadt führte. Eine Straße, dachte er, auf der man durchaus laufen kann. Er setzte seinen Fuß darauf.

Es war, als hätte er die rotierende Trommel einer Waschmaschine betreten. Fung wurde zuerst nach unten, dann rückwärts gegen die Bordwand geschleudert, so daß sein Kopf dröhnte wie ein Tempelgong. In panischer Angst begann er wild zu strampeln und zu treten und verhedderte sich mit den Beinen im Seil. Er hatte keine Ahnung, ob sein Kopf oben oder unten war.

Doch schließlich hob die Schwimmweste seinen Kopf über Wasser. Er spürte sich erneut von einer Welle hochgetragen und glaubte schon, erneut gegen die Schiffswand gedrückt zu werden. Aber statt dessen erhaschte er einen Blick auf einen sternenbedeckten Himmel und auf etwas, was sich lang und schwarz ausnahm und auf das die Wogen Wolken von Gischt und Schaum zutrieben. Das Schiff, dachte er und paddelte schnell davon fort, in die entgegengesetzte Richtung – auf den Strand zu.

Einige Zeit später fühlte er, wie seine Füße etwas berührten. Sand. Er versuchte zu laufen, aber seine Beine hatten sich im Tau verfangen. Er lag im Wasser, ließ sich von der Brandung weiter und weiter auf den sicheren amerikanischen Strand treiben.

Als er endlich auf Sand saß und seine Beine befreite, begann er zu schluchzen. Er stand auf und lief über den Strand. Zwei Gestalten kamen ihm entgegen. „Meine Güte", entfuhr es einer von ihnen. „Wer sind denn Sie?"

Fung wischte sich die Tränen ab. „Mensch aus Meer", antwortete er. „Bitte helfen, bitte Seil ziehen!"

VON DER Brücke aus sah Jenkins durch sein Fernglas zu, wie Fungs winziger schwarzer Kopf mit den Wellen kämpfte. Am Strand waren Leute. Aber keine Polizei. Noch nicht. Unten auf den Containern wurden jetzt Rettungsflöße aufgeblasen: drei Flöße, jedes konnte dreißig Leute aufnehmen. Er beobachtete, wie die Gestalten am Strand an dem an Fungs dünnem Taillenseil befestigten Tau zogen und es an etwas festmachten, was wie ein abgestorbener, halb im Sand versunkener Kiefernstamm aussah. Er sah, wie das erste Rettungsfloß zu Wasser gelassen wurde und kräftige junge Männer an Bord gingen.

Das Rettungsfloß bewegte sich vom Schiff fort. Die drei Männer am Strand holten es offenbar ein. Den größten Teil der Arbeit besorgten die Wellen, die Männer mußten nur auf die Richtung achten. Das Rettungsfloß erreichte das Land, und die Männer verließen es. Sie hatten zwei weitere Taue mit an Land genommen. Jetzt waren alle drei Rettungsflöße in Betrieb, verkehrten zwischen Schiff und Land. Nicht mehr lange, dachte Jenkins.

Ein Arm legte sich um seine Taille. Lucys Arm. „Danke für alles", flüsterte sie.

Er hatte den vagen Eindruck, daß ihre Worte etwas Endgültiges waren, als wolle sie sich von ihm verabschieden. „Du solltest jetzt besser von Bord gehen."

„Und was ist mit dir?" fragte Lucy.

„Wir sehen uns an Land. Falls wir uns verpassen: Meine Tochter ist im Four Seasons und wartet dort auf mich."

„Wir hatten Glück, einen wirklichen Kapitän zu finden", sagte sie stolz. Ihre Schwimmweste kratzte ihn, als sie ihn auf den Mund küßte. Dann war sie fort.

CHIU, die Prostituierte, fror, sie war durchnäßt und hatte Angst. Das Floß befand sich direkt vor ihr. Sie sprang darauf. Gleich danach setzte es sich in Bewegung. Jemand landete in letzter Sekunde auf ihr. Ein Mann, der nach Whiskey roch. Nun, dachte sie, das wäre nicht das erste Mal.

„Entschuldigung", sagte die Stimme des Leitenden Ingenieurs.

„Edwin", sagte seine Frau streng. „Hast du getrunken?"

„Ich?" fragte Nairn zurück.

Chiu spürte, wie etwas auf den Boden des Floßes glitt. Es war eine Flasche. Normalerweise trank Chiu keinen Alkohol. Aber sie war durchnäßt, befand sich mitten in einem Schiffsuntergang und hatte keine Ahnung, wohin sie geriet und was sie dann anfangen sollte. Es gab Zeiten, in denen ein Mädchen einen Schluck trinken mußte. Sie setzte die Flasche an. Das Rettungsfloß bewegte sich auf den Strand zu.

Langsam ging Jenkins die Treppe zum Deck hinunter. Die Menge war inzwischen kleiner geworden. Er fragte sich, ob Lucy bereits an Land war. Er hoffte es. Es wäre schön, von jemandem an Land erwartet zu werden.

Er zog die Taschenlampe hervor und durchsuchte den Unterkunftsblock. Alle Räume waren leer. Er ging wieder an Deck. Jetzt standen nur noch rund vierzig Leute da sowie Rodriguez und ein paar Leute der Deckmannschaft. Der Rest befand sich an Land. Ein Rettungsfloß lag bereit. An Land bewegten sich dunkle Punkte über den Strand, auf den dunklen Streifen unterhalb der Lichter zu.

„Steigen Sie ein", sagte Jenkins zu Rodriguez. „Ich komme dann mit allen nach, die sich noch an Bord befinden."

„Sir", verabschiedete sich Rodriguez. Seine Zähne blitzten weiß in der Dunkelheit.

Rodriguez verschwand. Das letzte halbe Dutzend Menschen stand unschlüssig herum. „Ziehen Sie an dem Seil!" befahl Jenkins. „Kräftig." Er zeigte ihnen, wie man es machen mußte. Das Rettungsfloß löste sich vom Strand und kämpfte sich langsam zum Schiff zurück.

Es kam längsseits, eine trübgelbe Scheibe, die sich hob und senkte. Unbeholfen sprangen die Menschen darauf und stolperten in der grauschwarzen Dämmerung übereinander. Jenkins sah auf seine Uhr. Vor knapp einer halben Stunde hatte er die *Glory* auf Grund gesetzt.

Er wartete eine Weile ab. Dann sprang er auf das Floß.

Das Tau fühlte sich schwer in seinen Händen an. Er zog. Auch andere Menschen begannen zu zerren. Das Floß drehte sich und tauchte in die Brecher ein. Aber sie hielten sich aufrecht auf der gelben Scheibe, die Menschen mit ihren Habseligkeiten. Nach nicht mehr als drei Minuten traf der Boden des Floßes auf harten Sand. Eine auslaufende Welle schob sie weiter auf den Strand, floß zurück und ließ den Boden hinter dem Floß als Fläche funkelnden Schaums zurück.

„Aussteigen!" kommandierte Jenkins. Mit einer Hand griff er nach einem Kind, mit der anderen nach einem Bündel und trat auf einen so harten, unbeweglichen Sand, daß er nach der langen Zeit auf dem Schiff ins Stolpern geriet. Aber er setzte das Kind in sicherer Entfernung vom Wasser ab und lief zu den dunklen Gestalten zurück, die sich durch die letzten Ausläufer der Brandung kämpften, und zog sie weiter, bis sie auf dem lockeren, von der Flut unberührten Sand standen. Schnell schlossen sie sich zu kleinen Gruppen zusammen und verschwanden über den Strand. Und dann, sehr plötzlich, wie es schien, stand er bei anbrechender Dämmerung auf einer kleinen Düne. Mit Ausnahme von Hunderten von Fußspuren, die sich in alle Richtungen verloren, war der Sandstrand leer.

Jenkins war allein.

Er fühlte sich unendlich müde. Mit schweren Schritten stapfte er über den Strand und verschwand zwischen den Bäumen. Er blickte sich nicht um.

Er erklomm ein paar Holzstufen und befand sich plötzlich auf einer Straße, an der in größeren Abständen Häuser standen. Die Häuser ließen ihn an Bäder denken, an heißes Wasser. Diese Vorstellung wiederum brachte ihn auf sein Gepäck. Er hatte es auf dem Schiff zurückgelassen, irgendwo da draußen. Er schob die Hände in die Taschen, und seine Finger schlossen sich um einen Umschlag mit Geld.

Es war, als wäre er neu geboren. Er hatte kein Gepäck. Nur tausend Dollar und die Zukunft.

Schnell lief er weiter. In der Ferne und hinter sich hörte er Sirenen. Ein Taxi fuhr vorbei. Er hob die Hand.

„Zum Four Seasons", sagte er zum Fahrer.

Der Fahrer nickte, drehte das Radio auf und fuhr los.

LUCY war an Land gegangen und hatte die Tropfen von ihrem Koffer gewischt. Sie traf auf Fung, der auf sie gewartet hatte. Mit ihm war sie durch die Dünen gelaufen, zu einer Straße, die auf die Lichter zuführte. Der Himmel war bleich und regengrau. Sie hatte Fung geraten, eine andere Richtung als die anderen einzuschlagen, da größere Menschenansammlungen Verdacht erregen würden. Sie hatte Lin zum Abschied geküßt. Dann war sie in einen kleinen Park eingebogen, der sich links neben der Straße befand.

Als sie das Meer nicht mehr hören konnte, war sie hinter ein paar Sträuchern verschwunden und hatte sich das doppelreihige Nadelstreifenkostüm angezogen, dessen Rock knapp oberhalb des Knies endete. Sie trug Lippenstift auf, tuschte sich die Wimpern und trat auf die Straße. Es war sechs Uhr.

Sie hielt ein Taxi an und bat den Fahrer, sie zum Flughafen zu fahren. Als sie am Strand entlangfuhren, hielt sie den Blick auf das Landesinnere gerichtet, sah weder aufs Meer noch auf die kleinen Gruppen Chinesen, die überall auftauchten. Sie wollte nicht an Jenkins erinnert werden. Er würde ein neues Leben beginnen, ob sie bei ihm war oder nicht. Die *Glory of Saipan* war ihr erstes Schiff gewesen, würde aber nicht das letzte bleiben.

DIE EINGANGSHALLE des Four Seasons war beige gehalten und beruhigend leer. Jenkins sah sich nach Lucy um. Sie war nicht da. Er trat an die Rezeption und hörte das Seewasser in seinen Schuhen quietschen. Er fragte nach Rachel.

Die Empfangsdame lächelte ihn strahlend an. „Kapitän Jenkins?" fragte sie. „Ihre Tochter bewohnt die Grosvenor Suite."

Rachel hat sie vorbereitet, dachte Jenkins angenehm berührt. „Sonst irgendwelche Nachrichten?"

„Nein, Sir." Sie sah ihm prüfend ins Gesicht. „Tut mir leid."

Langsam ging Jenkins über den dicken Teppich auf die Fahrstühle zu. Sie wird kommen, dachte er. Sie kommt ganz bestimmt. Aber von Sekunde zu Sekunde wurde aus der Sicherheit eine vage Möglichkeit. Und am hellen Morgen in der Eingangshalle eines Hotels von San Francisco nahm ein erschreckender Gedanke in seinem Kopf langsam Gestalt an. Vielleicht war es nie mehr als eine Möglichkeit gewesen.

Die Fahrstuhlanzeige blinkte, und die Tür öffnete sich.

„Sir?" rief die Empfangsdame hinter ihm her. Er drehte sich um.

„Ein Telefonanruf", sagte sie. „Wollen Sie ihn in der Suite annehmen?"

„Nein, lieber hier", erwiderte Jenkins mit trockenem Mund. Er ging zu einer Reihe Telefonkabinen und griff zu einem Hörer.

„Du bist also angekommen", sagte Lucys Stimme.

„Wo bist du?"

„Am Flughafen."

Himmel! dachte Jenkins. Nein! „Was machst du da?"

„Ich fliege zurück."

„Zurück?"

„Nach China."

Das Schweigen zwischen ihnen wurde so weit wie der Pazifik.

„Warum?" fragte Jenkins schließlich heiser.

„Du weißt, warum." Wieder Schweigen. „Du hast mir gezeigt, wie man es machen muß."

„Nein." In Jenkins stieg nackte Verzweiflung hoch. „Ich habe nichts dergleichen..."

„Du wolltest dich zuerst mit Halbheiten abfinden", erinnerte sie ihn. „Aber das gelang dir nicht. Du hast es ganz getan, du hast deinen Prinzipien entsprechend gehandelt." Sie lachte, ein Lachen voller Schmerz. „Und jetzt muß ich tun, was richtig ist. Und richtig ist, zurückzukehren und anderen Menschen den Weg in die Freiheit zu zeigen."

„Lucy, um Himmels willen. Ich liebe dich."

„Ich liebe dich auch." Sie hörte sich erschöpft an. „Aber du weißt so gut wie ich, daß es Dinge gibt, die wichtiger sind."

Freiheit beispielsweise, dachte Jenkins. Aber Freiheit ist eine Idee, und Lucy ist eine Frau aus Fleisch und Blut...

„Es steht in deiner Macht, mich davon abzuhalten", fuhr sie fort. „Du kannst mich aus der Maschine holen lassen. Aber ich vertraue auf dein Verständnis."

Er konnte sie verstehen. Aber das half nicht viel.

„Du könntest mir Glück wünschen", sagte sie.

„Viel Glück."

„Danke."

Jenkins war sich sicher, daß sie weinte. „Lucy...", stammelte er.

„Der Flug wird aufgerufen", flüsterte sie. „Leb wohl."

Sie weinte, eindeutig.

Der Telefonhörer wurde aufgelegt.

Der Fahrstuhl wartete noch immer. Jenkins trat ein und ließ sich von ihm die Stockwerke hinauf in die Zukunft tragen.

SAM LLEWELLYN

Auf Piratenjagd im Südchinesischen Meer

Nicht viele Autoren sammeln das Material für ihre Bücher auf ähnlich strapaziöse und aufregende Weise wie Sam Llewellyn. Für seinen Thriller *Roulette mit dem Teufel* beispielsweise begleitete er die Mannschaft eines großen Containerschiffs auf ihrer Fahrt durch die von Piraten kontrollierten Gewässer der Philippinen nach Hongkong und von dort quer über den Pazifik nach Amerika.

„Ich konnte es einfach nicht glauben", erinnert er sich, noch immer erstaunt, „wie oft ich in Kneipen saß und ein Bier nach dem anderen ausgab: an Hongkonger Polizisten, an Milizionäre, an chinesische Flüchtlinge und natürlich an Offiziere der Handelsschiffahrt. Das waren alles ganz normale Leute, die sich wie Jenkins – der Held meines Romans – mit einem Mal in außergewöhnlichen, oft illegalen Situationen wiedergefunden hatten."

Schon immer haben Schiffe und die Seefahrt eine große Rolle in Sam Llewellyns Büchern, aber auch in seinem Leben gespielt. Bereits mit acht Jahren lernte er Segeln vor der Küste Norfolks im Osten Englands. Später dann, während eines Aufenthalts in Kanada, entdeckte er seine Leidenschaft für diesen Sport und verbrachte unzählige Stunden in einem selbstgebauten Boot auf den Großen Seen.

Heute ist Sam Llewellyn – wenn er nicht gerade mal wieder an einem Schiff herumbastelt – als freier Autor und Journalist in Großbritannien tätig. Mit seiner Frau, einer Kinderbuchautorin, und den beiden halbwüchsigen Söhnen lebt er in einem alten Bauernhaus in Westengland. Den Großteil der Ferien verbringt die Familie regelmäßig – wie könnte es anders sein – in einem ihrer zahlreichen Boote auf See.

Das Tal der Träume

Penelope Williamson

Unterschiedlicher könnten die beiden kaum sein – die junge Frau, die einer strenggläubigen Religionsgemeinschaft angehört, und der Revolverheld, der vermutlich mehrere Menschenleben auf dem Gewissen hat. Als die beiden sich in der schneeverwehten Prärie Montanas begegnen, ahnen sie nicht, daß sich ihr Leben dadurch vollkommen verändern wird.

ERSTES KAPITEL

Er trat in den letzten rauhen Tagen eines Montana-Winters in ihr Leben.

In dieser Jahreszeit war das Land im Bann der Kälte öde und trostlos. Der Schnee lag in gelblichbraunen Klumpen wie altes Kerzenwachs auf der Erde. Die sturmgepeitschten Äste der Pappeln schlugen in der frostigen Luft krachend aneinander. Der Frühling war nur eine schwache Erinnerung und alles andere als ein Versprechen.

An jenem Sonntag morgen, an dem Tag, als er kam, wollte Rachel Joder nicht aufstehen. Sie lag unter der schweren Steppdecke im Bett und blickte durch das kleine Fenster auf den grauen Himmel. Sie lauschte auf das Knarren und Ächzen der Wände, an denen der Wind rüttelte, und fühlte sich von einer Müdigkeit befallen, die wie eine Lähmung war und bis in das Mark der Knochen ging.

Sie hörte, wie Benjo das Feuer in der Küche schürte – das Klappern eines Herdrings, das dumpfe Poltern von Anmachholz in der Holzkiste, das laute Scharren der Aschenschaufel. Aber dann wurde es plötzlich still im Haus, und Rachel wußte, daß ihr Sohn sich fragte, weshalb sie noch nicht aufgestanden war.

Sie stellte die Füße auf den Boden und zitterte, als die kalte Luft von den nackten Holzdielen hochstieg. Sie streifte sich die Kleider über, ohne die Lampe anzuzünden. Wie jeden Morgen zog sie ein schlichtes braunes Mieder und einen braunen Rock an. Darüber band sie eine schwarze Schürze. Sie legte sich ein schwarzes Dreieckstuch um die Schultern, dessen lange Enden sie über der Brust kreuzte und an der Hüfte feststeckte. Ihre Finger waren vor Kälte starr. Sie hatte große Mühe, die dicken Sicherheitsnadeln durch die Wolle zu stechen. Doch in ihrer Glaubensgemeinschaft war es Sitte, keine Haken und Ösen oder Knöpfe zu verwenden. Die Frauen hatten ihre Kleider schon immer mit Nadeln festgesteckt und würden es auch in Zukunft tun.

Rachels Haare fielen in langen seidigen Wellen bis zur Hüfte. Sie hatten die Farbe von poliertem Mahagoni. Zumindest waren das die Worte des einzigen Mannes, der sie jemals in ganzer Länge gesehen hatte. Bei der Erinnerung daran erschien ein sanftes Lächeln auf ihren

Lippen. *Poliertes Mahagoni* ..., hatte er gesagt. Und das aus dem Mund eines Mannes, der nur das einfache Leben in der Prärie kannte. Er hatte bestimmt niemals Mahagoni gesehen, weder poliertes noch unpoliertes. *O Ben!*

Er hatte ihr Haar über alles geliebt. Sie hatte sich in acht nehmen müssen, daß seine Bewunderung sie nicht eitel machte. Sie schob die Haare zurück, schlang sie zu einem dichten Knoten und bedeckte sie mit der Kappe – einer weißen, gestärkten Gebetskappe aus Batist. Sie tastete mit den Fingern nach der steifen Mittelfalte der Haube, um sich zu vergewissern, daß sie richtig saß. Spiegel hatte es für sie noch nie gegeben, weder in diesem Haus noch in dem Haus, wo sie aufgewachsen war.

Die Wärme der Küche lockte sie. Doch sie blieb traurig im kalten trüben Licht der Morgendämmerung stehen und blickte aus dem vorhanglosen Fenster. Während des Winters waren auf dem Hügel hinter dem Bach Strauchkiefern abgestorben. Die kahlen Stämme hatten inzwischen die Farbe von schwarzbraunem Rost. Dunkle Wolken ballten sich über den steil aufragenden Bergen und drohten mit neuem Schnee. „Komm schnell, Frühling!" flüsterte sie. „Laß mich nicht länger auf deine Wärme warten."

Sie senkte den Kopf und legte die Stirn an die kalte Glasscheibe. Sie wünschte sich den Frühling herbei, obwohl mit dem Frühling das Lammen der Schafe begann. Das bedeutete über einen Monat lang nichts als Sorgen und noch mehr Arbeit. Außerdem mußte sie in diesem Frühjahr mit all dem zum erstenmal allein fertig werden.

„O Ben!" brach es noch einmal aus ihr heraus. Sie preßte die Lippen zusammen. Sie durfte dieser Schwäche nicht nachgeben. Ihr Mann hatte jetzt ein besseres Leben, das ewige Leben, warm und geborgen in Gottes Schoß. Es war nicht richtig von ihr, ihn zu vermissen. Sie mußte Vertrauen haben und sich dem Willen Gottes unterwerfen, und sei es auch nur ihrem Sohn zuliebe ...

Sie zwang sich zu lächeln, als sie schließlich die Schlafzimmertür öffnete und in die Wärme trat.

Benjo stand am Tisch und füllte Kaffeebohnen in die Mühle. Sein Blick richtete sich vorwurfsvoll auf sie.

„Mama? Warum bist du so sch-sch-spät? Ff-ff-fühlst du dich nicht w-w-w...?" Er biß die Zähne zusammen, während sich sein Kehlkopf krampfhaft darum bemühte, das Wort hervorzubringen, das zwischen Kopf und Zunge steckengeblieben war.

Es tat ihr weh, wenn sie sah, wie er sich verzweifelt und erfolglos abmühte. Sie schüttelte den Kopf. „Ich bin noch ein bißchen müde, das ist alles." Sie schob ihm sanft die Haare aus dem Gesicht. Er war so groß, daß sie inzwischen die Hand kaum noch auf den Kopf senken mußte. Im Sommer würde er zehn werden.

Wie trotz allem die Zeit verging! Unmerklich verwandelte sich der Winter in den Frühling. Die Lämmer kamen zur Welt, das Heu wurde gemacht, und die Schafe wurden geschoren. Man stand morgens auf, zog die Kleider der Großmutter an, ging zur Predigt und sang die Lieder, die bereits der Großvater gesungen hatte. Der Glaube war der Glaube der Großeltern und würde der Glaube der Kindeskinder sein. Das hatte ihr am Leben der Menschen in diesem einsamen Tal immer gefallen – die Tage mündeten wie ein Fluß in das Meer der Jahre. Die schlichte Gleichförmigkeit, der langsame, aber stetige Rhythmus des Alltags.

„Wir haben da draußen viele hungrige Schafe", sagte sie. „Du fängst am besten sofort mit dem Füttern an, während ich mich um unsere hungrigen Mägen kümmere." Sie fuhr ihm mit der Hand noch einmal durch die Haare. „Mach dir keine Sorgen, Benjo, mir geht es gut ..., wirklich."

Sie sah, wie sich sein Gesicht vor Erleichterung entspannte. Er rannte zur Tür. Dabei nahm er Mantel und Hut vom Kleiderhaken an der Wand. Sein Vater war ein großer, kräftiger Mann gewesen, mit dunklen Augen und Haaren. Benjo dagegen schlug ihr nach. Er war schlank und hatte graue Augen. Außerdem hatten seine Haare die Farbe von Mahagoni ...

Er ließ die Tür hinter sich offen. Ein eisiger Windstoß fegte in die Küche. Von der offenen Veranda sprang Benjo in den Hof. Er stieß einen lauten Pfiff aus. MacDuff, der braun-weiße Schäferhund, brach im nächsten Augenblick aus dem Weidengebüsch am Bach hervor. Der Hund rannte auf Benjo zu, sprang an ihm hoch und warf ihn vor Freude beinahe um. Rachel hörte noch das glückliche Lachen des Jungen und MacDuffs Gebell, dann schloß sie schnell die Tür.

Der Wasserkessel brodelte. Sie eilte zum Herd. Sie mußte auf der Stelle das Frühstück machen, wenn sie es noch zur Predigt schaffen wollten. Alle Mitglieder der Gemeinschaft in diesem hohen Bergtal versammelten sich jeden zweiten Sonntag zum Gottesdienst. Wenn nicht gerade jemand todkrank war, versäumte keiner die Predigt.

Das heiße Schmalz zischte und spritzte, als Rachel einen Löffel Maisbrei in die Bratpfanne gab. Sie öffnete das Fenster einen Spalt, um den Dampf abziehen zu lassen. Der Pfannkuchen brutzelte, der Wind fuhr leise klagend am Fensterbrett entlang. Sie warf einen Blick aus dem Fenster. Benjo hob den Kopf und spähte in die Ferne. Dann sah sie ihn, den Mann, der über ihre Heuwiese kam. Ein Fremder mit einem langen schwarzen Mantel und einem schwarzen Hut. Er ging geradewegs auf das Haus zu.

ER BEWEGTE sich schwankend und schwerfällig wie ein Betrunkener. In dieser Gegend erschien kein Mensch jemals zu Fuß. Das Land war zu groß und zu weit, um sich ohne Wagen oder Pferd von einem Ort zum anderen zu begeben.

Rachel verließ das Haus und blieb im Hof stehen. Benjo kam zu ihr. Sie beobachteten beide, wie sich ihnen der Fremde torkelnd näherte. MacDuff bewachte die Schafe unter den Pappeln, doch er knurrte, und sein Fell sträubte sich.

Der Winterwind hatte den Schnee auf der Weide zu Wellen zusammengeweht und vereist. Obwohl es inzwischen laut stürmte, hörte Rachel das Knirschen, mit dem die Stiefel des Mannes die Eiskruste durchbrachen.

Der Mann stolperte und fiel auf die Knie. Der Wind fuhr in seinen schwarzen Mantel und blähte ihn auf, so daß er vor dem bleigrauen Himmel wie eine fluchtbereite Krähe mit ausgebreiteten Flügeln auf dem Boden saß. Er kam schwerfällig wieder auf die Füße und hinterließ beim Weitergehen eine feuchte hellrote Spur im schmutzigen Schnee.

„Er ist vv-vv-vv–!" schrie Benjo. Doch Rachel hatte bereits den Rock gehoben und rannte über den Hof.

Der Fuß des Fremden verfing sich in einem eisigen Wellenkamm. Er fiel der Länge nach in den Schnee. Diesmal stand er nicht wieder auf. Rachel kniete so schnell neben ihm nieder, daß Benjo, der ihr auf den Fersen folgte, sie beinahe überrannt hätte.

Sie faßte den Fremden mit der Hand an der Schulter. Der Mann zuckte unter der Berührung zusammen und hob mit einem Ruck den Kopf. Sie sah das nackte Entsetzen in seinen Augen, bevor sie sich wieder schlossen und er als ein schwarzes, lebloses Bündel in dem rot gefärbten Schnee zusammensackte.

„Benjo!" stieß Rachel mit erstickter Stimme hervor. „Du mußt in die Stadt reiten und Dr. Henry holen."

Der Junge schüttelte heftig den Kopf. „Nn-nn-n-nein!"

Sie drückte ihn an sich. „Doch, du kannst es. Der Arzt kennt dich. Du mußt nichts sagen. Schreib es ihm auf."

Benjo starrte sie mit weit aufgerissenen Augen an. Es war für den Jungen immer eine schwere Prüfung mit den Kleidern, die verrieten, daß er zur Gemeinschaft gehörte, in die Stadt zu den *anderen* zu gehen. Meistens starrten die Leute ihn nur an, aber manchmal waren sie auch grausam. Zu einem mageren Jungen aus dem „Tal der Träume", wie sie sagten, der an seinen Worten zu ersticken schien, waren sie immer grausam.

„Benjo, der Mann liegt im Sterben. Geh jetzt, geh!"

Sie konnte sich nicht vorstellen, weshalb der Mann noch nicht tot war. Er hatte viel Blut verloren und blutete noch immer. Sie mußte ihn ins Haus bringen. Sie versuchte, ihn hochzuheben, schaffte es aber nicht. Benjo ritt auf dem ungesattelten alten Zugpferd aus der Scheune. Er sah sie einen Augenblick an, dann drückte er die Fersen in die runden Flanken der Stute. Das Pferd fiel in Trab Richtung Stadt.

Rachel nahm eine Handvoll Schnee und rieb damit das reglose, bleiche Gesicht des Fremden. „Aufwachen! Aufwachen!"

Er öffnete die Augen und war soweit wieder bei Bewußtsein, daß er beinahe auf die Knie kam. Sie bemerkte, daß sein rechter Arm gebrochen war, und machte schnell aus dem schwarzseidenen Halstuch des Mannes eine provisorische Schlinge.

Dann legte sie sich seinen anderen Arm über die Schulter, faßte ihn um die Hüfte und zog ihn auf die Füße. „Wir gehen jetzt zum Haus", sagte sie, obwohl sie bezweifelte, daß er sie hörte.

Eng umschlungen mühten sie sich durch den knirschenden, verharschten Schnee. Sie waren sich so nahe, daß der Kolben seines Gewehrs, das er über der Schulter trug, ihr mehrmals gegen den Kopf schlug. An seiner Hüfte trug er einen Revolver.

Es GELANG Rachel, die Steppdecke vom Bett zu zerren, bevor sie beide in einer seltsamen Umarmung darauf fielen. Sie bäumte sich auf, drückte gegen seinen Oberkörper und warf ihn schließlich auf den Rücken. Auf dem Bettuch breitete sich ein hellroter Fleck aus.

Es gelang ihr nur mit Mühe, das Gewehr unter dem Körper des Mannes hervorzuziehen. Dann schlug sie seinen Mantel zurück. Er trug vornehme Sachen, aber alles war so blutig, daß sie kostbare Sekunden brauchte, um herauszufinden, wo er verletzt war. Sie riß seine Weste und das Hemd auf.

Er hatte eine Schußwunde in der linken Seite. Die Einschußstelle war schwarz. Beim Atmen quoll Blut daraus hervor. Sie knüllte ein Leinenhandtuch zusammen und preßte es mit beiden Handflächen lange auf die Wunde. Doch als sie das Handtuch hochhob, sah sie, daß sich die Blutung zwar verlangsamt hatte, aber nicht gestillt war.

Sie lief aus dem Schlafzimmer und durch die Küche hinaus in den Hof. Der Wind zerrte an ihrem Rock. Die Hühner, die im Stroh vor der Scheune scharrten, stoben bei ihrem Auftauchen gackernd auseinander. Sie riß das Scheunentor auf und sammelte alle Spinnweben ein, die sie finden konnte. In der Schürze trug sie sie zurück ins Haus.

Sie tupfte etwas Terpentin um die Schußwunde. Der Mann bäumte sich vor Schmerz auf, aber er kam nicht zu Bewußtsein. Sie drückte die Spinnweben auf die Wunde und legte eine saubere Kompresse darauf. Dann entfernte sie sich langsam vom Bett, setzte sich in den Schaukelstuhl und blickte zum erstenmal wirklich in das Gesicht des Fremden, der auf ihrem Bett lag.

Er war jung, bestimmt nicht älter als fünfundzwanzig. Seine Haare hatten die schwarzbraune Farbe frisch gepflügter Erde, seine Haut war milchweiß. Er sah gut aus – hohe, scharf geschnittene Wangenknochen, eine lange, schmale Nase, weit auseinanderstehende Augen mit langen, dichten Wimpern.

Mutter Anna Maria konnte durch Handauflegen heilen. Von ihr, von der Großmutter ihres Vaters, hatte Rachel die Geheimnisse der Heilkunde gelernt, doch das Handauflegen war ein Geschenk Gottes, und bisher hatte er es nicht für richtig gehalten, diese Gabe auch ihr zu gewähren. Ihre Urgroßmutter hatte gesagt, das Heilen stelle sich nur dann ein, wenn man fest im Glauben sei.

Rachel stand langsam auf und trat wieder an das Bett. Sie legte ihm die Hände auf das Herz. Sie schloß die Augen und stellte sich vor, daß sich ihre Seele wie eine Blüte öffnete, deren Blütenblätter sich langsam entfalteten. Sein Brustkorb bewegte sich unter ihrer Hand, hob sich ruckartig und sank wieder. Sie glaubte, das Klopfen seines Herzens zu hören, immer lauter und lauter. Rachel stellte sich vor, daß das Leben ihren Fingern entströmte wie wärmende, heilende Sonnenstrahlen, bis sie Teil des Klopfens seines Herzens wurde.

Doch als sie schließlich die Augen öffnete und auf sein Gesicht blickte, sah sie die blauen Lippen und die wächserne Haut des nahenden Todes.

"Nun komm schon! Mach den Mund auf ..."

Rachel schob den Gummischnuller zwischen die Lippen des Fremden und hob die Flasche so weit hoch, daß die Milch leichter in seinen

Mund floß. „So ist es gut!" sagte sie. „Trink schön, trink alles aus wie ein braver kleiner Bub ..."

Sie blickte über die Schulter. Was dachte sie sich dabei, so merkwürdige Dinge zu sagen, und das zu einem der *anderen*? Sie hatte keine Ahnung, was sie zu dem Versuch veranlaßt hatte, ihn mit der Flasche zu füttern. Sie hatte das Gefühl, etwas tun zu müssen, um das viele Blut zu ersetzen, das er verloren hatte, weil er sonst mit Sicherheit sterben würde. Sie hatte schon viele mutterlose Lämmer gerettet, indem sie die Neugeborenen mit einem Gemisch aus Milch, Wasser und Sirup aus der Flasche fütterte.

SIE STAND draußen im Hof, als Benjo endlich mit dem Arzt zurückkam.

Der leichte Zweispänner schwankte und schaukelte auf den hohen Speichenrädern über die gefrorenen Wagenspuren. Er kam vor ihr zum Stehen, und sie sah im glänzenden schwarzen Lack ihr Spiegelbild. Erschrocken stellte sie fest, daß ihre Kappe schief saß. Der Wind spielte mit einigen losen Haarsträhnen.

„Brrr!" rief Dr. Lucas Henry und zog die Zügel an. Er griff grüßend an seine Melone. Sein brauner Schnurrbart bewegte sich kaum, als er höflich lächelte. Wie üblich hatte er vom Whiskey ein feucht glänzendes Gesicht.

„Wie geht's, Mrs. Joder?" Er sprach nachlässig, schleppend und undeutlich. Rachel hatte immer das Gefühl, daß er bewußt den sündigen Trunkenbold spielte.

Benjo ritt neben dem Wagen. Seine Augen verrieten mehr Aufregung als Angst. Sie lächelte ihn an, damit er wußte, wie stolz sie auf ihn war. Aber laut sagte sie dann: „Die armen Schafe sind immer noch nicht gefüttert."

Der Junge richtete seinen Blick auf das Haus und dann sofort wieder auf seine Mutter. Als sie schwieg, ritt er zur Scheune.

Der Arzt nahm den Hut ab. „Es ist mir stets ein Vergnügen, Ihnen einen Besuch abzustatten, Mrs. Joder."

Seine Worte und sein Benehmen verwirrten sie. In der Gemeinschaft war es nicht Sitte, beim Kommen und Gehen höfliche, nichtssagende Worte zu wechseln. Sie wußte nie genau, wie sie sich verhalten sollte, wenn einer aus der Stadt so förmlich mit ihr redete. Sie entschied sich dafür, ihm nur stumm zuzunicken.

Der Arzt blickte sie noch einen Augenblick an, dann seufzte er tief. Er wickelte die Zügel um die Bremse, griff nach seiner schwarzen Arzttasche und stieg vom Wagen. Sie ging auf das Haus zu.

„Ihr Junge", sagte Dr. Henry und ging mit großen Schritten neben ihr her, „hat es geschafft, mir in seiner unnachahmlichen Art begreiflich zu machen, daß Sie durch die Ankunft eines Boten aus der Hölle in Schwierigkeiten geraten sind. Es muß ein schwarzer Dämon sein, vielleicht der Fürst der Finsternis?" Er zog die Augenbrauen hoch. „Ganz in Schwarz, hinterließ er eine blutige Spur im Schnee ..."

„Er kommt nicht aus der Hölle! Er ist einer von euch, und er ist angeschossen!" sagte sie. „Ich glaube, er wird sterben. Ich habe die Wunde mit Terpentin gereinigt und Spinnweben darauf gelegt. Und ich habe ihm mit der Flasche etwas zu trinken gegeben, um das viele Blut zu ersetzen, das er verloren hat."

Sie hielt dem Arzt die Tür auf. Er blieb neben ihr auf der Schwelle stehen. Seine Augen funkelten spöttisch. „Sie sind ein wahres Wunder, meine liebe Rachel, ein Inbegriff der Klugheit und Tüchtigkeit!"

Sie ging auf seinen Spott nicht ein, sondern erwiderte ernst und wahrheitsgemäß: „Ich habe versucht, ihn zu heilen. Ich habe ihm die Hände aufgelegt, aber mein Glaube war nicht stark genug."

Auf einmal klang seine Stimme ernst, als er sagte: „Nicht? Aber wessen Glaube ist schon stark genug?"

Als sie in die Küche traten, schlugen ihnen die warme Luft vom Herd und die Gerüche von gebackenem Maisbrei und von Blut entgegen. Sie wartete, während der Arzt zuerst seinen Mantel und dann den Gehrock auszog und beides zusammen mit dem Hut an den Kleiderhaken neben dem Herd hängte. Erleichtert stellte sie fest, daß er doch nicht so betrunken war, wie sie befürchtet hatte.

Er nahm die goldenen Manschettenknöpfe mit den Perlen ab, steckte sie in die Tasche seiner Brokatweste und begann, die Hemdsärmel hochzukrempeln. Er achtete stets wie ein richtig vornehmer Herr auf sein Aussehen.

Er wusch sich am Ausguß die Hände und ging dann, ohne zu fragen, in ihr Schlafzimmer. Er wußte, wohin er gehen mußte, denn an dem Tag, an dem er Bens leblosen Körper nach Hause gebracht hatte, war er schon einmal dort gewesen. Damals hatte er allerdings nichts mehr für den Mann tun können, den die *anderen* gehängt hatten.

„Ich verstehe nicht, wieso er immer noch lebt", flüsterte Rachel.

Dr. Henry hatte die Kompresse abgenommen und betrachtete die Wunde. Aus dem Loch in der Seite des Fremden sickerte noch Blut. „Während der Kämpfe gegen die Sioux habe ich Männer gesehen, die mehr Löcher im Leib hatten als ein Sieb", sagte er. „Und doch haben sie sich ans Leben geklammert. Ich frage mich noch heute, warum." Er nahm das Besteck aus der schwarzen Tasche und untersuchte die Wunde. „Die Kugel ist an einer Rippe abgeprallt und steckt in der Milz. Ich brauche heißes Wasser und mehr Licht."

Sie ging schnell in die Küche und holte das Wasser aus dem Wasserbehälter des Herdes. Als sie zurückkam, stand Dr. Henry mit einem silbernen Flachmann am Bett des sterbenden Mannes.

Sie stellte den Wassereimer und die Emailleschüssel laut klappernd auf den Boden und verließ wortlos das Schlafzimmer. Als sie mit der Petroleumlampe wiederkam, übergab ihr der Arzt den ledernen Patronengürtel des Fremden und die Pistole im Halfter. „Das legen Sie lieber irgendwohin, wo ..."

Das Gewicht des Gürtels überraschte sie. Sie nahm ihn von einer Hand in die andere. Dabei rutschte der Revolver aus dem Halfter und fiel auf den Boden. Etwas traf knallend die Wand, und Holzsplitter flogen durch das Zimmer. Die Luft schien plötzlich voll Rauch und Flammen zu sein. Rachel schrie laut auf.

Dr. Henry bückte sich leise fluchend und hob den Revolver auf. Sie sah schreckensbleich mit an, wie er die restlichen Patronen aus dem Magazin nahm. Er reichte ihr die Waffe und lachte. „Ich wollte Ihnen sagen, daß Sie das verdammte Ding irgendwohin legen sollen, wo wir nicht darüber stolpern und uns selbst damit umbringen."

Rachel starrte wie gelähmt auf den Revolver. Er war schwarz und kalt. Die Waffe war etwas Schreckliches, schrecklicher als der Tod. Sie brachte es nicht über sich, den Revolver anzufassen. Dann nahm Dr. Henry ihr den Patronengürtel ab. Er sah sich im Zimmer um. Sein Blick fiel auf den Kleiderschrank aus ungehobeltem Kiefernholz. Ben hatte ihn im ersten Jahr ihrer Ehe geschreinert.

„Ein geöltes Halfter und ein frisierter Abzug", brummte der Arzt, während er den Revolver in seinen Händen drehte und wendete. „Was für einen gefährlichen Mann haben Sie sich da in Ihr frommes Haus geholt, Mrs. Joder?" Er wies auf den Kleiderschrank, wie um zu fragen: Darf ich?

Sie nickte und deutete auf die Ecke hinter dem Schaukelstuhl, wo das Gewehr des Fremden an der Wand lehnte. „Da ist noch eine Waffe."

Dr. Henry verstaute die Schußwaffen im Kleiderschrank. Doch als er zum Bett zurückkam, stellte er fest, daß es noch eine dritte Waffe gab – eine kleine Pistole, die der Fremde in einem Schulterhalfter unter der linken Achselhöhle trug. Er suchte weiter und fand in einem Stiefel des Mannes ein langes Jagdmesser, das in einer Scheide steckte.

„Ihr mutterloses Lämmchen ist offenbar ein ausgewachsener Killer", meinte er schließlich zufrieden und legte die Waffen zu den anderen.

Dann entkleideten sie gemeinsam den Mann. Er war schlank und kräftig, hatte lange Beine, einen muskulösen Brustkorb, und sein Bauch war sehnig und straff.

Der Arzt blickte auf den verletzten Mann hinunter. „Die Kugel herauszuholen ist schwieriger, als den Schweif eines Maultiers in Zöpfe zu flechten. Schade, daß ich kein Chloroform bei mir habe. Aber er ist schon so weit, daß ihm der Schmerz durch das Skalpell wahrscheinlich hinüberhilft."

Dr. Henrys Hand zitterte nur leicht, als er dann das Skalpell vom Nachttisch nahm und mit der Schneide auf die blasse Haut des Fremden drückte. Blut drang hervor, und Fleisch klaffte auseinander. Rachel mußte wegsehen.

Der Fremde stöhnte auf. „Spürst du das Messer, mein Lieber?" fragte Dr. Henry beinahe zärtlich. „Das ist gut, sehr gut. Solange du Schmerzen hast, lebst du noch." Der Verletzte stöhnte noch einmal und bäumte sich dann heftig auf. „Stehen Sie nicht da wie ein Zaunpfahl! Halten Sie ihn fest!"

Rachel beugte sich über das Bett und packte den Fremden bei den Schultern. Der Arzt bohrte in der blutenden Wunde herum. Dann richtete er sich auf und hielt die Kugel mit einer langen, spitzen Pinzette ans Licht.

„Eine 9-mm-Kugel", murmelte er. „An einer Seite ist sie leicht abgeflacht. Da ist sie auf die Rippe geprallt!"

Er ließ die Kugel in die Schüssel mit dem blutigen Wasser fallen. „Sie sehen ein bißchen grün aus, meine liebe Rachel. Fallen Sie mir nicht in Ohnmacht."

Sie mußte dem Arzt helfen, das Loch im Körper des Mannes zu vernähen. Er schloß die Wunde mit Hilfe einer gebogenen Silbernadel.

Dr. Henry verband die Wunde und untersuchte dann den gebrochenen Arm des Mannes. Er schnalzte mit der Zunge. „Ein schräger, mehrfacher Bruch der Speiche. Es sieht aus, als hätte der blöde Kerl versucht, den Bruch selbst zu richten. Er hält sich anscheinend für besonders hart im Nehmen."

Rachel fand, es gehöre bestimmt eine ganze Menge Mut dazu, den eigenen gebrochenen Arm zu richten. Sie überlegte, ob der Mann das vor oder nach der Schußverletzung getan hatte. Aber wer hatte auf ihn geschossen? Und warum? Was war der Grund für das Entsetzen, das sie in seinen Augen gesehen hatte?

Warum machte sie sich so viele Gedanken über diesen Fremden, der an diesem Sonntag morgen in den Hof getaumelt war und seine blutigen Fußspuren im Schnee hinterlassen hatte?

Rachel saß in ihrem Schaukelstuhl mit der gedrechselten Rückenlehne, hielt die Hände im Schoß gefaltet und blickte unverwandt auf den jungen Mann in ihrem weißen Eisenbett. Sie hatten den gebrochenen Arm in Gips gelegt, das Blut abgewaschen und ihm eines von Bens alten Nachthemden angezogen. Sie fand, daß seine Augen nicht mehr so tief in den Höhlen lagen wie zuvor. Er lag völlig bewegungslos da, doch sie glaubte, an seinem Hals den Puls schlagen zu sehen.

Ein Geräusch an der Tür ließ sie aufblicken. Dr. Henry lehnte am Türrahmen. Nachdem er sich an der Pumpe im Hof gewaschen hatte, war er wieder sauber. Im Mundwinkel hing eine Zigarette. „Da sitzen Sie nun und sehen so zufrieden mit sich aus wie ein..., wie ein Schwein, das sich suhlt."

Sie lächelte ihn an und sagte leise: „Er wird überleben!"

„Diesen einen Tag." Er sog lange an seiner Zigarette und sah sie durch die Rauchwolke an. „Wilde Kerle wie er werden keine Großväter."

Er schien sich keine Sorgen zu machen. Dieser Dr. Lucas Henry war ein seltsamer Mann. Vermutlich kannte sie ihn besser, als sie jemals einen *anderen* gekannt hatte. Natürlich kannte sie ihn im Grunde genommen überhaupt nicht. An einem Nachmittag im letzten Frühjahr hatte sie in diesem Schaukelstuhl neben diesem Bett gesessen und die Hand ihres toten Ehemannes gehalten. Dr. Henry war eine Weile bei ihr geblieben und hatte geredet. Er war geblieben, weil er gespürt haben mußte, daß sie das Alleinsein nicht ertragen konnte.

Das meiste, was er an jenem Tag gesagt hatte, waren nur Worte gewesen, um die Leere des Zimmers zu füllen. Aber manches hatte sie gehört und im Gedächtnis behalten. Er war im selben Jahr, im selben Monat und sogar am selben Tag geboren wie sie. Er war wie sie vierunddreißig Jahre alt.

Sein Zuhause war in Virginia gewesen. In seiner Aussprache hörte sie oft den Nachklang der alten Heimat. Eine Zeitlang war er Arzt bei der US-Kavallerie gewesen.

Diese Dinge und einiges mehr hatte er ihr über sich erzählt, doch etwas anderes hatte sie nur gespürt. Er war ein Mensch, der von der Welt ausgeschlossen war, ein freudloser und einsamer Mensch.

Sie beobachtete ihn, während er die Silberflasche aus der Tasche holte und einen großen Schluck nahm. „Aus rein medizinischen Gründen", murmelte er. Diesmal richtete sich sein Spott gegen sich selbst. Er wies mit der Flasche in Richtung Bett. „Genau das muß auch mit unserem Revolverhelden dort im Bett passieren. Die Flasche war eine gute Idee! Versuchen Sie, ihn dazu zu bringen, noch mal zu trinken."

Sie nickte, und erst dann begriff sie die ganze Bedeutung seiner Worte. „Ich dachte, Sie würden ihn mit sich in die Stadt nehmen."

„Nein, es sei denn, Sie wollen, daß all Ihre Mühe mit ihm umsonst war."

Sie verschränkte die Arme und umfaßte die Ellbogen. „Aber …"

„Wechseln Sie den Verband häufig, und reinigen Sie um Gottes willen die Wunde nicht noch einmal mit Terpentin. Ich gebe Ihnen statt dessen Karbol. Sorgen Sie dafür, daß er ruhig liegenbleibt. Er kann es sich nicht leisten, daß es wieder anfängt zu bluten."

Dr. Henry stieß sich vom Türrahmen ab. Er ging zum Bett, griff nach der Hand seines Patienten und fühlte ihm den Puls. Rachel sah, daß die Hand des Fremden schmal und lang war und feingliedrige Finger hatte.

Doch dann schlossen sich die Finger des Arztes um die Hand, und er drehte sie energisch um. „Sehen Sie sich das genau an, Mrs. Joder. Der Handrücken ist glatt, aber die Handfläche ist völlig kaputt. Jemand muß den jungen Mann irgendwann in seinem Leben brutal behandelt haben. Und sehen Sie sich diesen Finger an. Eine solche Schwiele am Abzugsfinger bekommt man nur, wenn man viele Stunden Schießen übt."

Er legte die Hand behutsam auf das Bett. „An den Gelenken sind Narben von Handschellen. Jemand hat ihm mit der Peitsche den Rücken bearbeitet. Das Gefängnis hinterläßt diese Art von Spuren."

Er strich dem Fremden die Haare sanft aus der blassen Stirn. „Ich frage mich, ob er es Ihnen danken wird, daß Sie ihn gerettet haben. Und ich frage mich, warum Sie sich überhaupt die Mühe gemacht haben, denn der Teufel hat ihn bereits fest in den Klauen. Das glauben Sie doch auch, oder nicht?" Er hob den Kopf und sah sie an. „Sie und Ihre Brüder, ihr seid so sicher, daß nur ihr gerettet werdet, weil ihr allein das auserwählte Volk Gottes seid."

Sie schüttelte den Kopf. „Niemand kann seiner Rettung sicher sein. Wir können uns nur Gottes ewigem Ratschluß unterwerfen und hoffen, daß sich alles zum Besten fügt."

Plötzlich verließ er seinen Platz am Bett und begann, sein Besteck einzupacken. Er sagte nichts mehr, außer daß er in ein oder zwei Tagen wiederkommen und nach seinem Patienten sehen werde.

Rachel begleitete Dr. Henry hinaus in den Hof. Es wehte ein rauher, kalter Wind. Es überraschte sie, daß Benjo immer noch auf dem Heuschlitten stand und die trächtigen Schafe fütterte, denn ihr kam es vor, als müßten inzwischen viele Stunden vergangen sein.

An seinem Wagen angelangt, drehte sich Dr. Henry um und blickte zum Haus zurück. Aus dem Schlafzimmerfenster fiel sanftes Lampenlicht.

„Der junge Mann da drinnen ...", sagte er. „Er mag so schön sein wie ein Frühlingsmorgen, aber wahrscheinlich hat er keine Bedenken, alles über den Haufen zu schießen, wenn er nicht mehr halb tot ist." Er strich ihr sanft über die Wange. „Geben Sie acht, kleine Rachel. Die Mächte der Finsternis gewinnen manchmal trotz aller Tugend die Oberhand."

ZWEITES KAPITEL

Nichts trieb einem die Tränen so schnell in die Augen wie der beißende Gestank der Schafe. Obwohl der Wind heftig wehte, stieg Rachel der ätzende Geruch in die Nase. Die Schafe drängten sich um den Schlitten, auf dem sie stand und Gabeln voll Heu hinunterwarf. Sie stellte sich breitbeinig hin, um einen besseren Halt zu haben, während Benjo den Schlitten in den gefrorenen Kufspuren über die Weide fuhr. Er zog an den Zügeln, und der Schlitten hielt kreischend an. Rachel stieß die Gabel in einen losen Heuballen und sprang hinunter in den Schnee.

„Ma... Ma... Mama?" Benjo stand neben dem Pferd. „Mama, dd-d-der Fremde ... ist ein Gesetzloser?"

Sie trat zu ihm. „Ich weiß es nicht", erwiderte sie, „vielleicht ..."

„Wird er uns er-er-ersch...?" Die Muskeln in seinem Hals umklammerten das Wort, das einfach nicht hervorkommen wollte.

Sie legte ihm die Hände auf die Schultern. „Hör mir gut zu. Der Fremde hat keinen Grund, uns zu erschießen. Wir wollen ihm nichts Böses."

Er starrte sie an. Sie sah die Frage in seinen Augen und die unausgesprochene Wahrheit. Die *anderen* hatten keinen Grund gehabt, seinen Vater zu hängen, doch Benjamin Joder war trotzdem auf diese unnatürliche, schreckliche Weise gestorben.

Auf einmal brachen die Worte ungestüm aus dem Jungen hervor. „Ich werde nicht zulassen, daß er dir etwas tut, Mama!"

Rachel drückte ihn stumm an sich. Sie wußte, daß sie ihm eigentlich sagen müßte, er dürfe sich nichts und niemandem widersetzen, da alles Gottes Wille war. Aber diesmal war sie es, der die Worte nicht über die Lippen kommen wollten.

DAS SCHAF stieß mit seiner schwarzen Nase an Rachels Bein und blökte. „Du sollst das Heu fressen, nicht mich, du dummes Ding!" rief sie lachend.

Es war ein altes Schaf. Es hatte so schlechte Zähne, daß es selbst das weichste Heu kaum noch kauen konnte. Im Grunde genommen hätte es im vergangenen Sommer ausgesondert werden sollen, aber es war immer eine so sanfte, liebevolle Mutter gewesen und hatte Jahr um Jahr kräftige, gesunde Lämmer geworfen. Rachel hatte es einfach nicht übers Herz gebracht, das Tier ins Schlachthaus zu schicken.

Sie hörte das Wiehern eines Pferdes und dann das Rattern von Rädern auf der Holzbrücke.

Für die *anderen* sahen alle aus der Gemeinschaft gleich aus mit ihren einfachen Planwagen und den schmucklosen altmodischen Kleidern. Doch Rachel wußte sofort, wer da kam, schon bevor der leichte Wagen mit der verblichenen braunen Segeltuchplane auf den Hof fuhr. Ihre Familie und die Nachbarn hatten sich bestimmt alle Sorgen gemacht, als sie Rachel und Benjo nicht bei dem morgendlichen Gottesdienst sahen, aber sie hatte gewußt, daß es Noah Weber sein würde, der nachschauen kommen würde.

Benjo rannte aus der Scheune und begrüßte Noah. Er berichtete ihm auf seine Weise von dem Fremden, der plötzlich hier aufgetaucht war.

Ein Graupelschauer setzte ein. Der Junge führte Noahs Pferd mit dem Wagen in die große Scheune. Rachel schnalzte mit den Fingern. MacDuff kam sofort zu ihr, und sie verließ zusammen mit dem Hund die Weide. MacDuff rannte fröhlich bellend hinter dem Jungen her.

Rachel ging durch Schneematsch und Schlamm über den Hof. Wegen des unangenehmen Eisregens senkte sie den Kopf. Noah Weber hatte die Hände in die Seite gestützt. Der Wind zerrte an seinem langen Bart. Sie blieb vor ihm stehen, und er sah sie mit seinen braunen Augen besorgt und liebevoll an. Das vom Wetter gerötete Gesicht mit der großen Nase und dem dichten roten Bart, der auf seine Brust hinabhing, war ihr so vertraut, daß sie am liebsten gelacht und ihn zur Begrüßung fröhlich umarmt hätte.

Statt dessen stand sie mit den Händen auf dem Rücken vor ihm.

Eine weiße Dampfwolke kam aus seinem Mund: „Na, wie geht es unserer lieben Rachel?"

„Ich habe vom Frühstück noch Pfannkuchen übrig ..."

Er lachte, und so schenkte sie auch ihm ein Lächeln.

Sie gingen nebeneinander zur Haustür. Der Wind trieb ihnen die Graupelschauer ins Gesicht und riß Noah beinahe den Hut vom Kopf.

Er mußte sich beeilt haben, um sofort nach dem Abendgottesdienst zu ihr zu kommen, das heißt, soweit sich Noah überhaupt beeilen konnte. Er war ein langsamer Mann mit langsamen Bewegungen, langsamen Gedanken, Worten und Taten. Er brauchte Zeit, um mit sich selbst ins reine zu kommen, doch wenn das geschehen war, konnte ihn nicht einmal ein explodierendes Faß Schießpulver davon abbringen, das zu tun, was er sich vorgenommen hatte.

Er stapfte mit seinen großen Füßen wie ein Bär in ihre Küche. Sein Blick glitt vom Spülstein zum Herd und zum Wandschirm, hinter dem der Badezuber stand. „Wo ist er denn ..., der *Englische*?" Seine Lippen verzogen sich bei dem Wort, als habe es einen schlechten Geschmack.

Sie sprachen *Deitsch*, das alte Bauerndeutsch ihrer Vorfahren, denn die Religionsgemeinschaft benutzte die englische Sprache nur in Anwesenheit der *anderen*. Und auch nur dann, wenn sie sich freundlich zeigen wollte.

Sie ging schweigend vor ihm her in das Schlafzimmer. Der Fremde schlief, ohne sich zu bewegen. Wie jedesmal stockte ihr der Atem, als sie sein schönes Gesicht sah.

Sie spürte, wie Noah neben ihr erstarrte, und sie wußte, daß er in dem Fremden nur jemanden sah, der ungebeten in ihr Leben gekommen war. Er sagte jedoch nichts, bis sie wieder in der Küche waren.

Er hob unvermittelt den Kopf und drehte ihn zur Seite, als wolle er mit dem Bart auf etwas weisen. „Er liegt in ..., in deinem Bett, Rachel?"

„Er hat eine Schußverletzung und war am Verbluten. Was sollte ich mit ihm machen? Hätte ich ihn wie einen alten Sack in die Ecke werfen sollen?"

Noah zog seinen grob gewebten Rock aus und hängte ihn über den Kleiderhaken an der Wand. Er nahm den Hut ab und streckte die Hand aus, um ihn ebenfalls aufzuhängen, hielt aber dann inne, als müsse er seine Worte sorgsam wählen. Als er sich schließlich umdrehte, war er ganz der Diakon mit dem ernsten Blick und dem strengen Mund. Als Diakon war es seine Pflicht, darauf zu achten, daß jeder

der Gemeinde den gewundenen und schmalen Weg ging, der in den Himmel führt.

„Der *Englische* da drinnen ... Er ist ein Sünder. Er hat sich mit der sündigen Welt besudelt und sich dem Bösen verschrieben."

„Du kennst ihn nicht."

„Was weißt du über ihn?"

Rachel konnte darauf nichts erwidern. Das wenige, was sie über den Fremden wußte – die Schwielen am Abzugsfinger, die Narben der Handschellen, die Male der Peitschenstriemen, die Schußwunde –, all das war sündhaft. Es sprach deutlich von dem, was er anderen zugefügt hatte, und gehörte zu dem, was man ihm angetan hatte.

Sie wandte sich ab und ging zum Herd. Mit der Gabel legte sie einen Pfannkuchen auf einen Teller, goß Hirsesirup darüber und trug ihn zusammen mit einem Blechbecher zum Tisch. Dort blieb sie mit dem Teller in der Hand stehen. Das, was sie gleich tun würde, verursachte ihr einen bitteren Schmerz in der Brust. Sie tat es trotzdem: Sie stellte bewußt den Teller auf Bens Platz am Kopfende des Tisches.

Noah sah sie fragend an. Schnell drehte sie den Kopf zur Seite und ging zum Herd, um die Kaffeekanne zu holen.

Als sie an den Tisch zurückkam, saß er bereits und hatte den Kopf in stummem Gebet geneigt. Sie dachte an die vielen Male, die sie neben dem Tisch gestanden und auf Bens Kopf mit den schwarzen Haaren hinuntergeblickt hatte.

Als Kinder waren sie, Ben und Noah gute Freunde gewesen. Erst jetzt, wenn Rachel an diese Zeit zurückdachte, erschien es ihr seltsam, daß zwei so wilde Jungen ein scheues, mageres Mädchen, das drei Jahre jünger war, bei ihren Spielen mitmachen ließen. Schon als Kinder waren die zwei sehr unterschiedlich gewesen: Noah langsam, beständig und in seinem Verhalten vielleicht ein wenig steif, Ben dagegen unbekümmert und zu Streichen aufgelegt. Er lachte oft und wurde ebenso schnell wütend.

Sie goß aus einer verbeulten blau getüpfelten Kanne Kaffee in Noahs Becher. Er aß schweigend, wie es Sitte war, und blickte dabei auf die bemalten Tonteller auf dem Bord an der Rückwand. Rachel hatte sie selbst bemalt und sich dabei Wildblumen zum Vorbild genommen, mit denen das Tal im Frühling übersät war. Sie hatte ein Dutzend Teller bemalen wollen, aber nach dem fünften aufgehört, nachdem Noah erklärt hatte, daß sie das, was sie tat, mit sündigem Stolz erfülle. Außerdem würden ihr die Tonteller zu großes weltliches Vergnügen bereiten.

Noah hob seinen leeren Teller und sah sie an. „Du hast mein Essen an Bens Platz gestellt. Das hat mich glauben lassen, daß ..."

„Ich habe es nicht absichtlich getan", unterbrach sie ihn schnell, bevor er fortfahren konnte. Was sie gerade gesagt hatte, war eine Lüge, möge Gott ihr verzeihen. Aber durch die Aufforderung, sich am Tisch auf den Platz ihres verstorbenen Ehemanns zu setzen, hatte sie Noah Weber indirekt gesagt, sie sei bereit, ihm in ihrem Herzen und in ihrem Bett einen Platz einzuräumen. O ja, sie hatte daran gedacht und dementsprechend gehandelt, aber jetzt wollte sie plötzlich alles ungeschehen machen.

Noah stellte den Teller ab und griff nach ihrer Hand. „Durch das, was du getan hast, bist du ihm nicht untreu geworden. Vergiß nicht, der Junge braucht die feste Hand eines Vaters, die ihn leitet."

Die Gemeinde sah es mit großer Mißbilligung, wenn eine Frau eigene Wege ging und keinen Ehemann nahm, dem sie treu ergeben folgte. All das waren gute Gründe dafür, daß sie Noah Webers Ehefrau werden sollte.

Als sie jung waren, hatte es so ausgesehen, als würden sie, Noah und Ben immer zusammenbleiben. Aber dann war der Tag gekommen, an dem Noah Weber sie zum erstenmal küßte, und Rachel hatte begriffen, daß die drei Freunde nicht immer in der Lage sein würden, alles zu teilen.

An diesem Tag war Noah auf dem Heuboden in der Scheune seines Vaters gewesen und hatte einen Wagen mit Heu beladen. Sie hatte versucht, sich unbemerkt an ihn heranzuschleichen und ihm einen Stoß zu versetzen. Doch in letzter Sekunde hatte er nach ihr gegriffen, ihren Schürzenzipfel zu fassen bekommen, und sie war mit ihm hinunter ins Heu geflogen. Einen Augenblick hatte sie lachend auf dem Rücken gelegen. Dann hatte sein Kopf die Sonne verdeckt, und seine Lippen hatten sich auf ihre gepreßt.

Sie konnte sich immer noch daran erinnern, wie sie sich bei diesem Kuß gefühlt hatte. Sie hatte vor Aufregung und Angst gezittert. Sie hatte den merkwürdigen Wunsch gehabt, er möge sie noch einmal küssen. Und sie hatte gleichzeitig gewollt, daß Ben das ebenfalls tun würde.

Also hatte sie Ben später gesucht und ihn an dem Teich gefunden, wo sie immer angelten. Er hatte schlafend am Ufer im Gras gelegen, auf dem Bauch. Sein Kopf hatte auf den Armen geruht. Es war ein heißer Tag gewesen, und das schweißnasse Hemd hatte ihm am Rücken geklebt. Sie hatte die gewölbten Schultermuskeln betrachtet und die Rippen, die über den schmalen Hüften endeten. Sie hatte diese Dinge früher an ihm gar nicht wahrgenommen. Dann hatte sie sich neben ihn ins Gras gesetzt und seine schwarzen Haare berührt.

Er hatte die Augen aufgeschlagen und sie angelächelt.

„Noah hat mich auf den Mund geküßt", hatte sie geflüstert.

Er hatte sich schnell aufgesetzt, den Kopf etwas schief gelegt und sie gemustert. „Dagegen habe ich nichts", hatte er schließlich gesagt. „Wenn du es dabei beläßt. Und wenn du nie vergißt, daß du *mich* heiraten wirst."

Sie hatte eine Grimasse geschnitten. „Findest du nicht, daß *ich* dabei auch ein Wort mitzureden habe, Benjamin Joder?"

Er hatte sich so weit vorgebeugt, daß ihre Gesichter nur um Haaresbreite voneinander entfernt waren.

Sie hatte die Wärme seines Atems gespürt, als er sagte: „Ja, Mädel, ich glaube schon, daß du dabei ein Wort mitzureden hast. An dem großen Tag, an dem ich dich frage, wirst du ‚Ja' sagen."

Seine Hände hatten auf ihren Armen gelegen, und er hatte sie noch näher an sich gezogen. Er hatte sie jedoch plötzlich losgelassen, ohne sie geküßt zu haben.

Sie hatte zugesehen, wie er seine Angel und den Fischkorb aufhob und fröhlich davonging, während sie bereits wußte, daß sie ihn hoffnungslos liebte.

Und Noah, der liebe Noah, hatte es auch schon immer gewußt. Jetzt, so viele Jahre danach und so viele Erinnerungen später, blickte sie auf Noah Weber, und seine braunen Augen erwiderten ihren Blick. Im Laufe der Jahre hatte sie so oft erlebt, daß diese Augen ihren Blick erwiderten. Sie waren traurig und hoffnungslos gewesen an dem Tag, an dem sie vor Gott und der Gemeinde einen anderen zum Ehemann genommen hatte. Sie waren leer vor Angst gewesen in der Nacht, in der seine Frau im Kindbett gestorben war. Sie hatten unzählige Male geglänzt und geleuchtet in der Verzückung beim Gebet.

Und nun strahlten diese Augen wegen ihrer albernen, unbedachten Geste voll Hoffnung, so hell wie Weihnachtskerzen.

Gewiß, sie konnte sich vorstellen, mit ihm zu leben. Sie sah ihn abends so wie jetzt am Tisch sitzen, während sie über den vergangenen Tag sprachen und den nächsten planten. Doch wenn sie sich vorstellte, daß sie mit ihm ins Schlafzimmer ging, sich seinetwegen auszog...

Sie entzog ihm die Hand und griff nach seinem leeren Teller. Aber er hielt sie am Handgelenk fest.

„Rachel..."

„Noah, sprich bitte nicht weiter. Ich bin einfach noch nicht bereit."
Er ließ sie los und stand auf. Sein Gesicht war leer und ausdruckslos, als er den Rock anzog und den Hut aufsetzte. Aber an der Tür blieb er stehen. „Ich weiß", fuhr er fort, „daß du sagen wirst, da der *Englische* hier angeschossen und blutend aufgetaucht ist, kann es nicht Gottes Wille gewesen sein, daß du ihn sterben läßt. Und damit hast du recht. Aber unsere Religionsgemeinschaft hat sich nicht umsonst von den Dingen ferngehalten, die die Seele verderben. Ich weiß, Ben war der Meinung, wir sollten der Welt und den Menschen darin nicht immer den Rücken kehren. Aber das war falsch von ihm, und jetzt hat er dich dazu gebracht, daß du denkst, du kannst ..."

Sie drehte sich heftig um. „Hör auf, Ben für mein Verhalten die Schuld zu geben!"

Das überraschte ihn so sehr, daß sein Gesicht rot anlief. Er sah sie an, als habe er sie noch nie gesehen, als sei sie nicht die Rachel, die er sein ganzes Leben lang kannte.

Sie griff an die Stirn und stellte fest, daß eine Haarsträhne unter der Kappe hervorhing, und schob sie zurück unter den gestärkten weißen Batist. Diese Geste hatte sie im Laufe der Jahre unzählige Male gemacht, und Noah lächelte gegen seinen Willen.

„Ach, Rachel." Er seufzte und lachte leise. „Du änderst dich nie. Selbst Ben konnte dich weder im Guten noch im Schlechten ändern."

Er wandte sich ab, drehte sich aber noch einmal nach ihr um. „Ich habe beim Kommen gesehen, daß du nicht mehr viel Holz hast. In ein oder zwei Tagen schicke ich Moses mit der Axt herüber."

Ihr Lächeln war etwas unsicher. „Das wäre sehr nett."

Er drehte sich um und ging. Sie beobachtete, wie er das Pferd mit dem Wagen aus der Scheune führte und auf den Sitz kletterte. Aber er fuhr nicht sofort los. Er saß da, hatte die Schultern zum Schutz gegen das Wetter hochgezogen und hielt mit einer Hand seinen Hut fest.

Sie wollte zu ihm gehen und ihm den Schmerz darüber nehmen, daß sie ihn verletzt hatte. Sie wollte sagen: Ich werde dich heiraten, mein lieber Noah ... Wenn ich Ben nicht haben kann, wenigstens einen Ehemann, der mir lieb und der mein Freund ist.

Sie wollte auf den Hof laufen und ihm all das sagen. Doch sie blieb an ihrem Platz, bis sein Wagen hinter dem Hügel verschwunden war.

DER HAGEL prallte immer noch an die Scheibe und trommelte auf das Blechdach, als Rachel spät am Abend das braune Schultertuch und die Schürze abnahm und die Nadeln in den breiten Gürtel der Schürze steckte. Sie zog auch die oberste Nadel des Mieders heraus und löste die starren Bänder der Gebetskappe. Sie nahm die Kappe ab und legte sie an ihren Platz auf dem Bord unter dem Fenster. Als sie aufblickte, sah sie ihr Spiegelbild im nachtschwarzen Glas. Die Frau, die ihr entgegenblickte, war eine Fremde mit wirren, langen Haaren, die ihr über die Schulter fielen.

Sie setzte sich in den Schaukelstuhl, dessen Binsensitz unter ihrem Gewicht leicht knisterte. Der Fremde lag in ihrem Bett; er war eine stumme Ansammlung von Erhebungen und Dellen unter dem Quilt. Sie würde zu Benjo gehen, obwohl sie wahrscheinlich den Hund vom Bett verjagen mußte, um Platz zu haben. Sie würde gehen. Gleich ... Sie stieß mit einem leisen Seufzer den Atem aus und ließ den Kopf nach hinten sinken.

Dann wehrte sie sich nicht länger und ließ zu, daß die Musik kam.

Zu dem Trommeln des Regens auf dem Blechdach gesellte sich in einem anderen Rhythmus ihr Herzschlag. Der Wind pfiff schrill wie eine Flöte. Die Holzwände stöhnten, und die tiefen Baßtöne ließen sie erbeben. Die Musik wurde wilder. Abgerissene Trompetenstöße begleiteten helle Zimbeln, die durch ihr Blut jagten. Sie zitterte, erschrocken über die Gewalt der donnernden Akkorde. Noch nie war die Musik so furchteinflößend gewesen, noch nie so wild und so verboten.

In der Gemeinschaft war keine Musik erlaubt, abgesehen von den Gesängen beim Gottesdienst. Doch es schien, als sei die Musik ihr ganzes Leben bei ihr gewesen, als etwas so Elementares wie das Atmen.

Sie hatte keine Ahnung, weshalb die Musik kam, sie wußte nur, woher sie stammte. Sie kam von den Tönen der Natur – vom kratzenden Geigengezirpe der Grillen, einem Donnerschlag, dem Knallen der Pappeln, wenn der Frost ins Holz drang.

Niemand wußte etwas von ihrer Musik. Selbst Ben hatte nichts davon geahnt. Sie war sicher, wenn jemand aus der Gemeinde davon erfuhr, würde sie es als Sünde beichten und geloben müssen, nie mehr geschehen zu lassen, daß die Musik kam.

Aber die Musik war ihre Art zu beten. Sie konnte nicht einfache Worte benutzen, um davon zu sprechen, was wirklich in ihrer Seele vorging. Die Musik war anders. Sie betete. Wenn die Musik kam, war irgendwie auch der Herr da.

In den ersten Monaten nach Bens Tod hatte sie die Musik verloren. Es gab in ihr nur eine Leere, die so hart war wie kalter Stein. Sie schleppte sich durch die Tage, taumelnd vor Leid und erdrückender Einsamkeit. Sie konnte nur einen schwachen Schatten des Glaubens aufbieten, der ihr immer Halt und Trost gegeben hatte. Denn wie konnte ein liebender Gott zulassen, daß ihr Ehemann so ungerecht gehängt wurde?

Doch die Musik fand einen Weg, sich wieder bei ihr Gehör zu verschaffen, so wie Gott stets einen Weg fand. Anfangs kam sie in kurzen heiteren Augenblicken wie der flüchtige Duft von Apfelblüten an einem windigen Frühlingstag. Dann schloß Rachel eines Abends die Augen und öffnete ihr Herz dem Wind, der heulend und stöhnend durch die Pappeln fuhr. Und der Wind wurde zum Instrument wunderbarer, hallender Klänge, die sie zurück zu ihrem Glauben trugen.

Als die Musik deshalb an diesem Abend kam, öffnete ihr Rachel das Herz. Diesmal war es keine liebliche, sanfte Musik. Sie war so gewaltsam und überraschend wie das Geräusch einer einschlagenden Kugel.

Wie immer endete die Musik ganz unvermittelt. Rachel versank in einer endlosen, hallenden Stille. Langsam öffnete sie die Augen.

Das Zimmer schwankte und war dunstig vom Rauch der Lampe. Der Fremde lag regungslos in ihrem Bett. Das Licht brach sich in seinen glänzenden Augen. Er war wach.

Ihr stockte der Atem, zuerst vor Überraschung, dann vor Angst. Sie stand auf und ging zu ihm. Im trüben Licht richteten sich seine glänzenden Augen auf sie, wild und gequält.

Er griff nach ihr. „Wo ist mein Revolver?"

Sie holte tief Luft. „Wir haben ihn weggetan..., in den Kleiderschrank."

„Holen Sie ihn!" Seine langen schlanken Finger wurden weiß von der Heftigkeit seines Griffs.

„Sie werden mich erschießen."

„Ich erschieße Sie, wenn Sie mir nicht den Revolver geben." Sein Blick ließ sie nicht mehr los. Sie wußte, er war zu allem fähig.

„Also gut, wenn Sie mich loslassen."

Sie versuchte, sich aus seinem Griff zu befreien, und er ließ los.

Die Tür des Kleiderschranks quietschte, als Rachel sie öffnete. Sie zog den Patronengürtel aus der Ecke hervor, wo Dr. Henry ihn hingelegt hatte. Sie fürchtete sich immer noch vor dem Revolver. Der Holzgriff fühlte sich so glatt an wie ein alter, oft benutzter Axtstiel.

Sie glaubte, der Fremde sei wieder eingeschlafen, denn er bewegte sich nicht und hatte die Augen geschlossen. Doch als sie ihm den Revolver entgegenstreckte, legten sich seine Finger mit einer unnatürlichen Kraft um den Griff. Sie spürte, wie er einen erleichterten Seufzer ausstieß.

„Wo bin ich?"

„Sie sind in Sicherheit", antwortete sie leise.

Er zog einen Mundwinkel nach oben, aber es wurde kein Lächeln daraus. Sein Blick richtete sich auf das dunkle Fenster. „Es gibt keinen sicheren Ort ..."

„Seien Sie still und schlafen Sie", flüsterte Rachel. „Da draußen ist nichts."

Sie beugte sich hinunter, um den Docht zurückzudrehen. Dabei streiften ihre offenen Haare seinen Oberkörper und sein Gesicht. Sie spürte ein Ziehen und sah, daß er eine dicke Strähne zwischen den Fingern hielt.

Doch dann schlossen sich die schweren Lider anscheinend gegen seinen Willen. Er schlief wieder ein, aber nicht, bevor er die Hand wieder um den Revolvergriff gelegt hatte.

Sie drehte den Docht ganz zurück und überließ ihn der Dunkelheit und der Nacht. Er hatte blaue Augen. Das wußte sie jetzt.

DRITTES KAPITEL

Es war bereits Mittag, doch Rachel war mit ihrer Arbeit schon einen ganzen Tag zurückgefallen. In einem Eimer wartete Sahne, die gebuttert werden mußte. Sie wollte einen Apfelkuchen backen und die Bettwäsche einweichen. Doch erst mußte die Wunde des Fremden versorgt werden.

Rachel klemmte sich einen Packen frisches Verbandszeug unter den Arm. Sie füllte eine Emailleschüssel mit Essigwasser und eilte zum Schlafzimmer.

Dr. Henry hatte ihr aufgetragen, den Patienten dreimal am Tag zu versorgen. Sie sollte die Schußwunde mit Karbol säubern und ihn mit einem Schwamm am ganzen Körper mit dem Essigwasser waschen. Der junge Mann hatte seit der ersten Nacht hohes Fieber. Doch er war nicht im Delirium und warf sich auch nicht im Bett herum, wie man es hätte erwarten können. Die meiste Zeit lag er still da, aber er war in Schweiß gebadet. Allerdings hatte er zweimal versucht, sich wie von Furien gejagt aufzusetzen, hatte wie ein gejagtes Tier mit weit aufgerissenen Augen um sich geblickt und auf einen unsichtbaren Gegner gezielt.

Er ließ seine Waffe nicht mehr los, seit Rachel sie ihm in die Hand gegeben hatte. Doch Dr. Henry meinte, das gefährliche Ding beruhige ihn anscheinend. Deshalb durfte sie ihm den Trommelrevolver nicht wegnehmen.

Rachel öffnete gerade die Schlafzimmertür, als draußen im Hof MacDuff plötzlich laut bellte. Der Mann im Bett richtete sich auf, und Rachel starrte voll Entsetzen in den schwarzen Lauf des Revolvers.

Sie schrie, hob instinktiv die Schüssel, und das Essigwasser schwappte ihr ins Gesicht. Sie schloß die Augen. Alles blieb still. Nur das zu Boden tropfende Wasser war zu hören. Langsam ließ sie die Schüssel sinken und spähte mit angehaltenem Atem über den Blechrand.

Er zielte immer noch mit dem Revolver zwischen ihre Augen. Sie versuchte, sich zu beruhigen. Sie wußte, daß Dr. Henry die Kugeln aus dem Revolver genommen hatte. Aber sie hatte kein vollständiges Vertrauen in einen *anderen*.

MacDuff bellte noch einmal.

„Dieser Hund", die Stimme des Fremden klang wild, „warum bellt er?"

Sie drehte langsam den Kopf und blickte aus dem Fenster. MacDuff sprang mit großen Sätzen in das Weidendickicht, dann rannte er unter den Pappeln am Bach entlang. Vor ihm flitzte ein schmutziggraues, flauschiges Etwas.

„Es ist unser Schäferhund. Er jagt ein Kaninchen."

Der Lauf des Revolvers richtete sich ruckartig nach oben. Er bewegte den Daumen, und sie hörte ein metallisches Klicken. Ihr Herz klopfte wie rasend. Dann sank er in die Kissen. Auf seinem Gesicht glänzten Schweißperlen.

Im nächsten Augenblick zuckte er bereits wieder zusammen und starrte angespannt aus dem Fenster, den Blick auf ihren Sohn gerichtet. MacDuffs Gebell hatte Benjo von seiner Arbeit in der Scheune weggelockt. Der Junge lief mit der Schleuder hinter dem Kaninchen her. Er hob die Lederschlinge wie ein Lasso über den Kopf.

„Wer ist das?" fragte der Mann im Bett.

„Mein Sohn. Tun...", ihre Kehle war wie zugeschnürt, „tun Sie ihm nichts."

Unter den Pflaumenbäumen spannte Benjo die Schleuder, zielte und schoß. Das Kaninchen fiel wie ein Stein ins Gras.

Der Mann wandte den Blick auf sie und starrte sie an mit einer Konzentration, die erschreckend war. Dann lachte er leise. „Wie es aussieht, gibt es bei Ihnen heute Kaninchen zum Abendessen."

Sein Lächeln irritierte sie, seine Augen jagten ihr immer noch Angst ein. Sie blickte auf den Boden, wo das Essigwasser einen großen dunklen Fleck hinterlassen hatte, der beinahe wie Blut aussah.

Du lieber Gott, du lieber Gott! Was wäre geschehen, wenn Benjo an meiner Stelle ins Zimmer gekommen wäre ...

„Sind Sie verrückt?!" rief sie empört und ging auf das Bett zu. „Sie fuchteln mit diesem gefährlichen Ding herum und zielen damit auf unschuldige Menschen. Ich hätte Lust, Ihnen ..." Sie brach ab.

„Wozu haben Sie Lust? Wollen Sie mir den Hintern versohlen?"

Verwirrt wandte sie den Blick ab. „Verdient hätten Sie es."

Sie stellte die Schüssel laut klappernd auf den Boden. Sie hatte den Packen Verbandszeug an der Tür fallen lassen. Sie hob die Binden auf und legte sie auf den Nachttisch neben ihre schwarze, in Kalbsleder gebundene Bibel. Dann schlug sie die Bettdecke bis zu seiner Hüfte zurück und schob Bens Nachthemd hoch.

„Was zum Teufel ..." Er griff nach der Decke, aber sie drückte seine Hand zur Seite.

„Stellen Sie sich nicht an! Meinen Sie, ich mache das zum erstenmal?"

Das Blut war durch das weiße Verbandsleinen gesickert. Sie beugte sich über ihn und versuchte, den Knoten zu lösen, mit dem die beiden Enden befestigt waren. Sein Brustkorb hob sich und drückte gegen ihren Unterarm, als er tief einatmete. Sie schaute auf. Er betrachtete sie aufmerksam. Sein Blick glitt langsam über die Kappe, das braune Mieder und den braunen Rock.

„Was sind Sie?" fragte er. „Eine Art Nonne?"

„Wie kommen Sie darauf? Ich gehöre zu einer Religionsgemeinschaft."

Er verzog die Lippen zu einem Lächeln. „Sie sehen ganz normal aus, ein bißchen steif vielleicht. Ganz bestimmt sind Sie so fromm wie eine Betschwester."

„Ich weiß nicht, was Sie unter einer Betschwester verstehen", erwiderte sie. „Wir gehen den gewundenen und schmalen Weg, wir arbeiten und kommen zum Beten zusammen. Wir vertrauen darauf, daß der allmächtige Gott uns behütet."

„Tut er das? Behütet Sie Ihr allmächtiger Gott?"

Eine solche Frage konnte nur einer der *anderen* stellen. In der Gemeinschaft kannte jeder die Antwort auf diese Frage schon von Kindesbeinen an. Sie hielt es für überflüssig, etwas darauf zu antworten.

Es entstand ein gespanntes Schweigen. Er richtete den Blick wieder auf das Fenster. Sie war mit dem Verbandszeug beschäftigt, während er inzwischen aufmerksam ihr Schlafzimmer betrachtete.

Ihr Haus war wie die meisten Farmhäuser im Tal der Träume ein schlichtes Gebäude aus Pappelstämmen mit einem Blechdach. Es hatte drei einfach eingerichtete Räume: eine *Kuch* oder Küche, von der zwei Schlafzimmer abgingen. Es gab keine Vorhänge an den Fenstern, keine Teppiche auf dem Boden, keine Bilder an den Wänden. Es war ein normales Haus, aber ihm würde alles hier bestimmt etwas merkwürdig vorkommen. Sie hatte keine Ahnung, wie sie sich ihm gegenüber verhalten sollte. Sie wußte, sie würde es nie fertigbringen zu lächeln, doch sie fand, sie könnte vielleicht versuchen, etwas freundlicher zu ihm zu sein. Schließlich war er ein Gast in ihrem Haus.

Sie hielt ihm ihre Hand entgegen. „Es ist vielleicht etwas spät, um sich vorzustellen, aber ich heiße Rachel Joder. Mrs. Joder."

Er lag da und schaute sie mit kaltem Blick an. Sein Daumen fuhr langsam und sanft über den Griff des Revolvers. Dann ließ er den Revolver los und ergriff ihre Hand. „Ich bin Ihnen dankbar, Mrs. Joder. Und ich entschuldige mich."

Ihre Handflächen berührten sich einen Augenblick lang. Schließlich zog sie ihre Hand zurück. „Ich nehme Ihre Dankbarkeit und Ihre Entschuldigung an", erwiderte sie. „Haben Sie vielleicht auch einen Namen, den Sie mir nennen wollen? Es ist nur, damit Benjo und ich etwas sagen können, wenn wir über Sie sprechen."

„Sie können mich Kain nennen", sagte er nach einer Weile.

Rachel verschlug es den Atem. *Und nun verflucht seist du auf der Erde, die ihr Maul hat aufgetan und deines Bruders Blut von deinen Händen empfangen...* Ganz sicher konnte niemand bei seiner Geburt einen solchen Namen bekommen. Er mußte ihn als eine Art bitteren und grausamen Scherz angenommen haben.

Kain. Das ist der Name, unter dem er tötet. Sie wußte, daß ihr dieser Gedanke ins Gesicht geschrieben stand.

„Wenn Ihnen mein Name nicht gefällt", sagte er, „suchen Sie sich einen anderen aus. Ich höre auf beinahe jeden Namen, der keine Beleidigung ist." Sein Mund zuckte. „Ist dieser Benjo Ihr Mann?"

„Mein..." Sie mußte sich räuspern und antwortete: „Mein Sohn. Mein Mann ist letztes Jahr gestorben."

Er sagte nichts. Sein Blick wanderte wieder zum Fenster, und er schien sie vergessen zu haben.

„Sie haben mir immer noch nicht verraten, wo Sie zu Hause sind", sagte sie.

„Ich habe kein Zuhause."

Er schien mehr sagen zu wollen, doch das Rattern von Wagenrädern auf der Holzbrücke hielt ihn davon ab. Sofort hob er den Revolver.

Rachel trat ans Fenster, um den Weg besser überblicken zu können. Noahs Sohn kam mit dem Wagen seines Vaters auf den Hof.

Sie wandte sich wieder dem Fremden zu. Er konnte den schweren Trommelrevolver kaum in der ausgestreckten Hand halten. Er zitterte sogar. Sein Brustkorb zuckte, während er schwer atmete, und das Gesicht glänzte schweißnaß.

Sie ging zum Bett, legte ihm die Hand auf die Brust und drückte ihn in die Kissen. „Es ist nur Moses", sagte sie, „der Sohn meines Nachbarn. Er kommt, um für mich Holz zu hacken."

Sein Atem ging so rauh, daß es wie ein Keuchen klang, als er fragte: „Dieser Nachbar und sein Sohn, wissen sie von mir?"

„Das ganze Tal weiß inzwischen von Ihnen."

„Was sagen die Leute?"

Sie beobachtete durch das Fenster, wie Moses die Bremse anzog, die Zügel um den Bremsengriff wand und vom Wagen sprang. Er war siebzehn, und man sah bereits, daß er einmal so groß und kräftig werden würde wie sein Vater.

„Die Leute aus der Gemeinschaft sagen, Sie sind ein *Englischer*, der sich beinahe hat erschießen lassen, und Sie sind nur dank Gottes großer Gnade noch nicht tot. Was die *anderen* sagen, das können Sie vermutlich besser erraten als ich. Wenn Sie jetzt vielleicht so liebenswürdig sind, einen Augenblick stillzuhalten, dann kümmere ich mich um Ihre Wunde."

Sie schnitt den Verband mit der Schere auf, da er hoffnungslos verknotet war. Nach den heftigen Bewegungen blutete er wieder. Ganz sicher war er nur durch Gottes Gnade noch am Leben.

Plötzlich wurde ihr mit Entsetzen klar, daß sie und Benjo in Todesgefahr schwebten. Bei dieser nüchternen Erkenntnis blieb ihr beinahe das Herz stehen. *Als ich diesen Mann aufgenommen habe, sind seine Feinde zu meinen Feinden geworden.*

„Der Mann, der Ihnen das angetan hat...", fragte sie, „wird er Sie bis hierher verfolgen?"

Nichts regte sich in seinem Blick, nichts.

Plötzlich wußte sie es: Er hatte ihn getötet. Es bestand für sie kein Zweifel. Er hatte den Mann getötet, der ihn angeschossen hatte.

Ein flaues Gefühl überkam sie, und sie wollte es nicht wahrhaben. Wer zu ihrer Gemeinschaft gehörte, würde keine Vergeltung an seinen

Feinden üben. Trotzdem mußte sich Rachel in diesem Augenblick etwas eingestehen. Sie empfand es als Erleichterung zu wissen, daß er den Mann getötet hatte. Sie und Benjo befanden sich in Sicherheit, weil dieser Mann tot war.

Moses Weber stapfte über die rohen Bohlen der Veranda und kratzte den Schafsmist von seinen Stiefeln. Die Stiefel hatten geprägte Schäfte und Absätze. Er nahm den runden steifen Filzhut ab, strich die pomadisierten Haare glatt, zog die karierte Hose hoch und hob die Hand, um anzuklopfen.

Die Tür ging auf, bevor er die Hand senken konnte. Mrs. Joder musterte ihn erstaunt, hielt die Hand über die Augen und rief: „Wenn das nicht unser Moses ist! Du siehst sehr gut aus in diesen Kleidern."

Er wurde über und über rot. „Äh, ich komme, um das Holz zu spalten."

„Das ist sehr nett von dir. Besonders da ich weiß, daß dein Vater dich vom frühen Morgen bis zum späten Abend arbeiten läßt."

Er verrenkte sich beinahe den Hals, um einen Blick in die Küche zu werfen. Dann lehnte sie sich an den Türrahmen. „Hast du dir diese fesche Kleidung in der Stadt ausgesucht?"

„Ja, Mrs. Joder. Ich habe sie mit dem Geld für die Wolle vom letzten Sommer bezahlt." Er hob den Kopf, um über sie hinwegzublicken. Er sah nur einen Milcheimer und ein Sieb mitten in der Küche auf dem Boden stehen. Nach all dem Gerede hatte er irgendwie gehofft, den geheimnisvollen Fremden in einem langen schwarzen Mantel und mit zwei Trommelrevolvern mit Perlmuttgriffen zu sehen.

Mrs. Joder kam auf die Veranda und zog die Tür halb hinter sich zu. Moses wünschte sich nichts sehnlicher, als die Revolver mit eigenen Augen sehen zu können. Dann könnte er seiner Freundin Gracie eine Geschichte erzählen, bei der ihr kalte Schauer über den Rücken liefen. Wenn ihm das gelang, erlaubte ihm Gracie manchmal, sie in die Arme zu nehmen und an sich zu drücken.

Er machte einen Schritt rückwärts. „Also, ich..., ich geh in den Holzschuppen."

Er war auf halbem Weg zum Hackklotz, als sie ihm nachrief: „Moses? Klopf an die Tür, wenn du fertig bist! Ich gebe dir einen Apfelkuchen mit nach Hause."

Moses drehte sich um und lachte. Sie hatte ihn nicht ins Haus eingeladen, aber vielleicht konnte er doch noch einen Blick auf den Fremden werfen. Das würde Gracie sehr beeindrucken, obwohl sein

Vater wahrscheinlich einen Wutanfall bekommen würde. Diakon Weber vertrat die Ansicht, daß ein Junge wie er die Welt mit all ihren schlechten und verderblichen Einflüssen nur von weitem sehen mußte, um für immer verdammt zu sein.

Moses blickte zum Haus, aber Mrs. Joder war hineingegangen. In letzter Zeit hatte es viel Gerede darüber gegeben, daß sein Vater und sie heiraten würden. Moses wünschte es sich sehr. Er mochte Mrs. Joder. Sie hatte eine nette Art zu lächeln. Sie erkundigte sich immer, ob er warm genug angezogen sei, und sie gab ihm zu essen. Insgeheim stellte er sich seine Mutter, wenn sie noch am Leben gewesen wäre, oft wie Mrs. Joder vor. Aber seine Mutter war bei der Geburt ihres zweiten Kindes gestorben, als er erst ein Jahr alt war. Danach war seine Tante Fannie erschienen, um seinem Vater und ihm den Haushalt zu führen. Falls sie jemals ein Lächeln auf ihren Lippen hatte, dann nicht in seiner Gegenwart.

Moses zog den neuen Gehrock mit den vier Knöpfen aus. Er sollte keine Schweißflecken bekommen, bevor Gracie ihn gesehen hatte. Wahrscheinlich würde sie ihn in den neuen Sachen überhaupt nicht erkennen. Sie war gewohnt, ihn nur in dem häßlichen braunen Rock aus Sackleinen zu sehen, wie alle Jungen der Gemeinschaft ihn trugen.

Moses verstieß nicht gegen die Regeln, wenn er sich so weltlich kleidete, denn er war noch nicht getauft. Sobald er jedoch sein Gelübde abgelegt und gelobt hatte, den gewundenen und schmalen Weg zu gehen, mußte er sich für den Rest seines Lebens wie die anderen anziehen, sich einen Bart – keinen Schnurrbart – wachsen lassen und durfte auch die Haare nicht mehr scheiteln. Aus seiner Sicht bestand kein Grund, das alles vor der Zeit bereits zu tun.

Moses hängte den neuen Rock vorsichtig an den niedrigen Ast einer Gelbkiefer, dann legte er ein dickes Stück Zedernholz auf den Hackklotz. Er hob die Axt über den Kopf, ließ sie hinuntersausen und spaltete das Holz mit einem dumpfen Ton.

Er stöhnte, denn durch die Bewegung spürte er die Striemen und blauen Flecke auf seinem Rücken. Er war immer noch ganz wund von den Prügeln, die ihm sein Vater wegen seines Ausflugs nach Miawa City am vergangenen Samstag verpaßt hatte. Moses fand, er sei inzwischen zu groß für Prügel, doch er war noch nicht groß genug, um seinen Vater daran zu hindern, ihn auf diese Weise zu bestrafen.

Es gab natürlich einen Weg, um das alles zu beenden. Er konnte der sündigen Welt entsagen, Gracie heiraten und fortan ein Leben nach den Regeln der Gemeinschaft führen. Wenn er das tat, würde zwischen seinem Vater und ihm alles wieder gut werden.

Moses' Körper überließ sich dem Rhythmus der schwingenden Axt, Holzsplitter flogen. Feuerholz spalten war schwere Arbeit, aber Moses fand Vergnügen daran. Es half ihm, den Tumult seiner Gefühle etwas zu besänftigen, die den ganzen Winter über in ihm getobt hatten.

Moses warf ein Holzscheit auf den Haufen und griff gerade nach dem nächsten Stück Zeder, als ein Stein an seinem Kopf vorbeizischte.

„He!" rief er und drehte sich empört um.

Benjo Joder kam mit seinem Schäferhund angelaufen. In der linken Hand hatte Benjo seine Schleuder mit der geflochtenen Lederschlinge.

Moses wies mit dem Kinn auf die Schlinge. „Du hältst dich mit diesem Ding wohl für David, der den Riesen Goliath erschlagen kann."

„Ich ha-ha-habe eine Bisamratte erwischt!" Benjo hob die Ratte an den Hinterbeinen hoch. Der lange, flache Schwanz lag eingerollt um das glänzende braune Fell.

„Puh!" machte Moses und trat einen Schritt zurück, als ihm der gewaltige Gestank der Ratte ins Gesicht schlug. Er betrachtete den Fang und berührte den Arm des Jungen leicht. „Gibt es die Bisamratte zum Abendessen, Benjo Joder?"

Benjo kicherte verlegen, holte aus und warf die nasse tote Bisamratte in einem hohen Bogen durch die Luft. MacDuff rannte bellend hinterher.

Moses legte ein Stück Zedernholz auf den Hackklotz, hob den Kopf und sah gerade noch, wie Benjo einen Blick auf das Haus warf.

„Wie ist er denn?"

Der Junge zuckte zusammen. Moses hatte nicht sagen müssen, wer gemeint war. „Mama sagt, ich soll mich von ihm f-f-fernhalten", erwiderte Benjo. „Er ist ner-ner-nervös."

„Ach ja?" Moses grinste. „Ich nehme an, wohl kaum nervöser als du."

Benjo reckte das Kinn. „Ich habe k-k-keine Angst vor ihm."

Moses beugte sich wieder über den Holzklotz, wischte sich die Hände an seiner Hose ab und griff zur Axt.

„M-m-moses?" Benjo spitzte die Lippen und blähte die Backen. Dann schossen die widerborstigen Worte zusammen mit einem Speichelschauer aus seinem Mund hervor. „B-bist du letzten S-s-samstag wirklich in den ‚G-g-goldenen Käfig' gegangen und hast ein G-g-glas von dem Teufelszeug getrunken?"

Moses blickte sich schuldbewußt um. „Und wenn schon?"

„Du ha-ha-hast es also w-w-wirklich getrunken, das T-teufelszeug?"
„Das habe ich doch gesagt."

Benjo sah ihn mit großen staunenden Augen an, und Moses sonnte sich in der Bewunderung. „Wie hast du überhaupt erfahren, daß ich im Goldenen Käfig gewesen bin?"

„Ich ..., ich h-h-habe gehört, wie dein Vater mit meiner Mutter darüber geredet hat. Er hat gesagt, du b-b-brichst ihm noch das Herz."

Ich breche ihm das Herz. So gesehen, schien es plötzlich nicht zu genügen, daß er sein großartiges Abenteuer mit einem Rücken voller Striemen und blauer Flecke bezahlt hatte.

„U-u-und w-w-wie schmeckt es?" fragte Benjo.

„Was? Der Whiskey? Es ist, als ob man Feuer schluckt."

Moses packte die Axt heftig am Griff. „Wenn du mich noch länger von der Arbeit abhältst, habe ich das Holz im Sommer noch nicht gespalten."

Benjo seufzte leise, drehte sich um und lief davon. Moses wartete, bis der Junge beinahe das Haus erreicht hatte, bevor er den Kopf hob. Er war so beschäftigt damit gewesen, Benjos Fragen zu beantworten, daß er die Gelegenheit nicht genutzt hatte, selbst ein paar Fragen zu stellen. Benjo wußte vermutlich alle möglichen interessanten Dinge über den Fremden. War er wirklich so gefährlich? Wie viele Menschen hatte er getötet? Wie sah dieser Fremde eigentlich aus? Und vor allem wollte Moses wissen, welche Kleidung der Fremde getragen hatte, als er angeschossen wurde.

VIERTES KAPITEL

In dieser Nacht setzte sich das Fieber in der Brust des Fremden fest. Bei jedem Atemzug schien er buchstäblich zu ertrinken. Rachel wartete mit Schrecken darauf, daß nach jedem erstickten Ringen nach Luft der Kampf zu Ende sein würde.

Aber sie wollte ihn nicht einfach sterben lassen. In den ersten Stunden, als er noch schlucken konnte, flößte sie ihm Zwiebelsirup ein. Sie wusch seinen fiebrigen Körper von Kopf bis Fuß mit Essigwasser. Und sie betete für ihn.

Einmal, mitten in der Nacht, glaubte sie, er sei wieder bei Bewußtsein. Er versuchte krampfhaft, sich aufzusetzen. Sie beugte sich vor und legte ihm behutsam den Arm um die Schulter, um ihn zu beruhigen. Er röchelte. Die Rippen schienen den Brustkorb sprengen zu wollen. Der Verband glänzte im schwachen Lampenschein feucht und schwarz.

Sie wußte nicht genau, wie lange es dauerte, bis ihr bewußt wurde, daß er am ganzen Körper vor Schüttelfrost zuckte. Sie deckte ihn mit den Laken und dem dicken Quilt zu. Als das nichts half, legte sie sich angezogen mit Schultertuch und Gebetskappe neben ihn, um ihn mit ihrem Körper zu wärmen.

Sie hatte bisher nur einen Mann in den Armen gehalten, und das war ihr Mann gewesen. Die Erinnerung an Ben.

Ein Mann wie dieser Fremde hat meinen Mann umgebracht, und er hat dabei gelacht. Mein Ben mußte auf grausame Weise sterben. Das alles nur, weil die anderen *kein Gewissen haben und töten, so wie dieser Mann, der sich Kain nennt.*

Rachel wehrte sich gegen die Einflüsterungen des Teufels. Der Fremde hatte ihr nichts getan. Sie durfte ihn nicht für das verantwortlich machen, was die *anderen* Ben angetan hatten.

Als sie später in der grauen Stunde, die der Morgendämmerung vorausgeht, seinen von Fieberschauern zitternden Körper immer noch an sich drückte und ihr Gesicht dicht neben seinem Gesicht lag, hoben sich seine Augenlider etwas.

„Verlaß mich nicht", flüsterte er tonlos, und in seinen blauen Augen lag das ganze Leid der Welt, in der es für ihn weder Glück noch Frieden gab.

ER STARB in dieser Nacht nicht und auch nicht in der nächsten. In der dritten Nacht schlief Rachel irgendwann ein, während sie neben dem Bett kniete und betete. Als sie im Morgengrauen erwachte, lag sie halb auf dem Bett und hielt seine Hand. Benommen und verwirrt, wie sie war, wußte sie nur, daß sich etwas verändert hatte. Dann wurde ihr klar, was. Im Zimmer war es still. Das würgende, röchelnde Keuchen des Fremden hatte sich in das langsame, gleichmäßige Atmen eines tiefen Schlafs verwandelt.

Sie stand stöhnend auf und fühlte sich wie zerschlagen. Sie schaute auf sein Gesicht hinab. Es schien ihr merkwürdig, daß ein Gesicht vertraut sein konnte und doch ihrem Herzen nicht nahestand.

Sie spürte eine seltsame Verbundenheit mit ihm. Nicht die Verbundenheit der Freundschaft und Fürsorge, denn er war einer der *anderen*. Auch nicht Sympathie, denn sie kannte ihn nicht. Sie hatte jedoch plötzlich das sichere Gefühl, daß er ihr aus einem ganz bestimmten Grund geschickt worden war.

ETWAS später an diesem Morgen stand sie draußen auf dem Schlitten und fütterte die Schafe, als sie Benjo schreien hörte.

Ihr Sohn stürmte mit MacDuff auf den Fersen aus dem Haus. Der Junge rannte so schnell, daß er den Hut verlor. Rachel stieß die Gabel in einen Heuballen, sprang vom Schlitten und lief ihm nach.

Am Bach holte sie ihn ein. Er sah verängstigt aus, aber auch schuldbewußt.

„Benjo ..." Sie mußte erst einmal tief Luft holen. „Benjo, was ist passiert? Hat der Fremde dir etwas getan?"

„Nein!" Benjo schüttelte den Kopf. „Da-da-das hat er nicht getan!"

Er riß sich los und rannte davon. MacDuff sprang bellend hinterher und hielt das Ganze wohl für ein Spiel. Offenbar hatte Benjo etwas aus dem Gleichgewicht gebracht, aber ihm war nichts geschehen. Wahrscheinlich würde sie im Augenblick nicht mehr aus ihm herausbekommen.

Sie kehrte ins Haus zurück. Sie hatte das Gefühl, mit drei Schritten die Küche zu durchqueren, so wütend war sie auf den Fremden. Sie trat ins Schlafzimmer und ging geradewegs auf das Bett zu. „Was haben Sie getan, um meinen Sohn zu erschrecken?"

„Wenn jemand erschrocken sein sollte, dann ich. Ich bin plötzlich aufgewacht. Er hatte sich über mich gebeugt, so daß sich unsere Nasen beinahe berührten. Dann fing er wie eine Fontäne an zu spucken. Ich habe nur mit dem Finger auf ihn gedeutet..." Seine Mundwinkel hoben sich langsam. „Nun ja, vielleicht habe ich ‚peng' gesagt."

Rachel wurde plötzlich kalt. Was er getan hatte, war gemein. Sein Blick erschreckte sie und machte sie still.

„Ich mag keine Überraschungen, Mrs. Joder. Ich dachte, Ihr Sohn sollte das wissen."

„Mr. Kain, Sie jagen uns in so kurzer Zeit einen Schrecken nach dem anderen ein, daß wir kaum Zeit haben, uns davon zu erholen."

„Ich möchte, daß Ihr Sohn vorsichtig ist", erwiderte er langsam und sah sie wieder an. „Aber ich möchte nicht, daß er Angst hat. Und Sie sollen auch keine Angst vor mir haben."

Was er dann tat, erschreckte sie. Er legte die flache Hand auf ihre Bibel. „Ich schwöre Ihnen, Mrs. Joder, bei diesem Buch, daß ..."

„Nein, das dürfen Sie nicht tun!" Instinktiv legte sie ihm den Finger auf den Mund, um ihn am Weitersprechen zu hindern. „Sie dürfen mir nichts auf die Bibel schwören. Ein Schwur ist von großer Bedeutung. Man darf nur Gott etwas schwören, denn ein Schwur bindet für das ganze Leben."

Sie hatte den Finger sofort wieder von seinen Lippen genommen. Doch sie hatte ein merkwürdiges Gefühl wie eine Art Brennen. Er sah sie auf seine eindringliche Art an, ohne die Hand von der Bibel zu nehmen. Dann legte er die Hand wieder in den Schoß. „Wie wäre es dann mit einem einfachen Versprechen?" fragte er. „Glauben Sie mir, wenn ich Ihnen sage, daß ich Ihnen und Ihrem Sohn nichts tun werde?"

Sie sah ihn an und versuchte, ihn zu verstehen. Er schien sich nicht vorstellen zu können, daß ihm jemand Vertrauen schenkte, weil er niemandem als sich selbst traute.

„Wenn Sie glauben, daß Sie uns nichts tun", sagte sie, „dann glauben wir Ihnen."

FÜNFTES KAPITEL

Der Fremde stand auf Rachel Joders Veranda. Er hatte ein Bein angewinkelt, stemmte die Stiefelsohle gegen die Wand und schob nachlässig einen Daumen in den Patronengurt, der um seine Hüfte hing. Sein Hut warf einen schützenden Schatten über das Gesicht.

Rachels Schritte wurden langsamer, als sie ihn auf der Veranda sah. Sie war etwas außer Atem, weil sie die Mutterschafe von der Futterkoppel hinaus auf die Weide getrieben hatte. Als er plötzlich mit dem Revolver im Halfter auf der Veranda stand, spürte sie, wie ihr Herz einen Schlag aussetzte. Sie durchquerte den Hof und ging auf ihn zu. Am Fuß der Treppe blieb sie stehen und musterte ihn. „Sie sollten im Bett sein, Mr. Kain", sagte Rachel.

„Wenn ich noch einen Tag länger auf dem Rücken liege und die Astknoten in den Dachbalken zähle, können mich die Wanzen holen."

„In meinem Bett ist keine Wanze!"

Er kniff die Augen etwas zusammen. „Das behaupte ich nicht, Mrs. Joder. Das Bett ist sauber, und weich ist es auch. Aber es ist langweilig, schrecklich langweilig."

Sie mußte die Hände unter der Schürze falten, um ihre Nervosität zu verbergen. Es war anzüglich und unanständig von ihm, so etwas zu ihr zu sagen.

Er richtete sich auf. Er war größer, als sie geglaubt hatte, und wirkte vornehm in der enganliegenden Gabardinehose, die er in die glänzenden schwarzen Lederstiefel gesteckt hatte. Er trug über Bens Hemd eine flaschengrüne Weste. *Bens Hemd...* Er trug Bens Hemd.

Er bemerkte ihren Blick. „Ich habe ein Hemd von Ihrem Mann genommen. Wenn es Ihnen weh tut, mich darin zu sehen ..."

Sie schüttelte den Kopf. „Nein, nein. Als ob so etwas wichtig wäre. Ihr Hemd hatte Flecken, und es ließ sich nicht mehr retten ..." Sein Hemd hatte kleine Biesen, perlenbesetzte Knöpfe und einen hohen Kragen gehabt. Das Hemd, das er jetzt trug, hatte weder Kragen noch Knöpfe und erst recht keine Biesen. „Ich fürchte, Sie müssen sich vorübergehend ein wenig wie einer aus der Gemeinschaft kleiden, Mr. Kain."

„Glauben Sie nicht, daß mein Ruf darunter leidet?" erwiderte er.

Nur mit Mühe unterdrückte Rachel ein Lachen.

Er drehte sich etwas unsicher um. „Würde es Ihnen etwas ausmachen, wenn ich mich hier draußen auf einen Stuhl setze? Ich wollte unbedingt ein wenig an die Sonne, aber inzwischen glaube ich doch nicht, daß ich die ganze Zeit stehen kann."

Als sie am Morgen seinen Verband gewechselt hatte, war die Wunde noch rot und entzündet gewesen. Er hatte zwei Wochen im Bett gelegen und einen großen Teil dieser Zeit hohes Fieber gehabt. Es überraschte sie nicht, daß er sich unsicher auf den Beinen fühlte.

„Sie sollten weder stehen noch sitzen", erwiderte sie. Doch bevor sie zu Ende gesprochen hatte, verschwand sie bereits durch die offene Tür in der Küche, um einen ihrer Stühle mit den gedrechselten Rückenlehnen für ihn zu holen. Wenn er der Welt seine beunruhigende Gegenwart nicht vorenthalten wollte, dann sollte er es lieber auf der Veranda als im Haus tun.

Als sie wieder herauskam, nahm er ihr den Stuhl ab und stellte ihn direkt vor die Hauswand. Beim Setzen schwankte er unsicher, und sie mußte ihm helfen. Für einen Augenblick standen sie nahe beieinander. Sein Arm war um ihre Taille gelegt. Aber dann saß er auf dem Stuhl, und sie trat einen Schritt zurück. Er wirkte so weltlich in dieser Umgebung und so ganz anders als alles, was sie gewohnt war.

RACHELS Rock folgte anmutig dem Rhythmus ihrer Bewegungen, während sie mit dem Rasierpinsel die Seife zu dickem Schaum rührte.

Rachel drückte das Handtuch aus, das in der Schüssel mit dampfendem Wasser gelegen hatte, legte es ihm auf das Gesicht und erstickte seinen erschrockenen Aufschrei.

Als der Fremde an diesem Morgen auf der Veranda in der Sonne gesessen hatte, war ihr aufgefallen, daß er sich wiederholt die Bartstoppeln kratzte. Ohne weiter nachzudenken, hatte sie ihm angeboten, ihn zu rasieren. Selbst wenn sie ihm Bens Rasiersachen geliehen hätte, mit dem rechten Arm in der Schlinge hätte er das nie selbst geschafft.

Er verfolgte jede ihrer Bewegungen, als sie das Handtuch entfernte und gleichmäßig den Schaum auf dem dunklen Bart verteilte. Sie wartete, bis er langsam die Augen schloß, dann sagte sie: „Wenn ich sehe, daß Blut spritzt, dann weiß ich, daß ich zuviel abgeschnitten habe."

Er riß die Augen auf, und Rachel lachte. Sie konnte nicht mehr aufhören. Das tat so unendlich gut. So hatte sie nicht mehr gelacht, seit Ben tot war.

Als sie sich wieder beruhigt hatte, versuchte er, den Beleidigten zu spielen, aber es gelang ihm nicht. Seine Augen verrieten ihn. „Haben Sie jetzt genug über meine Feigheit gelacht?"

Sie nickte ernst.

„Dann zeigen Sie mir bitte, wie Sie das Rasiermesser halten. Ich will nur wissen, ob Ihre Hand zittert."

Sie hielt das Rasiermesser hoch und ließ die Klinge so zittern, daß die Sonnenstrahlen darauf tanzten. Das brachte sie von neuem zum Lachen und ihn ebenfalls. Aber die Stille, die dann folgte, erzeugte ein Unbehagen, als ob sie sich der Vertraulichkeit ihres Lachens bewußt gewesen wären.

Es gefiel ihr zu sehen, wie das Rasiermesser nach und nach die gemeißelten Züge und die glatte Haut seines Gesichts zum Vorschein brachte. Sie hatte vergessen, wie jung er vermutlich war. Er hatte meist etwas Abweisendes, Hartes an sich, das ihn älter wirken ließ, als habe er mehr durchgemacht, als sein Gesicht verriet.

Sie beugte sich tiefer und berührte mit dem Oberkörper seine Schulter. Verlegen wich sie zurück und sah ihn verwirrt an. Aber sein Blick richtete sich nicht auf sie, sondern auf etwas in der Ferne – vielleicht auch auf etwas tief in seinem Innern.

Sie war von ihm fasziniert. Es gab so viele Dinge, die sie an ihm interessierten – seine Einsamkeit, seine Ruhelosigkeit und seine Sünden.

Sie wusch ihm das Gesicht mit einem sauberen heißen Handtuch. „So, Mr. Kain", sagte sie. Sie beugte sich über ihn und wischte mit einem Zipfel des Handtuchs den letzten Rest Seifenschaum von einem Ohrläppchen.

Er wickelte dabei ein Band ihrer Haube um seinen Zeigefinger und zog leicht daran. „Wozu tragen Sie eigentlich dieses Ding die ganze Zeit?"

„Das ist bei uns so üblich. Es gehört zur *Ordnung*, zu den Lebensregeln. Die Bibel sagt: ‚Will ein Weib sich nicht bedecken, so schneide man ihr auch das Haar ab.' Deshalb tragen wir unsere Kappen am Tag."

„Kennen Sie einen Präriebrand?" fragte der Fremde. „Wenn die Flammen die Unterseite der Wolken aufleuchten lassen und den Himmel scharlachrot und weinrot färben? Als ich in der ersten Nacht hier die Augen aufgeschlagen habe, lag ich in Ihrem Bett und glaubte, auf eine von Flammen beleuchtete Wolke zu blicken. Ich dachte, es sei ein Traum, aber es waren Ihre offenen Haare. Warum sollte Gott oder irgend jemand etwas so Schönes verbergen wollen?"

Bei seinen Worten regte sich ein Anflug von Freude in ihrer Brust. „Wenn ich Ihnen zuhöre", sagte sie, „vermute ich, daß die Schlange die schwache Eva im Paradies mit ähnlichem Unsinn dazu verführt hat, von der verbotenen Frucht zu kosten."

Sein Mund verzog sich zu einem übermütigen Lächeln. „Ja, wahrscheinlich. Aber wahrscheinlich hat ihr der Apfel so gut geschmeckt, daß die Schlange sie überhaupt nicht dazu verführen mußte, ein zweites Mal hineinzubeißen."

RACHEL saß auf den Verandastufen. Sie hatte die Arme um die Knie geschlungen und den Kopf zurückgelegt. Die Sonne tanzte wie ein roter Ball hinter ihren geschlossenen Augenlidern. Der Wind brachte endlich einen Anflug von Wärme. Es roch nach Frühling.

Sie streckte ihre Beine aus und stützte sich auf ihre Ellbogen. Dann drehte sie sich nach dem Fremden um. Er hatte den Stuhl an die Hauswand gestellt und die langen Beine ausgestreckt. Er bewegte sich nicht. Leicht beunruhigt dachte sie daran, aufzustehen und nachzusehen, ob er überhaupt atmet.

Aufstehen mußte sie so oder so. Sie mußte Brot backen und Kleider waschen. Es war reine Faulheit, nur so dazusitzen. Benjo würde außerdem aus der Schule nach Hause kommen. Vermutlich wäre es besser, wenn der Fremde dann nicht mehr auf der Veranda sitzen würde. Benjo hielt sich von ihm fern, seit er ihn mit dem „Peng" so erschreckt hatte. Für Rachel war das eher angenehm, obwohl sie nicht genau wußte, warum. Sie wollte daran glauben, daß ihnen der Fremde kein Leid zufügen würde.

„Ein Tag wie dieser ist schön, finden Sie nicht auch, Mr. Kain? Man möchte Gott preisen und ihm dafür danken, daß er einem das Leben geschenkt hat, um sich an einem solchen Tag zu erfreuen."

Ihre Worte schienen ins Leere zu fallen. Sie drehte den Kopf und sah, wie er den Blick schnell auf die Berge richtete, als habe sie ihn dabei überrascht, daß er sie ansah. Sie hatte das Gefühl, er habe gerade an etwas sehr Schmerzliches gedacht. Sie wollte zu ihm gehen und ihn trösten. Sie wollte ihm die Hand auf den Kopf legen. Statt dessen umfaßte sie ihre Knie fester.

„Was hat Sie eigentlich dazu gebracht, sich hier in diesem einsamen Tal anzusiedeln?" fragte er mit belegter Stimme.

„Es war Gott", antwortete sie langsam. „Wir haben als eine größere Religionsgemeinschaft angefangen, die sich im Sugarcreek Valley in Ohio als Farmer niederließ. Aber es kam zu einer Spaltung der Gemeinschaft. Manche von uns hatten das Gefühl, daß die anderen sich von der Welt vom rechten Weg abbringen ließen. Sie gewöhnten sich an moderne Dinge und wurden hochmütig. Sie ließen sich zum Beispiel fotografieren, hatten Knöpfe an ihren Kleidern, und die Männer trugen Hosenträger. Manche banden sich sogar Halstücher um."

Er lachte. „Ja, ich habe viele Männer gekannt, die von Halstüchern auf die breite Straße der Sünde geführt wurden."

„Sie sollten über Dinge, die Sie nicht verstehen, auch nicht lachen."

Er machte ein ernstes Gesicht, doch sie wußte, daß er innerlich immer noch lachte.

„Nun ja", fuhr sie etwas verunsichert fort, „mein Vater hatte eine Offenbarung Gottes. Er hat dieses Tal im Traum gesehen und uns hierher nach Montana geführt. Das heißt nur diejenigen von uns, die entschlossen waren, auf dem gewundenen, steilen Pfad zu bleiben, der in den Himmel führt. Als beim ersten Gottesdienst in diesem Tal mein Vater durch das Los zum Prediger bestimmt wurde, da wußten wir, es war ein Zeichen Gottes. Es war eine Art Bestätigung dafür, daß er uns an den richtigen Ort geführt hatte. Doch dann stellte sich heraus, daß das Tal wenig Wasser hatte."

„Das Land liegt sehr hoch, und viel mehr als Gras zum Heumachen kann man hier wohl kaum erhoffen."

Seine zutreffende Bemerkung überraschte sie. „Sind Sie Farmer?"

„O Gott, nein. In diesem Leben bestimmt nicht mehr."

Sie versuchte, sich ihn als Farmer vorzustellen, wie er breitbeinig auf einem Schlitten stand und mit der Gabel hungrigen Schafen Heu zuwarf. Doch statt dessen sah sie Ben vor sich.

„Ben, mein Mann, hatte die Idee, es mit Schafen zu versuchen. Obwohl die Bibel oft von ‚Hirten' und ‚Herden' spricht und davon, daß Abel, der Sohn Adams, ein Schafhirte war, suchte mein Vater als

Prediger und Führer der Gemeinde viele Tage lang im Gebet eine Antwort, bevor er sich mit dem Gedanken anfreunden konnte. Es bedeutete eine große Veränderung, den Pflug an die Wand zu hängen und Schafe zu züchten."

„Ihr Vater ist offenbar ein standhafter Mensch."

„Es ist nicht unsere Art nachzugeben. In der Gemeinschaft gibt es für uns nur einen Weg, etwas zu tun, und keinen anderen. Ben besaß die Fähigkeit, die Dinge auch von der anderen Seite zu sehen." Sie wurde traurig und verstummte. Sie schluckte und atmete tief, und im nächsten Augenblick standen ihr Tränen in den Augen.

„Er fehlt Ihnen." Er sprach die Worte einfach, und seine Stimme war leise. Aber dann fragte er sanft: „Wie ist er gestorben?"

Sie ballte die Hände zu Fäusten. Sie hatte nie darüber gesprochen, nicht mit ihrem Vater, nicht mit ihrer Mutter und nicht mit einem ihrer Brüder. Nicht einmal mit Noah.

„Sie haben ihn aufgehängt. Die *anderen* haben meinen Mann als Rinderdieb aufgehängt."

Sie sah ihn an und wartete darauf, daß er sagen würde: Das tut mir leid... Statt dessen fragte er: „War er ein Rinderdieb?"

„Ben hätte sich eher beide Hände abgehackt, als etwas zu nehmen, was ihm nicht gehörte!"

Ihre Worte klangen scharf, weil der Zorn und die Empörung in ihr nie zur Ruhe kamen. „Die meisten der *anderen* in dieser Gegend mögen uns nicht, weil wir andere Sitten haben und uns absondern. Meistens ist alles harmlos. Allerdings gibt es da einen Rinderzüchter, einen Schotten namens Fergus Hunter. Er hat auf der anderen Seite im Tal eine große Ranch."

Sie starrte auf die steilen, mit Kiefern bewachsenen felsigen Hänge, als könnte sie durch die Felsen hindurch das große weiße Haus mit den vielen Dachgauben und den großen Veranden sehen, die endlosen Weiden, die meilenlangen Zäune und die vielen tausend Rinder.

„Das ganze Tal war einmal freies Land. Mr. Hunter gewöhnte sich an, seine Rinderherden dort weiden zu lassen, wo es ihm gefiel. Er blähte sich in seinem Stolz so auf, daß er von seinen Leuten verlangte, ihn Baron zu nennen. Es hat ihm mit Sicherheit nicht gefallen, daß wir hierhergekommen sind und das Land rechtmäßig erworben haben, das er sich einfach angeeignet hatte. Und es gefiel ihm noch weniger, daß wir anfingen, Schafe zu züchten. Vor ungefähr einem Jahr hat er die Grenze seiner Ranch so gezogen, daß sie mitten durch das Tal ging. Er erklärte diese Grenze zur Todeslinie und sagte zu uns: ‚Wenn ihr sie überschreitet, dann bringt euren Sarg gleich mit.'"

Dem Fremden entrang sich ein kaum hörbarer Seufzer, als habe er die Geschichte schon einmal gehört. „Und ihr habt ihm nicht geglaubt."

„O doch, wir haben ihm geglaubt. Aber wir haben uns nicht vertreiben lassen, ganz gleich, wie viele Linien Mr. Hunter zog. In einer feindseligen, brutalen Welt können wir es nicht immer vermeiden, für unseren Glauben leiden zu müssen."

„Ja, ‚Denn wir werden ja um deinetwillen täglich erwürgt und sind geachtet wie Schlachtschafe'."

„Aber Mr. Kain, Sie kennen ja die Bibel!" rief Rachel erstaunt.

Der Fremde blickte auf die fernen Berge. Sein Gesicht war ausdruckslos. „Ein Mann kann den Duft einer Weide kennen", sagte er. „Er weiß, was ein erstklassiges Pferd ist, und liebt eine schöne Frau. Das alles kann er kennen, ohne es je zu verstehen."

Seine Worte ernüchterten sie. Sie kannte ihn nicht, und sie verstand ihn nicht. Vermutlich interessierte ihn überhaupt nicht, wie ein ehrlicher Schafzüchter den Tod gefunden hatte. Doch es wäre wie ein Verrat an Ben gewesen, seine Geschichte nicht zu Ende zu erzählen.

„Als Mr. Hunter die Todeslinie zog, stellte er einen Mann ein, von dem er sagte, er sei sein Aufseher. Er behauptete, viele Kälber würden spurlos verschwinden, noch bevor sie ein Brandzeichen zu seinem Eigentum machen konnte. Der Aufseher sollte dem Rinderdiebstahl ein Ende setzen." Sie versuchte geringschätzig zu lachen, brachte aber nur einen erstickten Laut hervor. „Vielleicht hätte sich der Aufseher mit den Rindern von Mr. Hunter unterhalten sollen, denn sie kamen ständig uneingeladen auf unsere Heuwiesen. Im letzten Frühjahr trieb Ben sie eines Morgens zusammen und wollte sie zurückbringen."

Es war ihre letzte Erinnerung an ihn. Er hatte auf dem alten Wagengaul gesessen und das Lasso über den Rindern kreisen lassen, die den Staub im Hof aufwirbelten.

„Er brauste immer schnell auf, aber er kam meist über seinen Zorn ebenso schnell hinweg. Ich nehme an, er ist an jenem Morgen losgeritten, um Mr. Hunter die Meinung zu sagen."

Sie blickte auf die zerklüfteten, steilen, mit Kiefern bewachsenen Hänge, hinter denen die Hunter-Ranch lag. „Sie haben ihn aufgehängt, weil er die Rinder angeblich stehlen wollte."

„Möge Gott mit ihm sein", sagte der Fremde so leise, daß sie sich fragte, ob sie seine Gedanken oder seine Stimme hörte.

„Wissen Sie, was Mr. Hunter später gesagt hat? ,Es tut mir leid, Mrs. Joder.' Er kam mit dem Sheriff auf die Farm. Zuerst berichtete mir der Sheriff, wie es zu dem Irrtum gekommen war. Er erklärte, jemand, der glaubt, seine Rinder werden gestohlen, habe das Recht, sie vor Dieben zu schützen. Dann sagte Mr. Hunter, das mit meinem Mann sei eine Tragödie und er bedauere den Irrtum."

„Mir scheint, daß Sie nichts von seiner Entschuldigung halten."

„Der Tod ist etwas sehr Schmerzliches", sagte sie zu dem Fremden und zu sich, „aber nur für die Lebenden. In der Bibel heißt es, daß der Herr gibt und der Herr nimmt. In unserer Trauer schauen wir leicht nur auf das, was er nimmt. Aber er hat mir die Jahre gegeben, die ich mit Ben zusammen war, und er hat mir unseren Sohn gegeben."

„Ich bringe die Mörder um, wenn Sie das wollen."

„Wie bitte?" Sie starrte ihn verwirrt an.

Seine Stimme klang schneidend kalt. „Ich bringe diesen Mr. Hunter und seinen Aufseher um, weil sie Ihren Mann gehängt haben."

Sie sprang auf und fiel beinahe die Stufen hinunter, so daß sie sich an das Geländer klammern mußte. „Sagen Sie nicht solche schrecklichen Dinge! Es gibt keine Rechtfertigung, jemanden zu töten. Rache steht allein Gott zu."

Er schaute sie mit seinen blauen Augen an. „Das war nur ein Angebot, denn ich denke, ich schulde Ihnen etwas dafür, daß Sie mich aufgenommen und gepflegt haben. Falls Sie Ihre Meinung ändern ..."

„Das werde ich niemals tun!" Ein heftiger kalter Windstoß bauschte ihren Rock. Sie legte zitternd die Arme um ihren Oberkörper. „Das werde ich nie tun", wiederholte sie.

SECHSTES KAPITEL

Das Bügeleisen glitt über die angefeuchtete Musselinkappe. Der Geruch heißer Stärke lag in der Luft. Rachel stellte das Eisen an den dafür vorgesehenen Platz auf den Küchenherd. Vorsichtig nahm sie die Kappe vom Bügelbrett und trug sie zum Küchentisch, wo bereits drei andere aufgereiht lagen.

Sie warf einen prüfenden Blick durch die offene Tür nach draußen. Eine frische Brise trug den dumpfen Geruch feuchter Erde in die Küche, wo er sich mit den Gerüchen von Stärke und heißem Metall vermischte. Von ihrem Platz aus konnte Rachel einen der glänzenden schwarzen Stiefel des Fremden sehen. Er saß schon den ganzen Tag auf der Veranda, mit dem Rücken zur Wand.

Sie wußte, daß er die Straße beobachtete, als warte er darauf, daß jemand unvorsichtig genug sei, hier vorbeizureiten, damit er den Armen wie aus einem Hinterhalt erschießen konnte.

Ich bringe sie für Sie um, wenn Sie wollen.

Wenn man das Dunkel der Nacht vertreiben will, dachte sie, dann zündet man eine Laterne an. Jesus hatte Paulus den Auftrag erteilt: „Aufzutun ihre Augen, daß sie sich bekehren von der Finsternis zu dem Licht und von der Gewalt des Satans zu Gott". Sie würde dem Fremden das Licht zeigen.

Sie strich ihre Schürze glatt und ging hinaus auf die Veranda. „Übrigens, wovon wir heute morgen gesprochen haben, Mr. Kain ..."

Er schob den Hut zurück und blickte zu ihr auf. „Ich erinnere mich an unser Gespräch, Mrs. Joder. Ich nehme allerdings an, daß Sie entschlossen sind, mich soweit zu bringen, daß ich meinen Vorschlag bedauere."

„Ich möchte noch einmal über Leben und Sterben sprechen. Über das Leben und das Sterben zu der Zeit, die Gott bestimmt hat, und darüber, daß wir für unsere Sünden zur Rechenschaft gezogen werden. Mr. Hunter muß sich für das, was er getan hat, verantworten. Aber das wird er vor Gott tun. Das geht allen so, wenn sie abberufen werden."

„Ich glaube nicht, daß er mich abberufen wird, um mit mir abzurechnen, wenn ich an der Reihe bin."

„Sie irren sich! Eine Seele kann nur durch ein rechtschaffenes Leben wieder reingewaschen und gerettet werden. Zu einem christlichen Leben gehört es zu begreifen, daß wir jene lieben müssen, die uns hassen. Wir dürfen keine Rache an unseren Feinden nehmen."

Der Fremde seufzte. „Erstens ist der Feind, von dem wir sprechen, nicht mein, sondern Ihr Feind. Zweitens habe ich Ihnen gesagt, daß ich das Töten übernehmen würde."

„Sie würden einem Mann das Leben nehmen, den Sie nicht einmal kennen?"

„Das mache ich ständig."

Seine Antwort traf sie wie ein Blitz. „Sie werden Mr. Hunter nicht töten."

Er zuckte die Schultern. „Ich habe es Ihnen angeboten, und Sie haben ‚Nein, danke' gesagt. Wenn es dem Mann nicht in den Sinn kommt, mich umzulegen, bin ich zufrieden."

Sie drehte sich wortlos um und ging in die Küche.

Rachel klopfte mit dem Nudelholz den Teig. Sie knetete und drückte den Ballen, und der Teig wurde flacher. Sie schob und zog das schwere Nudelholz so energisch, daß bald der Mehlstaub wie eine weiße Wolke über ihrem Kopf hing. Nach einer Weile machte sie eine Pause, wischte ihre Hände an der Schüssel ab und ging auf die Veranda hinaus.

„Mr. Kain, in der Bibel steht: ‚Und wer dich schlägt auf einen Backen, dem biete den andern auch dar.'"

Er blickte mit einem höflichen Gesichtsausdruck zu ihr auf, doch seine Augen waren unergründlich. „Man hat mir die Bibel, die Sie zitieren, oft genug vorgelesen, als ich noch ein Junge war. Ich glaube mich zu erinnern, daß Jesus Christus selbst viel davon geredet hat, seine Feinde zu lieben. Aber an dem Tag, an dem seine Feinde ihn in ihrer Gewalt hatten, haben sie ihn mit einem Dornenkranz gekrönt und ans Kreuz geschlagen. Das, Mrs. Joder, kommt davon, wenn man dem Gegner auch noch die linke Backe hinhält."

Sie zuckte zusammen. „Jesus ist gestorben, damit wir gerettet werden können."

„Ach ja? Wofür ist Ihr Mann gestorben?"

Sie wollte in die Küche fliehen, aber er hielt sie am Arm fest. „Laufen Sie nicht schon wieder davon! Ich höre auf. Ich verspreche es."

„Ich laufe nicht davon, ich habe Brot im Ofen. Womit hören Sie auf?"

„Mit Ihnen zu spielen. Kennen Sie das? Man gibt einem Mustang die Sporen, damit er bockt und um sich schlägt, bis er jeden Widerstand aufgibt und man ihn zureiten kann."

„Sie haben ..., und ich dachte, ich hätte ..." Sie brach so überraschend in Lachen aus, daß er sie verblüfft losließ. Wir haben uns gegenseitig alles mögliche an den Kopf geworfen wie Kinder, dachte sie. Wir sind in unseren Überzeugungen zu weit voneinander entfernt, um uns wirklich verstehen zu können.

Sie begriff jetzt, daß sie nicht versucht hatte, den Fremden aus der Dunkelheit herauszuführen, sondern sich selbst. In ihr hatte der Gedanke an Rache Wurzeln geschlagen. Doch sie würde diese teuflische Anfechtung überwinden.

Sie lachte noch einmal und fühlte sich plötzlich leicht im Herzen und wie von schweren Lasten befreit. „Es wird Ihnen nie gelingen, mich von meinem Glauben abzubringen, Mr. Kain", sagte sie lachend. „Ganz bestimmt nicht mit ein paar Sporen."

NOAH WEBER hörte Rachel lachen. Er ging durch das Wäldchen mit den alten Gelbkiefern und Lärchen, die seine Farm und ihre voneinander trennten. Er ging langsam und bedächtig über die nassen Kiefernnadeln und den schmelzenden Schnee. Ihr Lachen erschreckte ihn, und er blieb wie angewurzelt stehen.

Sie lehnte am Geländer der Veranda. Ihr Rock und die Bänder ihrer weißen Kappe flatterten im Wind. Sie unterhielt sich mit dem Fremden. Sie lachte mit ihm. Aber Noah hatte kaum Augen für ihn. Sein Blick richtete sich auf Rachel.

Im Laufe der Jahre hatte er sie oft wie jetzt aus der Entfernung beobachtet. Wenn er die Joders besucht hatte, um mit Ben über das Scheren oder das Heumachen zu sprechen, war er in Wirklichkeit gekommen, um sie zu sehen.

Jetzt näherte er sich langsam. Er wollte den Augenblick verlängern, in dem es ihm vorkam, als gehöre sie ihm. Der Fremde mußte ihn entdeckt haben. Er machte eine entsprechende Handbewegung, sie verharrte mitten in der Bewegung und drehte sich dann schnell um.

„Noah!" rief sie strahlend, als sei sie glücklich. „Wie nett von dir, daß du mich besuchen kommst. Mr. Kain, das ist mein guter Nachbar und besonderer Freund Noah Weber."

Noah richtete den Blick auf den Fremden. Der Mann musterte Noah kalt mit halb geschlossenen Augen. Dann hob er die Hand und legte sie auf das Knie. Noah wurde erst jetzt bewußt, daß diese Hand bisher den Revolver umfaßt hatte, den er an einem Gürtel um die Hüfte trug – vermutlich seit Noah hinter der Scheune aufgetaucht war.

„Guten Tag, Sir", sagte der Fremde. „Wie geht es Ihnen?" Er sprach etwas schleppend. Vielleicht kam er aus Texas, dachte Noah.

„Mir geht es gut, Fremder. Und Sie, ich würde sagen, Sie haben Glück mit dem Platz gehabt, den Sie sich ausgesucht haben, um angeschossen zu werden."

Der Fremde verzog die Lippen zu einem unbekümmerten Lächeln. „Mrs. Joder hat mir das Leben gerettet, und jetzt muß ich höflich sein und ihr eine Möglichkeit bei dem Versuch geben, meine schwarze Seele vor dem Höllenfeuer zu retten."

In diesem Augenblick spürte Noah, daß es zwischen den beiden funkte, zwischen dem Fremden und seiner Rachel.

„Wäre ich schwer verletzt über Ihre Farm gestolpert, hätten Sie mich vermutlich geradewegs zur Hölle geschickt."

Noah hörte den Anflug einer Herausforderung in der Stimme des Mannes. Er versuchte, das rauhe Gefühl in seiner Kehle loszuwerden.

„Keiner von uns weiß, ob er gerettet ist, bis er dort drüben ankommt. Deshalb kümmern wir uns nicht um die Rettung anderer, Mister. Das überlassen wir Gott. Wir nehmen in unserer Kirche keine Konvertiten auf."

Rachel schüttelte den Kopf. „Aber Noah. Davon ist doch nicht die Rede. Mr. Kain macht nur Spaß."

Noah gefiel das Gespräch nicht. Er fühlte sich ausgeschlossen und mißbilligte das alles. Sein Blick glitt über die Scheune und die Heuwiesen, während er darüber nachdachte, worüber er reden konnte. „Deine Schafe werden bald lammen."

Rachel blickte auf die Weide, wo ihre Schafe das verstreute Heu fraßen. „Ich glaube, das wird noch eine Weile dauern."

Noah verstimmte diese Antwort, obwohl er wußte, daß sie recht hatte. Eine Frau sollte ihrem Mann nicht in Anwesenheit eines anderen widersprechen.

Rachel hatte dem Fremden den Rücken zugekehrt. „Aber falls sie anfangen zu lammen, solange Sie noch hier sind, Mr. Kain, werden wir sehen, ob wir einen brauchbaren Helfer aus Ihnen machen können."

„Ich hoffe doch sehr, Mrs. Joder, daß es nicht so schwierig ist, wie es klingt."

„Oh, es ist viel schwieriger, als es klingt." Und zu Noahs größtem Entsetzen lachte sie schon wieder.

Noah fragte sich, was Rachel so verändert haben mochte. Wie oft hatte er beim Gottesdienst gepredigt, daß ein übermütiges Lachen und eine schlagfertige Antwort Unbesonnenheiten waren, die Gott mißfielen. Jetzt fragte er sich, ob ihm Rachel je richtig zugehört hatte.

Er sah den Fremden finster an. „Ich nehme an, jetzt, wo er wieder auf den Beinen ist, wird er bald weiterziehen."

„Mr. Kain ist noch nicht gesund genug, um sich auf ein Pferd zu setzen."

„Er kann laufen. Er ist zu Fuß gekommen, und er kann auch zu Fuß wieder gehen."

Rachel durchbohrte ihn mit einem wütenden Blick. „Noah!"

Der Fremde lächelte unbekümmert. „Ich fürchte, Mrs. Joder, Ihr guter Nachbar und besonderer Freund hat kein Mitgefühl für einen so sündigen Schurken wie mich."

Noahs Blick wanderte von Rachel zu dem Fremden. Er spürte den Haß, den er gegenüber diesem Mann empfand. Die Heftigkeit seiner Gefühle verwirrte ihn, und er schämte sich deshalb. Er trat einen

Schritt zurück. „Ich habe zu Hause ein Wagenrad, auf das ich einen neuen Reifen aufschlagen muß", murmelte er.

„Noah?" rief Rachel ihm nach.

Er tat, als höre er es nicht.

MOSES WEBER stand nackt auf einem Felsvorsprung. Er blickte auf das stille Wasser. Der Wind fühlte sich auf der nackten Haut warm an, aber Moses wußte, daß das Wasser eisig sein würde, und er fröstelte bei dem Gedanken daran.

Trotzdem holte er tief Luft und sprang in die Tiefe. Die Kälte schien die Luft aus seiner Lunge herauszupressen, als das Wasser über ihm zusammenschlug. Er strampelte mit den Beinen und tauchte wieder auf.

Gott, war das kalt! Er zwang sich, zweimal um den Teich zu schwimmen, und kletterte dann ans Ufer.

Er legte sich zitternd auf das Sumpfgras und streckte sich der Länge nach aus. Es war ein köstliches Gefühl, hier zu liegen und nichts zu tun, auch wenn er wußte, daß er später dafür bezahlen würde. Sein Vater würde sich das Gatter der Koppel ansehen, das er an diesem Nachmittag instand setzen sollte, und feststellen, daß er noch nichts daran gemacht hatte. Moses schloß die Augen und hatte das Gefühl, davongetragen zu werden ...

Hinter ihm knackten die Weidenzweige. Moses setzte sich auf und glaubte zu träumen. Zwischen den Felsbrocken, den Weiden und den Pflaumenbäumen stand ein Mädchen. Sie war in Weiß gekleidet und trug einen geflochtenen Strohhut mit einer breiten Krempe. Er wurde von einem weißen Satinband gehalten, das in einer Schleife unter ihrem Kinn endete. Über der einen Schulter hielt sie einen weißen Sonnenschirm, der sich im Wind wie ein Wagenrad drehte.

Moses tastete hastig nach seinen Sachen. Schließlich fand er sein Hemd und knüllte es zusammen, um seine Blöße zu bedecken.

Das Mädchen kam lachend näher. „Soll ich mich umdrehen?"

„Wie?"

„Ich drehe mich um, damit Sie Ihre Hose anziehen können. Vielleicht werden Sie dann zur Abwechslung wieder blaß."

Wie versprochen drehte sie sich unter dem Rascheln ihrer seidenen Röcke um. Er starrte sie wie gebannt an. Ihr Kleid fiel wie ein duftiger Wasserfall über ihre Hüften. Er hatte noch nie eine so schmale Taille gesehen.

„Ich habe noch niemanden erlebt, der sich so geräuschlos anzieht. Sind Sie eingeschlafen oder was?"

Moses kam mit einem Ruck wieder zu sich. Er gab sich keine Mühe, die lange Wollunterwäsche anzuziehen, sondern griff gleich nach der Hose und dem Gehrock.

Der Sonnenschirm senkte sich. „Sind Sie jetzt angezogen?"

Moses rang nach Luft: „Hm, ja. Ja, Miß. Tut mir leid, Miß."

Sie drehte sich um, und die Seide raschelte wieder, als sie auf ihn zukam. Sie sah ihn an und lächelte. „Ich hätte nichts dagegen, mich hier bei Ihnen ein wenig auszuruhen", sagte sie. „Aber ich will keine Flecken auf meinem Kleid haben. Würde es Ihnen etwas ausmachen, mir Ihren Rock zu leihen?"

Er zog ihn so hastig aus, daß er ihn beinahe zerrissen hätte. Dann breitete er den kostbaren neuen Gehrock mit den vier Knöpfen im Gras aus, damit sie darauf sitzen konnte. Sie ließ sich mit einem Seufzen nieder, während sie mit einer mädchenhaften Bewegung eine seidige Locke über die Schulter schob. Ihre Haare waren so blaßgold wie Weizen, der gerade anfängt zu reifen.

„Hier am See ist es schön", flötete sie. „Ich komme im Sommer manchmal zum Picknick hierher. Aber meistens zieht es mich hierher, wenn ich allein sein will, weil ich bedrückt oder niedergeschlagen bin. Manchmal mache ich auch Spaziergänge in der Prärie. Ich genieße das." Sie legte den Kopf zurück, um ihn anzusehen, und lächelte. „Machen Sie auch Spaziergänge in der Prärie?"

„Ja, Miß." Gewissermaßen entsprach das der Wahrheit, denn das Treiben der Schafe von einer Weide auf die andere konnte man durchaus als Spaziergang in der Prärie bezeichnen.

Ihr Busen hob und senkte sich, als sie von neuem seufzte. „Heute ist es hier draußen erstaunlich warm wie im Sommer."

„Ja, Miß." Moses kam sich albern vor. Er stand neben ihr, nickte wie ein aufgezogenes Spielzeug mit dem Kopf und tat nichts. Schließlich setzte er sich neben sie. Er wurde rot.

Sie lachte. „Wie heißen Sie, junger Mann?"

„Moses. Moses Weber."

Sie reichte ihm die Hand. „Ich heiße Marilee. Das ist mein richtiger Name. Ich bin nicht wie die anderen Mädchen, die mit ihren erfundenen Namen vornehm tun."

Er wischte schnell die verschwitzten Finger am Hosenbein ab und griff nach ihrer Hand. „Ich freue mich, Ihre Bekanntschaft zu machen, Miß Marilee."

Für ihn war sie das hübscheste Mädchen, das er je gesehen hatte. Sie hatte hohe, breite Wangenknochen und ein zierliches, spitzes Kinn, das ihrem Gesicht eine Art Herzform gab. Ihre Lippen waren sehr rot. Er fragte sich, ob sie geschminkt waren – leichte Mädchen, so hatte er gehört, taten das. Ihre Haut hatte die Farbe von frischem Rahm. In dem tiefen Ausschnitt konnte er viel davon sehen.

„Ar-arbeiten Sie im Goldenen Käfig?" fragte er.

„O nein! Ich hoffe, so tief werde ich nie sinken!" rief sie. Sie warf den Kopf zurück. „Ich wohne im oberen Stock vom ‚Roten Haus'."

Moses kannte das Rote Haus. Es stand am Rand von Miawa City zwischen dem Bach und dem Friedhof. Das Haus war natürlich nicht wirklich rot. Man nannte es nur wegen der roten Lokomotivlaterne, die in den meisten Nächten neben der Haustür brannte, das Rote Haus.

Moses und die anderen Jungen hatten viele Vermutungen darüber angestellt, was hinter dieser Tür wohl geschehen mochte.

Sie musterte ihn aufmerksam. „Sind Sie einer aus der Gemeinschaft, junger Mann? Ihre Haare sind zwar geschnitten, und Sie tragen normale Sachen, aber ich wette, Sie sind einer von denen."

Moses spürte, wie seine Wangen brannten, und er wurde verlegen. Er schämte sich, weil er zu der Religionsgemeinschaft gehörte. Außerdem plagten ihn schreckliche Schuldgefühle, weil er sich schämte. „Ich bin noch nicht in die Gemeinde aufgenommen", murmelte er. „Vielleicht entscheide ich mich dafür, mich nicht aufnehmen zu lassen."

Das Mädchen zuckte die Schultern, und ihre weichen Locken bewegten sich verführerisch auf ihrem Rücken. „Wenigstens können Sie sich noch entscheiden. Die meisten von uns haben im Grunde wenig Möglichkeiten, etwas aus ihrem Leben zu machen." Sie stand auf und schüttelte den Rock aus. „Mein Gott, es wird spät!" rief sie. „Ich mache mich besser auf den Heimweg." Sie beugte sich vor, nahm ihren Sonnenschirm in die Hand und öffnete ihn mit einem leisen Knistern.

Moses stand unbeholfen auf, als sie ihn anlächelte. „Danke, Mr. Moses Weber, daß ich Ihren Rock benutzen durfte." Sie tätschelte ihm die Wange. „Sie sind wirklich ein süßer Junge."

Ihre Röcke raschelten, als sie zwischen den Felsen und den Weiden dorthin entschwand, woher sie gekommen war.

„He, warten Sie!" rief Moses. Er griff nach seinem Rock und folgte ihr. Er holte sie an der Straße ein, die eigentlich nur aus Wagenspuren bestand, die durch das Präriegras führten. Sie war in einem eleganten kleinen schwarzen Wagen mit grünen Rädern und einem fransenbesetzten Sitzpolster gekommen. Davor war ein Brauner gespannt.

Sie blieb stehen und blickte auf die Wagenspuren, die nach Westen führten. „Es wird kühl, bevor ich zu Hause sein werde", sagte sie. „Würden Sie mir helfen, das Verdeck hochzuklappen?"

„Aber sicher!" rief er und zuckte zusammen, weil seine Stimme so laut klang. Er klappte das Verdeck hoch und zurrte es fest, während er in Gedanken das übte, was er ihr sagen wollte. Aber alles, was ihm einfiel, klang albern. Er hatte plötzlich einen trockenen Mund.

„Darf ich Sie einmal besuchen, Miß Marilee?" stieß er schließlich hervor.

Er hatte sich beim Sprechen umgedreht, ohne zu merken, daß sie direkt hinter ihm stand. Sie stießen zusammen. Er faßte sie an den Schultern, um sie festzuhalten. Sie sah ihn mit ernstem Gesicht an.

„Sie haben hübsche Augen", sagte sie. „Sie sind dunkel und tiefbraun ... wie Kaffeebohnen. Sie sind hübsch. Hübsch und süß."

„Sie haben auch hübsche Augen." Er suchte nach Worten, um sie zu beschreiben. *Blau wie der Himmel, blau wie Glockenblumen, blau wie ...*

Doch sie entfernte sich von ihm und stieg in den Wagen.

Sie griff nach den Zügeln und sah ihn an. „Sie können mich besuchen, wenn Sie wollen, Mr. Moses Weber", sagte sie. „Aber wenn Sie das tun, nehmen Sie zuerst ein Bad. Kein Geld könnte den Gestank von Schafen erträglicher machen."

Er sah dem Wagen nach, bis er vom hügeligen Grasland verschluckt wurde.

Er hob das Hemd an die Nase. Es roch tatsächlich nach Schafen.

SIEBTES KAPITEL

Benjo wischte sich mit dem Hemdsärmel die verschmierte Apfelbutter vom Mund und streckte die Hand nach einem weiteren Maiskeks aus. Seine Mutter war jedoch schneller und stellte die Dose wieder außer Reichweite.

„Du ißt zuerst die roten Beten, die du auf dem Teller hast, Joseph Benjamin Joder", ermahnte sie ihn. „Dann bittest du höflich darum, daß man dir die Maiskekse reicht. Außerdem sollst du die Serviette und nicht den Hemdsärmel benutzen."

„Ja, Mama", murmelte Benjo über seinem Teller, auf dem ein paar dicke Bohnen lagen und sehr viel eingelegte rote Beten.

Zwei Tage waren vergangen, seit der Fremde aufgestanden war und sich auf Rachels Veranda in die Sonne gesetzt hatte. Aber nun saßen die drei zum erstenmal bei einer gemeinsamen Mahlzeit am Tisch.

Für die Gemeinschaft waren Mahlzeiten in erster Linie ein Anlaß zum Gebet und zu stiller Einkehr. Mr. Kain paßte sich an. Bis jetzt war auch Benjo still gewesen. Der Junge beobachtete den Fremden mit so großen Augen, daß Rachel beinahe sehen konnte, wie seine Fragen den Weg vom Kopf zur Zunge nahmen.

Benjo holte tief Luft, und Rachel hielt den Atem an. Benjo kannte bei Fragen keinerlei Hemmungen. Trotzdem stöhnte sie innerlich auf, als er schließlich hervorstieß: „W-wie viele Leute haben Sie t-t-totgeschossen, Mister?"

Der Fremde sah den Jungen an, als überlege er, woher er plötzlich aufgetaucht sei. Er legte die Gabel behutsam auf den Teller. „Genug, um mir in diesem Leben Schwierigkeiten einzuhandeln", sagte er.

„Sind S-sie deshalb im G-g-gefängnis eingesperrt gewesen?" fragte Benjo, und Rachel fiel der Maiskeks aus der Hand.

Sie konnte sich nicht vorstellen, woher ihr Sohn etwas von einem Gefängnis wußte, das seine Spuren bei dem Fremden hinterlassen hatte. Vielleicht hatte der Wind das Gerücht durch das Tal der Träume getragen.

Der Fremde sah Benjo mit halb geschlossenen Augen an. Er biß sich auf die Unterlippe. „Ich muß überlegen. Ich glaube, es war deshalb, weil ich meine roten Beten nicht aufgegessen habe, obwohl meine Mutter mich darum gebeten hatte."

Benjo warf seiner Mutter vorsichtig einen Blick zu und stieß die Gabel in eine Scheibe rote Beten. Er führte die Gabel zum Mund, kaute und schluckte.

„Ich gl-glaube, es war deshalb, weil Sie einen M-m-mann umgebracht haben. W-was hatte der Mann ge-ge-getan, daß Sie ihn ersch-ersch-erschossen haben?"

„Es ist möglich, daß er mir eine Frage zuviel gestellt hat."

Benjos Mund stand offen, und er bekam einen roten Kopf. Sein Blick wanderte zu seinem Teller, und er stieß die Gabel in ein weiteres Stück rote Bete.

Rachel versuchte, ein Lächeln zu verbergen. Er machte wirklich gerne Scherze. „Hast du deine Arbeiten schon alle erledigt, Benjo?"

„Nein, Mama. A-a-aber –"
„Dann aber schnell!"

Er seufzte, schob widerwillig den Stuhl zurück, nahm Jacke und Hut vom Haken und verschwand mit einem langen Gesicht aus der Küche.

Er hatte kaum die Tür hinter sich geschlossen, als Rachel bereits wünschte, er wäre geblieben. Vielleicht hätte Benjo mit seinen unverblümten Fragen dem Fremden ein paar wichtige Antworten entlockt. Sein zerstörtes Leben wirkte anziehend auf sie. Sie hatte ihn heimlich beobachtet, Gedanken und Beobachtungen gesammelt wie Puzzleteile, aber bis jetzt war sie nicht in der Lage, sie zusammenzufügen.

Doch eins war klar: Das Leben hatte Spuren in ihm hinterlassen, Wunden und Narben, die tiefer gingen als die seines Körpers. Doch er konnte auch lachen und unerwartet sanft sein. Er hatte kein Zuhause und keine Familie. Das weckte mehr als alles andere ihr Mitleid. Familie, Freunde, ein Zuhause – nur das gab dem Leben Sinn.

Es tat ihr weh, mit anzusehen, wie er jetzt am Tisch saß, mit dem Rücken zur Wand und den wachsamen Augen, die sich stets auf die Tür richteten. Sie fragte sich, wie er mit dieser nie nachlassenden Spannung überhaupt leben konnte.

Rachel stand auf, nahm ihren und Benjos Teller und ging damit zum Spülstein. Neben dem Fremden blieb sie stehen. Sie sah, daß auf seinem Teller noch viele Rote-Bete-Scheiben lagen.

„Mr. Kain, ich glaube, Sie sollten lieber Ihre roten Beten aufessen, sonst muß ich möglicherweise den Sheriff rufen."

Er blickte auf seinen Teller. „Aber Mrs. Joder, ich möchte viel lieber noch ein paar von Ihren köstlichen Maiskeksen essen."

Sie stellte die Teller ab, griff schnell nach der Dose mit den Maiskeksen und brachte sie außer Reichweite. „O nein! Das werden Sie nicht tun. Sie bringen mich mit Ihren Verführungskünsten nicht dazu, die Regeln zu brechen, nur weil …"

Er sprang auf. Sie erschrak und wich so schnell zurück, daß sie stolperte. Sie drückte die Faust auf ihr wie rasend klopfendes Herz und starrte ihn mit aufgerissenen Augen an. Er hielt den Revolver in der Hand. „Was …", begann sie zu fragen und hörte dann im Hof ein Pferd wiehern.

„Sehen Sie nach, wer das ist", sagte er ruhig. Doch sein Blick war eiskalt.

Zitternd trat sie ans Fenster. Sie blickte hinaus. Ein stämmiger Mann in einem schlammbespritzten langen Mantel und mit einem fleckigen braunen Stetson schwang sich gerade aus dem Sattel. Er band einen Rotschimmel am Gatter der Weide fest.

„Es ist Sheriff Getts", erwiderte sie. Sie drehte sich um und hatte Angst vor dem, was er denken könnte. „Ich habe ihn nicht rufen lassen, wirklich nicht!"

Er verlagerte das Gewicht und entsicherte den Revolver. Das Knacken wirkte in der Stille der Küche ungewöhnlich laut.

„Erschießen Sie ihn nicht", sagte sie. „Versprechen Sie mir, daß Sie ihn nicht hier vor meinen und den Augen meines Sohnes erschießen."

Er durchbohrte sie mit seinem kalten Blick. Dann berührte er ganz sanft ihr Kinn und streifte mit den Fingerspitzen ihren Mund. „Ich werde ihn nicht hier töten! Wenn es möglich ist, werde ich ihm nichts tun."

Sie wich zurück. „Ich werde nachsehen, was er ..., was der Sheriff will", stammelte sie und lief zur Tür.

Als sie den Hof überquerte, wollte sie davonlaufen, immer weiter davonlaufen, über die Prärie und über die hohen Berge bis an das Ende der Welt. Selbst dann, das wußte sie, würde sie nicht sicher sein vor dem, was sie dem Fremden bereits erlaubt hatte, ihr anzutun.

Sie spürte noch immer die zarte Berührung seiner Finger auf ihren Lippen.

Der Sheriff tippte an die Hutkrempe. Als sie neben ihn trat, gab er sich betont höflich. „Guten Abend, Mrs. Joder", sagte er.

Er hatte die besten Jahre seines Lebens hinter sich. Die blauen Augen wirkten müde, das vom Wetter gezeichnete Gesicht war verlebt. Ein grauer Schnurrbart verdeckte die Mundwinkel, und sein dicker Bauch hing über den Gürtel der schwarzen Reithose.

„Hat er Ihnen gesagt, wer er ist?"

Rachel verzog keine Miene und blickte ruhig in die Augen des Sheriffs. „Er hat gesagt, er heiße Kain. Stimmt das?"

Er nickte langsam und kaute auf einer vom Tabak verfärbten Spitze seines Schnurrbarts. „Johnny Cain. Er ist ein professioneller Killer. Töten ist der Zweck seines Daseins. Manche würden sogar sagen, er hat Spaß daran."

Spaß daran zu töten. Das war es, was sie über den Fremden schon lange wußte, aber nicht sehen wollte. Es hätte nicht in das Bild gepaßt, das sie sich von ihm machen wollte.

„Sind Sie gekommen, um ihn wieder ins Gefängnis zu bringen?"

„Es wird im Augenblick nicht nach ihm gefahndet. Das habe ich überprüft. Aber ich muß mit ihm reden."

Er ging über den Hof auf das Haus zu. Rachel folgte ihm eilig.

Der hintere Teil der Küche lag im Halbdunkel. Dort saß der Fremde. Vor ihm auf dem Tisch lag der Revolver. Er hatte seine linke Hand locker auf den Griff gelegt.

„Sie haben versprochen, Ihren Revolver wegzulegen", sagte Rachel.

„Ich bezweifle, daß Johnny Cain jemals ein solches Versprechen gegeben hat. Er ist nur vorsichtig, nicht wahr, mein Junge? Er weiß, eine Blechmarke ist keine Garantie dafür, daß ich nicht vorhabe, meinen Ruf dadurch zu verbessern, daß ich seinen ruiniere."

Nach dieser Begrüßung trat der Sheriff in die Küche. „Ich habe vor", sagte er, „meinen Patronengürtel mit dem Holster und mit meinem Hut dort an den Kleiderhaken zu hängen. Dann ziehe ich mir einen Stuhl an Mrs. Joders Tisch."

Rachel warf einen Blick auf den Fremden. Er hatte nur Augen für den Sheriff. Sein Gesicht drückte Erstaunen aus, wie wenn ein Unschuldiger sich nicht vorstellen kann, worüber ein Vertreter des Gesetzes mit ihm zu reden habe.

Der Sheriff zog einen Stuhl heran und ließ sich mit einem Seufzer darauf nieder. „Oben an der Schlucht lagen ein paar Leichen, für die ich Erklärungen abgeben muß. Ich glaube, daß Sie mir dabei helfen können."

„Ich bin immer bereit, dem Gesetz zu dienen", sagte Johnny Cain mit einem Lächeln, dem jede Freundlichkeit fehlte.

Der Sheriff grinste. „Schön, sehr schön." Langsam und bedächtig zog er eine Bruyèrepfeife und einen ledernen Tabaksbeutel aus der Tasche seines fleckigen Mantels. Er schwieg, bis die Pfeife brannte.

Dann lehnte er sich auf dem Stuhl zurück, sog an seiner Pfeife und musterte sein Gegenüber aufmerksam. Sein Blick verharrte auf dem gebrochenen Arm, und ihm entging offensichtlich nicht, daß der Fremde infolge der Schußwunde unnatürlich geradesaß. „Ich kann mir von den Ereignissen an der Schlucht ein klares Bild machen. Anlaß für die Tragödie sind die drei Brüder. Calder heißen sie. Sie und ihr Alter haben etwas weiter östlich von hier eine Ranch. Die Jungs waren vor einer Woche in Rainbow Springs und haben Sie dort beim Glücksspiel kennengelernt. Die Calder-Brüder sind auf den dummen Gedanken gekommen, daß sie nicht nur die Gewinne einstreichen würden, die Sie beim Spiel gemacht hatten, sondern auch ihren Ruf beachtlich verbessern könnten, wenn sie sich mit dem Tod von Johnny Cain schmücken würden."

Rachel sah den Fremden fragend an. Aber er richtete unverwandt den ausdruckslosen Blick auf den Sheriff.

Sie hatte sich so weit wie möglich von den beiden Männern zurückgezogen und saß auf der Holzkiste neben dem Herd. Sie hielt eine Schüssel Bohnen im Schoß, die ausgelesen werden mußten, bevor sie eingeweicht wurden. Obwohl ihre Hände mit dem Auslesen der Bohnen beschäftigt waren, galt ihre ganze Aufmerksamkeit dem Gespräch am Tisch.

Der Sheriff blähte die Backen auf und stieß die Luft geräuschvoll aus. „Ich möchte keine Vermutungen darüber anstellen, woher die drei wußten, wohin Sie unterwegs waren und wann Sie an der besagten Schlucht vorbeikommen würden. Sagen wir deshalb nur, die drei Jungs haben hinter den Felsen am Eingang der Schlucht auf Sie gewartet."

Johnny Cain saß bewegungslos da. Er strich nur mit seiner Hand einmal über den glatten Revolvergriff und ließ sie dann darauf liegen.

„Wie immer es auch gewesen sein mag", fuhr der Sheriff fort, „Sie hatten bereits gefeuert, als die drei erst zu schießen anfingen. Das erklärt, warum Rafe Calder tot hinter den Felsen lag."

Johnny Cain blinzelte nicht einmal.

„Sie werden es vielleicht nicht wissen", sagte der Sheriff, „aber die Calder-Brüder stehen in dem Ruf, erstklassige Schützen zu sein. Das heißt, wenn die drei Zeit genug zum Zielen hatten, mußten sie auch treffen. Einer hat Sie erwischt. Der zweite hat Ihr Pferd getroffen. Ihr Pferd ist gestürzt und wahrscheinlich auf Sie gefallen. Daher haben Sie vermutlich den gebrochenen Arm." Er lehnte sich zurück, während seine bläulichroten Finger mit der Uhrkette spielten.

Doch Rachel bemerkte, daß der Fremde nie auf die Hände des Mannes schaute, sondern nur in dessen blasse Augen sah.

„Jetzt wird es schwieriger. Aber ich stelle es mir so vor: Sie verlieren Ihren Colt, als Ihr Pferd auf Sie fällt und Ihnen den Arm bricht. Sie können Ihr Gewehr nicht erreichen, das immer noch im Sattelholster steckt. Die zwei Calders, die noch am Leben sind, kommen zwischen den Felsen hervor und haben die Gewehre auf Sie gerichtet. Also müssen Sie es wie ein Indianer machen und sich totstellen."

Der Sheriff nickte dem Fremden zu. „Die Calder-Brüder gehen also vorsichtig auf Sie zu und haben Sie dabei die ganze Zeit im Visier. Vielleicht gibt Ihnen einer ein paar Tritte, um herauszufinden, ob Sie schon erkalten. Vielleicht tritt er sogar gegen Ihren gebrochenen Arm.

In diesem Fall wären Sie wirklich ein zäher Hund, denn Sie rühren sich nicht. Sie liegen einfach da, stellen sich tot und warten darauf, daß die beiden das auch glauben. Vermutlich wollen sie zur Erinnerung Ihren Skalp, die Nase oder ein Ohr ..."

Rachel sprang auf, und die Schüssel fiel klirrend zu Boden. In der darauf folgenden Stille konnte man hören, wie die Bohnen über die Dielen rollten.

„Ja, Mrs. Joder", sagte Sheriff Getts, ohne den Blick von dem Fremden zu wenden. „Die Brüder brauchten eine Trophäe, um zu beweisen, daß sie Johnny Cain umgelegt hatten." Wie in Gedanken fuhr er mit dem Mundstück der Pfeife über seine Lippen. „Sonst hätte das Ganze keinen Sinn ergeben."

Rachel blickte zu Cain und dachte unwillkürlich an das nackte Entsetzen, das sie in seinen Augen gesehen hatte, als sie im Schnee neben ihm kniete und ihn berührte.

„Sie warten also", sagte der Sheriff. „Sie warten, weil Leute wie Sie gut im Warten sind. Sie warten, bis Jed Calder das Gewehr beiseite legt, nach seinem Messer greift und sich über Sie beugt. Dann erschießen Sie ihn mit der Pistole, die Sie im Schulterholster tragen. Gleichzeitig reißen Sie Jed den Dolch aus der Hand und schlitzen seinem kleinen Bruder den Bauch auf."

Rachel schloß die Augen und sah und roch Blut. Das viele Blut, das seine Kleider durchtränkt hatte. Es war nicht alles sein Blut gewesen.

Johnny Cain hob etwas den Kopf und lächelte. „Das ist eine sehr hübsche Geschichte, Sheriff."

„Hm, hm. Ich vermute, Sie werden mir jetzt weismachen, daß Sie sich beim Putzen Ihres Gewehrs selbst angeschossen und dann den Arm gebrochen haben, weil Sie vom Stuhl gefallen sind."

„Soweit ich weiß, gibt es kein Gesetz gegen Ungeschicklichkeit."

„Aber es müßte ein Gesetz dafür geben", knurrte der Sheriff, „wenn man einen Mann wie einen Dummkopf behandelt, obwohl er keiner ist. Ich habe die Calders gekannt. Und ich weiß, daß sie ihr Leben lang so dumm wie Bohnenstroh und hinterhältige Stinktiere waren. Deswegen ist ihr Tod mit Sicherheit kein Verlust für die Menschheit. Die drei waren hinter Ihnen her, und Sie haben ihnen das gegeben, was sie verdienten."

Er beugte sich vor und klopfte mit dem Finger auf seinen silbernen Stern. „Aber ich würde meine Pflicht vernachlässigen, wenn ich Ihnen nicht rate, sich schnellstens aus dem Staub zu machen, sobald Sie dazu in der Lage sind. Wir haben hier kein Interesse daran, daß dieses hübsche Tal von dummen Buben heimgesucht wird, die dadurch bekannt werden wollen, daß sie Johnny Cain umgelegt haben."

Johnny Cain schwieg immer noch. Der Sheriff stand schwerfällig auf und zog die Uhr aus der Westentasche. Dann blickte er auf das Fenster, das in der untergehenden Sonne golden schimmerte. Er wandte sich zum Gehen.

Johnny Cain sagte immer noch nichts. Nicht einmal „auf Wiedersehen".

Rachel ging mit dem Sheriff hinaus auf den Hof. Das Rosa der Wolken war verblaßt. Der Himmel bereitete sich mit rauchgrauen Schleiern auf die Nacht vor. Es würde bald völlig dunkel sein.

Der Sheriff klopfte seine Pfeife am Weidezaun aus. Der Wind erfaßte die Funken und trug sie wie Leuchtkäfer in die Dämmerung. Der Schlamm tropfte von seinem Stiefel, als er den Fuß in den Steigbügel stellte und sich in den Sattel schwang. Rachel wußte, daß er den Blick auf sie richtete, aber sie wollte ihn nicht ansehen.

„Dieser Johnny Cain ...", begann er. „Fangen Sie nicht an, Mitleid mit ihm zu haben. Ein Mann wie er ist in Schwierigkeiten. Irgendwann ist seine Zeit abgelaufen, und das Glück verläßt ihn."

Sie blickte zu ihm auf. „Aber was soll ein Mann tun, wenn es immer Leute gibt, die nur darauf warten, ihm in den Rücken zu schießen?"

„Genau das meine ich, Mrs. Joder. Wenn Johnny Cain sein Schicksal ereilt, dann sollten Sie nicht in seiner Nähe sein."

ACHTES KAPITEL

Johnny Cain saß immer noch am Küchentisch und hatte die Hand auf dem Revolver. Langsam hob er den Kopf. Seine Augen schimmerten im trüben Licht, aber es lag keine Wärme in seinem Blick. „Ich habe Ihnen gesagt, daß ich der Teufel bin. Sie haben versucht, mir das auszureden. Jetzt sehen Sie mich an, als würden mir im nächsten Augenblick Hörner und Hufe wachsen."

„Ich weiß, daß Sie nicht der Teufel sind, Mr. Cain."

Er lachte kurz, stand langsam auf und ließ den Colt in das geölte Holster gleiten. „Trotzdem werden Sie mich auffordern zu gehen, wenn Sie wissen, wie Sie das auf freundliche Weise tun können."

Er ging an ihr vorbei zur Tür, als habe er vor, auf der Stelle das Haus zu verlassen. Unwillkürlich folgte sie ihm, obwohl sie nicht wußte, ob sie ihn zurückhalten oder ihn verabschieden wollte.

Als er stehenblieb und die Hand auf den Türrahmen legte, stieß sie beinahe gegen ihn. „Und was ist, wenn da draußen noch mehr sind, die auf Sie warten?" fragte sie. „Vielleicht liegen sie in den Bergen im Hinterhalt, vielleicht unten an der Straße."

Er drehte sich nicht um. „Sie warten auf mich. Und ich werde sie deshalb so wie die drei Calder-Brüder umlegen müssen."

„Sie könnten Ihren Colt ablegen und sich fortan weigern zu kämpfen."

„Sie meinen, ich könnte den anderen Backen hinhalten."

„Ja."

Er drehte sich herum. „Es gibt nur die Schnellen und die Toten." Ungestüm riß er die Tür auf. „Ich glaube, ich werde zur Weide gehen und einen Blick auf die Schafe werfen."

Sie beobachtete, wie er langsam über den Hof ging. Seine unsicheren Bewegungen entsprachen seinem Zustand. Er war ein schwerverletzter Mann. Sie hatte ihn nicht darum gebeten zu gehen. Und er hatte nicht gesagt, daß er bleiben würde.

AM NÄCHSTEN Morgen schob sie gerade ein Holzscheit in den Herd, als die Tür zur Veranda aufging. Sie richtete sich erstaunt auf und drehte sich um. Er trug einen Zinkeimer, der bis zum Rand mit schaumiger Milch gefüllt war.

„Sie haben gemolken!" rief Rachel und staunte darüber, daß er überhaupt wußte, wie man eine Kuh melkt. „Und Sie haben es mit nur einer Hand geschafft."

„Ja, es war nicht leicht. Die Braune hat ständig versucht, mich zu treten."

Sie nahm ihm den Eimer ab und stellte ihn in den Spülstein. Er roch nach Heu und nach der frischen Morgenluft.

„Die Braune heißt Annabell", erklärte Rachel. „Sie hat empfindliche Zitzen. Man muß sehr behutsam mit ihr sein."

„Das muß ich mir merken", sagte er, „wenn ich das Melken übernehme, solange ich hier bin."

Sie mußte unwillkürlich lächeln. „Ich werde vielleicht doch noch einen brauchbaren Helfer aus Ihnen machen."

„Ich muß erst einmal wissen, was das genau heißt. Dann werden wir sehen, ob ich dazu in der Lage bin."

Sie stellte lachend die Pfanne auf den Herd und rührte Teig für Pfannkuchen.

Er trat ans Fenster. „Ich habe mir gedacht, wenn Sie vielleicht eine Decke haben, könnte ich in der Scheune schlafen."

„Hinter dem Schuppen steht ein Schäferkarren. Sie können dort schlafen. Mein Mann hat ihn im Sommer mit auf die Weide genommen, wenn er mit dem Hüten an der Reihe war. Er ist eingerichtet und hat nicht nur ein Bett, sondern sogar einen kleinen Kochherd."

Er brummte etwas Unverständliches. Aber sie hatte den Eindruck, daß er ihren Vorschlag in Ordnung fand.

SPÄTER an diesem Morgen lief Benjo zwischen Strauchkiefern und Lärchen entlang, die am Eingang der Schlucht wuchsen. Er beschloß, wie ein indianischer Fährtensucher Spuren zu lesen.

Eifrig kauerte er sich auf die Erde, um den schwarzen Kot genauer zu betrachten, der wie Kohleklumpen auf den Kiefernnadeln lag. Ein Bär, dachte Benjo aufgeregt. Es kann noch nicht lange hersein, daß dieser Bär hiergewesen ist. Hinter ihm knackte es im Gebüsch.

Benjo erschrak und griff schnell nach seiner Schleuder. Er lauschte angestrengt und spähte in das dichte Gestrüpp. Eine Brise kam auf, die Blätter und Zweige an Büschen und Bäumen raschelten.

Benjo stieß erleichtert den Atem aus. Es war nur der Wind.

Er wollte keinem Bären begegnen, denn er gab sich nicht der Illusion hin, mit seiner Schleuder einen Grizzly oder einen Schwarzbären zu erlegen, auch wenn David in der Bibel den Riesen Goliath mit einer Schleuder besiegen konnte. Seufzend gestand er sich ein, daß er kein indianischer Fährtensucher war.

Langsam lief Benjo den Wildwechsel entlang und hielt dabei nach weiteren Spuren Ausschau. Er verließ die Spur, kam aus dem Kiefernwald hervor und stieg in eine Schlucht hinab. Stolpernd kletterte er den Hang hinunter. Er sah die beiden Reiter erst, als er beinahe unter die Pferde geraten wäre. Das erste Pferd, eine Indianerstute, scheute. Benjo sah, daß der Reiter ein junger Mann war, der ein Gesicht wie ein Habicht hatte, mit spitzen Wangenknochen und einer gebogenen Nase. Der andere Reiter trieb sein Pferd ein paar Schritte vorwärts und schob den Hut zurück. Er hatte ein langes Gesicht mit müden Augen und einem Ziegenbart und kaute Tabak.

Benjo überlief ein kalter Schauer. Es war der Aufseher von Mr. Hunter. Dieser Mann hatte seinen Vater gehängt.

Mit weit aufgerissenen Augen und trockener Kehle schaute Benjo zu, wie der Mann ein zusammengerolltes Lasso vom Sattel nahm.

„Na, wen haben wir denn da?" rief der Mann und spuckte braunen Tabaksaft auf Benjos Schuhe. „Ich will verdammt sein, wenn wir nicht gerade einen Viehdieb erwischt haben!"

Quinten Hunter hielt den Aufseher am Arm fest. Seine Finger legten sich um den gefransten Lederärmel, der schmierig von altem Schweiß und Fett war. „Laß das, Wharton!" Er kniff die Augen zusammen und sprach mit betont ruhiger Stimme. „Laß das mit dem Lasso!"

Woodrow Wharton blinzelte und hängte das Lasso wieder an den Sattel.

Quinten fragte sich, ob der Junge allein war. Der Junge keuchte und schien vor Angst wie erstarrt.

„He, Kleiner, was machst du hier so weit von zu Hause entfernt?"

„Hängen wir ihn auf, Quin."

Der Junge ballte die Fäuste auf dem Rücken. „M-!" stieß er mit Kraft hervor. „M-m-mein Freund ... sch-sch-schießt euch alle t-t-tot!" Er drehte sich um und rannte wie der Blitz den Hang bis zu den Kiefern hinauf.

Quinten stellte sein Pferd dem Aufseher in den Weg, beugte sich vor und griff nach dem Zügel des Hengstes, um zu verhindern, daß Wharton den Jungen verfolgte.

Wharton starrte ihn an. Er lächelte gefährlich. „Ich wollte ihm nur einen Schrecken einjagen, Quinten, mehr nicht."

„Das ist dir gelungen. Du hast ihm einen solchen Schreck eingejagt, daß er beinahe den Verstand verloren hat."

Wharton wischte sich die feuchten Tabakkrümel aus dem dünnen Bart. „Ich habe schon immer gewußt, daß das Indianerblut die Haut eines Menschen rot färbt. Aber ich hatte keine Ahnung, daß es ihn auch feige macht."

Er gab dem Hengst die Sporen, riß ihm den Kopf herum und ritt durch den aufspritzenden Schlamm den Hang hinunter.

Quinten sah ihm mit gerunzelter Stirn nach. Er fragte sich, was seinen Vater, den Baron, veranlaßt haben mochte, einen Mann wie Woodrow Wharton einzustellen. Kein Cowboy hätte sich mit Silbermuscheln an den ledernen Überziehhosen und zu engen 50-Dollar-Stiefeln aufgedonnert. Kein echter Rancharbeiter hätte sich ein Paar geladene Colts mit Perlmuttgriffen umgeschnallt.

Irgendwann während seiner Abwesenheit hatte sein Vater einen Cowboy angeheuert, der überhaupt nichts von Rindern zu verstehen schien. „Mein Vater ist nicht mehr zu retten!" schimpfte Quinten laut und schüttelte dann den Kopf über sich. Er war noch keinen Tag wieder zu Hause, und schon rieb er sich an seinem Vater wie an einem schlechten Sattel.

Quinten trieb die Stute zwischen den Kiefern den Berg hinauf. Er mußte sich ständig unter den tief hängenden Ästen ducken.

Auf der Bergkuppe hielt er an. Die Landschaft hier war wild und zerklüftet. Es wehte ein rauher, kalter Wind. Er stellte sich in die Steigbügel, richtete sich auf und schwang sich in Gedanken wie ein Vogel in die Luft. Ja, es war ein gutes Gefühl, wieder zu Hause zu sein.

Er hatte beinahe zwei Jahre versucht, seinen Vater zufriedenzustellen, indem er ein College in Chicago besuchte. Er war den ganzen Tag lang in ein Haus eingeschlossen gewesen, hatte sich im Winter über die Bücher gebeugt und im Sommer in der Hitze und dem Gestank der Viehhöfe geschuftet. Aber während der Zeit seines Exils hatte er etwas Wichtiges herausgefunden. Er war erst neunzehn Jahre alt, doch er wußte bereits, was er für den Rest seines Lebens wollte.

Er wollte sein Leben hier auf der Circle-H-Ranch verbringen. Er wollte morgens aufwachen und hinaus auf die hohen Berge blicken, auf denen der unendliche Himmel ruhte. Er wollte meilenweit durch die Prärie reiten, ohne ein Lebewesen zu sehen. Er wollte auf diesem Land, wo man reiten, frei atmen und sich lebendig fühlen konnte, Rinder und Pferde züchten und eine Familie gründen.

QUINTEN HUNTER zügelte sein galoppierendes Pferd unter dem Tor der Ranch. Vielleicht ist es nicht gerade der schönste Ort auf der Welt, dachte er. Das Gras schien grau, und der Windmühle fehlte ein Leinensegel. Doch beim Anblick des großen weißen Hauses mit den spitzen Giebeln und Dachfenstern, den breiten Veranden mit kunstvoll gedrechselten Geländern lachte er glücklich.

Er rieb die schaumbedeckte Stute mit einem Sack ab und gab ihr eine Extraration Hafer. Im Haus blieb er vor einem Garderobenständer aus Hirschgeweih stehen und hängte seinen Hut auf. Aus dem Wohnzimmer hörte er seinen Vater mit der von vielen tausend Zigarren rauhen Stimme brüllen, und wenn er verstummte, waren die leisen Antworten seiner Frau zu hören.

„Ich habe diese Farm aufgebaut, als es hier draußen nichts gab außer Indianern und Kojoten! Du bist nicht ganz bei Trost, wenn du glaubst, ich würde zusehen, wie das alles zugrunde geht!"

Ailsa Hunter, die Frau seines Vaters, sagte etwas, aber so leise, daß Quinten es nicht verstand.

Der Baron erwiderte in seiner brutalen schottischen Art: „Wir beide haben eine Abmachung, und ich habe mich vierzehn elende Jahre lang daran gehalten. Und du hältst dich auch weiterhin daran, sonst werde ich bei Gott ..."

Quinten wartete mit angehaltenem Atem. Er wußte, daß die Abmachung, von der sein Vater sprach, etwas mit ihm zu tun hatte. Es ging darum, daß er als fünfjähriger Junge nach dem Tod seiner Mutter aus dem Reservat auf die Ranch gebracht worden war, und darum, daß sich eine Dame von der Herkunft und der Erziehung einer Ailsa Hunter bereit erklärt hatte, den Halbblutsohn ihres Mannes und einer Squaw aufzunehmen. Die beiden mußten damals eine sehr zweifelhafte Einigung erzielt haben – eine Art Teufelspakt.

Quinten zuckte zusammen, als sein Vater plötzlich in der Wohnzimmertür auftauchte. Er stand breitbeinig da und stieß wütend die Daumen in die Brusttaschen.

Das Gesicht des Barons flößte jedem Respekt ein. Der Mund war nach unten gebogen wie eine Sichel. Der Wind von Montana und der Schweiß des aufreibenden Lebens eines Ranchers gerbten ihm jahraus, jahrein Gesicht und Hände. Die dichten Haare über der breiten, niedrigen Stirn trug er schulterlang. Sie waren schon seit langem grauweiß.

Der Baron durchbohrte seinen Sohn mit seinem Blick. „Wo bist du gewesen?"

„Ich bin ausgeritten."

„Der junge Herr ist ausgeritten! Wolltest du nicht die Mustangs für den Frühjahrsauftrieb zureiten?" fragte er spöttisch. „Du bist ein fauler Schlingel."

Beim Abendessen saß der Baron am Kopfende. Er trug eine perlgraue Hose, einen schwarzen Gehrock und eine grauseidene Schleife, die von einer Krawattennadel mit einem Rubin gehalten wurde. Am anderen Ende der Tafel saß Ailsa Hunter in einem schwarzen Taftkleid und einer mit Pailletten besetzten Spitzenstola über den schmalen Schultern, die im Licht der beiden Kristalleuchter glitzerte. Sie trug Perlenohrringe und ein enganliegendes Perlenhalsband.

Ihr Haar glänzte blauschwarz wie Krähenflügel in der Sonne, die Haut war makellos weiß. Sie hatte blaue Augen. Aber sie waren nicht dunkelblau, sondern veilchenblau.

Sie ist von Kopf bis Fuß elegant, schön und kalt.

Sie war als Ailsa McTier geboren worden, als zehnte Tochter eines Landedelmannes aus dem schottischen Tiefland. Quinten verstand nicht, was diese Frau an einen so unzivilisierten Ort getrieben hatte. Warum hatte sie den Sohn eines Bergarbeiters geheiratet?

Sie hätten ein angesehenes Paar der Chicagoer Gesellschaft sein können. Sie wirkten wie wohlhabende Leute, die in einem der herrschaftlichen Häuser am Seeufer einen ruhigen Abend verbrachten. Störend wirkten nur die anderen Anwesenden: der rothäutige uneheliche Sohn des Mannes und der ungehobelte Wharton, der angeheuerte Revolverheld.

Die rauhe Stimme des Barons riß Quinten aus seinen Gedanken. „Also Quin, jetzt, wo du zu Hause bist, kannst du mir helfen, das Tal von diesen verdammten, scheinheiligen Gemeinschaftlern und ihren stinkenden Schafen zu befreien. Sie glauben, sie könnten einfach in dieses Tal kommen und denen den Lohn der Arbeit stehlen, die vor ihnen da waren."

„Es hat viel Mumm und Kraft gekostet, das Miawa-Tal zu dem zu machen, was es heute ist", erwiderte Quinten. „Ich meine, daß jeder, der hier Schafe züchten will, auch ohne dein Zutun genug zu leiden hat. Da sind Kojoten und Bären, die ihre Herden überfallen. Die Schafe fressen giftige Pflanzen und verenden an Blähungen."

„Ich hoffe, es erwischt alle."

Quinten wollte etwas sagen, aber er hielt den Mund. Sein Vater hielt es für ein Privileg, Rinder zu züchten. Für ihn gehörte ein Rind zu einer höheren Klasse von Tieren. Schafe dagegen waren minderwertig. Doch Quinten vermutete, daß es den Baron am meisten ärgerte, daß Wolle zur Zeit Spitzenpreise erzielte, während der Markt für Rinder im vergangenen Jahr infolge des Überangebots zusammengebrochen war.

Die Circle-H-Ranch würde noch größere Herden auf entsprechend mehr Weideland halten müssen, um in den kommenden Jahren Gewinne zu erwirtschaften.

Zum erstenmal an diesem Abend öffnete Woodrow Wharton seinen Mund für etwas anderes als zum Kauen und Spucken. „Ein Gefühl sagt mir, daß dieses Frühjahr keine gute Zeit für Schafe sein wird."

Quinten blickte in die blassen Augen des Mannes und runzelte die Stirn bei der Erinnerung an den mageren Jungen. „Woodrow und ich, wir haben heute beinahe einen kleinen Jungen über den Haufen geritten. Er scheint einen Freund zu haben, der bereit ist, uns alle zu erschießen, wenn wir sie nicht in Ruhe lassen."

Wharton kratzte sich am Kopf. „Wahrscheinlich hat er von dem Fremden geredet, der hier angeschossen wurde", erwiderte er. „Eine von den Frauen der Gemeinschaft soll den Killer aufgenommen haben. Es ist übrigens die Witwe von dem Kerl, den wir im letzten Frühjahr aufgeknüpft haben."

Quinten glaubte seinen Ohren nicht zu trauen. „Ihr habt einen aus

der Gemeinschaft gehängt? Aber warum? Die stehlen bestimmt keine
Rinder! Wer von ihnen ist denn schon in der Lage, eine Schlinge zu
knüpfen oder gar ein Lasso zu schwingen?"

„Wir haben ihn mit einem Haufen unserer besten Kälber erwischt.
War das nicht Beweis genug?" Die Hand des Barons zitterte etwas.
„Wie auch immer, das ist kein Grund, um sich aufzuregen. Gut, es war
ein Irrtum. Das habe ich dieser Frau auch gesagt. Das habe ich allen
gesagt. Es war eben ein Irrtum."

„Wissen Sie noch, Boß, was der Kerl kurz vor dem Aufhängen gefaselt hat?" Wharton lächelte und entblößte dabei die gelbbraunen
Zähne. „Er hat gesagt, wir würden alle von einem Reiter auf einem ...,
wie war das noch? Ach ja, auf einem fahlen Pferd erledigt ..."

„,Und siehe, ein fahles Pferd. Und der darauf saß, des Name hieß
Tod, und die Hölle folgte ihm nach.'" Die ruhige, kalte Stimme ließ die
drei Männer wie unter einem Peitschenhieb zusammenzucken.

Quinten schaute die Frau seines Vaters an. Ihr Blick richtete sich auf
das Fenster, das einen feurigen Sonnenuntergang umrahmte. Violette
Flammen erschienen als feurige Finger am blutroten Himmel. Das
gespenstische Licht spiegelte sich im Silber, im Porzellan und im Kristall auf dem Tisch.

Ein kaum wahrnehmbares Lächeln lag auf ihren blassen Lippen,
„..., des Name hieß Tod'."

NEUNTES KAPITEL

Rachel hielt die Laterne hoch, während sie durch den
gefrorenen Schlamm im Hof stapfte. Es war nach Mitternacht, sie trug
immer noch ihre Schürze und das Schultertuch, doch auf ihrem Kopf
saß weder eine Kappe noch eine Nachthaube. Die langen Haare fielen
ihr über die Schultern bis auf den Rücken.

Der runde blaßgelbe Mond, der erste Frühlingsvollmond, war gerade über den Pappeln aufgegangen. Er tauchte die Heuwiesen und
den Schäferkarren, in dem der Fremde nun die Nächte verbrachte, in
ein sanftes Licht. Rachel stieg die Stufen zu dem kleinen Absatz vor
der Wagentür hinauf und klopfte.

Es dauerte nicht lange, und er öffnete die obere Hälfte der Tür. Sie
starrte auf seinen nackten Oberkörper und wich einen Schritt zurück.
„Es ist soweit, Mr. Cain", flüsterte sie.

Sie spürte seinen Blick, der staunend über ihr Haar glitt, beinahe so wie der Wind, der ausnahmsweise einmal sanft über den Hof wehte.

„Dann will ich mich nur schnell richtig anziehen", erwiderte er.

Sie wartete unten vor den Stufen des Wagens auf ihn. Als er herunterkam, sah sie, daß für ihn zum „richtigen" Anziehen auch das Anlegen des Patronengurts gehörte.

Der halb gefrorene Schlamm knirschte unter ihren Füßen. In der Endlosigkeit der dunklen Prärie heulte ein Kojote den Mond an.

Im trüben Laternenlicht tauchte Benjo mit MacDuff an seiner Seite in der Tür des Schuppens auf. Er hielt in der Hand einen Stab, der ihn um die Hälfte überragte und am oberen Ende einen Haken hatte. „Hol bitte Wasser vom Bach", sagte Rachel zu ihm. „Wenn du zurückkommst, werde ich wohl den Haken brauchen."

Der Junge lehnte den Schäferstab an die Schuppenwand, griff nach ein paar leeren Milchkannen und rannte davon; der Hund sprang neben ihm her.

Früh am Abend hatte Rachel als Vorbereitung für diesen Augenblick mehrere Laternen an die Pfosten der Schafhürde gehängt. Nun zündete sie sie nacheinander an. Das Licht warf gelbe Flecken auf das schmutzige Stroh und die unruhigen, wolligen grauen Rücken.

„Mr. Cain, würden Sie bitte die Schafe von den Müttern trennen, die kurz davor sind abzulammen ... Das dort wird meiner Meinung nach das erste sein." Sie wies auf ein junges Schaf, das sich von den anderen abgesondert hatte und hektisch mit den Vorderbeinen eine Kuhle ins Stroh scharrte. „Dieses Schaf wird zum erstenmal Mutter. Es könnte Schwierigkeiten haben."

Rachel hatte nie Mühe, die Schafe zu erkennen, die im Laufe der nächsten Stunde lammen würden. Es lag an der Musik. Wenn die Zeit des Lammens kam, glaubte sie, ein süßes Trillern wie Vogelgezwitscher von den Mutterschafen zu hören, die bald werfen würden. Waren Schwierigkeiten zu erwarten, wurde das Zwitschern zu dem mißtönenden Krächzen einer Krähe.

Johnny Cain ging zwischen den Schafen umher. „Es sieht so aus", rief er, „als ob eine ganze Menge gleichzeitig lammen wird."

„Richtig, Mr. Cain. Es wird eine arbeitsreiche Nacht werden. Würden Sie jetzt bitte hierherkommen und dieser jungen Mutter erlauben, daß sie sich gegen Ihre starken Männerbeine drückt?"

In der Öffnung unter dem Schwanz des Schafes wurde ein dünner weißer Sack sichtbar. Das junge Schaf warf den Kopf zurück, spannte den Körper, und die Augen quollen hervor. Die Öffnung weitete sich, und Rachel sah die Vorderhufe des Lamms.

Das Schaf strengte sich an und zog jedesmal, wenn es preßte, die Oberlippe zurück. Cain hatte sein Bein vorgestellt, damit das Schaf sich dagegen drücken konnte. Behutsam fuhr er immer wieder mit den Fingern zwischen den Ohren des Schafs entlang.

Benjo kehrte zurück, als das Schaf sich gerade wieder mühsam auf die Beine stellte. Im nächsten Augenblick glitt das Lamm mit Vorderbeinen und Nase zuerst aus dem Leib und landete im schmutzigen Stroh, ein glitschiges, dampfendes Bündel.

Rachel zerriß die dünne Haut und entfernte sie von der Nase und dem Maul. Sie lachte, als sie das quäkende „Mäh!" hörte, das den ersten Atemzug des Neugeborenen begleitete. Benjo reichte seiner Mutter einen alten Sack, damit sie die Ohren des Lamms trocknen konnte, um zu verhindern, daß sie erfroren.

Das Mutterschaf stand da, blökte und schüttelte das Hinterteil. Rachel fürchtete schon, das Schaf werde sich als eine der Mütter herausstellen, die ihr Junges nicht annehmen. Doch schließlich drehte es sich um und beschnupperte das Lamm. Dann begann das Schaf, den gelben Schleim vom Körper des Lamms zu lecken.

Johnny Cain betrachtete das Mutterschaf, das versuchte, durch leichte Stöße mit dem Kopf das Lamm auf die Beine zu bringen. Eine Sanftheit, die Rachel nie zuvor gesehen hatte, lag in seinem harten Gesicht. Er wirkt sehr jung, dachte sie, und glücklich ...

„M-mama?"

Rachel drehte sich um und schluckte den Kloß in ihrem Hals hinunter. Benjo reichte ihr den Schäferstab mit dem Haken. Sie hob das winzige Lamm hoch, bis es mit der Nase nach unten am Ende des Stabs hing.

Dann hielt sie das Neugeborene der Mutter hin, damit sie es sah und daran schnuppern konnte. Das Schaf streckte den Hals vor und schnupperte lange, um sich zu vergewissern, daß es sein Junges war. Rachel ging langsam mit dem Lamm am Stab rückwärts. Das Mutterschaf folgte ihr vorsichtig und schnuppernd in einen der Schuppen.

Der Boden der langen, niedrigen Schuppen war mit einem Gemisch aus Stroh und Sägemehl bestreut. Sie waren in Boxen eingeteilt, die gerade genug Platz boten für ein Mutterschaf und ein Lamm. Das Neugeborene stand mühsam und unsicher auf den staksigen Beinen. Rachel schob seinen Kopf mit sanften Stößen an das Euter der Mutter. Sie konnte nicht länger bleiben, denn sie hörte Benjo rufen, ein zweites Lamm sei unterwegs.

Danach folgten so viele Geburten gleichzeitig, daß Rachel und Cain getrennt arbeiten mußten. Sie beobachtete ihn, wann immer sich die Möglichkeit dazu bot. Johnny Cain, der Revolverheld, schien sich zu ihrem Staunen mühelos in die Rolle als Geburtshelfer der Schafe zu finden. Seine leisen Worte beruhigten die Schafe, und der Griff seiner Hände war sanft und sicher.

Nur ein einziges Mal hob Rachel ein kleines nasses Bündel auf und trug es aus der Hürde hinaus zu der Stelle, die Ben in einem besonders schlimmen Frühling den „Knochenberg" getauft hatte. Es war unvermeidlich, daß selbst in guten Jahren einige Lämmer verendeten, und es waren auch immer ein paar Mutterschafe zu beklagen.

Trotzdem senkte Rachel den Kopf, damit ihr Sohn und Johnny Cain nicht die Tränen sahen, als sie das tote Lamm zum Knochenberg trug.

RACHEL merkte plötzlich, daß MacDuff winselte. Benjo griff nach ihrem Arm, und sie drehte sich um. Der Junge schaute sie entsetzt an. „M-mama! D-d-das al-al-alte Schaf m-m-mit den wenigen Zähnen! S-s-sein Lamm k-k-kommt v-v-verkehrt herum heraus!"

Das Schaf lag ruhig auf der Erde. Nur sein Leib bewegte sich zukkend. Rachel sah einen schwarzen Huf hervorkommen. Die Fruchtblase war bereits vor einiger Zeit geplatzt. Als sich Rachel ins Stroh kniete, blickte sie das Schaf mit ruhigen und wissenden Augen an. „Ach du Armes. Dein Kind versucht, rückwärts herauszukommen ..." Sie massierte den Leib des Mutterschafes. „Ich muß versuchen, das Lamm herauszuholen", sagte sie zu Cain, der sich neben sie gekniet hatte. „Benjo, hol mir einen Eimer Wasser und etwas Laugenseife. Und einen Strick, wie wir ihn für die Heuballen benutzen."

Während sie schweigend nebeneinander knieten, war sich Rachel Cains Nähe überdeutlich bewußt. Seine Hand fuhr wie die ihre durch das dichte Fell des Schafes.

Benjo kam mit dem Eimer Wasser zurückgerannt. „M-mama! S-sstirbt das Schaf?"

„Ich weiß nicht", erwiderte Rachel und rollte die Ärmel zurück. Sie tauchte die Arme in das Wasser und wusch sie gründlich mit der Seife. „Ich will versuchen, beide zu retten. Wir müssen alles dem Schicksal überlassen, mein Junge."

Sie schob vorsichtig die Hand in den heißen Schafsleib. Der Kopf des Lamms war verdreht. Das andere Hinterbein schien sich darum gelegt zu haben. Das Mutterschaf reckte den Hals und rollte den Kopf hin und her, als es heftig preßte. Rachel traten die Tränen in die Augen. Sie wußte jetzt, daß das Schaf und sein Lamm sterben würden.

„Der Kopf des Lamms ist völlig verdreht, und meine Hand ist zu groß. Ich kann nicht weit genug hineingreifen."

„Lassen Sie es den Jungen versuchen", sagte Cain.

Benjo wich zurück. „N-n-nein!"

Rachel blickte ihrem Sohn bittend in die Augen. „Du mußt es nicht tun. Ich zwinge dich nicht. Aber für das arme Schaf bist du vermutlich die einzige Hoffnung."

Benjo nickte ernst. „Also gut."

Rachel stieß einen leisen Seufzer aus. „Du mußt mit der Hand um die Nase und den Unterkiefer des Lamms fassen und den Kopf dann vorsichtig drehen, bis er richtig liegt." Sie griff nach seiner Hand, nach der kleinen Jungenhand, von der sie verlangte, die Arbeit eines Erwachsenen zu tun. Sie spürte, daß er zitterte. „Benjo, der Leib des Schafs versucht, das Lamm herauszupressen. Wenn das geschieht, wird auch deine Hand zusammengepreßt."

„T-t-tut das weh?"

„Ja."

„Er schafft es." Johnny Cain faßte ihren Sohn an der Schulter und schüttelte ihn sanft – eine Berührung wie die eines Vaters.

Benjo mußte sich flach auf den Bauch legen, um mit der Hand in den Schafsleib greifen zu können. Bei jeder Wehe schrie er laut auf. Tränen rannen ihm über die Wangen. Aber er ließ nicht ein einziges Mal los. Das Lamm bewegte sich bei jeder Wehe nur langsam weiter. Aber schließlich preßte das Schaf noch einmal mit aller Kraft, und das Lamm glitt ins Stroh.

Cain war sofort zur Stelle und nahm das Lamm hoch. Er zog die Haut der Fruchtblase von der kleinen schwarzen Nase. „Atmen, verdammt noch mal! Du sollst atmen ..." Er wiederholte in einem Singsang wie ein Gebet: „Atmen, atmen, atmen."

Das Lamm bewegte sich nicht.

Rachel nahm ihm das Neugeborene ab, packte es an den Hinterbeinen und ließ das Lamm durch die Luft kreisen – einmal, zweimal. Das Lamm blökte laut, und es klang empört.

Rachel fiel lachend ins Stroh und hielt das blökende Neugeborene auf dem Schoß.

Benjo brachte kein Wort hervor. Cain hatte mit großen staunenden Augen zugesehen. Schließlich lachte er ebenfalls. „Ich dachte, Sie würden ...", stieß er hervor. „Mein Gott, ich weiß überhaupt nicht, was ich dachte, als Sie das arme Lamm wie ein Lasso geschwungen haben."

„So wird es gemacht", sagte Rachel, „das soll ihm helfen, mit dem Atmen anzufangen."

Auch Benjo hatte gelacht. Doch jetzt stieß er sie am Arm. „M-m-mama? W-w-w..."

Sie berührte sein tränenüberströmtes Gesicht. „Es wird überleben, Benjo. Es wird am Leben bleiben." Behutsam legte sie das Lamm ins Stroh und drückte Cain ein Stück Sackleinen in die Hand. „Hier, reiben Sie es damit ab, Mr. Cain. Wenn Sie wollen, können Sie auch Ihre Zunge benutzen."

Wieder lächelte er. „Sie lassen einen aber wirklich keinen Augenblick verschnaufen, Mrs. Joder. Ich hätte Lust ..."

Sein Lächeln machte sie so glücklich, daß es einen Moment dauerte, bis ihr klar wurde, daß er den Satz nicht beendet hatte. Dann begriff sie, was geschehen war. Das Mutterschaf lag leblos im Stroh.

Rachel legte dem Schaf die Hand auf die Rippen. Sie hoben sich einmal und senkten sich dann langsam und ruhig. Rachel blickte gerade in dem Augenblick in die sanften, wissenden Augen, um zu sehen, daß das Leben aus ihnen wich.

Cain kniete sich so vor das Schaf, daß Benjo es nicht sehen konnte. Benjo hatte den alten Sack genommen und war damit beschäftigt, das Lamm selbst abzutrocknen.

„He, Partner", sagte Cain. „Komm und hilf mir, dein Kleines aus der Kälte in den Schuppen zu bringen."

Rachel sah ihnen nach. Sie wußte, Benjo würde schnell genug herausfinden, daß das Schaf verendet war. Aber es war besser, wenn er es nicht schon jetzt erfuhr.

Als er außer Sichtweite war, wandte sie sich wieder dem Schaf zu. Mit den Fingern fuhr sie durch die dichtgelockte Wolle zwischen den Ohren des Tieres, beugte sich hinunter und drückte einen Kuß auf die knochige Nase. „Leb wohl ..."

ZEHNTES KAPITEL

Rachel setzte ihre schwarze Haube über die Gebetskappe. Dabei legte sie den Kopf zurück und blickte in den dunstigen Frühlingshimmel Montanas. Sie liebte diese Jahreszeit, wenn sich die Erde von innen heraus zu erwärmen schien und sich mit einem Regenbogen leuchtender Farben überzog. Die roten Knospen der Weiden blühten auf. Kissen von Phloxblüten schmückten die Erde rosa. Hoch oben an den steilen Hängen verschwanden am Beifuß endlich die grauen, trockenen Winterstengel unter dem Grün der neuen Triebe.

Das laute Schnauben eines Pferdes ertönte, und Rachel drehte sich lächelnd um. Johnny Cain hatte ihr altes Pferd aus der Scheune geführt. Jetzt stand er mit der Hand an den Zügeln im Hof und schaute sie an.

„Ist es nicht wundervoll heute?" fragte sie, als sie zu ihm trat.

Er stellte das Pferd rückwärts zwischen die Deichsel des leichten Wagens. „Was hat Sie in so eine gute Stimmung versetzt?" fragte er.

„Ich freue mich so, daß Sie mit uns zum Gottesdienst kommen."

„Wäre es nicht klüger zu warten und sich erst dann zu freuen, wenn wir sehen, was geschieht?"

Es waren zwei Monate vergangen, seit er in ihr Leben getreten war, und beinahe ein Monat seit dieser ersten Nacht des Lammens.

Am Ende der ersten Woche, in der die Schafe ihre Lämmer zur Welt gebracht hatten, hatte Rachel zu ihm gesagt: „Ich will nichts mehr davon hören, daß Sie für Ihren Aufenthalt arbeiten. Ich werde Ihnen einen gerechten Lohn bezahlen. Ich stelle Sie bis zum Ende des Sommers an." Das zu betonen hielt sie für wichtig, um ihn wissen zu lassen, daß sie sich nicht der Illusion hingab, er würde immer bei ihr bleiben. Er sollte auch nicht glauben, sie sei eine einsame Witwe, die sich Hals über Kopf in einen Fremden verliebt hatte.

Er nickte. „Gut, nur bis zum Ende des Sommers, Mrs. Joder."

Gewiß, eines Tages würde alles zu Ende sein. Alles andere war verboten.

Während dieser letzten Monate hatte sich die Gemeinschaft, wie es Brauch im Tal der Träume war, jeden zweiten Sonntag zum Gottesdienst versammelt. Alle, nur nicht der Fremde. Am Abend zuvor hatte sie beim Füttern der mutterlosen Lämmer zu ihm gesagt: „Kommen Sie doch morgen mit zur Predigt."

„Warum?" hatte er in seiner trockenen Art gefragt.

„Damit Sie uns kennenlernen, damit Sie sehen, wie wir sind. Übrigens, morgen findet der Gottesdienst auf der Farm meines Vaters statt."

Wie so oft hatte er lange geschwiegen. „Ich komme mit", hatte er schließlich gesagt.

Daraufhin hatte sie sich zu der Frage veranlaßt gesehen: „Warum?"

„Weil Sie mich darum gebeten haben."

Jetzt, am frühen Sonntag morgen, war er glatt rasiert. Die frisch gewaschenen Haare waren noch nicht ganz trocken. Er hatte sogar die Stiefel geputzt, den Mantel ausgebürstet und eines von Bens sauberen Hemden angezogen.

Die leichten und schweren, offenen und gedeckten Wagen standen auf Bischof Jesaia Millers Weide in einer Reihe. Johnny Cain lenkte den Wagen an eine schattige Stelle. Sofort rannte ein rothaariger Junge herbei. Er sollte beim Ausspannen des Pferdes behilflich sein. Doch als er Johnny Cain sah, der die Zügel in der Hand hielt, blieb er wie angewurzelt stehen. Seine Augen wurden groß.

„Wenn du noch länger den Mund aufsperrst, Levi Miller", rief Rachel ihrem jüngsten Bruder zu, „wirst du bald damit Fliegen fangen!"

Levi Miller sah den berüchtigten Fremden nicht zum erstenmal. Im vergangenen Monat, in einer Zeit, in der es die meiste Arbeit gab, waren viele der Frauen, beinahe jeder Mann und jeder Junge unter irgendeinem Vorwand zur Farm gekommen, um einen Blick auf Johnny Cain zu werfen.

Cain schien aus Höflichkeit nicht zu bemerken, wie ihr Bruder ihn anstarrte. Lachend stieg sie vom Wagen.

Rachel legte dem Jungen die Hand auf die Schulter. „Was ist los? Hast du Wurzeln geschlagen? Zeig Mr. Cain, wo er das Pferd hinführen soll."

Sie richtete die Schleife ihrer Haube. Sie mußte sich nicht umdrehen, um zu wissen, daß die Leute, die in kleinen Gruppen vor dem Scheunentor standen, plötzlich verstummten und staunend zu ihrem Wagen herüberstarrten.

Benjo lief zu den anderen Jungen und Mädchen, die sich hinter den Schuppen um einen kleinen Teich drängten. Rachel wartete, während Levi und Cain die Stute durch das Gatter auf die Weide führten.

Heuwiesen umgaben das Haus ihres Vaters, das zwei Stockwerke hatte und nicht aus ungeschälten Pappelstämmen gebaut war, sondern aus Holz, das vom Sägewerk gekommen war. Zu beiden Seiten des Hauptgebäudes standen zwei kleine Häuser. In dem einen wohnte ihr ältester unverheirateter Bruder Sol. Im anderen, dem sogenannten *Daudy*-Haus, lebte ihre Urgroßmutter Anna Maria. Es entsprach der Tradition, daß die Alten in eigenen Häusern ganz in der Nähe der Jüngeren lebten. Jedes Gebäude war von einer Veranda mit einem weißen Geländer umgeben.

Der Prediger Jesaia Miller besaß die größte und beste Schaffarm im ganzen Tal. Er verbrachte einen großen Teil des Tages in seinem

Studierzimmer, wo er die Heilige Schrift las und über seine menschliche Herde wachte, während sich Sol um die Schafe kümmerte.

Cain kam allein von der Weide zurück und ging zusammen mit Rachel auf die Scheune zu, wo die Predigt stattfinden sollte.

Als sie sich der schweigenden Gruppe näherten, strich Rachel nervös die Schürze glatt. Ihr Vorgehen würde Konsequenzen haben. Es war verständlich, einen Fremden im Haus aufzunehmen, den man mit einer Schußwunde und dem Tode nahe auf der Wiese gefunden hatte. Aber warum hatte sie ihn als Arbeiter angeheuert? Noch schlimmer, warum brachte sie ihn zum Gottesdienst mit?

Rachel hielt Ausschau nach ihrem Vater. Von allen Anwesenden der Gemeinde würde seine Entscheidung den Ausschlag geben, ob es dem Fremden erlaubt sein würde, einige Zeit bei ihnen zu leben. Doch der Bischof war bereits in der Scheune. Wie vor jedem Gottesdienst besprach er sich mit Noah Weber und Amos Zook, den beiden anderen Predigern der Gemeinde.

Ihre vier Brüder hatten bereits ihre Entscheidung getroffen. Sie standen finster blickend nebeneinander in ihren frisch ausgebürsteten Sonntagsröcken aus Sackleinen und breitkrempigen Filzhüten.

Abraham und Samuel schienen Cain eindeutig abzulehnen. Levi hatte einen roten Kopf. Sol, der ein großes und sanftes Herz hatte, gelang es nicht, finster zu blicken. Die Sorge um Rachel stand ihm ins Gesicht geschrieben.

Samuel löste sich aus der Gruppe und kam ihnen mit großen Schritten entgegen. Die anderen folgten ihm wie Blätter, die der Wind vor sich hertreibt. Er blieb vor seiner Schwester stehen, stützte die Hände in die Hüften und schob das Kinn vor.

„Sag mal, was hast du dir dabei gedacht, den da mitzubringen?"

Rachel ließ sich nicht einschüchtern. „Mr. Cain ist mitgekommen, um die Predigt zu hören. Das ist nicht verboten."

„Er wird kein Wort von dem verstehen, was er hört", sagte Samuel. „Er wird sich langweilen."

„Zu Tode langweilen", ergänzte Abraham.

Da sie *deitsch* sprachen, verstand Cain vermutlich kein Wort. Doch Rachel zweifelte nicht daran, daß er sich sehr gut denken konnte, welche Gefühle hinter den Worten ihrer Brüder standen.

„Ich habe ihm gesagt, er kann gehen, wann er will, und wir werden es ihm nicht verübeln", erwiderte sie auf englisch. „Ihr wollt ihm doch nicht die Möglichkeit nehmen, gemeinsam mit uns zu beten und Gott zu ehren!"

„Sie hat recht", murmelte Sol. „Zumindest im Hinblick auf die Predigt. Es ist nicht verboten, daß er zuhört, wenn er das will."

„Ach ..." Samuel machte eine Handbewegung, als wolle er eine aufdringliche Fliege verscheuchen. „Bei der Predigt wird ihm schnell der Kopf brummen."

In diesem Augenblick betraten die ersten Frauen wie auf ein unsichtbares Zeichen hin die Scheune. Die Kinder kamen vom Teich herbeigerannt. Die Mädchen reihten sich bei den Frauen ein, die Jungen bei den Männern.

„Ich muß gehen", sagte Rachel zu Johnny Cain. „Wir Frauen sitzen immer getrennt von den Männern."

Er verzog den Mund zu einem Lächeln. „Machen Sie sich meinetwegen keine Sorgen, Mrs. Joder."

Sie lief zur Seite der Frauen. Ihre Schritte wurden unsicher, als sie ihre Mutter entdeckte. Sadie Millers Mund und Augen hatten tiefe Kummerfalten. Ihre Schultern waren von der Last des Lebens gebeugt. In der Gemeinschaft wurde eine Frau nach ihren Kindern beurteilt; Rachel trug an diesem Sonntag dazu bei, daß ihre Mutter wieder einmal versagt zu haben schien.

Zu beiden Seiten von Rachels Mutter standen wie künstliche Stützen ihre Schwiegertöchter, die Zwillinge Velma und Alta. Beide jungen Frauen trugen auf der Hüfte ein Baby und senkten die Köpfe wie in stummem Gebet.

Rachel wollte zu den Frauen gehen, aber ihrer Mutter konnte sie sich nicht stellen. Deshalb blieb sie allein am Zaun stehen, nahm die Haube ab und hängte sie zu den anderen an die oberste Querstange. Die schwarzen Hauben hingen alle in einer Reihe.

Rachel blieb stehen, sie fühlte sich einsam. Dann schloß sie sich den *Mädle*, den Mädchen und jungen, unverheirateten Frauen, an.

DIE STILLE in der Scheune lastete schwer und warm auf allen Anwesenden. Es war eine Zeit des Wartens und der Besinnung, in der die Minuten langsam vergingen und doch vom Versprechen erfüllt waren, was da kommen würde. Die Gerüche von Pferd, Kuh und Heu mischten sich aufreizend mit den Sonntagsgerüchen von Stärke, Seife und Schuhschwärze. Rachels Blick glitt versonnen über das Schachbrett weißer und schwarzer Gebetskappen.

Das hier war ihr Leben. In dieser Zeit des Wartens und der Stille fühlte sie sich im Kreis ihrer Familie und ihrer Freunde sicher. Sie fühlte sich geliebt. Für sie war das bereits ein Gottesdienst.

Sie ließ den Blick über die Bänke der Männer schweifen. Johnny Cain saß da, als werde er von Sol und Samuel bewacht. Ihr Sohn saß ebenfalls bei den Männern. Er hatte den Kopf ehrfürchtig gesenkt. Die Stille schien in alle Ewigkeit zu dauern. Dann nahmen die Männer die Hüte ab und legten sie unter die Bänke. Ezra Fischer, der Vorsänger, erhob sich langsam.

Sein strahlender Tenor klang so klar, daß der helle Ton die schwere Stille wie ein scharfes Messer durchschnitt. Die tiefen, dunklen und klangvollen Bässe und Baritone der nun einstimmenden übrigen Männer schufen gleichsam sich auftürmende Wellen, die sich bis zum Gebälk erhoben. Die hohen, zarten Stimmen der Frauen nahmen die Melodie auf, die immer weiter aufzusteigen schien. Sie sangen ein altes Kirchenlied. Es war traurig und doch schön. Es erzählte von den Heimatlosen, die durch das Land zogen. Die Gemeinschaft hatte dieses Lied schon seit dreihundert Jahren so gesungen. Und daran würde sich nichts ändern.

Langsam und unveränderlich, immer gemeinsam. Ein Bewußtsein und ein Geist.

Rachel warf den Kopf nach hinten, als ihr Blut den Rhythmus des Liedes aufnahm. Sie spürte eine freudige Stimmung. Der langsame Gesang war wie eine Reinigung des Körpers und gab ihr das Gefühl, mit Gott zu sein.

Das letzte Wort und der letzte Ton kamen plötzlich, und das Lied schien wie abgeschnitten. Es wurde wieder still. Rachel öffnete langsam die Augen. Sie war so erfüllt mit Freude und Gottes Ruhm, daß sie hätte zerspringen können.

Atemlos blickte sie zur Männerseite der Scheune hinüber. Sie sah den Blick Cains auf sich gerichtet. Sie verlor sich in ihm.

Er riß sich jedoch von ihrem Anblick los, und die Zeit, die von etwas anderem, Höherem überwunden gewesen war, stellte sich wieder ein und mit ihr alle Lasten dieser Welt.

Rachels Vater erhob sich. Prediger Jesaia Miller stand groß und stark, wie er war, mitten auf dem Scheunenboden. Sein Bart war schwarz und wollig. Mitten durch die dunklen Haare zog sich von der Stirn bis in den Nacken ein weißer Streifen. Er war an einem Morgen mit diesem Streifen aufgewacht, nachdem er in der Nacht eine Vision gehabt hatte, die dazu führte, daß sie ihre Siedlung in Ohio aufgaben und sich nach langer Wanderung in diesem wilden und leeren Land niederließen. Alle sahen in dem weißen Streifen ein Zeichen dafür, daß der Segen Gottes auf ihm ruhte.

Er erzählte von längst vergangenen Tagen, von einer Zeit in der alten Heimat, als die Gemeinschaft wegen ihres Glaubens schreckliche Verfolgungen hatte erleiden müssen. Sie waren verbannt, gesteinigt, gekreuzigt und ausgepeitscht worden.

Er sprach über den Willen Gottes und darüber, daß die Erlösung stets durch Unterwerfung, durch das Annehmen der Schicksalsschläge komme. Er rief beschwörend, daß die Gemeinde durch alle Leiden dem Beispiel Jesu nachfolge, der sich dem Willen seines Vaters so rückhaltlos unterworfen hatte, daß er am Kreuz gestorben war.

Rachel schloß die Augen. Sie sah einen blutenden, gequälten und sterbenden Mann. Sie sah, wie er den Kopf zurückwarf und in seiner Verzweiflung schrie. Und plötzlich wußte sie, welche Frage in dem nackten Entsetzen von Johnny Cains Augen gestanden hatte.

Mein Gott, warum hast du mich verlassen?

ELFTES KAPITEL

Rachel kam nach dem Gottesdienst aus der dunklen, kühlen Scheune nach draußen. Die grelle Sonne zwang sie, die Augen zu schließen. Sie nahm ihre Haube vom Weidezaun. Über den Bergen türmten sich dunkle Wolken. Doch hier im Tal war es Frühling. Das grüne, weite Land lag unter einem strahlend blauen Himmel. Ein warmer Wind wehte.

Als sie sich umdrehte, sah sie Johnny Cain munter auf sich zukommen. Nach den drei Stunden auf einer harten Bank, bei Gebeten und den Predigten, die ihm bestimmt wie leeres Geschwätz vorgekommen waren, hätte er eigentlich erschöpft sein müssen.

„Ihnen scheint es nicht schlechtzugehen", sagte sie, als er sich neben sie stellte. „Immerhin war das eine lange und gefährliche Begegnung mit Ihrem Seelenheil."

„Ich habe es geschafft. Alle hier haben mich so sehr ins Herz geschlossen, daß ich beinahe ‚halleluja' gerufen hätte."

Sie schaute weg. Sie war über sich erstaunt, daß sie über so ernste Dinge wie das Seelenheil spaßen konnte. Er hatte eine Art, ihr Worte und Dinge zu entlocken, die nicht von ihr kamen. „Es gibt hier jemanden, den Sie kennenlernen sollten", sagte sie. „Und ich möchte, daß sie Sie kennenlernt."

Sie ging über den Hof und überließ es ihm, ihr zu folgen oder nicht. Die Gemeindemitglieder standen in Gruppen zusammen. Alle verstummten, als sie sahen, wie sich Rachel und der Fremde nebeneinander dem großen Haus von Prediger Miller näherten.

„Ich bringe Sie zu Mutter Anna Maria", erklärte sie ihm. „Sie ist das, was wir einen *Heiler* nennen. Das bedeutet, sie kann einen Kranken durch ihre Berührung heilen. Das ist eine wunderbare Gabe Gottes. Sie ist eigentlich die Großmutter meines Vaters, aber wir alle nennen sie *Mutter*. Sie ist unsere Wurzel."

Mutter Anna Maria saß in einem geflochtenen Schaukelstuhl auf der Veranda ihres Altenteils. Sie war nie eine große Frau gewesen, aber die Jahre hatten sie ausgezehrt, bis sie beinahe nur noch aus vertrockneter Haut und zerbrechlichen Knochen bestand. Als Rachel die Stufen hinaufstieg, hob die alte Frau den Kopf. Sie war seit über fünfzig Jahren blind.

„Rachel, mein unbändiges Kind", sagte sie, obwohl Rachel außer dem Rascheln ihres Rocks kein Geräusch gemacht hatte. „Was hast du diesmal angestellt?"

„Ich habe Johnny Cain mitgebracht."

Cain ging vor Mutter Anna Maria in die Hocke. Die alte Frau streckte ihre Hand aus, und er ergriff sie.

„Du hast deinen Bruder erschlagen." Sie sagte das ohne Umschweife, und es klang hart.

Er erwiderte nichts, entzog ihr aber auch nicht die Hand. „Ich entschuldige mich nicht für das, was ich getan habe", sagte er dann, „und ich will mich nicht ändern."

Die alte Frau wandte das faltige Gesicht der schwachen Frühlingssonne zu. Sie entzog ihm ihre Hand. „Ich halte dich stark genug für alles, sogar für Reue."

„Wissen Sie, ich sehe das so: Bereuen ist nicht so schwer. Das Sündigen aufgeben kann jedoch zu einer Herausforderung werden."

Rachel wich zurück. „Die Männer bauen die Tische und Bänke für das Bruderschaftsmahl auf", sagte sie. „Vielleicht sollten Sie ihnen helfen, Mr. Cain."

Er stand langsam auf. „Es war mir ein Vergnügen, Ihre Bekanntschaft zu machen", sagte er. Er sah Rachel einen Moment nachdenklich an und ging dann.

„Du hast ihn weggeschickt", sagte Mutter Anna Maria.

Rachel kniete neben dem Schaukelstuhl. Sie legte die Wange auf das Knie ihrer Urgroßmutter. Gleich darauf spürte sie, wie die Finger der alten Frau über die gestärkte schwarze Baumwollhaube strichen.

„Er ist gebrochen", sagte Mutter Anna Maria. „Du hast ihn zu mir gebracht, weil du gehofft hast, ich würde in seinem Innern etwas Gutes sehen, eine Seele, die zu nähren sich lohnt. Dann hast du gefürchtet, ich könnte zuviel sehen, und hast ihn weggeschickt. Er hat eine Seele, Rachel. Selbst der Kain, der seinen Bruder Abel erschlug, hatte eine Seele. Aber Gott machte ihn für seine Tat zum Ausgestoßenen und Heimatlosen."

Rachel hob den Kopf. „Aber Mutter, warum kann Gott ihm nicht vergeben? Wenn du an dem Tag, als er zu mir kam, seinen Blick gesehen hättest ..."

„Mein Kind, für wen möchtest du diesen Fremden retten, für Gott oder für dich?"

Rachel spürte, wie die Wahrheit ihr die Röte ins Gesicht trieb. „Ich möchte ihn kennenlernen. Ich möchte verstehen, wie es möglich ist, daß er so ist, wie er ist", antwortete sie.

„Aber was du kennst und verstehst, könntest du vielleicht anfangen zu lieben."

Rachel schwieg. Daß sie einen Fremden, einen der *anderen*, liebte, war falsch und verstieß gegen die Regeln. Dafür gab es keine Worte.

„WENN das Wetter trocken bleibt, wird es so heiß sein wie diese Suppe, wenn wir mit dem Scheren anfangen", sagte Samuel Miller, als seine Schwester Rachel eine bis zum Rand mit kochendheißer Bohnensuppe gefüllte Tonschale vor ihn hinstellte. Er sagte das nicht zu ihr, sondern zu den anderen Männern, die mit ihm an den Tischen saßen.

Das Bruderschaftsmahl war die einzige Mahlzeit, die nicht schweigend verzehrt wurde. Aber die Frauen aßen immer getrennt von den Männern und trugen ihnen zuerst auf. Sie beteiligten sich selten an den Gesprächen der Männer.

„Ach, unser Samuel macht sich Sorgen, daß sein Schweiß die Wolle verderben könnte", bemerkte Abraham. Er brach ein Stück von dem Brot mit der harten Kruste ab und zwinkerte seinem Bruder zu, während alle anderen über den Witz lachten.

Rachel lächelte. Sie versuchte, Cains Blick auf sich zu lenken. Doch er und ihr Sohn saßen nebeneinander. Die beiden schienen über etwas anderes zu lachen, während eine Platte mit eingelegten Gurken und roten Beten an ihnen vorbeigereicht wurde. An Benjos anderer Seite saß Diakon Weber. Er sah, wie die zwei sich verschwörerisch zunickten, und runzelte die Stirn.

Die Männer hatten dem Fremden zwar am Tisch Platz gemacht, ihn dann aber ignoriert. Sie sprachen *deitsch*. Ihre Blicke glitten über ihn hinweg, als sei er unsichtbar.

Rachel wartete, bis das Gespräch wieder ernsthaft wurde. „Wenn ihr Männer vom Heumachen, vom Scheren und von den Plänen für die Sommerweiden sprecht, dann tut es am besten auf englisch, denn ich habe Mr. Cain bis zum Herbst für meine Farm angeheuert."

Am Tisch wurde es still. Die Männer wandten ihre Köpfe zuerst ihr zu, dann Jesaia Miller.

Rachels Vater sagte zunächst nichts. Er führte einen Löffel dampfende Suppe an den Mund und blies, um sie abzukühlen. In der gespannten Stille klang sein Atem so laut wie ein Windstoß.

Rachel hielt den Kopf hoch erhoben. Es verstieß nicht gegen die Tradition, einen der *anderen* für die Arbeit auf der Farm anzuheuern.

„Ich dachte, es sei in Ordnung", erklärte sie, „Mr. Cain anzustellen. Er kann Bens Anteil beim Heumachen und beim Hüten auf den Sommerweiden übernehmen."

Noah Weber lachte gepreßt. „Und wird er auch Bens Anteil beim Scheren übernehmen? Ein weltgewandter Mann wie er versteht nichts von unserer Arbeit. Ich nehme an, er glaubt, es sei kinderleicht, ein Schaf von hundert Pfund zu scheren."

Da sie englisch sprachen, hatte Cain keine Mühe, ihn oder die Beleidigungen zu verstehen.

„Es ist wahr, daß bei meiner Arbeit das Schafscheren bis jetzt keine große Rolle gespielt hat." Seine Lippen wurden schmal. „Aber ich habe viel Übung darin, eine Herausforderung anzunehmen."

Abraham wies mit dem Daumen auf Cain. „Wir anderen werden unser zehntes Schaf geschoren haben, bevor er mit dem ersten fertig ist."

„Ihr könnt nicht mit einem Mann um die Wette scheren, der das noch nie gemacht hat!" rief Rachel. „Das wäre nicht gerecht."

„Ich behaupte, er hält beim Scheren keine einzige Stunde durch, von einem Tag ganz zu schweigen", erwiderte Noah.

„Ich nehme an, euer Gott gibt dem einen Preis, der die meisten Schafe schert."

Noah senkte beschämt den Kopf. Einer der *Englischen* hatte ihn bei einer Eitelkeit ertappt.

Aber Rachels hitzköpfiger Bruder Samuel beugte sich über den Tisch und deutete auf Cain. „Vielleicht werden wir ihm erlauben, die Schafe zu hüten. Dann kann er mit seinen Revolvern zur Abwechslung etwas Vernünftiges tun, wenn ihn die Kojoten nicht schlafen lassen."

Johnny Cain blickte auf Rachels Vater. „Ich glaube, der Prediger möchte euch vielleicht an ein Wort aus der Bibel erinnern: ‚Der gute Hirte läßt sein Leben für die Schafe.'"

Jesaia Miller nickte. „Ja, das hat unser Herr Jesus gesagt."

Einen Augenblick lang herrschte verblüfftes Schweigen. „Dann können wir uns glücklich preisen, meine Brüder in Christus, diesen Fremden, der gegen die Kojoten antritt, unter uns zu haben", meinte Samuel.

Noah hatte die Hände auf dem Tisch gefaltet. Er preßte sie so fest zusammen, daß sie zitterten. Rachel sah, daß er errötete.

Benjo, der zwischen den beiden Männern saß, war bleich geworden. Er drückte den Mostkrug an die Brust.

„Hast du einmal gesehen, wie ein Kojote ein Lamm reißt, Fremder?" fragte Noah. „Er packt es an der Kehle, und das letzte, was das arme Lamm sieht, ist sein Blut, das ihm über das Fell rinnt, während es stirbt."

Als Noah höhnisch lachte, verschüttete Benjo den Most, der Noah über die Hose lief. Noah wurde wütend. Er sprang auf und stieß dabei so heftig gegen den Tisch, daß er schwankte. Als er dem Jungen eine Ohrfeige geben wollte, hielt Benjo die Hände schützend über den Kopf.

„Noah!" rief Rachel.

Cain packte Noah am Handgelenk, bevor dieser zum Schlag gegen Benjo ausholen konnte. Die beiden Männer starrten sich an. Noah wollte sich losmachen, doch Cain hielt ihn fest. Benjos Schultern zuckten, während er nach Worten rang. „N-n-nein!"

„Noah, nicht!" Rachel wollte zu ihrem Sohn. Ihr Vater faßte sie jedoch am Arm und hielt sie zurück. „Das war keine Absicht", sagte er. „Es war das Gerede von Kojoten und Blut, das dem Jungen angst gemacht hat."

Benjo stand auf und rannte weg. Cain ließ Noahs Handgelenk los. Noah ballte die Faust.

Jesaia Miller hielt Rachels Arm fest, damit sie nicht ihrem Sohn hinterherrannte. Er warf einen strengen Blick über den Tisch. „Bruder Noah!"

Noah erwiderte finster: „Die Bibel ermahnt uns, mit dem Stock nicht sparsam umzugehen."

„Es ist wahr, meine Tochter ist etwas zu nachgiebig mit dem Jungen. Aber du hättest dich nicht von Zorn und Stolz hinreißen lassen sollen."

Noah schloß die Augen und bewegte seine Lippen in einem verzweifelten Gebet. Er drehte sich um. „Ich wußte es, was für einen verderblichen Einfluß dieser Mann auf uns alle hat. Er kommt aus der Welt des Bösen und hat diese Welt zu uns gebracht!" Mit gesenktem Kopf ging Noah davon.

Die anderen interessierten sich plötzlich nur noch für die Bohnensuppe in ihren Näpfen. Rachel stand neben ihrem Vater. Johnny Cain sah sie an, doch sein Blick war ausdruckslos. Bei allem, was geschehen war, hatte er nicht die geringste Spur von Zorn gezeigt. Er hatte geschwiegen, aber Noah davon abgehalten, ihren Sohn zu schlagen. Das war ihm nicht gleichgültig gewesen.

Trotzdem zweifelte sie nicht daran, daß nach dem Bruderschaftsmahl der Prediger entscheiden werde, der Fremde müsse gehen.

DIE FRAUEN breiteten Quilts im Gras aus und setzten sich unter die Pappeln an der Ostseite des großen Hauses. Rachel fand einen Platz neben ihrer Mutter und den Zwillingen. Sie wollte unbedingt mit ihrer Mutter reden, einfach reden. Doch als sie auf das Dahlienmuster des Quilts starrte, fiel ihr nichts ein, was sie hätte sagen können.

Altas Baby wurde unruhig. Seine Mutter zog die Nadeln aus ihrem Schultertuch und dem Mieder und legte das Kind an die Brust.

Rachel spürte die Berührung der Hand auf ihrer Schulter beinahe nicht, so leicht, so zögernd war sie. Sie wandte den Kopf und blickte in das Gesicht ihrer Mutter.

„Als kleines Mädchen", sagte Sadie Miller, „hast du immer gesagt, du würdest dreizehn Kinder bekommen."

Tränen nahmen Rachel die Sicht und schnürten ihr die Kehle zu. „Hab ich das gesagt?"

Ihre Mutter nickte ernst. „Dreizehn Kinder und einhundertneunundsechzig Enkelkinder."

Ein flüchtiges Lächeln umspielte Rachels Lippen.

„O ja", fuhr ihre Mutter fort, „denn jedes deiner Kinder würde selbst dreizehn Kinder haben. Als du das verkündet hast, warst du erst drei, aber dein Bruder Sol mußte dir die Zahl ausrechnen." Zwischen ihren Augenbrauen erschien eine Falte. „Dein Vater und ich, wir dachten immer, du würdest dich für Noah als Ehemann entscheiden."

„Das habt ihr damals nicht gesagt."

„Es ist dein Leben, Rachel."

Mein Leben, aber ich muß mich den Regeln und Geboten der

Gemeinde unterordnen, dachte sie. So wie sie es immer getan hatte, würde sie es auch in Zukunft tun.

„Mama, habe ich mich sehr verändert, seit ich das kleine Mädchen war, an das du dich erinnerst?"

Sadie Miller faßte Rachel am Ärmel. „Es ist noch nicht zu spät für dich, weitere Kinder zu bekommen." Sadie ließ die Hand in ihren Schoß fallen. „Noah Weber ..., er hat dich immer haben wollen. Er hat schon immer darauf gewartet, dich zu bekommen."

Ein flüchtiges Lächeln trat in ihre Augen, und Rachel lächelte ebenfalls. Ihr Blick glitt über die Frauen, die sich auf ihren handgenähten Quilts unterhielten, hinüber zu den Männern, die immer noch vor ihren leeren Suppennäpfen an den Tischen saßen, und von dort zu den Kindern, die sich wieder am Teich versammelt hatten. Ihr Herz und ihre Augen mußten diese Szene viele tausend Mal in sich aufgenommen haben. Es war alles wie immer, und das galt auch für sie.

Wer zur Gemeinschaft gehört, dachte sie, hat die Gewißheit, daß sich nichts ändert, daß man immer dazugehört. Ich habe Johnny Cain hierhergebracht, damit er Mutter und Vater, meine Brüder und Noah, ja selbst Fannie sieht. Diese Menschen stehen nicht für meine Lebensart, sondern für mein ganzes Leben. Ohne sie wüßte ich nicht, wer ich bin. Sie werden immer ein Teil von mir sein, wie ich es anderen gegenüber nie sein kann – keinem Fremden gegenüber, nicht einmal ihm...

DIE TOTEN der Gemeinde lagen auf einem Friedhof am Hang hinter dem großen Haus der Millers begraben. Es war eine hübsche Stelle im Schatten von Pappeln und bedeckt von Büffelgras. Man hatte um die Gräber einen Jägerzaun gebaut, doch ein Grab befand sich getrennt von den anderen außerhalb des Zauns. Kein Stein und kein Kreuz markierten diese Ruhestätte, doch alle kannten sie. Rachel verlangsamte ihre Schritte, als sie auf dem Weg zum Tor an diesem Grab vorbeiging, doch sie blickte nicht hinüber. Sie konnte es nicht ertragen.

Bens Grab befand sich bei den anderen innerhalb des Zauns. Sie hatte Wiesenblumen in den Farben des Frühlings gepflückt und in eine leere Blechdose gestellt. Sie kniete sich ins Gras und drückte die Dose in die eingesunkene Erde vor dem behauenen Granitblock.

Sie ordnete die Blumen in der Dose. „So, Ben. Hier hast du ein paar Blumen, weil sie so hübsch sind." Das hatte er immer zu ihr gesagt. *Ein paar Blumen, weil sie so hübsch sind...* Es war eines ihrer

Frühlingsrituale gewesen. Jetzt pflückte sie Blumen für Ben. „Wir haben dieses Jahr viele kräftige Lämmer, darunter sechsmal Zwillinge."

Die Lederangeln des Tors quietschten. Rachel drehte sich um. Es war Noah.

„Ich habe Ben gerade erzählt, wieviel Lämmer wir in diesem Jahr haben."

„Hast du ihm auch gesagt, daß ein *Englischer* sein böses Spiel mit dir treibt?"

Rachel sagte nichts, erhob sich nur mühsam. Sie ging an ihm vorbei, aber er griff nach ihrem Arm und zog sie heftig herum. Seine Lippen preßten sich zusammen. Er zog seine Mundwinkel nach unten, was ihm ein gemeines Aussehen gab. „Dieser Fremde, der hält sich für weiß Gott, wen. Und jetzt hat er dich so weit gebracht, daß du auch glaubst, jemand Besonderes zu sein."

Sie versuchte, sich loszumachen, doch er hielt sie so fest, daß es schmerzte. „Laß mich los, Noah!"

„Gut, ich lass' dich los, Rachel Joder. Ich lass' dich los! Trotzdem muß ich dir etwas sagen." Er ließ sie los, aber nur, um seine große Hand auf ihre Haube zu legen und ihren Kopf dem Tor und dem Grab davor zuzudrehen. „Das kommt davon, wenn man stolz ist, wenn man glaubt, man sei wer. Willst du auch so enden? Zuerst im Leben gemieden, dann im Tod gemieden?"

Sie hielt die Augen fest geschlossen. Sie wollte nicht hinsehen.

„Muß ich dir sagen, was du denken und wie du dich verhalten sollst, Rachel? ‚Ziehet nicht am fremden Joch mit den Ungläubigen. Denn was hat die Gerechtigkeit zu schaffen mit der Ungerechtigkeit? Was hat das Licht für Gemeinschaft mit der Finsternis?'"

Sie riß sich so energisch von ihm los, daß sie stolperte und hinfiel. Sie kam schnell wieder auf die Füße und wich vor ihm zurück. „Ich habe nichts Böses getan. Glaubst du, ich könnte hierherkommen und vor Ben treten, wenn ..."

„Ben ist tot!" Er kam näher. „Hör zu, Rachel ... Schick den Fremden weg, bevor es zu spät ist. In der Dunkelheit kann man kein Licht finden, sowenig wie die Wahrheit unter den Lügen."

Sie schüttelte den Kopf. „Noah, du weißt doch bestimmt, daß mich niemand und nichts von der Wahrheit in meinem Herzen abbringen kann."

Er starrte sie mit feuchten Augen an. „Ich habe einmal geglaubt, dich zu kennen. Aber jetzt nicht mehr."

Dieses Mal war sie es, die auf ihn zuging. Das Gras zitterte, und die Erde unter ihren Füßen fing plötzlich an zu beben. Sie hörte ein dumpfes Grollen wie Donner, der über den Himmel rollt. Sie sah das Entsetzen in Noahs Gesicht und drehte sich um.

Eine etwa hundertköpfige Rinderherde stürmte den Weg entlang, der zum Haus führte. Ihre Hufe wirbelten Staubwolken auf.

Die Schafe auf der Weide flüchteten blökend in panischer Angst. Auf dem Hof vor der Farm sprangen Männer, Frauen und Kinder auf und rannten schreiend davon. Sie stießen Tische und Bänke um, liefen über die Quilts und flüchteten in die sichere Scheune und ins Haus. Die Rinder kamen schnell näher. Die Pfosten der Weidezäune wirkten wie ein Trichter, der sich immer weiter verengte.

Und am Ende, mitten auf dem Weg, stand Benjo.

ZWÖLFTES KAPITEL

Die außer Kontrolle geratenen Rinder näherten sich Rachels Sohn wie ein Wirbelsturm. Rachel schrie seinen Namen, obwohl sie wußte, daß Benjo sie im Donnern der tödlichen Hufe nicht hören würde. Sie rannte zum Tor des Friedhofs und den Hügel hinunter und wußte doch, daß sie ihren Sohn nicht rechtzeitig erreichen würde. Sie sah, daß er den Kopf wie in Trance hin und her bewegte. Seine Zunge, die die Worte nicht richtig hervorbrachte, lähmte auch seine Beine.

„Benjo!"

Es war nicht ihre Stimme, obwohl sie den Mund geöffnet hatte und einen Schrei ausstieß.

„Benjo!" rief Johnny Cain noch einmal. Er rannte den Weg entlang. Dennoch war er viel zu weit weg.

Die Erde bebte. Der Donner der stampfenden Hufe dröhnte in Rachels Ohren. Cain hatte Benjo erreicht, stieß ihn zu Boden und schützte ihn mit seinem eigenen Körper, während die Rinderherde heranraste. Rachel sah nichts außer den scheckigen rot-weißen Fellen und den stampfenden Hufen.

Dann teilte sich die Herde für einen Augenblick um den Mann und den Jungen. Die beiden schienen nur ein Kleiderbündel im Staub zu sein. Doch der Mann bewegte sich. Er stützte sich auf seine Ellbogen, und in seiner unverletzten Hand hielt er eine Pistole. Er feuerte mitten in die Rinder, die wieder auf sie zurannten. Das Donnern der Hufe übertönte das Geräusch der Schüsse. Rachel sah, wie einer der Stiere zur Seite sank und auf die Vorderbeine fiel.

Der Rest der Herde bog in Panik seitlich ab. Die Rinder überrannten den Weidezaun und zerbrachen ihn in tausend Stücke. Auf der Weide zertrampelten sie die Schafe, die ihnen in den Weg kamen.

Rachel rannte zu ihrem Sohn und warf sich neben ihm auf die Knie, betastete ihn mit beiden Händen, betastete die feste und lebende Wärme seines Körpers.

„Er ist in Ordnung." Die Worte drangen durch das Brüllen der Rinder, das Blöken der Schafe, das Geschrei der Männer und das Schluchzen der Frauen.

Johnny Cain stand vor Rachel. Er hatte eine klaffende Wunde unter einem Auge. Seine Kleider waren zerfetzt und blutig. Von der gesunden Hand, in der er immer noch die Pistole hielt, tropfte Blut auf die aufgewühlte Erde.

Rachel griff nach der Hand und hob sie an ihren Mund. Aber er entzog sie ihr, als er mit zusammengekniffenen Augen auf die aufgewühlte Weide blickte, auf der sich ihnen ein schaumbedecktes Pferd näherte. Rachel wurde klar, daß sie die ganze Zeit über Reiter bei den Rindern gesehen hatte. Diese Männer hätten versuchen können, die Herde in eine andere Richtung zu lenken. Es waren die Männer von Fergus Hunter. Er wollte die Gemeinschaft um jeden Preis aus dem Tal vertreiben.

Cain stand langsam auf. Rachel und Benjo schauten über die zerstörte Weide. Schafskadaver lagen auf dem zertrampelten Gras. Das dichte Kiefernwäldchen am Ende der Weide hatte die Stampede endlich zum Stillstand gebracht. Hunters Männer trieben die Herde unter den Bäumen zusammen.

Die überlebenden Schafe blökten verängstigt. Auch die Rinder beruhigten sich nur langsam, rannten ziellos zwischen den Bäumen umher, schüttelten die Köpfe und muhten. Doch jetzt wirkten sie weniger gefährlich. Einer der Männer hatte die Herde verlassen und kam auf sie zugeritten.

„Nehmen Sie Ihren Jungen", murmelte Johnny Cain, „und laufen Sie, so schnell Sie können, zurück zum Haus."

Rachel legte Benjo den Arm um die Schulter und ging mit ihm schnell davon.

Ihr Vater, die Brüder und Noah standen stumm vor dem Haus. Die Gemeinde drängte sich hinter ihnen. Sie wagten sich nicht weiter. Sie drohten nicht, sie verfluchten die Männer von Hunter nicht, denn die

Mitglieder der Gemeinschaft nahmen grundsätzlich alle Drohungen und Angriffe der *anderen* stumm hin.

Der Reiter zügelte sein Pferd vor Johnny Cain so heftig, daß die Erde aufspritzte. Er trug einen kurzgeschnittenen Spitzbart. In der Hand hielt er eine Büchse mit einem langen Lauf. Der Mann spuckte Tabaksaft aus dem Mundwinkel. „Ich heiße Woodrow Wharton. Schon einmal von mir gehört?"

„Das kann ich nicht behaupten", erwiderte Cain.

Der Mann drückte den Gewehrkolben an die Schulter und entsicherte die Büchse.

„Es heißt, du bist ein echter Mann, ein Schütze, der immer trifft."

Rachel wartete darauf, daß Johnny Cain diesen Mann erschoß, der ihren Ehemann gehängt und die todbringende Rinderherde auf ihren Sohn zugetrieben hatte.

Woodrow Wharton bleckte die Zähne wie ein knurrender Hund. „Aber ein Mann", sagte er, „kann kein unfehlbarer Schütze sein, wenn er eine ungeladene Pistole in der Hand hat. Nicht wahr, Johnny Cain?"

Einer der anderen Cowboys hatte die Herde verlassen und ritt im Galopp auf die beiden zu. Er rief etwas und lenkte dadurch den Aufseher einen Moment ab, bevor dieser erklärte: „Es ist eine Schande, daß ich einem Mann von deinem Ruf ein Loch in den Bauch schießen muß."

Johnny Cain lächelte. „Werden Sie das jetzt tun, Mr. Wharton, oder wollen Sie mich mit Ihrem Gerede darüber zu Tode langweilen?"

Woodrow Wharton umfaßte sein Gewehr mit festem Griff.

Benjo stieß einen Schrei aus und lief auf Cain zu. Rachel wollte ihn festhalten, aber dann rannte auch sie. Sie überholte ihren Sohn. An ihr flog etwas vorüber, das sie nur so undeutlich wahrnahm wie die Flügel eines Kolibris.

Einen Augenblick später machte der Hengst des Aufsehers laut wiehernd einen Satz, als sei er von einer Biene gestochen worden, und stieg auf die Hinterhand. Ein Schuß krachte. Der Knall traf Rachels Ohren wie ein Schlag, und ihr blieb das Herz stehen. Weißer Rauch hing in der Luft. Dann sah sie Johnny Cain. Er war noch am Leben und hielt den Blick auf Woodrow Wharton gerichtet, der auf der Erde kniete. Der Aufseher hatte sein Gewehr nicht mehr, griff aber nach dem Revolver an seiner Hüfte.

Ein zweiter Schuß fiel. Whartons Hengst wieherte laut, stieg wieder, schüttelte die Zügel lose und galoppierte davon. Wharton fiel rückwärts in den Staub. Er schlug mit den Armen um sich, würgte und keuchte.

Rachel dachte zuerst, Johnny Cain habe doch noch eine Kugel in seiner Pistole gehabt. Wharton starrte wütend auf den Cowboy, der mit rauchendem Revolver auf die beiden Männer zueilte.

„Du vergißt, auf welcher Seite du stehst, Halbblut", sagte Wharton.

„Es reicht jetzt", erklärte der Cowboy leise. Er wendete sein Pferd und beachtete den Aufseher nicht mehr, sondern ritt auf Johnny Cain zu. Die beiden Männer wechselten einen kurzen Blick, dann sah der Cowboy Rachel an.

Rachel hatte Benjo an sich gezogen.

„Ich bin Quinten Hunter, der ... Sohn des Barons. Es tut mir leid, daß wir Ihren Sonntag gestört haben." Er drehte sich im Sattel zur Seite und blickte über die Weide, wo sich die Rinder unruhig zusammendrängten. „Die Stiere sind um diese Jahreszeit schwer zu bändigen. Ich meine, nach dem Winter und allem. Wir haben sie zum Brennen ausgesondert. Dann ist ein Präriehuhn aufgeflogen, und das hat die Herde in Panik versetzt."

Rachel schwieg. Sie glaubte ihm nicht. Die Bitterkeit in ihrem Mund schmeckte wie die Asche nach einem Präriefeuer.

„So ist's richtig, Quin. Du kannst sie ruhig noch ein bißchen mehr in Sicherheit wiegen, bevor sie abgeschlachtet werden." Wharton war aufgesprungen. Er schaute Rachel an. „Ihr Schaftreiber seid hier nicht erwünscht", sagte er. „Vielleicht solltet ihr daran denken weiterzuziehen." Er drehte sich abrupt um und ging hinkend davon, um sein Pferd einzufangen.

Die anderen Cowboys trieben inzwischen die Rinderherde von der Miller-Weide und wieder auf den Weg. Quinten Hunter legte grüßend die Hand an den Hut und ritt zu ihnen.

Er hinterließ ein seltsames Schweigen, als habe das Herz der Erde aufgehört zu schlagen. Die anderen von der Gemeinschaft kamen langsam auf sie zu. Sie beteten. Sol blieb vor dem zerbrochenen Zaun stehen. Er schien nicht in der Lage zu sein, auf die blutdurchtränkte Weide zu blicken. Levi kniete neben einem toten Schaf.

Rachel nahm Benjos Gesicht zwischen die Hände und drückte die Lippen fest auf seine Stirn.

„M-m-mama!" Benjo löste sich von ihr. Johnny Cain kam zu ihnen und reichte Rachels Sohn die Hand.

„Es ist mir eine Ehre, dir die Hand zu schütteln, Benjo Joder. Du kannst zielen und mit deiner Schleuder treffen. Ein Mann kann froh sein, wenn er einen Partner mit so scharfen Augen hat."

Bei dem Lob richtete Benjo sich strahlend auf. Rachel blinzelte und lächelte schwach. „Du hast etwas ... Erstaunliches getan. Ich bin sehr stolz auf dich", sagte sie. „Aber davon dürfen nur wir drei etwas wissen. Den anderen darfst du nichts davon erzählen."

Benjo nickte ernst.

Rachel schaute Cain an und suchte nach Worten, um ihm für das zu danken, was er getan hatte.

„Rachel! Rachel, mein Kind." Die liebevolle Stimme ihres Vaters brachte sie in diesem Augenblick beinahe aus dem Gleichgewicht. Sie preßte die Lippen zusammen und schloß die Augen. Als sie sie wieder öffnete, schaute sie in das gütige Gesicht ihres Vaters.

„Mir fehlt nichts." Sie legte Benjo die Arme über die Schultern. „Uns beiden fehlt nichts."

„Rachel, Gott ist barmherzig." Das war Noahs Stimme.

Rachel versuchte, auch ihn anzulächeln und ihren Bruder Samuel, der neben Noah stand.

Jesaia Miller trat auf Cain zu. „Fremde haben versucht, mir meinen Enkelsohn zu nehmen", sagte er in seinem langsamen Englisch. „Aber Sie, ein Fremder, haben ihn mir zurückgegeben."

Johnny Cains Blick schweifte zu Rachel. „An Ihrer Stelle würde ich beim nächsten Mal nicht damit rechnen, daß ich wieder zur Stelle bin. Sie sollten vielleicht das tun, was der Mann gesagt hat. Verkaufen Sie, und ziehen Sie weiter."

Jesaia nickte. „Es steht alles in der Bibel. Ich frage Sie: Was ist, wenn Gott nur unsere Entschlossenheit auf die Probe stellt? ‚Die auf den Herrn hoffen, die werden nicht fallen, sondern ewig bleiben wie der Berg Zion.'"

„Hunter und die Revolverhelden, die er angeheuert hat, scheinen entschlossen genug zu sein, Sie zu vertreiben. Wenn ihnen das mit solchen Manövern nicht gelingt, werden sie bald hier im Tal ein Massaker anrichten."

„Sie sprechen vom Tod, lächeln Ihr satanisches Lächeln und glauben, Sie seien etwas Besonderes", rief Samuel. „Aber Sie wären tot, wenn Gott nicht gewollt hätte, daß das Pferd zur rechten Zeit scheute."

Benjo wurde blaß und legte schnell die Hand auf die Schleuder, die am Bund seiner Hose steckte.

Johnny Cain lächelte fröhlich. „Das muß dann offenbar ein Wunder gewesen sein."

An diesem Abend stand Rachel auf der Veranda ihres Vaters und hörte den Liedern zu. Nach alter Tradition versammelten sich die jungen Leute am Ende eines Sonntags, an dem ein Gottesdienst stattfand, um zusammen zu singen.

„Du sollst jetzt hereinkommen."

Rachel drehte sich um. Es war ihr Bruder Sol. Er schob ihr mit seinen dicken, ungeschickten Fingern eine Haarsträhne unter die Haube.

Ihr Vater saß an dem langen Küchentisch. Hinter ihm standen die Brüder und Noah. Alle warteten darauf, daß Jesaia als erster das Wort ergriff. Doch er saß schweigend vor der aufgeschlagenen dicken Familienbibel und fuhr mit den Fingern durch seinen Bart.

„Wir haben nachgedacht", begann ihr Bruder Samuel, obwohl es ihm nicht zustand, das Wort zu ergreifen, „und finden, daß du für die Arbeit auf deiner Farm keinen Fremden anheuern mußt. Wir werden dir die Hilfe leisten, die du brauchst."

Sie kniete sich neben den Stuhl ihres Vaters, faltete die Hände im Schoß und beugte den Kopf. „Findest du das auch, Vater?"

Jesaia drückte die Handflächen auf die Tischplatte. „Ich will dir sagen, was ich weiß. Ich weiß, daß er keiner von uns ist, daß er nie einer von uns sein kann."

„Er ist nicht wie die anderen Ungläubigen", entgegnete Rachel. „Er trinkt nicht und bemüht sich, Gotteslästerung zu vermeiden. Er –"

„Er hat eine Pistole mit zum Gottesdienst gebracht", sagte Noah.

„Die Pistole hat unserem Benjo das Leben gerettet."

Rachel spürte, wie ihr Vater die Hand auf ihren Kopf legte. „Trotzdem", erwiderte er, „trotz allem, was der Fremde für uns getan hat, ist er keiner von uns."

„Ich möchte nur einen Mann anheuern, der mir auf der Farm hilft, bis ich wieder heirate."

„Das Problem ist leicht zu lösen", sagte Samuel. „Heirate morgen."

Rachel hob den Kopf. Sie sah ihren Vater an, damit er die Wahrheit ihrer Worte verstand. „Ich trage immer noch Ben im Herzen."

Samuel lachte verächtlich. „Ich bin der Meinung, wenn der *Englische* den Sommer über hierbleibt, dann soll er auf jeden Fall im Herbst verschwinden, denn dann mußt du bereit sein, wieder zu heiraten."

Zu jeder anderen Zeit hätte sie über so etwas Absurdes gelacht: ihr sagen zu wollen, wen und wann sie zu heiraten hatte, ihr, einer erwachsenen Frau mit Kind. Aber sie konnte nicht lachen angesichts von Samuels Gesicht, das vor Zorn hochrot war.

„Wenn er bleibt", sagte sie nach einem kurzen Blick auf Noah, „dann verspreche ich, im Herbst wieder zu heiraten."

Sie wartete auf eine Reaktion ihres Vaters. Aber er schwieg. Bevor sie anfing zu weinen oder sich zu einer falschen Äußerung hinreißen ließ, verließ sie das Haus. Sie hatte ohnehin schon zuviel gesagt.

Erst draußen auf der Veranda begriff sie, welches Geschenk der Prediger ihr mit seinem Schweigen gemacht hatte. Ein Geschenk, aber auch eine Last.

DAS QUAKEN der Ochsenfrösche am Teich hallte durch die blaue Dämmerung. Rachel suchte im hohen Gras Wiesenblumen. Sie fühlte sich erschöpft und kraftlos. Sie wußte, daß Cain sie finden würde, denn sie wollte es so. Doch als er kam, drehte sie ihm den Rücken zu.

„Was hat man denn mit Ihnen gemacht?" fragte er.

„Nichts." Sie biß sich auf die Unterlippe, und heiße Tränen traten ihr in die Augen.

Er schob die Hände in die Rocktaschen und wandte sich von ihr ab. „Sie wollen, daß ich gehe", sagte er.

„Ich habe Noah versprochen, ihn im Herbst zu heiraten."

Dazu sagte er nichts. Aber schließlich begriff er auch nicht, was sie dieses Versprechen kostete. Vielleicht war es ihm auch gleichgültig.

Sie eilte mit großen Schritten durch das hohe Gras zu dem Hügel hinter dem großen Haus. Als er ihr nicht folgte, blieb sie stehen, drehte sich um und wartete, bis er sie eingeholt hatte.

Sie ging nicht durch das Tor in den Friedhof. Sie kniete neben dem Grab, das sich davor befand, nieder. „Hier ist mein Bruder Roman begraben", erklärte sie. „Wissen Sie, warum er getrennt von den anderen liegt?"

Er betrachtete das Grab. „Er war ein Außenseiter."

„Nicht auf die Weise, wie Sie einer sind." Sie atmete tief ein. „Roman ist eines Tages nur zum Spaß zu einer sogenannten Erweckungsversammlung gegangen, wo ein Wanderprediger ihm die Hände aufgelegt hat. Roman kam nach Hause und erklärte, er sei in Jesus wiedergeboren worden und er sei gerettet."

Sie trocknete die Tränen und seufzte. „Wie das geschehen ist, wissen wir nicht. Er hat sich geweigert, seinen Irrtum einzugestehen, und er wurde von der Gemeinde mit dem Bann belegt, weil er einen fremden Glauben angenommen hatte. Er wurde gemieden. Er wurde von allen gemieden!"

„Warum ist er dann nicht einfach weggegangen?"

Sie sah ihn mit großen Augen an. „Hier war er zu Hause. Wie konnte er sein Zuhause verlassen? Für uns alle war es so, als sei er gestorben. Er lebte bei uns, aber er war tot. Und eines Tages ist er dann tatsächlich gestorben."

Cain ging neben ihr auf die Knie und nahm sie in die Arme. Sie klammerte sich an seine Jacke, und er hielt sie fest und strich ihr über den Rücken.

„Ich möchte, daß Sie bleiben", flüsterte sie.

DREIZEHNTES KAPITEL

Es wurde früh heiß in diesem Frühjahr des Jahres 1886, in dem Johnny Cain als Arbeiter auf Rachel Joders Farm angeheuert wurde. In den Bergen bildete sich Dunst. Doch der Himmel darüber war von einem so strahlenden Blau, daß die Augen schmerzten, wenn man hinaufblickte, und bis auf ein paar Federwolken blieb er blank und leer.

Die Leute sagten, eine Dürre stehe bevor. Alle beteten um Regen. Aber es fiel kein Regen. Und an dem Morgen, als Cain zum erstenmal in die Stadt fuhr, ging die Sonne in einem Dunstschleier auf.

Der Wagen rumpelte, klapperte und quietschte eine eintönige Melodie, während er auf seinem Weg in die Stadt über die tiefen Furchen holperte. Die Ketten des Geschirrs klirrten und rasselten, und die schweren Hufe der alten Stute trommelten in einem verschlafenen Rhythmus auf den festgebackenen Schlamm.

Rachel hatte sich früher oft davor gefürchtet, in die Stadt zu gehen, denn die Leute starrten sie an, und die Männer konnten so gemein sein. An diesem Tag war sie jedoch so aufgeregt, als seien sie zu einem Abenteuer unterwegs. Sie wußte, sie fühlte sich zum Teil seinetwegen glücklich, denn er war bei ihr auf dem Wagen, und zwischen ihnen saß Benjo. Johnny Cain sah inzwischen fast so aus, als gehöre er zu ihr.

Bis auf seinen schwarzen Rock hatten sich seine eleganten Sachen bei der täglichen Arbeit schon bald in Fetzen aufgelöst. Deshalb trug er außer Bens Hemd auch Bens grobgewebte Hose, den Rock aus Sackleinen und den Filzhut. Aber er trug immer noch seine Stiefel mit den Ziernähten und die schwarzen Hosenträger. Und den Revolver.

Miawa City lag in der tiefsten Senke der Hügel im Miawa-Tal. Wenn man die Anhöhe vor der Stadt erreichte, sah man als erstes einen gewundenen Bach, den Weiden und Espen säumten. Die Stadt war im Grunde nur eine kleine Ansammlung baufälliger, verwitterter Blockhäuser mit rostigen Blechdächern.

Als nächstes kamen sie am Friedhof vorbei. Dahinter stand ein zweistöckiges Haus mit einer Fassade aus grauen verwitterten Schindeln. Neben der Eingangstür hing an einem Haken eine rote Laterne. Auf dem Geländer der oberen Veranda saßen drei Frauen in seidenen Morgenmänteln. Von weitem wirkten sie wie Paradiesvögel.

„In dem Haus leben die I-is-ise-isebels", erklärte Benjo.

Rachel drückte den ausgestreckten Finger ihres Sohnes nach unten. „Wenn du schon mit deiner Hand ständig herumfuchteln mußt, dann kannst du lieber die Fliegen vertreiben, die auf meinem Quark sitzen."

Benjo drehte sich um und nahm das Bündel Weidenzweige, das im Wagen lag. Damit wedelte er über den Töpfen mit Quark, den Rachel gegen Waren einzutauschen hoffte, um die Kosten für den monatlichen Vorrat an Lebensmitteln zu verringern.

Rachel hielt die Augen auf die Straße vor ihnen gerichtet und vermied jeden Blick auf das Haus der Sünde.

„WOLLEN Sie den ganzen Tag dort oben sitzen bleiben?"

Rachel schaute nach der ausgestreckten Hand von Cain. Er stand auf der Straße und wartete darauf, ihr beim Heruntersteigen behilflich zu sein. Ihr Gesicht brannte wie Feuer, als er einen Schritt näher trat, sie um die Taille faßte, sie vom Wagen hob und auf den hölzernen Gehsteig stellte. Sie rang nach Luft und klammerte sich wie ein Kind an seine Schultern. Es war nichts als eine höfliche Geste gewesen. Doch sie war sich sehr deutlich der Kraft seiner Hand und seines Arms bewußt geworden. Ihre Gesichter waren sich flüchtig so nahe gewesen, daß seine Lippen ihre Lippen berührten.

Sie drehte sich verwirrt nach allen Seiten um, als habe sie noch nie den Laden von Tulle gesehen, noch nie das chinesische Restaurant „Wang", den Friseurladen mit der angeschlossenen Badestube und die vier Kneipen und Tanzdielen der Stadt.

„Wir sollten die Töpfe lieber aus der heißen Sonne bringen", sagte Johnny Cain zu Benjo. „Wenn Dr. Henry mir nachher den Gips abgenommen hat", fügte er hinzu, „kauf ich mir ein Pferd. Willst du mir helfen, eins auszusuchen?" Cain setzte ein paar Töpfe vor Tulles Laden ab.

Benjo schien plötzlich der glücklichste Junge auf der Welt zu sein.

„Ein Pferd?" fragte Rachel.

Er brummte, und Benjo reichte ihm den nächsten Topf mit Quark. „Falls ich mich jemals schnell aus dem Staub machen muß, dann bestimmt nicht auf Ihrem lahmen Gaul."

„Oh ..." Natürlich mußte er ein Pferd haben. Schließlich würde er nicht für immer bleiben.

Er nahm den Hut ab und wischte sich den Schweiß von der Stirn. Seine Haare wurden allmählich so lang wie die Haare der Mitglieder der Gemeinschaft.

Er setzte den Hut wieder auf und zog ihn auf seine Art etwas schief. „Ich werde versuchen, mich heute gut zu benehmen. Aber versprechen kann ich nichts." Er legte den Arm um Benjos Schultern. „Komm, Partner."

Rachel sah ihnen nach, als sie davongingen. Sie fühlte sich ausgeschlossen. Er nahm ihren Sohn mit, um ein Pferd zu kaufen, auf dem er sie verlassen würde.

MARILEE hob auf dem schwarzen Lederkissen etwas den Unterleib und blickte gelangweilt an die Decke. Dr. Lucas Henry richtete sich auf und ging zu einem weißen Porzellanbecken, um sich die Hände zu waschen. „Marilee, meine süße Marilee", sagte er, und es klang müde und erschöpft. Sein Schnurrbart zog sich an einem Ende nach oben, und sie lächelte überrascht. „Du bist in interessanten Umständen."

Ihr Lächeln erstarb. „Oh, verdammt!" Sie setzte sich auf, legte die Hände auf den Bauch, schwankte und hielt den Atem an.

Er war ein paar Schritte zurückgewichen und lehnte an einem Schrank mit Glastüren, in dem sich dicke Bücher, Medizinflaschen und gefährlich aussehende Instrumente befanden. Er kreuzte die Arme vor seiner Brust.

„Das ist alles deine Schuld, Lucas Henry, verdammt noch mal!"

„Meine Schuld? Was für eine faszinierende Laune weiblicher Logik bringt mich in die Rolle des ..."

„Dieses Verhütungsmittel, das du uns Mädchen im Roten Haus gibst, verhütet überhaupt nichts. Zuerst hat es Gwendolin erwischt und jetzt mich. Mutter Jugs bekommt einen Anfall, wenn ich es ihr sage."

„Jeder Beruf hat seine Gefahren." Er ließ die Arme sinken. „Während du dein hübsches Kleid wieder anziehst, mische ich einen Kräutertee gegen deine morgendliche Übelkeit."

Sie stöhnte. „Wenn dein Tee so gut wirkt wie das Verhütungsmittel, dann werde ich wahrscheinlich noch im nächsten Jahr spucken."

Er lachte. „Marilee, Marilee, schäm dich, so zu lästern. Weißt du nicht, daß wir Ärzte Götter sind?"

Sie glitt lächelnd von dem hohen Untersuchungstisch mit den Löwenfüßen. Sie hörte es gern, wie er ihren Namen aussprach.

Sie zog sich an. In ein paar Monaten würde sie so breit sein wie der Hintern einer Kuh und doppelt so häßlich. Marilees Magen verkrampfte sich vor Angst, und ihr wurde schon wieder übel. Sie wollte auch in Zukunft attraktiv sein. Das Aussehen war alles, was sie hatte. Ihr Gesicht war hübsch und bezaubernd genug, um einem Mann das Herz zu brechen, und ihr Körper weckte bei Männern den Wunsch, den Mond anzuheulen.

Sie war nur ein dummes armes Mädchen aus den Sümpfen von Florida. Aber man brauchte nicht viele gewählte Worte und vornehme Manieren, um eine gute Hure zu sein. Wenn Lucas Henry, der feine Arzt aus Virginia, in das Rote Haus kam, entschied er sich immer für sie. Dr. Henry kam, um seine fleischlichen Begierden zu befriedigen, mehr nicht. Sie war närrisch genug gewesen, sich in ihn zu verlieben.

Marilee zog behutsam ihr rosa Kleid aus Foulardseide über den Kopf. Ihre Finger zitterten, als sie ihren Strohhut aufsetzte und mit einer Nadel auf den Locken feststeckte. Auf Zehenspitzen ging sie zur Tür und öffnete sie langsam. Sie steckte den Kopf in das Wohnzimmer. Es war leer.

Sie trat mit hocherhobenem Kopf durch die Tür. Sie konnte ihrer Phantasie freien Lauf lassen und einmal so tun, als würde sie hier wohnen und hätte Gäste zum Tee eingeladen. Das Haus war klein und hatte nur vier Räume – das Wohnzimmer, das Sprechzimmer, ein Schlafzimmer und eine Küche.

An einer Wand stand eine schöne Ledertruhe mit Messingbeschlägen. Darüber hing der Degen eines Offiziers. Er war als Arzt bei der Kavallerie gewesen. Das gehörte zu den wenigen Dingen, die sie über ihn wußte.

Sie hörte Schritte hinter sich und drehte sich um. Er stand an der Küchentür und hielt ein Körbchen mit getrockneten Blumen in der Hand. „Ich habe die Kamillen für deinen Tee geholt", sagte er.

Sie roch den kräftigen Duft der getrockneten Pflanzen und mußte ihn einfach anlächeln. „Du bist wie eine alte Großmutter. Du pflanzt immer diese Kräuter und sammelst Wurzeln, aus denen du Tinkturen und Tees machst, anstatt wie andere Ärzte die Leute mit richtigen Medikamenten zu behandeln."

„Man kann Schmerzen grundsätzlich wirkungsvoll mit Alkohol betäuben. Eine Flasche Rose Bud Whiskey ist sehr viel billiger als ‚richtige Medikamente'."

Ihr Lächeln wurde leicht unsicher, denn sie konnte ihm nicht folgen. Sie verstand meist kaum die Hälfte von dem, was er sagte.

Seufzend beobachtete sie, wie er an einem großen Rollpult aus Eichenholz ihren Tee mischte und ihn in altes Zeitungspapier packte. Sie legte das Päckchen in die Tasche und nahm einen Dollar heraus, um ihn zu bezahlen. Er nahm den Dollar an, so wie sie jeden zweiten Samstag abend seine drei Dollar entgegennahm. Er begleitete sie bis zur Tür.

Sie hielt den Kopf etwas schief und sah ihn an. „Dann sehe ich dich also morgen?"

„Natürlich, meine süße Marilee. Schließlich kann zuviel Tugend zu einem Laster werden."

Sie warf lachend den Kopf zurück und wiegte sich in den Hüften, als sie davonging. Sie ließ die Röcke schwingen, bis sie hörte, daß sich die Tür hinter ihr schloß. Sie spürte, wie die Tränen in ihr aufstiegen.

Sie wankte über den Gehsteig und bog in die kleine Gasse zwischen Tulles Laden und einem halbfertigen Saloon ein. Der herbe Geruch von frisch gesägtem Holz drang ihr in die Nase.

Sie sank auf ein umgedrehtes Nagelfäßchen. Die Schluchzer kamen tief aus ihrem Innern und brachen mit Tränen aus ihr heraus – Tränen, nicht nur über den Augenblick, sondern über all die Kränkungen und Verletzungen in ihrem Leben.

DR. LUCAS HENRY saß mit einer Flasche Rose Bud Whiskey in seinem braunen Lederohrsessel, als es an der Haustür klopfte.

Er setzte die Flasche noch einmal an den Mund. Er spürte, wie ihn Niedergeschlagenheit überkam. An manchen Tagen – an den meisten Tagen – hatte er das Gefühl, am Grund eines tiefen, feuchten Brunnens zu leben. Und es bestand keine Hoffnung, jemals aus dem Brunnenloch herauskriechen zu können.

Es klopfte lauter.

„,Arzt, hilf dir selber'", zitierte er laut. Er stand auf und schwankte. Seine Füße suchten einen festen Halt auf dem Perserteppich. Er nahm die Brille aus der Tasche und ging langsam zur Tür, öffnete sie weit und blinzelte, weil die Sonne zu hell und zu heiß schien.

„Bitte kommen Sie herein", murmelte er.

Johnny Cain betrat das Haus.

„Ich nehme an, Sie sind gekommen, damit ich Ihnen den Gips aufsäge?" fragte Dr. Henry.

Johnny Cain nahm den Hut ab und hängte ihn an den Kleiderständer. „Wenn Sie meinen Arm nicht mit absägen."

Den Gips und die Schiene abzunehmen war einfach. Dr. Henry sägte mit einer Chirurgensäge den Gips durch. Danach streckte Johnny Cain den geheilten Arm und bewegte vorsichtig die Finger.

„Die Hand, mit der Sie töten", brummte Dr. Henry.

„Ja, aber ich kann auch andere Dinge damit bewerkstelligen."

Dr. Henry blickte interessiert auf die Hand des Revolverhelden. „Es könnte sein, daß diese Hand Ihnen in Zukunft nicht mehr so gute Dienste leisten kann. Es war ein schwerer Bruch. Der Arm mag zwar so aussehen wie zuvor, aber der Knochen ist geschwächt. Ich würde mich an Ihrer Stelle nicht auf diese Hand verlassen, wenn es um Leben oder Tod geht."

„Ich habe nie damit gerechnet, im Bett zu sterben." Cain lächelte, aber Dr. Henry fiel auf, daß sein Blick ausdruckslos war.

„Wie wäre es mit etwas zu trinken?" fragte der Arzt.

„Ich nehme gern ein Glas Wasser."

„Die Küche ist dort hinten, wenn Sie durch das Wohnzimmer gehen." Dr. Henry folgte Johnny Cain. „Eine Nummer von *Harper's Monthly* macht hier die Runde mit einer erstaunlichen Geschichte", fuhr er fort. „Offenbar haben Sie im zarten Alter von vierzehn Jahren zum erstenmal getötet. Oder war es mit zwölf? Wie auch immer, es steht dort, daß im Laufe der Jahre diesem bedauernswerten Pechvogel siebenundzwanzig weitere ins Grab gefolgt sind, die Sie dadurch ins Jenseits befördert haben, daß Sie blitzschnell ziehen. Stimmt die Geschichte?"

Johnny Cain spritzte sich Wasser ins Gesicht, richtete sich auf und fuhr sich mit den Fingern durch die nassen Haare. „Ich bin in letzter Zeit nicht mehr ganz auf dem laufenden."

Dr. Henry lachte. „In unserer reizenden Stadt steht das Gesetz nur auf dem Papier, und der Sheriff kann nicht lesen. Deshalb können Sie ungestraft die Einwohner, die Ihnen nicht gefallen, mit einer Kugel bedenken. Da ich in dieser Gegend Arzt und Beerdigungsunternehmer gleichzeitig bin, könnten Sie jedoch vielleicht freundlich genug sein zu bedenken, welche Mühe und Arbeit Sie mir damit machen."

„Ich sage Ihnen eins, wenn ich schieße, dann treffe ich. Meine Opfer müssen Sie nicht behandeln. Ich leiste immer saubere Arbeit. Dann haben Sie es mit der Beerdigung leicht."

Dr. Henry lachte wieder. Sein Lachen verstummte, als er in Johnny Cains Augen blickte. Wenn dieser Mann jemals eine Seele gehabt hatte, war sie schon lange vom Teufel geholt worden. „Warum führen Sie ein so gefährliches Leben? Ist Ihnen nie der Gedanke gekommen, daß professionelles Töten eine zügellose und nur etwas in die Länge gezogene Form von Selbstmord ist?"

„Wenn Sie sich mit Alkohol benebeln, ist das nichts anderes."

Dr. Henry lächelte schmerzlich. „Und was ist mit unserer Rachel?" fragte er. „Haben Sie einmal daran gedacht, was Sie ihr antun? Rachel mit den schönen roten Haaren und den großen ernsten Augen. Sie, die so rührend unschuldig ist. Sie könnten sie völlig vernichten."

Johnny Cains Stimme und sein Gesicht verrieten nur mäßige Neugier. „Warum kümmert Sie das?"

„Ich mag sie. Wenn ich mich nicht zu sehr dem Alkohol zuwende, bewundere ich Rachel, auch wenn sie von ihrem Glauben, der sanft und doch so streng ist, wie gefesselt ist."

Johnny Cain war schon auf dem Weg nach draußen, als er stehenblieb und sich umdrehte. Sein kalter Blick war eine Beleidigung. „Sie haben recht, Doc. Ich habe vor, Rachel Joder zu verführen. Aber aus keinem der naheliegenden Gründe."

VIERZEHNTES KAPITEL

Der Mietstall war als einziges Gebäude der Stadt farbig angestrichen. Er leuchtete so rot wie ein blank geriebener Apfel. Im Innern war es dunkel, kühl und feucht. Die schwere Luft, die Cain und Benjo umgab, roch nach Heu und Pferdeäpfeln. Das Tor an der Rückseite des Gebäudes stand offen. Vom Hof drang das Geräusch eines Hammers herein, der rhythmisch auf Eisen schlug.

Sie fanden Trueblue Stonde, den Pferdeknecht, in der Schmiede im Hof. Er verpaßte gerade einem zerbeulten, rußigen Kochtopf einen neuen Griff. Der Mann trug eine zerschlissene Hose und eine große Lederschürze. Die Haut an den Armen und auf dem Rücken glänzte schwarz. Er redete mit seinen Pferden in einer Sprache, die aus einem Teil der Welt stammte, der Afrika hieß.

Die Männer unterhielten sich über Pferde, und als Trueblue den Topf repariert hatte, gingen sie zum Paddock, um sich die Pferde anzusehen. Fünf waren zu verkaufen – vier Hengste und eine junge Stute. „Welches gefällt dir?" fragte Johnny Cain.

Es dauerte einen Augenblick, bis Benjo begriff, daß die Frage an ihn gerichtet war. Vor Überraschung und Freude wurde er rot. Aber in Gegenwart von Trueblue bestand keine Hoffnung, daß er seine Worte der sich sträubenden Zunge aufzwingen konnte. Deshalb deutete er stumm auf die dunkle Fuchsstute. Sie hatte eine Blesse und weiße Fesseln.

„Du hast recht, sie ist die beste von allen. Sie hat ein hübsches, dichtes und glattes Fell, glänzende Augen, einen langen, gewölbten Hals und einen sauberen Gang. Du hast einen guten Blick, Partner."

Benjo stand mit stolz geschwellter Brust neben ihm.

Johnny Cain handelte mit Trueblue lange um den Preis. Danach feilschten sie noch eine Weile um einen Sattel und Zaumzeug. Benjo hatte Spaß daran, Johnny Cain zu beobachten. Manchmal spielte Benjo, er wäre Johnny Cain. Dann zog er den Hut schräg über ein Auge und bewegte sich betont lässig und langsam.

Als sie hinterher wieder auf der heißen, staubigen Straße standen, wischte sich Johnny Cain den Schweiß vom Nacken und sagte: „Weißt du, Benjo, ich habe nach dem langen Feilschen über den Preis für die Stute, die du mir eingeredet hast, eine trockene Kehle. Wie wäre es, wenn ich uns Limonade spendieren würde?"

Benjo nickte. Dann erinnerte er sich an seine guten Manieren und sagte: „O ja, d-d-danke."

Sie gingen nebeneinander zum Saloon. Benjo fand die neugierigen Blicke und das erregte Geflüster der Leute irgendwie faszinierend. Als sie vor dem Goldenen Käfig stehenblieben, glaubte er, vor Neugier zu platzen, obwohl der Augenblick etwas von seinem Glanz verlor, als Johnny Cain sagte: „Vielleicht wartest du lieber hier draußen."

Benjo wartete, bis die halbhohen Türen des Saloons aufhörten, hinter dem Rücken Cains zu pendeln, bevor er auf die Knie ging und unter den Pendeltüren hindurchspähte. Er sah einen fleckigen Holzboden, der mit Sägemehl bestreut war. An einem Tisch saß ein Mann und schnarchte. Vor ihm stand eine Whiskeyflasche. An einem mit Filz bezogenen Tisch standen zwei andere Männer und stießen mit langen dünnen Stöcken weiße Bälle über die Spielfläche.

Benjo hörte hinter sich das Klirren von Sporen. Er rutschte auf Händen und Füßen zur Seite, um die Tür des Saloons frei zu machen. Sein Blick glitt neugierig an schwarzen, mit Silber besetzten Lederhosen nach oben. Er sah ein fleckiges weißes Lederhemd mit Fransen und eine Weste aus Rindsleder. Dann sah Benjo dem Mann in die Augen.

„Du tauchst ständig dort auf, wo du nichts zu suchen hast, Junge!"

sagte Woodrow Wharton. Er verzog die Lippen, entblößte die spitzen Zähne und spuckte Benjo einen Strahl Tabaksaft vor die Füße. Dann schlug er mit der flachen Hand gegen die Pendeltür und verschwand im trüben Halbdunkel des Goldenen Käfigs.

WENN ihr Vater in seinen Predigten davon sprach, daß die Mitglieder der Gemeinschaft in diesem fremden Land nur Gäste seien, mußte Rachel jedesmal an Mr. Tulles Laden denken. Die hellen Sonnenstrahlen fielen durch das Schaufenster und ließen die Staubteilchen tanzen. Der Laden erschien ihr mit seinen vielen verlockenden Dingen geheimnisvoll und irgendwie verzaubert.

So wie jetzt der gelbe, satinierte Musselin. Der dicke Ballen schimmerte, daß es aussah, als seien Sonnenstrahlen hineingewebt. Sie strich zögernd über den weichen, glatten Stoff. Was nähte man aus einem so glänzenden Material? Sie wünschte, sie hätte sich einen guten Zweck dafür ausdenken können. Eine Frau aus der Gemeinschaft sollte kein Verlangen nach solchen Dingen haben, aber Rachel hatte es.

„Hallo, Mrs. Schaftreiber. Was kann ich heute für Sie tun?"

Rachel zog schnell die Hand zurück. Eine brennende Röte stieg ihr in die Wangen. Mr. Tulle hatte eine Nase wie ein Krähenschnabel und ein verhärmtes, faltiges Gesicht. Seine schwarzen Knopfaugen musterten sie so argwöhnisch, als glaube er, sie würde etwas stehlen.

Wie die meisten aus der Gemeinschaft fühlte sie sich in seiner Gegenwart nicht wohl. Sie las mit stockender Stimme ihre Einkaufsliste vor: „Mehl, gepökeltes Schweinefleisch, Kekse, gemahlener Mais, eine große Kanne Petroleum, eine Tüte Kaffeebohnen ..., drei Meter von dem gelben Musselin."

Er packte ihre Einkäufe in ihre Schachteln, bot aber nicht an, ihr beim Hinaustragen behilflich zu sein. Sie mußte mehrmals zum Wagen gehen. Als Rachel gerade zum drittenmal aus dem Laden kam, sah sie Benjo. Er rannte, als sei ein Hornissenschwarm hinter ihm her. Plötzlich wurde ihr bewußt, daß nicht nur Benjo rannte. Von allen Seiten kamen Leute aufgeregt und schreiend aus den umliegenden Geschäften.

Benjo stotterte, brachte aber kein Wort hervor. Sie ließ sich von ihm mitziehen und bekam es immer mehr mit der Angst zu tun.

Es ging um Cain. Sie ahnte es. *Er hat jemanden umgebracht ..., er wird jemanden umbringen ..., jemand hat ihn umgebracht ...*

Benjo schlängelte sich zwischen den Männern hindurch, die sich vor der Schwingtür drängten, und zog Rachel hinter sich her. Sie blieb auf der Schwelle stehen und blinzelte, weil ihr der beißende Tabakrauch in die Augen stieg und sie nach dem hellen Sonnenschein draußen im plötzlichen Halbdunkel nichts sah.

Schatten bewegten sich, drückten sich an die Wand. Vor der langen, hohen Holztheke standen zwei Männer. Der eine, Johnny Cain, blickte in den Spiegel hinter der Theke. Er hatte die Hand um eine Flasche Limonade gelegt.

Der andere Mann war Woodrow Wharton. Er zog seinen Revolver und spuckte auf den Fußboden. „Ich glaube, ich habe mit Ihnen geredet, Mister", sagte er.

Johnny Cain drehte langsam den Kopf und legte ihn etwas schief, so daß seine Augen unter der Hutkrempe hervorblicken konnten. „Entschuldigung", sagte er und lächelte.

Seine Schulter sank nach unten, als er die Flasche gegen die Theke schlug. Sie explodierte in einem Schauer aus Limonade und Glassplittern. Der gezackte Flaschenrest in Cains Hand funkelte, als er ihn blitzschnell in Woodrow Whartons Gesicht drückte.

Der Mann schrie auf. Er hielt eine Hand an den blutenden Mund. Mit der anderen hob er den Revolver.

„Nein!" rief Rachel und kam näher.

Johnny Cain drehte den Kopf rasch zu ihr herum.

Wharton zielte, aber Cain hatte schon die Hand am Holster, als er zurückwirbelte. So schnell, daß Rachel nur ein Aufblitzen und Pulverdampf sah. Ein Knall peitschte durch die Luft.

Wharton fiel mit dem Rücken gegen die Theke, hing dort einen Herzschlag lang und starrte mit offenem, schlaffem Mund scheinbar überrascht ins Leere. Johnny Cain feuerte noch dreimal. Langsam gaben die Beine nach, und Woodrow Wharton glitt zu Boden.

Blauer Rauch zog an Rachels Augen vorüber, stechender Schwefelgeruch stieg ihr in die Nase. Jemand packte sie am Arm. Johnny Cain stieß die Pendeltür auf und zog sie mit sich. Die Leute machten ihnen den Weg frei und stoben auseinander.

Sie blickte zurück und sah, daß Benjo ihnen folgte. Zum erstenmal nach einer Ewigkeit wagte sie, wieder zu atmen.

Als sie ihren Wagen erreichten, tat es weh, ihm in die Augen zu sehen. Aber er sagte nur: „Sie und der Junge bleiben besser hier."

Er ging davon, und sie spürte, wie ihr Herz klopfte. Jeder Atemzug schien eine Anstrengung. Erst nach einer Weile stieg sie mit Benjo auf den Wagen. Sie hatte einen bitteren Geschmack im Mund.

„Ich habe allen gesagt, er trinkt das Teufelszeug nicht."
Rachel wurde erst klar, daß sie ihren Gedanken laut ausgesprochen hatte, als Benjo aufsprang. Wie nur selten gelang es ihm plötzlich, ohne zu stottern zu sprechen. „Das Pferd zu kaufen hat uns durstig gemacht. Er ist nur hineingegangen, um uns Limonade zu holen."
Rachel konnte sich selbst nicht mehr verstehen, aber sie lachte.
„Der Mann", fuhr Benjo fort, „hat meinen Vater aufgehängt. Ich bin froh, daß er t-t-t-..."
„Tot ist", sagte Rachel. Ein Schauer überlief sie. Was tat Johnny Cain jetzt? Vielleicht sorgte er dafür, daß der Mann begraben wurde. Die Straße war inzwischen so leer wie in einer Geisterstadt. Nach dem Gesetz der Menschen würde Johnny Cain freigesprochen. Wie aber würde der göttliche Richter urteilen?
Johnny Cain kam aus dem Mietstall und führte die aufgezäumte dunkle Fuchsstute mit sich. Sein Gesicht war so glatt und kalt wie das Eis auf einem Teich. Er knotete die Zügel der Stute hinten am Wagen fest. Der Wagen senkte sich und schwankte, als er aufstieg. Rachel sah plötzlich, daß sein Hemd Blutspritzer von Woodrow Wharton hatte.

ALS DER Wagen auf den Hof fuhr, fing es an zu gewittern. Die Wolken hingen tief und schwer über ihnen. Blitz und Donner folgten immer dichter aufeinander. Die Erde schien zu beben.
Der peitschende Wind zerrte an Rachels Rock, als sie zusammen mit Benjo und MacDuff die Mutterschafe mit den Lämmern in den Windschatten einer Senke trieb, wo sie sicher vor Überschwemmungen oder vor vom Blitz getroffenen Pappeln waren. Sie wußte nicht, was Johnny Cain tat oder wohin er wollte. Sie verachtete ihn für das, was er getan hatte, und sie hatte für ihn keine Hoffnung mehr. Aber in einem dunklen verborgenen Winkel ihrer Seele empfand sie Ehrfurcht und Dankbarkeit. Ja, Dankbarkeit. Woodrow Wharton war tot, und sie freute sich darüber.
Sie blieben bei den Schafen, um sie zusammenzuhalten. Es blitzte und donnerte, aber es regnete nicht. Erst nachdem sich das Gewitter verzogen hatte, machte sie sich auf den Weg, um nachzusehen, ob Johnny Cain das Pferd in den Stall gebracht hatte oder davongeritten war.
Die Scheune war kühl. Ihre alte graue Stute stand in ihrer Box und kaute Hafer. In einer anderen Box soff die Fuchsstute Wasser aus einem Eimer. Als sie die Scheune betrat, bewegte er sich nicht. Doch irgendwie wußte sie, wo sie ihn finden würde – am anderen Ende der

Scheune. Er lehnte mit den Schultern an der Wand und saß auf dem gestampften Lehmboden. Die Arme lagen über den angewinkelten Knien. Als sie näher kam, hob er den Kopf. Flüchtig glaubte sie, durch die kalten, glitzernden Fenster seiner Augen in seine von Schleiern verhüllte, verwirrte Seele blicken zu können, doch dann senkten sich seine Augenlider wie Fensterläden.

„Rühren Sie mich nicht an!" sagte er und sprang auf die Füße.

Sie trat einen Schritt auf ihn zu, und er wich zurück. Doch sie ging weiter auf ihn zu, bis sie nahe genug war, um die Arme um seine Hüften zu legen und ihr Gesicht an seine Brust zu drücken. Sie konnte spüren, daß er versuchte, sich nicht zu bewegen.

„Bitte lassen Sie mich los, Rachel. Ich bin nicht sauber", murmelte er, doch er ließ zu, daß sie ihn festhielt, bis er zu zittern aufhörte.

UNTEN im Tal drangen die heiteren Töne eines Walzers aus den offenen Fenstern des Herrenhauses.

Quinten Hunter stand auf der dunklen Veranda und beobachtete die Frau seines Vaters. Ihr Rücken bewegte sich anmutig zur Seite, während ihre Hände über die schwarzen und weißen Tasten glitten. Ihre Haare schimmerten im Kerzenlicht. Sie entlockte den Tasten einen Walzer, der zu seinen Lieblingsstücken gehörte. Er schlug mit der Stiefelspitze den Takt, als die Haustür geöffnet wurde. Ein Streichholz flammte auf. Er sah das Gesicht seines Vaters.

„Bist du das hier draußen im Dunkeln, Quin?" fragte der Baron. „Ich dachte, du amüsierst dich mit den anderen Jungs in der Stadt."

„Woodrow wird morgen früh beerdigt", sagte Quinten. „Ich bin nicht mit den anderen ins Rote Haus gegangen, weil ich nichts davon halte, betrunken zu seiner Beerdigung zu gehen. Das ist respektlos."

Der Baron schnaubte und stieß dabei eine Wolke Zigarrenrauch aus. „Wer hat diese Regel aufgestellt? Außerdem war Wharton ein ausgemachter Dummkopf. Zuerst legt er sich mit einem Mann vom Ruf eines Johnny Cain an und versucht dann auch noch, bei einem Schußwechsel der Bessere zu sein. Es müßte möglich sein, die Gemeinschaftler zu verjagen, ohne daß wir es mit Johnny Cain und seinem Revolver zu tun bekommen."

„Er lebt bei ihnen", erwiderte Quinten. „Vielleicht möchte er ein Wörtchen mitreden, wenn es um Bleiben oder Nichtbleiben geht."

„Er soll erst einmal seine Erfahrungen sammeln. Dann weiß er, wie gefährlich und mühsam das Leben eines Schafzüchters ist. Schließlich gibt es Dürrezeiten, Kojoten und so heiße, trockene Tage wie jetzt."

Der Baron zog bedächtig an seiner Zigarre. „Man kann zum Beispiel nie wissen, wann ein verirrter Funke durch die Luft fliegt und eine dieser Schaffarmen anfängt, lichterloh zu brennen."

Quinten legte den Kopf zurück. „Nein, bitte nicht ..."

„Was nicht?"

Quinten versuchte, das Gesicht des Barons im Dunkeln zu erkennen. „Warum bist du so versessen darauf, die Sache mit den Gemeinschaftlern auf die Spitze zu treiben?"

Die Worte seines sonst so selbstsicheren Vaters schienen in einer gewissen Verzweiflung hervorzubrechen. „Ich bin bis über die Ohren bei den Banken der Viehhöfe verschuldet. Ich habe Zahlungsverpflichtungen und komme da nicht raus. Das heißt, daß ich in diesem Jahr mehr Rinder brauche, um auch nur halb soviel zu verdienen wie im letzten Jahr."

„Aber wir haben jetzt schon zu viele, und unser Land ist überweidet."

„Du sagst es, mein Junge. Diese Rinder müssen etwas zu fressen haben. Diese verdammte Trockenheit verschärft die Lage. Es ist einfach so, daß wir das Land brauchen."

„Aber sie wollen nicht an uns verkaufen ..., an dich, meine ich", verbesserte sich Quinten errötend. „Du kannst sie nicht einfach zum Aufgeben zwingen."

Sein Vater lachte und sagte: „Doch, das kann ich, mein Junge. Reite hinauf in das Reservat, und sieh dir einmal genau an, was vom Stamm deiner Mutter übriggeblieben ist. Dann wirst du mir zustimmen. Auf der Welt gibt es die einen, die nehmen, und die anderen, die gezwungen werden zu geben."

Quinten schluckte und schaute hinaus, sah Weiden, die sich Meile für Meile fortsetzten und trotzdem nie ausreichen würden.

FÜNFZEHNTES KAPITEL

Rachel lud ein Wasserfaß auf den kleinen zweirädrigen Karren und zog ihn dorthin, wo die Männer Heu machten. Das frisch gemähte Gras lag wie ein endloses Band auf den Wiesen. Der heiße Wind trieb den saftigen süßen Geruch zu ihr herüber. Das Gras war vor zwei Tagen gemäht und mit dem Rechen zum Trocknen ausgebreitet worden. Heute wurden die Heuhaufen aufgeschichtet. Moses Weber und Johnny Cain luden das Heu auf. Noah hatte das Aufschichten übernommen, denn das erforderte das meiste Können. Zu ihrer Überraschung schien das Heumachen Johnny Cain zu gefallen.

Es war Sitte, daß ein Nachbar dem anderen half. Rachel hatte befürchtet, daß Noah diese Tradition nicht fortsetzen werde, weil er Johnny Cain ablehnte. „Dieser Fremde hat keinen blassen Schimmer vom Heumachen", hatte er sie nach dem ersten Tag angeknurrt.

Die Männer luden die Reihe, an der sie gerade arbeiteten, zuerst ganz auf, bevor sie zum Wasserfaß kamen. Dichter Staub wirbelte durch die heiße Luft und legte sich als weiße Schicht auf die Gesichter und Köpfe. Es sah aus, als wären die Männer in Stärke getaucht.

Benjo und Johnny Cain waren als erste am Wasserfaß. Sie gab jedem eine Schöpfkelle voll, und sie tranken durstig.

„Ist es Ihnen heiß genug, Mr. Cain?"

„Aber nein", erwiderte er spöttisch. „Dort, wo ich herkomme, sind solche Temperaturen für uns angenehm mild. Wir sagen erst dann, es ist heiß, wenn das Wasser im Bach zu kochen anfängt."

„W-w-wir sagen erst dann, es ist heiß genug", erklärte Benjo, „w-w-wenn die St-st-steine zu schmelzen anfangen."

Lachend blickte Rachel von dem Mann zu dem Jungen und wieder zu dem Mann. Sie sahen aus wie Clowns mit ihren sauberen Kinn- und Mundpartien, während die restlichen Teile des Gesichts noch weiß vom Staub waren. „Ihr seht euch wirklich sehr ähnlich", sagte sie.

Noah warf die Schöpfkelle klatschend in das Wasserfaß. „Arbeit ist gut für die Seele des Menschen", sagte er.

„Noah hat schon immer die besten Heuhaufen im Tal gebaut", sagte Rachel. „Nicht wahr, Noah? Hohe, gerade Heuhaufen."

Noah blickte sie starr an. „Den rechtschaffenen Mann macht Arbeit nicht stolz. Er erledigt sie einfach." Er drehte sich um, ging davon und sagte über die Schulter: „Es gibt immer noch eine Menge Heuhaufen, die vor dem nächsten Winter aufgebaut werden müssen." Sein Ton brachte die beiden Jungen dazu, aufzuspringen und ihm zu folgen. Cain blieb zurück. Er starrte schweigend auf Noahs steif aufgerichteten Rücken.

„Tut mir leid", sagte Rachel. „Er will im Grunde nicht ständig meckern. Er ist eben ... unser Diakon."

„Ich habe schon schärfere Sporen zu spüren bekommen", erwiderte Johnny Cain.

FÜR RACHEL war das Läuten der Glocke des Leitschafs eine fröhliche Melodie, die das Ende eines guten Tages ankündigte.

Sie trieb die Herde von Mutterschafen und ihren Lämmern auf die

Stoppeln der frisch gemähten Wiese. Sie beobachtete, wie die Schafe sich verteilten und zufrieden kauten. Obwohl Rachel Geschirr abwaschen und die Küche putzen mußte, blieb sie auf der Weide. Ihre Füße waren wie verwachsen mit den Stoppeln. Sie ließ sich von der warmen Luft verwöhnen. Langsam legte sie den Kopf zurück, und das tiefe Blau des Abendhimmels zog sie immer weiter hinauf in die endlose, weite Leere.

„Wenn man nicht aufpaßt, kann man sich da oben verlieren." Johnny Cain lehnte am Stamm einer Kiefer, sein Hut baumelte an seinen Händen. Inzwischen kannte sie ihn, vor allem sein Gesicht mit den ausgeprägten Wangenknochen, dem harten Mund und den rätselhaften Augen ... Diesmal war sein Blick nicht kalt – überhaupt nicht kalt.

Sie blickte in sein Gesicht, das ihr lieb geworden war, und eine wilde Leidenschaft flammte in ihr auf.

In diesem Augenblick sprang ein Lamm mit allen vieren in die Luft und schreckte damit die Herde auf, die sofort an Rachel und Cain vorbei laut blökend den Hang hinunterrannte.

Sie lachte, und er fiel in das Lachen ein. Es hörte sich an wie Glockenklang – ihr Lachen war hell und leicht, seines tief und weich. Die Schafe blökten. Grashüpfer zirpten im Gras.

„Hören Sie es, Johnny? Hören Sie die Musik?" rief sie aufgeregt. „Ich höre sie, ich höre alle Töne, die die Erde hervorbringt, verstehen Sie? Ich höre den Wind und den Bach und alle Laute der Tiere, der Schafe und Vögel und Frösche. Ich höre sie alle in meinem Kopf, und sie klingen zusammen und werden Musik. Ich weiß nicht, ich kann es nicht erklären. Ich weiß nur, daß es eine Sünde ist."

Er senkte den Kopf etwas. „Was ist sündhaft daran, wenn man die Töne des Lebens zu einer Symphonie zusammenfügt?"

Sie wandte sich von ihm ab. Etwas hatte sie plötzlich scheu gemacht. Sie ging zum Haus zurück, und er ging mit. Sie spürte eine Leichtigkeit in ihrem Körper.

„Haben Sie jemals getanzt?" fragte sie ihn.

„Früher habe ich viel getanzt."

Sie waren stehengeblieben und sahen sich an.

Er fing an, ein Lied zu singen. Es handelte von dem armen Mädchen Annie Laurie. Er drückte seine Handfläche an ihre, umschlang ihre Finger, während er mit der anderen Hand ihren Arm hochhob und über seine Schulter legte. Dann legte er den Arm um ihre Hüfte. Und sie tanzten.

Er drehte sie in großen, schwungvollen Kreisen. Als er schneller wurde, klammerte sie sich an ihn. Ihr Kopf fiel zurück, sie schlug die Augen auf und blickte in den weiten blauen Himmel, der sich über ihr drehte, während die Erde unter ihren schwebenden Füßen ins Schwanken geriet.

Plötzlich tanzten sie nicht mehr. Sein Mund suchte ihre Lippen, preßte sie zusammen. Sie grub die Finger in die gespannten Muskeln seines Rückens. So wie bei diesem Kuß die Erde zu schwanken anfing und der Himmel kreiste, hätte sie immer noch tanzen können. Der Kuß dauerte ewig und endete doch zu schnell.

„Ich will dich, Rachel", flüsterte er, „ich will mit dir zusammensein."

Sie legte ihm den Finger auf den Mund. Ihr Herz schlug wie rasend. „Nein, wir können niemals ..." Ihre Stimme brach. „Es ist nicht nur eine Sünde, sondern was du mir nehmen würdest, wäre so viel weniger, als ich am Ende geben würde. Und was du mir geben würdest, wäre nichts", sagte sie und entzog sich ihm. „Nicht einmal dann, wenn es dazu käme, daß du mich liebst, denn du bist keiner von uns."

Sie drehte sich um und ging. Sie hielt sich aufrecht und den Kopf hoch erhoben, denn er sollte nicht wissen, wie schwer ihr das fiel, weil sie ihn so sehr brauchte und so sehr liebte.

„Du verlangst zuviel, Rachel!" rief er hinter ihr her. „Du verlangst zuviel!"

IN DIESER Nacht war der Wind warm und duftete nach frischem Heu und sonnenverbrannter Erde.

Die Reiter zügelten ihre Pferde am nördlichen Ufer des Bachs im Schutz des Weidendickichts und der Pappeln. Das kleine Blockhaus, die Scheune mit dem spitzen Dach und die niedrigen Lammschuppen wirkten ruhig.

„Bist du sicher, daß du den Mumm dazu hast, mein Junge?"

„Ich mache mir weniger Gedanken um meinen Mumm als um deinen Verstand", sagte Quinten Hunter. „Das ganze Tal ist wie eine einzige Büchse Zunder."

Das Lachen seines Vaters drang leise durch die Dunkelheit. „Aber am Ende wirst du das tun, was ich dir sage und wie ich es dir sage, nicht wahr?"

„Ja, Vater." Quinten lächelte gequält, doch das Brenneisen, das er bei sich trug, lag schwer in seiner schweißfeuchten Hand. Das Zeichen seiner Ranch glühte feuerrot in der Dunkelheit wie ein riesiges Auge.

„Dann laß es uns tun", sagte der Baron, und sein Pferd durchquerte den Bach. Er ritt auf die frisch aufgesetzten Heuhaufen zu.

Quinten gab seinem Pferd die Sporen. Drei Cowboys folgten dicht hinter ihnen. Sie waren zu Quinten und seinem Vater gestoßen, kurz nachdem die beiden das kleine Lagerfeuer verlassen hatten, wo sie das Brenneisen erhitzt hatten. Quinten hatte nicht auf sie geachtet. Der Baron hatte klargestellt, daß er in dieser Nacht das Brandzeichen der Ranch und alles, wofür es stand, in die Hand seines Sohnes legte.

Sie ritten durch eine Schafherde und trieben die blökenden Tiere auseinander. Im Farmhaus bellte ein Hund. Einer der Cowboys gab zwei Schüsse aus seinem Revolver ab, und irgendwo fiel eine Tür ins Schloß.

Quinten hielt das Brenneisen an einen Heuhaufen. Weiße Rauchwölkchen kräuselten sich, und rote und orangefarbene Flammen loderten auf.

In der Dunkelheit fiel ein Schuß. Der Mann neben Quinten sackte mit einem leisen Aufschrei im Sattel zusammen.

„Cain!" schrie der Baron. Er zielte mit dem Revolver auf den Schäferkarren neben der Scheune und feuerte drei Schüsse ab. Die beiden anderen Männer nahmen den Karren ebenfalls unter Beschuß. Wieder fiel ein Schuß, der aus dem Schäferkarren kam.

In diesem Augenblick schoß aus dem Heuhaufen funkensprühend eine Flammenwand empor und erleuchtete die Nacht taghell. Die Umrisse der Reiter hoben sich so deutlich vor dem Horizont ab, als seien sie Zielscheiben in einer Jahrmarktsbude.

„Verschwinden wir!" rief sein Vater, aber Quinten hatte seinem Pferd bereits die Sporen gegeben.

Tief über die Pferdehälse gebeugt, durchquerten sie den Bach und galoppierten durch die Pappeln. Als sie sicher waren, daß sie nicht verfolgt wurden, zügelten sie die Pferde und blickten zurück zur Farm. Sie sahen Gestalten mit Eimern, die hin- und herliefen.

„DER TEUFEL müßte mit seinem Werk heute nacht sehr zufrieden sein."

Rachel riß sich vom Anblick der geschwärzten, rauchenden Reste des Heuhaufens los, den Noah so gerade und hoch für sie aufgerichtet hatte. Sie sah ihn an, ihren guten Nachbarn und Freund. Er hatte das Feuer gesehen und war von seiner Farm herübergeritten, um beim Löschen zu helfen. Nun war sein Gesicht rußverschmiert, und seine rotgeränderten Augen tränten vom Rauch.

Sie hob das Brenneisen der Circle-H-Ranch hoch. „Es war nicht der Teufel."

Er schüttelte eigensinnig den Kopf. „Das ist passiert, weil der Fremde diesen Aufseher erschossen hat."

Sie warf das Brenneisen in das Weidendickicht. Johnny Cain wässerte zusammen mit Benjo und Moses alte Decken und Säcke im Bach, um sie über den rauchenden Heuhaufen zu breiten.

„Vielleicht hast du recht", erwiderte sie. „Wenn Mr. Cain sie nicht provoziert hätte, wären vielleicht deine Heuhaufen in Flammen aufgegangen."

Noah richtete den Blick prüfend auf ihr Gesicht. Dann ging er mit großen Schritten davon.

Johnny Cain hatte die Jungen am Bach zurückgelassen und kam auf sie zu. Er war barfuß und trug über der Hose kein Hemd. Doch der Revolver hing an seiner Hüfte.

Sie fragte sich, ob es den Männern des Barons gelungen wäre, alle Heuhaufen in Brand zu stecken anstatt eines einzigen, wenn nicht Johnny Cain mit seinem Revolver dagewesen wäre.

Er blieb vor ihr stehen. Sein nackter Oberkörper war von Ruß und Schweiß verschmiert. Er hatte rote Brandblasen von den Funken und Glutstückchen, die durch die Luft geflogen waren.

„Jetzt bringe ich diese Kerle um", sagte er.

Sie schloß die Augen. Sie war müde und spürte eine schreckliche brennende Leere in ihrem Leib, das Bedürfnis, diese Leute für das, was sie getan hatten, bezahlen zu lassen. Sie dachte daran, daß sie nur schweigen und zulassen mußte, daß Johnny Cain, der Mörder, seinen Vorsatz verwirklichte.

Sie seufzte tief. „Du hast mir versprochen, es nicht zu tun. Das war eine Abmachung zwischen uns, als du gesagt hast, du würdest bleiben."

„Ich habe dir schon einmal gesagt, du verlangst zuviel."

Sie drückte die flache Hand an ihren Leib, doch die brennende Leere blieb. „Was du tun willst, würde meine Seele zugrunde richten. Und du sagst, ich verlange zuviel."

SECHZEHNTES KAPITEL

An diesem Abend stand Moses Weber zwischen den Grabkreuzen auf dem Friedhof von Miawa City und machte sich Mut. Er wollte zum erstenmal zu einer Frau gehen. Näher als bis zum Friedhof hatte sich Moses nicht an das Rote Haus herangewagt. Sein Vater würde ihn für das, was er vorhatte, umbringen. *Es wird sich lohnen, wenn ich nur ein paar Augenblicke zwischen den weichen Schenkeln von Miß Marilee den Himmel auf Erden erlebe.*

Aber zuerst mußte er durch die Haustür. Er stieg die Stufen der breiten Veranda des Roten Hauses hinauf. Die berühmte rote Laterne schwankte im Wind und spiegelte sich in dem halbmondförmigen Fenster über der Tür.

Er klopfte zaghaft und war überrascht, als die Tür sofort aufging. Vor ihm stand ein kleiner Mann mit Schlitzaugen. Moses hatte noch nie einen Chinesen gesehen. Er nahm den Hut ab. „Ich bin gekommen, um Miß Marilee zu sehen."

Der Mann verneigte sich und sagte mit krächzender Stimme etwas, was Moses nicht verstand. Es mußte „Kommen Sie herein!" bedeuten, denn er hielt Moses die Tür auf, und der junge Mann trat ein.

In der Eingangshalle wies der Mann auf einen Vorhang aus blauen Glasperlen und sagte wieder etwas auf chinesisch. Er griff nach einer Schnur, an der Messingglöckchen hingen, läutete energisch und schlurfte dann in seinen seidenen Hausschuhen davon.

Moses ging durch den Perlenvorhang und betrat einen Raum, der vom Boden bis zu den fächerförmigen Fenstern mit allem möglichen vollgestopft war – Gipsbüsten und Glasvasen, Spucknäpfen aus Messing und Lackdosen. Die Stühle und Sofas hatten Schutzdeckchen, und überall lagen drapierte Tücher mit orientalischen Mustern.

Moses setzte sich auf ein dick gepolstertes dunkelrotes Sofa und versank tief in den Polstern.

Der Glasperlenvorhang teilte sich mit lautem Klirren. Eine sehr magere Frau betrat das Zimmer. Sie trug ein einfaches, hochgeschlossenes schwarzes Kleid mit einem engen Oberteil und langen Ärmeln mit Manschetten. Sie ging zur Drehorgel und begann, die Kurbel zu drehen. Die Musik war so laut, daß Moses die Ohren schmerzten.

Moses hörte ein Klopfen an der Tür, Schritte und eine rauhe Stimme. Die Messingglöckchen des Asiaten läuteten, der Perlenvorhang öffnete sich, und Moses schlug das Herz bis zum Hals. Fergus Hunter betrat das Zimmer.

Der Blick des Ranchers richtete sich auf Moses, aber er beachtete ihn nicht weiter. Er begrüßte die magere Frau, die ihren Platz an der Drehorgel verließ und ihm aus einer Karaffe ein Glas Whiskey eingoß.

Fergus Hunter war elegant gekleidet – dunkler Anzug, weiße Brokatweste und eine grauseidene Halsbinde mit einer perlenbesetzten Nadel. Seine schwere goldene Uhrkette mit den vielen Anhängern glänzte im Schein der Gaslampe.

Die Perlen klirrten noch einmal, und ein junger Mann kam herein. Moses kannte ihn; es war der Sohn des Barons.

„Ich habe beschlossen, meinen Sohn heute abend auf die Stadt loszulassen", erklärte der Baron der mageren Frau.

Der junge Mann wurde sichtlich verlegen. Moses konnte es ihm gut nachfühlen.

Moses merkte, daß sich die Aufmerksamkeit des Barons jetzt auf ihn richtete. Er musterte ihn langsam von Kopf bis Fuß. Moses schluckte.

„Ich hätte nicht gedacht, daß ihr frommen jungen Gemeinschaftler auch das gewisse Fieber bekommt", sagte der Baron und schüttelte in gespieltem Erstaunen den Kopf. Doch dann strahlte er gönnerhaft, als der Perlenvorhang noch einmal klirrte. „Wenn das nicht Miß Marilee ist ..."

Moses nahm den Hut vom Knie, gab sich einen Ruck und stand auf. Marilee betrat, in eine Wolke von Veilchenduft gehüllt, den Raum. Sie trug einen dünnen seidenen Morgenmantel.

Der Baron lachte und mußte dabei die Zigarre mit den Zähnen festhalten, während er den Arm um Marilees Hüfte legte. „Komm her, Marilee, mein Kleines. Wir gehen zusammen nach oben."

Sie versetzte ihm im Vorbeigehen einen leichten Klaps auf die Wange. „Warten Sie, bis Sie an der Reihe sind, Mr. Hunter." Marilee drehte sich zu Moses herum. „Ich sehe, ich habe heute abend einen besonderen Gast."

Das Gesicht des Barons verfärbte sich, und das Lächeln erstarrte. „Meinetwegen, Marilee. Erledige das mit dem Schaftreiber zuerst."

Marilee hängte sich bei Moses ein. Sie zog ihn durch den Perlenvorhang hinaus in den Flur und ging mit ihm zur Treppe. Marilee ging langsam hinauf und schwenkte die Hüften. Moses spürte, wie sein Herz schlug, als er ihr folgte.

Plötzlich blieb sie stehen und schnalzte mit dem Finger. „Ach du liebe Zeit, wo habe ich denn heute abend meinen Kopf? Beinahe hätte ich vergessen, dir das Geld abzunehmen."

Er suchte in der Westentasche nach den Münzen. „Ich habe sie dabei. Mir war nur nicht klar, wann der richtige Zeitpunkt ist, um sie dir zu geben ..."

Sie schloß die Finger um die Münzen und schenkte ihm ihr strahlendstes Lächeln. „Du hast dich doch hoffentlich gründlich gewaschen, Moses, oder? Wie du weißt, kann ich den Gestank von Schafen nicht ausstehen." Dann zog sie ihn in das Zimmer.

Es dauerte eine Weile, bis er die Zimmerdecke erkennen konnte.
Marilee drehte sich von ihm weg und setzte sich auf den Bettrand. Ein reizendes Lächeln umspielte ihre Lippen. „Du bist wirklich nett, Moses."

Moses lag auf dem Bett und beobachtete sie. Er spürte, wie sich schon wieder etwas in ihm regte. Solche Gefühle sollte er nicht haben, aber in letzter Zeit schienen Tag und Nacht alle seine Gedanken nur darum zu kreisen. Er hatte seine Seele einer dunklen Leidenschaft geopfert. Der Schrecken dieser Sünde und ihr sicherer Höllenlohn quälten ihn bereits.

„Deine Zeit ist gleich um", sagte sie zu ihm über die Schulter. „Unten wartet Mr. Hunter auf mich."

Moses setzte sich auf. „Warum kann er nicht zu einem der anderen Mädchen gehen?"

„Weil er immer nur mich will."

Er hatte einen Kloß im Hals. Nachdem er sich geräuspert hatte, sagte er: „Ich will nicht, daß du mit ihm zusammen bist."

Sie schüttelte den Kopf. „Hör zu, mein Junge. Verdreh dir nicht selbst den Kopf. Ich bin ein berufstätiges Mädchen, verstehst du? Du mußt jetzt gehen."

SIEBZEHNTES KAPITEL

Es war heiß, brennend heiß, so daß der Schweiß auf der Haut zu verdampfen schien und das Land austrocknete. Der heiße Wind ließ das Gras verdorren und leckte die Wasserstellen leer. Es fiel kein Tropfen Regen. Und es war erst die zweite Juniwoche.

In diese Hitze fiel die Zeit der Schafschur. Noah Weber sah mit zusammengekniffenen Augen zu, wie ein Schaf nach dem anderen aus der Badegrube herauskam. Die Felle waren so mit Wasser vollgesogen, daß die Tiere torkelten. In diesem Jahr hatten sie schwer arbeiten müssen, um den spärlich fließenden Bach aufzustauen und eine Grube auszuheben, die groß genug für ein Schafbad war. Aber für saubere Wolle bekam man einen besseren Preis. In dieser Hitze würden die Schafe wenigstens so trocken sein, daß sie im Handumdrehen geschoren waren.

Samuel Miller hatte die beneidenswerte Aufgabe, im Bach zu stehen und aufzupassen, daß keines der Schafe umfiel und ertrank. Er lächelte seinen Brüdern zu und tat, als wringe er den Schweiß aus seinem Bart. „Du meine Güte, es ist so heiß, daß sich der Teufel in unserem Tal wohl fühlen könnte."

Abraham lachte, machte aber gleich wieder ein ernstes Gesicht. „Das schlimme ist, daß wir eine Dürre bekommen."

Sol nickte, den Mund fest geschlossen.

Noah biß sich auf die Lippen. Diese heißen Tage waren eine Zeit der Prüfung, die der Herr ihnen auferlegt hatte und die sie mit Sanftmut und Demut ertragen mußten. Gott stellte ihm in der Tat schwere Prüfungen. Er mußte die Hitze, eine Dürre und Johnny Cain ertragen – und das alles in einem Sommer.

Er hatte auf den Tag gewartet, an dem er Rachels Schafe scheren würde. Er hatte Cain prophezeit, er werde beim Schafscheren keinen einzigen Tag durchhalten.

Das Gute am Scheren, dachte Noah, war, daß es Familien und Freunde zusammenbrachte. Jeder hatte eine wichtige Aufgabe. Fannie Weber und die Frauen der Millers waren bereits in der Küche und bereiteten das Essen zu, denn vom Scheren bekam man großen Hunger. Moses würde die verängstigten blökenden Schafe bald in den Gang befördern. Rachel stand auf dem Geländer des Gangs und öffnete die Klappe, durch welche die Schafe in den Fangpferch gelangten – jeweils fünf auf einmal, eins für jeden Scherer.

Selbst für die Kinder gab es Arbeit. Levi Miller würde die Wolle zusammenbinden und sie zu Benjo hinaufwerfen, der sie in die großen Wollsäcke stopfte. Noah selbst würde zusammen mit Sol, Abraham und Samuel das Scheren übernehmen. Johnny Cain sollte an Bens Platz stehen und würde natürlich jämmerlich versagen. Dann würden alle erleben, wem Rachel den Vorzug gab.

Noah reichte Cain die blitzende Schere. Cain nahm sie in die Hand und drückte die Griffe zusammen.

„Her mit dem ersten Schaf!" rief Noah. Rachel hatte bereits ihren Platz auf dem Geländer eingenommen.

Ein dickes altes Mutterschaf trottete durch den Vorhang aus Wollsäcken, der zwischen dem Fangpferch und dem Scherplatz hing. Noah hielt es fest und legte ihm die Arme hinter den Vorderbeinen um den Leib. Das Schaf stellte sich auf die Hinterbeine, aber Noah warf es mühelos auf die Seite. Er preßte es mit den Knien fest an sich, um zu verhindern, daß es wieder freikam. Das Schaf blökte.

Noah arbeitete schnell, und die weiche, fettige Wolle begann, sich wie eine Orangenschale in einer glatten weißen Spirale zu lösen.

Es dauerte nicht lange, und das Schaf lag nackt und mit großen

Augen mitten in seiner Wolle. Es schüttelte sich und trottete mit einem vorwurfsvollen Blöken davon.

Noah blickte auf und verzog die Lippen zu einem herablassenden Lächeln. „So, jetzt wollen wir mal sehen, wie Sie das machen, Fremder."

Noah verlangte einen großen kastrierten Jährling. Rachel kam mit dem Schaf in den Schuppen.

Cain hatte von Anfang an Schwierigkeiten. Es war wirklich nicht so leicht, wie es aussah, ein sich windendes Schaf zu scheren. Johnny Cain beging den Fehler, den Tierleib nicht fest genug zwischen den Knien zu halten. Er hatte das Schaf kaum zur Hälfte geschoren, als es ihm entglitt, auf die Beine kam und davonrannte, wobei es die bereits geschorene Wolle hinter sich herzog. Cain mußte das Schaf einfangen. Rachel lachte so sehr, daß sie sich auf einen Stapel Wollsäcke setzen mußte.

Inzwischen lachten alle. Selbst Noah.

Als das arme Schaf schließlich ganz geschoren war, blutete es an vielen Stellen, an anderen standen noch kleine Wollbüschel, die der Schere entgangen waren.

„Das arme Schaf, ich bin eher Metzger", murmelte Johnny Cain.

„Eigentlich haben Sie eine geschickte Hand", knurrte Noah widerwillig. „Sie werden den Dreh bald heraushaben."

„Ich glaube, Mrs. Joder, Sie geben mir besser nur die alten Schafe mit dicker Haut!" rief Johnny Cain hinter Rachel her. Noah ließ die beiden nicht aus den Augen. Er kam sich ausgeschlossen vor, als sie zusammen lachten, da das Lachen ihnen allein zu gehören schien.

BESTIMMTE Geräusche und Töne, dachte Noah, gehörten nur zum Scheren. Das Klicken und Klacken der Scheren, die in einem schnellen Rhythmus geöffnet und wieder geschlossen wurden. Die Scherer, die riefen: „Ein Schaf!" Rachels melodischer Singsang, mit dem sie die Schafe beruhigte und den Noah so liebte. Auch das eigene Schnaufen, das leise Tropfen von Schweiß, auch das gehörte zum Scheren.

In diesem Jahr gab es neue Töne. Johnny Cain redete beim Scheren leise und freundlich auf die Schafe ein. Er schien die Tiere auf eine sanfte Art zu mögen. Das verblüffte und ärgerte Noah. Er mußte sich eingestehen, daß er den Fremden deshalb ein bißchen bewunderte, und das wollte er nicht.

Noah war mit einem Mutterschaf fertig, hob den Kopf und sah, daß Benjo auf einem vollen Wollsack stand. „Zeit für eine Pause!" rief er

DAS TAL DER TRÄUME 297

den anderen zu. Es war Zeit, den verkrampften Rücken zu strecken und Luft zu holen.

Noah ging zum Wasserfaß und schwankte ein wenig. Er brachte Cain einen Becher Wasser. Die beiden Männer standen sich gegenüber. Der Schweiß lief ihnen über die erschöpften Gesichter. Rachel näherte sich mit spöttischem Blick. „Was muß ich sehen? Ihr faulen Burschen macht Pause, bevor noch nicht einmal die Hälfte des Morgens vorbei ist."

Noah sah ihr hilflos und voll Sehnsucht nach, als sie zum Wasserfaß ging. Als sie getrunken hatte, ging sie auf ihn zu, und er fühlte eine freudige Erwartung in sich aufsteigen. Aber sie ging an ihm vorbei zu Benjo und half ihm beim Zunähen des Wollsackes. Und dann ging sie zu ihm. Zu dem Fremden.

Sie standen dicht beieinander, und Rachels Augen leuchteten wie Morgentau. Ihr ganzer Körper drückte den Wunsch aus, ihm näherzukommen. So als ob alles in ihr Johnny Cain zurufen würde: Berühre mich! Faß mich an!

ES WAR immer noch schrecklich heiß, als sich Quinten Hunter und sein Vater eine Woche später auf den Weg zum Viehmarkt in Deer Lodge machten, um Rinder für die Ranch zu kaufen, eine Ranch, die schon mehr als genug Tiere hatte.

An diesem Morgen waren die meisten Gatter und Pferche, in denen sich üblicherweise die Rinder drängten, jedoch leer. Nur in den mittleren Gattern befanden sich ein paar hundert struppige Rinder. Sie standen teilnahmslos um die Tröge mit Futter und Wasser und ließen in der Hitze die Köpfe hängen.

„Wo sind sie alle?" fragte der Baron.

„Hier sehen Sie alles, was von einer Ranch im Osten von Oregon übrig ist. Ich habe versucht durchzuhalten, aber bei dem Überangebot und den fallenden Preisen in diesem Jahr geht das einfach nicht." Ein großer, dünner Mann trat aus dem Schatten eines Wassertanks und kam auf sie zu. Er war von Kopf bis Fuß mit rotem Präriestaub bedeckt.

Der Baron musterte die Rinder. „Sie sind ziemlich mager."

„Sie sind nach dem Treiben erschöpft, das ist alles. Aber ich biete Ihnen erstklassige Tiere. Sie brauchen nur ein Jahr, um fett zu werden."

Der Handel war mit einem Wort und einem Handschlag besiegelt. Sein Vater hatte einen guten Preis bekommen, doch Quinten wußte nicht, woher der Baron das Geld nehmen sollte. Er wollte es auch nicht wissen. Er sagte sich, er sollte jetzt darüber nachdenken, wie sie die neue Herde nach Miawa bringen würden.

Der Rancher schlurfte davon, drehte sich aber noch einmal um und deutete auf die Straße. Dort fuhren ein paar Wagen, auf denen sich riesige, mit Wolle vollgestopfte Jutesäcke türmten.

„Sehen Sie, in diesem Geschäft sollten wir beide sein. Schafe. Ich glaube, die Schaftreiber könnten uns von dem, was sie für einen einzigen Wagen bekommen, zweimal aufkaufen." Der Rancher spuckte in den Staub und ging weiter.

Quinten trat neben seinen Vater. Die schwerbeladenen Wagen kamen langsam näher. Der Mann, der den ersten Wagen kutschierte, hatte einen dichten rotblonden Bart. Auf dem zweiten Wagen saß ein bartloser junger Mann. Er war nicht wie die Gemeinschaftler gekleidet, aber Quinten erinnerte sich an ihn von jener Nacht im Roten Haus.

SO WIE die Millers, Webers und die Joders sich die Arbeit des Scherens teilten, so verkauften sie auch gemeinsam die Wolle. Das war Tradition. In guten Jahren waren es viele volle Wollsäcke, und man brauchte zwei von jeweils sechs Maultieren gezogene Wagen, um sie zum Markt zu bringen.

Als Diakon war Noah weniger anfällig für weltliche Versuchungen. Deshalb übertrug man ihm die Aufgabe, in die gefährliche und sündige Welt hinauszugehen und einen Käufer für die Wolle zu suchen. Bisher hatte er immer einen der Miller-Brüder darum gebeten, den zweiten Wagen zu lenken. Aber vor drei Tagen hatte er zu seinem Sohn gesagt: „Ich denke, du bist erwachsen genug, daß du diesmal mit mir nach Deer Lodge kommst und mit dem Wollhändler verhandelst."

Moses hatte gerade Kaffee getrunken und verschluckte sich. „Hast du gerade gesagt, ich soll einen der Wollwagen zum Markt fahren?"

„Jawohl. Vielleicht solltest du dir mal die Ohren waschen."

Während Moses mit seinem Vater von Farm zu Farm fuhr und die Wollsäcke auf die Wagen lud, hoffte er, sich auf die Tradition der Gemeinschaft zu besinnen. Er suchte seinen Platz bei ihnen. Wir sind gute Menschen, dachte Noah, wir gehen den schmalen und gewundenen Weg, aber wir haben einen breiten Rücken und ein großes Herz.

Am nächsten Morgen, als die Maulesel vor die beladenen Wagen gespannt wurden und sie aufbrechen wollten, kam Moses in seinen modischen Kleidern aus dem Haus. Sein Vater sagte nichts, aber in seinem Gesicht stand die Enttäuschung geschrieben. Moses ließ sich nicht davon beeindrucken. Er sprang fröhlich auf den hohen Kutschbock und griff nach den Zügeln. Vielleicht begann damit eine neue Tradition.

Als sie schon fast in der Stadt waren, sah er, wie sich Fergus Hunter dem Wagen seines Vaters in den Weg stellte. Sie mußten beide heftig die Zügel anziehen. Die schwerbeladenen Wagen kamen quietschend und rumpelnd zum Stehen.

Als Moses aufblickte, sah er, daß der Sohn von Fergus Hunter ebenfalls gekommen war und neben dem Rancher stand. Ihre Blicke trafen sich. Moses stieg vor Scham die Röte in die Wangen, als er daran dachte, wo der junge Hunter ihn zuletzt gesehen hatte.

Der Rancher musterte Noah mit seinen schwarzen Augen unter der Hutkrempe. „Ich glaube, Sie sind einer der Gemeinschaftler, mit denen ich im letzten Jahr darüber gesprochen habe, daß Sie und Ihre Glaubensbrüder Ihre Weiden an die Circle-H-Ranch verkaufen sollten."

Ein Windstoß trug den Geruch von Rindern und Staub herüber – und Angst. Moses konnte seine eigene Angst riechen. Wenn sein Vater Angst hatte, ließ er sich nichts anmerken. Noah schwieg so lange, daß der Rancher glauben mußte, er werde keine Antwort bekommen. Dann antwortete er schließlich: „Ja. Und wir haben unsere Meinung nicht geändert."

Fergus Hunter verzog den Mund zu einem dünnen Lächeln. „Ach, das ist erstaunlich, denn ich habe gehört, daß Sie in letzter Zeit eine Pechsträhne hatten ..., Stampeden, Heubrände und solche Sachen."

Noah gab keine Antwort.

Der Rancher seufzte. „Und wie es heißt, kommt ein Unglück selten allein." Er zog eine Zigarre aus der Westentasche. „Nun ja, ich muß gestehen, daß ich nicht viel von Schafen verstehe. Rinder liegen mir mehr, verstehen Sie?" Er steckte die Zigarre in den Mund und rieb an Noahs Wagenrad ein langes Streichholz an. „Aber man hört gelegentlich ein paar Dinge", fuhr er fort, wobei er die Zigarre mit den Zähnen festhielt und mit dem Streichholz anzündete. „So hat man mir zum Beispiel gesagt – daß nichts schneller Feuer fängt als Schafwolle."

Der Wind erfaßte die Flamme, die zuerst zuckte und dann heller brannte. Moses schlug das Herz vor Angst bis zum Hals. Dieses Streichholz – in der Sonnenglut auf einen Wagen voller Wolle geworfen – würde augenblicklich alles zu einer hohen Feuersäule auflodern lassen.

„Wir werden nicht an Sie verkaufen", sagte Noah. „Sie können uns niemals besiegen. Wie hat der Herr zu Abraham gesagt? ‚Ich bin dein Schild und dein sehr großer Lohn.'"

Der Rancher ließ das abgebrannte Streichholz fallen, und die Flamme erlosch. Er machte auf dem Absatz kehrt.

„Er hätte es nicht getan", sagte der Sohn von Fergus Hunter. „Er hat nur ... Er hätte es nicht getan."

Noah schwieg. Er sah ihn nicht an. Er faßte die Zügel fester und richtete sich auf.

„Hü!" rief Noah, und sein Wagen setzte sich in Bewegung.

„Hü!" rief Moses mit belegter Stimme.

Er war stolz auf seinen Vater.

ACHTZEHNTES KAPITEL

Das Rattern der Wagenräder auf dem holprigen Grund wurde zu einem besänftigenden Wiegenlied.

Und dann verstummte die Musik.

Die Musik ließ Rachel lächeln, während der Wagen über den Schafpfad schwankte, der über die mit Kiefern bestandenen Berge führte.

Im Juni vereinigten die Joders, Millers und Webers ihre Tiere zu einer einzigen großen Herde, gaben ihnen aber vorher Zeichen, damit man sie auseinanderhalten konnte. Dann wurden sie auf die Sommerweiden der Berghänge getrieben. Die Männer wechselten sich beim Hüten ab.

Rachel konnte die Schafe im Sommer nicht hüten. Das war keine Frauenarbeit. Doch wenn die Joders an der Reihe waren, versorgte sie das Lager. Auf ihrem Wagen lagen Säcke mit Salz für die Schafe und mit Leder abgedeckte Kisten mit Kaffee, Bohnen und Speck für den Schäfer. An diesem Tag brachte sie die Vorräte zu Johnny Cain.

Es war gut, daß er mit den Schafen in die Berge gezogen war. Das vergrößerte den Abstand zur Farm und zu ihr. Rachels Tugend schien damit weniger gefährdet zu sein.

DER WAGEN hüpfte über einen großen Stein, und die Kisten rumpelten und klapperten. „Hältst du dich auch gut fest?" rief sie Benjo zu, der hinten auf dem Wagen saß.

Als Antwort erhielt sie nur ein undeutliches „Hmmm ..."

Es dauerte nicht lange, und sie verließen den weichen und gedämpften Schatten der Bäume. Schließlich erreichten sie die warme Helligkeit einer Lichtung.

Auf der anderen Seite der Wiese sahen sie das Ofenrohr des Schäferkarrens. Ein paar verstreute Schafe weideten auf dem sonnenbeschienenen Gras. Die meisten standen oder lagen im Schatten der Bäume. MacDuff lag mit heraushängender Zunge und schwanzwedelnd neben dem Karren. Cain war nicht zu sehen.

Rachel und Benjo spannten das Pferd aus, tränkten es und banden es dann so locker fest, daß es grasen konnte. Sie luden die Vorräte ab und liefen danach zwischen der Herde den Hang hinunter. Die Schafe sahen jetzt sehr viel hübscher aus, denn das Fell begann wieder zu wachsen.

„Was habt ihr mit eurem Schäfer gemacht?" fragte sie ein Schaf, das sie mit einem freundlichen, aber leeren Blick bedachte.

Benjo lief suchend zwischen den Kiefern hindurch. Rachel folgte ihm. Sie hörten zuerst Blöken, dem merkwürdige Geräusche folgten, und dann das leise Schimpfen eines Mannes. „Es würde dir ganz recht geschehen, wenn du ersäufst, du halsstarriges Biest."

Rachel mußte sich auf die Lippen beißen, um bei dem Anblick, der sich ihnen bot, nicht zu lachen.

Ein dickes Schaf stand bis zum Bauch in einem Wasserloch mit zähem Schlamm, aus dem es nicht hinauskam. Das Schaf zitterte und beklagte sich laut blökend bei Johnny Cain, der vergeblich versuchte, es aus der unglücklichen Lage zu befreien.

Rachel dachte, er habe sie nicht bemerkt. Doch ohne den Kopf zu heben, rief er: „Wollen Sie dort oben bleiben, Mrs. Joder? Warum kommen Sie nicht herunter und wälzen sich mit uns anderen Sündern im Schlamm?"

„Ich glaube, ich bleibe hier oben, Mr. Cain!"

Benjo hingegen sprang begeistert in das schlammige Wasser, um zu helfen. Er packte das Schaf an der linken Seite und Johnny Cain rechts. Es gab ein lautes Geräusch wie bei einem Korken, der aus der Flasche gezogen wird. Schnaubend und blökend schüttelte das Schaf den Kopf und lief dann zu den anderen Tieren, als sei nichts geschehen.

Der Mann und der Junge stiegen schlammbedeckt aus dem Wasser. Johnny Cain wischte sich mit dem Hemdsärmel den Schmutz von den Lippen. Rachel trat zu ihm. Sie wischte ihm mit dem Schürzenzipfel die Schlammspritzer vom Gesicht. Dabei sah sie ihm in die Augen und lächelte.

Die drei kehrten wie eine glückliche Familie gemeinsam zur Lichtung zurück. Rachel musterte Cain verstohlen von der Seite. Er sah gut aus. Die Tage in der Sommersonne hatten der hellen Haut einen goldbraunen Ton verliehen. Ihre Blicke trafen sich.

„Wie haben Sie die ersten Tage auf der Sommerweide überstanden?" fragte sie.

„Hmm … Am vergangenen Dienstag habe ich angefangen, mit den Schafen zu reden, und am Freitag haben sie mir schon widersprochen."

Sie lachte, und beim Weitergehen fing sie beinahe an zu springen. Sie hätte den Arm unter seinen geschoben und sich an ihn gelehnt, sich beim Gehen enger an ihn gedrückt, wenn er ihr Mann gewesen wäre. Doch das war er nicht.

WÄHREND Johnny Cain und Benjo am Bach angelten, beschloß Rachel, die Zeit zu nutzen, um im Schäferkarren aufzuräumen. Die obere Hälfte der Tür stand offen, um Luft hineinzulassen. Sie stieg die schmalen Stufen hinauf und zog die untere Hälfte der Tür auf. Beim Quietschen der ungeölten Angeln zuckte sie unwillkürlich zusammen.

Es war sauberer, als sie erwartet hatte. Allerdings stand auf dem Herd eine wenig appetitliche Kaffeekanne. Sie klappte den Deckel zurück. Beim Anblick der teerähnlichen Brühe, die auf dem Boden schwappte, rümpfte sie die Nase. Sie packte die Vorratskiste aus, die sie von der Farm mitgebracht hatten. Ganz unten lag, in Papier eingeschlagen, ein Geschenk für Johnny Cain. Der gelbe satinierte Musselin schimmerte, als sie ihn aus dem Papier nahm.

Es war bereits eine Sünde gewesen, als sie den Musselin an jenem unvergeßlichen Tag in Miawa City gekauft hatte. Dann hatte sie noch etwas Sündiges getan: Sie hatte aus dem Stoff einen Vorhang mit Rüschen genäht.

Im Schäferkarren befand sich an der Seite mit dem Tisch ein Fenster. Die Öffnung war groß genug, um Licht hereinzulassen.

Sie kniete sich auf den Tisch und hängte den Vorhang an einem Stück Schnur über das Fenster. Sie war gerade fertig, als sie Schritte auf der Treppe hörte. Sie drehte sich um, trat an den Herd und gab sich den Anschein, mit der Kaffeekanne beschäftigt zu sein.

Sie wischte die Hände an der Schürze ab und schob eine Haarsträhne unter die Kappe. „Haben Sie etwas gefangen?"

„Eine ganze Menge Rotlachse." Sein Blick schweifte durch den Wagen, doch er sah sie nicht an. „Ich habe mir gedacht, Sie und Benjo könnten heute nacht das Bett haben", sagte er. „Ich habe die meisten Nächte draußen geschlafen."

„Ich habe eine Überraschung." Sie lächelte und glaubte zu schweben. Sie fühlte sich leichter als Luft. Sie liebte ihn. „Das habe ich für Sie gemacht." Sie drehte sich um und deutete auf den Vorhang. „Eine Kleinigkeit, aber ich finde den Stoff so hübsch." Sie drehte sich lächelnd um.

Aus seinem Gesicht wich alle Farbe. Kalt starrte er auf den Vorhang. Er machte auf dem Absatz kehrt und stapfte wortlos hinaus.

SIE MACHTE draußen auf der Wiese ein Feuer und schmorte den Lachs, den er und Benjo für das Abendessen geangelt hatten. Aber Cain kam nicht zum Essen. Als sie später am Abend mit ihrem Sohn in dem engen Bett lag und stumm ihre Gebete sprach, fiel ihr Blick auf das Fenster. Der Vorhang war verschwunden.

DER SCHREI des Pumas weckte sie.

Rachel setzte sich auf. Benjo bewegte sich im Schlaf, wurde aber nicht wach. Mit Hilfe eines brennenden Streichholzes fand sie ihre Schuhe und das Umschlagtuch. Aber sie wartete, bis sie vor der Tür des Karrens stand, bevor sie die Petroleumlaterne anzündete.

MacDuff stand steifbeinig vor dem Karren und knurrte. Ein paar Schafe liefen unruhig und leise blökend umher. Die Laterne brannte mit einem fahlen Lichtschein und warf lange Schatten. Sie betete, daß der Puma nicht Jagd auf die Schafe machen würde.

Johnny Cain, ihr Schutz und Trost, schien sie verlassen zu haben.

Die Schafe beruhigten sich. Doch Rachel ging nicht zurück ins Bett und zu ihren Träumen. Sie löschte die Laterne und stand in der tiefblauen Nacht.

Doch dann nahm sie aus den Augenwinkeln in der Nähe der großen Steine am anderen Ende der Lichtung eine Bewegung wahr. Cain trug seinen langen schwarzen Mantel. Sie starrten sich gegenseitig an, und die Luft zwischen ihnen knisterte.

Plötzlich kam er auf sie zu. Sein Mantel wehte dunkel und warf Schatten auf sie. Er hielt ein zerrissenes und zusammengeknülltes Stück von dem gelben Musselin in den Händen.

Sie wich einen Schritt zurück, und er blieb stehen. Er holte tief Luft. „Ich werde Ihnen nichts tun."

„Ich weiß, Johnny", flüsterte Rachel und schonte ihn mit einer Lüge. Denn er konnte ihr auf viele unterschiedliche Weisen weh tun.

Der gelbe Musselin fiel aus seinen Fäusten und sank zu Boden. „Dann verlaß mich nicht", sagte er.

Sie machte einen Schritt auf ihn zu und noch einen. Sie streckte die Hand nach ihm aus; seine Hand kam ihr entgegen. Er setzte sich an den Steinhügel, zog sie mit sich hinunter und drückte sie zwischen seine Beine. Sie lehnte sich mit dem Rücken an seine Brust und schlang die Arme über die angezogenen Knie.

Sein Atem schlug warm an ihren Nacken. „Ich hatte mir Schafe immer weiß vorgestellt. Aber sie sind grau", murmelte er und zog sie damit in seine Gedanken. „Sie haben die Farbe der Soße, die wir jeden Sonntagabend zusammen mit Zwieback zu essen bekamen."

„Dann war deine Familie arm?"

Seine Arme, die er locker um sie gelegt hatte, umfaßten sie etwas enger. „Im Osten von Texas gibt es ein Waisenhaus, dem man allerdings einen bemerkenswert langen Namen gegeben hat. Es ist das ‚Gesegnet-sind-die-Barmherzigen-Findlingsheim-für-Knaben'. Ein hoher schmiedeeiserner Zaun mit einem Tor macht es zu einer Art Gefängnis. Man hat mir gesagt, daß sie mich dort gefunden haben. Ich war wie ein ausgesetzter Hund mit einem Strick an das Tor gebunden."

Sie griff nach seiner Hand, seiner vernarbten und schönen Hand, und legte ihre Finger schützend darum wie um einen verletzten kleinen Vogel.

„Jedes Frühjahr gab es einen Tag, wo sie uns in die Kirche führten und zur ‚Adoption' freigaben." Sein Lachen klang, als zerreiße etwas. „Ach Rachel, wir waren so naiv! Wir schrubbten unsere Gesichter, wir machten die Haare naß und kämmten sie ordentlich zurück und setzten unser unschuldigstes Lächeln auf, denn jeder von uns hoffte, er werde ausgewählt. Aber wir wurden immer zurückgebracht, denn es bestand nie die Absicht einer Adoption. Das Waisenhaus vermietete uns an die Farmer in der Gegend für die Aussaat und die Ernte.

In dem Sommer, als ich zehn war, wurde ich an einen Mann namens Silas Cowper vermietet. Er züchtete Schweine. Er behauptete, er habe vor dem Krieg Sklaven gehabt. Er war davon überzeugt, ich sei sein Eigentum. Ich weiß nicht, ob jemals ein Sklave bei der Arbeit so hart herangenommen worden ist, wie er es bei mir versucht hat.

Bei der ersten Gelegenheit, die sich bot, bin ich ausgerissen, aber er hat mich ohne große Mühe wieder eingefangen – mit Hunden, die er für den Stierkampf abrichtete. Er hat mich zurückgeschleppt, mir Handschellen und Fußfesseln angelegt und mich in der Scheune an einen Pfosten neben den Haken gekettet, an dem die geschlachteten Schweine hingen."

Seine Stimme klang rauh und heiser, als werde er gewürgt. Sie spürte, wie er zitterte. „Cowper hat ein Schwein genommen, hat ihm den Haken durch den Nacken gestochen und es mit dem Flaschenzug hochgezogen. Er hat es in einen Bottich mit kochendheißem Wasser geworfen, damit er, wie er sagte, leichter die Borsten von der Haut schaben konnte. Er hat die ganze Zeit mit mir geredet, während er das tat. Er hat mir gesagt, ich gehöre ihm, und wenn ich noch einmal versuchen sollte davonzulaufen, würde er mit mir genau das tun, was er mit dem Schwein getan hat. Und ich habe ihm geglaubt."

Er atmete schwer. „Danach hat er mich Tag für Tag an diesen Pfosten in der Scheune angekettet, wenn ich nicht arbeiten mußte. Außerdem gab es die Züchtigungen, wenn er mich an den Schweinehaken hängte und mir den Rücken mit einer bleigespickten Schweinepeitsche blutig schlug. Ich habe beinahe ein ganzes Jahr gebraucht, um ein Kettenglied so weit durchzuscheuern, daß ich es zerreißen konnte."

Die Dunkelheit und die Stille der Nacht hüllten sie ein.

Seine Stimme klang ausdruckslos und kalt. „Ich habe mir gesagt, wenn ich nicht wie ein Schwein sterben will, dann muß ich dafür sorgen, daß Cowper mich nicht verfolgen kann. Vor meinem zweiten Fluchtversuch bin ich mit einer Mistgabel in sein Haus gegangen und habe sie ihm in den Leib gerammt – dreimal, um sicher zu sein, daß er wirklich tot war."

Rachel fühlte seine Hand an ihrem Mund und drückte die Lippen auf sein Handgelenk. Ein Junge. Er war noch ein Junge und kaum älter als ihr Benjo, als man ihm diese schrecklichen Dinge angetan hatte und er sich zu dieser furchtbaren Tat hatte hinreißen lassen.

Sie drehte sich um, und die Tränen liefen ihr über die Wangen.

„Nein ...", murmelte er. „Du sollst nicht meinetwegen weinen."

Sie senkte den Kopf. Ihre Tränen fielen auf den verwaschenen Stoff des Nachthemdes und machten ihn feucht. „Ich liebe dich."

Sie hörte, daß ihm der Atem stockte. „Nein ..., das sollst du auch nicht", sagte er.

„Dazu ist es zu spät."

Er hob den zerknitterten gelben Musselin hoch und hielt ihn vor sie hin, als wollte er ihr ein Geschenk machen. „Ich habe einmal eine Frau umgebracht", erzählte er, und wieder klang seine Stimme ausdruckslos, hart und kalt. „Es war ein Mädchen in einem Tanzlokal in einer Stadt, an dessen Namen ich mich nicht erinnere – ich wußte überhaupt nicht, wie es hieß."

Sie sah, wie sich die Hand mit dem Musselin zur Faust ballte, und ihr tat das Herz weh. „Erzähle mir nichts mehr, Johnny. Ich will nicht mehr wissen."

Er fuhr trotzdem fort: „Als ich am Morgen aus dem Mietstall gekommen bin, hörte ich, wie ein Mann meinen Namen rief. Ich kannte ihn nicht. Es war ein Revolverheld, der von mir gehört hatte. Es kam zu einem Schußwechsel. Es gab eine Menge Staub und Rauch. Durch den Rauch habe ich gesehen, wie sie aus dem Saloon rannte, in dem sie arbeitete. Ich habe sie gesehen, aber ich konnte nicht aufhören zu schießen. Verstehst du, das lernt man irgendwann. Man schießt, bis das Magazin leer ist. Eine meiner Kugeln hat sie in die Brust getroffen. Sie hatte ein Kleid aus dem gleichen glänzenden gelben Zeug wie das an."

Er öffnete die Faust und ließ den Musselin wieder fallen. „Ich bin hinübergegangen und habe auf sie hinuntergeblickt. Dann habe ich mich auf mein Pferd gesetzt und bin davongeritten. Ich habe gedacht, ich müßte etwas empfinden. Ich habe versucht, ein schlechtes Gewissen zu haben, aber in mir war nichts als Leere. Ich war schrecklich müde ..., mehr nicht!"

Seine Hand berührte ihre Wange, und er legte ihr den Daumen auf die Lippen, obwohl sie nichts gesagt hatte. „Ich habe Pech gehabt, Rachel. Aber ich weiß, ein besserer Mensch hätte aus seinem Leben etwas anderes gemacht ..."

Sie bewegte die Lippen unter seinen Fingern. „Wenn du mit aufrichtiger Reue vor den Herrn trittst, dann werden dir alle deine Sünden verziehen."

„Ich bin ein Mörder, Rachel. Ein Geschöpf, das tötet, weil es in seiner Natur liegt zu töten." Er verzog den Mund zu einem Lächeln. „Ich glaube nicht, daß dein Gott so viel verzeihen kann."

Sie nahm sein Gesicht in beide Hände. „Dann glaube an mich."

Doch in seinen Augen sah sie das Elend eines Menschen, der weiß, daß es auf dem dunklen Pfad, den er eingeschlagen hat, keine Umkehr gibt.

Sie konnte es nicht ertragen. Sie zog seinen Kopf an ihre Brust und strich ihm über die Haare, wie eine Mutter es getan hätte. Aber nicht lange. Er hob seinen Kopf, und sie glaubte, er werde sie küssen. Aber er flüsterte: „Willst du etwas für mich tun? Wirst du deine Haare lösen?"

Sie nahm die Kappe ab und ließ sie auf den Boden fallen. Sie zog eine Nadel nach der anderen aus den Haaren, und bald fielen sie wie ein dicker Umhang über ihre Schultern.

Er sah sie lange an. Mit bebenden Händen nahm er ihr Haar und hob es an sein Gesicht, als wolle er es trinken. „Du läßt mich jetzt besser allein", sagte er.

„Ich liebe dich", antwortete sie, „bald wirst du sehen, wie sehr ich dich liebe."

SIE FUHR nicht noch einmal auf den Berg. Moses Weber übernahm die Versorgung des Lagers. Und dann, an einem Tag im Juli, ging er hinauf, um die Herde zu übernehmen. Rachel hoffte, Johnny Cain würde zu ihr nach Hause kommen.

Sie schickte Benjo zur Farm ihres Vaters, damit er Sol half, den neuen Zaun zu streichen. Sie holte die Blechbadewanne hervor und erhitzte Wasser auf dem Herd. Sie wusch ihre Haare.

Am späten Nachmittag, als ihr ganzer Körper voll süßer Erwartung war, tauchte plötzlich Johnny Cain neben ihr auf. Nach einem halben Tag des Wartens hatte sie sein Kommen nicht einmal gehört.

„Du bist nach Hause gekommen", sagte sie außer Atem. „Ich war nicht sicher, daß du kommen würdest."

„Ist das mein Zuhause, Rachel?"

„Solange du willst."

Er lächelte sanft. Rachel sah ihm in die Augen. Sie liebte ihn über alles.

Er nahm sie auf die Arme und trug sie ins Schlafzimmer. Die Sonnenstrahlen, die durch die Pappeln vor dem Fenster fielen, warfen ein sanftes grünes Licht auf das große Eisenbett mit dem Quilt.

Vor dem Bett setzte er sie ab. Sie trat zurück, nahm die Kappe ab und legte sie behutsam an ihren Platz. Dann löste sie ihre Haare.

Er bewunderte sie, dann beobachtete sie ihn, als er die Hand zu dem Patronengurt sinken ließ und die Schnalle öffnete.

„Fühlst du es?" fragte sie. „Fühlst du, wie mein Herz schlägt?"

Sie sanken auf das Bett, auf die blauen und weißen Sterne des Quilts.

FANNIE WEBER lief auf dem Pfad durch den Wald, der ihre Farm von der Joder-Farm trennte. Die großen Äste der Kiefern und Lärchen über ihr hielten die Sonne ab. Fannie haßte den Wald. Er war zu dunkel.

Es war Noahs Idee gewesen, daß sie Rachel die Brombeeren

brachte. Sie wuchsen auf ihrer Seite des Bachs, und in diesem Sommer gab es sehr viel mehr, als sie essen oder einmachen konnten. „Es ist nur richtig", hatte Noah gesagt, „daß wir den Überfluß, den Gott uns beschert hat, mit anderen teilen."

Er hatte leicht reden. Er konnte seiner Rachel Brombeeren versprechen und es dann seiner Schwester Fannie überlassen, das Geschenk zu überbringen.

Fannie trat aus dem Wald an der Rückseite der Scheune. Sie ging über den Hof auf das Haus der Joders zu und betrat die Stufen der Veranda. Die Tür quietschte leicht, als Fannie schließlich eintrat. Bei Tag klopfte man nicht an, denn niemand tat etwas, für das er keine Zeugen wollte. Freunde und Nachbarn waren jederzeit willkommen.

Im Augenblick war die Küche allerdings leer, und das war Fannie nur recht. Rachel hätte sie zum Kaffee eingeladen, und Fannie klatschte gern. Deshalb wäre sie in Versuchung geraten zu bleiben, und dann hätte sie durch den dunklen Wald nach Hause rennen müssen, während die Sonne bereits hinter den hohen schwarzen Bergen versank. Da Rachel irgendwo auf der Farm arbeiten mußte, konnte sie den Eimer mit den Brombeeren einfach auf den Tisch stellen und wieder gehen.

Sie blieb lange genug auf der Schwelle stehen, um ihren Blick durch die Küche schweifen zu lassen und Rachels Haushaltsführung in Augenschein zu nehmen. Sie machte einen Schritt auf den Tisch zu, und das Haus stöhnte.

Sie dachte, es sei der Wind, bis sie das Stöhnen wieder hörte. Diesmal klang es tiefer. Noch ein Stöhnen. Es kam aus dem Schlafzimmer.

Sie ging leise durch die Küche zur Tür, die halb offen stand.

Was sie da sah, verschlug ihr den Atem. Sie drehte sich so heftig um, daß sie gegen die Wand stieß. Der Eimer fiel ihr aus der Hand, landete klappernd auf dem Boden. Sie achtete nicht auf die Brombeeren unter ihren Füßen, als sie aus dem Haus rannte.

NEUNZEHNTES KAPITEL

Rachel machte einen Bienenstich. Es war dumm, diese Arbeit nachts zu tun. Aber sie brauchte etwas, um ihren Kopf und die Hände zu beschäftigen, denn wenn die Hände nichts zu tun hatten, begannen sie zu zittern. Zu viele Gefühle stürmten auf sie ein, als daß sie klar denken konnte.

Sie fuhr mit dem Schaber um den Rand des Puddings und löste ihn von der flachen Schüssel. *Vater wird kommen. – Nein, es ist Aufgabe des Diakons, einen von uns zur Rede zu stellen, den man bei einer Sünde ertappt hat. Noah kann ich gegenübertreten. Es wird hart sein, aber Noah wäre mir lieber als Vater.* Sie schüttelte vorsichtig die Schüssel. *Irgendwann muß ich mich ihnen allen stellen, Vater, meinen Brüdern und Mutter, o die arme Mutter. Ich werde mich vor sie alle hinknien und sagen müssen, daß ich bereue. Aber was ist, wenn ich nicht bereue? Ich liebe ihn. Ich würde es wieder tun, ich werde es wieder tun ... Rachel, Rachel, was redest du da? Du überantwortest deine Seele der Hölle! ... Das ist mir egal. Nein, es ist mir nicht egal. Ich möchte, daß es mir egal wäre, aber das ist es nicht.*

Sie hielt die Schüssel mit dem Pudding über den Kuchenboden, um ihn darauf zu verteilen. Benjo und Johnny Cain waren draußen in der Scheune. Sie hatten spät mit dem Melken angefangen – wirklich spät, denn es war bereits kurz vor Mitternacht.

Ihre Hand zuckte leicht, als sie hörte, wie das Scheunentor zuschlug. Der Pudding glitt zu schnell aus der Schüssel. Plötzlich hörte sie einen lauten Angstschrei, der von Benjo kam. Der Pudding landete mit einem feuchten „Plopp" auf dem Fußboden.

Rachel lief zum Fenster. Sie legte die Hand an das Glas und spähte in den nachtschwarzen Hof hinaus. Aus dem offenen Scheunentor fiel Laternenlicht, und sie sah Schatten – die Schatten kämpfender Männer.

Sie rannte schnell durch die Tür auf die Scheune zu. Alle waren sie da – Noah und drei ihrer Brüder: Sol, Samuel und Abraham –, um mit geballten Fäusten und Zorn im Herzen Johnny Cain zu verprügeln, den sie mehr als jeden anderen Mann auf dieser Welt liebte.

Sie erreichte gerade das Scheunentor, um noch zu sehen, wie Sol mit geballter Kraft Johnny Cain einen Schlag versetzte, der ihm den Kopf nach oben riß und ihn gegen die Tür einer Box schleuderte.

Rachel stockte der Atem, als sie das Gesicht ihres Liebsten sah. Aus seinem Mund und aus einer Platzwunde sickerte Blut. Aber er wehrte sich nicht. Obwohl jetzt Samuel und Abraham sich abwechselten, stand er einfach mit herabhängenden Armen da und ließ sich von ihnen blutig schlagen.

„Hört auf!" schrie Rachel. „Hört sofort auf!"

Sol hörte nicht auf. Er versetzte Johnny Cain den nächsten Fausthieb ins Gesicht, dem ein Schlag in den Magen folgte. Johnny Cain krümmte sich, taumelte, stolperte über einen Sägebock und ging in die Knie. Noah hob den Fuß und trat Cain in den Rücken.

Rachel riß einen Heurechen von der Wand, rannte auf die Männer zu und schrie: „Hört auf, hört auf, hört auf!"

Aber Cain brachte die Männer dazu aufzuhören, als er Rachels Namen rief.

Sofort breitete sich eine tiefe Stille in der Scheune aus. Benjo drückte sich mit dem Rücken an die Tür einer Box. Er starrte fassungslos auf die Männer.

„Verschwindet von meiner Farm!" Sie hob den Heurechen. „Verschwindet und laßt mich und alles, was mein ist, in Ruhe!"

Johnny Cain war inzwischen wieder auf den Knien. Er fuhr sich mit dem Arm über die Nase, und der zerrissene Hemdsärmel glänzte blutig. Rachel beugte sich über ihn, voller Sehnsucht, ihn zu trösten und seine Schmerzen zu stillen.

Die Laterne zuckte, als Noah einen Schritt auf sie zu machte, die Hand nach ihr ausstreckte und mit zitternder Stimme sagte: „Rachel, bitte ..."

„Sprich nicht meinen Namen aus! Wage es nicht, meinen Namen in den Mund zu nehmen!"

Samuel wies mit dem Finger auf Johnny Cain, der immer noch im Stroh kniete. „Dein Name ist nichts mehr wert, nachdem er dich zu seiner Hure gemacht hat."

„Nimm deine schmutzigen Worte zurück, Samuel!"

„Nein!"

Er ging an ihr vorbei durch das Scheunentor, als könne er nicht schnell genug wegkommen. Abraham folgte ihm und sagte beim Hinausgehen: „,Welche aber in Wollüsten lebt, die ist lebendig tot.'"

„Und was ist mit euren Sünden, Abraham und Samuel?" rief sie hinter ihnen her. „Auch auf euch wartet das Jüngste Gericht!"

Sie wandte sich ihrem Bruder Sol zu, der dastand, als trage er eine zu schwere Last, um sich bewegen zu können. Die Knöchel seiner rechten Hand waren geschwollen.

„Sol", sagte sie und erstickte beinahe an seinem Namen. „Wie konntest du dich an so etwas beteiligen?"

Sol hob den Kopf. „Wenn wir das Unkraut ausrotten wollen, müssen wir es mit der Wurzel ausreißen", murmelte er und verließ die Scheune.

Von all diesen frommen Männern war nur Noah, der sie angeblich liebte, noch geblieben. Es tat ihr weh, ihn anzusehen. Deshalb richtete sie ihren Blick auf die Laterne in seiner Hand. „Du verläßt auf der Stelle meine Farm, Noah! Und du wirst keinen Fuß mehr über meine Schwelle setzen."

„Er wollte dich haben, und er hat dich genommen", erwiderte Noah. Seine Stimme war tonlos. „Er hat dich genommen, und du hast es zugelassen."

„Und das rechtfertigt eure brutale Gewalt? Wie ihr mit Fäusten auf einen Mann einschlagt, und das mit Rachegefühlen im Herzen? Das ist nicht nach unserem Glauben!"

Er hob hilflos die Hände und wankte auf sie zu. Sie sah Tränen auf seinen Wangen und in seinem Bart. „Erinnerst du dich an die Nacht, Rachel, an die Nacht, in der meine Gertie gestorben ist? Du hast gesagt, ich bin dir lieb und teuer. Das waren deine Worte, Rachel. Du hast mich glauben lassen, wenn es Ben nicht gegeben hätte, wärst du in dieser Nacht zu mir gekommen und wärst mein geworden. Und jetzt..."

„Und jetzt hast du mir das Herz aus dem Leib gerissen, Noah, ich will dich nie mehr sehen."

Er ließ die Arme sinken, und in diesem Augenblick schien etwas, an das er sich geklammert hatte, in sich zusammenzufallen. Er schlurfte durch das Stroh zum Tor. Dort blieb er stehen, und sie sah, welche Anstrengung es ihn kostete, sich aufzurichten und sich noch einmal umzudrehen.

„Und er, Rachel? Ein Außenseiter und ein Mörder? Was kann er dir bieten außer Elend und ewiger Verdammnis?"

ER SASS auf einem Stuhl in der Küche und sagte kein Wort, während sie seine Wunden behandelte – Hahnenfußsalbe für die Platzwunden und Holunderaufguß für das geschwollene Auge. Dabei sang sie Mutter Anna Marias Gebete, obwohl sie wußte, daß ihr Glaube nie mehr stark genug zum Heilen sein würde.

Behutsam zog sie das zerrissene und blutbeschmierte Hemd über seinen Kopf. Ihr Blick fiel auf seinen Bauch, wo er einen blauen Fleck hatte. „Benjo", sagte sie langsam. Ihr Sohn stand am Küchenherd. Er hatte den Blick nicht einen Moment von Johnny Cain gewandt. Er sprang auf, als sie ihn beim Namen rief.

„Benjo, geh hinaus und bring die Scheune wieder in Ordnung." Sie wies auf die Tür. „Geh!"

Benjo stapfte protestierend aus der Küche.

Rachel sank vor Johnny Cain auf die Knie und schlang die Arme um ihn. Dann drückte sie ihren Mund auf den blauen Fleck.

Er legte ihr die Hand auf den Kopf und zerknitterte dabei die Kappe. „Ach, Rachel ..., Liebling, ich habe schon schlimmere Prügel überlebt!"

„Ich kenne dich, Johnny Cain!" sagte sie laut, und die Worte vibrierten an seinen gespannten Bauchmuskeln. „Ich kenne dich, und deshalb liebe ich dich."

Der Griff seiner Hand auf ihrer Kappe wurde fester. „Rachel, was ist mit deinem Bruder Roman geschehen?"

Sie hob den Kopf. Er blickte mit leeren Augen auf sie hinunter, aber sie sah, wie schnell der Puls an seinem Hals schlug. „Dein besonderer Freund und guter Nachbar, der fromme Diakon Noah, hat gesagt, ich soll dich fragen, was mit ihm geschehen ist."

„Ich habe es dir gesagt. Er wurde aus der Gemeinde ausgeschlossen, von der Familie gemieden und ist gestorben."

„Wie ist er gestorben?"

Sie ließ den Kopf sinken und starrte auf den Boden.

„Wie ist er gestorben, Rachel?" fragte Johnny Cain noch einmal.

„Er hat sich mit einem Strick in der Scheune unseres Vaters erhängt."

Er bewegte sich nicht und gab auch keinen Laut von sich, doch sie spürte, wie sich etwas in ihm veränderte. Sie blickte in seine Augen.

„Was ist?" rief sie ängstlich. „Was ist los?"

Er beugte sich vor und nahm ihr Gesicht zwischen die Hände. „Bevor deine Brüder anfingen, mich halb totzuschlagen, habe ich ihnen gesagt, daß ich dich heiraten werde."

„Oh!" sagte sie. Sie hatte nie geglaubt, daß er ihr jemals einen Heiratsantrag machen würde. Sie glaubte, ihn zu lieben. Aber heiraten? Tränen stiegen ihr in die Augen. Sie legte ihre Hand auf seine Hand und hielt sie fest.

„Werde meine Frau, Rachel."

Sie schüttelte den Kopf, und die Tränen fielen auf den Boden. „Ich liebe dich, Johnny. Ich werde dich immer lieben. Aber eine Frau aus der Gemeinschaft muß einen Mann aus der Gemeinde heiraten, sonst ist sie verloren und wird für immer von ihrer Familie und ihren Freunden gemieden."

Er beugte sich tiefer und berührte beinahe ehrfürchtig ihren Mund mit seinen Lippen. Er wollte sich wieder aufrichten, aber sie legte ihm die Arme um den Hals und hielt ihn fest. Sie legte den Kopf an seine Schulter.

Sie wußte nicht, wie lange sie so verharrten. Sie löste sich behutsam aus seinem Griff. Er sollte nicht merken, wie sie zitterte. „Unverheiratet bei einem Mann zu liegen ist eine schwere Sünde", sagte sie ruhig und sachlich, „aber das Vergehen kann vergeben werden."

„Was mußt du tun, damit dir vergeben wird?"

„Ich werde vor der ganzen Gemeinde knien und meine Sünde beichten. Ich werde darum bitten, losgesprochen zu werden, und dann werde ich geloben, diese Sünde nie wieder zu begehen."

„Und?"

Eisige Kälte stieg in ihr auf. „Du wirst von hier weggehen und nie mehr zurückkommen."

Er stand schweigend vor ihr. Seine Augen und sein Gesicht waren schwarz und leer wie die Dunkelheit jenseits des Laternenscheins. Nichts an ihm verriet ihr, daß er litt. Aber sie wußte es. Sie wollte ihn in den Armen halten, ihn fest an sich drücken, um seine Qualen zu lindern, aber sie wagte es nicht.

AM NÄCHSTEN Sonntag morgen ging sie zu ihm.

Er war in der Scheune. Auf seinem Schenkel lag der linke Hinterhuf seiner hübschen kleinen Stute. Er kratzte mit dem Hufkratzer die festgebackene Erde und den Mist heraus. Doch er stand auf, als er sie sah.

Er war nicht mehr wie einer aus der Gemeinschaft gekleidet. Er trug ein weißes Hemd mit einem gestärkten Leinenkragen und eine Weste in der Farbe von Rhabarberwein, die glänzende Jettknöpfe hatte. Die Hose war schwarz mit einem feinen grauen Streifen. Er sah elegant aus, überhaupt nicht wie ein Schafzüchter.

Sie streichelte die samtige Schnauze des Pferdes. Ihre Kehle war wie zugeschnürt. Sie wollte ihm so vieles sagen. „Es geschieht heute morgen beim Gottesdienst", stieß sie hervor. „Ich werde beichten und bereuen. Wirst du mich zum Gottesdienst bringen und mir versprechen, nicht zu gehen, bevor es vorbei ist?"

Er stieß einen rauhen, erstickten Laut aus. „Mein Gott, Rachel! Glaubst du wirklich, ich sei aus Stein?"

Du bist aus allem, was gut und erschreckend ist, aus allem, was sündig und schön ist, dachte sie. Sie versuchte zu lächeln, aber sie spürte, daß ihr Lächeln falsch war.

„Bitte, Johnny! Ich muß dich bei mir haben!" Sie wich einen Schritt zurück und dann noch einen. Sie drehte sich um und ging auf das offene Scheunentor zu.

„Hältst du es wirklich für eine Sünde, Rachel, daß wir uns geliebt haben?"

Sie erwiderte nichts, denn sie wußte darauf keine Antwort.

Die Sonne war eine Scheibe aus geschmolzenem Kupfer. Der blaue Himmel wirkte fern und unnahbar. Der Wind fuhr durch das fahle Gras. Er hob den breiten schwarzen Rand von Rachels Gebetshaube.

Diesmal saßen nur sie und Johnny Cain auf dem Wagen. Ihr Bruder Sol war gekommen, um sie mit seinem Wagen zum Gottesdienst zu bringen. Aber sie hatte ihm die bärtige Wange getätschelt und Benjo mit ihm zurückgeschickt. Rachel fand es furchtbar, daß ihr Sohn Zeuge ihrer Schande sein mußte, wenn sie ihre Sünden, den Stolz und die Unzucht gestehen würde. Und sie zitterte bei dem Gedanken, was vorher sein würde – der lange Weg vorbei an den Bankreihen stummer Menschen, der Gang durch das Meer schwarzer und weißer Gebetshauben und schwarzer Hüte. Die langen Minuten, wenn sie knien und warten würde und die Zeit immer langsamer verging, aber diesmal nicht süß, sondern bitter.

Das alte Pferd trottete vorwärts. Johnny Cains gesatteltes und gestriegeltes Pferd war hinten am Wagen angebunden.

Ich muß es tun. Ich muß. Für meinen Sohn und meine Familie. Ich muß es tun, sonst ist für mich am Tisch kein Platz mehr.

Sie sah ihn an, doch er hielt den Blick auf die Straße gerichtet.

Ich kann mich nicht von allem lösen wie du, Johnny. Ich kann nicht mit dir draußen in der Welt leben. Sie war wie der Ast mit einem Baum fest verbunden gewesen mit der Gemeinde, ihrer Familie und Gott. Wenn sie sich von dem Stamm löste, würde sie sterben.

Sie glaubte, dieser Augenblick habe auf sie gewartet wie eine Prophezeiung. Alles hatte an dem Tag begonnen, als er über ihre Wiese getaumelt war, und alles endete damit, daß sie wählen mußte zwischen ihrer Familie und Gott und ihrer Liebe zu Johnny Cain.

Ich muß es tun. Ich muß.

An diesem Sonntag fand der Gottesdienst in der Scheune von Noah Weber statt. Alle waren bereits auf ihren Plätzen und warteten auf sie.

Johnny Cain hielt den Wagen an.

„Wenn du das Singen hörst ...", sagte Rachel. Ihr war, als hätte sie Fieber, „dann weißt du, daß es vorüber ist. Dann kannst du gehen."

Sie sah, wie er die Faust um die Zügel ballte. „Rachel, ich ..., verdammt, verdammt! Wenn dein Gott das von dir verlangt, dann will ich niemals etwas von ihm wissen."

„O nein, nein. Das darfst du nicht sagen, das darfst du nicht denken. Wende dich nicht meinetwegen von Gott ab. Bitte!"

Er schlang die Zügel um die Bremskurbel und sprang vom Wagen.

Sie machte Anstalten hinunterzusteigen, aber plötzlich war er da, um sie zu stützen. Es war ein Vorwand, um sie ein letztes Mal zu berühren.

„Rachel." Diesmal war es die Stimme ihres Vaters. Bei dem Klang drehte sie sich um. Sie ließ Johnny Cain stehen und kehrte in ihr gläubiges Leben zurück.

Jesaia Miller stand in seinem frisch gebürsteten Sonntagsrock vor ihr. In seinen Augen lag das ganze Leid, das sie ihm verursacht hatte. „Du söhnst dich wieder mit der Gemeinde aus, ja, Rachel? Du wirst dich aussöhnen."

Es gelang ihr zu nicken. Das schien ihm zu genügen.

Sie gingen zusammen auf die Scheune zu. Rachel wollte sich umdrehen, sich nach Johnny Cain umsehen. Doch sie fürchtete, wenn sie das täte, könnte sie keinen Schritt weiter auf ein Leben ohne ihn zugehen.

„Vater", sagte sie, „es ist zu schwer. Ich glaube, ich kann es nicht ertragen."

Er legte den Arm um ihre Schulter. „Du wirst dich besser fühlen, wenn du wieder in Rechtschaffenheit wandelst."

Er blieb stehen und hielt sie einen Augenblick fest. Sie wünschte sich, er würde sie ewig so halten.

DIE TRÄNEN rannen Bischof Miller über die Wangen und in den Bart. Er verlas mit zittriger Stimme das Gleichnis vom verlorenen Sohn und das vom treuen Hirten und seinem verlorenen Schaf.

Rachel kniete auf dem mit Stroh bestreuten Boden im Angesicht des Herrn, im Angesicht ihrer Familie, ihrer Freunde und ihres ganzen Lebens. Sie versuchte, auf die heiligen Worte zu hören, und sie gelobte sich, die Prüfung voll Demut, mit freudiger Selbstaufgabe und mit Hoffnung im Herzen zu ertragen. Doch ihre Gedanken wanderten unbeeindruckt weiter, und in ihrem Herzen befand sich eine hallende Leere.

„Rachel Joder, wenn du glaubst, mit Reue im Herzen vor den Allerhöchsten treten zu können, dann beichte jetzt deine Sünden, und sie sollen dir vergeben werden."

Ein Strohhalm stach ihr ins Knie. Die Stille war bedeutungsschwer und feierlich. „Ich gestehe, daß ich mich vom Weg des Herrn entfernt habe. Ich habe den Fremden Johnny Cain in meinem Haus aufgenommen und ihn zu einem Teil meiner Familie gemacht. Ich habe zugelassen, daß ich und mein Sohn von seinen weltlichen Sitten und seinem verderblichen Einfluß berührt wurden."

Er hatte auf der Farm schwer gearbeitet und gut mit Benjo umgehen können. Er war nicht so hart, wie es den Anschein hatte.

„Ich gestehe, mit dem Fremden in die Sünde der Unzucht gefallen zu sein."

Sein Mund hatte immer so hart gewirkt. Es war eine Überraschung gewesen, als sie ihn geküßt und dabei festgestellt hatte, daß seine Lippen weich und warm waren.

„Ich gestehe die Sünde des Stolzes. Ich war so überheblich zu glauben, ich könnte die Seele des Fremden retten, obwohl nur Gott das ewige Leben schenken kann."

Er hatte kaltblütig gemordet. Wenn sie zu der Gemeinde zurückfand, würde er zu seinem alten Leben zurückkehren. Irgendwann würde er blutend im Sägemehl eines Saloons sterben ...

„Ich gestehe ... Ich gestehe ..." Das Sonnenlicht, das durch das offene Tor fiel, blendete sie.

Sie sah alles nur noch verschwommen und mit weißen Rändern. Sie hörte jemanden weinen und das Scharren von Füßen. Dann hörte sie nur noch ihr Herz schlagen.

Ich muß es tun.

„Ich gestehe", sagte sie mit lauter und fester Stimme, „daß ich den Fremden Johnny Cain liebe. Ihr sagt, er ist ein Fremder, und deshalb darf ich ihn nicht lieben. Aber mein Herz widerspricht. Meine Liebe für ihn hört nicht auf. Sie dauert an und wird nie enden." Sie versuchte, Luft zu holen. „Ihr sagt, er ist ein Fremder. Aber ich denke: Wenn Gott alle seine Geschöpfe liebt, selbst die Ungläubigen, wie kann er dann von mir verlangen, daß ich die Liebe verleugne, die ich für diesen Mann empfinde?"

Ihr Vater sagte etwas hinter ihr. Es war ein rauhes, verzweifeltes Flüstern. Sol hatte den Kopf in den Händen vergraben, Noah preßte die Faust an den Mund. Ihrer Mutter rannen die Tränen über das Gesicht.

„Ich weiß, was ich tun muß", sagte sie und hob den Blick zu dem blendenden, schwindelerregenden, erschreckend weißen Sonnenlicht hinter dem Tor. „Ich habe in meinem Herzen den Kummer über das, was ich getan habe, gesucht, die Scham, die ich empfinden muß, aber ich habe sie nicht gefunden. Es tut mir leid, so leid..., Mama..., Vater, meine..., meine Brüder und Schwestern in Christus, es tut mir so leid. Aber mein Herz ist zu voll von der Liebe zu ihm."

Der erste Schritt war der schwerste. Dann rannte sie.

SIE SAH ihn zuerst nicht und hatte Angst, er könnte bereits gegangen sein. Aber er saß mit dem Rücken an einen Baumstamm gelehnt. Als er sie sah, stand er langsam auf.

Sie stieß einen Freudenschrei aus und lief auf ihn zu. Dann lag sie in seinen Armen.

Er nahm ihr Gesicht zärtlich zwischen die Hände und hob ihren Kopf, bis sie ihn ansah. „Werde meine Frau", sagte er.

Durch das offene Scheunentor drang das tiefe und gemessene Totengeläut des ersten Liedes.

„Mama!" Benjo tauchte im Sonnenlicht auf. Er rannte und hielt mit der Hand den Hut fest. „Mama! Warte!" Benjo warf sich an sie, und sie hielt ihn fest.

Sie blickte Johnny an. „Ich möchte nach Hause. Bitte bring uns nach Hause."

DER PREDIGER würde erst in einem Monat wieder nach Miawa City kommen. Deshalb fuhren sie in das Reservat der Schwarzfußindianer, um sich von dem Missionar dort trauen zu lassen. Rachel und Johnny Cain standen in der kleinen Kirche aus behauenen Baumstämmen und sprachen die Gelübde, die sie zu Mann und Frau machten.

Sie hatte nicht verhindern können, daß sie daran dachte, wie sehr sich das alles von ihrer Hochzeit mit Ben unterschied, als ihr Vater seine Hände über ihre verschlungenen Hände gelegt und seinen Segen gesprochen hatte.

Diesmal erhielt sie einen anderen Segen. Doch die Gelübde waren dieselben – damals und jetzt. Und beide Male war es dasselbe – damals und jetzt hatten Mann und Frau sich voller Liebe einander hingegeben.

NOAH stand auf der Veranda und blickte auf die Tür. Er holte tief Luft. Er mußte seine Pflicht als Diakon erfüllen. Er würde ein letztes Mal mit ihr sprechen. Danach würde ihr Name nie mehr über seine Lippen kommen.

Er mußte zweimal klopfen, und als sie die Tür öffnete, stockte ihm der Atem.

Sie trug keine Schürze und kein Schultertuch. Das Kleid war am Hals nicht zugesteckt. Die Haare fielen ihr wie eine seidige Decke über die Schultern bis zu den Armen und umgaben ihre Hüften mit Locken. Er schluckte schwer.

„Noah!" Der Name kam als ein Flüstern über ihre Lippen und war schwer von Trauer.

Er richtete sich auf. „Rachel Joder, du bist von allen Gläubigen der Gemeinde Gottes mit dem Bann belegt worden. Wir alle werden, wie das Wort Gottes es verlangt, dich ächten und uns von dir fernhalten, bis du bereust. Wir werden uns nicht mit dir an einen Tisch setzen oder mit dir sprechen. Dein Name wird nie mehr über unsere Lippen kommen, von diesem Augenblick an bis zu dem Zeitpunkt, an dem du bereust. Und wenn du nicht bereust, dann bist du für uns bereits jetzt gestorben."

Er sah, wie ihre Augen feucht von unvergossenen Tränen wurden. Aber sie schaute ihn fest und entschlossen an. „Du hast deine Pflicht getan, Diakon, und ich habe mir deine Worte zu Herzen genommen. Aber ... ich werde niemals bereuen."

Johnny Cain war aus dem dunklen Schatten der Küche heraus hinter Rachel getreten. Noah sah sofort, daß der Mann nicht wie so oft unbekümmert lächelte.

„Ich weiß nicht, warum Sie das getan haben", murmelte Noah. „Sie haben eine gläubige Frau von ihrer Familie, ihrem Leben, ihrem Gott weggelockt – und wozu? Wenn Sie überhaupt etwas für Rachel empfinden, warum haben Sie sich dann dafür entschieden, der Grund für ihre Verdammnis zu werden?"

Johnny Cain legte seine Hand auf Rachels Schulter. „Sie ist nicht verdammt. Kein Gott, der es wert ist, daß man ihn verehrt, kein Himmel, der es lohnt, daß man nach ihm strebt, würde sie jemals verdammen."

Noah schüttelte den Kopf. Es gab nur einen Weg zur Rettung – den gewundenen und schmalen Pfad.

„Noah?" Rachel weinte. Aber es waren nur ein paar Tränen, die sie nicht hatte zurückhalten können. „Wirst du meiner Familie sagen, daß ich sie immer noch alle sehr liebe und daß es mir leid tut?"

Noah öffnete den Mund, um etwas zu erwidern, brachte aber kein Wort hervor.

Er hätte sie daran erinnern sollen, daß er nicht länger ihren Namen aussprechen durfte. Es war seine Pflicht als Diakon. Aber er liebte sie immer noch.

Deshalb schluckte er nur, nickte und schleppte sich von der Veranda in Richtung der Scheune und des Waldes, der ihre Farm von seiner trennte.

ZWANZIGSTES KAPITEL

Für Rachel war der Sommer schön und schwierig.

Das Leben mit ihm war anders und überstieg bei weitem alles, was sie sich hätte vorstellen können. Wenn er morgens am Tisch saß, staunte sie und konnte einfach nicht glauben, daß er ihr Mann war. Manchmal legte er plötzlich seine Arme liebevoll und aufmunternd um sie. Dann wieder hörte sie ihn singen, und ehe sie recht wußte, was mit ihr geschah, tanzte sie ausgelassen und übermütig mit ihm.

Durch die Heirat mit einem der *anderen* war sie eine *Englische* geworden. Aber so fühlte sie sich nicht. Sie trug allerdings nicht mehr die Gebetskappe. Nicht weil er es verlangt hätte, sondern weil für sie die Kappe ein Symbol dafür war, was sie einmal gewesen war und nie mehr sein würde.

Ansonsten kleidete sie sich wie immer, denn ihrem Wesen nach war sie noch in vielen Dingen der Gemeinschaft verhaftet. Doch irgendwie blieb das bohrende Gefühl, daß ihr etwas fehlte. Sie schien weniger sie selbst zu sein, so als habe man ihr ein Bein oder einen Arm abgetrennt.

Es gab auch Momente, in denen sie Benjo ansah und die Angst sie bedrückte, weil sie wußte, welches Leid sie über sich und ihren Sohn gebracht hatte. Denn sie wurde geächtet, Benjo jedoch nicht. Er hatte noch seine Verwandten und seine Kirche, und Rachel sorgte dafür, daß es auch so blieb. Sie schickte ihn jeden zweiten Sonntag zum Gottesdienst. Er sollte oft die Farmen seiner Verwandten besuchen. Er würde an ihrem Tisch essen. Und eines Tages würde er in einer Scheune knien und die traditionellen Worte sprechen: „Es ist mein Wunsch, mit Gott und der Gemeinde in Frieden zu leben." Von diesem Augenblick an mußte er sie, seine Mutter, ächten, und er war für sie verloren. Doch wenn Benjo sich nicht für die Gemeinde entschied, wenn er wie sie in der Welt lebte, dann würde er für Gott verloren sein. So wie sie für Gott verloren war.

AM ERSTEN Sonntag nach dem Gottesdienst, bei dem sie aus der Gemeinde ausgestoßen worden war, war Rachel abends, nachdem es dunkel geworden war, sie das Geschirr abgewaschen und Benjo ins Bett geschickt hatte, allein hinaus zu den alten Weiden gegangen. Sie hatte am Zaun gestanden, dem Zirpen der Grillen, dem sanften Murmeln des Baches, dem leisen Rauschen des Windes gelauscht und ihr

Herz der Musik geöffnet. Doch die Musik war nicht gekommen. Sie hatte das Gesicht in den Armen vergraben und geschluchzt.

Sie hatte erst bemerkt, daß er gekommen war, als er sie in die Arme genommen hatte. Dann hatte er sie zum Haus zurückgeführt und sich dort neben ihr auf dem Bett ausgestreckt.

„Die Musik ist verschwunden", hatte sie gesagt.

„Sie wird wiederkommen."

„Nein, die Musik kann nicht wiederkommen. Die Musik war Gott."

AN EINEM Nachmittag saß sie mit dem Butterfaß zwischen den Knien auf der Veranda und drehte die Kurbel, als sie eine Frau aus der Gemeinschaft auf der Straße sah.

Rachels Bewegungen wurden langsamer. Lange bevor die Frau auf den Hof kam, wußte Rachel, daß es ihre Mutter war. Sie wollte sich nicht vorstellen, welch schrecklicher Vorfall sich in ihrer Familie ereignet haben mußte, damit ihre Mutter hierherkam. Bestimmt ein Todesfall – etwas anderes würde Sadie Miller nicht dazu bringen, den Bann zu brechen.

Sadie Miller blieb vor den Stufen stehen. Die gebleichte und gestärkte Gebetskappe leuchtete weiß in der Sonne.

„Mama, warum bist du hier? Du hättest nicht kommen sollen. Wenn dich jemand sieht, wenn man erfährt, daß du mit mir redest ..."

Rachels Mutter hob den Kopf. „Ich werde nicht mehr kommen", erwiderte sie. „Aber dieses eine Mal mußte ich mich mit eigenen Augen davon überzeugen, wie es dir geht."

Rachel tat das Herz weh. „An manchen Tagen ist es schwer für mich. Aber ich bin glücklich", sagte sie zu ihrer Mutter. Es war ein gutes Gefühl, die Wahrheit auszusprechen. „Ich liebe ihn, Mama. Er bedeutet mir alles."

„Du mußt eine wunderbare und schmerzliche Liebe für ihn empfinden. Schmerzlich, weil du alles aufgegeben hast, um ihn zu haben. Und wunderbar, weil du glaubst, er ist das Opfer wert." Ihre Mutter schien mit ihren widersprüchlichen Gefühlen zu kämpfen. „Ich weiß nicht, ob Gott immer klug ist", sagte sie schließlich. „Ich meine, in der Art und Weise, wie er uns alle miteinander verbindet. Ich war mit Sicherheit nicht die richtige Mutter für dich."

„O Mama!"

„Du regst dich immer sofort auf! Du läßt mich nicht einmal ausreden. Ich habe nie verstanden, wie es geschehen konnte, daß ich deine Mutter bin. Du warst immer so stark und von Anfang an vollkommen.

Wie ein Kirchenlied, das immer auf dieselbe bestimmte Weise gesungen wird, hast du immer gewußt, wohin du gehen und wie du sein wolltest."

„Das hat sich schon lange geändert", erwiderte Rachel.

„Du wirst deine Entschlossenheit und Kraft wiederfinden. Du bist stark, meine Tochter!"

Meine Tochter ... Rachel war nicht bewußt gewesen, wie sehr sie darauf gehofft hatte, diese Worte zu hören. Sie waren zugleich süß und schmerzvoll, weil sie wußte, daß sie sie nie wieder hören würde. Ihre Augen füllten sich mit Tränen. Sie ging die Stufen hinunter und sank ihrer Mutter in die Arme. Es war eine unbeholfene Umarmung. Sie fühlten sich dabei ein wenig schüchtern und kamen sich irgendwie komisch vor. Deshalb konnten sie sich danach auch nicht ansehen.

Rachels Mutter wischte sich mit dem Schürzenzipfel die Augen. „Ich habe es Roman nicht gesagt. Und das habe ich wirklich bedauert. Deshalb werde ich nicht von hier weggehen, ohne es dir gesagt zu haben." Sie ließ die Schürze sinken und blickte ihrer Tochter ins Gesicht, als präge sie es sich ein, damit sie es in der Erinnerung immer wieder ansehen konnte. „Hör zu, meine Rachel. Du bist für uns nicht gestorben, nicht für deinen Vater, nicht für deine Brüder und nicht für mich, ganz gleich, wie wir uns dir gegenüber verhalten müssen. Du bist immer in unseren Herzen bei uns."

Rachel sah ihrer Mutter nach, die sich auf der Stelle umgedreht hatte und ging.

QUINTEN HUNTER stand auf der Veranda des großen Hauses. Was er an diesem Tag sah, verursachte ihm Schmerzen. Das Präriegras war braun, und die Hänge der Hügel waren grau. Wolken hingen über den Bergen, aber sie brachten keinen Regen.

Er ging ins Haus zurück und machte sich auf die Suche nach seinem Vater. Als er sich dem Arbeitszimmer des Barons näherte, hörte er ihn schimpfen. „... diese höllische Trockenheit! Die Sonne ist mein Ruin."

Quinten klopfte an und ging hinein.

Der Baron saß in seinem braunen Lederdrehsessel hinter dem großen schwarzen Nußbaumschreibtisch. Er hatte die staubigen Stiefel auf den Schreibtisch gelegt, weil er wußte, wie sehr er damit seine vornehme Frau reizte.

Ailsa trug ein elegantes braunes Seidenkleid und saß in einem Schaukelstuhl. Sie wirkte nicht verärgert, sondern war wie immer nur unnahbar.

„Ah, da bist du ja, Quin, mein Junge", sagte sein Vater und machte mit der Zigarre eine weit ausholende Geste der Begrüßung. „Ich habe deiner Mutter gerade gesagt, daß wir in letzter Zeit Pech gehabt haben."

Der Baron hatte seine Frau wieder einmal als die „Mutter" seines Bastards bezeichnet – Quinten glaubte, daß sie das wahrscheinlich am meisten haßte, auch wenn man das hinter ihrem kalten, abgewandten Gesicht nicht vermutete.

„Wenn die Rinderpreise nicht steigen, lohnt es sich für uns nicht, unsere Rinder in diesem Jahr auf den Markt zu bringen", erklärte sein Vater. „Hast du gehört, was die verdammten Gemeinschaftler für ihre Wolle bekommen haben? Das Tal gehört allmählich den Schafen, und diese frommen Nichtskönner werden davon auch noch reich."

„Und wenn schon?" Nach dieser Bemerkung Ailsas herrschte völlige Stille im Raum. Quinten hörte das Ticken der Uhr an der Wand.

Der Baron nahm die Stiefel vom Schreibtisch.

„Ich will dir sagen, was ich weiß. Das Tal hat uns gehört, und ich werde dafür sorgen, daß es uns wieder gehört." Mit der Zigarre wies er auf einen Stapel leerer Säcke, die neben seinem Schreibtisch lagen. Quinten hatte sie bisher nicht bemerkt.

„Heute nacht", sagte sein Vater, „werden wir den Gemeinschaftlern einen solchen Schlag versetzen, daß sie endgültig verschwinden ..."

Quinten fühlte sich krank und hatte Angst. „Wenn du sie vertreibst, steigen nicht die Rinderpreise, und es wird auch nicht regnen", erwiderte Quinten, obwohl er wußte, daß es wenig nützen würde.

Sein Vater hob einen der Säcke hoch und schüttelte ihn vor Quintens Gesicht. „Niemand schenkt dir das Leben, mein Junge! Du mußt es dir verdienen. Wenn du diese Ranch haben willst, dann ist es Zeit, daß du lernst, darum zu kämpfen."

„Johnny Cain hat diese Witwe geheiratet, für die er gearbeitet hat. Ihre Farm gehört jetzt ihm. Er hat sich immer auf seinen Revolver verlassen. Er wird nicht davonlaufen."

„Johnny Cain ist in dieser Gegend vielleicht mehr gefürchtet als der Allmächtige, aber er ist auch nur ein Mensch, und so ein Mann wird im Staub zertreten, bis von ihm oder seinem verdammten Revolver nichts mehr übrig ist."

„Ich will nichts damit zu tun haben", erklärte Quinten.

„Du wirst etwas damit zu tun haben, oder du bekommst nichts von meiner Farm."

Quinten nickte. Er wußte mit Gewißheit, daß das, was sie tun wollten, nicht nur unrecht war, sondern Folgen haben würde ..., vielleicht sogar tödliche Folgen.

EINUNDZWANZIGSTES KAPITEL

Ein Kojote heulte ein letztes Mal in die dunkler werdende Nacht. Benjo lief ein kalter Schauer über den Rücken. Er hob den Kopf, um zu sehen, ob Moses es auch gehört hatte. Aber der war damit beschäftigt, das Waldhuhn zu wenden, das an einem Stock über dem Feuer briet, während er gleichzeitig mit dem Hut den Rauch vertrieb.

Die Herde drängte sich zusammen; die Mutterschafe riefen, und die Lämmer antworteten. Die Schafe verbrachten die Nacht meist dicht aneinandergedrängt. Benjo dachte, daß sie sich vor der Dunkelheit fürchteten.

Er war stolz darauf, daß man ihn in dieser Woche allein heraufgeschickt hatte, um Moses Vorräte zu bringen. Es war nicht der erste Sommer, in dem man ihm diese Verantwortung übertrug. Er hatte es schon zweimal vorher getan und geglaubt, bald groß genug zu sein, um auch das Hüten ein paar Wochen lang zu übernehmen. Aber seine Mutter wollte davon nichts wissen.

Benjo sah zu, wie Moses mit dem Messer zwei Dosen mit gekochtem Schinken öffnete und für die Hunde auf zerbeulten Blechtellern verteilte. MacDuff stürzte sich sofort darauf, aber Moses' Hündin näherte sich dem Futter mit größerer Zurückhaltung und schnupperte erst daran. Sie hieß Lady und wurde allmählich wirklich alt.

Das Huhn war inzwischen knusprig braun. Benjo beugte sich vor und stocherte im Feuer. Rote Funken sprühten in die blaue Nacht.

Er glaubte zuerst, die Funken hätten die Schafe erschreckt – bis zu dem Moment, als Männer ohne Köpfe aus der schwarzen Nacht auf sie zugaloppierten.

MacDuff bellte, aber nicht er, sondern Lady raste knurrend und mit gefletschten Zähnen auf die Gespenster zu. Ein Schuß fiel, und Lady stürzte aufheulend zu Boden. Moses wollte zu ihr laufen, aber nicht er schrie, als der Knochen in seinem Arm splitterte und Blut floß, sondern Benjo.

Die Reiter verfolgten die Schafe über die Lichtung. Moses krümmte sich vor Schmerzen und wälzte sich im Gras. Benjo war wie erstarrt vor Angst. Er brachte es kaum fertig aufzustehen.

Er begriff, warum er die Männer für kopflos hielt. Sie hatten Säcke über die Köpfe gezogen, in die nur Löcher für die Augen geschnitten waren. Aber ihre Pferde trugen das Brandzeichen der Circle-H-Ranch.

Und sie hielten Keulen in den Händen. Sie ritten zwischen die blökenden Schafe und schlugen ihnen mit den Keulen die Köpfe ein. MacDuff wollte die Herde schützen. Er verfolgte einen der Reiter und schnappte nach seinem Bein.

Der Mann drehte sich im Sattel um, hob die Keule und traf MacDuff. Der Hund sprang jaulend in die Luft und landete auf der Erde. Eines seiner Hinterbeine war verdreht, die Knochen drangen durch das blutige Fell.

Benjo verfluchte die unheimlichen Männer. Er zog die Schleuder hervor, packte die Enden der beiden Lederriemen mit der linken Hand und schwang sie dicht über seinem Kopf. Er ließ die Riemen los, und der Stein sauste durch die Nacht.

Der getroffene Mann, der eine Indianerstute ritt, stieß einen Schrei aus und hob die Hände an das verhüllte Gesicht. Zwischen seinen Fingern quoll Blut hervor.

Auge um Auge ..., dachte Benjo.

Ein anderer Mann näherte sich dem Feuer. Er trug eine Fackel in der Hand und entzündete sie. Er hob sie hoch über den Kopf, gab seinem Pferd die Sporen und riß es herum.

„Nein, Vater, nicht!" rief der Mann auf der Indianerstute. Da, wo die Sehschlitze in dem Sack waren, war nur noch Blut.

Der Mann mit der Fackel lachte. Er beugte sich zur Seite und hielt die Flamme an den Rücken eines Schafes. Es verwandelte sich in eine lebende Fackel und lief mit vor Entsetzen rollenden Augen mitten in die Herde. Im Handumdrehen wurde die ganze Herde zu einem lebendigen Feuerball.

Die maskierten Männer ritten über die Lichtung, versetzten allen Schafen, die sie finden konnten, einen Schlag und jagten die anderen mit brennenden Fellen in das Wäldchen. Dann verschwanden sie wieder in der Nacht, aus der sie wie ein Spuk aufgetaucht waren.

Nur einer war zurückgeblieben. Er hatte sich nicht an dem Gemetzel beteiligt, sondern die ganze Zeit mit schußbereitem Gewehr auf seinem Pferd gesessen und zugesehen.

Jetzt trieb er sein Pferd auf das Feuer zu. Benjo hielt immer noch die Schleuder in der Hand und sah ihm entgegen.

Die brennenden Schafe hatten Kiefern und das Büffelgras in Brand gesetzt. Die Lichtung leuchtete gespenstisch rot im Flammenschein. Ein zorniger Wind entfachte das Feuer, qualvolles Blöken hallte über den Berg, Moses' Schreien, MacDuffs Winseln und erstickende Schreie der Schafe machten aus der Nacht ein Inferno des Grauens.

Der Mann brachte sein Pferd direkt vor Benjo zum Stehen. Er beugte sich vor. Durch die Augenschlitze starrte er Benjo mit lidlosen Augen an. „Kennst du einen Johnny Cain, Junge?"

Die Angst hatte Benjo im tödlichen Griff. Er wußte, er würde kein Wort hervorbringen, alle Worte würden ihm für immer im Hals steckenbleiben. Zu seiner Überraschung stotterte er jedoch kaum. „Er ist m-m-mein Vater."

Benjo sah das Lächeln des Mannes nicht, aber er spürte es wie einen kalten Windhauch, der aus dem Sack hervordrang. „Sag ihm, daß Jarvis Kennedy für die Circle-H-Farm arbeitet. Sag ihm, daß Johnny Cain ein toter Mann ist. Ich bin im Goldenen Käfig zu finden. Wann immer er will ... Morgen ..."

Er wendete sein Pferd und ritt davon, kam aber noch einmal zurück. „Sag ihm auch, wenn er sich mir nicht stellt, dann komme ich zu ihm, ganz gleich, wo er ist." Der Mann lachte. „Sag ihm, seine letzte Stunde hat geschlagen."

DAS BLUT von Moses schien überall zu sein. Es bildete rote Flecken im Gras. Benjo kniete neben ihm. Moses schaute auf. „Benjo ..., ich muß unbedingt zum Arzt."

Benjo nickte heftig, um Moses zu beruhigen. Er hatte das Gefühl, eine Schlinge habe sich um seinen Hals gelegt – die Schlinge des Henkers. Ihm wurde erst bewußt, daß er weinte, als er die Haare aus seinem Gesicht schob und seine Hand dabei naß wurde. Er zog den Rock aus und wickelte ihn um Moses' Arm.

Es gelang Benjo irgendwie, Moses und MacDuff auf den Wagen zu heben. Es regnete Glutstückchen, die ihnen die Haut versengten. Der ganze Berg ging in Flammen auf. Über ihnen stiegen dicke schwarze Rauchwolken in die Luft, und ihre Kehlen brannten. Benjo trieb das Pferd an, und sie schaukelten und rutschten über den Weg hinunter ins Tal. Benjo schaute noch einmal zurück. Der ganze Himmel schien zu brennen.

RACHEL stand vor dem Haus und sah, wie ihr Sohn, sehr viel früher, als sie ihn erwartet hatte, mit dem Wagen über die Brücke und auf den Hof fuhr. Sie hörte, wie hinter ihr die Tür zugeschlagen wurde und ihr *englischer* Mann zu ihr kam. Sie mußte sich nicht umdrehen, um zu wissen, daß er bereits den Revolver trug.

Sie lief zu dem Wagen, noch bevor Benjo ihn richtig zum Stehen gebracht hatte. Sie sah Moses Weber auf dem Wagen liegen, den Arm in Benjos Mantel gewickelt. MacDuff war ebenfalls auf dem Wagen. Sie glaubte, der Hund sei tot, bis sie sah, daß er den Kopf bewegte.

Das Gesicht ihres Sohnes wirkte unter dem Ruß und der Asche blutleer. Rachels Blick war starr auf den Berg gerichtet, wo ihre Schafe weideten. Der Berg stand in Flammen. Benjo öffnete den Mund, aber er brachte kein Wort heraus. Moses war soweit bei Bewußtsein, daß er ihnen berichten konnte, was geschehen war.

Rachels Ehemann machte sich diesmal nicht die Mühe, ihr zu sagen, daß er Hunters Männer für sie töten werde. Er machte sich einfach bereit. Die alte Stute ließ vor Erschöpfung den Kopf bis zum Boden hängen. Er spannte sie aus und holte sein Pferd aus dem Stall. In seinem Gesicht war kein Gedanke, kein Gefühl abzulesen, nichts.

„Ich komme mit", sagte Rachel.

Er nickte. „Ja, ich will dich und Benjo bei mir haben, damit ihr in Sicherheit seid. Aber wenn wir in der Stadt sind, mußt du mir gehorchen, Rachel. Du bleibst dort, wo ich dir sage, daß du bleiben sollst."

„Johnny ..." Sie berührte ihn am Arm. „Denk an Jesus. Daran, daß sein Geist nie schwach wurde, auch wenn sein Fleisch nachgab."

Cain sah sie mit seinen blauen Augen an. „Erinnerst du dich daran, was ich dir auf dem Berg von dem Schweinezüchter erzählt habe? Ich habe dir gesagt, wie ich ihn umgebracht habe, aber nie, was ich danach empfand. Als ich mit ihm fertig war, wußte ich, daß er mich besiegt hatte, weil ich mich immer noch vor ihm fürchtete. Selbst dann noch, als er tot war, fürchtete ich mich vor ihm. Da haßte ich ihn noch mehr, denn ich würde niemals frei sein. Ich würde immer sein Sklave bleiben. Aber das verspreche ich dir: Ich werde nie mehr der Sklave eines anderen sein, Rachel. Ich werde mich nicht fügen, ich werde nicht davonlaufen, ich werde nicht die andere Wange hinhalten."

„Ich werde für dich beten, Johnny", entgegnete sie.

„Ich musste Moses den Arm amputieren." Dr. Lucas Henry seufzte.

Er sprach mit der Frau, die auf seinem schwarzen Roßhaarsofa saß. Rachel drückte ihren Sohn an sich. Bei den Worten des Arztes schlug sie die Hände vor das Gesicht, ließ den Kopf sinken und betete.

Johnny Cain starrte durch die Scheiben auf die leere Straße. Er hatte sich in angespannter Wachsamkeit in sich selbst zurückgezogen.

Dr. Henry machte sich Sorgen um den Jungen. „Ich habe deinem Hund das Bein gerichtet", sagte er freundlich, aber entschlossen. „Wie heißt er doch gleich?"

Benjo hob den Kopf und wollte sprechen. „M-m-m!"

„MacDuff ..." Dr. Henry stand auf. „Er wird wieder gesund. Allerdings wird er wahrscheinlich nicht mehr so schnell rennen können wie früher."

Die linke Hand des Jungen wich nicht von seiner Schleuder. Vor ein paar Stunden hatte Dr. Henry die rechte Augenhöhle von Quinten Hunter gesäubert und vernäht, der sein Auge durch einen Stein aus dieser Schleuder verloren hatte. Aber immerhin hatten der junge und der alte Hunter eine ganze Herde Schafe verbrannt und Moses den Arm abgeschossen. Wer konnte also sagen, sie hätten nicht bekommen, was sie verdienten?

Die Tür wurde aufgerissen. Noah Weber stand auf der Schwelle.

Dr. Henry machte einen Schritt auf ihn zu, doch der große Mann schob ihn beiseite und ging geradewegs zum Hinterzimmer. „Ich mußte ihm den Arm amputieren", sagte der Arzt. „Er hat einen schweren Schock erlitten und viel Blut verloren. Er muß ruhen."

Er hätte auch zu einer Mauer reden können. Der breite Rücken des Mannes verschwand hinter der Tür.

Noah kam mit dem Jungen auf den Armen wieder zurück. Er hielt ihn wie ein kleines Kind, aber auf seinen Wangen und in seinem Bart glänzten die Tränen. Der Junge stöhnte, seine Augenlider zuckten, aber er blieb bewußtlos.

„Er ist mein Sohn", sagte Noah. „Ich nehme ihn mit nach Hause."

Rachel stand auf und streckte die Hand nach ihm aus. „Noah ..."

Er blieb stehen, sah sie an und durch sie hindurch. Mit festen Schritten ging er mit seinem Sohn auf den Armen durch die offene Tür und fuhr mit ihm davon.

Sie standen alle da, ohne sich zu bewegen. Dann ging Johnny Cain vom Fenster zur Tür. Er ging einfach zur Tür und verließ das Haus.

Seine Frau sah ihm nach.

JOHNNY CAIN stand mitten auf der staubigen Straße. Er ging langsam. Unbewußt bewegte er die Finger, um die Muskeln zu lockern. Er spürte, wie sich seine Angst einmal kurz regte, aber dann hatte er keinerlei Gefühle mehr.

Auf der Höhe des Goldenen Käfigs blieb er auf der anderen Straßenseite stehen. Er befand sich direkt vor den Schwingtüren des Saloons, lehnte sich neben einem Futtertrog an den Pfosten zum Anbinden der Pferde und wartete.

Jarvis Kennedy kam durch die Schwingtüren und feuerte die beiden Revolver in seinen Händen gleichzeitig ab. Aber Johnny Cain hatte seine Stiefelspitzen eine Sekunde vorher gesehen. Sein Revolver lag mit einer schnellen und glatten Bewegung in seiner Hand.

Die erste Kugel traf Jarvis Kennedys Kehle. Das Blut spritzte über seine weiße Weste und das weiße Hemd. Die zweite Kugel traf Jarvis in den Rücken, als er von der Wucht des Treffers herumgerissen wurde. Er fiel durch die Schwingtüren in den Saloon. Er war tot.

Johnny Cain hatte den Lauf seines Revolvers bereits herumgerissen und schoß auf den Mann, der mit einem Gewehr aus der engen Gasse kam.

Hinter Cain splitterte das Holz des Trogs, aber er achtete nicht darauf. Seine erste Kugel traf nur die Rockschöße, aber die zweite fand das Ziel. Sie traf die Stelle, wo sich eine goldene Uhrkette über den Bauch spannte. Der Mann schrie, krümmte sich und preßte die Hand auf seinen Leib. Er lag blutend im Staub, und Johnny Cain schoß noch einmal. Der Mann zuckte und bewegte sich nicht mehr.

Das Echo des letzten Schusses verhallte. Eine gespannte Stille lag über der Stadt. Blaue Rauchwölkchen trieben im Wind. Johnny Cain öffnete das Magazin und lud den Revolver. Er schmeckte das bittere Schießpulver auf den Lippen.

Er wußte, daß in der engen Gasse noch jemand wartete. Wer es auch sein mochte, er hatte keine Lust, an diesem Tag zu sterben. Johnny Cain hielt den Revolver bereit. Sein Finger lag am Abzug.

Ein junger Mann mit langen dunklen Haaren und einem Verband um den Kopf, der ein Auge bedeckte, kam langsam mit hoch erhobenen Händen aus der Gasse. „Ich habe meinen Revolver weggeworfen!" rief er. „Das hier ist mein Vater, bitte ..."

Johnny Cain rührte sich nicht. Der junge Mann fiel auf die Knie und kroch durch den Staub zu dem Toten, der in einer Blutlache lag. Johnny Cain wartete. Er wartete lange mit dem Revolver in der Hand, denn man konnte nie vorsichtig genug sein.

Irgendwo hinter ihm schlug eine Tür zu.

Er drehte sich blitzschnell herum.

Als er sah, daß Rachel aus dem Haus von Dr. Henry gerannt kam und nach ihm rief, hatte er bereits abgedrückt.

„Johnny!" schrie sie und spürte, wie etwas in ihre Brust drang, ihr den Atem nahm und sie fiel. Sie sah das Gesicht ihres *englischen* Man-

nes. Er hatte ein verschwitztes und staubiges Gesicht, und seine Augen funkelten hell. Sie versuchte zu lächeln, seinen Namen zu sprechen. Aber sie hatte entsetzliche Schmerzen in der Brust, und sie glaubte, ihre Augen müßten sich mit Blut füllen, denn die ganze Welt wurde plötzlich rot.
Johnny ...

ZWEIUNDZWANZIGSTES KAPITEL

Johnny Cain saß im Staub. Der Kopf seiner Frau lag auf seinem Schoß, und er sah zu, wie sie starb. Aus der Einschußwunde in ihrer Brust quoll Blut hervor. Ihre Augen wurden groß, richteten sich auf seine Augen und schlossen sich langsam. Ihre Lippen formten seinen Namen.

„Nein ..., nein", versuchte er zu sagen. Er beugte sich tief über sie und drückte sein Gesicht an ihre Brust. Er spürte, wie Hände ihn wegzogen, und hörte Dr. Henry sagen, sie müsse ins Haus gebracht werden.

Auch der Junge war da. Er konnte den Jungen nicht ansehen.

Er stand auf und machte Platz, überließ sie ihnen, denn sie war tot. Und das war alles ..., alles.

Er blickte auf seine Hand. In ihr hielt er immer noch den Revolver.

SIE ATMETE noch, wenn auch kaum. Die Kugel steckte in der Brust. Dr. Henry hatte noch nie erlebt, daß jemand mit einer solchen Verwundung nicht auf der Stelle tot war. Er konnte nichts tun. Er umklammerte die Whiskeyflasche und sah mit an, wie sie starb.

Ihr Sohn saß in der Ecke auf dem Boden und hatte die Knie bis zum Kinn angezogen. Er bewegte die Lippen, aber er brachte kein Wort hervor. Dr. Henry hörte Schritte im Wohnzimmer. Er drehte sich leicht schwankend um. „Cain?" fragte er.

Aber es war nicht Johnny Cain. Es war Miß Marilee aus dem Roten Haus. Sie hatte sich ganz in schwarzen Taft gekleidet. Vermutlich hielt sie sich für eine respektable Matrone auf dem Weg zu einer guten Tat.

„Ich bin gekommen, um dir zu helfen, sie herzurichten", sagte sie mit ernstem Gesicht.

„Sie ist noch nicht tot", erwiderte er.

Sie sah ihn mit großen Augen an, und er runzelte die Stirn. „Warum unternimmst du dann nichts, um ihr zu helfen?" fragte sie.

Er seufzte. „Weil eine 10,6-mm-Kugel neben ihrer Lungenschlagader steckt. Der Einschlag hat zu einem Pneumothorax oder zu Luft in der Brusthöhle geführt. Ein Klappenemphysem kompliziert die Lungenfunktion. Beantwortet das deine Frage, Miß Marilee?"

Er führte mit der einen Hand die Flasche an den Mund und zog gleichzeitig mit der anderen das Tuch zurück und zeigte ihr die Wunde. Mit dem schwächer werdenden Herzschlag quollen Blut und Luft daraus hervor. „Aber vielleicht verstehst du es besser, wenn ich sage: ‚Sie stirbt, und mir fehlen das Können und das Wissen, um es zu verhindern.'"

Marilee beugte sich über die Wunde, und ihr Taftkleid raschelte. „Kannst du die Kugel nicht herausholen?"

„Dazu müßte ein Wunder geschehen. Am Ende würde sie wahrscheinlich trotzdem sterben."

Ihre Blicke begegneten sich. Sie sah ihn durchdringend an. „Ich glaube, du hast nur Angst, Lucas Henry. Du wagst es nicht, weil du weißt, du müßtest die Flasche wegstellen."

„Ach, süße Marilee. Du bist wie türkischer Honig, du bist viel zu süß."

Sie hob das Kinn. „Ich kann nett sein, wenn ich das will. Und ich kann gemein sein, wenn es sein muß. Aber etwas kann ich niemals sein. Ich bin nicht feige."

Er starrte sie an. Er wußte, er konnte es nicht tun. Vielleicht, wenn er sich nicht um den Verstand getrunken hätte und seine Hände vom jahrelangen Trinken nicht zittrig geworden wären, dann hätte er es vielleicht geschafft. Aber jetzt war es zu spät. Ein Mann konnte nicht mit einer einzigen heroischen Tat alles wiedergutmachen, was er getan hatte ...

„Also gut, verdammt noch mal", brummte er und blickte sich im Zimmer um. Er hatte panische Angst davor zu beginnen. Er hatte noch nie versucht, ein Wunder zu vollbringen. Wunder waren etwas für Dummköpfe.

Sein Blick fiel auf Rachels Sohn. „Bring den Jungen raus!" sagte er barsch.

Marilee redete freundlich mit dem Jungen und führte ihn zur Tür. Lucas Henry legte ihr die Hand auf den Arm und hielt sie zurück. „Nimm das auch mit", sagte er und hielt ihr die Whiskeyflasche hin.

Kalter Schweiß lief ihm über das Gesicht. „Vielleicht sollten wir beten, damit das Wunder geschieht", murmelte er. „Was meinst du, Miß Marilee aus dem Roten Haus, glaubst du, Gott wird die Gebete eines Säufers und einer Hure erhören?"

Sie sah ihn mit dem bezauberndsten Lächeln an, das sie ihm je geschenkt hatte. „Ich habe mir immer gesagt, Gott wird die Gebete der Sünder zuerst erhören, denn wir brauchen seine Hilfe wirklich am meisten."

HOHE schwarze Rauchsäulen wälzten sich über die brennende Prärie. Die Flammen rasten über die Hügel und schufen gespenstisch rotes Licht, schleuderten Glut, Funken und Asche in den dunklen Himmel. Der Wind kam aus Süden. Er hatte das Feuer den Hang hinunter und über das Weideland der Circle-H-Ranch getrieben.

Das große Haus war eine schwarze, rauchende Ruine, als Quinten Hunter ankam. Erstaunlicherweise standen die alten Pappeln noch.

Unter den Bäumen fand er die Frau seines Vaters.

Sie mußte die Pferde gerettet haben, zumindest hatte sie eins für sich gesattelt. Quinten saß ab und ging zu ihr. Sie sah ihn nicht an, sondern blickte stumm auf das zerstörte Haus, wo sie sechzehn Jahre gelebt hatte.

Quinten hatte im Auge oder dort, wo sein Auge gewesen war, Schmerzen, als werde er mit einer spitzen Nadel gefoltert.

„Er ist tot", sagte er zu der Frau seines Vaters. „Johnny Cain hat ihn erschossen."

Sie blieb stehen und bewegte sich nicht. Dann sah er die Tränen in ihren Augen. Sie liefen ihr über die Wangen und hinterließen helle Streifen im Ruß. Sie wandte sich ab und stieg auf ihr Pferd. Er sah in das schöne, kalte Gesicht, das feucht war von den Tränen einer ihm unverständlichen Trauer.

„Wohin gehen Sie?" wollte er wissen. Er rechnete nicht mit einer Antwort.

„Ich weiß es nicht."

Quinten sah ihr nach, bis sie seinen Blicken entschwand. In Montana konnte selbst ein Einäugiger weit blicken.

RACHELS Sohn ging durch Miawa City und suchte Johnny Cain. Die Straße war menschenleer, und das machte ihm angst. Er hatte die Vorstellung, für immer allein zu sein.

Doch schließlich fand er Johnny Cain bei dem Mietstall. Er saß auf der Erde mit dem Rücken an der Wand. Benjo wollte ihn rufen, aber er konnte es nicht. Seine Zunge mußte sich verknotet haben. Worte, ein ganzer Strom von Worten, verstopften ihm die Kehle.

Benjo sah, wie Johnny den Revolver an den Mund führte.

Benjo öffnete den Mund und brachte keinen Ton hervor. Er konnte nicht einmal schreien. In einiger Entfernung von Johnny Cain begann er zu rennen. Als er ihn endlich erreichte, warf er sich gegen seinen Arm und zog am Handgelenk. Er riß den Revolver aus Johnnys Mund, aber der Lauf war immer noch auf seinen Kopf gerichtet.

Johnny starrte Benjo an. „Ich habe sie umgebracht, Partner", sagte er. „Ich habe sie umgebracht."

Benjo schüttelte den Kopf, und die Tränen strömten aus seinen Augen. „V...!" schrie er. „V-v-v-vater!"

Er ließ Cains Handgelenk los, griff nach dem Revolver und drückte ihn zur Seite, so daß der Lauf in die Luft wies. Ein Schuß löste sich, und sein Echo hing wie ein Schock in der heißen, schweren Luft.

Benjo ließ nicht los, bis er Johnny Cain den Revolver aus der Hand gewunden hatte. Dann warf er ihn in einem hohen Bogen wie einen Stein weit von sich. Sie sahen beide, wie der Revolver mit lautem Klatschen im Miawa-Bach landete.

Johnny Cain begann zu schreien. Er preßte die Hände auf den Mund. Er schluchzte und begann am ganzen Körper zu zucken.

Benjo legte ihm die Arme um die Schultern und drückte ihn an sich. „Dr. Henry ... Er w-w-wird das Wu-wu-wunder vollbringen."

DR. LUCAS HENRY trat in sein Wohnzimmer und trocknete sich die Hände an einem Handtuch ab. In der offenen Tür zur Straße stand Johnny Cain und neben ihm Rachels Sohn. Der Mann und der Junge hielten sich an den Händen fest. Es war schwer zu sagen, wer wen festhielt.

„Der Junge hat mir gesagt, daß sie noch nicht tot ist", flüsterte Johnny Cain. „Sie versuchen, ihr das Leben zu retten."

„Es ist mir gelungen, die Kugel zu entfernen und einiges von dem Schaden zu bereinigen", erwiderte Lucas Henry achselzuckend. „Aber ich kann noch nicht behaupten, ich hätte ihr das Leben gerettet. Sie muß den Eingriff überleben. Wahrscheinlich kommt später noch eine Lungenentzündung hinzu."

Der Arzt wußte, daß seine Worte gefühllos klangen, aber er war so müde, daß er sich um Gefühle nicht mehr kümmern konnte. Als er die Kugel aus Rachels Lunge entfernt und den schwachen Puls an ihrem Hals gesehen hatte, war er sich wie der allmächtige Gott vorgekommen. Aber jetzt wollte er nur noch einen Schluck Whiskey. „Ich habe sie in mein Bett gelegt", sagte er. „Sie können zu ihr hineingehen ..."

Johnny Cain bewegte sich nicht, aber Benjo zog ihn hinter sich her.

Hand in Hand traten sie an das Bett. Johnny Cain blickte auf sie hinunter. „Rachel." Es war ein gequältes Flüstern.

Plötzlich sank er vor dem Bett auf die Knie. Er hielt sich an Rachels Sohn noch immer fest. Mit der anderen Hand tastete er nach dem Bettlaken über ihrer Brust. Er beugte den Rücken, senkte den Kopf und drückte das Gesicht in ihre roten Haare.

LUCAS HENRY lehnte an der offenen Haustür. In der einen Hand hielt er eine halbleere Flasche Whiskey. Er hörte das Rascheln von schwarzem Taft und roch das Veilchenwasser. Es war Marilee aus dem Roten Haus.

Sie stellte sich neben ihn. „Dieser Johnny Cain liebt seine Frau wirklich. Es wird sehr hart für ihn sein, wenn sie stirbt, nach allem, was er getan hat."

„‚Zwei Lieben besitz ich, Trost und Verzweiflung'", erwiderte Lucas Henry. Er warf ihr einen Blick zu und zog spöttisch die Augenbrauen hoch. „Das ist Shakespeare, Miß Marilee."

„Davon weiß ich nichts. Aber ich weiß, daß es alle möglichen Arten von Liebe gibt. Groß und seicht, rein und sündhaft, gesegnet und verflucht. Aber ich glaube, die beste Liebe ist die Liebe, die von dem Menschen erwidert wird, dem du sie schenkst. Sie ist hell und strahlend wie die Sonne, die sich in einem Spiegel bricht."

„Ich hatte einmal eine solche Liebe, und am Ende habe ich meine Frau umgebracht." Die Worte erschreckten ihn. Sie kamen ohne Überlegung und Nachdenken aus seinem Mund. Er wandte sich ihr zu. „Ich will es dir klar und deutlich sagen, meine Liebe. Ich bin wie Johnny Cain ein Mann, der seine Frau umgebracht hat."

Er hob die Flasche Whiskey hoch. „Ich möchte nicht, daß sich in deinem hübschen leeren Kopf alles verwirrt, Marilee. Ich bin nicht zum Trinker geworden, weil ich meine Frau umgebracht habe, verstehst du? Ich habe meine Frau umgebracht, weil ich ein Trinker bin."

Er wandte sich ab. „Sie hat mich gebeten, mit dem Trinken aufzuhören, und ich habe ihr versprochen, es zu tun. Aber das habe ich nie ernstlich vorgehabt. Eines Abends kam ich nach Hause, natürlich betrunken, und stellte fest, daß sie ihre Koffer packte. Sie wollte mich verlassen. Sie hatte es mir angedroht. Es kam zu einem heftigen Streit. Ich habe sie geschlagen. Sie ist die Treppe hinuntergestürzt und hat sich das Genick gebrochen. Sie wollte mich retten, und das wußte ich. Deshalb habe ich sie umgebracht, bevor sie mich retten konnte. Glaubst du mir nicht, daß es so war, meine süße Marilee?"

Sie schüttelte den Kopf. „Es ändert nichts, daß ich jetzt weiß, was du getan hast. Ich liebe dich, Lucas. Daran wird sich auch nichts ändern, wenn du mich nicht lieben kannst."

Lucas Henry schloß die Augen und unterdrückte ein Seufzen. „Du glaubst zu wissen, wovon du redest, aber du weißt es nicht. Du glaubst, du könntest mich ändern, aber das kannst du nicht. Ich werde dir trotzdem am Ende weh tun."

„Verstehst du nicht? Das Leben wird mir am Ende weh tun, warum also nicht du?"

Er sah sie an. Die feuchten großen Augen schienen blauer als der Himmel. Sie war bezaubernd und hübsch, und er vermutete, daß sie ihn auf ihre Art tatsächlich liebte.

Sie sah weg. „Ich denke, ich gehe zum Roten Haus und nehme ein Bad", hauchte sie, nachdem das Schweigen zu lange anhielt. „Aber wenn du Gesellschaft wünschst, komme ich später zurück."

„Heute ist nicht Samstag."

Sie schlug ihm auf den Arm. „Ach du! Ich habe kein Wort von Bettspielen gesagt. Man kann sich auch unterhalten. Hast du daran einmal gedacht, Dr. Henry?"

Er lachte, und das tat so gut.

Sie rieb die Stelle an seinem Arm, wo sie ihn gerade geschlagen hatte. „Ich komme zurück. Ich gebe dich nicht auf."

Lucas Henry sah ihr nach, bis sie in die Straße zum Roten Haus einbog. Dann wurde seine Aufmerksamkeit von der Staubwolke gefangengenommen, die ein Planwagen aufwirbelte. Der Wagen hielt an, und ein Mann stieg aus. Er näherte sich ihm langsam, kam aber nicht bis zum Haus. Der Mann blieb mitten auf der Straße stehen. Sein langer schwarzer Bart bewegte sich im Wind.

„Wenn Sie wegen Rachel gekommen sind, dann kann ich Ihnen sagen, daß sie im Augenblick noch lebt. Aber mehr kann ich nicht versprechen. Es wird Ihnen nicht gelingen, sie von hier wegzubringen. Aber wenn Sie wollen, können Sie ins Haus kommen und sie sehen."

Er rechnete nicht mit einer Antwort. Das Gesicht war ausdruckslos.

Doch dann stieß der Mann heftig hervor: „Nein! Meine Tochter ist für mich bereits tot. Aber sagen Sie mir bitte, wenn sie stirbt, ja?"

„Ich werde es Ihnen sagen." Dr. Henry verstand kein Wort. Aber er hatte das Gefühl, daß dieser große, abweisende Mann dadurch, daß er hier stand, etwas von seiner ungewöhnlichen und heiligen Unschuld hatte aufgeben müssen.

DIE NACHT lag still über Miawa City. Doch in Dr. Henrys Haus brannte eine Lampe am Bett der schlafenden Frau. Daneben saß in einem ledernen Ohrensessel ein Mann, dessen Kopf nach unten sank, als er sich widerstrebend einem unruhigen Schlummer überließ.

Die Musik des Windes weckte sie – das Wimmern im Ofenrohr, das Pfeifen unter dem Blechdach, das Klappern des Saloonschildes nebenan.

Rachel atmete und staunte darüber, daß sie atmen konnte, ohne daß es so brannte wie zuvor. Sie fühlte sich benommen, als seien alle ihre Sinne in Wolle gepackt. Bruchstücke und verschwommene Fetzen seltsamer Ereignisse hafteten in ihrem Gedächtnis.

Der Mann im Sessel erwachte und beugte sich über sie. Rauhe Bartstoppeln verdunkelten sein Gesicht. Seine Augen blickten verstört und waren rot unterlaufen. Aber selbst im trüben Licht der Petroleumlampe konnte sie erkennen, daß er glücklich war. „Ich werde diese Liebe nicht überleben", flüsterte Johnny Cain. „Deshalb darfst du nicht vor mir sterben."

Sie lächelte, denn nun wußte sie, daß sie nicht sterben würde. Und er hatte ihr auf seine umständliche *englische* Art seine Liebe gestanden. „Johnny, ich habe geträumt. Und im Traum habe ich eine wunderbare Musik gehört. Ich wollte bei der Musik bleiben, aber ich konnte es nicht. Ich mußte zu dir und zu Benjo zurückkommen."

„Du hattest Lungenentzündung. Du bist beinahe so oft gestorben, daß wir es nicht mehr zählen konnten. Dr. Henry hat gesagt, er wird über dich in einer medizinischen Zeitschrift als Beispiel für ein Wunder berichten."

„Glaubst du, es war ein Wunder?"

Er richtete den Blick auf seine Hände, die er gefaltet zwischen den Knien hielt. Als er den Kopf wieder hob, sah sie die alte Wachsamkeit in seinen Augen, aber auch einen zarten Hoffnungsschimmer. Er mußte lernen zu glauben. Vielleicht war der Glaube auch nur ein Bedürfnis zu glauben.

„Ich liebe dich, mein *englischer* Mann", flüsterte sie.

Auf seinen Wangen breitete sich ein Hauch Farbe aus. „Ja, ich liebe dich auch", erwiderte er. „Ich meine, ich fühle das gleiche wie du ... für dich."

Sie lachte, obwohl es weh tat. Sie hatte geglaubt, sie wären für immer getrennt, und nun hatten sie alles wieder – ihr Leben, ihre Liebe. Sie sah ihn eindringlich an, und ihr Blick blieb an seiner Hüfte hängen. Kein Patronengurt. Kein Revolver.

„Er liegt irgendwo im Bach", sagte er, obwohl sie nicht gefragt hatte.
„Und wird er dort bleiben, Johnny? Oder wirst du dir einen anderen Revolver kaufen?"

Sein Blick war auf sie gerichtet. Seine Augen waren nicht mehr kalt und leer. „Ich liebe dich so sehr, daß es mir angst macht, und es fällt mir schwer, über diese Liebe auch nur zu sprechen. Aber ich kann deinetwegen nicht zu einem der Gemeinschaft werden. Und ich kann weder das ändern, was ich getan habe, noch den Mann, der ich gewesen bin."

„Ich weiß, wer du bist, Johnny", flüsterte sie. „Ich wußte es immer. Aber die Vergangenheit ist überwunden, und Gott hat uns durch ein Wunder die Zukunft geschenkt."

Sie wollte ihn berühren. Sie hob die Hand zur gleichen Zeit, als er danach griff. Er küßte ihre Handfläche. „Rachel, ich will ..."

„Was willst du, Johnny?"

Sie lächelten beide, und das Lächeln war wie ein Kuß. „Nach Hause gehen, Schafe züchten und zusehen, wie unser Benjo ein Mann wird, und vor allem möchte ich dich für den Rest meines Lebens lieben ..., nur das."

„Das ist viel."

Er drückte ihren Handrücken an seine Wange. Sein Lächeln war so zärtlich, daß es sie schmerzte. „Was ich über Liebe weiß, habe ich von dir gelernt. Ich glaube an nichts, aber ich glaube an dich."

Er zog ihre Hand an seinen Mund und küßte sie. „Es gab einmal ein Lied", sagte er, „ein Kirchenlied, das wir sangen, als ich ein kleiner Junge war." Er sagte das mit einer Stimme, die ihr all seine Gefühle wie ein Geschenk seiner Liebe überreichte. „An das meiste kann ich mich nicht mehr erinnern, nur noch an das: ‚Ich war einst verloren, aber jetzt bin ich gerettet!'"

PENELOPE WILLIAMSON

Foto: Jerry Bauer

„Ich finde Frauen faszinierend, die aus einer vorgegebenen Rolle auszubrechen versuchen."

Das Lieblingsthema von Penelope Williamson sind Frauen, die aus den oft engen Gesellschaftsnormen ausbrechen, wie Rachel Yoder in *Das Tal der Träume*. Auch in ihren anderen Romanen – für zwei hat sie Literaturpreise erhalten – geht es immer um die Unabhängigkeit von Frauen. Die in Kalifornien lebende Autorin hat sich selbst sehr erfolgreich in Positionen bewiesen, die nicht gerade traditionsgemäß von Frauen besetzt werden. Sechs Jahre lang hat Penelope Williamson im US-Marinekorps gedient und ist bis zum Rang eines Captains aufgestiegen – in „einer der extremsten Machogesellschaften dieser Welt", wie sie sagt.

Nachdem Penelope Williamson bei der Marine ausgeschieden war, arbeitete sie mehrere Jahre lang in der ebenfalls von Männern dominierten Computerbranche, bevor sie sich schließlich dazu entschloß, sich ganz dem Schreiben zu widmen. Daß die Autorin sich selbst nicht um Gesellschaftsnormen kümmert, verdankt sie ihrem Vater, der Luftwaffenoffizier war und der sie in dem Glauben bestärkte, daß sie alles zuwege bringen könne, wenn sie es nur wirklich wolle. „Es ist das Verdienst meines Vaters, daß mir nie so richtig klar war, daß Frauen manche Dinge einfach nicht tun dürfen."

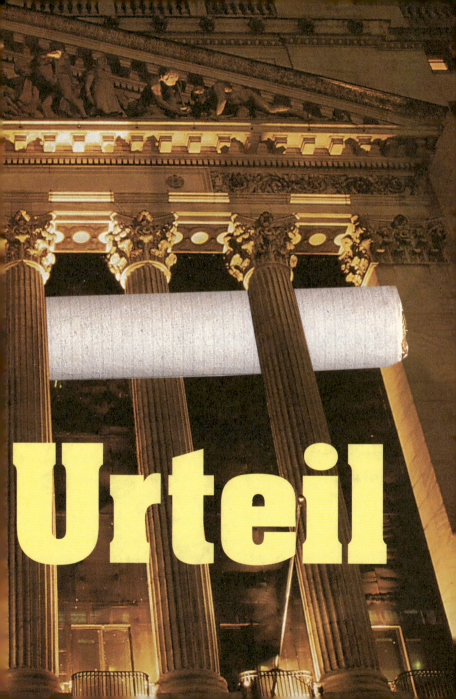

**Ein Prozeß, der Maßstäbe setzen wird. Das Wohl und Wehe eines ganzen Industriezweigs steht auf dem Spiel.
Auf beiden Seiten kämpfen die Anwälte mit Haken und Ösen für „ihre" Sache.
Aber alles hängt von den Geschworenen ab – von einfachen Bürgern, die enorm unter Druck gesetzt werden.**

Das Gesicht von Nicholas Easter war durch ein Regal mit schlanken, schnurlosen Telefonen halbwegs verdeckt, und er schaute nicht direkt in die versteckte Kamera, sondern eher nach links, vielleicht zu einem Kunden oder vielleicht auch zu einem Tisch, an dem eine Gruppe von Jugendlichen bei den neuesten Computerspielen aus Asien herumlungerte. Obwohl aus einer Entfernung von vierzig Metern von einem Mann aufgenommen, der den zahlreichen Passanten im Einkaufszentrum ausweichen mußte, war das Foto scharf und zeigte ein nettes Gesicht, glatt rasiert, mit kraftvollen Zügen und jungenhaft gutaussehend. Easter war 27, soviel wußten sie sicher. Keine Brille. Keinerlei Hinweis darauf, daß er einer der üblichen Computerfreaks war, die für einen Fünfer die Stunde in dem Laden arbeiteten. In seinem Fragebogen stand, daß er seit vier Monaten dort war, und außerdem stand darin, er sei Teilzeitstudent, aber sie hatten an keiner einzigen Uni im Umkreis von fünfhundert Kilometern irgendwelche Immatrikulationsunterlagen gefunden. In diesem Punkt hatte er gelogen, da waren sie ganz sicher.

Er mußte gelogen haben. Ihre Recherchiermethoden waren zu perfekt. Wenn der Junge Student wäre, dann wüßten sie auch, wo, seit wann, mit welchen Studienfächern und wie gut seine Noten waren. Sie wüßten es. Vielleicht hatte er vor, sich irgendwo immatrikulieren zu lassen. Vielleicht hatte er sein Studium abgebrochen und bezeichnete sich trotzdem noch als Teilzeitstudent. Aber derzeit war er kein Student. Also, konnte man ihm trauen? Zweimal war diese Frage bereits hier im Zimmer durchdiskutiert worden, jedesmal wenn sie auf der Liste auf seinen Namen stießen und sein Gesicht auf der Leinwand erschien. Sie waren so gut wie entschlossen, das Ganze als harmlose Lüge zu betrachten.

Er rauchte nicht, aber er war gesehen (nicht fotografiert) worden, wie er ein Taco aß, zusammen mit einer anderen Mitarbeiterin des Geschäfts, die zu ihrer Limonade zwei Zigaretten rauchte. Der Rauch schien Easter nicht zu stören. Zumindest war er kein fanatischer Antiraucher.

Das Gesicht auf dem Foto war schlank und braun gebrannt und lächelte leicht. Einen Tag nachdem das Foto aufgenommen worden war, hatte eine attraktive junge Frau den Laden betreten und sich, während sie die Software anschaute, eine Zigarette angezündet. Zufällig war Nicholas Easter der ihr am nächsten stehende Verkäufer gewesen. Er war höflich auf die Frau zugekommen, hatte sie gebeten, ihre Zigarette auszumachen, und hatte ihr erklärt, daß in dem Geschäft ein striktes Rauchverbot herrsche.

Sie hatte sich verärgert gegeben. „Stört es Sie, wenn geraucht wird?" hatte sie gefragt und einen Zug getan.

„Eigentlich nicht", hatte er erwidert. „Aber es stört den Mann, dem dieser Laden hier gehört."

Dann hatte er sie abermals gebeten, die Zigarette auszumachen. Im Grunde sei sie ja auch wegen eines neuen Radios da, hatte sie ihm erklärt, also, wäre es wohl möglich, daß er ihr einen Aschenbecher besorgte? Nicholas hatte eine leere Coladose unter dem Tresen hervorgeholt, ihr die Zigarette abgenommen und sie ausgedrückt. Sie hatten sich zwanzig Minuten lang über Radios unterhalten, während sie sich bemüht hatte, ihre Wahl zu treffen. Sie flirtete schamlos, und er nutzte die Chance. Nachdem sie das Radio bezahlt hatte, gab sie ihm ihre Telefonnummer. Er versprach, sie anzurufen.

Die Episode hatte 24 Minuten gedauert und war von einem kleinen, in ihrer Handtasche versteckten Rekorder aufgezeichnet worden. Das Band war beide Male abgespielt worden, während die Anwälte und ihre Experten Nicholas' auf die Leinwand projiziertes Gesicht studierten. Sie lauschten seiner angenehmen Stimme mit dem professionellen Verkäufertonfall und seinem netten Geplauder, und sie mochten ihn. Er war intelligent und kein absoluter Tabakhasser, nicht gerade ein Modellgeschworener, aber eindeutig jemand, den man im Auge behalten mußte. Das Problem mit Easter, Anwärter Nummer 56 für das Amt eines Geschworenen, war, daß sie so wenig über ihn wußten. Wie es schien, war er vor weniger als einem Jahr an der Golfküste gelandet, und seine Vergangenheit lag vollkommen im dunkeln. Er hatte acht Straßenzüge vom Gerichtsgebäude von Biloxi, Mississippi, entfernt eine kleine Wohnung gemietet – sie verfügten über Fotos von dem Mietshaus – und zunächst als Kellner in einem der Kasinos am Strand gearbeitet, aber nach zwei Monaten gekündigt.

Er fuhr einen VW-Käfer, Baujahr 1969; ein Foto davon wurde auf die Leinwand projiziert. Na großartig. Er war 27, ledig – der perfekte Typ für so einen Wagen. Keine Aufkleber. Nichts, was auf politische

Neigungen, soziale Einstellung oder auch nur eine Lieblingsbaseballmannschaft hindeutete.

Der Mann, der den Projektor bediente und den größten Teil des Redens besorgte, war Carl Nussman, ein Anwalt aus Chicago, der seine eigene Beratungsfirma für Juryfragen leitete. Für ein kleines Vermögen konnten Carl Nussman und seine Leute jedem die richtige Jury zusammenstellen. Sie sammelten Material, machten Fotos, zeichneten Stimmen auf, ließen genau im richtigen Moment Blondinen in engen Jeans aufmarschieren. Carl und seine Mitarbeiter umschifften sämtliche Klippen von Gesetz und Ethik, aber man konnte sie einfach nicht dafür drankriegen. Schließlich war nichts Illegales oder Unethisches am Fotografieren potentieller Geschworener.

Carl drückte auf einen Knopf, und an die Stelle des VW trat ein nichtssagendes Foto von einem Mietshaus mit abblätternder Farbe; das Zuhause von Nicholas Easter. Dann ein Klick und wieder zurück zu seinem Gesicht.

„Wir haben nur die drei Fotos zu Nummer 56", sagte Carl mit einem Anflug von Frustration. Es war sieben Uhr am Freitag abend. Nummer 56 war auf der Leinwand, 140 standen noch bevor. Er brauchte was zu trinken.

Ein halbes Dutzend Anwälte in zerknitterten Hemden und mit aufgerollten Ärmeln schaute auf das Gesicht von Nicholas Easter dort hinter Carl. Alle möglichen Juryexperten – Psychiater, Soziologen, Schriftanalytiker, Juraprofessoren und so weiter – hantierten mit Papieren und blätterten in daumendicken Stapeln von Computerausdrucken. Sie waren nicht sicher, was sie mit Easter anfangen sollten. Er war ein Lügner, und er verbarg seine Vergangenheit, aber auf dem Papier und auf der Leinwand sah er trotzdem okay aus.

Carl räusperte sich, dann sagte er: „Nummer siebenundfünfzig."

Nummer 57 war ein Werftarbeiter bei Ingalls in Pascagoula. Carl projizierte ein Foto seines Ford-Pick-ups auf die Leinwand und war gerade im Begriff, seine Lebensumstände zusammenzufassen, als die Tür aufging und Mr. Rankin Fitch das Zimmer betrat. Die Anwälte setzten sich aufrecht hin und waren mit einem Mal äußerst fasziniert von dem Ford. Sie machten sich hektisch Notizen auf ihren Blöcken, als ob sie womöglich nie wieder einen solchen Wagen zu sehen bekommen würden. Auch die Juryberater brachen in hektische Betriebsamkeit aus und machten sich gleichfalls angestrengt Notizen. Alle vermieden es tunlichst, den Mann anzusehen.

Fitch war wieder da. Fitch hatte den Raum betreten.

Er machte langsam die Tür hinter sich zu, tat ein paar Schritte auf den Tisch zu und funkelte einmal in die Runde. Das schwammige Fleisch um seine dunklen Augen herum verkniff sich. Die tiefen Querfalten auf seiner Stirn zogen sich zusammen. Seine massige Brust hob und senkte sich langsam, und ein oder zwei Sekunden lang war Fitch der einzige, der atmete.

Fitch war wütend, wie gewöhnlich; das war nichts Neues. Der Mann schlief sogar in einem Zustand der Feindseligkeit. Er blieb an der Tischkante zwischen zwei jungen Anwälten stehen, die Juniorpartner der hier ansässigen Kanzlei waren. Dies hier war ihr Zimmer, ihr Gebäude. Fitch dagegen war ein Fremder aus Washington, ein Eindringling, der jetzt seit bereits einem Monat auf ihren Korridoren knurrte und bellte. Die beiden jungen Anwälte wagten nicht, zu ihm aufzuschauen.

„Welche Nummer?" fragte Fitch Carl.

„Siebenundfünfzig", erwiderte Carl schnell, bestrebt, einen guten Eindruck zu machen.

„Gehen Sie zurück zu sechsundfünfzig!" befahl Fitch. Carl klickte rasch, und das Gesicht von Nicholas Easter erschien abermals auf der Leinwand.

„Was wissen Sie?" fragte Fitch.

„Genausoviel wie vorher", sagte Carl, den Blick abwendend.

„Phantastisch! Wie viele von den hundertsechsundneunzig sind immer noch unklar?"

„Acht."

Fitch schnaubte, und alle warteten auf einen Wutausbruch. Statt dessen strich er langsam über seinen sorgfältig gestutzten schwarzbraunen Spitzbart, sah Carl an und sagte dann: „Sie werden bis Mitternacht arbeiten und morgen früh um sieben wieder hier sein. Auch am Sonntag." Nach diesen Worten schwenkte er seinen dicklichen Körper herum und verließ das Zimmer.

Die Tür schlug zu. Und dann sahen alle, die Anwälte, die Juryberater, Carl und jedermann sonst gleichzeitig auf die Uhr. Ihnen war gerade befohlen worden, 39 der nächsten 53 Stunden in diesem Zimmer zu verbringen und vergrößerte Fotos zu betrachten, die sie allesamt bereits gesehen hatten, und sich die Namen und Lebensumstände von fast zweihundert Leuten ins Gedächtnis zu prägen.

Und niemand im Raum hegte auch nur den geringsten Zweifel, daß sie genau das tun würden, was ihnen befohlen worden war. Aber auch nicht den allergeringsten.

Fitch ging die Treppe hinunter ins Erdgeschoß des Gebäudes, wo sein Fahrer, ein großer Mann namens José, auf ihn wartete. José trug einen schwarzen Anzug, schwarze Cowboystiefel und eine schwarze Sonnenbrille. Er folgte Fitch durch eine kleine Bibliothek auf einen anderen Korridor, wo Fitch eine weitere Tür aufriß und eine weitere Schar Anwälte erschreckte, die sich gerade die auf Video aufgenommenen Anhörungen der ersten Zeugen der Anklage anschauten.

Mit achtzig Anwälten war die Kanzlei Whitney & Cable & White die größte an der Golfküste. Die Kanzlei war von Fitch selbst ausgewählt worden, und seine Wahl bedeutete, daß sie Millionen an Honoraren kassieren würde. Aber um dieses Geld zu verdienen, mußte die Kanzlei die Tyrannei und die Rücksichtslosigkeit von Rankin Fitch ertragen.

Als er sicher sein konnte, daß sich jedermann seiner Anwesenheit bewußt war und in Angst und Schrecken lebte, verließ Fitch das Gebäude. Er stand in der warmen Oktoberluft auf dem Gehsteig und wartete auf José. Drei Häuserblocks entfernt, in der oberen Hälfte eines alten Bankgebäudes, sah er eine hellerleuchtete Bürosuite. Der Feind war noch bei der Arbeit. Da oben hatten sich die Anwälte der Klägerin versammelt und taten so ziemlich dasselbe wie seine Leute. Der Prozeß begann am Montag mit der Auswahl der Geschworenen, und er wußte, daß auch sie über Namen und Gesichtern schwitzten und sich fragten, wer Nicholas Easter und all die anderen waren und wo sie herkamen.

José fuhr an den Bordstein heran, in einer gemieteten Limousine mit dunklen Scheiben. Fitch ließ sich auf seinem gewohnten Platz auf dem Beifahrersitz nieder. Sie fuhren am Gerichtsgebäude von Biloxi vorbei und dann an einem halb aufgegebenen Billigladen, in dem Fitch und seine Mitarbeiter eine versteckte Büroflucht innehatten. Am Strand bogen sie nach Westen auf den Highway 90 ab und quälten sich durch dichten Verkehr. Es war Freitagabend, und die Kasinos waren voll von Leuten, die ihr Haushaltsgeld verspielten. Sie gelangten langsam aus Biloxi heraus und fuhren dann durch Gulfport, Long Beach und Pass Christian. Dann bogen sie von der Küste ab und passierten bald darauf eine Sicherheitskontrolle in der Nähe einer Lagune.

DAS STRANDHAUS war modern und weitläufig; es war von einem Ölmagnaten aus New Orleans angemietet worden – für drei Monate, Barzahlung, keine Fragen. Zur Zeit wurde es von einigen sehr wichtigen Leuten als Refugium benutzt.

Auf einer Veranda hoch über dem Wasser genossen vier Herren ihre Drinks und schafften es, sich über belanglose Dinge zu unterhalten, während sie auf einen Besucher warteten. Obwohl ihre Geschäfte normalerweise von ihnen verlangten, erbitterte Feinde zu sein, hatten wichtige Angelegenheiten einen Waffenstillstand erfordert. Jeder der vier war Generaldirektor eines großen Konzerns. Ihre Aktien wurden an der New Yorker Börse gehandelt. Jeder dieser Konzerne war ein Konglomerat verschiedener Unternehmen mit nichtssagenden Namen wie Trellco und Smith Greer; Namen, die von der Tatsache ablenken sollten, daß sie im Grunde nichts anderes waren als Tabakfirmen. Der kleinste Konzern hatte im Vorjahr einen Umsatz von sechshundert Millionen Dollar gehabt, der größte einen von vier Milliarden.

Die Großen Vier, wie sie in Finanzkreisen allgemein genannt wurden, produzierten Zigaretten – zusammen 98 Prozent aller Zigaretten, die in den Vereinigten Staaten und Kanada verkauft wurden. Es hatte Fusionen gegeben, Namensänderungen und eine Reihe von kosmetischen Bemühungen, um in der Öffentlichkeit besser dazustehen, aber die Großen Vier waren von Verbrauchergruppen, Ärzten und sogar Politikern gründlich isoliert und an den Pranger gestellt worden.

Und jetzt saßen ihnen die Anwälte im Genick. Die Angehörigen von Verstorbenen hatten sie verklagt und forderten riesige Geldbeträge, weil, wie sie behaupteten, Zigaretten Lungenkrebs verursachten. Sechzehn Prozesse bisher, und die Tabakbranche hatte alle gewonnen. Aber der Druck stieg. Und sobald eine Geschworenenjury zum ersten Mal einer Witwe ein paar Millionen Dollar zusprach, würde die Hölle los sein.

Die Großen Vier hatten auf den ständig wachsenden Druck durch die Gerichte reagiert, indem sie Geld in etwas einbezahlten, das einfach *Der Fonds* genannt wurde. Er war unbeschränkt und hinterließ keine Spuren. Er existierte nicht. Der Fonds wurde für skrupellose Taktiken bei Prozessen genutzt: zum Anheuern der gerissensten Verteidiger, der glattzüngigsten Sachverständigen, der erfahrensten Juryberater. Es gab keine Einschränkungen für die Nutzung der Gelder. Jeder Konzern zweigte jährlich drei Millionen ab und ließ das Geld im Kreis herumwandern, bis es schließlich im Fonds gelandet war.

Der Fonds wurde von Rankin Fitch verwaltet, einem Mann, den sie alle verabscheuten, dem sie aber trotzdem zuhörten und, wenn es sein mußte, auch gehorchten. Solange er gewann, ertrugen sie es, nach seiner Pfeife tanzen zu müssen. Fitch hatte acht erfolgreiche Prozesse dirigiert und dafür gesorgt, daß zwei weitere ergebnislos abgebrochen wurden.

Ein Assistent erschien mit einem Tablett voll frischer Getränke auf der Veranda. Die Gläser wurden gerade vom Tablett genommen, als jemand sagte: „Fitch ist da." Die Gläser schossen gleichzeitig hoch und dann wieder nieder – jeder der vier hatte rasch einen großen Schluck gekippt.

Sie eilten ins Wohnzimmer. Ein Assistent reichte Fitch sein Mineralwasser ohne Eis. Er trank nie Alkohol; in einem früheren Leben hatte er allerdings so viel davon konsumiert, daß ein Kahn darauf hätte schwimmen können. Er bewegte sich zu dem imitierten Kamin und wartete darauf, daß sich die vier auf den Sofas um ihn scharten.

„Eine kurze Zusammenfassung", sagte er. „In diesem Augenblick arbeitet das ganze Team der Verteidigung nonstop. Die Prozeßanwälte sind bereit. Alle Zeugen sind vorbereitet, alle Sachverständigen bereits in der Stadt. Bis jetzt ist nichts Ungewöhnliches zu vermelden."

„Was ist mit den Geschworenen?" fragte D. Martin Jankle, der nervöseste der vier. Er leitete U-Tab oder Union Tobacco, wie die Firma früher geheißen hatte, die aber nach einer Imagekampagne jetzt unter dem Namen Pynex gehandelt wurde. Der bevorstehende Prozeß trug die Bezeichnung *Wood gegen Pynex*, also hatte die Roulettekugel Jankle auf den heißen Stuhl befördert. Der Größe nach war Pynex Nummer drei, mit einem Umsatz von fast zwei Milliarden im vorigen Jahr. Außerdem verfügte Pynex nach dem letzten Quartalsstand über die größten Finanzreserven von den vieren – gut achthundert Millionen.

„Bei acht von ihnen bestehen noch Unklarheiten", erklärte Fitch.

„Ein faules Ei unter den Geschworenen kann Gift sein", sagte Jankle. Er hatte in Louisville als Firmenanwalt gearbeitet, bevor er bei U-Tab eintrat, und ließ es sich immer angelegen sein, Fitch darauf hinzuweisen, daß er von der Juristerei mehr verstand als die anderen drei.

„Dessen bin ich mir vollauf bewußt", fauchte Fitch ihn an.

„Ich nehme an, die Vertreter der Klägerin sind bereit?" fragte ein anderer Generaldirektor.

„Vermutlich", sagte Fitch mit einem Achselzucken. „Es sind genügend von ihnen da."

Acht nach der letzten Zählung. Acht der größten auf Haftungsfälle spezialisierten Kanzleien des Landes, von denen angeblich jede eine Million Dollar zur Finanzierung dieses entscheidenden Schlags gegen die Tabakindustrie beigesteuert hatte. Sie hatten die Klägerin ausgesucht, die Witwe eines Mannes namens Jacob L. Wood. Sie hatten das Forum ausgesucht, die Golfküste von Mississippi, weil der Staat prächtige Haftungsgesetze hatte und weil Jurys in Biloxi gelegentlich großzügig sein konnten. Es war kein gewöhnlicher Tabakfall, und alle im Zimmer Anwesenden wußten es.

„Wie lange wird es dauern?" fragte Jankle.

„Vier bis sechs Wochen. Die Auswahl der Geschworenen geht hier schnell. Wahrscheinlich werden wir am Mittwoch eine Jury haben." Fitch blickte in die Runde. „Sonst noch etwas?"

Absolute Stille.

„Gut."

Dann war er verschwunden. Sie starrten stumm auf den teuren Teppich, machten sich Sorgen wegen Montag, machten sich Sorgen wegen einer Menge Dinge. Schließlich zündete sich Jankle mit zitternden Händen eine Zigarette an.

WENDALL H. ROHR machte sein erstes Vermögen im Verklagespiel, als zwei Ölarbeiter von Shell bei ihrer Arbeit im Golf schwere Verbrennungen erlitten. Sein Anteil betrug fast zwei Millionen. Er gab sein Geld mit vollen Händen aus, übernahm weitere Fälle, und im Alter von vierzig Jahren hatte er einen beachtlichen Ruf als gewiefter Prozeßanwalt. Dann ruinierten Drogen, eine Scheidung und ein paar Fehlinvestitionen sein Leben, und im Alter von fünfzig Jahren überprüfte er wie eine Million anderer Anwälte Rechtstitel und verteidigte Ladendiebe. Als eine Welle von Asbest-Prozessen über die Küste hinwegbrandete, war Rohr wieder am rechten Ort. Er machte sein zweites Vermögen und schwor sich, es nie wieder zu verlieren. Frei von Alkohol und Tabletten richtete Rohr seine beträchtlichen Energien darauf, amerikanische Firmen im Namen Geschädigter zu verklagen. Bei seinem zweiten Anlauf stieg er in den Kreisen der Prozeßanwälte sogar noch schneller auf. Er ließ sich einen Bart stehen, ölte sein Haar, wurde zum Radikalen und gern gesehenen Vortragsgast.

Rohr lernte Celeste Wood, die Witwe von Jacob Wood, durch einen Anwalt kennen, der kurz vor dessen Tod Woods Testament aufgesetzt hatte. Jacob Wood war im Alter von 51 Jahren gestorben, nachdem er 35 Jahre lang geraucht hatte, die meiste Zeit davon drei Schachteln pro Tag. Zum Zeitpunkt seines Todes war er leitender Angestellter in einer Bootswerft gewesen und hatte vierzigtausend Dollar im Jahr verdient.

In den Händen eines weniger ehrgeizigen Anwalts wäre der Fall nicht mehr gewesen als ein toter Raucher mehr. Rohr dagegen hatte sich einen Bekanntenkreis aufgebaut, dessen Mitglieder alle Spezialisten für Produkthaftung waren, und alle hatten sie Millionen kassiert mit Prozessen um Brustimplantate und Asbest. Jetzt trafen sie sich mehrmals im Jahr und überlegten, wie man die Hauptgoldader des amerikanischen Haftungsrechts ausbeuten konnte. Kein legal hergestelltes Produkt in der Weltgeschichte hatte so viele Menschen getötet wie die Zigarette. Und die Taschen ihrer Hersteller waren so tief, daß das Geld darin verschimmelte.

Rohr hatte die erste Million bereitgestellt, und sieben andere schlossen sich an. Ein Rat von Prozeßanwälten wurde gebildet, mit Wendall Rohr als Vorsitzendem und designiertem Hauptakteur im Gerichtssaal. Mit soviel Aufsehen, wie sie nur erregen konnte, hatte Rohrs Gruppe vier Jahre zuvor beim Bezirksgericht von Harrison County, Mississippi, Klage erhoben.

Die Sache *Wood gegen Pynex* war die fünfundfünfzigste ihrer Art. Sechsunddreißig waren abgewiesen worden. Sechzehn waren vor Gericht gegangen und hatten mit Urteilen zugunsten der Tabakkonzerne geendet. Zwei waren ergebnislos abgebrochen worden. Bei keiner Verhandlung war es zu einem Vergleich gekommen. Nie war einem Kläger in einem Zigarettenfall auch nur ein Cent bezahlt worden.

Rohrs langfristige Strategie war simpel, und sie war brillant. Da draußen gab es hundert Millionen Raucher. Nicht alle hatten Lungenkrebs, aber doch bestimmt eine ausreichende Zahl, um ihn beschäftigt zu halten, bis er sich zur Ruhe setzte. Wenn er den ersten Prozeß gewann, brauchte er sich nur noch zurückzulehnen und auf den großen Ansturm zu warten.

Er operierte von einer Bürosuite aus, die die oberen drei Stockwerke eines alten Bankgebäudes nicht weit vom Gericht einnahm. Am späten Freitagabend öffnete er die Tür zu einem dunklen Zimmer und stellte sich an die hintere Wand, während Jonathan Kotlack aus San Diego den Projektor bediente. Kotlack war für die Recherchen und die Auswahl der Geschworenen zuständig. Die Leute am Tisch in der Mitte des Zimmers betrachteten mit erschöpften Augen ein weiteres Gesicht, das auf der Leinwand erschien.

Nelle Robert (Roh-Bair ausgesprochen), sechsundvierzig, geschieden, arbeitet als Bankkassiererin, raucht nicht, sehr übergewichtig und deshalb Rohrs Philosophie der Geschworenenauswahl zufolge disqualifiziert. Dicke Frauen kamen nicht in Frage. Schon gar keine ledigen. Sie neigten dazu, knauserig zu sein und ohne Mitgefühl.

Er hatte sich die Namen und Gesichter eingeprägt. Er hatte diese Leute studiert, bis sie ihm zuwider waren. Er verließ das Zimmer und ging die Treppe seiner opulent eingerichteten Kanzlei hinunter. In diesem Augenblick, um fast zehn Uhr am Freitagabend, waren in der Kanzlei von Wendall H. Rohr mehr als vierzig Leute intensiv bei der Arbeit. Die Tabakanwälte ein Stück weiter unten an der Straße arbeiteten ebenso intensiv. Es gab nichts Aufregenderes als einen großen Prozeß.

2

Der Hauptsaal des Gerichtsgebäudes von Biloxi lag im ersten Stock. Über die gefliese Treppe gelangte man in die von Sonnenlicht durchflutete Vorhalle.

Um acht Uhr am Montagmorgen versammelte sich bereits eine große Menschenmenge in der Vorhalle außerhalb der hohen, in den Gerichtssaal führenden Holztür. Eine kleine Gruppe drängte sich in einer Ecke zusammen; sie bestand aus jungen Männern in dunklen Anzügen, die einen gepflegten Eindruck machten, und die meisten von ihnen ließen unter ihren maßgeschneiderten Jacketts Hosenträger sehen. Sie waren Finanzanalytiker aus der Wall Street, Spezialisten für Tabakaktien, in den Süden geschickt, um das Anfangsstadium der Sache *Wood gegen Pynex* zu verfolgen.

Eine weitere größere Gruppe scharte sich locker im Zentrum der Vorhalle zusammen. Jede dieser Personen hielt verlegen ein Stück Papier in der Hand, eine Geschworenenvorladung. Nur wenige kannten einander, aber die Papiere etikettierten sie; sie kamen miteinander ins Gespräch. Die Männer in den dunklen Anzügen aus der ersten Gruppe verstummten und beobachteten die potentiellen Geschworenen.

Genau um halb neun öffneten die Wachtposten die Tür, ließen die Geschworenen einen nach dem anderen ein und teilten den Zuschauern mit, daß sie noch eine Weile warten müßten.

Im Gerichtssaal überprüfte die Vorsteherin der Gerichtskanzlei jede einzelne Vorladung, lächelte und umarmte sogar einige der Geschworenen, die sie kannte, und dirigierte sie zu ihren Plätzen. Sie hieß Gloria Lane und war seit elf Jahren Kanzleivorsteherin des Bezirksgerichts von Harrison County.

Um neun waren alle Geschworenen ihren Nummern entsprechend untergebracht und damit beschäftigt, Fragebögen auszufüllen. Nur zwei fehlten. Von einem hieß es, er sei nach Florida gezogen, und auf den Aufenthaltsort des anderen gab es keinerlei Hinweise. Gloria

Lane erklärte die beiden für nicht existent. Links von ihr saßen in den Reihen eins bis zwölf 144 potentielle Geschworene, und rechts enthielten die Reihen dreizehn bis sechzehn die restlichen fünfzig. Richter Harkins schriftlicher Anweisung entsprechend wurden vierzig Zuschauer eingelassen und im Hintergrund des Saales untergebracht.

Die Fragebogen waren rasch ausgefüllt und wurden von den Gehilfinnen der Kanzleivorsteherin eingesammelt, und um zehn erschienen die ersten der zahlreichen Anwälte im Gerichtssaal und nahmen ihre Plätze ein. Rechts stand der Tisch der Anklage und daneben der der Verteidigung. Jeder Zentimeter Platz zwischen den Tischen und der Holzschranke, die sie von den Zuschauern trennte, war mit Stühlen ausgefüllt.

Die Reihe Nummer siebzehn war leer, gleichfalls auf Harkins Anweisung, und in Reihe achtzehn saßen steif die Jungs aus der Wall Street und betrachteten die Rücken der Geschworenen. Hinter ihnen hockten ein paar Reporter, dann kam eine Reihe mit ortsansässigen Anwälten und anderen Neugierigen. In der hintersten Reihe tat Rankin Fitch, als läse er Zeitung.

Weitere Anwälte erschienen. Dann nahmen die Juryberater – sechs für die Verteidigung, vier für die Anklage – in dem engen Raum zwischen den Anwaltstischen und der Schranke ihre Plätze ein und machten sich an die unerfreuliche Arbeit, in die fragenden Gesichter von 194 Fremden zu starren.

Geschworener Nummer 56, Nicholas Easter, erntete mehr als den ihm eigentlich zustehenden Anteil an eindringlichen Blicken. Er saß in der fünften Reihe, angetan mit einer khakifarbenen Hose und einem Hemd mit angeknöpftem Kragen, ein gutaussehender junger Mann. Er schaute gelegentlich auf, aber seine Aufmerksamkeit war auf ein Taschenbuch gerichtet, das er mitgebracht hatte.

Der letzte Anwalt, der den Saal betrat, war Wendall Rohr, und wie gewöhnlich konnte man ihn hören, bevor man ihn sah. Er trug die von ihm an Eröffnungstagen bevorzugte Kleidung – ein graues, kariertes Sportjackett, eine nicht dazu passende graue Hose, eine weiße Weste, ein blaues Hemd und eine rot-gelbe Paisley-Fliege. Er fuhr einen Anwaltsgehilfen an, sagte laut etwas zu einem anderen Anwalt der Anklage, und sobald er die Aufmerksamkeit des Saales hatte, richtete er den Blick auf die potentiellen Geschworenen. Das waren seine Leute. Das war sein Fall, einer, den er in seiner Heimatstadt eingebracht hatte, damit er eines Tages in diesem seinem Gerichtssaal stehen und seine Leute um Gerechtigkeit bitten konnte. Rohr war eine lokale Legende.

Schließlich riß ein Gerichtsdiener die Tür hinter dem Richtertisch auf und rief: „Man erhebe sich!" Dreihundert Menschen sprangen auf, als der Ehrenwerte Frederick Harkin erschien, sich auf seinem Stuhl niederließ und alle aufforderte, sich wieder zu setzen.

Für einen Richter war er recht jung, fünfzig, ein Demokrat, der vom Gouverneur für den Rest der Amtszeit seines Vorgängers, der vorzeitig aus seinem Amt geschieden war, berufen und dann vom Volk gewählt worden war.

Der Anblick eines mit so vielen wichtigen Wählern gefüllten Gerichtssaals war dazu angetan, das Herz jedes Wahlbeamten zu erwärmen, und Seine Ehren konnte ein breites Lächeln nicht unterdrücken, als er die Geschworenen in seinem Bau willkommen hieß, als wären sie freiwillig erschienen. In einer kurzen Begrüßungsansprache wies er sie darauf hin, wie wichtig ihre Anwesenheit war. Harkin stand nicht in dem Ruf, liebenswürdig oder humorvoll zu sein, und er wurde schnell ernst.

In sein Mikrofon sprechend, teilte er mit, daß der Prozeß mehrere Wochen dauern würde und daß die Geschworenen nicht isoliert und eingeschlossen werden würden. Es gebe mehrere Rechtsgrundlagen, die eine Entlassung aus der Geschworenenpflicht vorsähen, erklärte er und fragte dann, ob der Computer etwa Personen, die älter als fünfundsechzig waren, nicht ausgefiltert habe. Sechs Hände schossen hoch. Den sechsen stand es frei, den Saal sofort zu verlassen, und fünf von ihnen taten es. Herunter auf 189.

„So, und haben wir jemanden hier, der blind ist?" fragte der Richter. „Ich meine, blind im juristischen Sinne?" Es war eine leichthin gestellte Frage, die einiges Lächeln auslöste. Weshalb sollte eine blinde Person erscheinen, um ihrer Geschworenenpflicht nachzukommen? So etwas hatte es noch nie gegeben.

Langsam hob sich in der Mitte der Menge eine Hand. Geschworener Nummer 63, ein Mr. Herman Grimes, Alter 59, Computerprogrammierer, weiß, verheiratet, keine Kinder. Auf beiden Seiten steckten die Juryexperten die Köpfe zusammen. Die Herman-Grimes-Fotos waren Aufnahmen seines Hauses gewesen und ein oder zwei Schnappschüsse von ihm auf der Vorderveranda. Die Fragebögen gaben keinerlei Hinweis auf seine Behinderung.

„Bitte stehen Sie auf, Sir", forderte der Richter ihn auf.

Herman Grimes erhob sich langsam, mit den Händen in den Taschen, in Freizeitkleidung und mit einer normal aussehenden Brille. Er machte keinen blinden Eindruck.

„Ihr Name, bitte", sagte der Richter.
„Herman Grimes."
Harkin fand den Namen in seinem Computerausdruck, dann schaute er in das Meer von Gesichtern. „Und Sie sind blind?"
„Ja, Sir."
„Also, Mr. Grimes, damit sind Sie von der Geschworenenpflicht entbunden und dürfen gehen."
Herman Grimes rührte sich nicht vom Fleck. „Weshalb?"
„Wie bitte?"
„Weshalb muß ich gehen?"
„Nun ja, Blinde können nicht als Geschworene dienen", erklärte Harkin, zuerst nach rechts und dann nach links schauend. „Sie dürfen gehen, Mr. Grimes."
Herman Grimes zögerte, während er darüber nachdachte, wie er reagieren sollte. Schließlich sagte er: „Weshalb können Blinde nicht als Geschworene dienen?"
Harkin griff bereits nach einem Gesetzbuch. „Sie möchten als Geschworener fungieren, Mr. Grimes?" fragte er in dem Versuch, die Situation zu entspannen, während er Seiten umblätterte.
Mr. Grimes wurde aggressiv. „Sagen Sie mir, weshalb ein Blinder nicht Geschworener sein kann. Wenn das in den Gesetzen steht, dann sind die Gesetze diskriminierend, und ich werde dagegen klagen. Wenn es nicht in den Gesetzen steht und nur üblicherweise so gehandhabt wird, dann werde ich um so schneller klagen."
Auf der einen Seite der Schranken saßen zweihundert kleine Leute, diejenigen, die die Kraft des Gesetzes in diesen Saal gezerrt hatte. Auf der anderen Seite saß das Gesetz selbst – der auf seinem Podium über allen anderen thronende Richter, die Horde von steifen Anwälten, die ihre niederträchtigen Nasen rümpften, die Kanzlisten, die Gerichtsdiener. Mr. Herman Grimes hatte im Namen der Verpflichteten dem Establishment einen schweren Schlag versetzt und wurde dafür mit Gekicher und leisem Gelächter von seinen Kollegen belohnt.
Im Gesetz hieß es, daß ein Blinder von der Geschworenenpflicht entbunden werden *kann,* und als der Richter das Wort *kann* sah, beschloß er schleunigst, Mr. Grimes zu besänftigen und sich später mit ihm zu beschäftigen. Es hatte keinen Sinn, sich im eigenen Gerichtssaal verklagen zu lassen. „Wenn ich's mir recht überlege, Mr. Grimes, glaube ich, daß Sie einen vorzüglichen Geschworenen abgeben würden. Bitte, nehmen Sie wieder Platz."
Herman Grimes nickte und sagte höflich: „Danke, Sir."

In der hintersten Reihe beugte sich Fitch nach rechts, in dem Versuch, Blickkontakt zu Carl Nussman aufzunehmen, dem Mann, der für das Auswählen der perfekten Jury bereits 1,2 Millionen Dollar erhalten hatte. Nussman saß inmitten seiner Kollegen und musterte die Gesichter, als hätte er genau gewußt, daß Herman Grimes blind war. Er hatte es nicht gewußt, und das wiederum wußte Fitch.

„Also, meine Damen und Herren", fuhr der Richter fort, jetzt mit etwas schärferer Stimme. „Wir kommen jetzt zu einer Phase der Geschworenenauswahl, die etwas zeitraubend ist. Dabei geht es um körperliche Gebrechen, die Ihre Entlassung bewirken könnten. Wir wollen Sie nicht in Verlegenheit bringen, aber wenn Sie ein körperliches Problem haben, dann müssen wir jetzt darüber sprechen. Wir beginnen mit der ersten Reihe."

Als Harkin um zwölf für die Mittagspause unterbrach, hatte er dreizehn Personen aus medizinischen Gründen entlassen. Man würde um halb zwei wieder zusammenkommen, um noch eine ganze Weile auf diese Art weiterzumachen.

Der Rest der Kranken wurde nach der Mittagspause rasch nach Hause geschickt, und um drei Uhr nachmittags war die Zahl auf 159 geschrumpft. Richter Harkin ordnete eine Unterbrechung von fünfzehn Minuten an, und als er auf seinen Stuhl zurückkehrte, verkündete er, daß sie jetzt zu einer anderen Art des Auswahlverfahrens kommen würden. Er hielt einen strengen Vortrag über staatsbürgerliche Verantwortung und warnte praktisch jedermann davor, ihm mit einem nichtmedizinischen Härtefall zu kommen.

Trotzdem versuchten es einige. Um halb sechs waren elf Personen entlassen; sechzehn andere waren auf ihre Plätze zurückgeschickt worden, weil sie es nicht geschafft hatten, sich bedauernswert genug anzuhören. Der Richter wies Gloria Lane an, einen weiteren, ausführlicheren Fragebogen zu verteilen, und forderte die übriggebliebenen Geschworenen auf, ihn bis neun Uhr am nächsten Morgen auszufüllen. Er entließ sie mit der strengen Ermahnung, nicht mit Fremden über den Fall zu reden.

ER ENTHIELT Fragen wie: Rauchen Sie Zigaretten? Wenn ja, wie viele Schachteln pro Tag und seit wann? Hat ein Familienangehöriger oder jemand, den Sie gut kennen, unter einer auf das Rauchen zurückzuführenden Krankheit gelitten? Wenn ja, wer? Glauben Sie, daß Rauchen die Ursache ist von (a) Lungenkrebs, (b) Herzkrankheiten, (c) Bluthochdruck, (d) keinem der genannten Leiden, (e) allen genannten Leiden?

Auf Seite drei wurde es schwieriger: Was halten Sie davon, daß Steuergelder für die medizinische Behandlung von mit dem Rauchen in Zusammenhang stehenden Gesundheitsproblemen aufgewendet werden? Was halten Sie davon, daß die Tabakfarmer mit Steuergeldern subventioniert werden? Wie stehen Sie zu einem Rauchverbot in allen öffentlichen Gebäuden?

Nicholas machte sich eine weitere Tasse Instantkaffee und tat zwei Stück Zucker hinein. Er hatte am Vorabend eine Stunde mit diesen Fragen verbracht und an diesem Morgen bereits eine weitere Stunde. Die Sonne war noch kaum aufgegangen. Sein Frühstück hatte aus einer Banane und einem altbackenen Croissant bestanden. Er dachte über die letzte Frage nach und beantwortete sie dann mit einem Bleistift in säuberlichen Blockbuchstaben, weil seine normale Schrift unausgeglichen und kaum leserlich war. Und er wußte, daß, noch bevor es dunkel wurde, eine ganze Horde von Handschriftexperten beider Seiten über seinen Worten brüten würden, weniger an dem interessiert, was er sagte, als an der Art, wie er seine Buchstaben formte. Er hatte drei Bücher über Handschriftenanalyse gelesen, und er wollte intelligent und vorurteilsfrei wirken, zu fairen Entscheidungen fähig, ein Unparteiischer, den sie haben wollten.

Er blätterte zu der Frage nach den Tabaksubventionen zurück, weil sie besonders schwierig war. Ein Großteil genau derselben Fragen war auch bei dem Cimmino-Fall im vorigen Jahr in Allentown, Pennsylvania, gestellt worden.

Nicholas Easter war damals David Lancaster gewesen, Teilzeit-Filmstudent mit einem echten dunklen Bart und einer falschen Hornbrille. Es war ein ähnlicher Fall gewesen, aber mit einer anderen Witwe und einem anderen Tabakkonzern und anderen Anwälten. Nur Fitch war derselbe geblieben.

Nicholas/David hatte damals die ersten beiden Ausscheidungen überstanden, war aber noch vier Reihen entfernt gewesen, als man sich bereits über die Auswahl der Geschworenen geeinigt hatte. Er hatte sich den Bart abrasiert, sich der falschen Hornbrille entledigt und einen Monat später die Stadt verlassen.

Der Klapptisch vibrierte leicht, als er schrieb. Dies war sein Eßzimmer – der Tisch und drei nicht zusammenpassende Stühle. Der kleine Wohnraum rechts von ihm war mit einem klapprigen Schaukelstuhl, einem auf einer Holzkiste stehenden Fernseher und einem staubigen Sofa möbliert, das er auf dem Flohmarkt gekauft hatte. Das Schlafzimmer wurde fast vollständig von einer großen Matratze ausgefüllt, die ohne Bettgestell auf dem Boden lag. Eine Reihe von Pappkartons diente als Kommode.

Es war eine provisorische Bleibe, und sie vermittelte den Eindruck einer Wohnung, die jemand ein oder zwei Monate benutzen würde, bevor er mitten in der Nacht die Stadt verließ – und das war genau, was Nicholas vorhatte.

Um acht war er mit dem Fragebogen fertig und las ihn noch ein letztes Mal durch. Von einem über das Küchenfenster gespannten Kopfkissenbezug verdeckt, überprüfte er rasch den Parkplatz auf Fotografen oder andere Eindringlinge. Vor drei Wochen hatte er einen von ihnen gesehen, der geduckt hinter dem Lenkrad eines Kleintransporters saß.

Heute keine Schnüffler. Er schloß seine Wohnung ab und verließ das Haus zu Fuß.

GLORIA LANE ging an diesem zweiten Tag wesentlich effektiver mit ihrer Herde um. Die verbliebenen 148 potentiellen Geschworenen wurden auf der rechten Seite untergebracht, dicht gedrängt, jeweils zwölf in einer Reihe. Die Fragebogen wurden eingesammelt, als sie den Saal betraten, dann rasch kopiert und beiden Seiten ausgehändigt.

Auf der anderen Seite des Ganges saß eine manierliche Schar von Finanzexperten, Reportern und anderen Zuschauern und musterte die Anwälte, die ihrerseits die Gesichter der Geschworenen studierten. Fitch war unauffällig in die vorderste Reihe vorgerückt.

Richter Harkin brauchte nicht einmal eine Stunde, um die nichtmedizinischen Härtefälle zu erledigen. Sechs weitere wurden entlassen, wonach noch 142 übrigblieben.

Endlich war nun Showtime. Wendall Rohr, der noch einmal dasselbe graukarierte Sportjackett trug, erhob sich und trat an die Schranke, um sich an sein Publikum zu wenden. Er lächelte breit. „Willkommen", sagte er dramatisch, als wäre das, was folgen sollte, ein Ereignis, das sie auf immer und ewig im Gedächtnis behalten würden. Er stellte sich und die Mitglieder seines Teams vor, und dann bat er die Klägerin, Celeste Wood, sich zu erheben. Während er sie den potentiellen Geschworenen präsentierte, gelang es ihm, zweimal das Wort Witwe einzuflechten. Sie war eine zierliche Frau von 55, in einem schlichten schwarzen Kleid, schwarzer Strumpfhose und schwarzen Schuhen, und er bedachte sie mit einem schmerzlichen kleinen Lächeln, als wäre sie noch immer im Stadium des Trauerns, obwohl ihr Mann nun schon seit vier Jahren tot war. Tatsächlich war sie sogar nahe daran gewesen, eine neue Ehe einzugehen, ein Ereignis, das

Wendall Rohr, sobald er davon erfuhr, verhindert hatte. „Sie können den Mann erst nach dem Prozeß heiraten", hatte er ihr erklärt. „Der Sympathiefaktor. Man erwartet von Ihnen, daß Sie trauern."

Nachdem Rohr alle auf seiner Seite des Saals offiziell vorgestellt hatte, wurden die Geschworenen von ihm wortreich gebeten, offen und ehrlich zu sein und sich nicht zu scheuen, ihre Hände zu erheben, wenn sie auch nur das Geringste beunruhige. Dann griff Rohr nach einem Notizblock, warf einen Blick darauf und sagte: „Also, unter Ihnen ist eine Reihe von Leuten, die schon einmal Geschworene in einem Zivilprozeß waren. Bitte, heben Sie die Hand." Ein Dutzend Hände streckten sich brav in die Höhe. Rohr ließ den Blick über sein Publikum schweifen, ehe er ihn dann auf einer Dame in der vordersten Reihe ruhen ließ. „Mrs. Millwood, nicht wahr?" Ihre Wangen röteten sich, als sie nickte.

„Soweit ich informiert bin, waren Sie vor ein paar Jahren Geschworene in einem Zivilprozeß?"

„Ja", sagte sie, räusperte sich und versuchte, laut zu sprechen.

„Was für ein Fall war das?" fragte er, obwohl er praktisch jedes Detail kannte – vor sieben Jahren, im selben Gerichtssaal, mit einem anderen Richter, der Kläger erhielt keinen Pfennig. Die Akte war Wochen zuvor kopiert worden.

„Es ging um einen Verkehrsunfall", antwortete sie.

„Sind die Geschworenen in jenem Fall zu einem Urteil gelangt?"

„Ja. Er hat nichts bekommen."

„Und mit ‚er' meinen Sie den Kläger?"

„Ja. Wir waren nicht der Meinung, daß er wirklich verletzt worden war."

„Ich verstehe. Nichts an dem damaligen Fall würde Ihre Fähigkeit beeinträchtigen, auch diesen zu hören?"

„Nein, ich glaube nicht."

„Danke, Mrs. Millwood."

Rohr stellte anderen Geschworenenveteranen dieselben Fragen, und die Sache wurde rasch monoton.

Die Verwendung von Fragebögen erleichterte die Auswahl der Geschworenen beträchtlich. Während Rohr im Gerichtssaal Fragen stellte, studierten anderswo Dutzende von Leuten die schriftlichen Antworten und strichen auf ihren Listen Namen durch. Die Schwester eines Mannes war an Lungenkrebs gestorben. Sieben weitere hatten gute Freunde oder Familienangehörige mit schwerwiegenden Gesundheitsproblemen, die sie allesamt dem Rauchen zuschrieben.

Mindestens die Hälfte der potentiellen Geschworenen rauchte oder hatte früher regelmäßig geraucht. Die meisten derjenigen, die rauchten, erklärten, daß sie gerne aufhören würden.

Nachdem Richter Harkin die öffentliche Verhandlung auf halb fünf am Dienstag vertagt hatte, ließ er den Gerichtssaal räumen und setzte die Verhandlung unter Protokoll fort. Fast drei Stunden lang wurde nun unter Ausschluß der Öffentlichkeit über die schriftlichen Antworten diskutiert und debattiert, und am Ende waren 31 weitere Namen von der Liste gestrichen worden.

Harkin war entschlossen, die Auswahl der Geschworenen am Mittwoch abzuschließen. Die Eröffnungsplädoyers waren für Donnerstagmorgen vorgesehen. Er hatte sogar die Möglichkeit von Samstagsarbeit angedeutet.

Um acht Uhr am Dienstagabend entschied er über einen letzten Antrag, danach schickte er die Anwälte nach Hause. Die Anwälte von Pynex trafen sich mit Fitch in der Kanzlei von Whitney & Cable & White, wo sie eine Mahlzeit aus kalten Sandwiches und fettigen Pommes frites erwartete. „Eßt schnell", befahl Fitch, als ob man so eine Mahlzeit auch genußvoll zu sich nehmen könnte. Die Zahl war auf 111 herunter, morgen fing das Auswählen an.

DER VORMITTAG gehörte Durwood Cable, oder Sir Durr, wie er die Küste hinauf und hinunter genannt wurde, in einer Gegend, die er im Laufe seiner 61 Lebensjahre nie für längere Zeit verlassen hatte. Als Seniorpartner von Whitney & Cable & White war er von Fitch sorgfältig dazu auserwählt worden, vor Gericht den Hauptanteil der Arbeit für Pynex zu tun. Als Anwalt, dann als Richter und jetzt wieder als Anwalt hatte Durr den größten Teil der letzten dreißig Jahre damit verbracht, Jurys anzusehen und mit ihnen zu reden. Für ihn waren Gerichtssäle Orte der Entspannung, weil sie Bühnen waren – jeder spielte eine Rolle, jeder hielt sich an seinen Text, und die Anwälte waren die Stars. Wo Wendall Rohr, sein Gegenspieler, laut und anbiedernd und grell war, verhielt sich Durr zugeknöpft und eher steif. Der obligatorische dunkle Anzug, eine etwas kühne goldfarbene Krawatte, das übliche weiße Hemd, das hübsch mit seinem braungebrannten Gesicht kontrastierte. Durr war ein leidenschaftlicher Hochseeangler und verbrachte viele Stunden auf seinem Boot und in der Sonne. Sein Scheitel war kahl und sehr braun.

Er trat an die Schranke, schaute ernst in die Gesichter der 111 Leute und sagte mit einer angenehm vollen Stimme: „Mein Name ist Durwood Cable, und ich vertrete Pynex, eine alte Firma, die seit neunzig Jahren Zigaretten produziert." Da, er schämte sich deshalb nicht! Er sprach zehn Minuten über Pynex und leistete hervorragende Arbeit – es gelang ihm, das Bild des Konzerns weicher zu zeichnen und seinen Mandanten beinahe liebenswert zu machen.

Sobald er damit fertig war, stürzte er sich furchtlos in das Thema der freien Entscheidung. „Sind wir uns alle einig, daß Zigaretten potentiell gefährlich sind, wenn sie mißbraucht werden?" fragte er und sah zu, wie die meisten Köpfe zustimmend nickten. „Also gut. Da diese Tatsache allgemein bekannt ist, können wir uns also darauf einigen, daß ein Mensch, der raucht, um die damit verbundenen Gefahren wissen sollte?" Weiteres Nicken. Er musterte die Gesichter, insbesondere das von Nicholas Easter, der jetzt in Reihe drei saß. Wegen der Entlassungen war Easter jetzt Jurykandidat Nummer 32. Sein Gesicht verriet nichts als gespannte Aufmerksamkeit.

Cable stellte eine Menge Fragen, provozierte ein paar Antworten und lieferte seinen Experten für Körpersprache eine Menge Stoff, über den sie nachgrübeln konnten. Er machte um zwölf Schluß, gerade rechtzeitig für eine Mittagspause. Harkin forderte die potentiellen Geschworenen auf, um drei Uhr wieder dazusein, wies die Anwälte aber an, schnell zu essen und in einer Dreiviertelstunde zurückzukehren.

Um ein Uhr, als der Gerichtssaal leer und abgeschlossen war und die Anwälte dicht gedrängt an ihren Tischen saßen, erhob sich Jonathan Kotlack, der für die Geschworenenauswahl zuständige Vertreter der Anklage, und informierte das Gericht: „Die Anklage akzeptiert die Geschworene Nummer eins." Niemand wirkte überrascht. Alle schrieben etwas auf ihre Computerausdrucke, auch Seine Ehren, der nach einer kurzen Pause fragte: „Die Verteidigung?"

„Die Verteidigung akzeptiert Nummer eins." Auch keine Überraschung. Nummer eins war Rikki Coleman, eine junge Frau und Mutter von zwei Kindern, die nie geraucht hatte und als Aktenverwalterin in einem Krankenhaus arbeitete. Kotlack und seine Crew hatten ihr anhand ihrer schriftlichen Antworten, ihrer Arbeit im Gesundheitswesen und ihres offenkundigen Interesses an allem, was bisher gesagt worden war, 7 von 10 möglichen Punkten gegeben. Von der Verteidigung hatte sie 6 erhalten, und die Verteidigung hätte sie abgelehnt, wenn nicht in der ersten Reihe etliche ernstlich Unerwünschte gesessen hätten.

„Das war einfach", murmelte Harkin fast unhörbar. „Also weiter.

Nummer zwei, Raymond C. LaMonette." Mr. LaMonette gab Anlaß zum ersten strategischen Scharmützel bei der Auswahl der Geschworenen. Keine Seite wollte ihn – bei beiden hatte er 4,5 Punkte. Er rauchte stark, wollte aber unbedingt aufhören. Vor drei Jahren war er von einem betrunkenen Autofahrer beinahe getötet worden. Sein Prozeß hatte ihm nichts eingebracht.

Den Regeln der Geschworenenauswahl zufolge wurde jeder Seite eine Reihe von Ablehnungen ohne Angabe von Gründen, sogenannte Streichungen, zugestanden, mit deren Hilfe man unerwünschte Geschworene loswerden konnte. In Anbetracht der Wichtigkeit dieses Falles hatte Richter Harkin den Parteien anstelle der üblichen vier diesmal zehn Streichungen bewilligt. Beide Seiten wollten LaMonette loswerden, aber beide mußten ihre Streichungen für noch unangenehmere Figuren aufsparen.

Die Anklage mußte als erste reagieren, und nach kurzem Zögern erklärte Kotlack: „Die Anklage streicht Nummer zwei."

„Das ist Ablehnung ohne Angabe von Gründen Nummer eins für die Anklage", sagte Harkin und machte sich eine Notiz. Ein kleiner Sieg für die Verteidigung.

Die strategischen Streichungen gingen weiter und löschten Reihe eins praktisch aus. Nur zwei Geschworene überlebten. In Reihe zwei nahm das Gemetzel ab, fünf der zwölf wurden akzeptiert.

Nach dreißig Namen waren schließlich zehn Geschworene ausgewählt; neun Namen waren von der Anklage gestrichen worden, acht von der Verteidigung, und drei Anwärter hatte das Gericht entlassen. Auf dem achten Platz der dritten Reihe saß der große Unbekannte Nicholas Easter, Geschworener Nummer 32. Es war unwahrscheinlich, daß die Auswahl die vierte Reihe erreichen würde, deshalb sah sich Rohr, der nur noch eine Streichung hatte, die Geschworenen 31 bis 36 an und fragte sein dicht um ihn gedrängtes Grüppchen von Mitarbeitern im Flüsterton: „Welcher davon ist am schlimmsten?" Die Finger deuteten allesamt auf Nummer 34, eine fette, schäbige Weiße, vor der ihnen vom ersten Tag an gegraust hatte. Sie betrachteten ihre Liste noch ein paar Minuten länger und einigten sich dann darauf, die Nummern 31, 32, 33 und 35 zu nehmen.

In einem noch dichter gedrängten, ein paar Schritte entfernten Grüppchen entschieden sich Cable und seine Mitarbeiter dafür, 31 zu streichen, 32 zu nehmen, 33 anzufechten, weil 33 Mr. Herman Grimes, der Blinde, war, dann 34 zu nehmen und Nummer 35 zu streichen.

So kam es, daß Nicholas Easter als elfter Geschworener in der Sache *Wood gegen Pynex* ausgewählt wurde. Als die Sitzung um drei Uhr wieder eröffnet worden war, rief Richter Harkin die Namen der zwölf Ausgewählten auf. Sie nahmen die ihnen zugewiesenen Plätze auf der Geschworenenbank ein. Nicholas hatte Platz zwei in der vorderen Reihe. Mit 27 war er der zweitjüngste Geschworene. Es gab neun Weiße, drei Schwarze, sieben Frauen, fünf Männer, einer davon blind. Drei Ersatzleute ließen sich auf gepolsterten Klappstühlen seitlich von der Geschworenenbank nieder. Um halb fünf standen die fünfzehn auf und wiederholten ihren Geschworeneneid. Dann hörten sie eine halbe Stunde lang zu, wie Richter Harkin ihnen eine Reihe von strengen Mahnungen erteilte und ihnen verbot, mit irgend jemandem über den Fall zu sprechen. Dann entließ er sie mit einem freundlichen Lächeln, wünschte ihnen eine gute Nacht, bis morgen früh dann, Punkt neun Uhr.

Die Anwälte schauten zu und wünschten sich, sie könnten gleichfalls gehen. Aber sie hatten noch zu arbeiten. Als der Saal von allen bis auf die Anwälte und die Kanzlisten geräumt war, sagte Seine Ehren: „Meine Herren, Sie haben diese Anträge eingereicht. Jetzt müssen wir darüber verhandeln."

3

Nicholas Easter schlüpfte um halb neun durch die unverschlossene Hintertür des Gerichtsgebäudes, stieg die Hintertreppe hinauf und gelangte in den schmalen Korridor hinter dem Gerichtssaal. Lou Dell, eine pummelige Frau um die Sechzig, in einer Polyesterhose und Turnschuhen, saß vor der Tür zum Geschworenenzimmer, las in einem zerfledderten Liebesroman und wartete darauf, daß jemand in ihr Reich eindrang. Sie sprang auf und sagte: „Guten Morgen. Kann ich Ihnen behilflich sein?" Ihr ganzes Gesicht war ein einziges Lächeln.

„Nicholas Easter", stellte er sich vor. Sie suchte in ihren Unterlagen nach seinem Namen. Ein weiteres, noch breiteres Lächeln, dann: „Willkommen im Geschworenenzimmer. Ist das Ihr erster Prozeß?"

„Ja."

„Kommen Sie herein", sagte sie und schob ihn praktisch durch die Tür in das Zimmer. „Kaffee und Gebäck sind hier drüben." Sie deutete in eine Ecke. Auf dem Tisch befanden sich mehrere Arten von Krapfen, jeweils auf einem anderen Tablett. Zwei volle Kaffeekannen dampften vor sich hin. Teller und Tassen, Löffel und Gabeln, Zucker, Sahne, Süßstoff.

„Kaffee?"

„Ich kann mir selber welchen eingießen."

„Gut." Sie wirbelte herum und zeigte auf einen Stapel Papiere in der Mitte des langen Tisches. „Das ist eine Liste mit Anweisungen von Richter Harkin. Er will, daß jeder Geschworene ein Exemplar nimmt, es sorgfältig durchliest und abzeichnet."

„Danke."

„Ich bin draußen vor der Tür, falls Sie mich brauchen sollten. Da ist mein Platz. Diesmal ordnen sie mir einen Polizisten bei, können Sie sich das vorstellen? Mir wird regelrecht schlecht bei dem Gedanken. Aber vermutlich ist das der größte Prozeß, den wir je hatten. Zivil, meine ich." Sie ergriff den Türknauf und zerrte ihn auf sich zu. „Ich bin hier, falls Sie mich brauchen."

Die Tür wurde geschlossen, und Nicholas goß schwarzen Kaffee in einen Plastikbecher. Die Plastikbecher würden verschwinden müssen. Wenn sie wollten, daß er hier vier bis sechs Wochen kampierte, dann sollten sie für richtige Tassen sorgen. Und wenn sich das County hübsche Krapfen leisten konnte, dann konnte es bestimmt auch für Croissants aufkommen. Er notierte sich, daß kein koffeinfreier Kaffee da war. Und kein heißes Wasser für Tee, nur für den Fall, daß einige seiner neuen Freunde keine Kaffeetrinker waren. Und das Essen würde gut sein müssen. Er dachte nicht daran, sich die nächsten sechs Wochen von Thunfischsalat zu ernähren.

Um den Tisch in der Mitte des Zimmers waren zwölf Stühle verteilt. An einer Wand hing eine große Tafel. An der gegenüberliegenden Wand gab es drei vom Fußboden bis zur Decke reichende Fenster mit Ausblick auf den Rasen des Gerichtsgebäudes.

Das Neueste von Richter Harkin war eine Liste mit einigen Dingen, die sie tun, und einer Unmenge, die sie vermeiden sollten: *Wählen Sie einen Obmann. Tragen Sie ständig die rot-weiße Geschworenen-Plakette. Sprechen Sie nicht über den Fall. Verlassen Sie das Gerichtsgebäude nicht ohne Erlaubnis. Das Mittagessen wird geliefert und im Geschworenenzimmer eingenommen. Jeden Tag vor Eröffnung der Sitzung um neun Uhr wird eine Karte mit den Tagesmenüs herumgereicht. Informieren Sie das Gericht unverzüglich, falls jemand mit Ihnen oder jemandem, den Sie kennen, hinsichtlich Ihrer Beteiligung an diesem Prozeß in irgendeiner Weise Kontakt aufnimmt. Informieren Sie das Gericht unverzüglich, wenn Sie etwas Verdächtiges sehen oder hören.*

Seltsame Anweisungen, diese letzten beiden. Aber Nicholas war über die Details eines Tabakprozesses im Osten von Texas informiert, eines Prozesses, der nach nur einer Woche aufflog, nachdem man herausgefunden hatte, daß mysteriöse Agenten in der kleinen Stadt herumschlichen und den Verwandten von Geschworenen riesige Geldsummen offerierten. Obwohl es keine Möglichkeit gab, dies zu beweisen, war Nicholas sicher, daß Rankin Fitch hinter den Bestechungsversuchen gesteckt hatte. Und er wußte, daß sich Fitch auch bei seinen neuen Freunden rasch an die Arbeit machen würde.

Er zeichnete die Liste ab und ließ sie auf dem Tisch liegen. Auf dem Flur waren Stimmen zu hören. Lou Dell empfing einen weiteren Geschworenen. Die Tür wurde mit einem Tritt und einem Klopfen geöffnet, und Mr. Herman Grimes erschien, mit seinem Gehstock vor sich hertappend. Seine Frau war dicht hinter ihm. Sie inspizierte das Zimmer und beschrieb es ihm leise: „Langes Zimmer, langer, in Längsrichtung aufgestellter Tisch mit Stühlen darum herum; der dir am nächsten stehende Stuhl ist zweieinhalb Meter entfernt."

Nicholas machte ein paar Schritte auf ihn zu und stellte sich vor. Er ergriff Hermans ausgestreckte Hand, und sie tauschten Höflichkeiten aus. Er begrüßte Mrs. Grimes, dann führte er Herman an den Tisch, wo er ihm Kaffee einschenkte und Zucker und Sahne hineinrührte.

„Mein Lieblingsonkel ist blind", sagte Nicholas. „Ich würde es als Ehre betrachten, wenn Sie mir gestatten würden, daß ich Ihnen während des Prozesses helfe."

„Ich bin durchaus imstande, allein zurechtzukommen", erwiderte Herman mit einem Anflug von Entrüstung, aber seine Frau konnte ein freundliches Lächeln nicht unterdrücken und zwinkerte Nicholas zu.

„Ich bin sicher, daß Sie das sind", beschwichtigte Nicholas. „Aber ich weiß, daß es Unmengen von kleinen Dingen gibt. Ich möchte nur behilflich sein."

„Danke", meinte Herman nach einer kurzen Pause.

„Ich bin draußen auf dem Flur, falls Sie etwas brauchen sollten", sagte Lou Dell und verließ mit Mrs. Grimes den Raum.

Hermans Augen waren hinter einer dunklen Brille verborgen. Sein Haar war braun, dicht, gut frisiert und noch kaum ergraut.

„Da ist ein bißchen Papierkram zu erledigen", sagte Nicholas, sobald sie allein waren. „Setzen Sie sich auf den Stuhl vor Ihnen, und dann gehen wir es durch." Herman ertastete den Tisch, stellte seinen Kaffeebecher ab und tastete dann nach einem Stuhl. Nicholas nahm das Blatt mit den Anweisungen und begann vorzulesen.

NACHDEM für die Auswahl Vermögen ausgegeben worden waren, gab es jetzt die Meinungen dazu als Dreingabe. Jeder hatte eine. Die Experten der Verteidigung beglückwünschten sich zu der prächtigen Jury, die sie zustande gebracht hatten, auch wenn der größte Teil des Angebens und Posierens nur dazu diente, die rund um die Uhr arbeitende Schar von Anwälten zu beeindrucken. Durr Cable hatte schon schlechtere Jurys gesehen, aber auch schon wesentlich freundlichere. Fitch war glücklich, doch das änderte nichts daran, daß er auch weiterhin alles und jedes knurrend beanstandete.

Auf der anderen Straßenseite drückten Wendall Rohr und seine Kollegen ihre Befriedigung aus über die Zusammensetzung der Jury. Besonders erfreut waren sie über die unerwartete Zugabe in Person von Mr. Herman Grimes, dem ersten blinden Geschworenen, soweit sich irgend jemand erinnern konnte. Mr. Grimes hatte darauf bestanden, ebenso beurteilt zu werden wie ein sehender Mensch. Daß er so schnell mit Prozeßandrohungen bei der Hand war, hatte die Herzen von Rohr und Genossen erwärmt, und seine Behinderung war der Traum jedes Anklagevertreters. Die Verteidigung hatte aus allen nur erdenklichen Gründen Einspruch erhoben, darunter dem, daß er nicht imstande sein würde, die vorzulegenden Beweisstücke zu sehen. Richter Harkin hatte den Anwälten gestattet, Mr. Grimes in dieser Hinsicht zu befragen, und der hatte ihnen versichert, er könne alle Beweisstücke sehen, sofern sie eingehend schriftlich beschrieben werden würden. Daraufhin hatte Seine Ehren verfügt, daß Beschreibungen der Beweisstücke von einer Protokollantin getippt und auf eine Diskette kopiert werden sollten. Mr. Grimes konnte sie dann abends mit Hilfe seines Braille-Computers lesen.

Also waren beide Seiten einigermaßen erfreut über die Jury. Sie enthielt keine Radikalen. Man hatte bei niemandem eine negative Voreingenommenheit entdecken können. Alle zwölf hatten Abgangszeugnisse von der Oberschule, zwei waren auf der Universität gewesen. Easters schriftliche Antworten gaben den Abschluß der Oberschule an, aber sein Studium war nach wie vor ein Geheimnis.

Und während beide Seiten die Sitzordnung studierten und zum millionstenmal die Gesichter musterten, fragten sie sich: „Wer wird der Anführer sein?"

Jede Jury hat einen Anführer, und von ihm hängt am Ende das Urteil ab. Würde er sich gleich zu erkennen geben? Oder ließ er sich Zeit und übernahm erst während der Beratungen das Ruder? Das wußten zu diesem Zeitpunkt noch nicht einmal die Geschworenen selbst.

UM PUNKT zehn Uhr ließ Richter Harkin den Blick über den vollbesetzten Gerichtssaal schweifen: jedermann befand sich an seinem Platz. Er klopfte leicht mit seinem Hammer, und das Geflüster brach ab. Alle waren bereit. Er nickte Pete, seinem alten Gerichtsdiener, zu und sagte: „Holen Sie die Jury." Alle Augen richteten sich auf die Tür neben der Geschworenenbank. Lou Dell erschien zuerst, wie eine Glucke, die ihre Küken anführt, dann kamen die zwölf Auserwählten und nahmen ihre Plätze ein. Die drei Ersatzgeschworenen setzten sich auf die Klappstühle.

„Guten Morgen", grüßte Seine Ehren mit lauter Stimme und einem breiten Lächeln. Die meisten von ihnen reagierten mit einem Nicken.

„Haben wir einen Obmann?" fragte er.

Alle zwölf nickten gleichzeitig.

„Gut. Wer ist es?"

„Ich, Euer Ehren", meldete sich Herman Grimes von der ersten Reihe aus, und einen kurzen Moment lang litten die Verteidigung, ihre sämtlichen Anwälte, die Juryberater und die Vertreter des beklagten Konzerns unter einem kollektiven Herzkrampf. Dann atmeten sie wieder, langsam, erlaubten sich aber nicht das geringste Anzeichen dafür, daß sie für den blinden Geschworenen, der jetzt Obmann war, etwas anderes empfanden als nur allergrößte Liebe und Zuneigung.

„Sehr schön", sagte Seine Ehren, erleichtert, daß seine Jury imstande gewesen war, diese Routinewahl ohne erkennbare Verbitterungen zu treffen. „Ich gehe davon aus, daß Sie meine schriftlichen Anweisungen gelesen haben", fuhr er fort und stürzte sich dann in einen detaillierten Vortrag, bei dem er alles, was er bereits zu Papier gebracht hatte, noch einmal wiederholte.

Nicholas Easter saß in der vorderen Reihe, als zweiter von links. Er ließ sein Gesicht zu einer nichtssagenden Maske erstarren, und während Harkin seinen Text herunterleierte, machte er sich daran, die restlichen Mitspieler zu mustern. Die Anwälte, um ihre Tische geschart wie Geier, die im Begriff sind, sich auf ein überfahrenes Tier zu stürzen, starrten die Geschworenen unverfroren an.

In der zweiten Reihe hinter der Verteidigung saß Rankin Fitch. Vierzehn Monate zuvor hatte Nicholas ihn beim Cimmino-Prozeß im Gerichtssaal von Allentown, Pennsylvania, gesehen. Und er hatte ihn während des Glavine-Prozesses auf dem Gehsteig vor dem Gerichtsgebäude von Broken Arrow, Oklahoma, gesehen. Das genügte. Nicholas wußte, daß Fitch sich über ihn mehr Gedanken machte als über jeden anderen Geschworenen – und das mit gutem Grund.

Hinter Fitch saßen zwei Reihen von Anzugträgern, elegant gekleidete Klone mit finsteren Gesichtern, und Nicholas wußte, daß das die besorgten Typen aus der Wall Street waren. Der Morgenzeitung zufolge hatte der Markt nicht auf die Zusammensetzung der Jury reagiert. Pynex stand unverändert bei achtzig Dollar pro Aktie. Auch die anderen drei – Trellco, Smith Greer und ConPack – wurden unverändert gehandelt.

In der vordersten Reihe gab es kleine Grüppchen von gequälten Seelen. Nicholas war sich ziemlich sicher, daß das die Geschworenenexperten waren. Jetzt, wo die Auswahl abgeschlossen war, fiel ihnen die elendigliche Aufgabe zu, sich jedes Wort jedes Zeugen anzuhören und zu prophezeien, wie die Geschworenen die Aussage aufnahmen. Die Strategie sah so aus, daß ein Zeuge, der einen schwachen oder sogar nachteiligen Eindruck auf die Geschworenen machte, sofort aus dem Zeugenstand entfernt und nach Hause geschickt wurde. Dann konnte vielleicht ein anderer, überzeugenderer Zeuge dazu benutzt werden, den Schaden wieder zu reparieren.

Richter Harkin beendete seinen Monolog und gab Wendall Rohr ein Zeichen, der daraufhin langsam aufstand, sein kariertes Jackett zuknöpfte, die Geschworenen mit seinen falschen Zähnen anlächelte und selbstbewußt zum Rednerpult schritt. Dies sei sein Eröffnungsplädoyer, erklärte er, und in ihm würde er den Fall für die Geschworenen umreißen. Im Saal war es sehr still.

Sie würden beweisen, daß Zigaretten Lungenkrebs verursachten und, präziser, daß der Verstorbene, Mr. Jacob Wood, ein prächtiger Mensch, an Lungenkrebs erkrankt sei, nachdem er fast dreißig Jahre lang Bristols geraucht hatte. Die Zigaretten hätten ihn umgebracht, verkündete Rohr ernst. Rohr war ein erfahrener Schauspieler, dessen schiefsitzende Fliege und klickendes Gebiß den Zweck hatten, ihn dem Durchschnittsmenschen sympathisch zu machen. Sollten die Anwälte der Verteidigung in ihren makellosen dunklen Anzügen und teuren Seidenkrawatten sich doch mit gerümpften Nasen an die Geschworenen wenden. Aber nicht Rohr. Das hier waren seine Leute.

Wie sie beweisen wollten, daß Zigaretten Lungenkrebs verursachten? Dafür gebe es massenhaft Beweise. Zuerst würden sie einige der namhaftesten Krebsexperten und Forscher des Landes aussagen lassen. Danach, und Rohr konnte ein boshaftes Lächeln nicht unterdrücken, als er diese Eröffnung vorbereitete, würde die Anklage den Geschworenen Leute präsentieren, die früher einmal für die Tabakindustrie gearbeitet hatten. Schmutzige Dinge würden ans Licht kommen, und zwar hier in diesem Gerichtssaal. Sie könnten sich auf vernichtendes Beweismaterial gefaßt machen.

Er hielt einen Moment inne und begann dann sehr ernst über Jacob Wood zu sprechen, den Verstorbenen. Geliebter Ehemann und Vater, unermüdlicher Arbeiter, frommer Katholik, Kriegsveteran. Hatte als Junge angefangen zu rauchen und war sich, wie damals jedermann, der Gefahren nicht bewußt gewesen. Ein Großvater. Und so weiter.

Einen Moment lang übertrieb es Rohr ein bißchen mit der Dramatik, schien sich dessen aber durchaus bewußt zu sein. Er kam kurz auf das Thema Entschädigung zu sprechen. Dies sei ein großer Prozeß, verkündete er, ein Prozeß mit weitreichenden Konsequenzen. Die Anklage rechne mit einer Menge Geld und würde sie auch fordern. Nicht nur Schadenersatz – für den ökonomischen Wert des Lebens von Jacob Wood und den Verlust seiner Liebe und Zuwendung, den die Angehörigen erlitten hätten –, sondern auch eine hohe Geldstrafe.

Rohr beendete seinen Auftritt nach fünfzig Minuten mit einem eindringlichen Appell an die Gerechtigkeit, dankte den Geschworenen für ihre Aufmerksamkeit, lächelte und setzte sich.

Durwood Cable ging zum Rednerpult und versicherte den Geschworenen kühl und selbstsicher, daß Pynex über seine eigenen Sachverständigen verfüge, Forscher und Wissenschaftler, die eindeutig beweisen würden, daß Zigaretten keineswegs Lungenkrebs verursachten. Er habe die Skepsis der Geschworenen erwartet und bitte sie nur um ihre Geduld und Unvoreingenommenheit. Sir Durr sprach, ohne Notizen zu Hilfe zu nehmen, und bohrte seinen Blick in die Augen jedes einzelnen Geschworenen. Seine Stimme und sein Blick waren fast hypnotisch. Diesem Mann mußte man einfach glauben.

ZUR ERSTEN Krise kam es in der Mittagspause. Richter Harkin unterbrach die Sitzung um zehn Minuten nach zwölf, und alle Anwesenden saßen still da, als die Geschworenen den Saal verließen. Lou Dell nahm sie in Empfang, um sie ins Geschworenenzimmer zu scheuchen. „Setzen Sie sich", sagte sie. „Das Essen muß jeden Augenblick kommen." Sobald alle zwölf im Zimmer waren, ging sie hinaus, um nach den drei Ersatzleuten zu sehen, die, von den anderen getrennt, in einem kleineren Zimmer am gleichen Korridor untergebracht waren. Nachdem alle fünfzehn an Ort und Stelle waren, kehrte sie an ihren Platz zurück und funkelte Willis an, den Polizisten, der Befehl hatte, neben ihr zu stehen.

Die Geschworenen verteilten sich langsam im Zimmer, einige streckten sich oder gähnten, andere machten sich noch miteinander bekannt, die meisten plauderten über das Wetter.

Herman Grimes setzte sich ans Kopfende des Tisches, den Platz, der, wie er fand, dem Obmann zustand, und unterhielt sich bald angeregt mit Millie Dupree, einer freundlichen Seele von fünfzig Jahren, die einen anderen Blinden kannte. Nicholas Easter machte sich mit Lonnie Shaver bekannt, dem einzigen schwarzen Mann in der Jury. Shaver war Geschäftsführer in einem zu einer Regionalkette gehörenden Lebensmittelgeschäft und der hochrangigste Schwarze in der ganzen Firma. Der Gedanke, die nächsten vier Wochen fern von seinem Laden verbringen zu müssen, war für ihn beängstigend.

Zwanzig Minuten vergingen, und keine Mittagsmahlzeit kam. Um halb eins sagte Nicholas: „He, Herman, wo bleibt unser Essen?"

„Ich bin nur der Obmann", erwiderte Herman mit einem Lächeln, während im Zimmer plötzlich Stille herrschte.

Nicholas ging zur Tür, öffnete sie und rief Lou Dell. „Wir haben Hunger", sagte er.

Sie senkte langsam ihr Taschenbuch, musterte die elf anderen Gesichter und sagte: „Das Essen ist unterwegs."

„Wo kommt es her?" fragte er sie.

„Von O'Reilly's Deli. Gleich um die Ecke."

„Hören Sie, wir sind hier eingesperrt wie eine Herde Schafe", sagte Nicholas. Er trat einen Schritt näher und funkelte auf die grauen Ponyfransen über Lou Dells Augen hinunter. „Ich schlage vor, Sie hängen sich ans Telefon und fragen mal nach, wo unser Essen bleibt, sonst werde ich wohl ein paar Worte mit Richter Harkin reden müssen."

„Okay."

Die Tür wurde geschlossen, und Nicholas ging zur Kaffeekanne hinüber.

„War das nicht ein bißchen grob?" fragte Millie Dupree. Die anderen hörten zu.

„Es ist ihr Job, für uns zu sorgen." Nicholas ging zum Tisch und ließ sich neben Herman nieder. „Ist Ihnen eigentlich bekannt, daß sich die

Geschworenen bei praktisch jedem anderen Prozeß wie normale Menschen bewegen und zum Essen rausgehen dürfen?"

„Woher wissen Sie das?" fragte Millie Dupree.

Nicholas machte eine effektvolle Pause, dann sagte er: „Ich habe zwei Jahre Jura studiert." Er trank einen Schluck Kaffee, während die anderen dieses interessante Hintergrunddetail überdachten.

Easters Status bei seinen Kollegen stieg sofort. Daß er höflich und hilfsbereit war und intelligent, hatte er bereits bewiesen, jetzt wuchs sein Ansehen weiter, weil er sich auch noch mit dem Gesetz auskannte.

Um Viertel vor eins war immer noch kein Essen gekommen. Nicholas brach ein Gespräch abrupt ab und öffnete die Tür. Auf dem Korridor schaute Lou Dell auf die Uhr. „Ich habe Willis losgeschickt", sagte sie nervös. „Es sollte jetzt jeden Augenblick dasein. Tut mir wirklich leid."

„Wo ist die Herrentoilette?" fragte Nicholas.

„Rechts, gleich um die Ecke", erklärte sie, erleichtert die Richtung weisend. Er ging gar nicht erst hinein, sondern marschierte statt dessen in aller Ruhe die Hintertreppe hinunter und verließ das Gerichtsgebäude. Dann folgte er zwei Blocks der Lamuese Street, bis er den Vieux Marché erreicht hatte, eine Fußgängerzone mit hübschen Läden.

Er bog nach links ab und betrat kurz darauf ein großes, altes weißes Gebäude, das das *Mary Mahoney's* beherbergte, ein am Ort berühmtes Restaurant, in dem die meisten Juristen der Stadt aßen, wenn das Gericht tagte. Er hatte diesen Spaziergang eine Woche zuvor geprobt und sogar an einem Tisch in der Nähe von dem des Ehrenwerten Frederick Harkin gegessen.

Nicholas betrat einen großen Saal mit Fenstern und viel Sonnenlicht und massenhaft frischen Blumen. Er entdeckte Richter Harkin mit drei Frauen an einem Vierertisch. Harkin sah ihn kommen, und seine Hand, die gerade seine Gabel, auf der eine fleischige gegrillte Garnele steckte, zum Mund führte, erstarrte auf halbem Weg.

„Es tut mir leid, Sie stören zu müssen, Sir", sagte Nicholas und blieb neben dem Tisch stehen, auf dem warmes Brot, Salatteller und große Gläser mit Eistee standen. Auch Gloria Lane, die Kanzleivorsteherin, war einen Moment lang sprachlos. Die zweite Frau war die Protokollantin und die dritte Harkins Sekretärin.

„Was tun Sie hier?" fragte Harkin.

„Ich bin wegen Ihrer Jury hier."

„Was ist passiert?"

Nicholas beugte sich vor, um kein Aufsehen zu erregen. „Wir haben

Hunger", sagte er und gab seinem Zorn durch zusammengebissene Zähne Ausdruck, und dieser wurde von den vier betroffenen Gesichtern deutlich registriert. „Während Sie hier gemütlich zu Tische sitzen, warten wir da drüben in einem engen Zimmer auf unseren Imbiß, der aus irgendeinem Grund nicht seinen Weg zu uns findet. Wir haben Hunger, Sir. Und wir sind ziemlich aufgebracht!"

Harkins Gabel knallte hart auf seinen Teller, die Garnele flog herunter und landete auf dem Fußboden. Er sah die Frauen an, wölbte die Augenbrauen und sagte: „Los, sehen wir nach." Er stand auf, die Frauen folgten ihm, und alle fünf stürmten aus dem Restaurant.

Lou Dell und Willis waren nirgendwo zu sehen, als Nicholas, Richter Harkin und die drei Frauen über den Korridor liefen und die Tür zum Geschworenenzimmer öffneten. Der Tisch war leer – kein Essen. Die Geschworenen verstummten und starrten Seine Ehren an.

„Wir warten seit fast einer Stunde", sagte Nicholas und deutete auf den leeren Tisch. Wenn die anderen Geschworenen zunächst erstaunt waren, den Richter hier zu sehen, dann verwandelte sich ihre Verblüffung rasch in Zorn.

„Wir haben ein Recht auf anständige Behandlung", fauchte Lonnie Shaver, und das gab Richter Harkin den Rest.

„Wo ist Lou Dell?" fragte er. Alle schauten zur Tür, und plötzlich kam Lou Dell angerannt. Sie blieb wie angewurzelt stehen, als sie Seine Ehren sah.

Harkin musterte sie kalt. „Was geht hier vor?" fragte er entschlossen, aber beherrscht.

„Ich habe gerade mit dem Imbiß gesprochen", antwortete sie, atemlos und verängstigt. „Da ist irgend etwas schiefgelaufen. Sie behaupten, jemand hätte angerufen und gesagt, das Essen würde erst um halb zwei gebraucht."

„Diese Leute sind am Verhungern", sagte Harkin. Er wandte seine Aufmerksamkeit den Geschworenen zu. „Das tut mir alles sehr leid. Es wird nicht wieder vorkommen." Er schwieg eine Sekunde, dann lächelte er sie freundlich an. „Ich lade Sie ein, mir zu *Mary Mahoney's* zu folgen und mir beim Essen Gesellschaft zu leisten."

Sie speisten Krabbencocktail und gegrillten Schnappbarsch. Nachdem sie ein paar Minuten nach halb zwei mit dem Dessert fertig waren, folgten sie Richter Harkin in gemächlichem Tempo zurück ins Gerichtsgebäude.

Neal O'Reilly, der Besitzer des Imbisses, traf später mit Richter Harkin zusammen und schwor, daß er mit jemandem gesprochen habe, einer jungen Frau, die behauptet habe, zum Büro der Kanzleivorsteherin zu gehören, und daß sie ihn ausdrücklich angewiesen habe, das Essen genau um halb zwei zu liefern.

DER ERSTE Zeuge des Prozesses war der verstorbene Jacob Wood. Er war ein paar Monate vor seinem Tod vernommen worden; die Vernehmung hatte man auf Video aufgezeichnet. Zwei Monitore wurden vor die Geschworenen gerollt und sechs weitere im Saal verteilt.

Jacob Wood lag, von Kissen gestützt, in einem Krankenhausbett. Er trug ein schlichtes weißes T-Shirt; von der Taille abwärts war sein Körper mit Laken bedeckt. Er war dünn, abgezehrt und blaß und wurde durch einen dünnen Schlauch, der von hinten an seinem knochigen Hals entlang zu seiner Nase führte, mit Sauerstoff versorgt. Seine Stimme war heiser und kraftlos. Er litt auch an einer Lungenaufblähung, einem Emphysem. Er war 51, sah zwanzig Jahre älter aus und stand ganz offensichtlich an der Schwelle zum Tod.

Auf Aufforderung seines Anwalts, Wendall Rohr, erzählte er seine Biographie vom Tag seiner Geburt an. Kindheit, Grundschule, Jugendfreunde, Marine, Jobs, Heirat, Kinder, Enkel, Gedanken an den Ruhestand. Einem Toten beim Reden zuzusehen war anfangs recht faszinierend, aber den Geschworenen wurde bald klar, daß sein Leben ebenso eintönig verlaufen war wie das ihre. Das üppige Mittagessen tat ein übriges, und Hirne und Augenlider wurden träge. Glücklicherweise begann auch Seine Ehren unter demselben Nachmittagstief zu leiden, und nach einer Stunde und zwanzig Minuten ordnete er eine kurze Unterbrechung an.

Die vier Raucher in der Jury brauchten eine Zigarettenpause, und Lou Dell geleitete sie zu einem Zimmer mit einem offenen Fenster. Jerry Fernandez, 38, ein Autoverkäufer mit hohen Spielschulden und einer brüchigen Ehe, zündete seine Zigarette als erster an, dann schwenkte er sein Feuerzeug vor den Gesichtern der drei Frauen. Alle taten tiefe Züge und bliesen dicke Qualmwolken in Richtung Fenster.

Obmann Grimes hatte bereits einen kurzen Vortrag darüber gehalten, daß es ungesetzlich sei, über den Fall zu sprechen. Jerry war neugierig. „Ich frage mich, ob Jacob je ans Aufhören gedacht hat", sagte er, niemanden direkt ansprechend.

Sylvia Taylor-Tatum, die heftig an einer schlanken Zigarette sog, erwiderte: „Ich bin sicher, daß wir das noch erfahren werden"; dann stieß sie eine beeindruckende Menge von bläulichem Dunst aus ihrer langen, spitzen Nase aus. Jerry liebte Spitznamen, und für ihn war sie schon jetzt der Pudel – wegen ihres schmalen Gesichts, der auffallend vorstehenden Nase und des dichten und wirren, langsam ergrauenden Haares, das in der Mitte gescheitelt war. Sie war mindestens einsachtzig groß, mit sehr kantigem Körperbau, und trug eine beständig gerunzelte Stirn zur Schau.

„Ich frage mich, wer als nächster drankommt", sagte Jerry in dem Versuch, eine Unterhaltung in Gang zu bringen.

„Ich nehme an, diese ganzen Ärzte", meinte der Pudel.

Die anderen Frauen rauchten einfach nur, und Jerry gab es auf.

DIE FRAU hieß Marlee – zumindest war das der Deckname, den sie sich für diesen Lebensabschnitt zugelegt hatte. Sie war dreißig, hatte kurzes braunes Haar und braune Augen, war mittelgroß und schlank; sie trug schlichte Kleidung, sorgfältig so ausgewählt, daß sie keine Aufmerksamkeit erregte.

Während der Pause setzte sie sich in die hinterste Reihe des Gerichtssaals. Zuschauer streckten sich und gähnten, die Anwälte scharten sich zur Beratung um ihre Tische. Sie sah Fitch in einer Ecke stehen; er unterhielt sich mit zwei Männern, von denen sie vermutete, daß es Juryberater waren.

Ein paar Minuten vergingen. Sie behielt die Tür hinter dem Richtertisch im Auge, und als die Protokollantin mit einem Becher Kaffee in den Saal trat, wußte Marlee, daß der Richter auch bald erscheinen würde. Sie holte einen Umschlag aus ihrer Handtasche, wartete einen Moment und ging dann ein paar Schritte zu einem der Polizeibeamten, die den Eingang bewachten. Sie bedachte ihn mit einem netten Lächeln und sagte: „Könnten Sie mir einen Gefallen tun?"

Er war nahe daran, das Lächeln zu erwidern, da bemerkte er den Umschlag. „Ich will es versuchen."

„Ich muß los. Könnten Sie das hier dem Herrn da drüben in der Ecke geben? Ich möchte ihn nicht stören."

Der Polizist blinzelte in die Richtung, in die sie zeigte, quer durch den Saal. „Welchem?"

„Dem Dicken in der Mitte mit dem Spitzbart, dunkler Anzug."

In diesem Moment erschien der Gerichtsdiener durch die Tür hinter dem Richtertisch und rief: „Die Sitzung wird fortgesetzt!"

„Wie heißt er?" fragte der Polizist mit gedämpfter Stimme.

Sie händigte ihm den Umschlag aus und deutete auf den darauf stehenden Namen. „Rankin Fitch. Danke." Und damit war sie verschwunden.

Fitch beugte sich vor und flüsterte einem der Anwälte etwas zu, und als die Geschworenen zurückkehrten, war er auf dem Weg nach draußen. Für heute hatte er genug gesehen. Nachdem die Geschworenen ausgewählt waren, verbrachte Fitch in der Regel nur wenig Zeit im Gerichtssaal.

Der Polizist hielt ihn an der Tür an und händigte ihm den Umschlag aus. Es war ein kleiner Schock für Fitch, seinen Namen geschrieben zu sehen. Er lebte unter einem angenommenen Namen. Seine Firma nannte sich Arlington West Associates, der nichtssagendste Name, den man sich vorstellen konnte. Niemand kannte seinen Namen – ausgenommen natürlich seine Mitarbeiter, seine Mandanten und einige der Anwälte, die er anheuerte. Er funkelte den Polizisten an, ohne auch nur ein „Danke" zu murmeln, dann trat er in die Vorhalle hinaus. Er öffnete langsam den Umschlag und entnahm ihm ein einzelnes Blatt weißes Papier. Genau in der Mitte stand in Druckbuchstaben:

> Lieber Mr. Fitch,
> morgen wird Geschworener Nummer zwei, Easter, einen grauen, mit Rot abgesetzten Golfpullover tragen, eine khakifarbene Hose, weiße Socken und braune Schnürschuhe.

José, der Chauffeur, kam herbeigeschlendert und stellte sich wie ein gehorsamer Wachhund neben seinen Boß. Fitch las die Nachricht noch einmal, ging zur Tür, öffnete sie einen Spaltbreit und bat den Polizeibeamten, für einen Moment herauszukommen.

„Was ist los?" fragte der Mann.

„Wer hat Ihnen das gegeben?" bat Fitch so höflich, wie es ihm möglich war, um Auskunft.

„Eine Frau. Den Namen weiß ich nicht."

„Können Sie sie beschreiben?"

„Natürlich. Ende Zwanzig, einssiebzig, vielleicht einsfünfundsiebzig groß. Kurzes braunes Haar. Braune Augen. Verdammt gutaussehend. Schlank."

Fitch dachte einen Moment nach und fragte dann: „Was hat sie zu Ihnen gesagt?"

„Hat mich nur gebeten, Ihnen diesen Umschlag zu geben. Dann war sie fort. Hören Sie, ich muß wieder nach drinnen."

„Natürlich. Danke."

Fitch und José stiegen die Treppe hinunter und durchstreiften das ganze Erdgeschoß. Dann gingen sie nach draußen und wanderten um das Gerichtsgebäude herum. Beide rauchten und taten so, als wären sie nur herausgekommen, um ein bißchen frische Luft zu schöpfen.

Es HATTE damals zweieinhalb Tage gedauert, bis die Videovernehmung von Jacob Wood beendet gewesen war. Richter Harkin hatte die irrelevanten Teile herausschneiden und das Ganze auf zwei Stunden und einunddreißig Minuten kürzen lassen.

Zuzuhören, wie der arme Mann seine Rauchergeschichte erzählte, war bis zu einem gewissen Grad interessant, aber die Geschworenen wünschten sich bald, Harkin hätte noch stärker gekürzt. Jacob hatte im Alter von sechzehn Jahren begonnen, Redtops zu rauchen, weil alle seine Freunde Redtops rauchten. Bald konsumierte er zwei Schachteln pro Tag. Als er aus der Marine ausschied, um zu heiraten, hatte seine Frau ihn überredet, auf eine Marke mit Filter zu wechseln. Sie wollte, daß er ganz aufhörte. Er konnte es nicht, also ging er zu Bristols über, weil die Werbung behauptete, sie enthielten weniger Teer und Nikotin. Als er fünfundzwanzig war, rauchte er drei Schachteln am Tag. Er erinnerte sich gut daran, weil ihr erstes Kind geboren wurde, als Jacob fünfundzwanzig war, und Celeste Wood hatte ihn gewarnt, wenn er nicht mit dem Rauchen aufhöre, werde er nicht lange genug leben, um sein erstes Enkelkind zu sehen.

Er hatte unbedingt aufhören wollen. Er war bei Ärzten gewesen und bei Hypnotiseuren. Er hatte es mit Akupunktur und nikotinhaltigem Kaugummi versucht, aber er hatte es einfach nicht gekonnt. Er schaffte es auch nicht, nachdem festgestellt worden war, daß er ein Emphysem hatte, und auch, als man ihm gesagt hatte, daß er Lungenkrebs hatte, brachte er es nicht fertig.

Rauchen war das Blödeste, was er je getan hatte, und jetzt, im Alter von 51 Jahren, mußte er deshalb sterben. Jacob wurde melancholisch, als er darüber redete, wen er verlassen mußte. Frau, Kinder, Enkelkinder, Freunde und so weiter. Celeste begann neben Rohr leise zu weinen, und nur wenig später trocknete sich Millie Dupree, die Geschworene Nummer drei, mit einem Papiertaschentuch die Tränen ab.

Endlich verschwand der erste Zeuge von den Bildschirmen. Seine Ehren dankte den Geschworenen für einen guten ersten Tag. Dann wurde er ernst und ermahnte sie eindringlich, mit niemandem über den Fall zu sprechen und jede rechtswidrige Kontaktaufnahme zu melden. Schließlich entließ er sie bis neun Uhr am folgenden Morgen.

FITCH hatte schon zuvor mit dem Gedanken gespielt, Easters Wohnung zu filzen, aber jetzt war es erforderlich geworden. Er schickte José und einen Gehilfen namens Doyle zu dem Mietshaus, in dem Easter wohnte. Zu dieser Zeit saß Easter natürlich auf der Geschworenenbank.

José blieb im Wagen und behielt die Haustür im Auge, während Doyle im Gebäude verschwand. Doyle stieg eine Treppe hinauf und fand Apartment 312 am Ende eines Flurs. Aus den Nachbarwohnungen war nichts zu hören.

Er rüttelte an dem locker sitzenden Türknauf, dann hielt er ihn fest und schob einen fünfzehn Zentimeter langen Plastikstreifen in den Spalt. Das Schloß klickte, der Knauf ließ sich drehen. Er stieß die Tür vorsichtig auf und war in Sekundenschnelle drinnen. Mit Hilfe einer kleinen Kamera mit aufgesetztem Blitzlicht fotografierte er rasch Küche, Wohnzimmer, Bad und Schlafzimmer. Er machte Nahaufnahmen von Zeitschriften auf dem billigen Tisch, von den auf dem Boden gestapelten Büchern und der Software neben dem ziemlich teuren Personalcomputer. Im Schrank fand er einen grauen, mit Rot abgesetzten Golfpullover und machte ein Foto davon.

Er hielt sich keine zehn Minuten in der Wohnung auf, gerade lange genug, um zwei Filme zu verknipsen und sich zu überzeugen, daß Easter in der Tat allein hier wohnte. Es gab keinerlei Hinweise auf eine zweite Person, und schon gar nicht auf eine Frau.

Er schloß die Tür sorgfältig wieder ab und verließ lautlos das Haus. Zehn Minuten später war er in Fitchs Büro.

NICHOLAS verließ das Gerichtsgebäude zu Fuß und ging ganz zufällig in O'Reilly's Imbiß auf dem Vieux Marché, wo er ein halbes Pfund geräucherten Truthahn und eine Portion Nudelsalat kaufte. Er ließ sich Zeit für den Heimweg; offenbar genoß er die Sonne nach einem Tag drinnen. Er tauchte in einen kleinen Park ein, und als er an der anderen Seite wieder herauskam, war er sicher, daß ihm jemand folgte – ein kleiner Asiate mit Baseballmütze.

Vor der Tür zu seiner Wohnung holte er eine kleine Tastatur hervor, gab den vierstelligen Zahlencode ein und schloß auf. Die Überwachungskamera war in einem Lüftungsschacht direkt über dem Kühlschrank versteckt und so plaziert, daß sie Küche, Wohnzimmer und Schlafzimmertür im Blick hatte. Nicholas ging sofort zu seinem Computer und stellte fest, daß genau um 16.52 Uhr ein REA – rechtswidriges Eindringen in sein Apartment – stattgefunden hatte.

Er holte tief Luft und beschloß, die Wohnung zu inspizieren. An der Tür war nichts festzustellen, der Knauf war locker und das Öffnen einfach. Küche und Wohnzimmer waren genau so, wie er sie verlassen hatte. Seine einzigen Wertgegenstände – die Stereoanlage und die CDs, der Fernseher, der Computer – sahen unberührt aus. Am Computer rief er eine Reihe von Dokumenten auf, fand das richtige Programm und stoppte dann das Überwachungsvideo. Er drückte auf zwei Tasten, um es zurückzuspulen, dann stellte er es auf 16.52 Uhr. *Voilà!* Schwarzweiß öffnete sich auf dem Monitor die Wohnungstür einen schmalen Spalt, während sein Besucher auf das Schrillen des Alarms wartete. Kein Alarm, da ging die Tür ganz auf, und ein Mann kam herein. Nicholas hielt das Video an und betrachtete das Gesicht auf seinem Monitor. Er hatte es noch nie zuvor gesehen.

Das Video lief weiter und zeigte, wie der Mann eine Kamera aus der Tasche zog und in der Wohnung herumschnüffelte. Er musterte kurz den Computer, rührte ihn aber nicht an. Nicholas lächelte. In seinen Computer einzudringen war unmöglich. Dieser Ganove hatte nicht einmal die Einschalttaste gefunden.

Der Besuch beängstigte ihn nicht – er hatte damit gerechnet. Weshalb er aber gerade heute gekommen war, darüber konnte er nur Vermutungen anstellen. Nicholas schaute sich das Video noch einmal an, kicherte leise und bewahrte es dann für späteren Gebrauch auf.

4

Fitch saß im hinteren Teil des Überwachungswagens, als Nicholas Easter am nächsten Morgen in den Sonnenschein hinaustrat. Auf die Tür des Transporters war das Firmenzeichen einer Klempnerei aufgemalt. „Da ist er", verkündete Doyle.

Fitch beugte sich näher an das runde Fenster heran, mit offenem Mund und hochgezogener Oberlippe. „Unglaublich! Grauer Pullover, khakifarbene Hose, weiße Socken, braune Schnürschuhe. Der gleiche Pullover wie auf dem Foto."

Pang, der koreanische Techniker, der Nicholas am Vortag gefolgt war, drückte auf den Knopf eines tragbaren Funkgeräts und alarmierte damit einen zweiten, zwei Blocks entfernten Beschatter. Easter gehe zu Fuß, wahrscheinlich Richtung Gerichtsgebäude.

In demselben Imbiß wie am Vortag kaufte er einen großen Becher schwarzen Kaffee und eine Zeitung und saß dann zwanzig Minuten in demselben Park und überflog die Nachrichten. Er registrierte alle Leute, die in der Nähe vorübergingen.

Fitch kehrte geradewegs in sein Büro in der Nähe des Gerichtsgebäudes zurück und konferierte mit Doyle, Pang und einem ehemaligen FBI-Agenten namens Swanson. „Wir müssen die Frau finden", sagte Fitch immer und immer wieder.

Swanson, ein Überwachungsexperte, hielt nichts von diesem Aufwand. „Sie wird sich mit Ihnen in Verbindung setzen", sagte er. „Sie hat etwas, worüber sie reden möchte, also wird sie den nächsten Schritt tun."

Fitch stritt bis fast neun Uhr mit ihm herum, dann ging er forschen Schrittes zum Gericht. Doyle unterhielt sich mit dem Polizeibeamten und überredete ihn, ihn auf die Frau aufmerksam zu machen, falls sie noch einmal auftauchen sollte.

AM FREITAG MORGEN hatte Nicholas Gelegenheit, bei Kaffee und Croissants mit Rikki Coleman zu plaudern. Sie war dreißig und hübsch, verheiratet, hatte zwei kleine Kinder und arbeitete in einer Privatklinik in Gulfport, wo sie für die Akten zuständig war. Sie war eine Gesundheitsfanatikerin, die Koffein, Alkohol und natürlich Nikotin mied. Ihr hellblondes Haar war kurz, jungenhaft geschnitten, und die Wirkung ihrer hübschen blauen Augen wurde durch eine Designerbrille noch verstärkt. Sie saß in einer Ecke und trank Orangensaft, als Nicholas auf sie zusteuerte und sagte: „Guten Morgen. Ich glaube, wir haben uns gestern noch nicht richtig miteinander bekannt gemacht."

Sie lächelte, was ihr nicht schwerfiel, und streckte ihm die Hand entgegen. „Rikki Coleman."

„Nicholas Easter. Darf ich mich setzen?" fragte er, mit einem Nicken auf einen Klappstuhl neben ihr deutend.

„Natürlich."

„Und hat gestern abend jemand versucht, Sie zu bestechen?"

„Nein. Sie?"

„Nein. Wirklich ein Jammer. Richter Harkin wird fürchterlich enttäuscht sein, wenn niemand versucht, uns zu bestechen."

„Weshalb reitet er ständig auf diesen rechtswidrigen Kontaktaufnahmen herum?"

Nicholas beugte sich ein wenig näher heran. Auch sie lehnte sich näher und warf einen argwöhnischen Blick auf den Obmann, als könnte er sie sehen.

„Ist schon vorgekommen. Mehrfach", sagte Nicholas fast flüsternd.

In der Nähe der Kaffeekannen brach Gelächter aus – Gladys Card und Stella Hulic waren in der Lokalzeitung auf etwas Lustiges gestoßen.

„Was ist schon vorgekommen?" fragte Rikki.

„Bestechung von Geschworenen in Tabakfällen."

„Das verstehe ich nicht", sagte sie. Sie glaubte jedes Wort und wünschte sich wesentlich mehr Informationen von dem Mann mit zwei Jahren Jurastudium.

„Es hat bereits mehrere derartige Prozesse in verschiedenen Staaten gegeben, und bisher ist die Tabakindustrie noch nie verurteilt worden. Sie geben Millionen für die Verteidigung aus, weil sie es sich nicht leisten können, einen Prozeß zu verlieren. Ein großer Sieg der Anklage, und alle Schleusen brechen." Er verstummte, schaute sich um. „Also greifen sie zu allen möglichen schmutzigen Tricks."

„Zum Beispiel?"

„Zum Beispiel, indem sie Familienangehörigen von Geschworenen Geld anbieten. Zum Beispiel, indem sie am Ort Gerüchte verbreiten, der Verstorbene hätte vier Freundinnen gehabt, seine Frau geschlagen, seine Freunde bestohlen, wäre nur anläßlich von Beerdigungen in die Kirche gegangen und hätte einen homosexuellen Sohn."

Sie runzelte ungläubig die Stirn. „Kann man ihnen nicht das Handwerk legen?"

„Noch nicht. Sie sind sehr schlau und gerissen und hinterlassen keine Spuren. Außerdem verfügen sie über Millionen."

Er schwieg, während sie ihn musterte. „Auch Sie wurden vor der Auswahl der Geschworenen von ihnen beobachtet."

„Nein!"

„Aber sicher. Das ist Standardverfahren bei großen Prozessen. Sie haben wahrscheinlich Ihr Haus fotografiert, Ihren Wagen, Ihre Kinder und Ihren Mann. Möglicherweise haben sie mit Kolleginnen von Ihnen gesprochen. Man kann nie wissen."

Sie stellte ihren Orangensaft auf die Fensterbank. „Aber Sie haben es gewußt?"

„Ja. Ich habe einen Fotografen in einem Wagen vor meiner Wohnung gesehen. Und sie haben eine Frau in den Laden geschickt, in dem ich arbeite, um mich in eine Diskussion über das dort herrschende Rauchverbot zu verwickeln. Ich habe genau gewußt, was sie taten."

„Und weshalb haben Sie es dem Richter nicht gesagt?"

„Weil es harmlos war, und weil ich wußte, was sie taten. Jetzt, wo ich zur Jury gehöre, passe ich besonders genau auf."

Lou Dell platzte ins Zimmer und ließ die Tür in den Angeln rattern. „Zeit zu gehen", sagte sie, einer Betreuerin in einem Jugendlager nicht unähnlich, mit viel weniger Autorität, als sie gern gehabt hätte.

DIE ZUSCHAUERMENGE war auf ungefähr die Hälfte der gestrigen Zahl geschrumpft. Nicholas musterte sie rasch, während die Geschworenen sich setzten. Fitch saß auf demselben Platz wie am Vortag, jetzt mit teilweise von einer Zeitung verdecktem Kopf, als wäre ihm die Jury völlig gleichgültig.

Nicholas rechnete damit, daß er den Mann sehen würde, der in seine Wohnung eingedrungen war, vielleicht nicht heute, aber doch irgendwann im Laufe des Prozesses. Im Augenblick befand er sich nicht im Saal.

„Guten Morgen", sagte Richter Harkin freundlich zu den Geschworenen, als alle stillsaßen. Lächeln allerseits: beim Richter, dem Gerichtspersonal, sogar den Anwälten, die die Jury mit falscher Herzlichkeit musterten.

Seine Ehren griff nach einem Blatt Papier mit einer Liste von Fragen, die die Geschworenen bald hassen sollten. „Also, meine Damen und Herren Geschworenen. Ich werde Ihnen jetzt eine Reihe von überaus wichtigen Fragen stellen. Außerdem möchte ich Sie darauf hinweisen, daß die Nichtbeantwortung, sofern eine Antwort angebracht ist, von mir als Mißachtung des Gerichts angesehen und mit einer Strafe belegt werden kann."

Er ließ diese ernste Warnung im Saal verhallen, dann verlas er die Fragen: „Hat jemand versucht, mit Ihnen über diesen Prozeß zu sprechen? Haben Sie irgendwelche ungewöhnlichen Anrufe erhalten, seit die Sitzung gestern vertagt wurde? Hat irgend jemand mit Ihren Freunden oder Familienangehörigen Kontakt aufgenommen und versucht, über diesen Prozeß zu reden? Haben Sie irgendwelche Schriftstücke gesehen oder erhalten, in denen etwas diesen Prozeß Betreffendes auf irgendeine Weise erwähnt wurde?"

Nach jeder Frage auf seiner Liste machte der Richter eine Pause, musterte hoffnungsvoll jeden einzelnen Geschworenen und kehrte dann, offensichtlich enttäuscht, zu seiner Liste zurück.

Als er fertig war, sagte er: „Ich danke Ihnen", und der Gerichtssaal schien wieder zu atmen. Seine Ehren trank einen Schluck Kaffee aus einem großen Becher und lächelte Wendall Rohr an. „Rufen Sie Ihren nächsten Zeugen auf, Herr Anwalt."

Rohr erhob sich, mit einem großen braunen Fleck auf seinem zerknitterten weißen Hemd, und wie gewöhnlich mit schiefsitzender Fliege. Er nickte und lächelte den Geschworenen so freundlich zu, daß ihnen nichts anderes übrigblieb, als das Lächeln zu erwidern.

„Wir möchten Dr. Milton Fricke aufrufen", verkündete er.

Dr. Fricke wurde vereidigt, und der Gerichtsdiener rückte sein Mikrofon zurecht. Es stellte sich rasch heraus, daß der Mann in seinem Fachbereich eine Kapazität war – massenhaft Diplome, Hunderte von publizierten Aufsätzen, Jahrzehnte der Forschung. Er war ein kleiner Mann mit einer schwarzen Hornbrille; er sah aus wie ein Genie.

Dr. Fricke verbrachte täglich zehn Stunden damit, die Auswirkungen von Tabakrauch auf den menschlichen Körper zu untersuchen. Die Geschworenen erfuhren bald, daß er schon vor dem Tod von Jacob Wood von Rohr angeheuert worden und bei der Autopsie zugegen gewesen war, die vier Stunden nach seinem Ableben an Wood vorgenommen worden war. Und er hatte bei der Autopsie ein paar Fotos gemacht.

Rohr betonte das Vorhandensein der Fotos und ließ keinen Zweifel daran, daß die Geschworenen sie später zu sehen bekommen würden. Aber Rohr war noch nicht soweit. Vorher mußte er sich mit diesem außerordentlichen Sachverständigen noch eine ganze Weile über die Chemie und Pharmakologie des Rauchens unterhalten. Fricke war ganz der Professor. Er bewegte sich behutsam durch gewichtige medizinische Studien und präsentierte den Geschworenen die Erkenntnisse so, daß sie sie auch verstehen konnten.

Als Seine Ehren die Mittagspause ankündigte, teilte Rohr dem Gericht mit, daß Dr. Fricke auch den Rest des Tages im Zeugenstand verbringen werde.

Das Mittagessen wartete im Geschworenenzimmer. Mr. O'Reilly war selbst erschienen und entschuldigte sich für das, was am Vortag passiert war.

„Das sind Pappteller und Plastikgabeln", kritisierte Nicholas.

Mr. O'Reilly sah Lou Dell an, die sagte: „Na und?"

„Wir hatten ausdrücklich um Porzellanteller und richtige Gabeln gebeten!"

Mr. O'Reilly packte derweil einen Karton mit Nudelsalat aus, und als er damit fertig war, erklärte er: „Ich bringe am Montag gern ein paar Teller und Gabeln mit. Kein Problem."

Nicholas sagte gelassen „Danke" und setzte sich.

DER DEAL war unproblematisch. Die Details wurden im Verlauf eines Arbeitsessens im Club „21" an der 52. Straße zwischen zwei alten Freunden vereinbart. Luther Vandemeer, Generaldirektor von Trellco, und sein früherer Protegé Larry Zell, jetzt Generaldirektor von Listing Foods, hatten sich bereits am Telefon über die Grundlagen verständigt und mußten sich jetzt unter vier Augen treffen, ohne daß jemand mithören konnte. Vandemeer verschwieg nicht, daß er sich Sorgen machte. Sicher, Trellco selbst war nicht angeklagt, aber die ganze Industrie stand unter Beschuß. Zell verstand das. Er hatte siebzehn Jahre für Trellco gearbeitet.

Es gab da eine kleine, regionale Supermarktkette, Hadley Brothers, der ein paar Läden an der Küste von Mississippi gehörten. Einer dieser Läden befand sich in Biloxi, und dessen Geschäftsführer war ein intelligenter junger Schwarzer namens Lonnie Shaver. Und Lonnie Shaver war einer der Geschworenen in dem Prozeß dort unten. Vandemeer wollte, daß SuperHouse, eine wesentlich größere Kette, Hadley Brothers aufkaufte. SuperHouse war eines der zwanzig Unternehmen, die zu Listing Foods gehörten. Um den Handel zu versüßen, hatte Vandemeer versprochen, daß Trellco in zwei Jahren Hadley Brothers unauffällig kaufen würde, falls Zell sie dann loswerden wollte.

Später würde es natürlich gewisse Personalveränderungen bei Hadley Brothers geben müssen. Vandemeer würde Zell einige Instruktionen erteilen, die dieser dann nach unten weiterreichen sollte, bis der Druck auf Lonnie Shaver die nötige Stärke erreicht hatte.

Und es mußte schnell geschehen. Der Prozeß sollte noch weitere vier Wochen andauern. Die erste Woche würde in wenigen Stunden vorbei sein.

FITCHS Büro befand sich im hinteren Teil eines leerstehenden Billigladens, der schon Jahre zuvor aufgegeben worden war. Die Miete war niedrig und Parkplätze reichlich vorhanden, und außerdem war es nur ein kurzer Weg bis zum Gerichtsgebäude. Eilig hatte man das Mietobjekt mit Wänden aus ungestrichenem Sperrholz in fünf große Räume unterteilt. Das Mobiliar war billig, gemietet. Die Zugangstüren waren gründlich gesichert und wurden ständig von zwei bewaffneten Männern bewacht.

Wenn beim Einrichten des Büros geknausert worden war, so hatte man bei seiner übrigen Ausstattung keine Kosten gescheut. Überall standen Computer, Faxgeräte, Kopierer und Telefone. Die Wände eines Zimmers waren mit großen Fotos aller fünfzehn Geschworenen bedeckt. An einer weiteren Wand hingen Computerausdrucke.

Der hinterste Raum war der kleinste. Den normalen Mitarbeitern war der Zutritt strengstens verboten, aber alle wußten natürlich, was dort ablief. Es war ein fensterloser Vorführraum mit einer großen Leinwand und einem halben Dutzend Sessel. Am Freitagnachmittag saßen

Fitch und zwei Juryberater dort im Dunkeln und starrten auf die Leinwand.

Die Kamera war eine Yumara XLT-2, ein winziger Apparat, der weniger als fünfhundert Gramm wog. Sie befand sich in einem abgeschabten braunen Aktenkoffer im Gerichtssaal, unter dem Tisch der Verteidigung, und wurde heimlich von Oliver McAdoo bewacht, einem Anwalt aus Washington. McAdoos offizieller Job war es, Durr Cable mit Dokumenten zu füttern. Seine wahre Aufgabe, von der nur Fitch und ein paar wenige andere wußten, bestand darin, jeden Tag mit dem Aktenkoffer im Gerichtssaal zu erscheinen und sich am Tisch der Verteidigung immer so ziemlich am selben Ort niederzulassen. Jeden Morgen war er der erste Anwalt der Verteidigung im Saal. Er stellte den Aktenkoffer aufrecht hin und richtete ihn auf die Geschworenenbank, dann rief er schnell Fitch über ein Handy an und erkundigte sich, ob die Einstellung stimmte.

Die winzige Linse fing die gesamte Breite und Tiefe der Geschworenenbank ein und schickte fünfzehn Gesichter in Farbe die Straße hinunter in Fitchs kleinen Vorführraum, in dem den ganzen Tag über zwei Juryberater saßen und selbst das kleinste Zucken und Gähnen registrierten.

Am Freitagnachmittag zeichnete die Kamera dramatische Reaktionen auf. Unglücklicherweise mußte sie auf die Geschworenenbank gerichtet bleiben, deshalb konnte sie die vergrößerten Fotos der geschrumpften, geschwärzten Lunge von Jacob Wood nicht sehen; aber die Geschworenen sahen sie. Während sich Rohr und Dr. Fricke durch ihr Skript hindurcharbeiteten, betrachteten die Geschworenen mit unverhohlenem Grauen die fürchterlichen, im Laufe von 35 Jahren langsam geschlagenen Wunden.

Rohrs Timing war perfekt. Die beiden Fotos waren auf eine große dreifüßige Schautafel vor dem Zeugenstand montiert worden, und als Dr. Fricke um Viertel nach fünf seine Aussage beendete, war es Zeit für die Vertagung übers Wochenende. Das letzte Bild, das die Geschworenen vor sich sahen, dasjenige, über das sie die nächsten beiden Tage nachdenken würden, war das der geschwärzten Lunge, die dem Toten entnommen und auf ein weißes Laken gelegt worden war.

EASTER legte übers Wochenende eine leicht zu verfolgende Spur. Er verließ am Freitag den Gerichtssaal und kaufte eine Tüte voller Lebensmittel und Getränke. Dann ging er direkt zu seiner Wohnung. Um acht am Samstag morgen fuhr er ins Einkaufszentrum, wo er für eine Zwölfstundenschicht blieb. Es gab keinen sichtbaren Kontakt mit einer Frau, die auch nur entfernt derjenigen ähnelte, nach der sie Ausschau hielten. Nach der Arbeit kehrte er in seine Wohnung zurück und blieb dort.

Am Sonntag morgen um acht Uhr verließ er seine Wohnung und fuhr zum Jachthafen von Biloxi, wo er sich mit niemand anderem als dem Geschworenen Jerry Fernandez traf. Bis zu dem Moment, als sie zusammen mit zwei anderen Männern, vermutlich Freunden von Jerry, den Pier in einem zehn Meter langen Fischerboot verließen, wurden sie beobachtet. Sie kehrten achteinhalb Stunden später zurück – mit roten Gesichtern und dem ganzen Boot voller leerer Bierdosen.

Nirgendwo eine Spur von der Frau, aber Fitch rechnete auch nicht damit, daß er sie finden würde. Sie erwies sich als überaus geduldig. Das Warten war eine Qual. Swanson, der Ex-FBI-Agent, war allerdings überzeugt, daß ihr Plan, wie immer er aussehen mochte, von weiteren Kontakten abhing.

Sie wartete bis Montag morgen, eine halbe Stunde bevor die Verhandlung fortgesetzt wurde. Fitch saß in seinem Kommandobunker. Ein Mitarbeiter, ein junger Mann namens Konrad, trat durch die offene Tür und sagte: „Da ist ein Anruf, den Sie wahrscheinlich selbst entgegennehmen möchten."

„Weshalb?" fragte Fitch überaus argwöhnisch.

„Sie sagt, sie habe eine weitere Botschaft für Sie."

Eine weitere lange Pause, während der Fitch das blinkende Licht an einem der Telefone betrachtete. „Verfolgen Sie den Anruf zurück?"

„Ja. Geben Sie uns eine Minute. Halten Sie sie hin."

Fitch drückte auf den Knopf und hob den Hörer ab. „Ja?"

„Spreche ich mit Mr. Fitch?" fragte sie liebenswürdig.

„Ja. Und wer sind Sie?"

„Marlee."

Ein Name! Er schwieg einen Moment lang. „Guten Morgen, Marlee. Haben Sie auch einen Nachnamen?"

„Ja. Geschworener Nummer zwölf, Fernandez, wird mit einem Exemplar von *Sports Illustrated* in den Gerichtssaal kommen. Es ist die Ausgabe vom 12. Oktober mit Dan Marino auf der Titelseite."

„Verstanden", sagte er, als machte er sich Notizen. „Sonst noch etwas?"

„Nein. Im Augenblick nicht."

„Wie sind Sie an meine Telefonnummer gekommen?"

„Das war einfach. Nicht vergessen, Nummer zwölf, Fernandez." Es klickte, und sie war fort.

Konrad kam mit einem Ausdruck angerannt. „Der Anruf kam von einem Münzfernsprecher in einem Supermarkt in Gulfport."

„Was für eine Überraschung", meinte Fitch, griff nach seinem Jackett und rückte seine Krawatte zurecht. „Ich muß zusehen, daß ich ins Gericht komme."

NICHOLAS wartete, bis die meisten seiner Kollegen entweder am Tisch saßen oder in seiner Nähe standen, dann sagte er laut: „Na, ist einer von Ihnen übers Wochenende bestochen oder belauert worden?" Es gab einiges Grinsen und leises Lachen, aber keine Geständnisse.

„Weshalb hält er uns eigentlich immer wieder diesen Vortrag?" fragte Millie Dupree, offensichtlich froh, daß jemand das Eis gebrochen hatte. Einige der Geschworenen rückten näher heran, um zu hören, was der ehemalige Jurastudent davon hielt. Rikki Coleman blieb mit einer Zeitung abseits. Sie hatte es bereits gehört.

„Es haben schon verschiedene andere Prozesse dieser Art stattgefunden", erklärte Nicholas widerstrebend. „Und dabei hat es einigen faulen Zauber mit den Jurys gegeben."

„Ich meine, darüber sollten wir nicht reden", sagte Herman.

„Warum nicht? Schließlich reden wir nicht über Beweise oder Zeugenaussagen." Nicholas machte eine kurze, effektvolle Pause, dann fuhr er fort: „Hier geht es um Geschworenenbeeinflussung."

Lonnie Shaver ließ den Computerausdruck einer Inventarliste von seinem Supermarkt sinken und rückte näher an den Tisch heran.

„Vor ungefähr sieben Jahren hat es in Quitman County, Mississippi, einen sehr ähnlichen Prozeß gegeben. Und es hat einige ziemlich kriminelle Aktionen gegeben, sowohl vor der Auswahl der Geschworenen als auch nach Prozeßbeginn. Richter Harkin hat natürlich all diese Geschichten gehört, und deshalb paßt er bei uns genau auf. Eine Menge Leute beobachten uns."

Millie ließ den Blick kurz um den Tisch herumwandern. „Wer?" fragte sie.

„Beide Seiten." Nicholas hatte sich für Fairplay entschieden. „Beide Seiten heuern diese Burschen an, die sich Juryberater nennen, damit sie ihnen bei der Auswahl der perfekten Jury helfen. Die perfekte Jury ist natürlich nicht eine, die fair entscheidet, sondern die, die das Urteil fällt, das sie haben möchten. Sie spähen uns aus, bevor wir ausgewählt werden."

Alle elf hörten nun zu, rückten näher heran. Nicholas trank einen Schluck Kaffee, dann fuhr er fort: „Nachdem die Geschworenen ausgewählt sind, behält jede Seite eine Gruppe von Juryberatern im Gerichtssaal, die uns ständig beobachten und versuchen, unsere Reaktionen zu deuten. Sie sitzen gewöhnlich in den ersten beiden Reihen, wechseln aber häufig die Plätze."

„Sie wissen, wer sie sind?" fragte Millie ungläubig.

„Ich kenne ihre Namen nicht, aber sie sind ziemlich leicht zu entdecken. Sie sind gut gekleidet, und sie starren uns ununterbrochen an."

„Ich dachte, diese Leute wären Reporter", sagte Frank Herrera, ein Oberst im Ruhestand, der von irgendwo aus dem Norden stammte. Herrera war klein und dicklich, mit winzigen Händen, und hatte seine eigene Meinung über so ziemlich alles.

„Beobachten Sie sie heute", sagte Nicholas. „Ich habe überhaupt eine großartige Idee. Da ist diese eine Frau, von der ich ziemlich sicher bin, daß sie eine Juryberaterin der Verteidigung ist. Sie ist ungefähr vierzig, untersetzt, mit dichtem, kurzem Haar. Bisher hat sie jeden Morgen in der ersten Reihe hinter Durwood Cable gesessen. Wenn wir nachher hinausgehen, starren wir sie an. Und zwar alle zwölf – starren sie unverwandt an und sehen zu, wie sie immer nervöser wird."

„Sogar ich?" fragte Herman.

„Ja, Herman, sogar Sie. Drehen Sie einfach den Kopf, und starren Sie wie wir alle."

„Mir gefällt das", erklärte Jerry Fernandez. „Vielleicht hören sie dann auf, uns anzustarren."

„Und wie lange sollen wir sie anstarren?" fragte Millie.

„Während Richter Harkin uns heute morgen seine Standpauke hält. Dazu braucht er ungefähr zehn Minuten." Sie stimmten Nicholas mehr oder weniger zu.

Punkt neun Uhr erschien Lou Dell, und sie verließen das Geschworenenzimmer. Nicholas hatte zwei Zeitschriften in der Hand, von denen eine die Ausgabe vom 12. Oktober von *Sports Illustrated* war. Er ging neben Jerry Fernandez her, und als sie den Gerichtssaal erreicht hatten, wandte er sich beiläufig an seinen neuen Freund: „Möchten Sie etwas zu lesen?"

Jerry ergriff das Blatt ebenso beiläufig und sagte: „Gern, danke." Sie betraten den Saal.

Fitch wußte, daß Fernandez, Nummer zwölf, die Zeitschrift haben würde, aber der Anblick versetzte ihm trotzdem einen Schlag. Seine Verblüffung verwandelte sich rasch in Erregung. Offenbar besorgte Marlee den Außendienst, während irgend jemand in der Jury für den Innendienst zuständig war. Vielleicht waren es zwei oder drei Geschworene, die mit ihr zusammenarbeiteten. Jedenfalls verteilten diese Leute die Karten, und Fitch war bereit, ins Spiel einzugreifen.

Die Juryberaterin hieß Ginger, und sie arbeitete für Carl Nussmans Kanzlei in Chicago. Sie saß in der ersten Reihe hinter den Anwälten der Verteidigung und las Zeitung, als die Geschworenen hereinkamen.

Ginger musterte die Geschworenen und wartete darauf, daß Seine Ehren sie begrüßte, was er auch tat. Die meisten Geschworenen nickten und lächelten den Richter an, und dann drehten alle, sogar der Blinde, die Köpfe und schauten genau in ihre Richtung.

Sie wandte den Blick ab.

Richter Harkin quälte sich durch seine Liste – eine bedrohliche Frage nach der anderen –, und auch er bemerkte rasch, daß das Interesse seiner Geschworenen einem der Zuschauer galt.

Sie starrten weiter, alle miteinander.

Nicholas hatte Mühe, ein Triumphgeheul zu unterdrücken. Sein Glück war unglaublich. Zwei Reihen hinter Ginger saß die massige Gestalt von Rankin Fitch. Von der Geschworenenbank aus befand sich Fitch in derselben Blickrichtung wie Ginger, und aus fünfzehn Meter Entfernung ließ sich unmöglich genau sagen, wen die Geschworenen anstarrten – Ginger oder Fitch.

Fitch kam sich nackt vor, als die zwölf Gesichter ihn von der Geschworenenbank aus musterten. Über seinen Augenbrauen brachen kleine Schweißperlen aus. Ein paar Anwälte drehten die Köpfe, um hinter sich zu schauen.

„Weiterstarren", sagte Nicholas leise, ohne die Lippen zu bewegen.

Richter Harkin hetzte durch den Rest seiner Beeinflussungsfragen und sagte dann laut: „Ich danke Ihnen, meine Damen und Herren. Und jetzt fahren wir mit Dr. Milton Fricke fort."

Ginger eilte aus dem Saal, während Dr. Fricke durch eine Seitentür kam und seinen Platz im Zeugenstand einnahm.

Cable hatte im Kreuzverhör nur einige wenige Fragen, hoffte aber, bei den Geschworenen ein paar kleine Pluspunkte zu erzielen. Dr. Fricke gab zu, daß nicht alle Schäden an Mr. Woods Lunge auf das Rauchen von Bristols zurückgeführt werden konnten. Jacob Wood hatte viele Jahre lang in einem Büro mit anderen Rauchern zusammengearbeitet, und ja, es stimmte, daß ein Teil der Verteerungen in seiner Lunge auf das Passivrauchen zurückzuführen war. „Aber es war dennoch Zigarettenrauch", erinnerte Dr. Fricke Cable.

Und was war mit der Luftverschmutzung? War es möglich, daß das Einatmen von verschmutzter Luft zum Zustand der Lunge beigetragen hatte? Dr. Fricke gab zu, daß das durchaus im Bereich des Möglichen lag.

„Eine letzte Frage, Doktor. Wieviel Prozent der Raucher erkranken an Lungenkrebs?"

„Ungefähr zehn Prozent."

„Keine weiteren Fragen."

„Dr. Fricke, Sie sind entlassen", erklärte Seine Ehren. „Mr. Rohr, rufen Sie Ihren nächsten Zeugen auf."

„Dr. Robert Bronsky."

Auch Bronsky war ein hochqualifizierter Mediziner, der fast ebenso viele akademische Grade und Publikationen aufzuweisen hatte wie Fricke. Rohr bereitete es großes Vergnügen, Bronsky durch seinen wundervollen Werdegang hindurchzugeleiten. Nachdem er als Sachverständiger anerkannt worden war, stürzten sie sich in die klinischen Grundlagen: Tabakrauch sei ein extrem komplexes Gebilde mit mehr als viertausend identifizierten Bestandteilen. Zu diesen gehörten sechzehn bekannte Karzinogene, vierzehn Alkalien und zahlreiche weitere Verbindungen mit bekannten biologischen Wirkungen.

Sie ritten den ganzen Vormittag auf den krebserregenden Stoffen herum. Bei jeder neuen Tabelle fühlten sich Jerry Fernandez und die anderen Raucher elender, und als sie zum Mittagessen die Geschworenenbank verließen, war Sylvia, dem Pudel, fast schwindlig. Wie kaum anders zu erwarten, verschwanden die vier erst einmal auf ein paar Züge im „Raucherloch", wie Lou Dell es nannte, bevor sie sich zum Essen zu den anderen gesellten.

Das Essen stand bereit. Der Tisch war mit Porzellangeschirr gedeckt, und der Eistee wurde in echten Gläsern ausgeschenkt. Mr. O'Reilly servierte sogar speziell zubereitete Sandwiches. Nicholas sparte nicht mit Komplimenten.

DER NACHMITTAG wurde dem Thema Nikotin gewidmet. Von halb zwei bis fünf erfuhren die Geschworenen mehr über Nikotin, als ihnen lieb war. Es ist ein im Tabakrauch enthaltenes Gift. Bei Rauchern, die inhalieren, wie Jacob Wood es tat, werden bis zu neunzig Prozent des Nikotins von der Lunge absorbiert. Dr. Bronsky erläuterte detailliert, wie Nikotin eine Verengung der oberflächennahen Blutgefäße in den Gliedmaßen bewirkt; den Blutdruck erhöht; den Puls beschleunigt; dazu führt, daß das Herz angestrengter arbeitet. Seine tückischen und vielfältigen Auswirkungen auf das Verdauungssystem. Wie es Speichelfluß und Darmbewegungen zuerst stimuliert und dann hemmt. Bronsky war methodisch, aber eindringlich; bei ihm hörte es sich an, als wäre eine einzige Zigarette eine tödliche Dosis Gift.

Die letzte Stunde – wieder ein perfektes Timing von Rohr – wurde damit verbracht, die Geschworenen davon zu überzeugen, daß Nikotin stark süchtig mache und daß diese Tatsache seit mindestens vier Jahrzehnten bekannt sei.

Der Nikotingehalt von Zigaretten könne während des Herstellungsprozesses mühelos manipuliert werden. Falls, und Bronsky betonte das Wort „falls", der Nikotingehalt künstlich erhöht werde, würden die Raucher natürlich viel schneller süchtig werden. Mehr süchtige Raucher bedeuteten mehr verkaufte Zigaretten.

Es war ein perfekter Abschluß des Tages.

AM DIENSTAG morgen traf Nicholas zeitig im Geschworenenzimmer ein. Lou Dell machte gerade den täglichen Teller mit frischen Brötchen und Gebäck zurecht. Daneben stand eine Kollektion von nagelneuen Tassen und Untertassen. Nicholas hatte erklärt, er hasse es, Kaffee aus einem Plastikbecher trinken zu müssen, und glücklicherweise hegten zwei seiner Kollegen eine ähnliche Abneigung. Eine Liste mit Forderungen war von Seinen Ehren schnell abgesegnet worden.

Nicholas goß sich Kaffee ein und schlug eine Zeitung auf. Wie er erwartet hatte, erschien Oberst Frank Herrera kurz nach acht mit zwei Zeitungen unter dem Arm.

„Morgen, Herr Oberst", grüßte Nicholas freundlich. „Sie sind früh dran."

„Sie auch."

„Ja, ich konnte nicht schlafen. Habe von Nikotin und schwarzen Lungen geträumt." Nicholas studierte die Sportseite.

Herrera ließ sich an der anderen Seite des Tisches nieder. „Ich habe zehn Jahre lang geraucht, als ich in der Army war", sagte er steif. „Aber ich hatte genügend Verstand, um damit aufzuhören."

Nicholas blätterte um und fragte: „Weshalb haben Sie aufgehört?"

„Weil es ungesund ist. Man braucht kein Genie zu sein, um das zu wissen. Zigaretten sind tödlich. Jedermann weiß das."

Wenn Herrera bei der Beantwortung der Fragebögen, die sie vor dem Prozeß hatten ausfüllen müssen, ebenso offen gewesen wäre, dann säße er jetzt nicht hier. Die Tatsache, daß Herrera so stark empfand, ließ darauf schließen, daß er unbedingt der Jury angehören wollte. Er war pensioniert und vermutlich auf der Suche nach einer Beschäftigung.

„Sie meinen also, Zigaretten sollten verboten werden?" fragte Nicholas.

Herrera legte die Zeitung langsam auf den Tisch. „Nein, ich meine, die Leute sollten genügend Verstand haben, um nicht dreißig Jahre lang drei Schachteln pro Tag zu rauchen. Was zum Teufel erwarten sie denn? Vollkommene Gesundheit?" Sein Ton war sarkastisch, und er ließ keinen Zweifel daran, daß er sein Geschworenenamt mit einer vorgefaßten Meinung übernommen hatte.

„Das ist vielleicht Ihre Ansicht. Aber Sie hätten sie während der Auswahl der Geschworenen äußern müssen."

Herreras Gesicht lief rot an. „Lassen Sie mich raten: Sie sind auf ein hartes Urteil aus, mit einer horrenden Geldstrafe und allem, was dazugehört."

„Nein, Mr. Herrera. Im Gegensatz zu Ihnen habe ich keine vorgefaßte Meinung. Ich werde warten, bis das gesamte Beweismaterial vorliegt, von beiden Seiten, und erst dann versuchen, mir eine Meinung zu bilden. Ich denke, das ist es, was wir zu tun versprochen haben."

„Ja, also, ich auch. Ich bin nicht unbelehrbar." Und damit vertiefte er sich in den Leitartikel.

DR. BRONSKY war ausgeruht und bereit für einen weiteren Tag bedächtigen Referierens über die durch Tabakrauch bewirkten Verheerungen. Nachdem er sich über die in Tabakrauch enthaltenen Karzinogene und das Nikotin ausgelassen hatte, ging er jetzt zur nächsten Gruppe von medizinisch relevanten Verbindungen über: den Reizstoffen.

Tabakrauch enthalte eine Reihe von chemischen Verbindungen, die eine reizende Wirkung auf die Schleimhäute hätten. Tabakrauch stimuliere die Absonderung von Schleim. Gleichzeitig verzögere er die Entfernung des Schleims.

Bronsky erklärte den Geschworenen, daß die Bronchien mit einer Haut ausgekleidet seien, die mit feinen Härchen besetzt sei. Diese Härchen würden als Filien bezeichnet, und durch ihr Flimmern steuerten sie die Bewegung des Schleims auf der Auskleidung. Durch dieses ständige Flimmern befreiten die Härchen die Lungen von praktisch allen Staubpartikeln und Krankheitserregern, die eingeatmet würden.

Sobald sich Bronsky und Rohr sicher waren, daß die Geschworenen verstanden hatten, wie die Dinge normalerweise abliefen, gingen sie dazu über, ihnen darzulegen, wie das Rauchen den Filterprozeß im einzelnen störe und im Atmungsapparat alle möglichen Schäden anrichte.

Das erste sichtbare Gähnen kam von Jerry Fernandez in der hinteren Reihe. Er rauchte zwei Schachteln pro Tag und wußte recht gut, daß es ungesund war. Trotzdem brauchte er jetzt eine Zigarette. Weiteres Gähnen folgte, und die Geschworenen verloren ihren Kampf um Konzentration. Man brauchte keinen teuren Juryberater, um festzustellen, daß die Geschworenen gelangweilt waren.

Seine Ehren vertagte zeitig und entließ sie mit den üblichen strengen Warnungen und Ermahnungen, die sie jetzt aber kaum noch hörten.

Lonnie Shaver freute sich ganz besonders über die frühe Entlassung. Er fuhr geradewegs zu seinem Supermarkt, ging schnell durch das Lager und dann zu seinem Büro im ersten Stock.

Lonnie war der einzige schwarze Geschäftsführer in einer Kette mit siebzehn Läden. Er verdiente vierzigtausend Dollar im Jahr und sollte in drei Monaten eine Gehaltserhöhung erhalten. Außerdem hatte man ihm zu verstehen gegeben, daß seine Beförderung zum Bezirksleiter bevorstand. Der Firma lag viel daran, einen Schwarzen zu befördern.

Sein Büro war ständig offen, und gewöhnlich hielt sich einer von seinem halben Dutzend Untergebenen darin auf. Ein stellvertretender Geschäftsführer begrüßte ihn und deutete dann mit einem Nicken auf die Tür. „Wir haben Besuch", sagte er finster.

Lonnie zögerte und betrachtete die geschlossene Tür, die in einen großen Raum führte, der gewöhnlich für Personalversammlungen benutzt wurde. „Wer ist es?" fragte er.

„Zentrale. Sie möchten mit Ihnen reden."

Lonnie klopfte an und trat gleich ein. Drei Männer mit bis zu den Ellenbogen hochgekrempelten Hemdsärmeln saßen an einem Ende des Tisches, umgeben von einem Stapel Papieren und Computerausdrucken. Sie erhoben sich.

„Lonnie, schön, Sie zu sehen", begrüßte ihn Troy Hadley, Sohn von einem der Besitzer und der einzige im Raum, der Lonnie bekannt war. Sie gaben sich die Hand, und Hadley stellte hastig die beiden anderen vor: Ken und Ben. Lonnie setzte sich, mit Ken an der einen und Ben an der anderen Seite.

Troy begann die Unterhaltung, und er machte einen etwas nervösen

Eindruck. „Lonnie, der Grund, weshalb wir hier sind – Ken und Ben kommen von einer Firma, die SuperHouse heißt, einer großen Kette, die von Charlotte aus operiert; mein Vater und mein Onkel haben aus einer ganzen Reihe von Gründen beschlossen, an SuperHouse zu verkaufen, und zwar die gesamte Kette."

Lonnie nahm die Neuigkeit mit unbewegtem Gesicht hin und brachte sogar ein leichtes Achselzucken zustande. Tatsächlich raubte ihm die Nachricht beinahe den Atem.

Es folgte eine Pause, während der Lonnie Ben und Ken musterte. Der eine war Mitte Vierzig mit schlecht geschnittenem Haar und einer mit billigen Kugelschreibern vollgestopften Brusttasche. Der andere war etwas jünger, der Typ des leitenden Angestellten, mit schmalem Gesicht und harten Augen. Es lag auf der Hand, daß Lonnie jetzt dran war, etwas zu sagen. „Wird die Filiale geschlossen?" fragte er fast schicksalsergeben.

Troy griff die Frage auf. „Mit anderen Worten, was wird aus Ihnen? Ich habe vorgeschlagen, daß man Sie hier beläßt, in der gleichen Position." Troy griff nach seinem Jackett. „Aber das geht mich nichts mehr an. Ich gehe eine Weile hinaus, damit Sie drei die Sache bereden können." Wie ein Blitz war Troy aus dem Zimmer.

Aus irgendeinem Grund bewirkte sein Verschwinden, daß Ken und Ben lächelten. Lonnie fragte: „Könnte ich Ihre Visitenkarten haben?"

„Natürlich", sagten beide, holten jeder eine Karte aus der Tasche und schoben sie ihm zu.

Der jüngere, Ken, war derjenige, der den Ton angab. Er begann: „Ein paar Worte über unsere Gesellschaft vorweg. SuperHouse ist eine Tochter von Listing Foods, einem Konzern mit einem Umsatz von ungefähr zwei Milliarden im vorigen Jahr. Ich bin der für strategische Transaktionen zuständige Vizepräsident von SuperHouse, Ben hier ist regionaler Vizepräsident. Wir expandieren Richtung Süden und Westen, deshalb sind wir hier."

„Also behalten Sie das Geschäft?"

„Ja. Und wir würden auch Sie gern hierbehalten, jedenfalls fürs erste."

„Fürs erste? Was bedeutet das?"

Ken lehnte sich auf beiden Ellenbogen vor. „Lassen Sie uns ganz offen sein, Lonnie. Wir sehen für Sie eine Zukunft in unserer Firma."

„Und es ist eine wesentlich bessere Firma als die, für die Sie jetzt arbeiten", fügte Ben hinzu. „Wir bieten höhere Gehälter und bessere Zusatzleistungen."

„Lonnie, Ben und ich geben nur ungern zu, daß wir keinen Afroamerikaner in einer leitenden Position haben. Ebenso wie unsere Bosse würden wir das gern ändern."

Lonnie musterte ihre Gesichter und unterdrückte tausend Fragen. Er beschloß, vorsichtig zu sein. „Ich höre", sagte er.

Ken hatte alles parat. „Wir möchten, daß Sie nach Charlotte kommen, unsere Leute kennenlernen und über die Zukunft reden. Aber ich muß Sie darauf hinweisen, daß Sie nicht den Rest Ihrer Tage in Biloxi verbringen können, wenn Sie vorankommen wollen. Sie müssen flexibel sein."

„Ich bin flexibel."

„Das dachten wir uns. Wann können wir Sie hinauffliegen?"

Lonnie runzelte die Stirn. „Also, gegenwärtig sitze ich hier fest", sagte er frustriert. „Ich bin Geschworener in einem Prozeß."

„Was für ein Prozeß ist das?" fragte Ben.

„Die Witwe eines toten Rauchers hat einen Tabakkonzern verklagt."

Ihre Reaktionen waren fast identisch und ließen keinen Zweifel daran, was sie persönlich von einer solchen Klage hielten.

„Ein Produkthaftungsprozeß?" fragte Ken, zutiefst empört.

„Ja, etwas dergleichen."

Es folgte eine lange Pause, während der Ben eine frische Schachtel Bristol öffnete und sich eine anzündete. „Prozesse", sagte er bitter. „Wir werden ständig von irgendwelchen armen Irren verklagt, die stolpern oder hinfallen und dann uns die Schuld daran geben." Ein langer Zug an der Zigarette. „Verdammte Anwälte. Im vorigen Jahr haben wir mehr als drei Millionen für Haftpflichtversicherungen bezahlt; Geld, das zum Fenster hinausgeworfen ist."

Ken unterbrach ihn: „Das reicht."

„Entschuldigung."

„Was ist mit den Wochenenden?" fragte Lonnie. „Von Freitag nachmittag bis Sonntag abend hätte ich Zeit."

„Ich sage Ihnen, was wir tun werden: Wir schicken Ihnen Samstag morgen eines unserer Flugzeuge. Wir fliegen Sie nach Charlotte, zeigen Ihnen die Zentrale und machen Sie mit unseren Bossen bekannt. Geht das dieses Wochenende?"

„Natürlich."

„Okay. Ich sorge für das Flugzeug", erklärte Ken.

„Und Sie sind sicher, daß es keine Konflikte mit dem Prozeß gibt?" fragte Ben.

„Jedenfalls keinen, den ich voraussehen könnte."

AM MITTWOCH morgen fuhr sich der Prozeß schon vor dem eigentlichen Sitzungsbeginn fest. Die Verteidigung stellte den Antrag, die Aussage von Dr. Hilo Kilvan aus Montreal, einem angeblichen Experten auf dem Gebiet der Lungenkrebsstatistik, nicht zuzulassen. Der Antrag löste eine kleine Schlacht aus. Wendall Rohr zeigte sich besonders wütend über die Taktik der Verteidigung. Sie hatte bisher die Aussage jedes Experten der Anklage zu verhindern versucht. Rohr forderte Richter Harkin wütend auf, Sanktionen gegen die Verteidigung zu verhängen. Der Krieg um Sanktionen, bei denen jede Seite Geldstrafen für die andere forderte, die der Richter bisher immer abgelehnt hatte, tobte schon seit fast dem Tag, an dem die Klage eingereicht worden war. Wie bei den meisten zivilrechtlichen Fällen kostete auch hier das Gerangel um Sanktionen fast ebensoviel Zeit wie das Thema, um das es eigentlich ging.

Rohr tobte und stampfte vor der leeren Geschworenenbank herum. In Abwesenheit der Geschworenen waren Lächeln und gute Manieren allgemein vergessen. Die Anspannung war auf den Gesichtern aller Beteiligten deutlich sichtbar. Sogar das Gerichtspersonal und die Protokollantin wirkten gereizt.

Um halb zehn ließ Seine Ehren Lou Dell eine Nachricht zukommen, sie solle den Geschworenen mitteilen, er sei mit einem Antrag beschäftigt, doch das Verfahren werde alsbald fortgesetzt, um zehn, wie er hoffe. Da dies das erste Mal war, daß die Geschworenen warten mußten, obwohl sie bereit waren, nahmen sie es gut auf. Wieder bildeten sich kleine Gruppen, das müßige Geplauder ging weiter. Die Männer neigten dazu, sich an einem Ende des Zimmers zusammenzuscharen, die Frauen am anderen Ende.

Der einzige Mann, der sich gern mit den Frauen unterhielt, war Nicholas Easter, und an diesem Tag erörterte er den Fall leise mit Loreen Duke, einer massigen, immer gut aufgelegten Schwarzen, die als Sekretärin bei der Luftwaffe arbeitete. Als Geschworene Nummer eins saß sie neben Nicholas, und die beiden hatten sich angewöhnt, während der Sitzung miteinander zu tuscheln. Loreen war 35, ohne Ehemann, aber mit zwei Kindern und mit einem guten Job, den sie aber im Augenblick nicht im mindesten vermißte.

Die Zeit verging. Um halb elf betraten sie endlich den Saal. Die Atmosphäre war immer noch geladen von der Hitze des Gefechts.

Die erste Person, die Nicholas sah, war der Mann, der in seine Wohnung eingedrungen war. Ungeachtet seiner Tücke und Verschlagenheit beging Fitch gelegentlich eine große Dummheit. Was sollte dieser Gangster sehen oder hören, das nicht auch einer von dem Dutzend

Anwälten und dem halben Dutzend anderer Lakaien, die Fitch im Gerichtssaal postiert hatte, hätte sehen oder hören können?

Richter Harkin mußte unbedingt erfahren, daß einer der Gauner, die ihm soviel Sorgen bereiteten, jetzt im Gerichtssaal saß. Harkin mußte das Gesicht sehen, damit er es später auf Video wiedererkennen würde.

Der erste Zeuge war Dr. Bronsky, jetzt an seinem dritten Tag, aber dem ersten im Kreuzverhör durch die Verteidigung. Mit Dr. Fricke war Cable sehr rücksichtsvoll umgegangen, mit Bronsky aber wollte er kämpfen.

Er begann mit den über viertausend im Tabakrauch identifizierten Verbindungen, griff scheinbar aufs Geratewohl eine heraus und fragte, welche Wirkung Benzpyren auf die Lunge habe. Bronsky sagte, das wisse er nicht, und versuchte zu erklären, daß sich der von einer einzelnen Verbindung angerichtete Schaden unmöglich abmessen lasse.

Cable ließ seine Fragen nur so niederprasseln. Er griff eine weitere Verbindung heraus und zwang Bronsky zu dem Eingeständnis, daß er den Geschworenen nicht sagen konnte, was sie in der Lunge, den Bronchien und den Schleimhäuten anrichte. Jedenfalls nicht genau.

Rohr erhob Einspruch, aber Seine Ehren wies ihn ab.

Doyle blieb auf seinem Platz in der dritten Reihe, schaute gelangweilt drein und wartete auf eine Gelegenheit zu verschwinden. Er hatte den Auftrag erhalten, nach der Frau Ausschau zu halten.

Nicholas wußte, wie Fitchs Vorgehensweise aussah. Seine Leute bewegten sich viel, nutzten kurze Unterbrechungen, um unauffällig zu kommen oder zu gehen. Ihm war klar, daß der Mann bald verschwinden würde. Er schrieb eine Nachricht, faltete den Zettel zusammen, und während einer Pause im Kreuzverhör bat er Loreen Duke, sich vorzulehnen und ihn Willis, dem Polizisten, auszuhändigen, der ihn wiederum dem Richter weiterreichen sollte.

Doyle sah, wie Loreen den Zettel abgab, aber er hatte nicht gesehen, daß er von Nicholas stammte.

Richter Harkin nahm das Papier kommentarlos entgegen. Cable feuerte gerade eine weitere Frage ab. Langsam entfaltete Harkin den Zettel. Darauf stand:

> Herr Richter,
> der Mann in der dritten Reihe von vorn, linke Seite, am Mittelgang, weißes Hemd, blau-grüne Krawatte, ist mir gestern gefolgt. Es war das zweite Mal, daß ich ihn gesehen habe. Können wir herausfinden, wer er ist?
>
> Nicholas Easter

Seine Ehren sah sich die Zuschauer an. Der Mann saß für sich allein und starrte zum Richtertisch empor, als wüßte er, daß ihn jemand beobachtete.

Das war eine neue Herausforderung für Frederick Harkin. Er hatte genau beobachtet, was in seinem Gerichtssaal vor sich ging, und dabei eine Menge auffällig unauffälliger Leute wahrgenommen, die nicht zum ersten Mal an einem solchen Tabakprozeß teilnahmen und nicht bemerkt werden wollten. Er wußte, daß der Mann den Saal jeden Moment verlassen konnte.

Er schrieb rasch ein paar Zeilen und gab sie der Kanzleivorsteherin, Gloria Lane, die an einem kleinen Tisch unterhalb des Richtertisches und gegenüber dem Zeugenstand saß. Die Nachricht beschrieb den Mann und wies Gloria an, ihn sich genau anzusehen, aber ohne Aufsehen zu erregen, dann durch eine Nebentür den Saal zu verlassen und einen Polizisten zu holen. Auch für den Polizisten hatte er auf dem Zettel Anweisungen notiert, doch der sollte keine Gelegenheit bekommen, sie auszuführen.

Denn nachdem Doyle mehr als eine Stunde lang dem gnadenlosen Kreuzverhör von Dr. Bronsky zugehört hatte, war er bereit zu verschwinden. Die Frau war nirgends zu sehen; nicht, daß er erwartet hätte, sie hier zu finden. Außerdem gefiel ihm das Herumreichen von Zetteln beim Richtertisch nicht. Er faltete leise seine Zeitung zusammen und verließ, von niemandem gehindert, den Gerichtssaal.

Nicholas sah Seine Ehren an, beide Männer waren frustriert. Cable machte eine Pause zwischen zwei Fragen, und Seine Ehren hieb plötzlich mit seinem Hammer auf den Tisch. „Zehn Minuten Unterbrechung. Die Geschworenen brauchen eine kurze Pause."

WILLIS gab die Nachricht an Lou Dell weiter, die ihren Kopf durch die einen Spaltbreit geöffnete Tür steckte und sagte: „Mr. Easter, würden Sie bitte für einen Moment herauskommen?"

Nicholas folgte Willis durch ein Labyrinth aus engen Korridoren, bis sie vor der Nebentür zu Harkins Amtszimmer angelangt waren. Der Richter war allein, ohne Robe, mit einem Becher Kaffee in der Hand.

Er entließ Willis und schloß die Tür ab. „Bitte, nehmen Sie Platz, Mr. Easter", sagte er und deutete auf einen Stuhl auf der anderen Seite seines vollgepackten Schreibtisches. „Kaffee?"

„Nein, danke."

Harkin ließ sich auf seinen Stuhl sinken, stützte sich auf die Ellenbogen und lehnte sich vor. „Und nun erzählen Sie mir, wo Sie diesen Mann gesehen haben."

Nicholas wollte das Video für einen entscheidenderen Moment aufsparen. Er hatte sich bereits sorgfältig eine andere Geschichte ausgedacht. „Gestern, nach der Vertagung. Ich habe mir bei Mike's an der Ecke ein Eis geholt, und da habe ich gesehen, wie dieser Mann hereinschaute. Mir wurde klar, daß ich ihn schon einmal gesehen hatte. Ich kaufte das Eis und machte mich auf den Heimweg. Ich vermutete, daß der Mann mir folgen würde, also paßte ich genau auf und machte ein paar Umwege, und dabei habe ich festgestellt, daß er mich tatsächlich beschattete."

„Und Sie hatten ihn davor schon einmal gesehen?"

„Ja, Sir. Ich arbeite in einem Computerladen im Einkaufszentrum, und eines Abends ging dieser Mann immer vor der Tür des Geschäfts auf und ab. Später tauchte er am anderen Ende des Einkaufszentrums auf, wo ich gerade Pause machte und eine Cola trank."

„Hat sonst noch einer Ihrer Kollegen irgend etwas dergleichen erwähnt?"

„Nein, Sir."

„Hören Sie mir zu, Mr. Easter. Ich verlange nicht von Ihnen, daß Sie zum Denunzianten werden. Aber ich mache mir Sorgen um diese Jury, wegen des Druckes, der von außen auf sie ausgeübt wird. Wenn Sie irgend etwas sehen oder hören, das auch nur im entferntesten nach unerlaubten Kontakten aussieht, dann lassen Sie es mich bitte wissen, damit wir uns darum kümmern können."

„Natürlich, Herr Richter."

5

Am Freitag morgen schlug Marlee gründlich zu. Konrad nahm den ersten Anruf 25 Minuten nach sieben entgegen, stellte ihn rasch zu Fitch durch und hörte das Gespräch über den eingeschalteten Raumlautsprecher mit. „Guten Morgen, Fitch", sagte sie honigsüß.

„Guten Morgen, Marlee", erwiderte Fitch so verbindlich, wie er nur konnte. „Wie geht es Ihnen?"

„Prächtig. Nummer zwei, Easter, wird ein hellblaues Jeanshemd tragen, eine ausgeblichene Jeanshose, weiße Socken, alte Turnschuhe, Nikes, glaube ich. Und er wird ein Exemplar des *Rolling Stone* bei sich haben. Alles klar?"

„Ja. Wann können wir uns zusammensetzen und miteinander reden?"
„Wenn ich soweit bin. Adios." Sie legte auf. Der Anruf wurde zum Foyer eines Hotels in Hattiesburg, Mississippi, zurückverfolgt, mindestens neunzig Autominuten entfernt.

Pang lungerte unter einem großen, ungefähr fünfzig Meter von Easters Wohnung entfernten Baum herum. Easter kam um Viertel vor acht aus der Haustür und machte sich auf seinen gewohnten zwanzigminütigen Spaziergang zum Gerichtsgebäude. Natürlich war er genauso angezogen, wie Marlee vorhergesagt hatte.

Ihr zweiter Anruf kam gleichfalls aus Hattiesburg, aber von einem anderen Anschluß. „Ich habe einen neuen Tip für Sie, Fitch!"

Kaum atmend sagte Fitch: „Ich höre."

„Wenn die Geschworenen heute hereinkommen, werden sie sich nicht gleich setzen. Sie werden zuerst einen Treueid ablegen."

Fitch warf Konrad einen verblüfften Blick zu.

„Haben Sie das, Fitch?" fragte sie fast spöttisch.

„Ja."

Die Verbindung war unterbrochen.

MARLEES dritter Anruf galt der Kanzlei von Wendall Rohr. Sie erklärte seiner Sekretärin, sie habe eine wichtige Nachricht für Mr. Rohr. Die Nachricht werde in ungefähr fünf Minuten per Fax eingehen, ob also die Sekretärin wohl so freundlich sein könne, sie Mr. Rohr auszuhändigen, bevor er sich auf den Weg zum Gericht machte? Die Sekretärin erklärte sich widerstrebend dazu bereit, und fünf Minuten später fand sie in der Empfangslade des Faxgeräts ein Blatt Papier. Es enthielt keinerlei Hinweis darauf, woher das Fax kam, sondern lediglich, einzeilig mit der Schreibmaschine geschrieben, folgende Notiz:

> WR,
> Geschworener Nummer zwei, Easter, wird heute ein blaues Jeanshemd tragen, eine ausgeblichene Jeanshose, weiße Socken, alte Nikes. Er liest gern im *Rolling Stone*, und er wird sich als sehr patriotisch erweisen.
>
> MM

Die Sekretärin stürzte damit in das Büro von Rohr, der gerade dabei war, seinen Aktenkoffer für die Schlacht des Tages zu packen. Rohr las die Nachricht, verhörte die Sekretärin und rief dann seine Kollegen zu einer Dringlichkeitssitzung zusammen.

Die Stimmung konnte nicht wirklich als festlich bezeichnet werden, zumal nicht bei zwölf Leuten, die gegen ihren Willen festgehalten wurden, aber es war Freitag, und als sie hereinkamen und sich gegenseitig begrüßten, waren die Gespräche spürbar lockerer. Nicholas sah Herman an, der wie üblich an seinem tragbaren Computer arbeitete. Er sagte: „He, Herman, ich habe eine Idee."

Inzwischen hatte Herman die elf Stimmen in seinem Gedächtnis gespeichert. Die von Easter kannte er besonders gut.

„Ja, Nicholas?"

Nicholas hob die Stimme, um die Aufmerksamkeit aller auf sich zu ziehen. „Als Kind bin ich auf eine kleine Privatschule gegangen, und dort haben wir jeden Tag mit einem Treueid begonnen. Jedesmal wenn ich jetzt eine Fahne sehe, überkommt mich das Verlangen, ein solches Gelöbnis abzulegen." Die meisten Geschworenen hörten zu. „Und im Gerichtssaal hängt diese wunderschöne Fahne hinter dem Richter, und wir tun nichts Besseres, als sie anzuschauen."

„Sie wollen da draußen einen Treueid ablegen, vor all den Leuten im Saal?" fragte Herrera, der Oberst im Ruhestand.

„Ja. Was spricht dagegen, daß wir das einmal in der Woche tun?"

„Dagegen ist nichts einzuwenden", sagte Jerry Fernandez, der insgeheim auf das Ereignis vorbereitet worden war.

„Das soll doch nicht etwa ein Spielchen sein, oder?" fragte der Oberst.

Nicholas war plötzlich verletzt. Er schaute mit umflorten Augen über den Tisch und sagte: „Mein Vater ist in Vietnam gefallen. Er hat einen Orden bekommen. Die Fahne bedeutet mir sehr viel."

Und damit war die Sache abgemacht.

Richter Harkin begrüßte sie mit einem freundlichen Lächeln, als sie einer nach dem anderen durch die Tür hereinkamen. Er war darauf vorbereitet, seinen Standardvortrag über unerlaubte Kontakte zu halten, und brauchte einen Moment, um zu begreifen, daß sie sich nicht wie üblich hingesetzt hatten. Sie blieben stehen, bis alle zwölf ihre Plätze erreicht hatten, dann schauten sie zur Wand links von ihm und legten die Hand aufs Herz. Easter steuerte sie in eine kraftvolle Deklamation des Treueids.

Eine derartige Zeremonie hatte Harkin von Geschworenen in einem Gerichtssaal noch nie erlebt. Sie gehörte nicht zum gewohnten Ritual, war nicht von ihm genehmigt worden, wurde in keinem Handbuch erwähnt. Und deshalb war sein erster Impuls, sie aufzufordern, damit aufzuhören und sich hinzusetzen. Dann wurde ihm klar, daß es furchtbar unpatriotisch wäre, eine Gruppe von wohlmeinenden Bürgern zu unterbrechen, die sich einen Moment Zeit nahmen, um die Fahne der Vereinigten Staaten zu ehren. Ungefähr in der Mitte des Gelöbnisses erhob er sich also, umwallt von seiner schwarzen Robe, wendete sich der Wand zu, legte die Hand aufs Herz und stimmte in die Deklamation ein.

Jetzt, da sowohl die Geschworenen als auch der Richter die *Stars and Stripes* ehrten, hatten plötzlich alle das Gefühl, dasselbe tun zu müssen, besonders die Anwälte, die es sich nicht leisten konnten, auch nur eine Spur von Illoyalität zu zeigen. Sie sprangen auf, stießen Stühle zurück und kippten Aktenkoffer um.

Fitch in der hintersten Reihe war völlig fassungslos. Der Anblick einer Jury, die aus eigenem Antrieb und als Gruppe agierend auf diese Weise die Kontrolle über den Gerichtssaal an sich riß, war einfach unglaublich. Und daß Marlee gewußt hatte, daß dies geschehen würde, war schlichtweg bestürzend. Die Tatsache aber, daß sie ihr Spiel damit trieb, war erheiternd.

Wendall Rohr fühlte sich völlig überrumpelt durch den Anblick von Easter, der genauso gekleidet war wie angekündigt, tatsächlich die angegebene Zeitschrift bei sich hatte und dann seine Mitgeschworenen bei dem Gelöbnis anführte. Er starrte die Geschworenen an, vor allem Easter, und fragte sich, was zum Teufel da vor sich ging.

Als die letzten Worte „... und Gerechtigkeit für alle" zur Decke emporgehallt waren, ließen die Geschworenen sich auf ihren Plätzen nieder. Die meisten Anwälte waren von dieser albernen Zurschaustellung von Patriotismus peinlich berührt, aber wenn es die Geschworenen glücklich machte, dann machte es eben auch sie glücklich.

Seine Ehren raste nun geradezu durch die Standardermahnungen und Fragen an die Geschworenen. Dann erklärte er: „Ich denke, jetzt können wir den nächsten Zeugen hören."

Rohr – immer noch ein wenig benommen – stand auf und sagte: „Die Anklage ruft Dr. Hilo Kilvan auf."

Während der nächste Experte aus einem Zeugenzimmer geholt wurde, verließ Fitch unauffällig den Gerichtssaal.

Dr. Hilo Kilvans Vernehmung wurde von einem neuen Anklagevertreter durchgeführt, Scotty Mangrum aus Dallas. Nach Rohr war er der erste Anwalt gewesen, der seine Million zur Finanzierung des Wood-Falles beigesteuert hatte, und man hatte entschieden, daß er sich mit den statistischen Daten von Lungenkrebs vertraut machen sollte. Mit großer Sorgfalt und ohne Rücksicht auf die Kosten hatte er schließlich Dr. Kilvan als den Mann ausgewählt, der nach Biloxi kommen und sein Wissen vor den Geschworenen ausbreiten sollte.

Mangrum befragte ihn über seine beeindruckende Karriere und betonte besonders die Vielzahl von Büchern, die Dr. Kilvan über die statistische Wahrscheinlichkeit von Lungenkrebs veröffentlicht hatte. Dann begann er mit der ersten Untersuchung – einem Vergleich der Lungenkrebssterblichkeit bei Rauchern und Nichtrauchern. Dr. Kilvan hatte sich zwanzig Jahre lang mit diesem Thema beschäftigt, und er saß entspannt auf seinem Stuhl, während er den Geschworenen die Grundlagen dieser Forschungen darlegte. Bei amerikanischen Männern sei das Risiko, Lungenkrebs zu bekommen, bei jemandem, der zehn Jahre lang fünfzehn Zigaretten am Tag rauche, zehnmal größer als bei jemandem, der nicht rauche. Steige der Konsum auf zwei Schachteln, sei das Risiko zwanzigmal größer. Steige er auf drei Schachteln, die Menge, die Jacob Wood geraucht hatte, dann sei das Risiko fünfundzwanzigmal so groß wie bei einem Nichtraucher.

Vielfarbige Tabellen wurden hervorgeholt und an dreibeinigen Schautafeln angebracht, und ohne eine Spur von Eile demonstrierte Dr. Kilvan den Geschworenen sorgfältig seine Forschungsergebnisse.

Dann führte er die Geschworenen durch eine weitere Studie, bei der es um das Verhältnis zwischen dem Tod durch Lungenkrebs bei Männern und der Art des gerauchten Tabaks ging. Die Zahlen türmten sich zu Bergen und begannen zu verschwimmen.

LOREEN DUKE war die erste, die den Mut aufbrachte, ihren Teller vom Tisch zu nehmen und sich damit in eine Ecke zurückzuziehen, wo sie ihn auf den Knien balancierte und allein aß.

Weil das Mittagessen jeden Morgen um neun nach der Speisekarte bestellt wurde und Lou Dell und die Angestellten von O'Reilly's jetzt entschlossen waren, das Essen Punkt zwölf auf dem Tisch zu haben, war eine gewisse Ordnung unerläßlich. Ein Sitzplan war aufgestellt worden. Loreens Platz war genau gegenüber von Stella Hulic, die mit vollem Mund redete und dabei laut schmatzte.

Stella war eine schlechtgekleidete Neureiche, die den größten Teil der Prozeßpausen damit verbrachte, die anderen elf davon zu überzeugen, daß sie und ihr Mann, ein ehemaliger leitender Angestellter einer Klempnerei, mehr besaßen als alle anderen. Stella rasselte ihren Text mit widerlich näselnder Stimme herunter. „Ich hoffe, wir machen heute zeitig Schluß. Cal und ich wollen übers Wochenende nach Miami." Jede Silbe kam mit zusätzlichen Mampfgeräuschen heraus.

Loreen verließ den Tisch bereits vor dem ersten Bissen. Ihr folgte

Rikki Coleman, mit der fadenscheinigen Begründung, daß sie am Fenster sitzen müsse. Lonnie Shaver mußte plötzlich während des Essens arbeiten. Er entschuldigte sich und setzte sich mit einem Sandwich mit Huhn vor seinen Computer.

„Finden Sie nicht auch, daß Dr. Kilvan ein beeindruckender Zeuge ist?" fragte Nicholas die am Tisch verbliebenen Geschworenen. Ein paar Blicke wanderten zu Herman, der sein übliches Sandwich mit Truthahn verzehrte. Hermans Kiefer mahlten einen Augenblick lang langsamer, aber er sagte nichts.

„Diese Statistiken kann man kaum ignorieren", fuhr Nicholas fort, in einem bewußten Versuch, den Obmann zu provozieren.

„Das reicht mit dem Gerede über den Prozeß", schaltete Herman sich nun prompt ein. „Sie kennen die Anweisungen des Richters."

„Ja, aber der Richter ist schließlich nicht hier, und er kann auch gar nicht erfahren, worüber wir reden, stimmt's? Es sei denn, natürlich, Sie erzählen es ihm."

„Genau das könnte ich tun."

Es folgte eine lastende Pause, in der nur Stella Hulics Schmatzen zu hören war. Jerry Fernandez hatte genug. „Könnten Sie bitte mit dem Schmatzen aufhören!" fuhr er Stella wütend an. Dann fügte er, nachdem er tief Luft geholt hatte, hinzu: „Tut mir leid, okay?"

Stella war einen Moment fassungslos, dann betreten. Ihr Gesicht färbte sich rot.

Alle bemühten sich, den Rest ihres Essens ohne weiteres Aufsehen hinunterzubringen. Jerry und der Pudel verschwanden als erste ins Raucherzimmer, gefolgt von Nicholas Easter, der einen Szenenwechsel brauchte. Angel Weese, eine Zwanzigjährige und die stillste der Geschworenen, gesellte sich kurz darauf zu ihnen. Stella, die vierte Raucherin, war beleidigt und hatte beschlossen zu warten, bis die anderen fertig waren.

Der Pudel hatte nichts dagegen, über den Prozeß zu reden. Angel auch nicht. Sie schienen beide mit Jerry darin übereinzustimmen, daß jedermann wisse, daß Zigaretten Lungenkrebs verursachen. Also wenn man rauche, dann tue man es auf eigene Gefahr. Weshalb den Erben eines toten Mannes, der 35 Jahre lang geraucht hatte, Millionen zuschustern? Man sollte es eigentlich besser wissen.

DIE HULICS nahmen eine Kurzstreckenmaschine nach Atlanta. Von dort aus flogen sie erster Klasse nach Miami, wobei Stella in weniger als einer Stunde zwei Martinis und ein Glas Wein hinunterkippte. Es war eine lange Woche gewesen. Ihre Nerven waren vom Streß der Bürgerpflicht angekratzt.

Sie warfen ihr Gepäck in ein Taxi und ließen sich nach Miami Beach bringen, wo sie in einem neuen Sheraton-Hotel abstiegen.

Marlee war ihnen gefolgt. Sie suchte sich in einem Urlauberhotel anderthalb Kilometer den Strand hinunter ein Zimmer. Mit ihrem Anruf wartete sie bis fast elf Uhr am Freitagabend.

Stella war müde gewesen und hatte nur etwas zu essen und ein Glas Wein auf dem Zimmer gewollt. Aus dem einen Glas wurden viele. Als das Telefon läutete, lag sie flach auf dem Bett, kaum noch bei Bewußtsein. Cal griff nach dem Hörer. „Hallo?"

„Guten Abend, Mr. Hulic", kam die sehr entschiedene, professionell klingende Stimme einer jungen Dame. „Sie müssen vorsichtig sein. Man ist Ihnen gefolgt."

Cal rieb sich die roten Augen. „Wer spricht da?"

„Bitte hören Sie mir genau zu. Ein paar Männer beschatten Ihre Frau. Sie sind hier in Miami. Sie wissen, daß Sie mit Flug Nummer 4476 von Biloxi nach Atlanta und mit Delta, Flug Nummer 533, nach Miami geflogen sind. Und sie wissen genau, in welchem Zimmer Sie sich jetzt aufhalten. Sie beobachten jeden Ihrer Schritte."

„Wer sind diese Leute?" fragte er laut.

„Es sind Agenten, die von den Tabakkonzernen angeheuert wurden", war die Antwort. „Und sie schrecken vor nichts zurück."

Die junge Dame legte auf. Cal betrachtete den Hörer, dann seine Frau – ein trauriger Anblick. „Wer war das?" fragte sie mit schwerer Zunge, und Cal wiederholte jedes Wort.

„O mein Gott!" kreischte sie und stolperte zu dem Tisch neben dem Fernseher, wo sie eine Weinflasche ergriff und sich ein weiteres Glas eingoß. „Weshalb sind sie hinter mir her?" rief sie. „Weshalb ausgerechnet hinter mir?" Sie war den Tränen nahe.

„Das weiß ich doch nicht, verdammt noch mal", knurrte Cal und holte sich ein Bier aus der Minibar. Sie tranken ein paar Minuten lang schweigend. Dann läutete das Telefon wieder, und sie stieß einen Schrei aus. Cal nahm den Hörer ab und sagte langsam: „Hallo?"

„Ich bin's noch mal", kam dieselbe Stimme. „Ich habe vorhin etwas vergessen. Rufen Sie nicht die Polizei an. Diese Leute haben bisher nichts Illegales getan. Am besten tun Sie einfach so, als wäre alles in Ordnung, okay?"

„Wer sind Sie?" fragte er.

„Gute Nacht." Und sie hatte aufgelegt.

LISTING FOODS schickte am frühen Samstag morgen einen Jet los, um Lonnie Shaver abzuholen und nach Charlotte zu bringen.

Ken holte ihn mit einem Firmenwagen am Flughafen ab, und fünfzehn Minuten später trafen sie in der Zentrale von SuperHouse ein. Lonnie wurde von Ben begrüßt, dem zweiten Mann von dem Treffen in Biloxi, und Ken und Ben veranstalteten gemeinsam eine Führung durch ihre Zentrale. In einem kleinen Konferenzzimmer wurde Lonnie dann an einen Tisch gesetzt, mit Kaffee und Gebäckteilchen vor sich. Die Lichter gingen aus, und sie schauten sich ein halbstündiges Video über SuperHouse an – seine Geschichte, seine gegenwärtige Marktposition, seine ehrgeizigen Wachstumspläne.

Das Licht ging an, und ein ernster junger Mann erschien. Sein Arbeitsbereich waren die Sozialleistungen, und er wußte alles über Dinge wie Krankenversicherung, betriebliche Altersversorgung, Urlaub, Aktienvorkaufsrecht für Mitarbeiter. Was er sagte, war auch in den Broschüren enthalten, die auf dem Tisch vor Lonnie lagen, er konnte es also später in Ruhe nachlesen.

Nach einem ausgedehnten Essen mit Ben und Ken in einem protzigen Vorstadtrestaurant kehrte Lonnie in den Konferenzraum zurück, zu einer Sitzung mit George Teaker, dem Generaldirektor von SuperHouse. Teaker war jugendlich, tatkräftig, in Jeans (seiner üblichen Samstags-Bürokleidung, erklärte er). Er wollte, daß Lonnie den Supermarkt in Biloxi für einen Zeitraum von neunzig Tagen weiterleitete, und zwar unter neuen Vertragsbedingungen. Vorausgesetzt, daß alle mit ihm zufrieden waren, wovon sie natürlich ausgingen, würde er dann in eine größere Filiale versetzt werden, wahrscheinlich in der Gegend von Atlanta. Nach einem Jahr dort würde er erneut beurteilt und wahrscheinlich abermals befördert werden. Während dieses Zeitraums von fünfzehn Monaten würde er jeden Monat ein Wochenende in Charlotte bei einem Managerausbildungsprogramm verbringen.

Zuletzt wurde ihm ein drahtiger junger Schwarzer mit einem kahlen Kopf, der einen Anzug und eine Krawatte trug, vorgestellt. Sein Name war Taunton, und er war ein Anwalt aus New York. Er arbeitete für eine Kanzlei in der Wall Street, die Listing Foods vertrat. Er übergab Lonnie den Entwurf eines Anstellungsvertrags.

„Schauen Sie sich das an", forderte Taunton ihn auf. „Und dann reden wir nächste Woche darüber."

Lonnie legte das Dokument zu den anderen Papieren und Broschüren auf den Stapel, der von Minute zu Minute wuchs. Taunton holte einen Notizblock. „Nur noch ein paar Fragen", sagte er.

„Selbstverständlich", antwortete Lonnie.

„Waren Sie in Ihrer Eigenschaft als Leiter eines Supermarkts je in einen Prozeß verwickelt?"

„Da muß ich nachdenken. Ja, vor ungefähr vier Jahren ist ein alter Mann auf einem feuchten Boden ausgerutscht und gestürzt. Er hat geklagt, und ich bin vernommen worden."

„Ist die Sache vor Gericht gekommen?" fragte Taunton sehr interessiert. Er hatte die Gerichtsakte gelesen und kannte jedes Detail der Klage des alten Mannes.

„Nein. Die Versicherung hat einen Vergleich mit ihm geschlossen. Ich glaube, sie hat ihm zwanzigtausend oder so gezahlt."

Das Drehbuch verlangte, daß jetzt Teaker das Wort ergriff. „Diese verdammten Prozeßanwälte! Sie vergiften die ganze Gesellschaft." Er sah Taunton an. „Oh, ich meine nicht Sie. Was ich hasse, sind diese gierigen Kerle, die sich auf jeden Verletzten stürzen."

„Wissen Sie, was wir letztes Jahr für unsere Haftpflichtversicherung aufbringen mußten?" fragte Taunton Lonnie. Der schüttelte den Kopf.

„Listing hat mehr als zwanzig Millionen gezahlt."

Es folgte eine dramatische Pause in der Unterhaltung, während Taunton und Teaker sich auf die Lippen bissen und über das hinausgeworfene Geld nachzudenken schienen. Dann sah Taunton Teaker an und fragte: „Ich nehme an, über den Prozeß haben Sie noch nicht gesprochen, oder?"

Teaker schaute überrascht drein. „Ich glaube nicht, daß das erforderlich ist. Lonnie ist an Bord. Er ist einer von uns."

Taunton schien das zu ignorieren. „Dieser Tabakprozeß in Biloxi hat schwerwiegende Auswirkungen auf Gesellschaften wie unsere", wandte er sich an Lonnie, der vorsichtig nickte und zu verstehen suchte, wie sich der Prozeß auf irgend jemanden außer Pynex auswirken konnte. „Sollte die Anklage diesen Fall gewinnen und das Urteil deftig ausfallen, wird das sämtliche Schleusen öffnen, was Schadenersatzklagen gegen die Tabakindustrie angeht. Die Anwälte werden sich regelrecht überschlagen und die Tabakkonzerne in den Ruin treiben."

„Wir machen eine Menge Geld mit dem Verkauf von Zigaretten", warf Teaker ein.

Taunton wurde lauter. „Es muß endlich Schluß sein mit dieser Klagerei. Bisher hat die Tabakindustrie keinen einzigen Prozeß verloren. Die Leute in den Jurys haben immer begriffen, daß man auf eigene Gefahr raucht."

„Lonnie versteht das", sagte Teaker fast verteidigend.

Taunton holte tief Luft. „Natürlich. Tut mir leid, wenn ich zuviel gesagt habe. Es ist nur, daß bei diesem Prozeß in Biloxi sehr viel auf dem Spiel steht."

„Kein Problem", versicherte Lonnie. Und das Gespräch beunruhigte ihn wirklich nicht. Taunton war schließlich Anwalt und kannte sich mit dem Gesetz aus, und vielleicht war es okay, wenn er ganz allgemein über den Prozeß sprach. Lonnie war zufrieden. Er war an Bord. Er würde niemandem Ärger machen.

Taunton lächelte plötzlich, während er seine Notizen wegpackte und Lonnie versprach, ihn Mitte der Woche anzurufen. Die Sitzung war vorüber. Ken fuhr ihn zum Flughafen, wo der Learjet wieder auf ihn wartete.

DIE „HALLO!"'s und „Wie geht's?" waren gedämpft am Montag morgen. Die Routine des Versammelns um die Kaffeekanne begann lästig zu werden. Sie spalteten sich in Grüppchen auf und berichteten einander, was übers Wochenende passiert war.

Nicholas gelang es an diesem Morgen, Angel Weese zu isolieren. Sie und Loreen Duke waren die beiden einzigen schwarzen Frauen in der Jury, und sie hielten seltsamerweise Abstand zueinander. Angel war schlank und still, ledig und arbeitete bei einem Biergroßhandel. Es war nicht leicht, mit ihr ins Gespräch zu kommen.

Stella kam spät und sah aus wie der leibhaftige Tod; ihre Augen waren rot und verquollen, ihre Haut bleich. Ihre Hände zitterten, als sie sich Kaffee eingoß, und sie ging sofort ins Raucherzimmer, in dem Jerry Fernandez und der Pudel miteinander plauderten und flirteten, wie sie es jetzt ständig taten.

Nicholas brannte darauf, Stellas Bericht über ihr Wochenende zu hören. „Wie wär's mit einer Zigarette?" meinte er deshalb zu Angel, der vierten Raucherin in der Jury.

„Wann haben Sie denn damit angefangen?" fragte sie mit einem Lächeln, das bei ihr selten war, zurück.

„Vorige Woche. Ich höre wieder auf, wenn der Prozeß vorüber ist."

Sie verließen das Geschworenenzimmer und gesellten sich zu den anderen Rauchern. Jerry und der Pudel unterhielten sich nach wie vor, Stellas Gesicht wirkte wie versteinert – sie befand sich offenbar am Rande eines Zusammenbruchs.

Nicholas schnorrte eine Camel von Jerry und zündete sie mit einem Streichholz an. „Wie war's in Miami?" fragte er Stella.

Sie drehte erschrocken den Kopf und antwortete: „Es hat geregnet." Sie biß auf ihren Filter und inhalierte heftig. Die Unterhaltung stockte – alle konzentrierten sich auf ihre Zigaretten.

„Ich glaube, ich bin dieses Wochenende beschattet worden", setzte Nicholas nach einiger Zeit neu an.

Das Rauchen ging ohne Unterbrechung weiter, aber in den Köpfen rumorte es. „Wirklich?" fragte Jerry.

„Sie haben mich beschattet", wiederholte er und sah dabei Stella an, deren Augen weit aufgerissen und voller Angst waren. „Es passierte am Sonnabend, als ich meine Wohnung verließ und zur Arbeit ging. Da sah ich einen Kerl, der neben meinem Wagen herumlungerte, und später habe ich ihn im Einkaufszentrum gesehen. Vermutlich ein Agent, den die Typen von der Tabakindustrie angeheuert haben."

Stellas Unterkiefer sackte herunter. „Werden Sie es dem Richter sagen?" fragte sie. Es war eine Frage, über die Cal und sie sich in den Haaren gelegen hatten.

„Nein. Ich bin zwar sicher, daß mir jemand gefolgt ist, aber ich weiß nicht genau, wer es war."

„Weshalb sollte jemand auf die Idee kommen, Sie zu beschatten?" fragte Angel.

„Aus demselben Grund, aus dem wir alle beschattet werden."

„Das glaube ich einfach nicht", warf der Pudel ein.

Stella glaubte jedes Wort, aber wenn Nicholas, der ehemalige Jurastudent, den Richter nicht informieren wollte, dann wollte sie es auch nicht.

KEINE Treueide oder Nationalhymnen am Montag morgen. Die Geschworenen ließen sich auf ihren Plätzen nieder, schon jetzt ein wenig erschöpft und resignierend beim Gedanken an eine weitere lange Woche voller Zeugenaussagen. Harkin begrüßte sie mit einem freundlichen Lächeln, dann stürzte er sich in seinen Standardmonolog über verbotene Kontakte. Stella schaute wortlos auf den Boden.

Scotty Mangrum erhob sich und teilte dem Gericht mit, daß die Anklage gern mit der Vernehmung von Dr. Hilo Kilvan fortfahren würde.

Für Wendall Rohr und das Team der Anklage hatte das Fax von MM am Freitag jeden Anschein von Ordnung vernichtet. Sie hatten seinen Ursprung zu einer Raststätte in der Nähe von Hattiesburg zurückverfolgt. Ein Angestellter hatte eine vage Beschreibung einer jungen Frau geliefert, Ende Zwanzig, vielleicht Anfang Dreißig, mit dunklem Haar und einem halb von einer dunklen Sonnenbrille verdeckten Gesicht.

Sie waren sich einig in der Überzeugung, daß sie, MM, sich wieder melden und daß sie vermutlich Geld fordern würde. Ein Handel. Geld für ein Urteil. Sie brachten jedoch nicht den Mut auf, eine Strategie zu entwickeln, wie sie reagieren würden, wenn sie verhandeln wollte. Später vielleicht, aber jetzt noch nicht.

Fitch dagegen dachte an kaum etwas anderes. Im Fonds befanden sich gegenwärtig sechseinhalb Millionen Dollar. Das Geld war verfügbar. Er hatte das Wochenende damit verbracht, die Geschworenen im Auge zu behalten und sich mit Anwälten zu treffen. Er war zufrieden mit der Show, die Ken und Ben in Charlotte abgezogen hatten, und hatte sich von George Teaker versichern lassen, daß Lonnie Shaver ein Mann war, auf den man sich verlassen konnte.

Am Samstag schlief Fitch nicht gut. Er träumte von Marlee und davon, was sie ihm vielleicht einbringen würde. Das hier konnte möglicherweise sein bisher leichtester Sieg werden.

DR. KILVAN zufolge brachten Zigaretten jährlich vierhunderttausend Amerikaner zu Tode. Sie seien das tödlichste Produkt auf dem Markt, kein anderes sei auch nur annähernd damit vergleichbar. Zigaretten seien dazu gedacht, angezündet und geraucht zu werden. Sie seien aber tödlich, wenn man sie genau so benutze, wie sie gedacht seien.

Dieser Punkt traf bei den Geschworenen ins Schwarze, und er würde nicht vergessen werden. Aber um halb elf waren sie reif für eine Pause. Richter Harkin unterbrach für fünfzehn Minuten.

Nicholas steckte Lou Dell einen Zettel zu, die ihn an Willis weiterreichte. Dieser brachte ihn zum Richter. Nicholas bat um ein Gespräch unter vier Augen in der Mittagspause, falls es sich einrichten lasse. Es sei dringend.

Nicholas entschuldigte sich vom Mittagessen mit der Begründung, daß sein Magen nicht in Ordnung sei und er gar keinen Appetit habe. Niemand hatte etwas dagegen. Die meisten verzogen sich ohnehin vom Tisch, um Stella Hulic aus dem Weg zu gehen.

Nicholas schritt rasch durch die schmalen Korridore und betrat das Amtszimmer, in dem der Richter ganz allein vor seinem Sandwich sitzend auf ihn wartete. Sie begrüßten sich ein wenig angespannt. Nicholas hatte eine kleine braune Ledertasche bei sich. „Ich muß mich beeilen", sagte er, als er sich setzte.

„Reden Sie."

„Dreierlei. Stella Hulic, Nummer vier, vordere Reihe, war am Wochenende in Miami und wurde dort von unbekannten Personen beschattet, die vermutlich für die Tabakindustrie arbeiten."

Seine Ehren hörte auf zu kauen. „Woher wissen Sie das?"

„Ich habe heute morgen eine Unterhaltung mitgehört. Die arme Frau ist völlig mit den Nerven fertig. Um ganz offen zu sein – ich glaube, sie hat heute morgen vor der Sitzung schon ein paar Gläschen getrunken."

„Und weiter?"

„Zweitens, Frank Herrera, Nummer sieben. Also, seine Ansicht steht fest, und ich fürchte, er versucht, andere zu beeinflussen."

„Hat er mit anderen über den Fall gesprochen?"

„Einmal, mit mir. Herman duldet keinerlei Gespräch über den Prozeß, aber er kann nicht auf alles aufpassen. Herrera ist auf jeden Fall Gift."

„Okay. Und drittens?"

Nicholas öffnete seine Ledertasche und holte eine Videokassette heraus. „Darf ich?" fragte er und deutete mit einem Kopfnicken auf einen Fernseher mit integriertem Videorekorder, der in der Ecke stand.

„Bitte."

Nicholas legte die Kassette ein. „Sie erinnern sich an den Mann, den ich vorige Woche im Gericht gesehen habe? Den, der mir gefolgt ist? Also, hier ist er."

In Schwarzweiß, ein bißchen verschwommen, aber trotzdem klar erkennbar, öffnete sich die Tür, und der Mann betrat Easters Wohnung. Er schaute einen Moment lang genau in die Richtung der versteckten Kamera. Nicholas hielt das Video bei einer Totale auf das Gesicht des Mannes an und sagte: „Das ist er."

Richter Harkin wiederholte atemlos: „Ja, das ist er."

Das Band lief weiter. Der Mann – Doyle – bewegte sich ins Bild und wieder heraus, machte Fotos und verließ dann die Wohnung. Der Bildschirm wurde schwarz.

„Wann hat...", setzte Harkin langsam zu einer Frage an, immer noch fassungslos.

„Samstag nachmittag. Ich habe eine Achtstundenschicht gearbeitet, und dieser Kerl ist eingebrochen, während ich im Laden war." Das entsprach nicht ganz der Wahrheit. Nicholas hatte das Video so umprogrammiert, daß in der unteren rechten Ecke Datum und Zeit vom Samstag standen.

„Weshalb haben Sie..."

„Vor fünf Jahren bin ich bei einem Einbruch in meine Wohnung beraubt und zusammengeschlagen worden. Seither bin ich sehr vorsichtig geworden."

Nicholas holte die Kassette aus dem Rekorder und gab sie dem Richter. „Die können Sie behalten. Ich habe eine Kopie."

FITCH wurde bei seinem Roastbeefsandwich unterbrochen, als Konrad den Kopf zur Tür hereinsteckte. „Die Frau ist am Telefon."

Fitch wischte sich mit dem Handrücken den Mund und seinen Spitzbart ab und griff nach dem Hörer. „Hallo?"

„Hallo, Fitch", grüßte sie. „Ich bin's, Marlee."

„Ja?"

„Ich weiß nicht, wie der Mann heißt, aber es ist der Typ, den Sie vorigen Donnerstag, am Neunzehnten, vor elf Tagen, in Easters Wohnung geschickt haben. Um 16.52 Uhr, um präzise zu sein."

Fitch fluchte innerlich. „Ja?" fragte er heiser.

„Vorigen Mittwoch haben Sie diesen Gangster in den Gerichtssaal geschickt, wahrscheinlich, damit er nach mir Ausschau halten sollte. Das war ziemlich dämlich, weil Easter über den Mann Bescheid weiß und den Richter informiert hat. Hören Sie noch zu, Fitch?"

Er hörte zu, aber es hatte ihm den Atem verschlagen. „Ja!" fauchte er.

„Und jetzt weiß auch der Richter, daß dieser Mann in Easters Wohnung eingebrochen ist, und er hat einen Haftbefehl für den Mann ausgestellt. Also sehen Sie zu, daß Sie ihn aus der Stadt schaffen."

„Sonst noch etwas?" fragte Fitch.

„Nein. Das ist im Moment alles."

Drei Minuten später war Doyle auf dem Highway in Richtung Osten unterwegs. Zwei Stunden später saß er im Flugzeug nach Chicago.

Es kostete Fitch eine Stunde herauszufinden, daß es für Doyle Dunlab gar keinen Haftbefehl gab. Das war allerdings kein Trost. Die Tatsache blieb bestehen, daß Marlee wußte, daß sie in Easters Wohnung eingebrochen waren. Aber woher wußte sie das? Das war die größte und beunruhigendste Frage. Fitch brüllte Konrad und Pang hinter verschlossenen Türen an. Es sollte drei Stunden dauern, bis sie die Antwort fanden.

UM HALB VIER am Montag brach Richter Harkin Dr. Kilvans Aussage ab, schickte die Geschworenen in ihr Zimmer zurück und ließ den Gerichtssaal von allen Zuschauern räumen.

Er räusperte sich und wandte sich dann der Horde der ihn eingehend musternden Anwälte zu. „Meine Herren, ich habe erfahren, daß einige meiner Geschworenen, wenn nicht sogar alle, das Gefühl haben, beobachtet zu werden. Ich habe eindeutige Beweise dafür, daß zumindest einer der Geschworenen das Opfer eines Einbruchs geworden ist." Er ließ die Nachricht wirken, und das tat sie sichtlich. Die Anwälte waren fassungslos.

„Ich habe jetzt zwei Möglichkeiten. Ich kann den Prozeß für gescheitert erklären, oder ich kann die Geschworenen isolieren und einschließen. Ich neige dazu, das letztere zu tun. Mr. Rohr?"

Rohr erhob sich langsam, und einen Augenblick lang wußte er nicht, was er sagen sollte – etwas, das bei ihm höchst selten vorkam. „Äh, also, Euer Ehren, wir möchten natürlich nicht, daß der Prozeß für gescheitert erklärt wird."

„Mr. Cable?"

Sir Durr erhob sich und knöpfte sein Jackett zu. „Das ist ziemlich schockierend, Euer Ehren. Dazu kann ich erst Stellung nehmen, wenn ich mehr gehört habe."

„Also gut. Bringen Sie die Geschworene Nummer vier herein, Stella Hulic", wies Seine Ehren Willis an. Stella war steif vor Angst und bereits blaß, als sie den Gerichtssaal betrat.

„Bitte nehmen Sie im Zeugenstand Platz, Mrs. Hulic." Der Richter lächelte ermutigend und deutete auf den Stuhl im Zeugenstand. Während sie sich setzte, warf Stella hektische Blicke in alle Richtungen.

„Danke. Und jetzt, Mrs. Hulic, möchte ich Ihnen ein paar Fragen stellen."

Sie schaute kläglich zum Richter empor.

„Waren Sie übers Wochenende mit Ihrem Mann in Miami?"

„Ja, Sir", erwiderte sie langsam.

„Ist, während Sie dort waren, irgend etwas Ungewöhnliches passiert?"

Ihre Augen füllten sich mit Tränen, und die arme Frau war nahe daran, die Beherrschung zu verlieren. Richter Harkin nützte den Moment und sagte: „Keine Sorge, Mrs. Hulic. Sie haben nichts Unrechtes getan. Erzählen Sie uns nur, was passiert ist."

Sie biß sich auf die Unterlippe. „Wir sind Freitag abend im Hotel angekommen, und als wir ungefähr zwei oder drei Stunden dort waren, hat das Telefon geläutet, und es war irgendeine Frau dran, die uns sagte, wir würden von diesen Männern von den Tabakkonzernen beschattet. Sie sagte, sie wären uns von Biloxi aus gefolgt, und sie wüßten unsere Flugnummern und überhaupt alles."

Rohr und seine Truppe atmeten erleichtert auf. Ein oder zwei seiner Leute warfen finstere Blicke in Richtung des anderen Tischs, wo Cable und Konsorten wie erstarrt dasaßen.

„Haben Sie jemanden gesehen, der Ihnen gefolgt ist?"

„Also offen gestanden, ich habe das Hotelzimmer nicht verlassen. Es hat mich so geängstigt. Mein Mann war ein paarmal draußen, und er hat am Strand jemanden gesehen, einen Mann mit einer Kamera, der aussah wie ein Kubaner, und dann hat er am Sonntag, als wir das Hotel verließen, denselben Mann noch einmal gesehen." Stella begriff plötzlich, daß dies ihr Ausweg war: einen so mitgenommenen Eindruck zu machen, daß sie nicht weitermachen mußte. Ohne große Anstrengung begannen die Tränen zu fließen. „Es ist so furchtbar. Ich kann nicht..."

Seine Ehren sah die Anwälte an. „Ich werde Mrs. Hulic entlassen und sie durch Stellvertreter Nummer eins ersetzen." Von Stella kam ein Aufschluchzen, und angesichts der Qualen, die diese Frau litt, war es unmöglich, für ihre Beibehaltung zu argumentieren.

„Sie dürfen ins Geschworenenzimmer zurückkehren, Ihre Sachen holen und nach Hause gehen. Danke für Ihre Dienste."

„Es tut mir so leid", brachte sie flüsternd heraus, dann erhob sie sich vom Zeugenstuhl und verließ den Saal. Ihre Entlassung war ein Schlag für die Verteidigung. Die Juryexperten auf beiden Seiten waren fast einhellig der Ansicht gewesen, daß sie der Anklage keinerlei Sympathien entgegenbrachte. Sie rauchte seit 24 Jahren und hatte noch nie versucht, damit aufzuhören.

Ihr Ersatz war ein völlig unberechenbarer Mann, den beide Seiten fürchteten.

„Holen Sie den Geschworenen Nummer zwei, Nicholas Easter", sagte Harkin zu Willis. Während Easter herbeizitiert wurde, rollte Gloria Lane einen großen Fernseher mit Videogerät in die Mitte des Saals. Die Anwälte begannen, auf ihren Stiften zu kauen, insbesondere die der Verteidigung.

Easter nahm im Zeugenstand Platz und schlug die Beine übereinander. Wenn er nervös war, ließ er es sich jedenfalls nicht anmerken. Der Richter fragte ihn nach dem Mann, der ihm gefolgt war, und Easter nannte die exakten Zeiten und Orte, an denen er den Mann gesehen hatte. Und er berichtete detailliert, was am Mittwoch zuvor passiert war, als er sich im Gerichtssaal umgesehen und den Mann entdeckt hatte, in der dritten Reihe.

Dann beschrieb er die Sicherheitsvorkehrungen, die er in seiner Wohnung getroffen hatte. Er nahm die Videokassette von Richter Harkin entgegen und legte sie in den Rekorder ein, und die Anwälte rutschten auf die Kanten ihrer Stühle vor. Als das Band abgelaufen war, bestätigte er die Identität des Einbrechers – es war derselbe Mann, der ihm gefolgt war, derselbe Mann, der am Mittwoch der vergangenen Woche im Gerichtssaal gesessen hatte.

Seine Ehren sagte: „Ich kann übrigens ebenfalls bestätigen, daß der Mann auf dem Video vorigen Mittwoch im Gerichtssaal war. Sie dürfen in das Geschworenenzimmer zurückkehren, Mr. Easter."

Die Anwälte verbrachten eine Stunde damit, ihre schwächlichen und unvorbereiteten Argumente für und wider die Isolierung der Geschworenen vorzutragen. Als man sich erst einmal ein wenig in Hitze geredet hatte, begannen die Anschuldigungen nur so hin und her zu fliegen, wobei die Verteidigung die meisten Treffer einstecken mußte.

In seiner Eile hatte Richter Harkin nicht daran gedacht, Nicholas' Gespräche mit seinen Kollegen über diese Angelegenheiten zu verbieten, und so erhielten die Geschworenen einen ausführlichen und etwas ausgeschmückten Bericht über alles, was im Gerichtssaal passiert war.

Nicholas nahm sich auch die Freiheit, Stellas plötzliches Verschwinden zu erklären. Sie war in Tränen aufgelöst gegangen.

FITCH entging nur knapp einem Schlaganfall, als er in seinem Büro herumstampfte und von Konrad, Swanson und Pang Auskunft verlangte. Fitch hatte eine Menge Leute, und sie kosteten eine Menge Geld, aber er hatte keinen davon übers Wochenende mit dem Auftrag nach Miami geschickt, Stella und Cal beim Einkaufen zu beobachten. „Ein Kubaner? Mit einer Kamera?" Fitch schleuderte ein Telefonbuch an die Wand, als er das wiederholte.

„Was ist, wenn es Marlee war?" fragte Pang, langsam den Kopf hebend, nachdem er ihn eingezogen hatte, um nicht von dem Telefonbuch getroffen zu werden. „Die Hulic hat gesagt, der Anruf sei von einer Frau gekommen."

Fitch blieb wie angewurzelt stehen, dann setzte er sich für einen Moment hin. Er nahm ein Aspirin und sagte schließlich: „Ich glaube, Sie haben recht."

Und Pang hatte recht. Der Kubaner war ein billiger „Sicherheitsberater", den Marlee im Branchenverzeichnis gefunden hatte. Sie hatte ihm zweihundert Dollar dafür gezahlt, daß er verdächtig aussah und sich, wenn die Hulics das Hotel verließen, mit einer Kamera sehen ließ.

Die elf Geschworenen und die drei Stellvertreter waren in den Gerichtssaal zurückgerufen worden. Stellas Platz in der ersten Reihe wurde von Phillip Savelle eingenommen, einem 48 Jahre alten Sonderling, aus dem keine Seite schlau geworden war. Er bezeichnete sich als selbständigen Baumchirurgen. Er war ledig, Agnostiker, Nichtraucher. Savelle machte jedem der im Gerichtssaal anwesenden Anwälte eine Heidenangst.

Richter Harkin entschuldigte sich für das, was er zu tun im Begriff war. Die Isolierung einer Jury sei eine radikale Maßnahme, die nur unter außergewöhnlichen Umständen angeordnet werde. Aber in diesem Fall bleibe ihm keine andere Wahl. Es habe gesetzwidrige Kontakte gegeben. Er habe keinen Grund zu der Annahme, daß sie aufhören würden, ungeachtet seiner Warnungen. Er bedauere die Unannehmlichkeiten, aber seine Aufgabe sei es nun einmal, einen fairen Prozeß zu garantieren.

Er erklärte, daß das Gericht in einem nahe gelegenen Hotel eine Reihe von Zimmern hatte reservieren lassen, und er ließ eine Liste mit Sicherheitsbestimmungen an die Jurymitglieder verteilen. Die vierzehn Geschworenen sollten jetzt nach Hause gehen, packen und sich am nächsten Tag früh zurückmelden, bereit, die beiden folgenden Wochen in der Isolierung zu verbringen.

Es gab keinerlei Reaktionen von Seiten der Geschworenen; sie waren zu fassungslos. Nur Nicholas Easter fand es lustig.

6

Nicholas traf als erster ein, mit zwei mit Kleidung und Toilettenartikeln vollgestopften Sporttaschen. Lou Dell, Willis und ein weiterer Polizist warteten auf dem Flur vor dem Geschworenenzimmer, um die Taschen entgegenzunehmen und sie vorläufig in einem leeren Raum zu deponieren. Es war zwanzig Minuten nach acht, Dienstag.

„Wie kommt das Gepäck von hier zum Hotel?" fragte Nicholas, immer noch mit seinen Taschen in den Händen und ziemlich argwöhnisch.

„Wir bringen es irgendwann im Laufe des Tages dorthin", antwortete Willis. „Aber vorher müssen wir es durchsuchen."

„Niemand durchsucht diese Taschen!" verkündete Nicholas und betrat das leere Geschworenenzimmer.

„Anordnung vom Richter", gab Lou Dell zurück, die ihm folgte.

„Es ist mir egal, was der Richter angeordnet hat. Niemand durchsucht meine Taschen!" Er stellte sie in einer Ecke ab und sagte zu Willis und Lou Dell, die an der Tür standen: „Und jetzt verschwinden Sie! Das hier ist das Geschworenenzimmer."

Sie wichen zurück, und Lou Dell machte die Tür zu. Eine Minute verging, bevor man jemanden auf dem Flur sprechen hörte. Nicholas öffnete die Tür und sah Millie Dupree, die mit zwei riesigen Koffern vor Lou Dell und Willis stand. „Sie bilden sich ein, sie könnten unser Gepäck durchsuchen, aber das werden sie nicht tun", erklärte Nicholas. „Wir stellen es erst mal hier ab." Er ergriff den ihm am nächsten stehenden Koffer und deponierte ihn bei den anderen Taschen im Geschworenenzimmer.

Millie griff nach einem Gepäckstück und dankte Nicholas dafür, daß er ihre Privatsphäre geschützt habe. In den Koffern seien Dinge, die, nun ja, sie wolle einfach nicht, daß Männer wie Willis oder sonst jemand sie anfaßten oder betasteten.

Um Viertel vor neun waren alle zwölf Geschworenen eingetroffen, und im Zimmer türmte sich das Gepäck, das Nicholas vor dem Zugriff der Behörden gerettet und aufgestapelt hatte. Bei jeder neuen Ladung hatte er geschimpft und getobt, und er hatte es geschafft, die Jury so aufzupeitschen, daß sie inzwischen alle aufs äußerste gereizt und bereit waren, es auf einen Machtkampf ankommen zu lassen. Um neun klopfte Lou Dell an und drehte den Türknauf, um hereinzukommen.

Die Tür war von innen abgeschlossen.

Sie klopfte abermals.

Im Geschworenenzimmer rührte sich niemand außer Nicholas. Er ging zur Tür und fragte: „Wer ist da?"

„Lou Dell. Es ist Zeit. Der Richter wartet auf Sie."

„Sagen Sie dem Richter, daß wir nicht herauskommen", antwortete Nicholas.

PROBLEME mit den Geschworenen. Das war aufregend genug, um das Publikum am Dienstag morgen wieder in den Gerichtssaal zu locken. Die Gerüchte überschlugen sich. Die Stammbesucher waren in Scharen da. Der größte Teil der ortsansässigen Anwälte hatte plötzlich dringende Angelegenheiten im Saal zu erledigen und lungerte herum. Ein halbes Dutzend Reporter hatte sich auf der Seite der Anklage in der vordersten Reihe niedergelassen. Die Jungs von der Wall Street, eine Gruppe, die zwischenzeitlich immer kleiner geworden war, waren wieder in voller Besetzung anwesend.

Und deshalb gab es eine Menge Zeugen, die beobachten konnten, wie Lou Dell auf Zehenspitzen von der Geschworenentür zum Richtertisch ging, wo sie mit Richter Harkin konferierte. Harkin neigte den Kopf zur Seite, als könne er nicht gleich begreifen, was sie sagte, dann schaute er stumm auf die Geschworenentür.

Richter Harkin überlegte, was er jetzt tun sollte. Seine Jury streikte! Er zog sein Mikrofon dichter heran und sagte: „Meine Herren, wir haben ein kleines Problem mit den Geschworenen. Ich werde mich kurz mit ihnen unterhalten. Bitte bleiben Sie auf Ihren Plätzen."

Die Tür war immer noch abgeschlossen. Der Richter klopfte höflich.

„Wer ist da?" kam eine Männerstimme von drinnen.

„Richter Harkin", sagte er laut.

Nicholas schloß die Tür auf und lächelte freundlich. „Kommen Sie rein."

Harkin betrat das Zimmer. „Wo liegt das Problem?" fragte er, während er den Blick umherschweifen ließ. Die meisten Geschworenen saßen am Tisch. Easter war zweifellos der Wortführer und wahrscheinlich der Anstifter.

„Wir finden es nicht fair, daß die Polizei unser Gepäck durchsuchen soll."

„Und weshalb nicht?"

„Das liegt doch auf der Hand. Das sind unsere persönlichen Dinge. Wir sind keine Terroristen oder Drogenschmuggler, und Sie sind kein Zollbeamter." Easters Ton war gebieterisch, und die Tatsache, daß er einem Richter gegenüber so kühne Worte gebrauchte, machte die Geschworenen sehr stolz. Er war einer von ihnen, fraglos ihr Anführer, ungeachtet dessen, was Herman dachte, und er hatte ihnen mehr als einmal erklärt, daß sie – die Geschworenen – die wichtigsten Leute in diesem Prozeß waren.

„Das ist Routine bei jeder Isolierung einer Jury", sagte Seine Ehren.

„Aber schwarz auf weiß steht das nirgends, oder? Ich wette sogar, es ist lediglich eine Frage des Ermessens von seiten des vorsitzenden Richters. Richtig?"

„Es gibt einige gute Gründe dafür."

„Die sind nicht gut genug. Wir kommen nicht heraus, Euer Ehren, solange Sie uns nicht zugesagt haben, daß unser Gepäck in Ruhe gelassen wird!" Easter hatte mit verbissener Miene gesprochen, und dem Richter war klar, daß er es ernst meinte.

„Also gut", gab Seine Ehren nach. „Das Gepäck wird nicht durchsucht. Aber wenn ich erfahren sollte, daß einer der Geschworenen irgendeinen Gegenstand besitzt, der auf der Liste, die ich Ihnen gestern übergeben habe, als verboten aufgeführt wird, dann hat sich dieser Geschworene der Mißachtung des Gerichts schuldig gemacht und kann mit Gefängnis bestraft werden. Ist das klar?"

Easter schaute sich im Zimmer um und musterte seine Mitgeschworenen; die meisten von ihnen wirkten erleichtert. „Geht in Ordnung", antwortete er.

„Sonst noch etwas?"

„Das war alles, Euer Ehren, und vielen Dank", sagte Herman laut, um seine Position als Anführer zurückzugewinnen.

NACHDEM zwei Wochen lang aller Augen auf die Pynex-Aktie gerichtet gewesen waren, ohne daß sich viel getan hätte, gab es plötzlich etwas, das die Sache wieder in Bewegung bringen konnte. Einer der Anwälte der Verteidigung hatte zu Beginn des Prozesses einem der Finanzanalytiker gegenüber die Bemerkung fallen lassen, daß man Stella Hulic für eine gute Geschworene der Verteidigung hielt. Dies war von Mund zu Mund gegangen, und Stellas Bedeutung für die Tabakindustrie war mit jeder Wiederholung gewachsen. Aber nun hatte die Verteidigung ihren wertvollsten Besitz verloren – Stella Hulic, die längst im martinibeseelten Koma auf dem heimischen Sofa lag.

Die Gerüchteküche beschäftigte sich auch mit der köstlichen Information, daß jemand in die Wohnung des Geschworenen Easter eingebrochen war. Man konnte guten Gewissens annehmen, daß der Einbrecher von der Tabakindustrie bezahlt worden war. Die Verteidigung war ertappt worden oder stand zumindest unter starkem Verdacht, und so sahen die Dinge für sie im Moment ziemlich schlecht aus: Sie hatte einen Geschworenen verloren. Man hatte sie beim Mogeln erwischt. Der Himmel stürzte ein.

Die Pynex-Aktie eröffnete am Dienstag bei 79 1/2 und fiel dann rasch auf 78, als im Laufe des Vormittags immer hitziger gehandelt wurde und die Gerüchte wie Pilze aus dem Boden schossen. Am Spätvormittag stand die Aktie bei 76 1/4, als eine neue Meldung aus Biloxi eintraf. Ein Analytiker, der im Gerichtssaal saß, rief sein Büro an und berichtete, daß die Geschworenen in Streik getreten seien, weil sie es satt hätten, sich die langweiligen Aussagen der Experten der Anklage anzuhören.

Binnen Sekunden war die Wall Street erfüllt von der Botschaft, daß die Geschworenen gegen die Anklage revoltierten. Der Aktienkurs sprang sofort auf 77 und näherte sich gegen Mittag 80.

DAS HOTEL war ein Siesta Inn in Pass Christian, eine halbe Stunde westlich an der Küste gelegen. Sie fuhren in einem gecharterten Bus mit Lou Dell und Willis vorn neben dem Fahrer und den vierzehn Geschworenen über die Sitze verstreut. Keine zwei saßen nebeneinander. Unterhaltungen fanden nicht statt. Sie waren müde und mutlos, schon jetzt isoliert und eingesperrt, obwohl sie ihr neues Zuhause noch gar nicht gesehen hatten.

Nur Nicholas Easter freute sich, daß es so gekommen war, brachte es aber trotzdem irgendwie fertig, genauso deprimiert auszusehen wie alle anderen auch.

Harrison County hatte für sie das gesamte Erdgeschoß eines Hotelflügels angemietet. Die Zimmer von Lou Dell und Willis lagen in der Nähe der Tür zum Hauptgebäude, wo sich die Rezeption und das Restaurant befanden. Ein junger Polizist namens Chuck hatte ein Zimmer am anderen Ende des Korridors; seine Aufgabe war es offensichtlich, die Tür zum Parkplatz zu bewachen.

Die Zimmerverteilung hatte Richter Harkin selbst vorgenommen. Schlüssel wurden ausgehändigt. Betten wurden inspiziert. Fernseher wurden eingeschaltet – vergeblich. Keine Programme, keine Nachrichten während der Isolierung, nur Filme von der Sendestation des Hotels. Zwei Wochen hier würden ihnen vorkommen wie ein Jahr.

Nicholas hatte Phillip Savelle auf der einen und Oberst Herrera auf der anderen Seite. Die Zimmer der Frauen befanden sich auf der anderen Seite des Flurs, als ob eine solche Trennung notwendig wäre, um unerlaubte Techtelmechtel zu verhindern. Bereits fünf Minuten nach dem Aufschließen der Tür fiel einem hier die Decke auf den Kopf.

Aus einem Zimmer am Ende des Flurs waren die Betten herausgeschafft worden; statt dessen war es mit zwei runden Tischen, Telefonen, bequemen Sesseln und einem Fernseher mit großem Bildschirm ausgestattet worden. Außerdem gab es dort eine Bar, die mit allen erdenklichen nichtalkoholischen Getränken vollgestopft war. Jemand nannte es das Partyzimmer, und der Name blieb haften. In Zimmer 40, dem Partyzimmer gegenüber, waren gleichfalls die Betten entfernt und durch einen provisorischen Eßtisch ersetzt worden.

Abendessen gab es zwischen sechs und sieben, Frühstück zwischen sechs und halb neun, und man verlangte nicht von ihnen, daß sie gemeinsam speisten. Sie konnten sich ihr Essen auch auf einen Teller packen und es in ihrem Zimmer verzehren. Am Dienstag abend gab es entweder gebratenes Hähnchen oder gegrillten Barsch mit Salat und viel Gemüse. Sie waren verblüfft über ihren Appetit. Obwohl sie den ganzen Tag über nichts getan hatten, als dazusitzen und zuzuhören, waren die meisten von ihnen, als um sechs das Essen eintraf, richtig schwach vor Hunger.

Nicholas packte sich als erster seinen Teller voll und setzte sich ans Ende des Tisches, wo er alle in ein Gespräch zog und darauf bestand, daß sie als Gruppe aßen. Er benahm sich, als wäre Isolierung nichts als ein Abenteuer. Seine gute Laune war ansteckend.

Nur Herman Grimes speiste in seinem Zimmer. Mrs. Grimes, die eine Sondergenehmigung hatte, sich bei Herman in seinem Zimmer im Hotel aufzuhalten, füllte zwei Teller und verschwand sofort wieder. Richter Harkin hatte ihr schriftlich verboten, mit den anderen Geschworenen zu essen. Sie waren jetzt eine Gruppe, isoliert und im Exil, von der Außenwelt abgeschnitten und gegen ihren Willen in ein Hotel verbannt. Sie hatten niemanden außer sich selbst. Easter war entschlossen, sie bei Laune zu halten.

UM 8.12 UHR rief sie an und wollte mit Fitch sprechen.

Er umkrampfte den Hörer. „Hallo, Marlee."

„Guten Morgen, Fitch", sagte sie. „Waren Sie schon mal im St. Regis Hotel in New Orleans?"

„Nein."

„Es liegt an der Canal Street. Auf dem Dach gibt es ein Freiluftrestaurant. Heißt Terrace Grill. Seien Sie heute abend um sieben Uhr dort. Alles klar?"

„Ja."

„Und kommen Sie allein, Fitch. Ich werde Sie beobachten, wenn Sie das Hotel betreten; und wenn Sie Ihre Freunde zu dem Treffen mitbringen, ist die Sache geplatzt. Alles klar?"

„Sie haben mein Wort."

„Warum nur kann mich das nicht recht beruhigen, Fitch?" Damit legte sie auf.

JUMPER, dem Polizisten, der dreizehn Tage zuvor im Gerichtssaal die Nachricht von Marlee entgegengenommen und sie Fitch ausgehändigt hatte, wurden fünftausend Dollar angeboten, falls er sich krank melden und in Zivil mit Pang nach New Orleans fahren würde, für einen

Abend mit gutem Essen, viel Spaß und nur ein paar Stunden leichter Arbeit.

Sie verließen Biloxi um halb eins in einem gemieteten Transporter. Als sie zwei Stunden später in New Orleans angekommen waren, hatte sich Jumper überreden lassen, vorübergehend für Arlington West Associates zu arbeiten. Pang bot ihm fünfundzwanzigtausend Dollar für sechs Monate Arbeit, neuntausend mehr, als er gegenwärtig im ganzen Jahr verdiente.

Sie bezogen ihre Zimmer im St. Regis, zwei Einzelzimmer, die beiderseits neben dem von Fitch lagen. Dann wurde Jumper auf einen Barhocker im Foyer gesetzt, von wo aus er den Vordereingang des Hotels beobachten konnte. Das Warten begann. Keine Spur von Marlee, als sich der Nachmittag hinschleppte und es dunkel wurde. Jumper wurde viermal umgesetzt und hatte das Beschatten bald satt.

Fitch verließ ein paar Minuten vor sieben sein Zimmer und fuhr mit dem Fahrstuhl aufs Dach. Sein Tisch stand in einer Ecke mit einer hübschen Aussicht auf die Stadt. Seine jungen Gehilfen Holly und Dubaz saßen an einem drei Meter entfernten Tisch. Sie würden die Fotos machen.

Um halb acht erschien sie aus dem Nirgendwo. Sie kam einfach durch eine der offenen Terrassentüren auf das Dach und war in Sekundenschnelle an Fitchs Tisch. Sie trug eine lange Hose und ein Jackett, und sie war sehr hübsch – kurzes dunkles Haar, braune Augen, entschlossenes Kinn, ausgeprägte Wangenknochen. Er schätzte ihr Alter auf 28 bis 32. Sie ließ sich direkt gegenüber von Fitch nieder, mit dem Rücken zu den anderen Tischen.

„Ich freue mich, Sie kennenzulernen", sagte er leise.

„Ja, ganz meinerseits", erwiderte sie und stützte sich auf die Ellenbogen.

Der Kellner erschien und fragte beflissen, ob sie etwas zu trinken haben wolle. Nein, das wollte sie nicht. Der Kellner war bestochen worden, damit er alles an sich nahm, was sie berührte – Gläser, Besteck, Aschenbecher und so weiter. Er sollte keine Chance dazu bekommen.

„Haben Sie Hunger?" fragte Fitch und trank einen Schluck Mineralwasser.

„Nein, ich habe es eilig. Je länger ich hier sitze, desto mehr Fotos können Ihre Gauner machen."

„Ich bin allein gekommen."

„Natürlich sind Sie das."

„Wo kommt Easter her?" fragte Fitch.
„Was spielt das für eine Rolle? Er ist hier."
„Ist er Ihr Mann?"
„Nein."
„Ihr Freund?"
„Sie stellen eine Menge Fragen."
„Sie fordern eine Menge Fragen heraus, junge Dame." Fitch ließ das Eis in seinem Glas klirren. „Also, weshalb sind wir hier?"
„Eine Begegnung führt zur nächsten."
„Und wohin führen uns all die Begegnungen?"
„Zum Urteil", sagte Marlee.
„Für eine Gebühr, vermute ich."
„Lassen Sie uns jetzt nicht über Geld reden, okay?"
„Wir reden über das, worüber Sie reden möchten."
„Weshalb sind Sie in seine Wohnung eingebrochen?"
„Das ist nun einmal unsere Art."
Sie wechselte das Thema. „Was halten Sie von Herman Grimes?"
Fitch dachte einen Moment lang nach. „Er wird großen Einfluß auf das Urteil haben, weil er ein Mann mit festen Ansichten ist. Er läßt sich im Gericht kein Wort entgehen und weiß vermutlich mehr als jeder andere Geschworene, Ihren Freund natürlich ausgenommen. Habe ich recht?"
„Sie sind ziemlich nahe dran."
„Wie ist die Stimmung der Geschworenen im Augenblick?"
„Gelangweilt. Herrera ist ein großer Fan von Ihnen. Glaubt, Prozeßanwälte wären der letzte Dreck, und ungerechtfertigte Prozesse sollten streng verboten werden."
„Mein Held. Kann er seine Freunde überzeugen?"
„Nein. Er hat keine Freunde. Er wird von allen verabscheut. Rikki ist beliebt und sehr gesundheitsbewußt. Sie ist ein Problem für Sie."
„Das ist keine Überraschung."
„Möchten Sie eine Überraschung, Fitch? Welcher Geschworene hat nach Beginn des Prozesses mit dem Rauchen angefangen?"
Fitch kniff die Augen zusammen und neigte den Kopf eine Spur nach links. „Ich gebe auf."
„Easter. Überrascht?"
„Ihr Freund?"
„Ja. Und jetzt muß ich los. Ich rufe Sie morgen an." Sie war so schnell wieder verschwunden, wie sie gekommen war.
Holly reagierte rascher als Fitch, sie funkte Pang im Foyer an, der

sah, wie Marlee aus dem Fahrstuhl trat und das Hotel verließ. Jumper folgte ihr zwei Blocks weit zu Fuß, dann verlor er sie in einer Gasse im Menschengewimmel.

UM ZEHN klappte Chuck, der junge Polizist, einen Stuhl in der Nähe seines Zimmers am Ende des Korridors auseinander und ließ sich darauf für die Zeit seiner Nachtwache nieder. Es war Mittwoch, der zweite Abend der Isolierung, und es war an der Zeit, die Sicherheitsvorkehrungen zu unterlaufen. Um Viertel nach elf rief Nicholas in Chucks Zimmer an. In dem Moment, in dem er seinen Posten verließ, um das Gespräch entgegenzunehmen, kamen Jerry und Nicholas aus ihren Zimmern und verschwanden in aller Ruhe durch den Ausgang. Fünfzehn Minuten später betraten sie das Nugget Casino am Strand von Biloxi. Sie tranken drei Bier in der Sportbar, wo Jerry hundert Dollar verlor, die er auf ein Hockeyspiel gesetzt hatte. Sie flirteten mit zwei verheirateten Frauen, deren Männer an den Spieltischen Vermögen gewannen oder verloren. Um eins verließ Nicholas die Bar, um 5-Dollar-Blackjack zu spielen. Er spielte und wartete und sah zu, wie sich der Raum allmählich leerte.

Marlee glitt auf den Stuhl neben ihm. „Oben", flüsterte sie hinter vorgehaltener Hand, als der Croupier sich gerade umgedreht hatte, um mit seinem Boß zu sprechen.

Sie trafen sich auf einer Dachterrasse mit Aussicht aufs Meer. Es war inzwischen November, und die Luft war klar und kühl. Sie setzten sich auf eine Bank und küßten sich. Marlee berichtete Nicholas von ihrem Ausflug nach New Orleans. Sie redeten nur kurz übers Geschäft, weil Nicholas in die Bar zurückkehren und Jerry einsammeln wollte, bevor dieser zuviel trank und sein ganzes Geld verlor oder mit der Frau eines anderen erwischt wurde. Beide hatten kleine Handys, die nicht vollständig abgesichert werden konnten. Neue Codes und Paßwörter wurden vereinbart. Er gab ihr einen Abschiedskuß und ließ sie allein auf der Dachterrasse zurück.

AM DONNERSTAG morgen verkündete Wendall Rohr, daß die Anklage als nächsten Zeugen Lawrence Krigler aufzurufen wünsche. Am Tisch der Verteidigung war eine gewisse Anspannung bemerkbar. Wieder erhob sich ein neuer Anklagevertreter, diesmal John Riley Milton aus Denver, und lächelte die Geschworenen freundlich an.

Lawrence Krigler war Ende Sechzig, braun gebrannt und fit. Er lebte jetzt in Florida, wohin er sich zurückgezogen hatte, nachdem er bei

Pynex ausgeschieden war. Er hatte Ingenieurwesen studiert und dreißig Jahre für Pynex gearbeitet, bevor er die Firma vor dreizehn Jahren mitten in einem Prozeß verlassen hatte. Er hatte Pynex verklagt. Der Konzern hatte mit einer Gegenklage reagiert. Sie hatten einen außergerichtlichen Vergleich geschlossen.

Kurz nach seiner Einstellung hatte ihn die Firma, die damals Union Tobacco hieß, nach Kuba geschickt, damit er sich dort mit dem Tabakanbau vertraut machte. Danach hatte er in der Produktion gearbeitet, bis zu dem Tag, an dem er die Firma verlassen hatte.

1969 hatte er eine dreijährige Untersuchung über eine experimentelle Tabaksorte abgeschlossen, die als Raleigh 4 bezeichnet wurde. Sie enthielt nur ein Drittel des Nikotins normalen Tabaks. Krigler gelangte zu dem Schluß, daß Raleigh 4 ebenso effizient kultiviert werden konnte wie alle anderen Tabaksorten, die U-Tab damals verwendete.

Es war eine grandiose Arbeit, und er war zutiefst enttäuscht, als seine Untersuchung von den Leuten weiter oben in der Firma zunächst einmal ignoriert wurde. Niemand schien sich für diese neue Tabaksorte zu interessieren.

Dann erfuhr er, daß seine Bosse sich sehr wohl dafür interessierten. Im Sommer 1971 bekam er eine interne Aktennotiz zu Gesicht, in der das obere Management angewiesen wurde, unauffällig alles menschenmögliche zu tun, um Kriglers Arbeit an Raleigh 4 zu diskreditieren.

An diesem Punkt seiner Aussage legte John Riley Milton zwei Dokumente als Beweisstücke vor – die von Krigler 1969 abgeschlossene Untersuchung und die Aktennotiz von 1971.

Die Gründe für die Verschwörung gegen ihn wurden ihm bald klar. U-Tab konnte es sich nicht leisten, Tabak mit entschieden weniger Nikotin anzubauen, weil Nikotin Profit bedeutete. Die Industrie wußte bereits seit Ende der dreißiger Jahre, daß Nikotin süchtig macht.

„Woher wissen Sie, daß die Industrie das wußte?" fragte Milton ganz gezielt.

Der ganze Saal hörte mit gespannter Aufmerksamkeit zu.

„Das ist in der Industrie allgemein bekannt. Ende der dreißiger Jahre wurde eine geheime, von der Tabakindustrie bezahlte Untersuchung angestellt, und ihr Ergebnis war der eindeutige Beweis, daß Nikotin in Zigaretten süchtig macht."

„Haben Sie den Bericht gesehen?"

„Nein. Wie nicht anders zu erwarten, wurde er gut versteckt." Krigler schwieg einen Moment und schaute zum Tisch der Verteidigung. Gleich würde er die Bombe platzen lassen, und er genoß diesen

Augenblick. „Aber ich habe im Winter 1973 eine einseitige Aktennotiz gesehen, die die Ergebnisse der Nikotinstudie aus den dreißiger Jahren zusammenfaßte. Die Aktennotiz war viele Male kopiert worden, sie war sehr alt."

„Wer war der Empfänger?"

„Sie war an Sander S. Fraley gerichtet, der zu jener Zeit Präsident von dem Vorläufer der Firma war, die heute ConPack heißt."

„Wo waren Sie, als Sie diese Aktennotiz sahen?"

„In einem Pynex-Betrieb in Richmond. Dort befindet sich der größte Teil der alten Unterlagen der Firma, und eine Person, die ich kannte, hat mir die Aktennotiz gezeigt. Ich habe dieser Person versprochen, ihre Identität nie preiszugeben."

„Haben Sie die Aktennotiz tatsächlich in der Hand gehabt?"

„Ja. Ich habe sogar eine Kopie davon gemacht."

„Und wo ist Ihre Kopie?"

„Sie war nicht lange in meinem Besitz. Einen Tag nachdem ich sie in meine Schreibtischschublade eingeschlossen hatte, wurde ich zu einem auswärtigen geschäftlichen Termin gerufen. Während ich weg war, hat jemand meinen Schreibtisch durchsucht und meine Kopie der Aktennotiz daraus entfernt."

„Erinnern Sie sich an ihren Inhalt?"

„Daran erinnere ich mich sehr gut. Sie müssen bedenken, daß ich sehr lange nach einer Bestätigung für meinen Verdacht gesucht hatte. Der Anblick der Aktennotiz war ein unvergeßlicher Moment. Der Verfasser schlug Fraley sogar vor, die Firma solle ernsthaft erwägen, den Nikotingehalt ihrer Zigaretten zu erhöhen. Mehr Nikotin bedeute mehr Raucher, und das hieße größeren Absatz und höheren Profit."

Krigler machte diese Aussage mit einem feinen Gespür fürs Dramatische, und niemand ließ sich auch nur ein Wort entgehen. Das Wort „Profit" schwebte über dem Gerichtssaal wie ein schmutziger Nebel.

„Wie ist die Aktennotiz 1973 zu Pynex gelangt?"

„Das habe ich nie herausgefunden. Aber Pynex wußte mit Sicherheit über die Untersuchung Bescheid."

„Haben Sie je versucht, von Ihrem Freund eine weitere Kopie der Aktennotiz zu erhalten?" fragte John Riley Milton.

„Ich habe es versucht. Ohne Erfolg. Belassen wir es dabei."

BIS AUF die übliche Kaffeepause von einer Viertelstunde um halb elf sagte Krigler während der ganzen drei Stunden der Vormittagssitzung aus. Seine Aussage war ein entscheidender Faktor in diesem Prozeß.

Es war die perfekte Darbietung des Dramas „Exmitarbeiter plaudert schmutzige Geheimnisse aus". Die Anwälte beobachteten die Geschworenen noch genauer als sonst, und der Richter schien jedes Wort mitzuschreiben, das der Zeuge von sich gab.

Fitch verfolgte die Aussage in seinem Vorführraum. Er gehörte zu den wenigen noch lebenden Personen, die die Aktennotiz tatsächlich gesehen hatten, und Krigler hatte ihren Inhalt mit erstaunlichem Erinnerungsvermögen wiedergegeben. Jedermann war klar, daß der Zeuge die Wahrheit sagte. Vor neun Jahren, als er von den Großen Vier angeheuert worden war, hatte eine von Fitchs ersten Aufgaben darin bestanden, alle Kopien der Aktennotiz aufzuspüren und zu vernichten. Er arbeitete noch immer daran, aber bis zum heutigen Tage war sie noch nie zum Thema in einem Prozeß geworden. Krigler hatte genau ins Schwarze getroffen.

Die Regeln der Beweisführung verbieten normalerweise eine mündliche Beschreibung verlorengegangener Dokumente. Aber wie in jedem Bereich der Rechtsprechung gibt es auch hier Ausnahmen, und Rohr und Genossen hatten meisterhafte Arbeit geleistet und Richter Harkin davon überzeugt, daß die Geschworenen Kriglers Beschreibung von etwas hören sollten, was im Grunde ein verlorengegangenes Dokument war.

Cables Kreuzverhör am Nachmittag würde brutal werden, aber der Schaden war angerichtet. Fitch ließ das Mittagessen ausfallen und schloß sich in seinem Büro ein.

NACH der Mittagspause begrüßte Cable Krigler, als wären die beiden alte Freunde. Schon lange zuvor hatten sich Cable und Konsorten anhand einer Videoaufzeichnung von Krigler mit ihm auseinandergesetzt. Krigler sagte die Wahrheit, aber an diesem Punkt mußte die Wahrheit verschleiert werden. Dies war ein Kreuzverhör, ein überaus wichtiges sogar, also zum Teufel mit der Wahrheit. Der Zeuge mußte unglaubwürdig gemacht werden! Nach Hunderten von Stunden des Pläneschmiedens hatten sie sich auf eine Strategie geeinigt.

Cable begann, indem er Krigler fragte, ob er auf seinen früheren Arbeitgeber wütend sei.

„Ja", entgegnete er.

„Hassen Sie die Firma?"

„Die Firma ist etwas Sächliches. Wie kann man ein Ding hassen?"

„Hassen Sie irgendeinen der Leute, die dort arbeiten und gegen die Ihre Klage gerichtet war?"

„Nein, sie taten nur ihre Jobs."

Cable hatte gehofft, einen kleinen Punktgewinn zu erzielen, indem er aufzeigte, daß Krigler auf Rache oder Vergeltung aus war. Er schlug eine andere Richtung ein. „Wann gelangten Sie zu der Überzeugung, daß Zigaretten prinzipiell gefährlich sind?"

„Ich würde sagen, irgendwann Anfang der siebziger Jahre, nachdem ich meine Studien abgeschlossen hatte, nachdem meine Schwester vom Rauchen an Lungenkrebs gestorben war und kurz bevor ich die berüchtigte Aktennotiz zu Gesicht bekam."

„Wann sind Sie bei Pynex ausgeschieden? In welchem Jahr?"

„1982."

„Sie haben also weiter für eine Firma gearbeitet, die ein Produkt herstellte, das Sie für prinzipiell gefährlich hielten?"

„Ja."

„Wie hoch war Ihr Gehalt im Jahre 1982?"

„Neunzigtausend Dollar im Jahr."

Cable hielt inne, um eine Sekunde lang seinen Notizblock zu studieren; dann fragte er Krigler, weshalb er die Gesellschaft 1982 verklagt habe.

Cable ritt auf den Details herum, die zu jenem komplizierten und sehr persönlichen Prozeß geführt hatten, und die Aussage kam praktisch zum Stillstand.

Rohr erhob Einspruch, Milton erhob Einspruch, und Cable tat so, als könnte er um nichts in der Welt begreifen, was sie mit ihren Einsprüchen wollten. Die Anwälte trafen sich an der Seitenschranke, um ihren Streit vor Richter Harkin auszutragen, und Krigler wurde es leid, im Zeugenstand zu sitzen.

Die Taktik hätte fast funktioniert. Außerstande, Kriglers verheerende Aussage zu erschüttern, versuchte die Verteidigung, die Geschworenen mit Kleinkram einzunebeln – wenn ein Zeuge nicht widerlegt werden kann, setzt man ihm mit belanglosen Details zu.

Aber diese Taktik wurde den Geschworenen hinterher von Nicholas Easter erklärt, der seinem Zorn auf Cable Ausdruck verlieh. „Er hält uns für blöde", sagte er bitter.

7 Millie Duprees Mann, Hoppy, war ein nicht sonderlich erfolgreicher Immobilienmakler in Biloxi. Er hatte nur wenige Kunden und wenige Verbindungen, aber die paar Geschäfte, die er und die Teilzeitagenten, mit denen er zusammenarbeitete, zu fassen bekamen, betrieb er mit Fleiß und Sorgfalt. Er bezahlte seine Rechnungen und schaffte es irgendwie, seine Familie durchzubringen – seine Frau Millie und ihre fünf Kinder, drei davon auf der Uni, zwei in der Oberschule.

Kurz vor sechs am Donnerstag, als ein weiterer erfolgloser Arbeitstag zu Ende ging, betrat ein gutgekleideter junger Geschäftsmann mit einem schwarzglänzenden Aktenkoffer das Büro und fragte nach Mr. Dupree. Der junge Mann präsentierte eine Visitenkarte, die ihn als Todd Ringwald von der KLX Property Group in Las Vegas, Nevada, auswies. Die Karte beeindruckte Hoppy so sehr, daß er die letzten seiner noch herumlungernden Teilzeitmitarbeiter hinausscheuchte und die Tür zu seinem Büro schloß. Schon allein, daß ein Mann bei ihm auftauchte, der so gut angezogen war und eine so weite Reise hinter sich hatte, konnte bedeuten, daß große Dinge auf ihn warteten. Hoppy bot ihm etwas zu trinken an. Mr. Ringwald lehnte dankend ab und fragte, ob er etwa ungelegen komme.

„Nein, nein, durchaus nicht. Wir haben nun mal verrückte Arbeitszeiten."

Mr. Ringwald lächelte und pflichtete ihm bei, da er früher, vor nicht allzu vielen Jahren, selbst in der Branche tätig gewesen sei. Zuerst wolle er einiges über die Firma erzählen. KLX sei ein Privatunternehmen mit Tochtergesellschaften in einem Dutzend Staaten. Es besitze zwar keine Kasinos, aber KLX mache das Anschlußgeschäft, wenn irgendwo ein Kasino hochgezogen werde. Hoppy nickte heftig, als wäre ihm diese Art von Unternehmen bestens vertraut. Wenn Kasinos gebaut würden, komme es in der Regel auf dem umliegenden Grundstücksmarkt zu tiefgreifenden Veränderungen. Ringwald war sicher, daß Hoppy über das alles informiert sei. KLX sei immer einen Schritt hinter den Kasinos, plane Einkaufszentren, teure Apartmenthäuser und die Randbebauung.

Nur an der Küste sei KLX ins Hintertreffen geraten, doch es gebe noch immer unglaubliche Chancen, worauf Hoppy sagte: „Die gibt es ganz eindeutig."

Ringwald holte eine zusammengefaltete Karte aus seinem Aktenkoffer und breitete sie auf Hoppys Schreibtisch aus. Er zeigte auf ein großes rotmarkiertes Gelände in Hancock County, dem westlichsten der drei Countys an der Küste und Harrison County am nächsten.

„MGM Grand kommt hierher", erklärte Ringwald und zeigte auf eine große Bucht. „Aber das weiß bisher noch niemand. Sie wollen das größte Kasino an der Küste bauen. Sie werden etwa vierzig Hektar von diesem Land hier kaufen."

„Das ist wundervolles Land. Praktisch unberührt", sagte Hoppy.

„Wir wollen das hier", sagte Ringwald und deutete auf eine Fläche, die im Norden und Westen an das MGM-Land angrenzte. „Zweihundert Hektar, damit wir das hier tun können." Er klappte das Deckblatt zurück und enthüllte eine von einem Künstler geschaffene Darstellung eines großen Bauprojekts. Es war an der Oberkante in großen blauen Buchstaben mit „Stillwater Bay" bezeichnet. Große Villen, kleinere Wohnhäuser, Spielplätze, ein Einkaufszentrum, ein Jachthafen.

„*Wow!*" entfuhr es Hoppy. Auf seinem Schreibtisch lag ein unvorstellbares Vermögen.

„Das Ganze wird an die dreißig Millionen kosten. Es ist bei weitem das größte Projekt, das es in dieser Gegend hier je gegeben hat." Ringwald schlug eine weitere Seite auf und enthüllte eine detaillierte Darstellung des Wohngebiets. „Das sind nur Entwürfe. Wenn wir uns darüber einigen, daß Sie uns hier vertreten, würden wir Sie gern für ein paar Tage nach Vegas fliegen, damit Sie unsere Leute und das ganze Projekt von der planerischen Seite her kennenlernen."

Hoppy holte tief Luft. Ganz ruhig, befahl er sich selbst. „Ja, und an welche Art von Vertretung haben Sie gedacht?"

„Zunächst brauchen wir einen Makler, der sich um den Landerwerb kümmert. Das Land ist noch nicht auf dem Markt, also müssen wir schnell handeln, bevor die MGM-Geschichte publik wird. Und deshalb brauchen wir einen hiesigen Makler. Sobald sich herumspricht, daß sich eine große Gesellschaft aus Vegas für das Land interessiert, steigen die Preise ins Unermeßliche. Das passiert immer."

Hoppys Herz schlug schneller. Er, Hoppy Dupree, mit seiner Courtage von sechs Prozent, war im Begriff, das große Geld zu machen.

Ringwald ergriff das Wort. „Ich nehme an, Ihre Courtage beträgt acht Prozent. Das ist das, was wir normalerweise zahlen."

„Natürlich", bestätigte Hoppy. Das Wort rutschte über eine sehr trockene Zunge heraus.

Ringwald gestattete sich einen tiefen Seufzer. „Aber jetzt zu dem Punkt, an dem es kompliziert wird. Das Grundstück liegt im sechsten Bezirk von Hancock County, und der sechste Bezirk untersteht einem Aufsichtsbeamten namens..."

„Jimmy Hull Moke", unterbrach ihn Hoppy äußerst betrübt.

„Sie kennen ihn?"

„Jeder kennt Jimmy Hull. Der gerissenste Gauner an der ganzen Küste. Der Mann hat auf allem, was in seinem Teil des County passiert, den Daumen drauf."

Eine volle Minute lang gab es keinen Blickkontakt zwischen ihnen, dann sagte Ringwald: „Es wäre unklug, das Land zu kaufen, solange wir nicht eine gewisse Garantie von Mr. Moke haben. Wie Sie wissen, muß das Projekt eine Unmenge von Gesetzeshürden nehmen. Wir haben gehört, daß Mr. Moke das alles kontrolliert."

„Mit eiserner Faust."

„Vielleicht sollten wir eine Zusammenkunft mit Mr. Moke arrangieren", überlegte Ringwald.

„Das finde ich nicht gut. Zusammenkünfte bringen nichts."

„Ich verstehe nicht, was Sie meinen."

„Bargeld. Schlicht und ergreifend. Jimmy Hull mag es unter dem Tisch, große Säcke davon, in unmarkierten Scheinen."

Ringwald nickte mit ernster Miene, als wäre das zwar Pech, aber nicht ganz unerwartet. „Wieviel?"

„Wer weiß? Aber wenn Sie knauserig sind, bringt er Ihr Projekt später zu Fall. Und behält das Geld. Rückerstattung ist bei Jimmy Hull nicht drin."

Ringwald schüttelte den Kopf.

„Willkommen in Mississippi", sagte Hoppy.

„Es ist nicht ungewöhnlich", sagte Ringwald. „So etwas erleben wir jeden Tag."

„Und was tun Sie in solchen Fällen?"

„Unser erster Schritt sollte darin bestehen, daß wir uns mit Mr. Moke in Verbindung setzen und herausfinden, ob er an einem Geschäft interessiert ist." Ringwald verstummte kurz. „Sind Sie bereit, bei der Sache mitzumachen?"

„Ich weiß nicht recht. Möchten Sie, daß ich mit Jimmy Hull spreche?"

„Nur, wenn Sie wirklich wollen. Wenn nicht, müssen wir uns nach jemand anderem umschauen."

„Ich habe einen Ruf als sauberer Geschäftsmann zu verlieren", sagte Hoppy, dann mußte er bei dem Gedanken an einen Konkurrenten, der seinen Anteil einstrich, schlucken.

„Wir erwarten nicht von Ihnen, daß Sie sich die Hände schmutzig machen." Ringwald schwieg abermals. „Sagen wir mal so: Wir haben Mittel und Wege, Mr. Moke zukommen zu lassen, was er haben will. Sie brauchen es nicht anzurühren. Sie werden nicht einmal wissen, wie und wann es passiert."

Hoppy setzte sich gerader hin. „Ich höre", sagte er.

„Wie wäre es, wenn Sie sich mit Mr. Moke treffen würden, nur Sie beide, und ihn in groben Zügen über unser Projekt informieren?

Unser Name wird nicht erwähnt. Sie haben einfach einen Klienten, der mit ihm zusammenarbeiten möchte. Er wird seinen Preis nennen. Wenn er innerhalb unserer Möglichkeiten liegt, sagen Sie ihm, daß die Sache in Ordnung geht. Wir kümmern uns um die Übergabe, und Sie werden nie mit Sicherheit wissen, ob das Geld tatsächlich den Besitzer gewechselt hat. Sie haben nichts Unrechtes getan."

Hoppy gefiel das! Er würde sich nicht einmal die Hände schmutzig machen müssen. Sollten doch sein Klient und Jimmy Hull die Drecksarbeit erledigen. Trotzdem siegte zunächst noch die Vorsicht. Er sagte, er werde darüber nachdenken.

Sie unterhielten sich noch eine Weile, sahen noch einmal die Pläne durch, und um acht verabschiedeten sie sich voneinander.

HOPPY DUPREE schlief wenig. Um Mitternacht stand er wieder auf, setzte sich auf die Veranda und dachte über KLX und das Vermögen nach, das da draußen lag, fast in Reichweite. Der Handel mit Jimmy Hull Moke machte ihm Sorgen. Er hatte noch nie etwas mit Schmiergeld zu tun gehabt, war nicht einmal auch nur in die Nähe irgendeiner Gaunerei gekommen.

Kurz vor Tagesanbruch ging ihm Jimmy Hull Mokes Ruf durch den Kopf, und das hatte eine seltsam beruhigende Wirkung auf ihn. Der Mann hatte das Einstreichen von Schmiergeldern zu einer Kunstform entwickelt. Bestimmt würde Moke genau wissen, wie er den Handel abschließen mußte, ohne erwischt zu werden.

Beim Frühstück gelangte Hoppy zu dem Schluß, daß das Risiko minimal war. Er würde ganz unverfänglich mit Jimmy Hull reden und ihm die Führung überlassen, dann würden sie schon schnell genug aufs Geld zu sprechen kommen. Den Rest würde Ringwald erledigen.

HOPPY hatte Glück und traf Moke zu Hause an. Sie verabredeten sich auf einen Imbiß in Hoppys Büro. Als Jimmy Hull in Jeans und Cowboystiefeln zur Tür hereinkam, waren die Räume der Immobilienagentur leer. Hoppy begrüßte ihn mit einem nervösen Handschlag und führte ihn in sein Büro, wo auf dem Schreibtisch zwei Sandwiches und zwei Gläser Eistee warteten. Beim Essen unterhielten sie sich über Lokalpolitik, die Kasinos und übers Angeln, aber Hoppy hatte überhaupt keinen Appetit. Sein Magen war vor Angst verkrampft. Dann räumte er den Schreibtisch ab und holte die Zeichnung von „Stillwater Bay" hervor. Er gab eine zehnminütige Erläuterung des Bauvorhabens ab und stellte fest, daß er dabei ruhiger wurde.

Jimmy Hull betrachtete die Zeichnung, rieb sich das Kinn und sagte: „Die Baugenehmigung könnte ein großes Problem werden."

„Das ist mir klar."

„Und die Planungskommission wird sich mit Händen und Füßen wehren."

„Damit rechnen wir."

„Wie Sie wissen, sind die Entscheidungen der Planungsbehörde lediglich Empfehlungen. Unterm Strich machen wir Bauinspektoren, was wir wollen." Er kicherte, und Hoppy lachte mit.

„Mein Klient kennt die Gepflogenheiten."

Jimmy Hull lehnte sich auf seinem Stuhl zurück. „Sie wissen, daß ich in meinem Bezirk alles kontrolliere", sagte er. „Wenn ich will, daß das genehmigt wird, dann läuft es reibungslos ab. Wenn es mir aber nicht gefällt, dann ist es schon jetzt mausetot."

Hoppy nickte nur und preßte alle zehn Finger auf die Schreibtischplatte, damit seine Hände nicht zitterten.

„Macht Ihr Klient in Glücksspiel?"

„Nein. Aber er sitzt in Vegas. Und ihm liegt daran, daß die Sache schnell über die Bühne geht."

Vegas war das entscheidende Wort, und Jimmy Hull ließ es sich auf der Zunge zergehen. Er sah sich in dem schäbigen kleinen Büro um. Er hatte zwei Freunde in Biloxi angerufen, die ihm beide gesagt hatten, daß Mr. Dupree ein harmloser Bursche war, der an Weihnachten für den Rotary Club Obsttörtchen verkaufte. Die offensichtliche Frage war also: Weshalb hatten die Leute, die hinter „Stillwater Bay" standen, sich ausgerechnet für einen Tante-Emma-Laden wie Dupree Realty entschieden?

Er beschloß, die Frage nicht zu stellen. Er sagte: „Wissen Sie, daß mein Sohn ein hervorragender Berater für Projekte dieser Art ist?"

„Nein, das wußte ich nicht. Mein Klient würde sicher gern mit Ihrem Sohn zusammenarbeiten. Soll ich ihn anrufen?"

„Nein. Das mache ich selbst."

„Mein Klient wüßte gern, mit welchen Kosten er rechnen muß. Was würde Ihr Sohn denn für seine Dienste verlangen?" fragte Hoppy weiter.

„Hunderttausend in bar, oder es wird nichts aus der Sache."

Hoppy verzog keine Miene und war ziemlich stolz auf seine Gelassenheit. Ringwald hatte vorausgesagt, daß Jimmy Hull ein- bis zweihunderttausend verlangen würde. „Und wie soll der Handel aussehen?"

„Hunderttausend vorab bar auf die Hand, und das Projekt geht durch. Das garantiere ich. Einen Cent weniger, und ich mache ihm mit einem Telefonanruf den Garaus."

„Ich muß telefonieren", sagte Hoppy. „Warten Sie bitte einen Moment." Er ging ins Vorzimmer und rief Ringwald an. Die Bedingungen wurden übermittelt, nur ein paar Sekunden lang diskutiert, dann kehrte Hoppy in sein Büro zurück. „Der Handel steht. Mein Klient wird zahlen."

Jimmy Hulls Gesicht entspannte sich, und er lächelte. „Wann?"
„Ich melde mich am Montag telefonisch bei Ihnen."

MARLEE rief am späten Freitagabend an, nur Minuten nachdem sich Fitch bis auf seine extragroßen Boxershorts und schwarzen Socken ausgezogen und wie ein gestrandeter Wal auf seinem Bett ausgestreckt hatte. Im Augenblick bewohnte er die Präsidentensuite im obersten Stockwerk des Colonial Hotels in Biloxi. Wenn er sich die Mühe machte hinauszuschauen, hatte er eine hübsche Aussicht auf den Strand.

„Hallo, Fitch. Tut mir leid, daß ich Sie so spät noch störe."

„Macht nichts", sagte er und vergewisserte sich, daß der Rekorder auf dem Klapptisch neben seinem Bett eingeschaltet war. „Wie geht es Ihrem Freund?"

„Er ist einsam. Heute war Eheabend, wissen Sie das?"

„Ich habe es gehört. Haben sich alle ehelich betätigt?"

„Angel Weese schon, sie ist bis über beide Ohren verliebt. Und Rikki Coleman. Millie Duprees Mann war da, ist aber nicht lange geblieben. Was mit Herman ist, weiß ich nicht. Phillip Savelle hatte auch Besuch."

„Weshalb haben Sie Ihren Freund nicht besucht?" fragte Fitch.

„Wer hat behauptet, wir wären ein Paar?"

„Was sind Sie dann?"

„Freunde. Raten Sie mal, welche beiden Geschworenen miteinander schlafen?"

„Jerry Fernandez und sonst jemand."

„Gut geraten. Jerry steht vor der Scheidung, und Sylvia ist einsam. Ihre Zimmer liegen sich genau gegenüber."

„Ist die Liebe nicht etwas Großartiges?"

„Ich muß Ihnen sagen, Fitch, daß Krigler für die Anklage viel bewirkt hat."

„Er hat die Aufmerksamkeit der Geschworenen gewonnen, meinen Sie das?"

„Sie haben sich kein Wort entgehen lassen. Sie haben ihm zugehört und ihm geglaubt."
„Haben Sie keine besseren Neuigkeiten?"
„Rohr macht sich Sorgen."
Sein Rückgrat versteifte sich. „Warum macht Rohr sich Sorgen?" fragte er. Es hätte ihn eigentlich nicht überraschen sollen, daß sie mit Rohr sprach, trotzdem kam er sich betrogen vor.
„Ihretwegen. Er weiß, daß Sie Tag und Nacht unterwegs sind und sich alles mögliche ausdenken, um an die Geschworenen heranzukommen."
„Wie oft sprechen Sie mit ihm?"
„Ziemlich oft. Er ist liebenswürdiger als Sie, Fitch, aber er ist schwach in der Brieftasche. Mit Ihren Ressourcen kann er nicht konkurrieren."
„Wieviel von meinen Ressourcen wollen Sie haben?"
„Später, Fitch. Ich muß jetzt Schluß machen. Auf der anderen Straßenseite steht ein verdächtig aussehender Wagen. Muß sich um einen Ihrer Clowns handeln." Sie legte auf.

AM ERSTEN Samstag im November zeigte das Thermometer eine Temperatur von sechzehn Grad. Eine sanfte Brise aus Norden ließ die Bäume rascheln und streute Blätter auf Straßen und Gehsteige.
Niemand bemerkte den schwarzen Chrysler, der in die Einfahrt eines bescheidenen Einfamilienhauses einbog. Es war zu früh für die Nachbarn, um zu sehen, wie zwei Männer in identischen Anzügen aus dem Wagen stiegen, zur Haustür gingen, läuteten und geduldig warteten.
Hoppy hatte gerade Wasser in die Kaffeemaschine gegossen, als er das Läuten hörte. Er zog den Gürtel seines alten Frotteebademantels fester und versuchte, sein noch ungekämmtes Haar mit den Fingern glattzustreichen. Es mußten die Pfadfinder sein, die wieder mal etwas verkaufen wollten.
Er öffnete die Haustür und sah zwei ernst dreinschauende junge Männer vor sich, die sofort in ihre Taschen griffen und goldene Erkennungsmarken zückten. Aus ihrem Redeschwall hörte Hoppy etwas wie „FBI" heraus und wäre fast in Ohnmacht gefallen.
„Sind Sie Mr. Dupree?" fragte Agent Nitchman.
Hoppy rang nach Atem. „Ja, aber..."
„Wir möchten Ihnen ein paar Fragen stellen", sagte Agent Napier.
„Worüber?" fragte Hoppy mit trockenem Mund.
Nitchman und Napier wechselten einen verschwörerischen Blick.

Dann erklärte Napier: „Über Stillwater Bay, Jimmy Hull Moke und so weiter."

Hoppy umklammerte den Türrahmen. „O mein Gott!" stieß er hervor.

„Dürfen wir hereinkommen?" fragte Napier.

Hoppy senkte den Kopf. „Nein, bitte nicht hier." Die Kinder! Normalerweise schliefen sie bis neun oder zehn Uhr, aber wenn sie unten Stimmen hörten, würden sie sofort herunterkommen. „In meinem Büro", brachte er mühsam heraus.

„Wir warten", sagte Napier.

„Danke." Hoppy machte schnell die Tür zu und zog sich an. Sein Blick fiel auf sein Spiegelbild. Betrug stand ihm ins Gesicht geschrieben. Er dachte an Millie und an die Schande und an die Kinder und daran, was die Leute denken würden.

Draußen bestand Napier darauf, mit Hoppy zu fahren. Nitchman folgte ihnen in dem schwarzen Chrysler. Es wurde kein Wort gesprochen.

DUPREE REALTY gehörte nicht zu der Sorte von Unternehmen, die Frühaufsteher anziehen. Hoppy wußte, daß sich vor neun Uhr niemand blicken lassen würde. Er schloß die Türen auf, machte Licht und ließ sich an seiner Seite des Schreibtisches nieder. Die beiden FBI-Agenten setzten sich wie Zwillinge ihm gegenüber.

Nitchman leitete das Gespräch mit den Worten ein: „Wissen Sie über ‚Stillwater Bay' Bescheid?"

„Ja."

„Kennen Sie einen Mann namens Todd Ringwald?"

„Ja."

„Kennen Sie Jimmy Hull Moke?"

„Ja."

„Wann sind Sie ihm erstmals begegnet?"

„Gestern."

„Was war der Zweck dieses Treffens?"

„Ein Gespräch über ein Bauprojekt. Ich soll eine Gesellschaft vertreten, die KLX-Properties heißt. KLX möchte in Mr. Mokes Bezirk in Hancock County das sogenannte Stillwater-Bay-Projekt verwirklichen."

Napier sagte: „Wir haben Mr. Moke in den letzten sechs Monaten observiert, und vor zwei Wochen hat er sich zu einem Arrangement bereit erklärt, wonach er mit uns zusammenarbeitet und dafür mit einer leichteren Strafe davonkommt."

Hoppy hörte, was er sagte, aber die Worte drangen kaum in sein Bewußtsein vor.

„Haben Sie Mr. Moke Geld angeboten?" fragte Napier.

„Nein", antwortete Hoppy, weil er es unmöglich bestätigen konnte.

Nitchman zog ganz gemächlich etwas aus seiner Brusttasche und legte es auf den Schreibtisch. „Sind Sie sicher?" fragte er fast höhnisch.

„Natürlich bin ich sicher", erwiderte Hoppy und starrte auf das gräßliche kleine Gerät.

Nitchman drückte auf den Knopf. Plötzlich war da Hoppys Stimme, die nervös über Lokalpolitik plauderte, während Moke hin und wieder ein Wort einwarf.

„Er hatte eine Wanze bei sich!" rief Hoppy, völlig am Boden zerstört.

„So ist es", bestätigte einer von ihnen ernst.

Das Band lief weiter bis zu der Stelle, wo Hoppy und Jimmy Hull sich hastig voneinander verabschiedeten. „Wollen Sie es noch einmal hören?" fragte Nitchman mit dem Finger auf dem Knopf.

„Nein, bitte nicht", wehrte Hoppy ab. Als er sie endlich ansah, waren seine Augen naß und rot. Seine Lippen bebten, aber er schob das Kinn vor und versuchte, sich mutig zu geben. „Also, womit habe ich zu rechnen?" fragte er.

„Das ist schwer zu sagen", antwortete Nitchman. „Ich würde schätzen, drei bis fünf Jahre."

Beide Männer saßen jetzt auf der Stuhlkante, und es sah aus, als wollten sie jeden Augenblick aufspringen und Hoppy für seine Sünden verprügeln.

Das Mikrofon war in der Kappe eines blauen Wegwerfkugelschreibers, der zusammen mit einem Dutzend anderer billiger Kugelschreiber in einem verstaubten Marmeladenglas auf Hoppys Schreibtisch stand. Ringwald hatte es dort deponiert.

Vom Schreibtisch aus waren die Worte in einen unauffälligen Transporter übermittelt worden, der auf der anderen Straßenseite gestanden hatte.

Jimmy Hull hatte keine Wanze bei sich getragen und arbeitete nicht mit dem FBI zusammen; er hatte nur das getan, was er am besten konnte – versucht, Schmiergeld zu kassieren.

Ringwald, Napier und Nitchman waren allesamt ehemalige Polizisten, die jetzt als private Agenten für eine internationale Sicherheitsfirma in Bethesda arbeiteten. Fitch arbeitete oft mit dieser Firma zusammen. Der Hoppy-Coup würde den Fonds achtzigtausend Dollar kosten. Peanuts.

Hoppy hakte nach, ob er sich nicht vielleicht juristischen Beistand suchen solle. Napier konterte mit einer ausführlichen Darstellung der Bemühungen des FBI, der immer weiter um sich greifenden Korruption an der Küste Einhalt zu gebieten. Hoppy mußte unbedingt von einem Anwalt ferngehalten werden. Um den armen Hoppy zu bluffen, hatten Napier und Nitchman hinreichend falsche Ausweise parat, aber ein guter Anwalt würde sie schleunigst in die Flucht schlagen.

Was als Routineermittlung gegen Jimmy Hull wegen Bestechlichkeit im kleinen Rahmen begonnen hatte, war laut Napier zu einer wesentlich weitreichenderen Untersuchung des „organisierten Verbrechens" geworden. „Offen gestanden haben wir auch noch nie von KLX Properties gehört. Wir sind nur irgendwie in die Sache hineingestolpert."

„Können Sie nicht genauso einfach wieder hinausstolpern?" fragte Hoppy.

„Vielleicht", antwortete Napier nachdenklich.

„Vielleicht?" Hoppy sah einen Silberstreif am Horizont.

Sie wichen beide gleichzeitig von der Schreibtischkante zurück und starrten Hoppy an, der seinerseits auf die Schreibtischplatte schaute.

„Wir wissen, daß Sie kein Gauner sind, Mr. Dupree", begann Nitchman nun leise.

„Sie haben nur einen Fehler gemacht", setzte Napier hinzu.

„Das stimmt", murmelte Hoppy.

„Können wir Ihnen einen 24-Stunden-Handel anbieten?" fragte Napier. „Lassen Sie uns Stillschweigen bewahren. Sie erzählen es keiner Menschenseele, wir erzählen es keiner Menschenseele. Für 24 Stunden. Wir brauchen Zeit, um unsere Situation abzuklären."

„Das verstehe ich nicht."

Nitchman lehnte sich vor. „Vielleicht gibt es einen Ausweg für Sie, Mr. Dupree."

„Sie sind ein kleiner, unbedeutender Fisch, der sich in einem großen Netz verfangen hat", ergänzte Napier. „Sie könnten entbehrlich sein."

Hörte sich gut an für Hoppy. „Und was passiert in 24 Stunden?"

„Wir treffen uns hier wieder. Aber ein Wort zu irgend jemandem, und um Ihre Zukunft sieht es düster aus."

„Sie haben mein Wort."

NACHDEM der Hoppy-Coup in die Wege geleitet war und reibungslos ablief, beschloß Fitch am Samstag abend die nächste Attacke auf die Jury.

Am frühen Sonntag morgen knackten Pang und Dubaz, beide in

hellbraunen Hemden mit dem Firmenzeichen einer Klempnerei auf den Brusttaschen, das Schloß an der Tür zu Easters Wohnung.

Pang ging geradewegs zum Computer und nahm die Rückwand ab. Binnen einer Minute hatte er die Festplatte draußen. Pang fand zwei Stapel von 3,5-Zoll-Disketten, insgesamt sechzehn, in einem Gestell neben dem Monitor.

Dubaz öffnete die Schubladen und kippte auf der Suche nach weiteren Disketten leise die billigen Möbel um. Er konnte nichts finden.

„Gehen wir", sagte Pang, nachdem er die Kabel des Computers herausgerissen hatte. Sie warfen das gesamte System auf das klapprige Sofa, wo Dubaz Kissen und Kleidungsstücke darauf türmte und dann flüssigen Holzkohlenanzünder aus einem Plastikkanister darübergoß. Als das Ganze hinreichend getränkt war, kehrten die beiden Männer zur Tür zurück, und Dubaz warf ein Streichholz. Sie warteten, bis die Flammen bis zur Decke emporschlugen, dann machten sie sich eiligst auf den Rückweg.

Im Erdgeschoß angekommen, lösten sie den Feueralarm aus. Die Flure füllten sich rasch mit völlig aufgelösten Menschen in Bademänteln und Trainingsanzügen.

Als die Feuerwehr eintraf, waren Pang und Dubaz verschwunden.

Niemand wurde verletzt. Vier Wohnungen brannten vollständig aus, elf wurden schwer beschädigt, fast dreißig Familien waren obdachlos.

EASTERS Festplatte erwies sich als unlesbar. Er hatte so viele Paßwörter, Geheimcodes und Zugriffsbarrieren eingebaut, daß Fitchs Computerexperten nichts mit ihr anfangen konnten. Die meisten Disketten waren auf ähnliche Art geschützt. Nur auf einer älteren Diskette konnten sie die Paßwörter umgehen. Dem Verzeichnis zufolge enthielt sie sechzehn Dokumente. Fitch wurde informiert, als sie das erste ausdruckten. Es war eine sechsseitige Aufstellung von neuerem Zeitungsmaterial über die Tabakindustrie, mit dem Datum des 11. Oktober 1994. Das zweite Dokument war eine Zusammenfassung eines Dokumentarfilms über Prozesse wegen Brustimplantaten.

Das dritte war ein schlechtes Gedicht, das er über Flüsse geschrieben hatte. Es folgte eine abgebrochene Kurzgeschichte. Und dann endlich ein Volltreffer: Ein zweiseitiger Brief an seine Mutter, eine Mrs. Pamela Blanchard in Gardner, Texas. Er trug das Datum vom 20. April 1995 und begann: „Liebe Mom, ich lebe jetzt in Biloxi, Mississippi, an der Golfküste", dann erklärte er, wie sehr er Strände liebe und daß er nie wieder in einer Gegend mit Farmland leben könne. Er erkundigte sich nach Alex, der ein Bruder zu sein schien. Ein Vater wurde nicht erwähnt, ebensowenig eine Freundin, und schon gar nicht jemand namens Marlee.

Er schrieb, er habe einen Job in einem Kasino gefunden, der ihm im Moment Spaß mache, aber keine große Zukunft habe. Er denke immer noch daran, einmal Anwalt zu werden, aber er bezweifle, daß er je an die Universität zurückkehren werde. „Und jetzt muß ich Schluß machen. Alles Liebe, Jeff"

Fitch beauftragte seine Agenten, nach Gardner zu fliegen und sämtliche Privatdetektive in der Stadt anzuheuern.

Die Computerspezialisten knackten noch eine weitere Diskette. Sie enthielt die Wählerliste von Harrison County. Auch Fitch hatte einen Ausdruck dieser Liste, man konnte ihn für 35 Dollar bei Gloria Lane erstehen. In Wahljahren machten die meisten politischen Kandidaten von dieser Möglichkeit Gebrauch. Easters Liste befand sich aber auf einer Computerdiskette, was bedeutete, daß es ihm irgendwie gelungen war, in Gloria Lanes Computer einzudringen und die Information zu stehlen.

Wenn es Easter gelungen war, in den Computer der Gerichtskanzlei einzudringen, dann war er sicher auch in der Lage gewesen, ihn so zu manipulieren, daß sein eigener Name auf der Liste der potentiellen Geschworenen im Fall Wood stand. Je mehr Fitch darüber nachdachte, desto plausibler erschien es ihm.

HOPPYS Augen waren rot und verschwollen, als er am frühen Sonntag morgen an seinem Schreibtisch starken Kaffee trank. Seine Nerven lagen blank. Am Samstag abend hatte er zuviel Wodka getrunken.

Um neun Uhr erschienen Napier und Nitchman mit einem dritten Mann, einem älteren, der gleichfalls einen strengen dunklen Anzug und eine ebenso strenge Miene zur Schau trug. Nitchman stellte ihn als George Cristano vor. Aus Washington! Vom Justizministerium!

Cristano gab ihm kühl die Hand. Er hielt nichts von vielen Worten.

„Sagen Sie, Hoppy, macht es Ihnen etwas aus, wenn wir dieses kleine Gespräch irgendwo anders führen?" fragte Napier, während er sich angewidert in dem Büro umsah.

„Selbstverständlich nicht", antwortete Hoppy.

Sie fuhren in einer makellos sauberen Limousine davon, Nitchman und Napier vorn, Hoppy hinten mit Cristano, der ihn gelassen darüber informierte, daß er irgendwo in den Tiefen des Justizministeriums saß, als hochrangiger Assistent des Ministers. Dann schwieg er.

„Sind Sie Demokrat oder Republikaner, Hoppy?" fragte Cristano schließlich nach einer besonders langen Gesprächspause.

„Das weiß ich selbst nicht so genau. Ich stimme immer für den Mann, verstehen Sie, was ich meine?"

Cristano drehte den Kopf und schaute aus dem Fenster, als wäre dies nicht das, was er hatte hören wollen. „Ich hatte gehofft, Sie wären ein guter Republikaner", sagte er.

Hoppy konnte alles sein, was diese Leute wollten. Absolut alles. „Ich habe Reagan und Bush gewählt", gab er stolz bekannt.

Cristano nickte kaum wahrnehmbar, und Hoppy konnte ausatmen.

Napier hielt an einem Dock in der Nähe von Bay St. Louis, vierzig Fahrtminuten von Biloxi entfernt. Hoppy folgte Cristano den Pier entlang und auf ein verlassenes Charterboot. Napier und Nitchman warteten beim Wagen.

„Setzen Sie sich, Hoppy." Cristano deutete auf eine mit Schaumstoff gepolsterte Bank auf dem Deck und ließ sich ihm gegenüber nieder. Er lehnte sich vor. „Ich will es kurz machen. Wir möchten Ihnen einen Handel vorschlagen, der es Ihnen ermöglichen wird, ohne einen Kratzer aus der Sache herauszukommen."

Er hielt inne, und Hoppy nutzte die Pause: „So weit, so gut. Ich höre."

„Es ist ein politischer Handel, Hoppy. Rein politisch. Es wird keinerlei Unterlagen darüber geben. Wir schließen das Geschäft ab, Sie besorgen Ihren Teil, und alles ist vergessen."

„Abgemacht. Sagen Sie mir, wo's langgeht."

„Machen Sie sich Sorgen wegen Verbrechen, Hoppy?"

„Natürlich."

„In Washington gibt es eine böse und eine gute Seite, Hoppy. Zur letzteren gehören wir, die Leute im Justizministerium, die ihr Leben der Verbrechensbekämpfung gewidmet haben. Ich spreche hier von schweren Verbrechen, die unsere Demokratie bedrohen könnten. Wissen Sie, was ich meine?"

„Ja, ja", sagte Hoppy schnell, der sich kein Wort entgehen ließ.

„Aber heutzutage ist alles politisch, Hoppy. Wir kämpfen ständig gegen den Kongreß an und auch gegen den Präsidenten. Wissen Sie, was wir in Washington brauchen, Hoppy?"

Was immer es war, Hoppy wollte, daß sie es bekamen.

Cristano gab ihm nicht die Chance, seine Frage zu beantworten. „Wir brauchen mehr gute, konservative Republikaner, die uns Geld geben und uns in Ruhe lassen. Die Demokraten mischen sich ständig ein, drohen ununterbrochen mit Budgetkürzungen und bedauern ständig die Kriminellen, die wir einbuchten. Dort oben tobt ein Krieg, Hoppy. Wir müssen unsere Freunde schützen, und das ist der Punkt, an dem Sie ins Spiel kommen. Machen Sie mit, und das Band mit Ihrer Bestechung von Mr. Moke hat nie existiert."

„Ich mache mit. Sagen Sie mir, was ich tun soll."

Cristano ließ den Blick über den Pier wandern. Er beugte sich noch weiter vor. „Es geht um Ihre Frau", erklärte er.

„Millie?" Hoppy war fassungslos. Was konnte seine Millie mit der ganzen Geschichte zu tun haben?

„Es ist der Prozeß, Hoppy", erläuterte Cristano, und das erste Stück des Puzzles fügte sich zusammen. „Raten Sie mal, wer den republikanischen Kandidaten für den Kongreß das meiste Geld spendet?"

Hoppy war zu verblüfft, um darauf eine intelligente Antwort geben zu können.

„So ist es. Die Tabakkonzerne. Sie stecken Millionen in die Wahlkampagnen, weil sie es satt haben, von der Regierung gegängelt zu werden. Sie sind freie Unternehmer, genau wie Sie, Hoppy."

„Politik!" Hoppy starrte fassungslos aufs Meer hinaus.

„Reinste Politik. Wenn die Tabakindustrie diesen Prozeß verliert, wird sie Milliarden verlieren, und wir in Washington werden Millionen verlieren. Können Sie uns helfen, Hoppy?"

„Gern, aber wie?"

„Millie. Sie reden mit Ihrer Frau und sorgen dafür, daß sie versteht, wie sinnlos und gefährlich dieser Fall ist. Sie muß sich im Geschworenenzimmer Gehör verschaffen. Sie muß gegen diese Liberalen in der Jury ankämpfen, die die Tabakkonzerne vielleicht zu einer horrenden Strafe verurteilen wollen. Können Sie das tun?"

Hoppy fiel plötzlich das Tonband wieder ein. „Ja. Ich fahre übrigens heute abend zu ihr."

„Sie müssen ihr die Sache klarmachen. Es ist ungeheuer wichtig für unser ganzes Land und natürlich für Sie, weil Sie dann nicht fünf Jahre ins Gefängnis müssen." Bei diesen letzten Worten brach Cristano in wieherndes Gelächter aus.

Hoppy lachte auch.

R:ICHTER H:ARKIN verfügte, daß es den Geschworenen nicht gestattet war, am Sonntag in ihre Kirchen zu gehen. Es war undenkbar, daß sie sich über alle Teile des County verstreuten. Also wurde am Sonntag morgen um elf Uhr ein konfessionsübergreifender Gottesdienst veranstaltet, und zwar im Partyzimmer des Siesta Inn.

Sechs Geschworene nahmen an dem Gottesdienst teil, der eine ziemlich fade Angelegenheit war. Mrs. Gladys Card war anwesend, in erstaunlich schlechter Laune für einen Sabbat. Sie hatte sechzehn Jahre lang kein einziges Mal den Sonntagsgottesdienst in der Calvary Baptist Church versäumt. Auf ihrer Kommode reihten sich die Anstecknadeln für treues Erscheinen. Aber jetzt war es aus damit, dank Richter Harkin.

Rikki Coleman erschien in einem Jogginganzug. Millie Dupree brachte ihre Bibel mit. Loreen Duke war eine fromme Kirchgängerin, bestürzt über die Kürze des Gottesdienstes: Beginn elf Uhr, Ende elf Uhr dreißig, typische Hetzerei der Weißen.

Um zwei trafen die ersten Angehörigen mit frischer Kleidung und Vorräten für die neue Woche ein. Nicholas Easter war der einzige Geschworene ohne engeren Kontakt zur Außenwelt. Richter Harkin verfügte, daß Willis Easter mit einem Streifenwagen zu seiner Wohnung fahren durfte.

DER BRAND war seit mehreren Stunden gelöscht. Die Feuerwehr war längst verschwunden. Auf dem schmalen Rasenstück vor dem Gebäude stapelten sich angekohltes Gerümpel und Haufen von durchweichten Kleidungsstücken. Nachbarn wimmelten herum, mit Aufräumarbeiten beschäftigt.

„Wo ist Ihre Wohnung?" fragte Willis, als er an dem ausgebrannten Gebäude hochschaute.

„Da oben", sagte Nicholas. Er versuchte darauf zu zeigen. Seine Knie wackelten, als er aus dem Wagen ausstieg und auf eine Gruppe von Leuten zuging.

„Wann ist das passiert?" fragte er.

„Heute morgen gegen acht", antwortete eine Frau.

In dem kleinen Foyer stand ein privater Wachmann. „Wohnen Sie hier?" fragte er Nicholas.

„Ja. Easter, in 312."

Der Wachmann begleitete Nicholas die Treppe hinauf. Von Nummer 312 war nichts übriggeblieben außer der Küchenwand. Nichts. Keine Spur von den billigen Möbeln im Wohnzimmer, nichts vom Schlafzimmer. Und, zu seinem Entsetzen, kein Computer.

Sie kehrten ins Foyer zurück, wo Nicholas schnell den Papierkram erledigte und dann mit Willis davonfuhr.

HOPPY besuchte Millie am Sonntag abend auf ihrem Zimmer. Sie küßten sich flüchtig auf die Wange, dachten überhaupt nicht an irgend etwas Eheliches, sondern saßen einfach nebeneinander auf dem Bett. Hoppy brachte das Gespräch behutsam auf den Prozeß. „Das macht einfach keinen Sinn, weißt du, daß Leute wegen so etwas klagen. Jeder weiß, daß Zigaretten süchtig machen und gefährlich sind, also weshalb rauchen die Leute dann? Es ist einfach nicht richtig, daß jemand weiterraucht und dann auf Millionen klagt, wenn die verdammten Dinger ihn umbringen!"
„Hoppy, deine Ausdrucksweise!"
„Entschuldigung." Hoppy erkundigte sich nach den anderen Geschworenen und ihrer Einstellung zu dem Fall. Mr. Cristano hatte gemeint, es sei am besten, wenn er versuchte, Millie mit Argumenten zu überzeugen, anstatt ihr mit der Wahrheit Angst einzujagen.

Nicholas verließ sein Zimmer, glitt leise durch die gläserne Doppeltür am Ende des Korridors, huschte um die Ecke und eilte dann die Treppe in den ersten Stock hinauf. Marlee wartete in einem Zimmer, das sie bar bezahlt und unter dem Namen Elsa Broome, einem ihrer vielen Decknamen, gemietet hatte. Sie gingen sofort miteinander ins Bett, mit einem Minimum an Worten und Präliminarien. Beide waren sich einig, daß acht Nächte ohne einander nicht nur ein Rekord für sie waren, sondern auch ungesund.

MARLEE hatte Nicholas kennengelernt, als beide noch andere Namen trugen. Die Stätte der Begegnung war eine Bar in Lawrence, Kansas, gewesen, wo sie als Kellnerin gearbeitet hatte und er lange Abende mit Kommilitonen von der juristischen Fakultät verbracht hatte. Als sie sich in Lawrence niederließ, hatte sie zwei akademische Grade und dachte an ein Jurastudium. Sie hatte es nicht eilig. Ein paar Jahre bevor sie Nicholas kennengelernt hatte, war ihre Mutter gestorben, und Marlee hatte fast zweihunderttausend Dollar geerbt.

Sie hatten einander, lange bevor sie miteinander sprachen, bemerkt. Er war gewöhnlich spät mit einer kleinen Gruppe gekommen, die sich in eine Nische setzte und über abstrakte und unglaublich langweilige juristische Theorien diskutierte. Sie hatte ihnen Bier vom Faß serviert und versucht zu flirten, mit wechselndem Erfolg. In seinem ersten Jahr war er ganz in seinem Jurastudium aufgegangen und hatte sich kaum um Mädchen gekümmert.

In jenem Sommer hatte er für eine große Kanzlei in Kansas City gearbeitet. In der Kanzlei steckten dreihundert Anwälte unter einem

Dach, und manchmal schien es, als arbeiteten alle an einem einzigen Fall – der Verteidigung von Smith Greer in einem Tabak-/Lungenkrebs-Prozeß. Der Prozeß dauerte fünf Wochen und endete mit einem Urteil zugunsten der Verteidigung. Dieser Sommer war eine elende Erfahrung für Nicholas gewesen. Danach haßte er die großen Kanzleien, und bald hatte er auch die Juristerei im allgemeinen satt.

Bei ihrer ersten Verabredung waren sie zu einer Juristenparty nach einem Footballspiel gegangen. Einen Monat später zog er bei ihr ein und sprach davon, das Jurastudium sausenzulassen. Als die Romanze aufblühte, sank sein Interesse an akademischen Dingen. Sie waren bis über beide Ohren ineinander verliebt, und nichts sonst war von Bedeutung. Als er das Studium schließlich aufgab, war sie drei Jahre in Lawrence gewesen und bereit weiterzuziehen. Er wäre ihr überallhin gefolgt.

Im Laufe von vier Jahren hatten sie in vier Städten gelebt, ein halbes Dutzend Länder bereist, waren zweimal auf einem Floß den Colorado River runtergefahren und einmal auf dem Amazonas gewesen. Außerdem waren sie den Tabakprozessen gefolgt, und diese Reise hatte sie gezwungen, ihre Zelte in Orten wie Broken Arrow, Allentown und jetzt Biloxi aufzuschlagen. Zusammen wußten sie mehr über Nikotin, Lungenkrebs, Geschworenenauswahl, Verfahrensstatistiken und Rankin Fitch als jede erdenkliche Gruppe hochbezahlter Experten.

8

Am Montag morgen begrüßte Harkin die Geschworenen freundlich und hieß sie für eine weitere Woche willkommen. Sie wirkten begierig, an die Arbeit zu gehen, um die Sache möglichst schnell hinter sich zu bringen.

Rohr stand auf und rief Leon Robilio als nächsten Zeugen auf. Leon wurde durch eine Seitentür in den Saal geleitet. Er war alt und blaß und trug einen dunklen Anzug. Er hatte ein Loch im Hals und darüber einen dünnen weißen Verband. Als er schwor, die Wahrheit zu sagen, tat er es, indem er ein bleistiftdünnes Mikrofon an seinen Hals hielt. Er sprach mit der flachen, monotonen Stimme eines Mannes, der an Luftröhrenkrebs leidet und keinen Kehlkopf mehr hat. Aber die Worte waren gut hörbar und verständlich.

Rohr kam schnell zur Sache. Mr. Robilio war 64 Jahre alt, ein Mann, der vor acht Jahren seine Stimmbänder verloren und gelernt hatte, durch die Speiseröhre zu sprechen. Er hatte nahezu vierzig Jahre lang stark geraucht, was ihn fast umgebracht hatte.

Seine Zuhörer gewöhnten sich schnell an seine verstärkte, roboterähnliche Stimme. Er hatte ihre volle Aufmerksamkeit, als er ihnen mitteilte, daß er zwei Jahrzehnte als Lobbyist für die Tabakindustrie gearbeitet hatte. Als der Krebs ausgebrochen war, hatte er den Job aufgegeben und festgestellt, daß er trotz der Erkrankung das Rauchen nicht aufgeben konnte. Erst zwei Jahre später, nach einem beinahe tödlichen Herzinfarkt, hatte er damit aufgehört.

Obwohl offensichtlich bei schlechter Gesundheit, arbeitete er immer noch ganztags in Washington, aber jetzt stand er auf der anderen Seite des Zauns. Er stand im Ruf, ein leidenschaftlicher Antiraucheraktivist zu sein.

Früher einmal hatte er für den Tobacco Focus Council gearbeitet. „Was nichts anderes war als ein Verein von Lobbyisten, der ausschließlich von der Industrie finanziert wurde", sagte er mit Abscheu. Robilio bedauerte viele Dinge, die er als Lobbyist getan hatte, aber seine größte Sünde waren die geschickt formulierten Dementis gewesen, in denen er behauptet hatte, die Werbung der Industrie sei nicht auf Teenager gerichtet. „Nikotin macht süchtig. Sucht bedeutet Profit. Das Überleben der Tabakindustrie hängt davon ab, daß sich jede neue Generation das Rauchen angewöhnt."

„Können Sie sagen, wieviel die Tabakkonzerne damals am Zigarettenverkauf an Jugendliche verdienten?" fragte Rohr.

„Ungefähr zweihundert Millionen im Jahr. Natürlich wußten wir das. Wir haben es alljährlich ermittelt." Er verstummte und schwenkte seine rechte Hand in Richtung des Tischs der Verteidigung. „Sie wissen es immer noch. Sie wissen, daß praktisch alle erwachsenen Raucher als Jugendliche angefangen haben. Und Sie wissen, daß ein Drittel der dreitausend Jugendlichen, die statistisch gesehen am heutigen Tag mit dem Rauchen anfangen, schließlich an ihrer Sucht sterben werden."

Die Jury war fasziniert von Robilio. Nach anderthalb Stunden überließ Rohr ihn Cable zum Kreuzverhör, und Richter Harkin ordnete eine Unterbrechung an.

Hoppy Dupree tauchte ungefähr in der Mitte von Robilios Aussage im Gerichtssaal auf. Millie freute sich, daß er erschienen war. Aber sein plötzliches Interesse an dem Prozeß war merkwürdig.

Nach einer zwanzigminütigen Kaffeepause trat Cable ans Rednerpult und fiel über Robilio her. Seine Fragen waren scharf, schnell und auf Provokation angelegt.

„Wie viele Kinder haben Sie?" fragte Cable.

„Drei."

„Wie viele von ihnen haben je regelmäßig Zigaretten geraucht?"

„Alle drei."

„Wie alt waren sie, als sie anfingen?"

„Sie waren Teenager."

„Welche Werbemaßnahmen der Tabakindustrie machen Sie für ihr Rauchen verantwortlich?"

„Es gab so viele Werbekampagnen, daß es unmöglich ist, die zu benennen, die es geschafft haben."

„Also war es die Werbung?"

„Ich bin sicher, daß die Werbung ihre Wirkung hatte. Und noch immer hat."

„Haben Sie zu Hause geraucht, in Gegenwart Ihrer Kinder?"

„Ja."

„Ihre Frau auch?"

„Ja."

„Aber Ihre Kinder fingen mit dem Rauchen an, weil sie durch gerissene Werbung dazu verführt wurden? Ist es das, was Sie den Geschworenen sagen wollen?"

Robilio holte tief Luft. „Ich wollte, ich hätte in vielen Dingen anders gehandelt, Mr. Cable. Ich wollte, ich hätte nie zu meiner ersten Zigarette gegriffen."

Cable schaltete in einen anderen Gang. „Mr. Robilio, sind Ihnen die Bemühungen der Tabakindustrie bekannt, das Rauchen bei Teenagern einzuschränken?"

Robilio kicherte, was sich in der Verstärkung durch sein Mikrofon wie ein Gurgeln anhörte. „Keine sonderlich ernsthaften Bemühungen", sagte er.

„Ein Programm von vierzig Millionen Dollar allein im vorigen Jahr?"

„Ja, und wissen Sie, weshalb sie derartige Dinge tut? Sie spendieren hier und dort ein paar Dollar, um sich in ein gutes Licht zu setzen. Sie tun es, weil sie die Wahrheit kennen, und die Wahrheit ist, daß zwei Milliarden Werbedollar jährlich dafür garantieren, daß die Sucht auch die nächste Generation ergreift. Und wenn Sie das nicht glauben, sind Sie ein Narr."

Richter Harkin beugte sich vor. „Mr. Robilio, das kann ich nicht durchgehen lassen. Sagen Sie so etwas nicht wieder. Ich will, daß es aus dem Protokoll gestrichen wird."

„Es tut mir leid, Euer Ehren. Ich entschuldige mich auch bei Ihnen,

Mr. Cable. Sie tun nur Ihren Job. Es ist Ihr Mandant, den ich nicht ausstehen kann."

„Keine weiteren Fragen", sagte Cable, bereits auf dem Rückweg zu seinem Tisch.

GARDNER, Texas, war eine Stadt mit achtzehntausend Einwohnern in der Nähe von Lubbock. Pamela Blanchard lebte im alten Teil des Ortes in einem um die Jahrhundertwende gebauten und hübsch renovierten Haus.

Um zehn Uhr am Montag morgen wußte Fitch das Folgende: Sie war mit dem Chef der örtlichen Bank verheiratet, einem Mann, der schon einmal verheiratet gewesen und dessen erste Frau vor zehn Jahren gestorben war. Er war nicht der Vater von Nicholas Easter oder Jeff oder wie immer er auch heißen mochte. Pamelas Mann stammte aus der Stadt, sie nicht.

Als beste Informationsquelle am Ort erwies sich ein Privatdetektiv mit Namen Rafe, der zwanzig Jahre lang Polizist gewesen war. Rafe sprach mit einer Dame, die den Blanchards gegenüber wohnte. Pamela hatte zwei Söhne aus einer früheren Ehe, die mit einer Scheidung geendet hatte. Pamela stammte aus Austin. Sie hatte dort für eine Bankenvereinigung gearbeitet und auf diese Weise Mr. Blanchard kennengelernt. Die Nachbarin hatte Pamelas Söhne nie gesehen.

Minuten später telefonierte ein Dutzend Rechercheure nach Austin, und eine frühere Kollegin von Pamela wurde ausfindig gemacht. Der Rechercheur, der sie nun anrief, behauptete, Pamela sei eine potentielle Geschworene in einem Mordprozeß in Lubbock und er selbst ein stellvertretender Staatsanwalt, der versuche, Material über die Geschworenen zusammenzutragen. Die frühere Kollegin fühlte sich verpflichtet, ein paar Fragen zu beantworten.

Pamela hatte zwei Söhne, Jeff und Alex. Alex war zwei Jahre älter als Jeff, hatte die Oberschule in Austin besucht und war dann nach Oregon gezogen. Jeff hatte gleichfalls die Oberschule in Austin abgeschlossen und dann in Rice die Uni besucht. Der Vater der Jungen hatte seine Familie verlassen, als die Kinder noch ganz klein gewesen waren.

Als nächstes wurde ein Detektiv in Jeffs Oberschule geschickt, um in den alten Jahrbüchern zu blättern. Jeff Kerrs Abschlußfoto von 1985 war in Farbe – blauer Smoking, blaue Fliege, kurzes Haar, ein ernstes Gesicht, das direkt in die Kamera schaute, dasselbe, das der Detektiv in Biloxi gesehen hatte.

Drei Anrufe in Rice ergaben, daß Jeff Kerr sein Studium dort mit einem Examen abgeschlossen hatte. Ein Professor, der sich an Kerr erinnerte, sagte, er sei nach Kansas gegangen, um Jura zu studieren.

Ein beachtliches Honorar garantierend, fand Fitch telefonisch eine Detektei, die willens war, alles andere stehen- und liegenzulassen und Lawrence, Kansas, nach irgendwelchen Spuren von Jeff Kerr zu durchkämmen.

FÜR EINEN normalerweise so gesprächigen Menschen hielt sich Nicholas beim Mittagessen sehr zurück. Er vermied Blickkontakte und machte einen regelrecht betrübten Eindruck.

Die anderen waren in ähnlicher Stimmung. Leon Robilios Roboterstimme ging ihnen nicht aus dem Kopf. Dreitausend Jugendliche täglich, von denen ein Drittel an der Sucht stirbt. Sie wollen die nächste Generation an die Angel bekommen!

Loreen Duke schaute über den Tisch zu Jerry Fernandez und fragte: „Wie alt waren Sie denn, als Sie mit dem Rauchen anfingen?"

„Vierzehn."

„Und weshalb haben Sie angefangen?"

„Jeder Junge, den ich kannte, rauchte Marlboro. Wir waren Landkinder, liebten Pferde und Rodeos. Wir wollten alle wie der Marlboro-Mann sein."

In diesem Augenblick hatte jeder Geschworene die Reklametafeln vor seinem inneren Auge – das zerklüftete Gesicht, den Hut, das Pferd, das abgeschabte Leder, die Freiheit, sich eine Marlboro anzuzünden.

„Was ist mit Ihnen, Angel?" fragte Loreen Angel Weese, die neben ihr saß. „Wie alt waren Sie, als Sie anfingen?"

„Dreizehn", antwortete Angel verschämt.

„Ich war sechzehn", gestand Sylvia Taylor-Tatum, bevor jemand sie fragen konnte.

„Ich habe mit vierzehn angefangen", erklärte Herman vom Kopfende des Tisches aus. „Und mit vierzig wieder aufgehört."

„Sonst noch jemand?" fragte Loreen, um die Beichte zum Abschluß zu bringen.

„Ich habe mit siebzehn angefangen", sagte der Oberst. „Aber ich habe schon vor dreißig Jahren aufgehört." Wie üblich war er stolz auf seine Selbstdisziplin.

„Hat irgend jemand hier mit dem Rauchen angefangen, nachdem er über achtzehn war?" fragte Loreen.

Nicht ein Wort war zu hören. Auch Easter meldete sich nicht.

Aus den betreffenden Unterlagen ging hervor, daß Jeff Kerr sich im Herbst 1989 als Jurastudent an der University of Kansas hatte einschreiben lassen. Sein ernstes Gesicht erschien auf einem Foto, das 1991 in seinem zweiten Studienjahr gemacht worden war, aber danach war keine weitere Spur von ihm zu finden. Er hatte kein Abschlußexamen gemacht.

Er hatte in der Fakultätsmannschaft Rugby gespielt. Ein Mannschaftsfoto zeigte ihn Arm in Arm mit einem Kommilitonen – Tom Ratliff –, der im folgenden Jahr sein Studium abgeschlossen hatte.

Am späten Montag nachmittag traf ein Detektiv namens Small Tom Ratliff bei der Arbeit in seinem winzigen, fensterlosen Büro in einer großen Kanzlei in der Innenstadt von Wichita an. Sie vereinbarten, sich eine Stunde später in einer Bar zu treffen.

Ratliff kam spät, und sie bestellten Getränke. Small tat sein Bestes, um zu bluffen. Ratliff war argwöhnisch, wie nicht anders zu erwarten bei einem Mann, der unvermutet von einem Fremden aufgefordert wird, über einen alten Bekannten zu reden.

„Ich habe ihn seit vier Jahren nicht mehr gesehen", sagte Ratliff. „Nach unserem zweiten Jahr hat er das Studium aufgegeben."

„Standen Sie einander nahe?"

„Sie sollten mir vielleicht erzählen, weshalb Sie sich so für ihn interessieren."

Small wiederholte in groben Zügen, was zu sagen Fitch ihn angewiesen hatte. Jeff Kerr solle als Geschworener in einem großen Prozeß fungieren, und er, Small, sei angeheuert worden, seine Vorgeschichte zu ermitteln.

„Wie kann ich das verifizieren?" fragte Ratliff wie ein richtiger Anwalt.

„Ich bin nicht befugt, Ihnen Einzelheiten über den Prozeß mitzuteilen. Machen wir es so: Wenn ich etwas frage, von dem Sie glauben, es könnte Kerr schaden, dann antworten Sie einfach nicht. Ist das fair?"

„Versuchen wir es. Aber wenn mir die Sache nicht schmeckt, dann verschwinde ich."

„In Ordnung. Weshalb hat er das Studium aufgegeben?"

Ratliff trank einen Schluck Bier und versuchte sich zu erinnern. „Er war ein guter Student, aber nach dem ersten Jahr war ihm der Gedanke, Anwalt zu werden, plötzlich zuwider. In dem Sommer hat er in einer großen Kanzlei in Kansas City gearbeitet, und das hat ihm den Spaß verdorben. Außerdem hatte er sich verliebt."

„Wer war die Frau?" fragte Small.

„Claire."

„Und wie weiter?"

Ein weiterer Schluck. „Daran kann ich mich im Augenblick nicht erinnern. Sie arbeitete im ‚Mulligan's', einem Lokal in der Innenstadt von Lawrence. Ich glaube, dort hat sie Jeff kennengelernt."

„Was hat Jeff gemacht, nachdem er sein Studium aufgegeben hatte?"

„Keine Ahnung. Ich habe erfahren, daß er und Claire die Stadt verlassen haben."

Small dankte ihm und fragte, ob er ihn in der Kanzlei anrufen dürfe, wenn er weitere Fragen hätte. Ratliff sagte, er könne es ja versuchen.

Smalls Boß in Lawrence hatte einen Freund, der den Mann kannte, dem das Mulligan's fünfzehn Jahre lang gehört hatte. Die Vorteile einer kleinen Stadt. Beschäftigungsunterlagen waren nicht direkt vertraulich, vor allem nicht beim Besitzer einer Bar, der weniger als die Hälfte seiner Einnahmen versteuerte. Der Name der Frau war Claire Clement.

FITCH rieb sich befriedigt die dicklichen Hände, als die Nachricht eintraf. Er liebte die Jagd. Marlee war jetzt Claire, eine Frau mit einer Vergangenheit, die sich alle Mühe gegeben hatte, diese zu verschleiern.

„Kenne deinen Feind", sagte er laut zu den Wänden seines Büros. Die erste Regel der Kriegführung.

AM MONTAG nachmittag verkündete Rohr dem Gericht stolz: „Die Anklage ruft ihren letzten Zeugen auf: Mrs. Celeste Wood!"

Die Jury hatte keine Ahnung gehabt, daß die Anklage fast fertig war. Den Geschworenen fiel plötzlich eine Last von den Schultern. Nicholas' neuester Theorie zufolge würde die Verteidigung nicht mehr als drei Tage brauchen. Sie rechneten. Am Wochenende konnten sie vielleicht wieder zu Hause sein!

Drei Wochen lang hatte Celeste Wood stumm am Tisch gesessen, umgeben von Horden von Anwälten, und kaum ein Flüstern von sich gegeben. Sie hatte mit ausdruckslosem Gesicht geradeaus geschaut. Sie hatte jede Schattierung von Schwarz und Grau getragen, immer mit einer schwarzen Strumpfhose und schwarzen Schuhen. Sie war 55, genauso alt, wie ihr Mann ohne den Lungenkrebs jetzt gewesen wäre.

Celeste und Rohr hielten sich streng an ihr Drehbuch. Sie erzählte von ihrem Leben mit Jacob, wie glücklich sie gewesen waren, von den frühen Jahren, den Kindern, dann den Enkeln, ihren Träumen von einem Leben nach der Pensionierung. Ihr Mann habe das Rauchen unbedingt aufgeben wollen, habe es mehrmals versucht, aber ohne viel Erfolg. Die Sucht sei einfach zu mächtig gewesen.

Cable erhob sich und sagte mit trauerumflortem Gesichtsausdruck: „Euer Ehren, wir haben keine Fragen an diese Zeugin."

„Unsere Beweisführung ist abgeschlossen", verkündete Rohr. Das Video von Jacob Wood eingeschlossen, hatte er den Geschworenen sieben Zeugen präsentiert und dafür dreizehn Tage gebraucht. Wäre die Jury nicht isoliert worden, hätte Rohr noch mindestens drei weitere Experten aufgerufen, aber er wußte, daß es jetzt Zeit zum Aufhören war. Es war offensichtlich, daß dies keine gewöhnliche Jury war.

Sie war auch keinesfalls gewöhnlich für Fitch, einen Mann, der mehr Jurys sabotiert hatte als irgendein Mensch in der Geschichte der amerikanischen Rechtsprechung. Aber diese Marlee hatte alles verändert. Durch sie würde er imstande sein, ein Urteil zu kaufen, ein hieb- und stichfestes Urteil zugunsten der Verteidigung, das Rohr demütigen und die Horden von hungrigen Prozeßanwälten verscheuchen würde, die wie die Geier kreisten und auf den Kadaver warteten. Wenn Marlee nicht gewesen wäre, hätte Fitch überhaupt nicht geschlafen. Die Zeit war reif für ein Urteil zugunsten der klagenden Partei; das richtige Gericht, der richtige Richter, die richtige Stimmung. Und sosehr er Rohr auch haßte, mußte er sich doch eingestehen, daß dieser Mann eigentlich der Richtige war, um der Tabakindustrie einen schweren Schlag zu versetzen.

Ein Sieg über Rohr in Biloxi würde eine gewaltige Barriere gegen künftige Tabakprozesse darstellen. Er konnte sogar den ganzen Industriezweig retten.

NACH Lawrence zurückgekehrt, machte Small, der Detektiv, einen Besuch zuviel. Die Frau hieß Rebecca, und vor ein paar Jahren, als Studentin, hatte sie zusammen mit Claire Clement bei Mulligan's gearbeitet. Small fand sie in einer Bank in der Innenstadt, wo sie eine leitende Stellung innehatte. Sie war sofort argwöhnisch.

„Haben Sie nicht vor ein paar Jahren mit Claire Clement zusammengearbeitet?" erkundigte er sich, einen Notizblock konsultierend.

„Kann sein. Wer will das wissen?" fragte Rebecca mit verschränkten Armen, während irgendwo im Hintergrund ein Telefon läutete.

Small wiederholte seine Geschichte. „Also, sehen Sie, sie soll als Geschworene in einem großen Prozeß fungieren, und meine Firma ist beauftragt worden, ihren Hintergrund zu durchleuchten."

„Wo findet der Prozeß statt?"

„Das darf ich Ihnen nicht sagen. Sie beide haben doch im Mulligan's gearbeitet, stimmt's?"

„Ja. Aber das ist lange her."

„Wissen Sie, woher sie stammt?"

„Nein. Als ich sie kennenlernte, arbeitete sie im Mulligan's. Als ich sie das letztemal sah, arbeitete sie immer noch dort."

„Haben Sie Jeff Kerr gekannt?"

„Nein. Hören Sie, ich habe Claire nicht sonderlich gut gekannt. Sie war ein nettes Mädchen, aber wir standen uns nicht sehr nahe. Und jetzt, bitte, muß ich weitermachen." Mit diesen Worten wies sie auf die Tür, und Small verließ widerstrebend ihr Büro.

Rebecca schloß die Tür hinter sich und wählte die Nummer eines Anschlusses in St. Louis. Die Tonbandstimme am anderen Ende gehörte ihrer Freundin Claire. Sie telefonierten jeden Monat mindestens einmal miteinander. Claire und Jeff führten ein merkwürdiges Leben, ständig unterwegs und nur selten längere Zeit an einem Ort. Nur die Wohnung in St. Louis blieb immer dieselbe. Rebecca hinterließ eine kurze Nachricht über Smalls Besuch.

MARLEE hörte ihren Anrufbeantworter jeden Morgen per Fernabfrage ab, und die Nachricht aus Lawrence ließ ihr das Blut in den Adern gefrieren. Sie wischte sich das Gesicht mit einem feuchten Tuch ab und versuchte sich zu beruhigen.

Weder sie noch Nicholas hatten geglaubt, daß man ihnen je bis nach Lawrence würde nachspüren können. Nun war es doch geschehen. Wer hatte sie gefunden? Welche Seite, Fitch oder Rohr? Höchstwahrscheinlich Fitch, einfach weil er mehr Geld hatte und gerissener war. Wieviel wußte er?

FITCH saß an seinem Schreibtisch, als der Anruf kam. „Hallo, Marlee."

„Hallo, Fitch. Sie haben wieder einen verloren."

„Was habe ich verloren?" fragte er und mußte sich auf die Zunge beißen, um zu verhindern, daß er sie Claire nannte.

„Einen weiteren Geschworenen. Loreen Duke war von Robilio fasziniert, und jetzt führt sie die Parade derer an, die der Klage stattgeben wollen."

„Aber sie hat unsere Argumente noch nicht gehört."

„Stimmt. Sie haben jetzt vier Raucher – Weese, Fernandez, Taylor-Tatum und Easter. Raten Sie mal, wer von denen als über Achtzehnjähriger mit dem Rauchen angefangen hat."

„Das weiß ich nicht."
„Keiner. Sie haben alle als halbe Kinder angefangen."
„Und was soll ich dagegen unternehmen?"
„Hören Sie, Fitch, wir treffen uns und reden miteinander. Sie kennen das Casella's, das kleine Fischrestaurant am Ende des Piers von Biloxi?"
„Ich kann es finden."
„Da bin ich jetzt. Wenn Sie also den Pier entlanggehen, beobachte ich Sie. Und wenn ich irgendeinen Typ sehe, der auch nur im mindesten verdächtig aussieht, dann ist die Sache gestorben."
„Wann?"
„Jetzt gleich. Ich warte auf Sie."

FITCH schlenderte den hölzernen Pier entlang, dessen dicke Planken in der Dünung leicht schwankten. Marlee saß an einem Tisch unter einem Sonnenschirm.

„Hallo, Marlee", grüßte Fitch und setzte sich ihr gegenüber. Sie trug Jeans und eine Baumwollbluse, eine Fischermütze und eine Sonnenbrille.

„Ich bekam heute morgen einen Anruf aus Lawrence", begann sie. „Offensichtlich haben Sie dort oben ein paar Holzköpfe, die an Türen hämmern."

„Ich weiß nicht, wovon Sie reden", sagte Fitch etwas unsicher und nicht überzeugend genug.

Also Fitch! Seine Augen verrieten ihn. „Geben Sie's auf, Fitch. Und pfeifen Sie Ihre Spürhunde zurück."

Er stieß den Atem aus. „Okay. Was immer Sie wollen." Fitch lehnte sich vor und fragte: „Wann hören wir auf, Spielchen zu spielen?"

„Jetzt."

„Wunderbar. Was wollen Sie?"

„Geld."

„Wieviel?"

„Einen Preis nenne ich später. Ich gehe davon aus, daß Sie zu einem Handel bereit sind."

„Ich bin immer zu einem Handel bereit", erwiderte Fitch. „Aber ich muß wissen, was ich dafür bekomme."

„Das ist sehr einfach. Es hängt davon ab, was Sie haben wollen. Nach den in Mississippi geltenden Gesetzen muß das Urteil von neun der zwölf Geschworenen gefällt werden. Jede geringere Stimmenzahl bedeutet ein Unentschieden und zwingt Harkin, den Prozeß für gescheitert zu erklären. Gescheiterte Prozesse müssen wieder aufgerollt werden. Was Sie betrifft, so kann die Jury eines von vier Dingen tun. Sie kann einen Spruch zugunsten der Klägerin fällen. Sie kann sich spalten und zu einem Unentschieden gelangen; danach gehen die Geschworenen nach Hause, und Sie werden in ungefähr einem Jahr wieder hiersein und von vorn anfangen. Sie kann mit neun gegen drei Stimmen für Sie entscheiden, und Sie können einen großen Sieg verbuchen. Und sie kann mit zwölf zu null entscheiden, und Ihre Kunden können sich für mehrere Jahre entspannen."

„Das weiß ich alles. Erklären Sie mir, wie der Handel funktioniert", sagte er.

„Sehr einfach. Wir einigen uns auf den Urteilsspruch, den Sie wollen. Danach einigen wir uns über den Preis. Sie sorgen dafür, daß das Geld bereitliegt. Wir warten, bis die Anwälte ihre Schlußplädoyers gehalten haben und die Jury sich zur Beratung zurückzieht. Zu diesem Zeitpunkt erhalten Sie meine Instruktionen, und das Geld wird sofort auf eine Bank in – sagen wir – der Schweiz überwiesen. Sobald ich die Bestätigung über den Eingang des Geldes in der Hand habe, kehrt die Jury mit Ihrem Urteil in den Saal zurück."

Fitch hatte Stunden damit verbracht, sich ein Szenario auszumalen, das mit diesem eine bemerkenswerte Ähnlichkeit hatte, aber es jetzt mit so kühler Präzision von Marlees Lippen zu hören ließ sein Herz klopfen und ihn schwindlig werden.

„Aber es gibt keine Garantie", protestierte er. Doch er würde zahlen. Er hatte bereits eine Woche zuvor den Entschluß gefaßt zu zahlen, was immer sie haben wollte, und er wußte, daß es keinerlei Garantien gab. Das war ihm gleich. Er vertraute seiner Marlee. Sie und ihr Freund Easter hatten sich geduldig an die Fersen der Tabakmultis geheftet, um an diesen Punkt zu gelangen, und sie würden mit Vergnügen für den richtigen Preis einen Urteilsspruch liefern. Sie hatten für diesen Moment gelebt.

Sie rückte ihre Sonnenbrille zurecht und lehnte sich auf den Ellenbogen vor. „Sie bezweifeln, daß ich alles unter Kontrolle habe?"

„Ich bezweifle alles", sagte er, immer noch seine Position haltend.

„Was ist, wenn ich einen Geschworenen ausboote?"

„Sie haben bereits Stella Hulic ausgebootet", erwiderte Fitch.

„Ich kann es wieder tun. Was ist, wenn ich zum Beispiel beschließen würde, Lonnie Shaver nach Hause zu schicken? Wären Sie beeindruckt?"

Fitch verschluckte sich beinahe. „Ich meine, wir sollten Lonnie behalten."

Ein Kellner hantierte an einem Tisch in der Nähe, machte sich aber nicht die Mühe, sie zu bedienen.

„Wir sollten schnell handeln", sagte Fitch. „Dieser Prozeß dauert nicht mehr lange."

„Wie lange?" fragte sie.

„Drei oder vier Tage für die Verteidigung."

„Fitch, wie wär's, wenn Sie jetzt verschwinden würden? Ich rufe Sie in ein paar Tagen an."

Er stand auf und sagte: „Okay, Marlee. Was immer Sie wünschen. Guten Tag."

Sie sah ihm nach, wie er den Pier entlang und auf den Parkplatz am Strand ging.

UM EIN UHR morgens öffnete Nicholas lautlos die Tür und schaute in beide Richtungen den Korridor entlang. Der Wachmann war verschwunden; vermutlich lag er in seinem Zimmer und schlief.

Marlee wartete in einem Zimmer im ersten Stock. Sie umarmten und küßten sich, kamen aber nicht dazu, noch etwas anderes zu tun. Sie hatte am Telefon angedeutet, daß es Probleme gab, und jetzt setzte sie ihn rasch ins Bild.

Die Erkenntnis, daß sie teilweise enttarnt worden waren, traf sie hart. Sie waren sicher, daß es Fitch war, und sie fragten sich, wieviel er wußte. Sie waren überzeugt und waren es immer gewesen, daß, um Claire Clement zu finden, zuerst Jeff Kerr entdeckt werden mußte. Jeffs Hintergrund war harmlos. Der von Claire mußte im Verborgenen bleiben, sonst konnten sie gleich die Flucht ergreifen.

Sie konnten kaum etwas anderes tun als abwarten.

9 Die Verteidigung des guten Firmennamens von Pynex hatte am Mittwoch morgen einen miserablen Start, allerdings nicht durch eigenes Verschulden. Ein Analytiker namens Walter Barker, der für *Mogul*, ein populäres Finanzwochenblatt, schrieb, hatte zwei gegen eins gewettet, daß die Jury in Biloxi gegen Pynex entscheiden und eine hohe Strafe verhängen würde. Barker wurde viel gelesen, und die Tatsache, daß er gegen Pynex wettete, versetzte der Wall Street einen Schock. Die Aktie eröffnete bei 76 und fiel bis zum späten Vormittag auf 71 $^1/_2$.

Der Gerichtssaal war am Mittwoch wieder voll. Die Typen von der Wall Street waren alle anwesend und lasen mit besorgten Gesichtern im *Mogul.*

Die Geschworenen kamen Punkt neun Uhr herein. Harkin begrüßte sie und versprach ihnen ein rasches Ende des Prozesses.

D. Martin Jankle, Generaldirektor von Pynex, wurde als Zeuge aufgerufen, und die Verteidigung begann mit ihren Fragen. Jankle gab zu, daß eine Menge Leute der Ansicht seien, daß Zigaretten süchtig machten. Aber vielleicht machten sie doch nicht süchtig. Im Grunde wisse das niemand so genau. Was ihn selbst angehe, so glaube er es einfach nicht. Er rauche seit zwanzig Jahren, aber nur, weil er es genieße. Er könne jederzeit aufhören, wenn er es wolle.

Jankle beschrieb die verschiedenen Marken, die sein Konzern herstellte. Er trat vor eine vielfarbige Tafel mit allen acht Marken, neben denen der jeweilige Teer- und Nikotingehalt verzeichnet war. Er erklärte, weshalb bei manchen Teer- und Nikotingehalt höher war als bei anderen. Es lief alles auf freie Entscheidung hinaus.

Als Richter Harkin die Sitzung für die Mittagspause unterbrach, beendete Jankle gerade seine Ausführungen zum Thema Werbung. Ohne Werbung könne man in einer vom Konkurrenzkampf beherrschten Welt nicht überleben, einerlei, um welches Produkt es sich handle. Natürlich sähen Kinder und Jugendliche die Anzeigen seines Konzerns. Wie könne man eine Reklametafel so gestalten, daß sie sie nicht sähen?

EINE Woche zuvor hatte Richter Harkin auf ein weiteres schriftliches Ersuchen von Nicholas Easter hin die Essensroutine ein wenig geändert und verfügt, daß die beiden Ersatzgeschworenen zusammen mit den zwölf anderen zu Mittag essen durften. Nicholas hatte vorgetragen, daß sie schließlich alle vierzehn in einem Gebäude wohnten, sich gemeinsam Filme ansähen, gemeinsam frühstückten und zu Abend äßen, da sei es doch beinahe lächerlich, sie beim Mittagessen voneinander getrennt zu halten. Die beiden Ersatzleute waren Männer, Henry Vu und Shine Royce.

Henry Vu war ein südvietnamesischer Pilot gewesen, der mit seinem Jagdflugzeug beim Fall von Saigon im Südchinesischen Meer eine Notlandung hingelegt hatte. Er war von einem amerikanischen Rettungsboot aufgefischt und in einem Lazarett in San Francisco behandelt worden. Es hatte ein Jahr gedauert, seine Frau und seine Kinder durch Laos nach Thailand und schließlich nach San Francisco zu schleusen. 1978 waren sie nach Biloxi gezogen. Vu hatte einen Krabbenkutter gekauft und sich der wachsenden Zahl von vietnamesischen Fischern angeschlossen, die die Einheimischen verdrängten. Im Jahr zuvor hatte seine jüngste Tochter ein Vollstipendium für die Harvard-Universität erhalten.

Nicholas hatte sich sofort mit ihm angefreundet. Er war entschlossen, dafür zu sorgen, daß Henry Vu zu den zwölf Auserwählten gehörte, wenn die Beratung begann.

NACH dem Lunch konnte Wendall Rohr Jankle ins Kreuzverhör nehmen. Er fing mit einer niederträchtigen Frage an.

„Trifft es nicht zu, Mr. Jankle, daß Ihr Konzern Hunderte von Millionen dafür ausgibt, die Leute zum Rauchen zu überreden, aber wenn diese Leute von Ihren Zigaretten krank werden, keinen Cent bezahlt, um ihnen zu helfen?"

„Nein, das trifft nicht zu."

„Gut. Nennen Sie uns einen Fall, wo Pynex auch nur einen Cent zu einer der Arztrechnungen ihrer Raucher zugezahlt hat."

„Ich kann mich an keinen erinnern."

„Also weigert sich Ihr Konzern, hinter seinen Produkten zu stehen?"

„Unsere Produkte sind nicht schädlich."

„Sie verursachen nicht Krankheit und Tod?" fragte Rohr.

„Nur, wenn sie mißbraucht werden."

„Aha. Mißbraucht!" Rohr spie das Wort voller Abscheu aus. „Sind Ihre Zigaretten dazu gedacht, mit irgendeiner Art von Feuerzeug angezündet zu werden?"

„Natürlich."

„Und soll der Rauch inhaliert werden?"

„Das hängt von der Entscheidung des Rauchers ab."

„Sind Ihnen Untersuchungen bekannt, denen zufolge achtundneunzig Prozent der Zigarettenraucher inhalieren?"

„Ja."

„Sind Sie der Ansicht, daß Leute, die den Rauch inhalieren, das Produkt mißbrauchen?"

„Nein."

„Also, Mr. Jankle, dann sagen Sie uns bitte, wie mißbraucht man eine Zigarette?"

„Indem man zuviel raucht."

„Und wieviel ist zuviel?"

„Ich würde sagen, mehr als zwei Schachteln pro Tag."

„Mehr als vierzig Zigaretten pro Tag?"
„Ja."
„Und auf welcher Untersuchung basiert das?"
„Auf gar keiner. Das ist lediglich meine Ansicht."
„Unter vierzig, und Rauchen ist nicht ungesund. Über vierzig, und das Produkt wird mißbraucht. Ist das Ihre Ansicht?"
„Ja." Jankle begann sich zu winden und warf einen Blick auf Cable, der wütend in eine andere Richtung schaute. Die Mißbrauchstheorie war neu, eine Schöpfung von Jankle. Er hatte darauf bestanden, sie vorzutragen.

Rohr betrachtete seine Notizen. Er ließ sich Zeit, weil er sich den Todesstoß nicht verderben wollte. „Würden Sie den Geschworenen mitteilen, was Sie als Generaldirektor unternommen haben, um die Öffentlichkeit zu warnen, daß mehr als vierzig Zigaretten pro Tag gefährlich sind?"

Jankle hatte eine schnelle Erwiderung parat, aber dann überlegte er es sich anders. „Ich glaube, Sie haben mich mißverstanden."

„Das ist durchaus möglich. Ich habe auf keinem Ihrer Produkte je eine Warnung gesehen, die besagt, daß mehr als vierzig Zigaretten pro Tag gefährlich sind. Weshalb nicht?"

„Das wird nicht von uns verlangt."

„Wenn die Regierung nicht von Ihnen verlangt, daß Sie die Leute warnen, daß Ihre Produkte mißbraucht werden können, dann tun Sie es bestimmt nicht freiwillig, oder?"

„Wir halten uns an die Gesetze."

Das Beste hob sich Rohr bis zuletzt auf. Während einer kurzen Unterbrechung wurden die Videomonitore abermals hereingerollt. Als die Geschworenen zurückkehrten, erschien Jankle auf den Bildschirmen. Der Anlaß war eine Anhörung vor einem Unterausschuß des Kongresses. Neben Jankle standen die drei anderen Generaldirektoren der Großen Vier, alle per Gerichtsbeschluß vorgeladen, um einer Gruppe von Politikern Rede und Antwort zu stehen.

Einer nach dem anderen wurden sie rundheraus gefragt, ob Nikotin süchtig mache, und alle bestritten es nachdrücklich. Jankle kam als letzter an die Reihe, und als er es wütend verneinte, wußten die Geschworenen, daß er log.

DIE ROUTINE des Obersts blieb immer gleich. Wie ein guter Soldat stand er jeden Morgen genau um halb sechs auf und machte, bevor er kurz und kalt duschte, fünfzig Liegestütze. Um sechs ging er ins improvisierte Eßzimmer, aß Toast und begrüßte seine Kollegen, die nach und nach hereinkamen, mit einem markigen „Guten Morgen!"

Um Viertel nach sechs am Donnerstag morgen begrüßte Nicholas den Oberst, goß sich eine Tasse Kaffee ein und verließ das Eßzimmer wieder. Er ging lautlos den leeren, halbdunklen Korridor entlang, schloß seine Tür auf, stellte den Kaffee rasch auf die Kommode, holte einen Stapel Zeitungen aus seiner Schublade und ging wieder hinaus.

Mit Hilfe eines Schlüssels, den er von dem Bord unter der Rezeptionstheke gestohlen hatte, betrat Nicholas Zimmer 50, das des Obersts. Nicholas hob die Kante der Tagesdecke an und deponierte die Zeitungen und Zeitschriften darunter. Eine davon war ein Exemplar des aktuellen *Mogul*.

Lautlos verließ er das Zimmer und kehrte in sein eigenes zurück. Eine Stunde später rief er Marlee an. „Die Ware ist ausgeliefert", sagte er lediglich.

Wiederum eine halbe Stunde später rief Marlee von einem Münzfernsprecher aus Fitch an.

„Guten Morgen, Marlee", sagte er.

„Hallo, Fitch. Hören Sie: Herrera, Nummer sieben, geht Nicholas gründlich auf die Nerven. Ich glaube, wir werden ihn heute verlieren."

„Was?"

„Sie haben es gehört. Der Mann ist eine echte Plage."

„Aber er steht auf unserer Seite!"

„O Fitch. Sie werden alle auf unserer Seite stehen, wenn es vorbei ist."

„Nein, hören Sie, Herrera ist äußerst wichtig für..." Fitch brach mitten im Satz ab. Die Leitung war tot.

RICHTER HARKIN wohnte in Gulfport, eine Viertelstunde vom Gericht entfernt. Seine Nummer stand aus einleuchtenden Gründen nicht im Telefonbuch.

Gerade als er seiner Frau einen Abschiedskuß gab, läutete das Telefon in der Küche, und Mrs. Harkin nahm den Anruf entgegen. „Es ist für dich", sagte sie und hielt ihm den Hörer hin.

„Euer Ehren, es tut mir leid, Sie zu Hause stören zu müssen", hörte er eine nervöse Stimme fast flüstern. „Hier ist Nicholas Easter."

Harkin wollte fragen, wie er als isolierter Geschworener an seine Telefonnummer gekommen war, beschloß aber, damit noch zu warten. „Was ist los?"

„Es geht um Herrera. Ich glaube, er liest Dinge, die nicht auf der Liste der erlaubten Lektüre stehen."

„Zum Beispiel?"

„Zum Beispiel den *Mogul*. Ich bin heute morgen sehr früh ins Eßzimmer gegangen. Er saß dort ganz allein und versuchte, ein Exemplar des *Mogul* vor mir zu verstecken."

Wenn Easter die Wahrheit sagte, dann würde Herrera auf der Stelle nach Hause geschickt werden. Die Lektüre von unerlaubtem Material war ein Grund für eine Entlassung.

„Ich werde Mr. Herrera nachher sofort zu mir bringen lassen und ihn verhören. Wahrscheinlich werden wir sein Zimmer durchsuchen."

„Bitte sagen Sie ihm nicht, daß ich ihn verraten habe. Mir ist gar nicht wohl bei dieser Sache."

„Sie tun genau das Richtige, Nicholas. Und ich danke Ihnen dafür."

Harkin verließ das Haus. Über sein Autotelefon rief er den Polizeichef an und beauftragte ihn, zum Hotel zu fahren. Er rief seine Sekretärin an und bat sie, Rohr und Cable ausfindig zu machen und dafür zu sorgen, daß sie in seinem Amtszimmer warteten, wenn er eintraf.

Cable und Rohr warteten zusammen mit der Sekretärin, als Richter Harkin sein Amtszimmer betrat. Er ließ sich auf seinem Stuhl nieder und informierte sie über die Anschuldigungen gegen Herrera. Cable war verärgert, weil Herrera als verläßlicher Geschworener der Verteidigung galt. Rohr war gereizt, weil sie damit einen weiteren Geschworenen verloren und ein Scheitern des Verfahrens nicht weit entfernt sein konnte.

Jetzt, da beide Anwälte unglücklich waren, fühlte sich Richter Harkin viel besser. Er schickte Willis ins Geschworenenzimmer, damit er Herrera holte. Der Oberst folgte dem Polizisten durch die Flure hinter dem Gerichtssaal. Sie blieben vor einer Tür stehen, an der Willis höflich anklopfte, bevor er eintrat. Der Oberst wurde vom Richter und den Anwälten freundlich begrüßt und auf einen Stuhl gebeten, der direkt neben dem der Protokollantin stand.

Richter Harkin erklärte, er habe ein paar Fragen. „Haben Sie irgendwelches Material gelesen, das nicht von mir genehmigt worden ist?"

Eine Pause, während der die Anwälte Herrera musterten.

„Nein. Nicht daß ich wüßte", erwiderte der Oberst wahrheitsgemäß.

„Haben Sie eine Finanzzeitschrift gelesen, die *Mogul* heißt?"

„Nicht, seit ich isoliert worden bin."

„Sind Sie mit einer Durchsuchung Ihres Zimmers einverstanden?"

Herreras Gesicht lief rot an. „Was soll das?" fragte er.

„Wir haben Grund zu der Annahme, daß Sie nicht genehmigtes Material gelesen haben, und zwar im Hotel."

„Sie zweifeln an meiner Integrität!" fuhr Herrera auf, verletzt und entrüstet zugleich.

„Nein, Mr. Herrera. Ich glaube lediglich, daß eine Durchsuchung es uns ermöglichen wird, mit diesem Prozeß fortzufahren."

„Dann durchsuchen Sie es", sagte der Oberst mit zusammengebissenen Zähnen.

Richter Harkin rief den Polizeichef im Hotel an. Der Manager öffnete ihm die Tür von Zimmer 50. Der Polizeichef und zwei Polizeibeamte führten die Durchsuchung durch. Unter der Tagesdecke fanden sie einen Stapel Zeitschriften, das *Wall Street Journal* und *Forbes* und außerdem ein Exemplar der aktuellen Ausgabe des *Mogul*. Der Polizeichef rief Richter Harkin an und erhielt Anweisung, das nicht genehmigte Material sofort in dessen Amtszimmer zu bringen.

Viertel nach neun, keine Jury. Fitch saß starr in einer der hinteren Reihen und ließ die Tür neben der Geschworenenbank nicht aus den Augen. Er wußte genau, daß, wenn sie endlich hereinkämen, Geschworener Nummer sieben nicht Herrera sein würde, sondern Henry Vu. Wenn Marlee und Nicholas dies lediglich taten, um Fitchs Aufmerksamkeit zu erregen, dann war ihnen das auf alle Fälle gelungen.

„Diese Gegenstände wurden vor ein paar Minuten unter dem Bett in Ihrem Zimmer gefunden." Harkin schwenkte die Zeitschriften.

Herrera war sprachlos.

„Sie sind alle nicht erlaubt, einige davon sind sogar höchst schädlich."

„Sie gehören mir nicht", sagte Herrera langsam und mit wachsender Wut. „Jemand hat sie mir untergeschoben."

„Und wer hätte das tun können?"

„Das weiß ich nicht. Vielleicht dieselbe Person, die Ihnen den Tip gegeben hat."

„Wir können die Tatsache nicht außer acht lassen, daß diese Sachen in Ihrem Zimmer gefunden wurden, Mr. Herrera. Aus diesem Grund habe ich keine andere Wahl, als Sie aus Ihrem Geschworenenamt zu entlassen."

Herrera war schon im Begriff, laut zu werden, als er plötzlich begriff, daß er seine Freiheit zurückerlangen sollte. Mittags konnte er bereits auf dem Golfplatz sein. „Wie Sie meinen, Richter", sagte er.

Der Oberst wurde über die rückwärtige Treppe und durch die Hintertür des Gerichtsgebäudes hinauseskortiert.

DIE ELF Geschworenen und die beiden Ersatzleute nahmen kurz nach zehn ihre Plätze ein. Herreras Platz in der zweiten Reihe ganz links blieb leer, was jedermann sofort registrierte. Richter Harkin begrüßte sie mit ernster Miene und kam rasch zur Sache. „Aus Gründen, die in meinem Amtszimmer dargelegt wurden, ist der Geschworene Nummer sieben, Frank Herrera, entlassen worden und wird jetzt durch den nächsten Stellvertreter, Mr. Henry Vu, ersetzt." Daraufhin verließ Henry Vu seinen Klappstuhl und tat vier Schritte zu Platz Nummer sieben.

Bestürzt betrachtete Fitch die neue Zusammensetzung. Er konnte nicht anders, er mußte Easter ansehen, der das offenbar spürte. Fünf oder sechs Sekunden lang, eine Ewigkeit für Fitch, begegneten sich ihre Blicke. Auf Easters Gesicht lag ein stolzer Ausdruck, als wollte er sagen: Sehen Sie mal, wozu ich imstande bin. Sind Sie beeindruckt? Und Fitchs Gesicht sagte: Ja. Und jetzt – was wollen Sie?

Richter Harkin wurde wieder geschäftsmäßig: „Mr. Cable, rufen Sie Ihren nächsten Zeugen auf."

„Die Verteidigung ruft Dr. Denise McQuade auf", verkündete Cable.

Dr. McQuade erschien und nahm ihren Platz am Zeugentisch ein. Sie war eine sehr schöne Frau, schlank und hochgewachsen, in einem roten, nicht ganz knielangen Kleid, mit blondem Haar, das sie straff nach hinten gekämmt und hinten zusammengerafft trug. Sie legte ihren Eid mit einem anmutigen Lächeln ab. Die sechs Männer in der Jury musterten sie eingehend.

Wenn sie jetzt ein bloßes Schaustück erwarteten, wurden sie rasch enttäuscht. Sie war Verhaltensforscherin. Sie hatte vier Bücher geschrieben und mehr als drei Dutzend Aufsätze veröffentlicht. Sie kam sofort zum Thema. Werbung durchdringe unsere gesamte Kultur. Für eine Altersgruppe oder eine Klasse von Menschen bestimmte Anzeigen würden ganz natürlich auch von Leuten gesehen oder gehört, die nicht der Zielgruppe angehörten. Das lasse sich nicht verhindern. Jugendliche sähen Zigarettenwerbung, weil Jugendliche Zeitungen und Zeitschriften und Reklametafeln sähen. Aber das bedeute nicht, daß die Jugendlichen gezielt angesprochen würden. Jugendliche sähen auch Bierwerbespots im Fernsehen. Bedeutete dies, daß die Bierproduzenten versuchten, die nächste Generation abhängig zu machen? Natürlich nicht. Sie versuchten lediglich, mehr Bier zu verkaufen. Verführten Anzeigen von Kreditkartenunternehmen die Leute dazu, mehr Geld auszugeben und weniger zu sparen?

Dr. McQuade war ein erfreulicher Anblick und sehr glaubwürdig. Ihre Aussage war vollkommen logisch, und der größte Teil der Geschworenen war ziemlich von ihr beeindruckt.

Rohr unterzog sie eine Stunde lang einem höflichen Kreuzverhör, konnte aber keinen nennenswerten Treffer landen.

CLAIRES Spur führte am Donnerstag morgen in eine unerwartete Richtung. Der Exfreund einer Freundin von Claire erzählte, seine Exfreundin lebe jetzt in Greenwich Village, wo sie als Kellnerin arbeite und auf eine Fernsehkarriere hoffe. Seine Exfreundin und Claire hätten zusammen im Mulligan's gearbeitet. Einer von Fitchs Leuten, der ehemalige FBI-Agent Swanson, flog nach New York, traf am späten Donnerstag nachmittag dort ein und fuhr mit einem Taxi zu einem kleinen Hotel in Soho, von wo aus er dann anfing herumzutelefonieren. Er stöberte Beverly bei der Arbeit in einer Pizzeria auf. Sie hatte wenig Zeit für das Gespräch.

„Ist dort Beverly Monk?" fragte Swanson. „Die Beverly Monk, die früher im Mulligan's in Lawrence gearbeitet hat?"

Eine Pause, dann: „Ja. Und wer sind Sie?"

„Ich bin Jeff Kerr, Beverly. Es ist lange her."

„Wer?" fragte sie.

„Jeff Kerr. Erinnern Sie sich nicht – ich war mit Claire liiert. Ich bin gerade in der Stadt, und ich hätte gern gewußt, ob Sie in letzter Zeit von Claire gehört haben."

„Ich habe seit vier Jahren nicht mehr mit Claire gesprochen. Hören Sie, ich habe viel zu tun. Vielleicht ein andermal."

„Natürlich." Swanson legte auf und rief Fitch an. Sie beschlossen, daß es das Risiko wert war, sich mit Geld an Beverly Monk heranzumachen und sie nach Claire auszufragen. Wenn sie seit vier Jahren nicht mehr mit ihr gesprochen hatte, dann würde es ihr unmöglich sein, Marlee rasch zu finden und ihr davon zu berichten. Swanson würde ihr folgen und bis morgen warten.

NACH zwanzig Jahren als Krabbenfischer schlief Henry Vu selten länger als bis halb fünf. Am Freitag holte er sich schon früh seinen Morgentee, setzte sich an den Tisch und überflog eine Zeitung. Nicholas gesellte sich wenig später zu ihm und erkundigte sich nach Vus Tochter in Harvard. Sie war für ihn eine Quelle immensen Stolzes, und seine Augen leuchteten, als er von ihr berichtete.

Dann fragte Nicholas: „Und was halten Sie von diesem Prozeß?"

Henry trank einen großen Schluck Tee mit viel Sahne und leckte sich die Lippen. „Was denken denn die anderen?"

„Ich glaube, die meisten haben sich noch nicht festgelegt. Das wichtigste ist, daß wir zusammenhalten. Diese Jury muß unbedingt ein Urteil fällen, am besten einstimmig, aber wenigstens mit neun gegen drei für die eine oder andere Seite. Ein Unentschieden wäre eine Katastrophe."

Henry trank einen weiteren Schluck. „Weshalb?" fragte er.

„Ganz einfach. Dies ist die Mutter aller Tabakprozesse. Die Frage, ob die Tabakkonzerne für Folgeschäden von Zigarettenkonsum haftbar gemacht werden sollen oder nicht, muß hier und jetzt beantwortet werden. Von uns. Wir sind ausgewählt worden, und es ist unsere Aufgabe, ein Urteil zu fällen."

„Ich verstehe", meinte Henry nickend. Er beugte sich ein wenig in Nicholas' Richtung. „Was werden Sie tun?" fragte er und hielt dabei die Tür im Auge.

„Das weiß ich noch nicht, und es ist auch nicht wichtig. Wichtig ist allein, daß wir zusammenhalten. Wir alle."

„Da haben Sie recht", sagte Henry.

FITCH hatte es gewußt – sie würde am Freitag morgen anrufen. Genau um acht Uhr meldete sich Konrad über die Gegensprechanlage mit den simplen Worten: „Sie ist es."

Fitch stürzte sich ans Telefon. „Hallo", sagte er freundlich.

„Hallo, Fitch. Raten Sie mal, wer Nicholas jetzt auf die Nerven geht?"

Er unterdrückte ein Stöhnen. „Wer?"

„Lonnie Shaver."

„O nein! Das darf nicht passieren, Marlee, okay? Lassen Sie uns darüber reden."

„Wir reden gerade miteinander, Fitch, aber nicht mehr lange."

Fitch holte tief Luft, dann ein zweites Mal. „Das Spiel ist fast vorüber, Marlee. Sie haben Ihren Spaß gehabt. Jetzt sagen Sie mir, was Sie wollen!"

„Haben Sie einen Stift zur Hand?"
„Natürlich."
„Es gibt da ein Gebäude an der Fulton Street, Nummer 120. Büro Nummer 16 im ersten Stock. Es ist nicht hübsch, aber dort werden wir uns treffen."
„Wann?"
„In einer Stunde. Nur wir beide."

DER ERSTE Zeuge am Freitag morgen war ein Dr. Gunther, und er war der Ansicht, daß Zigarettenrauch in Wirklichkeit gar keinen Krebs verursache. Nur zehn Prozent der Raucher bekämen Krebs, was also sei mit den restlichen neunzig Prozent?

Gunther war nicht da, um etwas zu beweisen. Sein Job war es, Dr. Hilo Kilvan und Dr. Robert Bronsky, den Experten der Anklage, zu widersprechen und so viel Schlamm aufzuwühlen, daß die Geschworenen nicht mehr wußten, wie gefährlich Rauchen nun wirklich war. „Dazu sind weitere Forschungen erforderlich", sagte er alle zehn Minuten.

FITCH stieg die Holztreppe hinauf, blieb vor einer nicht gekennzeichneten Bürotür stehen und klopfte.

„Wer ist da?" kam ihre Stimme.

„Rankin Fitch", antwortete er gerade so laut, daß sie ihn hören konnte.

Innen wurde ein Riegel zurückgeschoben, dann erschien Marlee in Jeans und einem grauen Sweatshirt, ohne ein Lächeln. Sie machte hinter Fitch die Tür zu und ging zu einer Seite eines gemieteten Klapptisches. „Setzen Sie sich", sagte sie, mit einem Nicken auf einen Stuhl auf seiner Seite des Tisches deutend.

Fitch ließ sich nieder. „Sind wir soweit, über Geld zu reden?" fragte er.

„Ja."

Fitch setzte häufig seine Körpermasse, seine bösartigen Augen und seinen finsteren Spitzbart ein, um die Menschen in seiner Umgebung einzuschüchtern. Wenn Marlee eingeschüchtert war, ließ sie es sich jedenfalls nicht anmerken.

„Wieviel Geld?" fragte Fitch.

„Zehn Millionen."

Aus seiner Kehle drang ein Geräusch, das sich anhörte, als ersticke er an einem Golfball, dann verdrehte er ungläubig die Augen. „Soll das ein Witz sein?"

Sie sah sich die Show gelassen an. „Zehn Millionen, Fitch. Das ist ein Schleuderpreis. Und der ist nicht verhandelbar."

Er hustete abermals, jetzt mit etwas röterem Gesicht.

„Wieviel haben Sie in Ihrem Fonds?" fragte sie, und Fitchs Augen verengten sich instinktiv.

„Worin?"

„In Ihrem Fonds, Fitch. Lassen Sie die Spielchen. Ich weiß alles über Ihre kleine schwarze Kasse. Ich möchte, daß die zehn Millionen elektronisch vom Konto des Fonds auf eine von mir bestimmte Bank überwiesen werden."

„Ich glaube nicht, daß ich das kann."

„Sie können alles, was Sie wollen, Fitch. Also hören Sie mit dem Unsinn auf!"

„Und was passiert, wenn das Geschäft nicht zustande kommt?"

„Eines von zwei Dingen. Nicholas wird entweder für ein Unentschieden sorgen oder für neun gegen drei Stimmen zugunsten der Klägerin."

Jetzt war es vorbei mit Fitchs ungerührt glattem Gesichtsausdruck. Fitch hatte keinerlei Zweifel an Nicholas' Möglichkeiten, weil Marlee keine Zweifel hatte. Er rieb sich langsam die Augen. Das Spiel war gelaufen.

„Abgemacht", sagte er und streckte seine Hand über den Tisch. Sie schüttelte sie. Beide lächelten über die Absurdität des Augenblicks. Zwei Gauner, die mit Handschlag eine Vereinbarung besiegelten, die vor keinem Gericht eingeklagt werden konnte, weil kein Gericht je etwas davon erfahren würde.

BEVERLY MONK bewohnte ein Apartment in Greenwich Village. Sie teilte es mit vier anderen halbverhungerten Schauspielerinnen. Swanson folgte ihr in ein kleines Café und wartete, bis sie sich mit einem Espresso an einem Fenstertisch niedergelassen hatte. Er näherte sich ihr und fragte: „Entschuldigen Sie, sind Sie Beverly Monk?"

Sie sah erschrocken auf. „Ja. Und wer sind Sie?"

„Ein Freund von Claire Clement", erklärte er und ließ sich rasch auf dem ihr gegenüberstehenden Stuhl nieder.

„Was wollen Sie?" fragte sie.

„Informationen."

„Sie haben mich gestern angerufen, stimmt's?"

„Ja. Aber ich habe gelogen. Ich habe gesagt, ich sei Jeff Kerr. Ich bin es nicht."

„Wer sind Sie dann?"

„Jack Swanson. Ich arbeite für ein paar Anwälte in Washington. Wir würden für Informationen zahlen."

„Wieviel?"

„Tausend Dollar in bar, wenn Sie mir alles erzählen, was Sie über Claire Clement wissen." Swanson zog einen Umschlag aus der Manteltasche und legte ihn auf den Tisch.

„Steckt Claire in Schwierigkeiten?"

„Nicht im mindesten. Nehmen Sie das Geld. Wenn Sie sie seit Jahren nicht gesehen haben, kann es Ihnen doch egal sein, oder?"

Gutes Argument, dachte sie. Sie griff nach dem Umschlag und steckte ihn in ihre Handtasche. „Da gibt es nicht viel zu erzählen. Ich habe als Kellnerin im Mulligan's gearbeitet, als sie dort anfing. Wir haben uns angefreundet. Dann bin ich weggezogen."

„Haben Sie Jeff Kerr gekannt?"

„Nein. Damals ist sie noch nicht mit ihm gegangen. Sie hat mir später von ihm erzählt, nachdem ich die Stadt verlassen hatte."

„Stammt sie aus der Gegend von Kansas City?"

„Das weiß ich nicht."

„Sind Sie sicher, daß Claire Clement ihr wirklicher Name war?"

Beverly wich zurück und runzelte die Stirn. „Sie glauben, daß er vielleicht falsch war?"

„Wir haben Grund zu der Annahme, daß sie jemand anders war, bevor sie in Lawrence, Kansas, eintraf."

„Mein Gott! Ich habe immer geglaubt, daß sie Claire hieß."

Swanson zog einen kleinen Block aus der Tasche und konsultierte eine Liste. Beverly war eine weitere Sackgasse. Er dankte für ihre Hilfe, sie dankte ihm für das Geld, und als er ging, erbot sie sich, ein paar Anrufe zu machen. Es war ein offensichtliches Nachsuchen um mehr Geld. Swanson gab ihr eine Karte mit seiner Telefonnummer in Biloxi auf der Rückseite.

HOPPY fand, daß Mr. Cristano ein bißchen zu grob war. Cristano sagte, im Justizministerium überlege man sich, ob man nicht einfach den ganzen Plan fallenlassen und Hoppys Fall dem Bundesgericht übergeben solle.

Sie saßen im Fond des langen schwarzen Chrysler und fuhren an der Küste entlang. Nitchman saß am Steuer, Napier auf dem Beifahrersitz.

„Es ist an der Zeit, Hoppy, Ihrer Frau die Wahrheit zu sagen. Erzählen Sie ihr, was Sie getan haben, erzählen Sie ihr alles."

Hoppys Augen füllten sich mit Tränen, und seine Lippen bebten, als er aus dem getönten Fenster starrte und sich selbst und seine Dummheit verfluchte. „Also gut", murmelte er.

„Ihre Frau muß Einfluß in diesem Geschworenenzimmer gewinnen. Wenn Sie es nicht geschafft haben, sie mit guten Argumenten zu überzeugen, müssen Sie sie eben jetzt mit der Angst motivieren, daß Sie für fünf Jahre ins Gefängnis wandern. Sie haben keine andere Wahl."

Hoppy begann zu weinen. In diesem Moment wäre ihm das Gefängnis sogar lieber gewesen, als Millie die Wahrheit sagen zu müssen. Aber diese Wahl hatte er nicht. Wenn er sie nicht überzeugte, würde sie die Wahrheit erfahren, und er würde trotzdem ins Gefängnis kommen. Während sie den Highway entlangfuhren, war sein jämmerliches Wimmern das einzige Geräusch.

Nur Nitchman konnte ein winziges Grinsen nicht unterdrücken.

DIE ZWEITE Zusammenkunft begann in Marlees Büro eine Stunde nach Beendigung der ersten. Fitch kam abermals zu Fuß. „Ich habe eine Frage", verkündete er.

„Welche?"

„Wieviel weiß Rohr?"

„Rohr weiß nichts. Wir haben ein bißchen Schattenboxen veranstaltet, sind aber nie zusammengekommen."

„Hätten Sie mit ihm einen Handel abgeschlossen, wenn ich nicht dazu bereit gewesen wäre?"

„Ja. Mir geht's ums Geld, Fitch", erklärte Marlee. „Jetzt schreiben Sie sich folgendes auf: Ich möchte, daß die zehn Millionen elektronisch auf die Hanwa Bank auf den Niederländischen Antillen überwiesen werden, und zwar sofort."

„Hanwa Bank?"

„Ja. Eine koreanische Bank. Das Geld geht auf Ihr Konto dort."

„Ich habe dort kein Konto."

„Sie werden mit der Überweisung eines eröffnen." Sie zog zusammengefaltete Papiere aus ihrer Handtasche und schob sie über den Tisch. „Hier sind die Instruktionen. Alles wird bestens laufen, wenn Sie einfach tun, was Sie tun sollen."

„Woher werden Sie wissen, ob das Geld drauf ist?"

„Sie werden mir eine Bestätigung der Überweisung zeigen. Wenn sich die Jury zur Beratung zurückzieht, verläßt das Geld die Hanwa Bank und geht auf mein Konto. Und wenn Sie versuchen, uns aufs

Kreuz zu legen, dann wird es ein haushohes Urteil zugunsten der Klägerin geben."

„Darüber wollen wir gar nicht erst reden."

„Nein, das wollen wir nicht. Dies alles ist sehr sorgfältig geplant worden, Fitch. Machen Sie keinen Mist. Tun Sie, was ich Ihnen gesagt habe. Überweisen Sie das Geld, jetzt gleich."

RICHTER HARKIN machte sich Sorgen wegen seiner Jury. Die Geschworenen waren offensichtlich gelangweilt und gereizt. Auch die Anwälte waren ihretwegen beunruhigt. Die Mitglieder der Jury reagierten nicht so auf die Zeugenaussagen, wie sie erwartet hatten. Wenn sie nicht auf ihren Sitzen herumrutschten, dösten sie ein. Nur Nicholas machte sich nicht die geringsten Sorgen. Er wollte, daß seine Kollegen erschöpft waren und am Rande einer Revolte standen. Ein Mob braucht einen Anführer.

Während einer Pause am späten Freitag nachmittag hatte er einen Brief an Richter Harkin aufgesetzt, in dem er darum bat, den Prozeß am Samstag fortzusetzen. Die anderen zwölf setzten bereitwillig ihre Unterschriften unter seine, und Harkin hatte keine Wahl. Samstagssitzungen waren zwar selten, aber möglich.

Seine Ehren erkundigte sich bei Cable, was für den nächsten Tag vorgesehen sei, und Cable war sicher, daß die Verteidigung ihre Zeugenvernehmung abschließen würde. Rohr erklärte, die Anklage habe keine Einwände.

„Am Montag morgen werden die Schlußplädoyers gehalten", sagte Harkin zu den Geschworenen. „Dieser Prozeß dürfte bald vorbei sein."

Auf der Geschworenenbank wurde plötzlich überall gelächelt. Mit dem Ende in Sicht konnten sie ein letztes Wochenende zusammen ertragen.

HOPPY kam spät und mit nichts als seiner gepeinigten Seele. Er ergriff gleich an der Tür Millies Hand und führte sie zum Bett, wo er sich auf die Kante setzte und die Hände vors Gesicht schlug.

„Was ist passiert, Hoppy?" fragte sie bestürzt. In den letzten Tagen war er nicht mehr er selbst gewesen. „Was hast du angestellt?"

Er war plötzlich wütend – wütend auf sich selbst, weil er sich so albern benahm. Er riß sich zusammen und berichtete von Mr. Todd Ringwald, der KLX Property Group, Stillwater Bay und Jimmy Hull Moke. Oh, wie hatte er nur so dumm sein können! Er begann zu schluchzen. Als er zu der Geschichte kam, wie das FBI bei ihnen zu Hause aufgekreuzt war, fing Millie gleichfalls an zu weinen. Hoppy war erleichtert. Vielleicht würde sie ihm keine allzu schweren Vorwürfe machen. Aber da war noch mehr.

Er kam zu dem Teil der Geschichte, wo Mr. Cristano in die Stadt kam und sie auf dem Boot gewesen waren. Eine Menge Leute, wirklich gute Leute, in Washington machten sich Sorgen wegen des Prozesses. Und, nun ja, sie hatten einen Handel abgeschlossen.

Millie wischte sich mit dem Handrücken die Tränen ab und hörte plötzlich mit dem Weinen auf. „Aber ich bin mir nicht sicher, ob ich für den Tabakkonzern stimmen möchte", sagte sie.

„Millie, es tut mir entsetzlich leid. Ich habe etwas Furchtbares getan." Er stützte die Ellenbogen auf die Knie und ließ völlig gebrochen den Kopf hängen.

Sie drückte seine Hand. Hoppy beschloß, ihr den Rest zu geben. „Ich sollte dir das eigentlich nicht sagen, Millie, aber als die Leute vom FBI ins Haus kamen, dachte ich daran, mir einen Revolver zu greifen und gleich mit allem Schluß zu machen."

„O Hoppy", stöhnte sie und begann wieder zu weinen.

ALS FITCH seinen Handel mit Marlee abschloß, waren im Fonds sechseinhalb Millionen Dollar verfügbar. Im Laufe des Freitag hatte Fitch sämtliche Generaldirektoren der Großen Vier angerufen und ihnen den Auftrag erteilt, sofort jeweils zwei Millionen Dollar zu überweisen. Er würde es ihnen später erklären.

Am Freitag um 17.15 Uhr verließ das Geld das namenlose Konto des Fonds in New York, und schon Sekunden später wurde eine Bestätigung an die Ursprungsbank gefaxt.

Marlee rief um halb sechs an und beauftragte Fitch, die Bestätigung um genau 19.05 an die Rezeption des Siesta Inn zu faxen.

„Ist das nicht ein bißchen riskant?" fragte Fitch.

„Tun Sie, was Ihnen gesagt wird, Fitch. Nicholas wird neben dem Faxgerät stehen."

Um Viertel nach sieben meldete sich Marlee abermals und berichtete, daß Nicholas die Bestätigung erhalten habe und daß sie echt aussehe.

Sein Erfolg hatte Fitch in Hochstimmung versetzt. Er begab sich auf einen Spaziergang. Die Luft war frisch und belebend. Diese Jury gehörte Fitch. Der Prozeß war gelaufen. Er hatte diesen seltenen Moment der Freude verdient, aber seine Arbeit war noch längst nicht getan. Er konnte sich nicht ausruhen, bevor er wußte, wo die wahre Marlee herkam und was sie motivierte. Bis dahin war sein kostspieliges Urteil nicht sicher. Nachdem er auf seinem Spaziergang vier Blocks hinter sich gebracht hatte, war Fitch wieder er selbst – wütend, mißgelaunt, gepeinigt.

MILLIE weinte und wälzte sich bis Mitternacht in ihrem Bett herum, dann zog sie einen roten Trainingsanzug an und schlich über den Korridor zum Partyzimmer. Drinnen saß Nicholas allein auf einem Sofa und sah sich ein australisches Rugbyspiel an.

„Weshalb sind Sie so spät noch auf?" fragte er und schaltete mit der Fernbedienung den Ton des Fernsehers aus. Millie ließ sich auf einem Stuhl in seiner Nähe nieder. Ihre Augen waren rot und verschwollen.

„Ich kann nicht schlafen", gab sie zurück. „Und Sie?"

„Es ist schwer, hier zu schlafen."

„Darf ich Sie etwas fragen?" Sie war sehr ernst.

Nicholas schaltete mit der Fernbedienung den Fernseher aus. „Natürlich. Sie sehen besorgt aus."

Sie holte tief Luft. „Was ist, wenn eine Geschworene zu der Überzeugung gelangt, daß sie nicht fair und unparteiisch sein kann? Was sollte sie tun?"

„Lassen Sie uns der Einfachheit halber auf die Hypothese verzichten", meinte er. „Sagen wir, diese Geschworene sind in Wirklichkeit Sie selbst."

„Okay."

„Also ist seit dem Beginn des Prozesses etwas geschehen, das sich auf Ihre Fähigkeit auswirkt, fair und unparteiisch zu reagieren?"

Langsam sagte sie: „Ja."

Nicholas stand auf und zog einen Stuhl nahe an den von Millie heran. „Was ist passiert, Millie?" fragte er leise.

„Ich brauche Hilfe. Ich bin hier eingeschlossen, und es gibt einfach niemanden, an den ich mich wenden kann. Können Sie mir helfen, Nicholas?"

„Ich werde es versuchen."

Ihre Augen füllten sich zum hundertstenmal in dieser Nacht mit Tränen. Er reichte ihr eine Papierserviette vom Tisch.

Sie erzählte ihm alles. Sobald ihre Tränen versiegt waren, holte er die Details aus ihr heraus und machte sich ein paar Notizen. Sie versprach, nichts zu unternehmen, bevor sie wieder miteinander reden konnten.

Er ging in sein Zimmer und wählte Marlees Nummer. Er berichtete die ganze Hoppy-Geschichte. Ihre Nachtruhe war vorüber. Es gab viel Arbeit zu erledigen, und zwar rasch. Sie einigten sich darauf, mit den Namen Napier, Nitchman und Cristano anzufangen.

IM GERICHTSSAAL hatte sich am Samstag nichts verändert. Minuten nachdem die Geschworenen Platz genommen hatten, setzte die Monotonie ein.

Cable rief Dr. Olney auf, einen Forscher, der mit Labormäusen ganz erstaunliche Dinge angestellt hatte. Er hatte ein Video von seinen niedlichen kleinen Forschungsobjekten, alle offenbar quicklebendig und voller Energie, keineswegs krank und sterbend. Olney hatte sich damit beschäftigt, täglich große Dosen von Zigarettenrauch in jeden Käfig einzuleiten. Das hatte er über mehrere Jahre hinweg getan, doch das fortwährende Ausgesetztsein hatte keinen einzigen Fall von Lungenkrebs verursacht.

BEVERLY MONK erwachte am späten Vormittag aus ihrem Gin-Koma. Sie machte sich auf den Weg zu einem kleinen Fenster und atmete die kalte Luft ein. Die Benommenheit ließ nach. Bevor sie Claire vor etlichen Jahren kennengelernt hatte, war sie mit einer Studentin namens Phoebe befreundet gewesen. Phoebe hatte kurze Zeit zusammen mit Claire und Beverly im Mulligan's gearbeitet. Einmal hatte sie Beverly erzählt, daß sie etwas aus Claires Vergangenheit wisse. Wenn ihr Kopf nicht mehr so weh tat, würde sie sich vielleicht an mehr Details erinnern. Es war sehr lange her.

Phoebes Vater war Arzt in Wichita. Sollte eigentlich leicht zu finden sein. Wenn dieser Swanson schon für ein paar harmlose Antworten tausend Dollar herüberwachsen ließ, wieviel würde er dann für ein paar handfeste Tatsachen aus Claire Clements Vergangenheit zahlen?

MARLEE hielt sich seit sechs Uhr in ihrem kleinen Büro auf. Sie hatte sich seitenweise Notizen gemacht und Dutzende von Leuten angerufen. Jetzt trudelten die Informationen langsam ein.

Am frühen Samstag nachmittag erreichte Marlee einen FBI-Agenten namens Madden in Jackson, Mississippi, der noch in seinem Büro war und Papierkram aufarbeitete. Sie nannte einen falschen Namen, sagte, sie arbeite für einen Grundstücksmakler in Biloxi und verdächtige zwei Männer, sich als FBI-Agenten auszugeben, obwohl sie keine waren.

Madden hatte noch nie etwas von Napier oder Nitchman gehört und von Cristano auch nicht. Er wollte ein paar Nachforschungen anstellen, und sie versprach, in einer Stunde zurückzurufen.

Bei ihrem zweiten Gespräch hörte er sich sehr interessiert an. Madden bestätigte, daß Nitchman, Napier und Cristano, wer immer sie sein mochten, auf keinen Fall FBI-Agenten waren. Er würde nur allzugern mit diesen Jungs reden, und Marlee versprach, sie werde versuchen eine Begegnung zu arrangieren.

DIE VERTEIDIGUNG schloß am Samstag nachmittag ihre Zeugenvernehmung ab. Richter Harkin verkündete stolz: „Meine Damen und Herren, Sie hörten soeben den letzten Zeugen."

Die Geschworenen konnten den Saal verlassen. Am Samstag abend waren persönliche Besuche bis Mitternacht erlaubt. Was den Sonntag anging, durften die Geschworenen das Hotel von 9 bis 13 Uhr verlassen, um an einem Gottesdienst teilzunehmen, unbewacht, sofern sie versprachen, mit niemandem auch nur ein Wort über den Prozeß zu reden. Am Montag morgen würden sie die Schlußplädoyers hören, und noch vor Mittag würde ihnen der Fall zur Beratung übergeben werden.

AM SAMSTAG abend erschien Hoppy mit einer Tüte voll Knabbereien, die Millie und er langsam und fast stumm verzehrten. Nach dem Essen gestand Millie, daß sie Nicholas Easter ins Vertrauen gezogen hatte, einen prächtigen jungen Mann, der sich mit dem Gesetz auskannte und dem man restlos vertrauen konnte. Zuerst war Hoppy schockiert und wütend, dann gewann seine Neugierde die Oberhand, und er wollte wissen, was ein Außenstehender über seine Situation dachte; vor allem jemand, der Jura studiert hatte.

Nicholas hatte versprochen, ein paar Leute anzurufen. Um halb elf klopfte er an Millies Tür. Hoppy und Millie saßen auf der Bettkante, während Nicholas ihnen die Tatsachen sanft beibrachte. Napier, Nitchman und Cristano seien Komparsen in einer von Pynex inszenierten Verschwörung, um Millie unter Druck zu setzen. Sie seien keine Agenten der Regierung. Hoppy sei aufs Kreuz gelegt worden.

Anfangs kam Hoppy sich noch blöder vor, wenn das überhaupt möglich war, dann kannte er sich gar nicht mehr aus. War das nun eine gute Neuigkeit oder eine schlechte? Was war mit dem Tonband? Was war, wenn Nicholas sich irrte? „Sind Sie sicher?" brachte er heraus.

„Ganz sicher. Die Typen haben weder etwas mit dem FBI noch mit dem Justizministerium zu tun."

Als nächstes teilte Nicholas ihnen mit, daß auch die KLX Property Group in Las Vegas ein Schwindel war. Es sei ihm nicht gelungen, einen Mr. Todd Ringwald ausfindig zu machen; mit ziemlicher Sicherheit sei das gleichfalls ein erfundener Name.

„Was ist mit dem Tonband?" fragte Hoppy.

„Deshalb mache ich mir keine Sorgen", sagte Nicholas zuversichtlich, als wäre er jetzt Hoppys Anwalt. „Es wurde unter Vorspiegelung falscher Tatsachen aufgenommen. Ein klarer Fall von arglistiger Täuschung. Es befindet sich im Besitz von Männern, die selbst gegen das Gesetz verstoßen haben. Vergessen Sie's."

Millie nahm Hoppy in die Arme, und sie hielten sich eng umschlungen, ohne eine Spur von Verlegenheit. Dann sprang Hoppy auf und ging wild entschlossen mit raschen Schritten im Zimmer umher. „Und wie geht's jetzt weiter?" fragte er kampflustig.

„Wir müssen vorsichtig sein."

„Sagen Sie mir nur, in welche Richtung ich steuern muß."

AM SONNTAG morgen verschwanden die meisten Geschworenen für vier Stunden zum heißersehnten Gottesdienst. Einige waren seit Jahren nicht mehr in einer Kirche gewesen, fühlten sich aber plötzlich dort hingezogen.

Der Pudel wurde von einem ihrer Söhne abgeholt, und Jerry schloß sich an. Sie steuerten in Richtung einer Kirche, aber sobald sie sicher waren, daß ihnen niemand folgte, fuhren sie statt dessen zu einem Kasino. Nicholas ging mit Marlee zur Messe. Mrs. Gladys Card hatte einen großen Auftritt in der Calvary Baptist Church. Millie begab sich nach Hause, mit den besten Absichten, sich für den Kirchgang umzuziehen, weil aber niemand aufpaßte, kochte sie und wuselte um ihre Kinder herum. Phillip Savelle blieb im Hotel.

Hoppy hatte Napier um acht angerufen und ihm mitgeteilt, er habe wichtige Prozeßentwicklungen mit ihm zu bereden. Napier und Nitchman trafen, wie üblich in ihren dunklen Anzügen und mit dunklen Sonnenbrillen, um zehn im Büro ein, wo sie Hoppy beim Kaffeekochen und in bester Laune antrafen.

Millie kämpfe wie eine Löwin, um ihn zu retten, berichtete Hoppy, und sie sei sich ziemlich sicher, daß sie bereits Gladys Card und Rikki Coleman überzeugt habe. Er schenkte Kaffee ein, und Napier und Nitchman machten sich eifrig Notizen. Da klopfte jemand laut an. Napier und Nitchman fuhren zusammen.

„Wer ist da?" fragte Hoppy.

Die Tür wurde geöffnet, und Alan Madden trat ein, sagte laut „FBI!" und klappte seinen Ausweis auf, damit alle ihn inspizieren konnten. „Sind Sie Mr. Dupree?"

„Ja. Aber das FBI ist doch bereits hier", verkündete Hoppy brillant schauspielernd. Es war sein größter Moment. „Das hier ist Agent Ralph Napier und das Agent Dean Nitchman. Die Herren kennen sich nicht?"

„FBI?" zweifelte Madden. „Zeigen Sie mir Ihre Ausweise!"

Sie zögerten, aber Hoppy war nicht zu halten. „Zeigen Sie ihm doch Ihre Ausweise, dieselben, die Sie mir gezeigt haben!"

„Ausweise bitte", beharrte Madden und streckte die Hand aus.

„Ich kann das erklären", setzte Napier an. „Also, sehen Sie, wir sind genaugenommen nicht eigentlich FBI-Agenten, sondern..."

„Was?" brüllte Hoppy. „Ihr habt mir die letzten zehn Tage hindurch ununterbrochen erzählt, ihr wärt vom FBI!"

„Stimmt das?" fragte Madden.

„Wir sind Privatdetektive, und, also...", begann Nitchman.

„Wir arbeiten für eine Firma in Washington", setzte Napier hinzu.

Hoppy riß seine Schreibtischschublade auf und holte zwei Visitenkarten heraus – eine von Ralph Napier, eine von Dean Nitchman, beide als FBI-Agenten ausgewiesen.

Madden inspizierte sie. Dann zog er seine Dienstwaffe, befahl den beiden aufzustehen, sich mit den Armen auf den Schreibtisch zu stützen und die Beine zu spreizen, und veranstaltete eine rasche Durchsuchung. Er legte ihnen Handschellen an und führte sie hinaus, wo ein weiterer FBI-Agent wartete.

Gemeinsam verluden sie Napier und Nitchman auf die Rücksitze eines echten FBI-Wagens. Madden verabschiedete sich von Hoppy und fuhr mit den beiden Pechvögeln auf dem Rücksitz davon. Hoppy winkte ihnen zum Abschied nach.

FITCH zerbrach mit der Faust eine Lampe, als er von der Sache erfuhr. Blut tropfte von einem Fingerknöchel, während er tobte und wütete.

Als er allein war, löschte er das Licht in seinem Büro und brütete in der Dunkelheit. Hoppy würde Millie am Abend Bericht erstatten. Millie würde als Geschworene für die Verteidigung verloren sein.

Marlee mußte die Katastrophe verhindern. Nur Marlee konnte das noch.

Es sei wirklich höchst merkwürdig, sagte Phoebe, als sie den unerwarteten Anruf von Beverly erhielt; vorgestern sei sie schon von einem Mann angerufen worden, der behauptet habe, er sei Jeff Kerr und suche Claire. Sie habe sofort gewußt, daß der Kerl log, aber sie habe trotzdem weiter mit ihm gesprochen, weil es sie interessiert hatte, was er wollte. Sie habe seit vier Jahren nichts mehr von Claire gehört.

Beverly und Phoebe gedachten ihrer gemeinsamen Zeit in Lawrence, und Beverly sagte, sie habe über Claire nachgedacht. Sie hätten sich im Streit getrennt, und das mache ihr zu schaffen. Sie wolle Claire sehen und die Sache bereinigen, aber sie habe keine Ahnung, wo sie sie finden könne.

Da Swanson erwähnt hatte, daß Claire früher möglicherweise einen anderen Namen getragen hatte, beschloß Beverly, den Köder auszuwerfen. „Du weißt doch sicher, daß Claire nicht ihr wirklicher Name war?"

„Ja, das weiß ich", sagte Phoebe. „Sie hatte einen wirklich hübschen Namen."

„Sie hat ihn mir einmal genannt, aber ich kann mich nicht erinnern."

„Sie hieß Gabrielle."

„Ach ja, Gabrielle. Und wie war gleich wieder ihr Nachname?" fragte sie.

„Brant. Sie stammte aus Columbia, Missouri. Dort ist sie auch zur Schule gegangen. Ich glaube, ihr Vater ist tot. Ihre Mutter war Professorin für mittelalterliche Geschichte an der Universität."

Es kostete Beverly eine Stunde, bis sie Swanson am Telefon hatte. Sie fragte ihn, wieviel die Information über Claires echten Namen wert sei. Sie verhandelten zehn Minuten lang und einigten sich auf viertausend.

MARLEE wollte ein letztes Gespräch vor dem großen Montag. Sie trafen sich in ihrem kleinen Büro. Fitch hätte ihr die Füße küssen können, als er sie sah.

Er beschloß, ihr alles über Hoppy und Millie und sein großes Schwindelmanöver zu erzählen, das in die Binsen gegangen war. Nicholas müsse Millie sofort bearbeiten, sie besänftigen, bevor sie ihre Freundinnen ansteckte. Sie würde wahrscheinlich allen erzählen, welche Gemeinheit die Verteidigung ihrem Mann angetan hatte, damit er sie unter Druck setzte. „Ich meine, wir sollten sie ausbooten", erklärte Fitch.

„Keine Panik, Fitch. Millie und Nicholas stehen sich recht nahe."
„Nicholas muß unbedingt heute abend mit Millie reden", sagte Fitch. „In ein paar Stunden wird Hoppy erscheinen und ihr alles erzählen."
„Fitch, Millie wird so stimmen, wie Nicholas es will. Keine Panik. Sie haben Ihr Geld bezahlt. Ihr Urteil liegt in sehr guten Händen."
„Wird es einstimmig?" fragte Fitch glücklich.
„Nicholas ist entschlossen, für Einstimmigkeit zu sorgen."
Fitch schwebte nur so die Treppe des baufälligen Gebäudes hinunter und über die kurze Einfahrt, bis er auf der Straße angekommen war. Sechs Blocks weit pfiff er und hüpfte beinahe durch die Abendluft.

ALLE Geschworenen hatten das Gefühl, daß dies ihr letzter Abend in der Isolierung sein würde. Wenn ihnen der Fall am Montag mittag übergeben wurde, konnten sie bestimmt bis Montag abend ein Urteil fällen und nach Hause gehen. Die Stimmung war gut, und viele der Geschworenen machten sich daran, in aller Ruhe zu packen. Bei ihrem letzten Besuch wollten sie sich nur so kurz wie möglich im Siesta Inn aufhalten – nur ein rascher Abstecher vom Gerichtssaal, um die gepackten Koffer zu holen und die Zahnbürste einzustecken.

Um neun ging Nicholas über den Flur in das Zimmer, in dem Hoppy und Millie wie zwei Flitterwöchner warteten. Sie konnten ihm gar nicht genug danken. Er hatte diesen schrecklichen Betrug aufgedeckt und ihnen ihre Freiheit wiedergegeben.

Millie machte sich Gedanken darüber, ob sie in der Jury bleiben solle. Sie hatte das Gefühl, in Anbetracht dessen, was ihrem Mann angetan worden war, nicht mehr fair und unparteiisch sein zu können. Nicholas hatte das vorhergesehen, aber er brauchte Millie. Und wenn Millie Richter Harkin von dem Hoppy-Coup berichtete, dann würde er das Verfahren vermutlich für gescheitert erklären. Und das würde bedeuten, daß in ein oder zwei Jahren eine neue Jury ausgewählt und der Fall noch einmal verhandelt werden würde.

„Es ist unsere Sache, Millie. Wir sind dazu auserwählt worden, über diesen Fall zu entscheiden, und wir müssen zu einem Urteil gelangen."

„Ganz meine Meinung", unterstützte ihn Hoppy.

Also biß sich Millie auf die Unterlippe und fand zu neuer Entschlossenheit. Ihr Freund Nicholas machte alles leichter.

10

Es war eine Schande, daß ausgerechnet der Geschworene, der am eifrigsten gewesen war und jede von Richter Harkins Anweisungen befolgt hatte, der letzte sein sollte, der ausgebootet wurde.

Verläßlich wie ein Uhrwerk erschien Mrs. Grimes um Punkt Viertel nach sieben im Eßzimmer, nahm sich ein Tablett und begann, das Frühstück zusammenzustellen, mit den gleichen Dingen, die sie seit fast zwei Wochen geholt hatte. Wie so oft trat Nicholas zu ihr ans Büfett und bot seine Hilfe an.

Mrs. Grimes griff nach dem Besteck, und Nicholas ließ schnell vier kleine Tabletten in Hermans Kaffee fallen. Es war ein verschreibungspflichtiges Medikament, das in erster Linie in Notaufnahmen zur Wiederbelebung von Leuten benutzt wurde, die halb tot waren. Herman würde vier Stunden lang ein kranker Mann sein, danach aber wieder völlig in Ordnung kommen.

Der Aufruhr brach eine halbe Stunde später aus, als Mrs. Grimes auf dem Korridor erschien und nach Chuck schrie. Mit Herman stimmte etwas nicht!

Bald hatten sich die meisten Geschworenen vor dem Zimmer der Grimes versammelt, dessen Tür offenstand. Herman lag zusammengekrümmt auf dem Fußboden des Badezimmers, preßte die Hände auf den Bauch und hatte offensichtlich fürchterliche Schmerzen. Lou Dell rannte zum Telefon und rief die Notrufzentrale an.

Die Sanitäter erschienen mit einer fahrbaren Bahre. Herman wurde stabilisiert und erhielt Sauerstoff. Sie rollten ihn hinaus und schoben ihn rasch den Korridor entlang.

In dem Durcheinander kippte Nicholas Hermans Kaffeetasse um.

RICHTER HARKIN erschien erst kurz vor halb zehn, und als er sein Podium betrat, stellte er fest, daß der Gerichtssaal voll war.

Wie nicht anders zu erwarten, hatte sich die Nachricht von Hermans Erkrankung schnell unter den vielen Prozeßbeobachtern verbreitet.

Die Tür ging auf, die Geschworenen kamen herein. Hermans Platz blieb leer. Shine Royce wurde Geschworener Nummer fünf und nahm Hermans bisherigen Platz ein. Als alle zur Ruhe gekommen waren, forderte Seine Ehren Wendall Rohr auf, mit seinem Schlußplädoyer zu beginnen. „Bleiben Sie unter einer Stunde!" warnte er.

Rohr, in seinem grellen Lieblingsjackett, aber mit einem gestärkten Hemd und einer sauberen Fliege, stürzte sich in eine bösartige Beschreibung des „tödlichsten Verbraucherprodukts, das je hergestellt wurde – die Zigarette".

Jeden Tag fingen dreitausend Jugendliche mit dem Rauchen an. Ein Drittel von ihnen würde schließlich daran sterben. Reichte das nicht? War es nicht endlich an der Zeit, diese reichen Konzerne zu zwingen, die Finger von unseren Kindern zu lassen?

Dann sprach er über seine Mandantin, Mrs. Celeste Wood, eine gute Ehefrau, Mutter, Freundin, ein echtes Opfer der Zigarettenindustrie. Er sprach über ihren Mann, der im Alter von 51 Jahren gestorben sei, weil er ein legal hergestelltes Produkt auf genau die Art gebraucht habe, auf die es gebraucht werden sollte.

Er trat an eine weiße Tafel auf einer Staffelei und stellte ein paar rasche Berechnungen an. Der Geldwert von Jacob Woods Leben belaufe sich auf, grob gerechnet, eine Million Dollar. Er addierte noch ein paar weitere Ansprüche hinzu, und die Summe ergab zwei Millionen.

Aber hier ging es nicht nur um den direkten Schadenersatz. Rohr hielt einen Kurzvortrag über zusätzliche Geldstrafen. Wie bestraft man einen Konzern, der über ein Barvermögen von achthundert Millionen Dollar verfügt? Man erteilt ihm einen Denkzettel.

Rohr unterließ es, einen Betrag vorzuschlagen. Er ließ lediglich die Zahl 800 000 000 $ in großer Schrift auf der Tafel stehen und beendete sein Plädoyer. Er dankte der Jury und setzte sich. Das Plädoyer hatte genau 48 Minuten gedauert.

Durwood Cable brauchte nur wenig mehr als eine halbe Stunde, um geschickt den lächerlichen Gedanken zu diskreditieren, den Angehörigen eines Mannes, der freiwillig 35 Jahre lang geraucht hatte, Millionen zu schenken. Was ihn an der Darstellung des Falles durch die Anklagevertreter am meisten empöre, sei, daß sie versucht hätten, von Jacob Wood und seinen Gewohnheiten abzulenken und aus dem Prozeß eine emotionale Debatte über das Rauchen bei Teenagern zu machen. Weshalb die Jugendlichen in diese Auseinandersetzung hineinzerren? Aus emotionalen Gründen, deshalb. Man reagiere zornig, wenn man glaube, Kinder würden verletzt oder manipuliert. Cable appellierte geschickt an das Gefühl der Geschworenen für Fairneß. Aufgrund von Fakten, nicht von Emotionen, sollten sie den Fall entscheiden.

Nachdem er sich wieder gesetzt hatte, dankte Richter Harkin ihm und sagte, an die Jury gewandt: „Meine Damen und Herren, jetzt gehört der Fall Ihnen. Ich schlage vor, daß Sie einen neuen Obmann wählen, der den Platz von Mr. Grimes einnimmt, dem es, wie ich gehört habe, inzwischen wieder viel besser geht. Man rechnet damit, daß er sich vollständig erholen wird. Alle anderen Instruktionen werden Ihnen im Geschworenenzimmer ausgehändigt werden. Viel Glück!"

„Sie ist am Apparat", sagte Konrad.

Fitch griff nach dem Hörer. „Hallo."

„Hören Sie, Fitch. Neue Überweisungsinstruktionen. Gehen Sie schnell mal zu Ihrem Faxgerät."

Fitch überflog das Fax, das gerade ausgedruckt wurde. Das Geld sollte jetzt auf die Banco Atlántico in Panama City überwiesen werden.

„Sie haben zwanzig Minuten, Fitch. Die Jury sitzt beim Mittagessen. Wenn ich nicht bis halb eins eine Bestätigung habe, ist die Sache gestorben. Nicholas hat ein Handy in der Tasche, und er erwartet meinen Anruf."

„Rufen Sie um halb eins wieder an", sagte Fitch und legte auf. Er faxte die erforderliche Autorisierung sofort an die Hanwa Bank auf den Niederländischen Antillen. Binnen Minuten verließ das Geld Fitchs Konto und flog über die Karibik zu der Bank in Panama City.

Zwanzig Minuten nach zwölf rief Marlee ihren Banker in Panama City an, der den Eingang von zehn Millionen Dollar bestätigte. Sie ersuchte ihn, das Geld elektronisch auf eine Bank auf den Kaimaninseln zu überweisen.

Nicholas rief um genau halb eins von der Herrentoilette aus an. Marlee sagte ihm, das Geld sei in Sicherheit und sie reise ab.

Dann rief sie Fitch von einem Münzfernsprecher aus an. „Das Geld ist eingegangen", sagte sie.

„Großartig. Wann können wir ein Urteil erwarten?"

„Am späten Nachmittag. Ich hoffe, Sie machen sich keine Sorgen, Fitch."

„Ich? Niemals."

„Bleiben Sie ganz locker. Das wird der größte Augenblick Ihres Lebens. Ich rufe Sie später an."

Sie fuhr in einem Mietwagen davon. Für den Fall, daß ihr irgend jemand folgte, fuhr sie kreuz und quer durch Nebenstraßen, bis sie am Gulfport Municipal Airport angekommen war, wo ein kleiner Jet wartete.

SWANSON rief die University of Missouri an und das Seminar für mittelalterliche Geschichte, verzweifelt bemüht, jemanden ausfindig zu machen, der etwas wußte und bereit war zu reden. Im Telefonbuch von Columbia standen sechs Brants. Alle behaupteten, Gabrielle Brant nicht zu kennen.

Kurz nach eins bekam er Fitch endlich ans Telefon. Fitch hatte sich über eine Stunde lang in seinem Büro verbarrikadiert und keine Anrufe entgegengenommen. Swanson war unterwegs nach Missouri.

ALS DAS Geschirr abgeräumt war, wurde allen klar, daß sie jetzt das tun mußten, wovon sie seit mehr als einem Monat geträumt hatten.

„Ich denke, wir brauchen einen neuen Obmann", sagte Jerry.

„Und ich denke, das sollte Nicholas sein", setzte Millie rasch hinzu.

Es bestanden im Grunde keinerlei Zweifel darüber, wer der neue Obmann sein sollte. Nicholas wurde per Akklamation gewählt. Er trat neben Hermans bisherigen Stuhl und faßte die Liste von Richter Harkins Anweisungen zusammen: „Er will, daß wir uns das gesamte Beweismaterial einschließlich sämtlicher Dokumente ansehen, bevor wir mit der Abstimmung beginnen." Auf einem Tisch in der Ecke türmten sich die Berichte und Untersuchungen.

„Ich habe nicht vor, noch drei Tage hier zu verbringen", erklärte Lonnie, während alle zu dem Tisch hinschauten. „Von mir aus können wir gleich abstimmen."

„Nicht so schnell", meinte Nicholas. „Dies ist ein komplizierter und überaus wichtiger Fall, und es wäre falsch, die Dinge zu überstürzen."

„Ich bin für Abstimmen", beharrte Lonnie.

„Und ich bin dafür, daß wir tun, was der Richter verlangt", entgegnete Nicholas.

„Wir sollen doch nicht etwa das ganze Zeug da lesen?" fragte Sylvia, der Pudel. Lesen gehörte nicht zu ihren Lieblingsbeschäftigungen.

„Ich habe eine Idee", sagte Nicholas. „Wie wär's, wenn wir uns jeder einen Bericht vornehmen, ihn überfliegen und dann den anderen eine kurze Zusammenfassung geben? Dann können wir Richter Harkin guten Gewissens berichten, daß wir uns das gesamte Beweismaterial angeschaut haben."

„Ich bin einverstanden", unterstützte ihn Millie. „Wir alle möchten nach Hause, aber wir sind verpflichtet, alles, was uns vorliegt, sorgfältig in Erwägung zu ziehen."

Damit waren alle anderen Proteste im Keim erstickt. Millie und Henry Vu holten die dicken Berichte und packten sie auf die Mitte des Tisches, worauf sie von den Geschworenen zögernd ergriffen wurden.

IN EINER Höhe von zwölftausendfünfhundert Metern und mit einer Geschwindigkeit von neunhundert Kilometern pro Stunde flog der Learjet in neunzig Minuten von Biloxi nach Georgetown auf der Kaimaninsel Grand Cayman. Marlee passierte den Zoll mit einem neuen kanadischen Paß, der auf den Namen Lane MacRoland ausgestellt war.

Sie nahm sich ein Taxi nach Georgetown und fand ihre Bank, die Royal Swiss Trust, in einem stattlichen, alten, einen Block vom Strand entfernten Gebäude.

Die tropische Luft war warm und drückend, aber sie bemerkte es kaum. In Georgetown und New York war es fünfzehn Uhr. Vierzehn Uhr in Mississippi.

Sie wurde von einer Empfangsdame begrüßt und in ein kleines Besucherzimmer geführt. Binnen Minuten erschien ein junger Mann und stellte sich als Mr. Marcus vor. Sie hatten schon oft am Telefon miteinander gesprochen. Er war schlank und gut gekleidet, sehr europäisch, und sprach perfekt Englisch mit nur ganz leichtem Akzent.

Sie folgte ihm eine Treppe höher in sein Büro. Marcus' Titel war vage, wie der vieler Banker auf Grand Cayman, aber er war irgendeine Art von Vizepräsident, und er war Portfoliomanager.

Pynex stand auf 79, bei lebhaftem Handel, berichtete Marcus, vor seinem Computer sitzend. Trellco war um $3/4$ Dollar auf 56 gestiegen, Smith Greer um zwei auf $64\,1/2$. ConPack wurde gleichbleibend mit 33 gehandelt.

Marlee tätigte ihren ersten Leerverkauf, indem sie fünfzigtausend nicht vorhandene Aktien von Pynex bei 79 abstieß. Wenn alles gutging, würde sie die Papiere in allernächster Zeit mit dem bei dem Verkauf erlösten Geld zu einem erheblich niedrigeren Preis zurückkaufen. Die Differenz zwischen hohem Verkaufspreis und niedrigem Einkaufspreis würde sie als Gewinn verbuchen können. Leerverkäufe waren eine Spekulation auf fallende Kurse, ein überaus riskantes Manöver. Wenn ein Anleger damit rechnete, daß der Preis einer Aktie fiel, dann gestatteten es die Börsengesetze, daß er Aktien, die er noch gar nicht besaß, zuerst zu dem aktuellen hohen Preis ver- und dann später zu einem niedrigeren Preis zurückkaufte. Mit einer Sicherheit in Höhe von zehn Millionen Dollar auf dem Konto durfte Marlee Aktien im augenblicklichen Wert von ungefähr zwanzig Millionen Dollar verkaufen.

Marcus bestätigte das Geschäft und setzte seine Kopfhörer auf. Ihr zweiter Deal war ein Leerverkauf von Trellcopapieren – dreißigtausend Aktien zu $56 1/4$ Dollar. Er bestätigte den Verkauf, dann folgte das schnelle Tippen. Sie verkaufte vierzigtausend Aktien von Smith Greer zu $56 1/2$ Dollar; sechzigtausend weitere von Pynex zu $79 1/8$, dreißigtausend weitere von Trellco zu $56 1/8$, fünfzigtausend von Smith Greer zu $64 3/8$.

Dann machte sie eine Pause und wies Marcus an, Pynex genau zu beobachten. Sie hatte gerade einhundertzehntausend Aktien der Firma abgestoßen und wartete nervös, wie die Wall Street darauf reagieren würde. Der Kurs verharrte auf 79, fiel auf $78 3/4$ und kehrte dann zu 79 zurück.

„Verkaufen Sie weitere fünfzigtausend", sagte sie, ohne mit der Wimper zu zucken.

Marcus schnappte kurz nach Luft, dann nickte er, ohne die Augen von seinem Monitor abzuwenden, und schloß den Handel ab. „Das sind rund zweiundzwanzig Millionen Dollar."

„Es reicht", erklärte sie.

Marcus ließ einen Firmenwagen kommen, und Marlee wurde zu einem Hotel gefahren, nicht weit von der Bank entfernt.

WÄHREND Marlee ihre Gegenwart unter Kontrolle zu haben schien, holte ihre Vergangenheit sie rapide ein. Swanson fand in der Hauptbibliothek der University of Missouri eine Sammlung von alten Lehrkräfteverzeichnissen. 1986 war eine Dr. Evelyn Y. Brant als Professorin für mittelalterliche Geschichte aufgeführt, fehlte aber im Handbuch von 1987.

Er ging sofort ins Gerichtsgebäude von Boone County und fand rasch das Register des Nachlaßgerichts. Evelyn Y. Brants Testament war im April 1987 zur Bestätigung eingereicht worden. Eine Angestellte half ihm, die Akte zu finden. Sie war ein Volltreffer. Mrs. Brant war am 2. März 1987 im Alter von 56 Jahren in Columbia gestorben.

Sie hinterließ keinen Ehemann und nur ein Kind, Gabrielle, Alter 21, Alleinerbin.

Swanson überflog die Akte, so schnell er nur konnte. Zwei Seiten klebten zusammen, und er löste sie vorsichtig voneinander. Das untere Blatt war die Sterbeurkunde. Dr. Evelyn Y. Brant war an Lungenkrebs gestorben.

Die Akte ihres Ehemanns, des verstorbenen Dr. Peter Brant, fand sich auf der anderen Seite der Kanzlei. Er war im Juni 1981 im Alter von 52 Jahren gestorben und hatte seine geliebte Frau und seine ebenso geliebte Tochter Gabrielle, damals 15, hinterlassen. Seiner Sterbeurkunde zufolge, die von demselben Arzt ausgestellt worden war, der auch die von Evelyn Brant unterschrieben hatte, war er zu Hause gestorben. Auch Peter Brant war dem Lungenkrebs zum Opfer gefallen.

FITCH nahm Swansons Anruf in seinem Büro entgegen, allein, bei verschlossener Tür, und er nahm ihn ruhig entgegen, weil er viel zu schockiert war, um reagieren zu können. Er schloß die Augen und massierte seine pochenden Schläfen.

Wenn er nicht das Gerichtsgebäude in Brand stecken oder ein paar Handgranaten ins Geschworenenzimmer werfen wollte, hatte er keine Möglichkeit, die Beratung der Geschworenen zu stoppen. Sie waren da drinnen, die letzten zwölf, mit Polizeibeamten vor der Tür. Falls sie nur langsam vorankamen und noch eine weitere Nacht isoliert in ihrem Hotel verbringen mußten, dann konnte Fitch vielleicht ein Kaninchen aus dem Hut ziehen und dafür sorgen, daß das Verfahren für gescheitert erklärt wurde.

Fitch stellte eine Liste von Möglichkeiten auf – verbrecherische Unternehmungen, die allesamt gefährlich und zum Scheitern verurteilt sein würden.

Die Uhr tickte.

Die zwölf Auserwählten – elf Schüler und ihr Lehrer.

Er erhob sich langsam und ergriff die billige Keramiklampe auf seinem Schreibtisch mit beiden Händen.

Konrad und Pang hielten sich auf dem Flur auf und warteten auf Instruktionen. Sie wußten, daß irgend etwas furchtbar schiefgelaufen war. Etwas krachte mit voller Wucht gegen die Tür. Fitch brüllte. Die Sperrholzwände wackelten. Ein weiterer Gegenstand traf die Tür, vielleicht ein Telefon. Fitch brüllte etwas über „das Geld!", und dann prallte der Schreibtisch mit Karacho gegen eine Wand.

Sie wichen ängstlich zurück. Wumm! Wumm! Wumm! Es hörte sich an wie ein Preßlufthammer. Fitch trommelte mit den Fäusten auf das Sperrholz.

„Findet die Frau!" brüllte er wütend. Wumm! Wumm!

„Findet die Frau!"

NACH einer quälend langen Phase der Konzentration hatte Nicholas das Gefühl, daß es jetzt an der Zeit für eine kleine Debatte war. Er erbot sich, den Anfang zu machen.

„In Dr. Frickes Studie heißt es, daß Rauchen über längere Zeit Lungenkrebs verursacht", referierte Nicholas pflichtgemäß.

„Ich habe eine Idee", sagte Rikki Coleman. „Sehen wir doch einmal, ob wir uns darüber einig sind, daß Zigaretten Lungenkrebs verursachen. Das würde uns eine Menge Zeit ersparen."

Nicholas gab seine Zustimmung. „Ist mir recht", meinte er. „Sind alle der Ansicht, daß Zigaretten Lungenkrebs verursachen? Hebt die Hände."

Zwölf Hände schossen hoch.

„Laßt uns weitermachen und das Thema Sucht erledigen", bat Rikki und ließ den Blick um den Tisch herumwandern. „Wer ist der Ansicht, daß Nikotin süchtig macht?"

Ein weiteres einstimmiges „Ja".

„Laßt uns bei der Einstimmigkeit bleiben, Leute", forderte Nicholas sie auf. „Es ist äußerst wichtig, daß wir uns alle einig sind, wenn wir diesen Raum verlassen. Wenn wir uns aufspalten, haben wir versagt."

Die meisten von ihnen hatten diese kleine Ansprache schon gehört. Die juristischen Gründe für dieses Streben nach einem einstimmigen Urteil waren unklar, aber sie glaubten ihm trotzdem.

„So, und jetzt laßt uns zusehen, daß wir mit diesen Berichten weiterkommen. Ist jemand bereit?"

Loreen Dukes Dokument war eine Hochglanzbroschüre, für die Dr. Denise McQuade verantwortlich zeichnete. Loreen faßte den Inhalt zusammen: „Hier drin steht nur, daß sie keinerlei Beweise dafür finden konnten, daß die Tabakindustrie mit ihrer Werbung Jugendliche ködern will."

„Glauben Sie das?" fragte Millie.

„Nein. Ich dachte, wir hätten uns bereits darauf geeinigt, daß die meisten Leute mit dem Rauchen anfangen, bevor sie achtzehn sind."

„Laßt uns weitermachen!" forderte Nicholas. „Sonst noch jemand?"

Lonnie sah Nicholas an. „Ich meine, wir sollten jetzt endlich abstimmen. Wenn der Richter mich fragt, ob ich mir den ganzen Kram angesehen habe, dann werde ich sagen: ‚Natürlich. Habe jedes Wort gelesen.'"

„Tun Sie, was Sie wollen, Lonnie", entgegnete Nicholas.

„Also gut. Laßt uns sehen, wer wo steht. Ich fange an", erklärte Lonnie.

„Okay. Lassen Sie hören."

Lonnie holte tief Luft, und alle drehten sich zu ihm um. „Meine Position ist ganz einfach. Ich halte Zigaretten für gefährliche Produkte. Sie machen süchtig. Sie sind tödlich. Deshalb lasse ich die Finger davon. Niemand kann einen zum Rauchen zwingen, aber wenn man es tut, dann muß man auch die Konsequenzen tragen. Man kann nicht dreißig Jahre qualmen wie ein Schlot und dann von mir verlangen, daß ich jemanden reich mache."

„Wer ist der nächste?" fragte Nicholas.

„Ich habe eine Frage", unterbrach Gladys Card die Prozedur. „Wieviel Geld sollen wir der Klägerin eigentlich zusprechen? Mr. Rohr hat das irgendwie offengelassen."

„Er möchte zwei Millionen als direkten Schadenersatz. Über die Höhe der Geldstrafe müssen wir entscheiden", erklärte Nicholas.

„Weshalb hat er dann achthundert Millionen an die Tafel geschrieben?"

„Weil er gern achthundert Millionen kassieren würde", entgegnete Lonnie. „Bei diesem Prozeß geht es nicht um Celeste Wood oder ihren toten Mann. Bei diesem Prozeß geht es darum, daß ein Haufen Anwälte mit dem Verklagen von Tabakkonzernen reich werden will."

„Wissen Sie, wann ich mit dem Rauchen angefangen habe?" fragte Angel Weese Lonnie.

„Nein, das weiß ich nicht."

„Ich erinnere mich noch genau an den Tag. Ich war dreizehn, und ich sah diese große Reklametafel an der Dekatur Street, und darauf war dieser große, schlanke Schwarze, er sah wirklich gut aus, hatte seine Jeans aufgekrempelt, spritzte an einem Strand mit Wasser, Zigarette in der einen Hand und eine schwarze Superfrau auf dem Rücken. Strahlendes Lächeln, perfekte Zähne: Salem Menthol. So sieht das gute Leben aus, dachte ich. Davon möchte ich auch etwas abhaben. Also ging ich nach Hause, holte mein Geld aus der Schublade und kaufte mir eine Schachtel Salem Menthol. Und seitdem rauche ich."

Sie schwieg einen Moment und sah Loreen Duke und dann wieder

Lonnie an. „Versuchen Sie nicht, mir weiszumachen, irgend jemand könnte es sich wieder abgewöhnen. Ich bin süchtig, okay. Ich bin zwanzig Jahre alt, rauche zwei Schachteln am Tag, und wenn ich nicht aufhöre, werde ich keine fünfzig werden. Und erzählen Sie mir nicht, die hätten es nicht auf Jugendliche abgesehen!"

In den vier Wochen, die sie beisammen gewesen waren, hatte Angel keinerlei Emotionen gezeigt; deshalb war der Zorn in ihrer Stimme eine Überraschung.

„Die meisten Leute können aufhören", beharrte Lonnie, ohne Angel anzusehen.

„Und weshalb, meinen Sie, versuchen alle Leute, damit aufzuhören?" fragte Rikki. „Tun sie es, weil sie sich beim Rauchen jung und toll fühlen? Nein, sie versuchen aufzuhören, um Lungenkrebs und Herzkrankheiten zu vermeiden."

„Und wie wollen Sie stimmen?" fragte Lonnie.

„Ich denke, das liegt auf der Hand", antwortete Rikki. „Ich bin ohne Vorurteile in diesen Prozeß gegangen, aber inzwischen ist mir klargeworden, daß unser Urteil die einzige Möglichkeit ist, die Tabakkonzerne zur Verantwortung zu ziehen."

„Und was ist mit Ihnen?" fragte Lonnie Jerry in der Hoffnung, einen Freund zu finden.

„Ich bin noch unentschlossen. Ich werde mir erst einmal anhören, was die anderen zu sagen haben."

Lonnie ging um den Tisch herum und schaute in Gesichter, von denen die meisten versuchten, seinem Blick auszuweichen. „Was ist mit Ihnen, Mr. Savelle?"

Das konnte interessant werden. Keiner der Geschworenen hatte eine Ahnung, wie Savelle dachte.

„Ich glaube an den freien Willen", sagte er. „Ich beklage, was diese Konzerne treiben. Ich hasse ihre Produkte. Aber jeder Mensch hat das Recht und die Möglichkeit, seine eigenen Entscheidungen zu treffen."

„Mr. Vu?" setzte Lonnie seine Umfrage fort.

Henry räusperte sich und sagte dann: „Ich überlege noch." Henry würde sich Nicholas anschließen.

„Und Sie, Herr Obmann?" fragte Lonnie.

„Laßt uns erst die Berichte abhandeln, dann fangen wir mit dem Abstimmen an."

Nach dem ersten ernsthaften Scharmützel war es eine Erleichterung, wieder ein paar Minuten lesen zu können. Die Entscheidungsschlacht stand eindeutig kurz bevor.

FITCH blieb in seinem Büro vor den Telefonen und betete, daß sie noch ein einziges Mal anrufen und ihm sagen würde, die Sache sei nun einmal abgemacht und es bleibe auch dabei.

Seltsamerweise schaffte es Fitch, sich um so mehr Hoffnung zu machen, je länger die Jury draußen blieb. Wenn sie vorgehabt hatte, das Geld zu nehmen, sich aus dem Staub zu machen und Fitch mit einem Urteil zugunsten der Anklage aufs Kreuz zu legen – wo blieb dann das Urteil? Vielleicht war es doch nicht so einfach. Fitch hatte noch keinen Prozeß verloren, und er rief sich immer wieder in Erinnerung, daß er diese Situation schon viele Male durchgemacht und Blut und Wasser geschwitzt hatte, während die Geschworenen berieten.

UM HALB sieben einigten sich die Geschworenen darauf, als erstes über die Frage der Haftbarkeit abzustimmen.

Nicholas formulierte sie in einer auch für Laien verständlichen Form: „Sind Sie der Ansicht, daß Pynex für den Tod von Jacob Wood verantwortlich ist?"

Rikki Coleman, Millie Dupree, Loreen Duke und Angel Weese sagten entschieden ja. Lonnie Shaver, Phillip Savelle und Gladys Card sagten nein, keinesfalls. Die übrigen lagen irgendwo dazwischen. Der Pudel war unsicher, neigte aber zu Nein; Jerry gleichfalls. Shine Royce, das jüngste Mitglied der Jury, hatte den ganzen Tag über keine drei Worte von sich gegeben. Er würde auf den Wagen aufspringen, auf dem die Musik spielte, sobald er ihn erkennen konnte. Henry Vu behauptete, noch unentschlossen zu sein.

„Ich finde, es ist Zeit, daß Sie jetzt mit Ihrer Meinung herausrücken", forderte Lonnie, dem nach Streit zumute war, Nicholas auf.

„Ja, lassen Sie hören", schloß sich Rikki an.

„Okay", begann er, und im Zimmer wurde es totenstill. Nach Jahren der Planung lief jetzt alles auf diesen Auftritt hinaus. Er durfte jetzt keinen Fehler machen. In Gedanken hatte er die Ansprache bereits tausendmal gehalten. „Ich bin überzeugt, daß Zigaretten gefährlich und tödlich sind; sie kosten jährlich vierhunderttausend Menschen das Leben. Sie könnten wesentlich harmloser sein, wenn die Konzerne es wollten, aber dann müßte der Nikotingehalt reduziert werden, und damit ginge der Umsatz zurück. Ich glaube, daß Zigaretten Jacob Wood umgebracht haben, und das wird keiner von Ihnen bestreiten. Ich bin überzeugt, daß die Tabakkonzerne alles tun, was in ihrer Macht steht, um Jugendliche zum Rauchen zu verführen. Sie sind eine Bande von skrupellosen Schweinehunden, und ich sage, wir sollten es ihnen heimzahlen."

„Ganz meine Meinung", sagte Henry Vu.

Rikki und Millie hätten am liebsten geklatscht.

„Sie wollen eine Geldstrafe?" fragte Jerry ungläubig.

„Das Urteil ist sinnlos, wenn es nicht weh tut, Jerry. Die Geldstrafe muß gewaltig sein. Ein Urteil, das sich auf Schadenersatz beschränkt, bedeutet nur, daß wir nicht den Mut haben, die Tabakindustrie für ihre Sünden zu bestrafen."

„Wir müssen dafür sorgen, daß es weh tut", sagte Shine Royce, aber nur, weil er sich intelligent geben wollte. Er hatte den Wagen gefunden, auf dem die Musik spielte.

Sie stimmten noch einmal ab – sieben für die Anklage, drei für die Verteidigung. Jerry und der Pudel hingen in der Luft, suchten aber nach einem Landeplatz. Dann brachte Gladys Card die Rechnung ins Schwanken, indem sie erklärte: „Ich möchte nicht für die Tabakkonzerne stimmen, aber gleichzeitig widerstrebt es mir, Celeste Wood all das Geld zukommen zu lassen."

„An wieviel Geld denken Sie?" fragte Rikki den Obmann, und im Zimmer wurde es abermals still.

„Eine Milliarde", sagte Nicholas, ohne eine Miene zu verziehen. Es war, als wäre mitten auf dem Tisch eine Sprengbombe gelandet. Bevor jemand etwas sagen konnte, lieferte Nicholas eine Erklärung. „Wenn es uns ernst damit ist, der Tabakindustrie eine Botschaft zukommen zu lassen, dann müssen wir sie schockieren. Unser Urteil sollte Geschichte machen. Es sollte berühmt werden und von heute an als der Moment gelten, in dem die amerikanische Öffentlichkeit, vertreten durch ihr Geschworenensystem, endlich gegen die Tabakindustrie zu Felde gezogen ist und gesagt hat: ‚Jetzt reicht's!'"

„Sie haben den Verstand verloren!" Lonnie war fassungslos.

„Mir gefällt das", meldete sich Shine Royce zu Wort. Der Gedanke, soviel Geld auszuteilen, machte ihn schwindlig.

„Sagen Sie uns, was dann passieren wird", bat Millie, immer noch verblüfft.

„Gegen das Urteil wird Berufung eingelegt, und eines Tages, vermutlich in ungefähr zwei Jahren, werden ein paar alte Böcke in schwarzen Roben es revidieren. Sie werden sagen, es sei ein verrücktes Urteil von einer verrückten Jury gewesen, und sie werden es auf einen etwas vernünftigeren Betrag senken."

„Weshalb sollten wir es dann tun?" fragte Loreen.

„Um Veränderungen zu bewirken. Wir setzen den langen Prozeß in Gang, in dem die Tabakkonzerne für das Umbringen so vieler Menschen zur Rechenschaft gezogen werden."

„Eine Milliarde Dollar", wiederholte Loreen leise.

Im Zimmer herrschte Stille. Nicholas hatte die Diskussion von der Haftung weg zum Thema Geldstrafe hingesteuert, eine entscheidende Verlagerung, die außer ihm selbst niemand bemerkte. Die Milliarde Dollar hatte sie gezwungen, an Geld zu denken, nicht an Schuld. Er war entschlossen, ihre Gedanken beim Thema Geld zu halten. „Es ist nur ein Vorschlag", erklärte er. „Aber es ist wichtig, daß wir sie wachrütteln."

„So hoch kann ich nicht gehen", sagte Jerry in bester Verkäufermanier. „Ich sehe ein, daß sie zahlen müssen, aber soviel ist einfach verrückt."

Mit Jerry waren sie acht, und Lonnie zog sich in eine Ecke zurück.

Und der Pudel wurde Nummer neun. „Es ist verrückt, und ich kann da nicht mitmachen", meinte sie. „Eine geringere Summe vielleicht, aber keine Milliarde Dollar."

„Mir gefällt die Idee, diese Leute in die Seile zu treiben", sagte Rikki. „Wenn wir ihnen einen Denkzettel verpassen wollen, dann sollten wir nicht schüchtern sein."

Schließlich fragte Nicholas: „Wer kann nicht dafür stimmen, daß wir überhaupt irgendeinen Anspruch anerkennen?"

Savelle hob die Hand. Lonnie ignorierte die Frage, aber sein Standpunkt war ohnehin klar.

„Damit steht es zehn gegen zwei", verkündete Nicholas und notierte es. „Die Jury ist hiermit zu ihrem Beschluß über die Haftbarkeit gelangt. Und nun lassen Sie uns über das Thema Geld abstimmen. Können wir zehn uns darauf einigen, daß die Wood-Hinterbliebenen Anspruch auf zwei Millionen Schadenersatz haben?"

Savelle stieß seinen Stuhl zurück und verließ das Zimmer.

Nach der vorausgegangenen Diskussion hörten sich die zwei Millionen wie Taschengeld an und wurden von den zehn gutgeheißen.

„Können wir zehn uns darauf einigen, daß eine Geldstrafe über einen noch zu bestimmenden Betrag verhängt werden sollte?" Er bekam von allen ein „Ja". Gladys Card zögerte. Sie konnte ihre Meinung ändern, aber das würde nichts ausmachen. Für ein Urteil waren nur neun Stimmen erforderlich.

„Gut. Nun kommen wir zur Höhe der Geldstrafe. Irgendwelche Vorschläge?"

„Ich habe einen", sagte Jerry. „Lassen Sie alle ihren Betrag auf einen Zettel schreiben. Der wird dann zusammengefaltet und geheimgehalten. Dann addieren Sie alles zusammen und teilen es durch zehn. Auf diese Weise erfahren wir, wo der Durchschnitt liegt."

Die Idee einer geheimen Abstimmung gefiel allen, und sie schrieben rasch ihre Zahlen auf Papierstückchen.

Nicholas entfaltete langsam einen Stimmzettel nach dem anderen und rief die Zahlen Millie zu, die sie niederschrieb: Eine Milliarde, eine Million, fünfzig Millionen, zehn Millionen, eine Milliarde, eine Million, fünf Millionen, fünfhundert Millionen, eine Milliarde und zwei Millionen.

Millie besorgte die Rechnerei. „Die Summe ist drei Milliarden, fünfhundertneunundsechzig Millionen. Wenn wir das durch zehn teilen, ergibt sich ein Durchschnitt von dreihundertfünfundsechzig Millionen und neunhunderttausend."

Lonnie sprang auf und trat gegen den Tisch. „Ihr seid verrückt!" sagte er laut und verließ, die Tür zuknallend, das Zimmer.

„Das kann ich nicht!" Gladys Card war sichtlich erschüttert. „Ich lebe von einer Rente. Solche Zahlen kann ich mir einfach nicht vorstellen."

„Die Zahlen sind realistisch." Nicholas blieb ungerührt. „Der Konzern hat achthundert Millionen Barvermögen. Im vorigen Jahr hat unser Land sechs Milliarden für die Kosten von Krankheiten ausgegeben, die in einer direkten Beziehung zum Rauchen stehen, und diese Zahl steigt von Jahr zu Jahr."

Rikki lehnte sich vor und sagte: „Nicholas hat recht. Wenn wir ihnen nicht ins Gesicht schlagen und sie auf die Knie zwingen, dann ändert sich nichts."

Gladys Card war nervös, sie zitterte und war dem Zusammenbruch nahe. „Tut mir leid. Ich möchte helfen, aber das bringe ich einfach nicht fertig."

„Das ist okay, Mrs. Card", meinte Nicholas beruhigend. Alles war in bester Ordnung, solange er neun andere Stimmen hatte. Er konnte es sich leisten, Anteilnahme zu zeigen; was er sich nicht leisten konnte, war, eine weitere Stimme zu verlieren.

Sie holte tief Luft und fand ihre innere Kraft zurück.

Phillip Savelle kehrte zurück und nahm seinen Platz wieder ein. „So, und was habt ihr Robin Hoods beschlossen?" fragte er.

Nicholas ignorierte ihn. „Wenn wir nach Hause gehen wollen, Leute, müssen wir uns jetzt über die Summe einig werden."

„Dreihundertfünfzig Millionen", schlug Rikki vor.
„Laßt es uns auf vierhundert aufrunden, die Hälfte ihres Barvermögens", erhöhte Jerry.
„Machen wir es so", sagte Rikki.
„Laßt uns die Stimmen zählen", schlug Nicholas vor, und neun Hände hoben sich. Dann kam die eigentliche Abstimmung. Er fragte jeden der anderen acht nacheinander, ob sie für ein Urteil über zwei Millionen Schadenersatz und vierhundert Millionen Geldstrafe stimmten. Jeder sagte ja. Er füllte das Urteilsformular aus und ließ es von allen abzeichnen.
Lonnie kehrte nach langer Abwesenheit zurück.
Nicholas sprach ihn an. „Wir haben ein Urteil gefällt, Lonnie."
„Was für eine Überraschung. Wieviel?"
„Vierhundertzwei Millionen Dollar", berichtete Savelle.
Lonnie sah zuerst Savelle an und dann Nicholas. „Soll das ein Witz sein?" fragte er fast unhörbar. „So etwas hat es noch nie gegeben."
„Doch", entgegnete Nicholas. „Texaco ist vor ein paar Jahren zu zehn Milliarden Dollar verurteilt worden."
„Ach, dann ist das wohl ein Ramschpreis?" fragte Lonnie.
„Nein", sagte Nicholas im Aufstehen. „Das ist Gerechtigkeit." Er ging zur Tür, öffnete sie und bat Lou Dell, Richter Harkin mitzuteilen, daß seine Jury zu einem Urteil gelangt sei.

Lou Dell nahm Easters zusätzliche Botschaft entgegen und gab sie Willis, der sie persönlich bei Seinen Ehren ablieferte. Die Nachricht lautete:

> Richter Harkin,
> könnten Sie veranlassen, daß ein Polizist mich aus dem Gericht eskortiert, sobald wir entlassen worden sind? Ich habe Angst. Ich werde es Ihnen später erklären.
> Nicholas Easter

Seine Ehren machte sich zielstrebig auf den Weg in den Gerichtssaal. Die Anwälte eilten den Mittelgang entlang und begaben sich auf ihre Plätze, alle nervös und aufs äußerste gespannt. Die Zuschauer kehrten zurück.
„Mir ist mitgeteilt worden, daß die Jury zu einem Urteil gelangt ist", erklärte Harkin laut. „Bitte bringen Sie die Geschworenen herein."
Sie erschienen mit ernsten Gesichtern. Lou Dell nahm das Formular von Nicholas entgegen und händigte es dem Richter aus, der es

irgendwie schaffte, es zu überprüfen, ohne eine Miene zu verziehen. Das Urteil war ein Schock für ihn, aber formal war es in Ordnung. Er faltete das Formular zusammen und gab es Lou Dell zurück, die damit zu Nicholas ging. Er erhob sich, zur Verkündung bereit.

„Mr. Obmann, verlesen Sie das Urteil!"

Nicholas entfaltete sein Meisterwerk, räusperte sich, schaute sich rasch um, um festzustellen, ob Fitch im Saal war, und als er ihn nicht sah, las er: „Wir, die Geschworenen, entscheiden zugunsten der Klägerin, Celeste Wood, und erkennen auf Schadenersatz in Höhe von zwei Millionen Dollar."

Das allein war schon ein Präzedenzfall. Wendall Rohr und seine Truppe von Anwälten stießen gewaltige Seufzer der Erleichterung aus.

Aber die Jury war noch nicht fertig. „Und wir, die Geschworenen, entscheiden zugunsten der Klägerin, Celeste Wood, und erkennen auf eine Geldstrafe in Höhe von vierhundert Millionen Dollar."

Cable sackte zusammen, als hätte ihm jemand in den Bauch geschossen.

Rohr strahlte über beide Backen, als er rasch seinen Arm um Celeste Wood legte, die angefangen hatte zu weinen.

Richter Harkin ging zur Bestätigung über. Er fragte jeden Geschworenen einzeln, ob er diesem Urteil seine Stimme gegeben hatte. Dann verkündete er: „Sieht so aus, als wäre das Urteil mit neun gegen drei Stimmen gefällt worden. Alles andere scheint in Ordnung zu sein. Irgendwelche Einwände, Mr. Rohr?"

Rohr schüttelte den Kopf.

„Mr. Cable?"

„Nein, Sir", brachte Cable heraus.

Danach begann Harkin mit einem weitschweifigen Dankeschön, ermahnte die Jurymitglieder, mit niemandem über ihre Beratung im Geschworenenzimmer zu sprechen, und schickte sie dann auf ihre letzte Fahrt zum Hotel, damit sie ihre Sachen holen konnten.

Fitch saß im Vorführraum und sah sich alles durch die Linse von Oliver McAdoos versteckter Kamera an. Er tat es allein – die Juryberater waren schon Stunden zuvor entlassen und nach Chicago zurückgeschickt worden.

Er konnte sich Easter schnappen, aber welchen Sinn hätte das? Easter würde nicht reden, und sie riskierten eine Anklage wegen Entführung. Fitch war gründlich aufs Kreuz gelegt worden.

Die Geschworenen standen auf und verließen den Saal. Sie versammelten sich im Geschworenenzimmer, um Bücher, Zeitschriften und

Strickbeutel einzusammeln. Nicholas schlüpfte zur Tür hinaus, wo Chuck ihn anhielt und ihm sagte, daß der Polizeichef draußen warte. Ohne ein Wort zu Lou Dell oder Willis oder irgendeiner der Personen, mit denen er die letzten vier Wochen verbracht hatte, eilte Nicholas hinter Chuck her. Sie verließen das Gericht durch den Hinterausgang, wo der Sheriff selbst am Steuer seines großen braunen Ford wartete.

„Der Richter meint, Sie brauchten ein bißchen Hilfe", sagte der Sheriff.

„Ja. Fahren Sie auf der Neunundvierzig Richtung Norden. Ich sage Ihnen unterwegs, wo genau wir hinmüssen. Und vergewissern Sie sich, daß uns niemand folgt!"

Chuck schlug die Beifahrertür zu, und sie brausten davon. Nicholas warf einen letzten Blick auf das Fenster des Geschworenenzimmers im ersten Stock. Er sah Millie, die gerade Rikki Coleman umarmte.

„Haben Sie nicht noch Sachen im Hotel?" fragte der Sheriff.

„Vergessen Sie's. Die hole ich später."

Über Funk erteilte der Polizeichef zwei Wagen die Anweisung, hinter ihm herzufahren und sicherzustellen, daß sie nicht verfolgt wurden. Zwanzig Minuten später, als sie durch Gulfport fuhren, begann Nicholas, ihm den Weg zu erklären. Schließlich hielten sie am Tennisplatz einer großen Wohnanlage nördlich der Stadt an. Nicholas dankte seinem Fahrer, stieg aus und beobachtete, wie der Streifenwagen verschwand.

Sein Fluchtfahrzeug war brandneu, ein Mietwagen, den Marlee zwei Tage zuvor hier abgestellt hatte. Er brachte die neunzigminütige Fahrt nach Hattiesburg, während der er ständig in den Rückspiegel schaute, unbehelligt hinter sich.

Der Learjet wartete auf dem Flughafen von Hattiesburg. Nicholas ließ die Schlüssel im Wagen und betrat gelassen die kleine Abflughalle.

IRGENDWANN nach Mitternacht passierte er in Georgetown den Zoll mit neuen, kanadischen Papieren. Marlee erwartete ihn an der Gepäckausgabe, und sie umarmten sich leidenschaftlich.

„Hast du es schon gehört?" fragte er.

„Ja, auf CNN ist von nichts anderem die Rede", sagte sie. „War das wirklich das Beste, was du zustande bringen konntest?" fragte sie lachend, und sie küßten sich abermals.

Später saßen sie am Ufer im Sand und planschten in den sanften Wellen, die ihnen über die Füße spülten. Am Horizont bewegten sich ein paar Boote. Im Augenblick gehörte der Strand ihnen allein.

Und was für ein Augenblick das war! Ihr vierjähriger Feldzug war vorüber. Ihre Pläne hatten endlich funktioniert, und zwar auf geradezu ideale Weise. Sie hatten so lange von dieser Nacht geträumt. Die Stunden drifteten dahin.

SIE HIELTEN es für das beste, wenn Marcus Nicholas nie zu Gesicht bekam. Sie mußten damit rechnen, daß die Behörden später Fragen stellten, und je weniger Marcus wußte, desto besser. Marlee meldete sich um Punkt neun Uhr bei der Empfangsdame der Royal Swiss Trust und wurde nach oben begleitet.

„Der Leerverkauf von Pynex scheint ein gutes Geschäft gewesen zu sein", begrüßte Marcus sie lächelnd.

„Es sieht so aus", antwortete sie. „Bei welchem Stand wird die Aktie in den Börsentag gehen?"

„Gute Frage. Die Lage ist ziemlich chaotisch. Das Urteil hat alle verblüfft."

Um halb zehn setzte Marcus seinen Kopfhörer auf und konzentrierte sich auf die beiden Monitore. „Der Markt ist offen", sagte er.

Marlee versuchte einen gelassenen Eindruck zu machen. Sie und Nicholas wollten einen raschen Reibach und dann mit dem Geld an irgendeinen weit entfernten Ort verschwinden. Sie mußte 160 000 Aktien von Pynex abdecken, und zwar möglichst schnell.

Marcus drückte Tasten und begann ein Gespräch mit irgend jemandem in New York. Er murmelte Zahlen, dann sagte er zu ihr: „Pynex steht mit 45 auf der Tafel. Ja oder nein?"

„Nein. Was ist mit den anderen?"

Seine Finger tanzten über die Tastatur. „Wow! Trellco ist um 13 auf 43 gefallen. Smith Greer minus 11 auf 53 1/4. ConPack minus 8 auf 25. Es ist ein Blutbad."

„Überprüfen Sie Pynex."

„Immer noch fallend. 42, mit ein paar kleinen Käufen."

„Kaufen Sie 20 000 Aktien zu 42", sagte sie.

Ein paar Sekunden vergingen, dann meinte er: „Bestätigt. Auf 43 gestiegen. Es hat Aufsehen erregt da oben."

Abzüglich Provision hatte die Partnerschaft Marlee/Nicholas gerade 740 000 $ eingebracht.

„Zurück auf 42", berichtete er.

„Kaufen Sie 20 000 bei 41", entschied sie.

Eine Minute später sagte er: „Bestätigt."

Weitere 760 000 $ Profit.

„Stetig bei 41, jetzt einen halben höher", sagte er wie ein Roboter.
Sie kaufte weitere 20 000 Aktien für 41, wartete dann eine halbe Stunde und kaufte weitere 20 000 für 40. Als Trellco auf 40 fiel, ein Minus von 16, kaufte sie 20 000 Aktien, mit einem Profit von 320 000 $. Der rasche Reibach wurde Wirklichkeit.

Eine Stunde nach Börsenöffnung erreichte Pynex seinen Tiefststand. Bei 38 fanden sich Abnehmer, woraufhin Marlee sich der restlichen 80 000 Anteile entledigte.

Als Trellco bei 41 auf Widerstand stieß, kaufte sie 40 000 Aktien. Damit war sie aus dem Trellco-Geschäft heraus.

Ein paar Minuten vor zwölf deckte sie die restlichen Aktien von Smith Greer ab. Marcus nahm seinen Kopfhörer ab und wischte sich die Stirn.

„Kein schlechter Vormittag, Mrs. MacRoland. Sie haben mehr als acht Millionen eingestrichen!"

„Ich möchte, daß das Geld elektronisch auf eine Bank in Zürich überwiesen wird, natürlich abzüglich Ihrer Provision." Sie händigte ihm ein Blatt Papier mit schriftlichen Instruktionen aus.

„Wird gemacht. Ich nehme an, es eilt."

„Ja. Bitte tun Sie es sofort."

SIE PACKTE rasch. Er sah zu, weil er nichts zu packen hatte, nichts außer zwei Hemden und einer Jeans, die er in einer Boutique im Hotel gekauft hatte. Sie versprachen sich gegenseitig, sich an ihrem nächsten Bestimmungsort neu einzukleiden.

Sie flogen erster Klasse nach Miami, wo sie zwei Stunden warteten und dann eine Maschine nach Amsterdam bestiegen. Von Amsterdam aus flogen sie nach Genf, wo sie für einen Monat eine Hotelsuite mieteten.

FITCH verließ Biloxi drei Tage nach dem Urteil. Er kehrte in sein Haus in Arlington und zu seiner Routine in Washington zurück. Seine Zukunft als Direktor des Fonds war zwar in Frage gestellt, aber seine anonyme kleine Firma hatte genug andere Auftraggeber, um weiterarbeiten zu können.

Er konferierte mit einer Gruppe skrupelloser New Yorker Anwälte über die besten Methoden, das Urteil zu attackieren. Die Tatsache, daß Easter so schnell verschwunden war, gab Anlaß zu Argwohn. Herman Grimes hatte sich schon bereit erklärt, seine medizinischen Unterlagen zur Einsicht freizugeben. Er erinnerte sich, daß sein Kaffee merkwürdig geschmeckt hatte und daß er dann auf dem Boden gelegen hatte. Oberst Frank Herrera hatte eine eidesstattliche Erklärung abgegeben, in der er schwor, daß das unerlaubte Material in seinem Bett nicht von ihm dorthin gelegt worden war.

Cable hatte einen Antrag ausgearbeitet, in dem er um die Erlaubnis nachsuchte, die Geschworenen zu vernehmen. Vor allem Lonnie Shaver brannte darauf, alles zu erzählen. Er hatte seine Beförderung erhalten und war bereit, die amerikanische Geschäftswelt zu verteidigen.

Was Rohr und die Gruppe von Anwälten anging, die ihr Geld beigesteuert hatten, so war die Zukunft voll grenzenloser Möglichkeiten. Ein paar Leute wurden abgestellt, um die Flut von Anrufen anderer Anwälte und potentieller Opfer entgegenzunehmen. Gruppenklagen wurden erwogen.

SECHS Wochen nachdem er Biloxi verlassen hatte, saß Fitch allein beim Mittagessen in einem winzigen indischen Restaurant in der Nähe des Dupont Circle in Washington. Er hatte einen Teller scharf gewürzter Suppe vor sich stehen und war nach wie vor im Mantel, weil es draußen schneite und drinnen auch nicht warm war.

Sie tauchte aus dem Nirgendwo auf, erschien einfach wie ein Engel. „Hallo, Fitch", grüßte sie, und er ließ den Löffel fallen.

„Was tun Sie hier?" fragte er, ohne die Lippen zu bewegen.

Ihr Gesicht wurde vom Pelz ihres Mantels eingerahmt. „Bin nur vorbeigekommen, um hallo zu sagen."

„Sie haben es gesagt."

„Und das Geld geht jetzt, während wir miteinander sprechen, an Sie zurück. Ich habe veranlaßt, daß es auf Ihr Konto bei der Hanwa auf den Niederländischen Antillen überwiesen wird. Die ganzen zehn Millionen, Fitch."

Darauf fiel ihm keine rasche Antwort ein. Er betrachtete das reizende Gesicht des einzigen Menschen, der ihn je geschlagen hatte. Und sie gab ihm immer noch Rätsel auf. „Wie nett von Ihnen", meinte er schließlich. „Wie geht es Nicholas?"

„Ihm geht's gut."

„Sie sind also zusammen?"

„Natürlich."

„Weshalb geben Sie das Geld zurück?"

„Ich bin keine Diebin. Ich habe gelogen und betrogen, weil es die Sprache ist, die Ihr Kunde versteht. Sagen Sie mir, Fitch, haben Sie Gabrielle gefunden?"

„Ja, das haben wir."

„Und haben Sie ihre Eltern gefunden?"

„Wir wissen, was aus ihnen geworden ist."

„Sie waren beide wundervolle Menschen. Sie waren intelligent und kraftvoll, und sie liebten das Leben. Sie haben beide mit dem Rauchen angefangen, als sie auf der Uni waren, und ich habe miterlebt, wie sie vergeblich versucht haben, es sich wieder abzugewöhnen, bis sie starben. Sie starben beide einen grauenhaften Tod, Fitch. Ich habe zugesehen, wie sie litten und um Luft rangen, bis sie überhaupt nicht mehr atmen konnten. Ich war ihr einziges Kind. Haben Ihre Lakaien das herausgefunden?"

„Ja. Wann haben Sie diesen Plan ausgeheckt?" fragte er.

„Auf der Uni. Ich habe Finanzwissenschaft studiert, hörte Geschichten über Tabakprozesse, und die Idee nahm Formen an."

„Ein toller Plan."

„Danke, Fitch. Aus Ihrem Mund ist das ein Kompliment." Sie zupfte an ihren Handschuhen, als wollte sie gehen.

„Sind Sie fertig mit uns?" fragte Fitch.

„Nein. Wir werden die Berufung genau verfolgen, und wenn Ihre Anwälte beim Attackieren des Urteils zu weit gehen, dann habe ich Kopien der elektronischen Überweisungen. Seien Sie vorsichtig, Fitch. Wir sind ziemlich stolz auf dieses Urteil, und wir werden auch in Zukunft genau aufpassen."

Sie stand an der Tischkante. „Und nicht vergessen, Fitch, wenn Ihre Leute das nächste Mal vor Gericht ziehen – wir werden dasein."

JOHN GRISHAM

Der meistgelesene Autor der Welt

Der Werdegang ist ungewöhnlich: Für den 1955 in Jonesboro, Arkansas, geborenen Bauarbeitersohn John Grisham war schon mit dem Abschluß seines ersten Studiums im Fach „Buchhaltung" ein sozialer Aufstieg geschafft. Erst danach wandte er sich der Gesetzeskunde zu und erhielt 1981 die Zulassung als Anwalt – ein Beruf, dem er fast zehn Jahre treu blieb. 1983 machten ihn die Wähler zum Politiker; sieben Jahre wirkte er als Abgeordneter im Parlament des Staates Mississippi. Etwa in dieser Zeit begann er auch zu schreiben, und damit nahm die erfolgreichste Karriere des John Grisham ihren Lauf.

Sein erster, in einem ungemütlichen Schuppen entstandener Roman *Die Jury* war zunächst ein Flop. Grisham ließ sich nicht entmutigen. Von seiner Frau, einer Lektorin, angespornt, gelang ihm 1991 mit *Die Firma* der Durchbruch. Die Romane, die danach folgten, waren allesamt Weltbestseller: *Die Akte, Der Klient, Die Kammer, Der Regenmacher*.

Die Idee für *Das Urteil* verdankt Grisham einem echten, Jahre zurückliegenden Fall, der zugunsten der beklagten Tabakfirma entschieden wurde. „Damals", berichtet Grisham, „gab es eine Menge von Gerüchten über die Ausspähung von Jurykandidaten und später dann über Manipulationen der Geschworenen." Mittlerweile hat das Thema „Tabakindustrie und Schadenersatz" in den USA an Brisanz gewonnen: Angesichts einer Vielzahl von Klagen einzelner Bürger und amerikanischer Bundesstaaten ließen sich die Konzerne das Zugeständnis abringen, viele Milliarden Dollar aufzubringen, um die Folgekosten des Rauchens zu mindern und Programme gegen das Rauchen zu finanzieren.

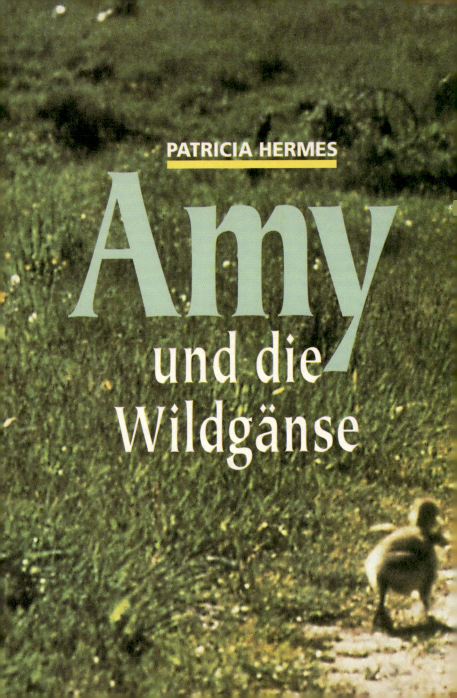

„Du musst den Rest des Weges allein machen, Amy", sagte Dad.

„Nein", antwortete ich. „Das kann ich nicht." Ich schüttelte den Kopf. Ich konnte doch nicht allein fliegen. Ohne ihn.

„Doch, das kannst du", wiederholte Dad. „Und weisst du auch, warum?" Wieder schüttelte ich den Kopf. „Weil du genau wie deine Mutter bist", sagte er. „Sie war sehr tapfer, weisst du."

Ich konnte nicht antworten, weil mir die Tränen kamen.

Er streckte die Hand aus und berührte mein Gesicht. „Sie ist losgegangen und ihrem Traum gefolgt, Amy. Genau wie du. Das hier ist dein Traum."

EINS

Ob ich das Haus wiedererkennen würde? Dad sagte, ja, aber ich glaubte nicht daran. Trotzdem war ich ein wenig gespannt, als Dad den alten Pick-up in die Straße lenkte, die den Hügel hinauf nach..., nach Hause führte. Aber es war nicht mein Zuhause. Nicht mein richtiges Zuhause jedenfalls. Mein richtiges Zuhause war weit weg, in Neuseeland. Bei Mum.

Das da war ein anderes Zuhause, das meines Vaters. Und ich haßte es im voraus.

Als wir anhielten, spähte ich aus dem Fenster und schaute auf das Haus und die Felder, während um uns herum strömender Regen fiel.

Nein. Ich erkannte es nicht wieder. Vielleicht, weil ich mich bemüht hatte, es zu vergessen, vielleicht auch, weil es so häßlich war. Es war nichts als ein häßliches, altmodisches Haus mit merkwürdig schiefen Fenstern, mitten in regennassen Feldern mit nichts drum herum außer vielleicht ein paar wilden Tieren. Das sah nicht nach einem Zuhause aus. Nicht wie ein wirkliches Zuhause für mich.

„Das sieht nur so aus, weil es regnet", sagte Dad, als ob er meine Gedanken erraten hätte. „Als ich wegfuhr, lagen hier sechzig Zentimeter Schnee." Dann deutete er mit dem Finger auf etwas. „Kannst du dich daran erinnern, Amy? Die Schaukel?"

Ich schaute auf das alte, rostige Gestänge neben dem Haus, an dem sich die Schaukelbretter langsam im Regen hin- und herbewegten.

Regen. Regen, genau wie in jener Nacht, als es geschah. Genau wie in der Nacht, als Mum starb, bei diesem schrecklichen Unfall mit dem Lastwagen, der in uns hineinraste. Wieder sehe ich den Lastwagen auf uns zukommen, höre Schreie, versuche selbst zu schreien, strecke die Hand nach Mum aus. Und dann die Musik, sogar noch nach dem Zusammenstoß und den Sirenen des Krankenwagens und den Geräuschen der Apparate in dem Krankenhaus, in das sie mich gebracht hatten – auch dann noch konnte ich in meinem Kopf die Musik hören, die lief, als es passierte: *„Auf Wiedersehen, mein liebes Kleines..."* Sie verfolgte mich, ging in meinem Kopf um und um. Mum und die Musik gehören zusammen. Was für mich meine Tuba ist, war für sie der Gesang.

„Wie lange ist das her, daß du das letzte Mal hier warst, Amy?" fragte Dad mit leiser Stimme. „Sieben Jahre?"

Ich starrte weiter aus dem Fenster. „Neun", antwortete ich.

„Oh", sagte Dad. „So lange schon."

Ja, so lange schon. Vor neun Jahren haben sich Mum und Dad scheiden lassen. Vor neun Jahren sind Mum und ich weggezogen, und Mum hat ihre große Musikkarriere gestartet. Ich war damals noch sehr klein, und Dad hat mich seitdem kaum gesehen, nur manchmal hat er uns besucht. Nun war das anders. Jetzt, da Mum tot war, mußte ich mit ihm auskommen. Und er mit mir. An diesem Ort, der kein Zuhause war.

Ich schlang meine Arme fest um mich, während er den Laster anhielt und den Motor abstellte. Er schaute hinaus in den Regen, dann auf mich. „Bist du bereit?" fragte er.

Ich war nicht bereit. Aber irgendwie schafften wir den Sprung zum Haus, duckten uns unter den tropfenden Zweigen durch, rannten, um die schützende Veranda zu erreichen, und dann in die Küche.

Als wir drin waren, hielt ich inne und sah mich um. Das sollte eine Küche sein? Es war ein Saustall! Es gab zwar einen Herd und ein Abwaschbecken und ein paar Schränke – aber da war so viel Gerümpel, überall Gerümpel. Werkzeuge. Der Flügel eines Flugzeuges oder eines Gleiters oder so etwas. Mitten auf dem Boden stand ein großes Ding, das aussah wie ein Tier aus Metall. Die Wände waren erst halb fertig oder halb eingerissen, elektrische Kabel hingen heraus.

Mittendrin stand Dad und begann Zeug wegzuräumen – Kaffeetassen, Papiere und Post, Holzreste und Werkzeuge. „Wenn es erst fertig ist, wird es hier schön sein", sagte er. „Und schau mal das da..." Er zeigte auf eine Stelle der Anrichte und drückte einen Knopf: ein winziger, runder Kühlschrank kam zum Vorschein – aus der Anrichte! „Schau!" sagte er. „Das ist viel praktischer als die Kühlschränke, die du kennst. Du kannst alles, was drin ist, sehen, und wenn du ihn nicht mehr brauchst – tschüs und bis zum nächsten Mal."

Er drückte auf den Knopf, und das Ding verschwand wieder. Ich blinzelte ihn nur an.

„Ich habe einen Designerpreis dafür bekommen", verkündete Dad. „Und hier hinten..." Er deutete aus dem Fenster hinters Haus. „Das ist meine Werkstatt. Du hast ja sicher schon von meinen Erfindungen gehört, oder? Du weißt..."

„Wie lange arbeitest du schon daran?" fragte ich und schaute erneut auf die Unordnung.

„Am Umbau?" Dad folgte meinen Blicken, so, als ob er den Raum zum ersten Mal sehen würde. „Oh, schon lange, wirklich, ziemlich lange. Ich war sehr in meiner Werkstatt beschäftigt, dafür blieb mir nicht viel Zeit."

Und auch keine Zeit, um mich zu besuchen.

„Ich will sagen", fuhr er leise fort, „ich habe nicht mehr daran gearbeitet seit..., seit neun Jahren, glaube ich."

„Neun Jahre?" Ich drehte mich um und starrte ihn an.

Er nickte. „Ja, tatsächlich, neun Jahre. Weißt du, ich hörte damit auf, als du und Mum weggegangen seid. Das hatte keinen rechten Sinn mehr."

Ich nickte. Das konnte ich verstehen. In letzter Zeit hatten auch für mich viele Dinge keinen rechten Sinn mehr gehabt.

„Ich bin sehr müde", erklärte ich.

„Oh", sagte er. „Dein Schlafzimmer ist oben. Weißt du noch?" Er drehte sich um, ging voran zu einem Treppenaufgang, und wir stiegen nach oben. Sogar auf der Treppe lag allerhand Kram. „Ich habe es nicht geschafft, dein Schlafzimmer aufzuräumen, bevor ich weggefahren bin", meinte Dad, während er mich über die Schulter ansah. „Ich will sagen, alles ist so..." Er sprach nicht weiter, wandte sich wieder nach vorne und ging dann durch einen kleinen Flur. Er öffnete eine Tür, tastete hinein und drehte das Licht an.

Mein Zimmer.

Mein Zimmer? Das sollte mein Zimmer sein? Es war noch schlimmer als die Küche, noch mehr Gerümpel, Stapel von Kartons, Werkzeuge, Metallteile, eine Schweißermaske, eine Schutzbrille, dazu etwas, das aussah wie ein alter Flugzeugmotor. Und in einer Ecke das Bett. Ein Bett mit einem kleinen Teddybären auf dem Kissen.

„Nun, äh, mir ist der Stauraum ausgegangen", sagte Dad hinter mir. „Du verstehst, in der Werkstatt, und deshalb..."

Er schwieg. Eine Zeitlang sagte keiner von uns beiden etwas. Ich ging ein paar Schritte weiter in den Raum hinein. Sollte ich etwa hier schlafen? Hier, in diesem Saustall?

Wie konnte er so etwas machen? Wie konnte er mein Zimmer so mißbrauchen? Wußte er denn nicht...

Ich schüttelte über mich selbst den Kopf. Wie hätte er das wissen sollen, daß er nach Neuseeland fliegen und mich nach Hause holen mußte, Mum beerdigen und...

„Ich schmeiss' den ganzen Kram hier morgen raus", versprach Dad leise. „Wir werden es wieder genau so herrichten, wie du es in Erinnerung hast."

„Ich erinnere mich nicht", sagte ich.

„Wie?" sagte er und runzelte die Stirn.

„Ich kann mich nicht daran erinnern", bekräftigte ich. Ich bahnte mir einen Weg über den Boden und setzte mich auf die Bettkante. Dieses ganze Haus war ein einziger Saustall. Wie konnte er so leben? Wie sollte ich es hier aushalten – ohne Mum? Ich wollte allein sein. Und ich wollte ihn raushaben. Sofort. Ich schaute zu ihm auf. „Ich bin wirklich müde."

Dad nickte. „Ich verstehe", sagte er leise. „Gute Nacht."

Er ging hinaus und machte die Tür hinter sich zu.

Sobald er weg war, nahm ich den Teddy. Konnte ich mich an ihn erinnern? Ich konzentrierte mich, versuchte mir ins Gedächtnis zu rufen, wie er sich anfühlte. Ob ich ihn damals im Arm gehabt habe? Hat ihn Mum in meine Arme gelegt und ein Lied für mich gesungen? Habe ich den Teddy mit ins Bett genommen, und hat Mum...

Ich drückte den Teddy lange, dann hielt ich ihn weit weg und starrte ihn von neuem an. Nein, ich konnte mich nicht erinnern. Nicht an den Teddy, nicht an dieses Haus und auch nicht an dieses Zimmer. Und ich konnte mich kaum an meinen Vater erinnern.

Plötzlich hörte ich unten jemanden sprechen, die Stimme einer..., einer Frau? Und diesen einen dummen Augenblick lang dachte ich: Mum!

Ich sprang auf, ging zur Tür und öffnete sie. Aber natürlich war das nicht meine Mutter. Es war nicht einmal eine Frau, die da sprach. Nur Dad, der telefonierte.

Selbst wenn ich versuchte, mir Mum hier mit ihm in der Küche vorzustellen, es ging einfach nicht. Überhaupt konnte ich mir Mums Gesicht kaum noch vorstellen.

ALS ICH am nächsten Morgen aufwachte, dachte ich zuerst, ich wäre wieder im Krankenhaus. Ich konnte das seufzende Geräusch des Atemgeräts hören, ein und aus und ein und...

Ich blinzelte, sah mich um. Ich war nicht im Krankenhaus. Es war Morgen, und ich war hier an diesem Ort, der kein Zuhause war. Und das Geräusch kam vom Wind, der sanft durch die Vorhänge wehte. Ich drehte mich um und schaute aus dem Fenster.

Die Sonne schien. Das war immerhin besser als nichts. Kein Regen mehr. Ich stand auf und ging zum Fenster. Draußen sah ich eine mit Blumen bedeckte Wiese und weiter weg eine lange Hügelkette. Unterhalb des Hügels konnte ich gerade noch etwas ausmachen, das wie ein Sumpf aussah, mit Wasser und Wildgänsen. Geradeaus, am Ende der Zufahrt war eine große alte Scheune, und durch das offene Tor erkannte ich eine hin- und herschwingende Reifenschaukel.

Ich runzelte die Stirn und versuchte, mir etwas ins Gedächtnis zu rufen. War da eine Erinnerung? Für einen Augenblick hatte ich das Gefühl, als wäre da etwas; vielleicht, wie Mum mich auf dieser Schaukel anstieß? Aber... nein, doch nicht. Nicht wirklich.

Ich saß eine ganze Weile am Fenster, schaute mir all das da draußen an. Es sah so einsam aus, nur Bäume und Wiesen und Hügel, nicht ein einziges menschliches Wesen irgendwo, nicht einmal ein anderes Haus. Kein Wunder, daß Mum von hier fortgegangen war. Das einzige, was sich rührte, waren die Wildgänse, die sich dort unten im Sumpf niedergelassen hatten.

Und dann sah ich es..., dieses..., dieses Ding! Etwas, das sich bewegte. Es war groß, bewegte sich wie eine Krabbe den Hügel hinter dem Haus hinunter und kroch zwischen den Bäumen hindurch in Richtung auf die Anhöhe zu. Es sah aus wie eine gigantische Fliege, aber es war riesig, so groß wie ein kleines Flugzeug.

Was war das bloß? Ein Mensch? Es sah aus wie ein Mensch mit großen Flügeln hintendran. Aber Menschen haben keine Flügel, nicht einmal hier in Kanada, das wußte ich.

Ich schaute zu, wie dieses seltsame Wesen ganz langsam auf den Gipfel des Hügels kroch. Oben angekommen, machte es eine Pause, als ob es Atem schöpfen müsse, dann drehte es sich um. Und plötzlich begann es den Berg herunterzurennen.

Da erkannte ich, daß das Dad war. Das Ding mit den angehefteten Flügeln, mit dieser Art Gleiter auf dem Rücken, das dort rannte, den Berg herunterrannte – und dann ganz einfach abhob und durch die Luft segelte, war mein Dad. Und schon war er aus meinem Gesichtsfeld verschwunden.

Ich rannte aus meinem Zimmer, durch den Flur, zu einem anderen Fenster. Ja. Ich konnte ihn sehen. Da war er, er segelte hoch, ganz hoch über die Bäume hinweg. Über das Haus. Und fort war er.

Ich raste die Treppe hinunter, stolperte und stieß mich an dem Zeug, das da herumlag, rannte nach draußen auf die Veranda.

Ja, ich konnte ihn sehen, hoch über der Hügelkette schwebend – fliegend, wie ein großer Vogel. Dann kehrte er um und kam langsam zurück. Er war schon ziemlich weit unten, als ihn ein Windstoß erwischte und er plötzlich wieder an Höhe gewann. Dann schien ihn der Wind loszulassen, und er kam herunter. Wie ein Stein fiel er auf den Boden, überschlug sich mehrmals, und das Flügelteil klappte über ihm zusammen. Und dann bewegte er sich überhaupt nicht mehr.

Tot. Er war tot! Ich spürte es. Er war ein Irrer, und er war tot.

Ich rannte zu ihm hin, aber gerade in diesem Moment warf er die Flügel weg, lachte und winkte zu mir rüber. Dann stieß er einen Schrei aus, ein lautes Triumphgeheul. Es schien ihm also Spaß zu machen!

Spaß? Aber er hatte sich doch gerade weh getan? Komisch. Er war ein wirklich komischer Mensch. Ich drehte mich schnell um und ging zum Haus zurück. Dort rannte ich die Treppe hinauf, zog mich an und wartete. Aus irgendeinem Grund wollte ich ihn nicht sehen. Ich wollte und mußte immer noch allein sein.

Ich wartete, bis ich ihn zurückkommen hörte, dann, bis er in seine Werkstatt gegangen war. Erst als ich sicher war, daß er weg war, ging ich die Treppe hinunter nach draußen. Ich mußte raus, einfach raus, irgendwohin.

Aber wohin sollte ich gehen? Dort hinten war der große Hügel, wo mein Vater gerade noch geflogen war – wenn man das Fliegen nennen konnte. Ich machte mich auf den Weg dorthin. Durch das hüfthohe Gras sah ich hier und da Vögel schnell und geschäftig aufflattern, als hätten sie etwas Wichtiges vor. Oben auf dem Hügel blieb ich stehen, von hier aus konnte ich die ganze Farm und den Sumpf unter mir überblicken.

Es sah eigentlich ziemlich hübsch aus dort unten, Bäume und Blumen und eine steinerne Mauer, und direkt hinter der Mauer saßen Wildgänse im Sumpfwasser, von denen einige Familien zu bilden schienen. Es gab eine ziemliche Menge Gänse, und ein paar davon saßen auf Nestern dicht am Wasser und brüteten.

Ich stand lange und beobachtete sie nachdenklich. Wie es wohl ist, ein wilder Vogel zu sein? fragte ich mich. Wie es wohl ist, in einem Nest zu sitzen, Vogelbabys auszubrüten, ihnen etwas beizubringen, zum Beispiel Schwimmen und Fliegen? Und wie es wohl ist, mit ihnen wegzufliegen und dann zurückzukommen?

Wenn ich nur nach Hause zu Mum fliegen könnte... Ich schaute zum Himmel hinauf. Wo war Mum? War sie im Himmel, und gab es überhaupt einen Himmel? War er über uns, wie man uns in der Sonntagsschule erzählt hatte, hoch oben in der Luft?

Dummes Zeug, sagte ich mir. Ich benahm mich töricht wie ein kleines Kind. Ich stand auf, ging den Hügel hinunter, schlug den Weg zum Sumpf ein, stellte mich an den Rand des Wassers und schaute mir die Gänse an.

Sie beobachteten mich aufmerksam, und ein Gänsevater flatterte drohend auf mich zu, als wollte er mich vertreiben.

„Ich wollte euch nicht stören", sagte ich leise und trat einen Schritt zurück. „Ich versichere euch, ich komme euren Jungen nicht zu nahe."

Er pflanzte sich einige Meter vor mir auf, sein dicker Körper bewegte sich ein wenig hin und her. Er hatte den Kopf leicht gedreht, und eines seiner hellen Augen war fest auf mich gerichtet.

Ich blieb eine Weile stehen, aber anscheinend machte ich ihn und die anderen Gänse nervös, und so entfernte ich mich schließlich wieder. Ich ging den Hügel hinunter ums Haus herum in Richtung Scheune, wo die Reifenschaukel, die ich von meinem Fenster aus gesehen hatte, mitten im offenen Tor hing.

Ich betrachtete das Seil, das über einen Balken geworfen war. Ob es mein Gewicht wohl noch aushalten würde? Ob ich hier geschaukelt hatte? Ich betastete das Seil, ließ es durch meine Finger gleiten. Ja, ich konnte mich an etwas erinnern – aber an was? Mum, die mich hier schaukelte, mich auf ihrem Schoß hielt?

Ich seufzte auf, schaute mich weiter in der Scheune um. Überall lag Zeug verstreut, genau wie im Haus. Ein riesiger Spiegel, ein Reisekoffer, Stapel von Kisten, hier und da Teile von Metallrohren und Leitungen, eine Kommode – alles mögliche.

Ich ging weiter in die Scheune hinein, bog um eine Ecke, gelangte in einen anderen Raum... und schrie vor Schreck beinahe auf. Ein Raumschiff! Da stand ein Raumschiff, ein richtiges Raumschiff.

Was hatte das hier zu suchen? Wozu hatte Dad ein Raumschiff in seiner Scheune? War es eine seiner Erfindungen?

Ich machte mich auf den Weg zurück ins Haus, dann überlegte ich es mir anders und ging zu seiner Werkstatt hinüber. Drinnen konnte ich ihn hören, eine Maschine lief und sprühte Funken.

Ich trat ein. Dad stand auf einem hohen Gerüst, hatte eine Schutzmaske auf und schweißte etwas an einem riesigen Monsterding fest, das wie ein großer Drache aussah.

Als er mich in der Tür stehen sah, stellte er das Gerät ab und schob seine Maske hoch. „Hallo!" rief er. „Ich habe dich heute morgen gesehen. Du hättest nicht gedacht, daß ich fliegen kann, stimmt's? Wie hat es dir gefallen?"

Ich zuckte nur mit den Schultern. „Wie du dir beinahe den Hals gebrochen hast, meinst du?"

Er verzog das Gesicht. „Nun ja", sagte er, „für mich war es schon eine ganz gelungene Landung."

Ich drehte mich weg. „Dann würde ich das aufgeben", meinte ich.

Er antwortete nicht.

„Ich habe in der Scheune ein Raumschiff gesehen", sagte ich.

„Ja, das! Daran erinnerst du dich, nicht wahr? Das ist unsere Mondlandefähre. Ich habe sie in dem Winter gebaut, als deine Mum... weggegangen ist. Sie dachte sicher, ich sei verrückt geworden. Ich gebe zu, ich hatte kein Geld. Ich hatte damals eine verrenkte Schulter, es war eiskalt und..."

„Wozu?"

Dad runzelte die Stirn und schaute zu mir herunter. „Einfach so. Ich hatte Lust dazu. Das Abenteuer Mond lockte mich. Nun ja, heute weiß niemand mehr, wie aufregend das damals war. Stell dir das vor, Amy, der Mond! Eine völlig andere Welt."

Er klang so aufgeregt. So... seltsam.

„Es ist ein exakter Nachbau", sagte Dad, als würde das die Sache erklären. „Es ist ein exakter und vollkommener Nachbau."

„Schön", sagte ich. „Jeder sollte so ein Ding zu Hause haben."

„Nun ja", meinte er. „Man hat mir dafür eine Menge Geld angeboten."

Ich zeigte auf den Drachen aus Eisen. „Und was ist das?" fragte ich.

„Er ist für ein Museum in Montreal", antwortete Dad. „Ich bin fast fertig damit." Er legte den Kopf schief und begutachtete sein Werk. „Ob er wohl einen Ziegenbart braucht? Oder soll er besser glattrasiert bleiben?"

„Mach ihm einen Bart", sagte ich. „Dann sieht er aus wie du. Nur nicht so verrückt."

Er schwieg eine Weile. Dann sagte er sehr langsam und ruhig: „Hör zu. Ich habe hier wirklich viel Arbeit, ich hätte ihn schon längst abliefern sollen. Deshalb muß ich mich jetzt ziemlich reinhängen."

Ich zuckte mit den Schultern.

„Ich will sagen", fuhr er fort, „ich bin wahrscheinlich oft hier im Schuppen, okay?"

Ich schaute ihn nur an. „Du brauchst mir nicht das Händchen zu halten", sagte ich. „Ich bin kein Baby mehr." Dann drehte ich mich um und ging hinaus.

ZWEI

Es war Morgen, und ich war schon sehr früh aufgestanden, lange vor Dad und lange bevor es Zeit für den Schulbus war. Ich stand in der Hintertür mit meiner Cornflakesschüssel, schaute nach draußen über den Hügel und dachte nach. Ich fragte mich, wie ich es anstellen konnte, nicht zur Schule zu gehen.

Zwei Tage war ich schon dort gewesen, und jetzt wollte ich nicht mehr hin – nicht zu diesen Menschen, die sich nur über meinen Akzent lustig machten und meine Kleider anstarrten. Als ob sie die schicksten Klamotten der ganzen Welt hätten, wirklich, die mit ihren blöden ausgebeulten Hosen und Ohrringen. Ich würde nicht wieder hingehen. Aber ich mußte erst noch herauskriegen, wie ich das anstellen konnte. Vielleicht konnte ich ja zur Scheune hinunterschleichen und mich im Gras verstecken, bis der Bus abgefahren war. Irgendwas würde mir schon einfallen.

Auch über andere Sachen mußte ich mir noch klarwerden. So zum Beispiel über Susan, die Freundin meines Vaters, die gestern abend gekommen war, als Dad und ich uns gerade zum Abendessen setzten. Dad hatte dieses scheußliche Zeug gekocht – einen Eintopf mit Chilibohnen, Hackfleisch und – Erdnußbutter! Ich hatte nicht vor, etwas davon zu essen.

Susan schien ziemlich verlegen zu sein und benahm sich ungeschickt, wenn sie mit mir redete, als ob ich ein Besucher vom Mars oder so etwas Ähnliches sei. Aber jetzt wohnte ich nun einmal hier, und sie mußte mit mir auskommen, ob ihr das gefiel oder nicht. Und natürlich gefiel ihr das nicht, wie jeder sehen konnte, obwohl sie sich große Mühe gab, es zu verbergen.

Kurz gesagt, sie hatte etwas, was ich nicht mochte, vielleicht weil sie so angestrengt versuchte, nett zu sein. Krankhaft nett, hätte Mum gesagt.

Sie und Dad zogen eine schleimige Wiedersehensfeier ab, sie warf sich ihm entgegen, hängte sich an seinen Hals und tätschelte seinen Rücken. Einfach widerlich.

Als ich später nach oben gegangen war, belauschte ich sie. Ich hörte, wie sie zu Dad sagte, ich wäre anders, als sie es erwartet hätte, „komplizierter". Ich wußte nicht genau, was sie damit meinte, aber

ich wußte, daß es besser war als ihre geheuchelte Freundlichkeit.
Ich wußte, Dad wollte, daß sie blieb – vielleicht blieb sie sonst für immer da, keine Ahnung. Aber sie sagte, nein, sagte, daß sie noch nicht einmal wüßte, ob sie überhaupt hiersein sollte, nicht mit mir jedenfalls.

Gut, in diesem einen Punkt hatte sie recht. Ich stellte meine Cornflakesschüssel hin und starrte aus dem Fenster. Was sollte ich tun? Wieder ein blöder Tag in der Schule, ich würde nicht hingehen. Egal, wie oft Dad mich aus der Tür schieben würde zu diesem Schulbus, ich würde nicht hingehen.

In diesem Moment ertönte draußen ein Geräusch, ein lautes, dröhnendes Motorengeräusch. War der Schulbus etwa schon da?

Ich schaute auf meine Uhr. Nein, es war noch viel zu früh.

Da war das Geräusch wieder, diesmal noch lauter, und dann ein anderes, Gänse, die schnatterten und riefen, und dann wieder die Maschine, die aufheulte. Ich beugte mich näher zum Fenster und spähte hinaus. Weiter unten im Sumpf sah ich etwas – etwas Großes, Gelbes. Ein Bulldozer? Ja, dort bewegte sich röhrend und knatternd ein Bulldozer. Dafür, daß er so riesig war, bewegte er sich erstaunlich schnell, und während er donnernd vorwärts rollte, stürzten Bäume auf seinem Weg zu Boden.

Ich sah, wie die Erde aufgerissen wurde, wie die sich vorwärts pflügende Maschine die Bäume, den Sumpf und alles auf ihrem Weg zermalmte. Die Wildgänse waren völlig durchgedreht, sie kreischten, schnatterten und schrien.

Es war geradezu beängstigend, dieses Splittern und Krachen und das Schnattern der Gänse, und dann..., dann passierte noch etwas anderes.

Dad. Er kam hinter mir aus seinem Schlafzimmer gestürzt und raste, nur mit seiner Unterwäsche am Leib, die Treppe hinab. Er schob mich zur Seite, riß die Tür auf und rannte den Hügel hinunter, wobei er wie verrückt mit den Armen wedelte. „Stopp! Stopp!" hörte ich ihn rufen. „Das ist gegen das Gesetz. Es hat noch keine Abstimmung gegeben. Ihr A ...!"

Er sprang im Gras auf und ab, schrie und fuchtelte mit den Armen in der Luft herum wie ein Wilder. Und dann beugte er sich vor, hob einen Stein auf und schleuderte ihn gegen den Bulldozer, gleich darauf einen zweiten. Und noch einen. Und noch einen.

Er war verrückt. Er war völlig verrückt geworden. Kein Wunder, daß Mum ihn verlassen hatte.

Ich drehte mich um, rannte hinauf in mein Zimmer und zog mich an. Ich wollte raus hier. Raus, weg von diesem Verrückten. Aber wohin? Jedenfalls nicht zur Schule.

Plötzlich bemerkte ich, daß der Lärm draußen aufgehört hatte, zumindest dieses röhrende, splitternde Geräusch. Nur die Gänse schlugen weiterhin Krach. Warum hatte der Bulldozer angehalten? Hatte Dad den Fahrer mit einem Stein getroffen? Ihn etwa getötet?

Ich blieb einen Augenblick völlig still und lauschte. Nichts. Es war ziemlich ruhig, sowohl drinnen als auch draußen.

„Amy?"

Ich drehte mich um. Es war Dad, der nun einen Bademantel trug.

„Amy", sagte er. „Tut mir leid."

Ich zuckte nur mit den Schultern und zog mich weiter an. Nichts wie raus hier. Ich wollte weg von hier. Er war einfach zu verrückt.

„Amy", sagte er. „Schau mal, diese Leute versuchen direkt neben unserem Grundstück zu bauen, und zwar einen Golfplatz. Und ein Hotel mit einem Einkaufszentrum. Wir haben dagegen gekämpft, verstehst du? Aber heute sind sie gekommen und haben angefangen. Es hat nicht einmal eine Abstimmung gegeben. Wir wollen eine Abstimmung haben, aber sie sind trotzdem gekommen. Ich habe sie fürs erste gestoppt, aber –"

„Ist mir egal", unterbrach ich ihn. Ich schnallte die Träger meiner Latzhose fest und beugte mich vor, um nach meinen Schuhen zu greifen.

„Aber laß es mich dir erklären", sagte Dad. „Ich weiß, das sah ein bißchen..."

Ich wirbelte herum. „Ist mir egal! Verstehst du? Interessiert mich nicht im geringsten." Er schaute mich nur an. „Und ich gehe auch nicht mehr zur Schule", setzte ich hinzu. „Eher sterbe ich!"

Er machte den Mund auf, klappte ihn aber gleich wieder zu.

Und du bist verrückt! An diesem Ort hier ist alles verrückt. Ich hasse es hier. Ich hasse dich! Ich will zu Mum zurück. Obwohl diese Worte aus mir hinausdrängen wollten, sprach ich sie doch nicht aus, ich konnte es nicht, denn plötzlich wurde ich von Tränen geschüttelt. Ich fiel aufs Bett, mit dem Gesicht nach unten, und begann zu weinen.

„Amy?" sagte Dad. Er kam näher und blieb neben dem Bett stehen.

Ich vergrub mein Gesicht in dem Teddy und drückte sein kratziges Fell gegen meine Wange.

„Warum nur mußte das alles so kommen?" schluchzte ich. Keine Antwort. Aber ich merkte, daß Dad immer noch da war, ich konnte seinen Atem hören, der ein wenig schwer ging. „Warum kann ich nicht aufwachen, und alles ist wie früher?"

Er antwortete immer noch nicht. Die Tränen kamen jetzt stärker, und das zum ersten Mal, seit ich im Krankenhaus gehört hatte, daß Mum tot war. Da war dieser Schmerz wieder, dieser Schmerz in meiner Brust. Er sitzt da, wo sie mich verlassen hat, ein echter Schmerz, direkt im Herzen. Das meinen die Leute wohl, wenn sie sagen, daß einem das Herz bricht. Es fühlt sich wirklich so an. Jawohl, so ist es.

„Amy", versuchte Dad es noch einmal.

„Sag mir das", platzte ich heraus. Ich drehte mich um und schaute ihn an. Ich wollte mich aufsetzen und..., und irgend etwas machen. Ihn schlagen, ihm weh tun.

Warum mußte das alles so sein? Es war nicht seine Schuld, das wußte ich. Er konnte nichts dafür, daß Mum nicht mehr da war. Daß sie tot war. Aber warum konnte er nicht so sein wie sie – wenigstens ein bißchen?

Dad streckte seine Hand nach mir aus. Er öffnete den Mund, als ob er etwas sagen wollte. Aber er sagte kein Wort. Er blieb einfach so stehen, eine Hand ausgestreckt, und schüttelte seinen Kopf.

Ich vergrub mein Gesicht wieder in dem Teddy.

Dann, es war eine ganze Weile verstrichen, hörte ich, wie er hinausging und die Tür sich leise hinter ihm schloß. So, als hätte er nichts verstanden. So, als ob es ihm egal wäre.

AN JENEM Tag ging ich zur Schule. Dad sorgte dafür, daß ich zum Bus ging, er schob mich geradezu aus der Tür hinaus und warf mir meine Jacke und meine Bücher hinterher. Nicht, daß mir das viel ausgemacht hätte. Es wäre vielleicht sogar schlimmer gewesen, zu Hause zu bleiben und zu warten, was für ein verrücktes Ding er als nächstes anstellen würde. Den ganzen Tag über sprach ich mit niemandem, nicht im Bus zur Schule, nicht in der Schule und auch nicht in dem Bus, der mich zurückbrachte. Mit keinem einzigen Menschen. Ich tat einfach so, als ob sie nicht existierten, genau wie sie so taten, als ob ich nicht existierte, und als der Bus mich absetzte, ging ich auch nicht ins Haus, um meinen Dad zu sehen.

Statt dessen ging ich außen herum zum Sumpf. Der Bulldozer war weg, aber er hatte überall seine Spuren hinterlassen. Bäume waren entwurzelt und Erde aufgeworfen, überall auf dem Boden lagen Zweige und zerdrücktes Gras.

Auch der Sumpf war zerstört. Wo man hinsah, nur noch Schlamm, das Schilf und die Gräser waren ausgerissen. Die Gänse waren weg. Ich stand schweigend da, schaute mich in allen Richtungen um, aber nirgendwo sah ich auch nur eine einzige Gans.

Der ganze Ort sah so traurig, so verlassen aus. Wie konnte ein einziger Bulldozer so viel Schaden anrichten? Und warum? Dad hatte gesagt, daß sie keine Erlaubnis hatten, das zu tun. Aber sie hatten es getan. Sie hatten eine große Schweinerei angerichtet, und sie hatten es nicht tun dürfen. Vielleicht war Dad dieses eine Mal doch nicht so ganz verrückt gewesen.

Vorsichtig stieg ich über Erdhaufen und herumliegende Äste, ging weiter in den Sumpf hinein.

Ich stand stumm da, schaute umher, horchte, hoffte. Aber da war nichts zu hören. Keine Gänse. Nicht ein einziger Vogelruf oder ein Froschquaken – nichts, so als ob alles Leben vertrieben worden wäre.

Ich ging weiter in den Sumpf hinein, meine Schritte verursachten glucksende Laute im feuchten Schlamm. Und dann plötzlich sah ich etwas – Eier – ein ganzes Nest. Sechs Eier, die in einem Nest lagen, sechs schöne, vollkommene Eier. Und ein siebtes, das kaputt und zerdrückt daneben lag. Aber keine Gänsemutter.

Ich schaute mich weiter um. Auch ein Gänsevater war nicht zu sehen. Nur die Eier. Ob die Eltern getötet worden waren? Oder bloß verjagt? Ich blieb ganz still stehen, spähte durch das Sumpfgras und ins Gebüsch. Vielleicht würden sich die Gänseeltern ja zeigen, wenn ich mich nicht bewegte.

Ich stand lange völlig lautlos da, sehr lange. Aber ich sah oder hörte nichts. Wenn sie noch dagewesen wären, hätte ich sicher ihr Rascheln und Schnattern gehört. Aber alles blieb ruhig.

Ich schaute wieder auf die Eier. Was sollte aus ihnen werden, fragte ich mich. Wie sollten sie ausschlüpfen? Wie konnten sie leben ohne eine Mutter, die sie wärmte, und einen Vater, der sie beschützte?

Ich dachte nach. Wenn ich einen warmen Platz für sie finden könnte, wenn ich sie warm halten würde...

Ich schüttelte den Kopf. Nein. Das war nicht möglich. Niemand, dachte ich, kann eine Gänsemutter ersetzen.

Aber warum eigentlich nicht? fragte ich mich. Wenn sie warm gehalten würden, könnten sie vielleicht sogar ohne Mutter ausschlüpfen.

Aber nein, unmöglich.

Dann dachte ich an meine Mum. Seltsam, ich dachte nicht nur an sie, ich konnte sie in Gedanken so klar hören, als ob sie wirklich zu mir sprechen würde. Warum nicht? hörte ich sie sagen. Wer sagt, daß das nicht möglich ist, Amy? Außerdem glaube ich, daß du eine wirklich gute Mutter abgeben würdest.

Da mußte ich lächeln und schaute hinunter zu den Eiern, die dort nackt, ungeschützt und kalt lagen. Ob ich für sie sorgen konnte? Natürlich konnte ich das nicht hier tun. Aber vielleicht konnte ich irgendwo einen Platz für sie finden. Aber wo? In meinem Zimmer? Nein. Dad würde sich bestimmt aufregen, sobald sie erst einmal geschlüpft wären. Vielleicht in der Scheune? Ja, die Scheune wäre wohl am besten.

Ich schaute noch einmal auf die Eier. „Ich bin bald zurück", flüsterte ich ihnen zu. Dann lief ich los, zur Scheune.

Als ich dort ankam, verlangsamte ich meinen Schritt und überlegte. Sollte ich Dad um Hilfe bitten? Nein. Er würde nein sagen, er würde sagen, ich müßte mich um die Schule kümmern, um...

Also besser gar nichts sagen.

In der Scheune sah ich mich nach dem besten Platz um. Es mußte ein ruhiger Platz sein. Ein warmer Platz. Und vor allem sicher. Wo weder Eulen noch Ratten an sie herankämen.

Schließlich schaute ich mir die Kommode genauer an und öffnete eine Schublade. Ja, die Schublade wäre ein sicherer Platz. Und warm. Wenn ich sie fest verschließen würde, hätten die Eulen und Ratten keine Chance.

Ich schaute mir die Sachen in der Schublade an. Es waren hauptsächlich Babykleider, altes Zeug, das schon ein wenig modrig roch. Ob es meine Sachen waren? Aus der Zeit, als ich ein Baby gewesen war? Außerdem waren da noch Kleider und Halstücher und ein paar Hüte – Mums Sachen vielleicht?

Schließlich fand ich noch etwas anderes – und das war das Beste –, nämlich eine Babytrage. So eine Art große weiche Tasche, die man an der Brust trägt. Man zieht sich die Gurte über die Schultern und setzt dann das Baby hinein. So hat man das Baby nahe bei sich.

Ich nahm die Babytrage heraus. Es mußte meine gewesen sein. Sicherlich hatte Mum sie benutzt, um mich darin zu tragen. Einen Moment lang preßte ich sie an mein Gesicht und atmete tief ein. Aber ich konnte Mums Geruch nicht erkennen.

Mit ein bißchen Vorsicht würde es damit gehen. Ich konnte sie benutzen, um die Eier hierher zu transportieren! Also klemmte ich sie mir unter den Arm und rannte zum Sumpf zurück.

Auf Zehenspitzen ging ich zu dem im Schilf versteckten Nest. Die Eier waren alle noch da, und sie waren heil. Bis auf das eine.

Ich streifte die Schultergurte der Babytrage über und schlang die anderen Gurte um mich herum. Sehr vorsichtig nahm ich die Eier eins nach dem anderen heraus. Sie fühlten sich angenehm, aber kalt an. Waren die Küken drinnen etwa schon gestorben?

Nein, sie waren sicher in Ordnung. Ich würde sie wärmen. „Es ist alles gut", flüsterte ich ihnen zu. „Jetzt ist euch kalt, aber ihr werdet euch aufwärmen. Alles wird gut werden."

Nachdem ich sie alle aufgehoben hatte, kam mir ein anderer Gedanke. Vielleicht waren da ja noch andere Nester, noch mehr mutterlose Babys. Vorsichtig machte ich mich also auf den Weg durch den Sumpf und schaute mich um. Und ich fand sie! Noch zwei Nester. Noch zehn mutterlose Eier.

Bei beiden Nestern machte ich halt und hob vorsichtig die Eier heraus. „Es wird euch gutgehen", sagte ich zu jedem von ihnen, als ich es in die Hand nahm. „Das wird es. Ich verspreche es euch." Ich hielt jedes Ei einen Moment an mein Gesicht und ließ es dann vorsichtig in die Babytrage gleiten. Sechzehn Eier. Sechzehn mutterlose Babys.

Nachdem ich den Sumpf abgesucht und mich versichert hatte, daß keine weiteren Nester mehr da waren, trug ich meine sechzehn Eier vorsichtig zur Scheune.

Dort setzte ich die Babytrage sanft ab und machte mich an die Arbeit. Zuerst öffnete ich die obere Schublade der Kommode und legte sie mit Sachen aus, die ich dort fand – einen alten Schal, Babykleider, ein paar weiche Windeln und Mums Hut. Ich formte und drückte und machte das Nest so angenehm und schön, wie ich es nur konnte. Ein hübsches Nest. Als es fertig war, nahm ich die Eier behutsam aus der Babytrage und legte sie in das neue Nest, alle sechzehn. Perfekt.

Anschließend trat ich einen Schritt zurück. Und nun? Es würde warm sein da drinnen, besonders wenn die Schublade geschlossen war. Aber würde es warm genug sein?

Da fiel mir etwas ein. In der Schule hatten wir einmal um Ostern herum Küken ausgebrütet, und zwar mit elektrischem Licht. Wir stellten einfach eine Lampe in die Kiste, in der die Eier waren. So hatten wir uns einen eigenen Brutkasten gebaut.

Ich wußte, was man dazu brauchte. Aber wie sollte ich es bekommen? Vielleicht, wenn Dad gerade mal nicht hinschaute, während er in seine Schweißarbeiten vertieft war...

Ich machte die Schublade zu und rannte zur Werkstatt, hielt davor an und horchte. Dad war offenbar am Arbeiten, sein Schweißgerät lief. Leise öffnete ich die Tür einen Spalt und schaute mich um. Dad stand oben auf dem Gerüst, hatte eine Schweißermaske auf und hantierte mit seinem Brenner. Es war ziemlich laut, die Funken flogen herum, und er bemerkte mich nicht. Ich hatte bereits entdeckt, was ich brauchte. Es lag direkt vor mir auf dem Fußboden: seine Arbeitslampe, eine große Glühbirne mit einem Drahtkorb, die ein langes elektrisches Kabel hatte, und dazu ein Verlängerungskabel. Genau das war es.

Ich ging in die Hocke, tastete nach der Lampe, hob sie auf und schaute zu Dad. Er hatte mich immer noch nicht gesehen, da er vornübergebeugt mit dem Kinn des Drachens beschäftigt war.

Die Lampe in der Hand, trat ich den Rückzug an und schleppte das Kabel daran hinter mir her. Als ich draußen war, schloß ich ganz leise die Tür, umklammerte die Lampe und rannte zurück zur Scheune.

Dort fand ich eine Steckdose, steckte die Lampe ein und schaltete sie an. Dann zog ich die Schublade einen Spaltbreit auf. Da lagen die Eier, eines neben dem anderen, in ihre Decken und die weichen alten Windeln gebettet.

Vorsichtig ließ ich die Lampe in die Schublade gleiten und faßte mit der Hand nach der Glühbirne. Ja! Sie war warm. Es wurde sehr warm. Die Babys würden sich wohl fühlen, sie würden denken, ihre Mum sei zurückgekommen.

Ich lächelte und holte tief Luft. Dann legte ich die Lampe zurecht und vergewisserte mich, daß sie keines der Eier berührte. Als ich sicher war, daß alles so war, wie es sein sollte, ließ ich die Schublade langsam zugleiten. Ich trat zurück und betrachtete den Lichtschein, der aus der Schublade drang. Ja, so war es gut. Warm und sicher.

Ich legte meinen Mund an die Schublade. „Jetzt ist alles in Ordnung", flüsterte ich ihnen zu. „Ich verspreche es euch. Auch ohne eure Mutter wird es euch gutgehen."

AM NÄCHSTEN Abend konnte ich es kaum erwarten, nach den Eiern zu sehen. Ich hatte den ganzen Tag über an sie gedacht, in der Schule und auch beim Abendessen. Nun war es schon einen ganzen Tag her, seit ich sie in ihr Schubladennest gelegt hatte, und ich machte mir Sorgen. War es ihnen warm genug? War es zu warm für sie? Ob sie vielleicht schon ausgeschlüpft waren? Bereits am Morgen hatte ich versucht, nach ihnen zu schauen, aber es war unmöglich, denn alles hatte plötzlich verrückt gespielt.

Früh war ich, Schuhe und Jacke und die Bücher unter dem Arm, auf Zehenspitzen die Treppe hinuntergestiegen. Ich wußte, daß ich leise sein mußte, um Dad nicht zu wecken. Ich ließ meine Sachen auf das Sofa fallen und schlich zur hinteren Tür.

Da hörte ich es. Ein Jaulen, das hinter mir ertönte. Ich wirbelte herum und erstarrte. Vor mir stieg ein Mann aus einem Berg von Federbetten und Zeug vom Sofa auf, wo ich soeben meine Schuhe und Schulbücher abgelegt hatte.

„Stoppt sie! Stoppt sie!" schrie er.

„Was denn?" rief ich zurück. „Was denn? Wer sind Sie?"

Er rieb sich mit der Hand übers Gesicht. „Oh", sagte er, „es war schrecklich. Sie kamen aus dem Gefrierraum direkt auf mich zu. Es war furchtbar. Ihre Lippen waren ganz blau."

Ich wich zur Tür zurück.

Er schüttelte den Kopf und blinzelte zu mir rüber. „Oh", sagte er. Wieder rieb er sich mit der Hand übers Gesicht. „Oh! Ich bin David. Und du mußt Amy sein. Ich habe dich einmal zu Weihnachten mit Brei gefüttert. Du hast ihn gegessen. Aber damals hast du ja sowieso fast alles in den Mund gesteckt, was nicht niet- und nagelfest war."

Ich starrte ihn nur an.

„Stimmt's, Tom?" sagte er. „Das war doch damals so?"

Ich drehte mich um. Dad war in der Tür hinter mir aufgetaucht, in seinen Bademantel gehüllt, die Haare wild durcheinander.

„Weißt du noch, Tom?" sagte dieser Kerl. „Sie hat sogar mal in deinen Hausschuh gebissen, daran erinnere ich mich. War es nicht so?"

Ich drehte mich zu Dad um. „Wer ist das?" fragte ich.

„Das ist dein Onkel", erklärte Dad. „Das ist David. Er ist gekommen, um mir bei der Arbeit zu helfen."

„Genau", bekräftigte David. „Tom hat mich gerufen, damit ich den Lastesel für ihn spiele. Ich mache die Drecksarbeit für unseren Leonardo da Vinci hier."

In dem Moment hupte der Bus, und Dad warf mich förmlich zur Tür hinaus, rief mir nach, daß ich zur Schule gehen müsse, daß ich da hingehöre, jeden Tag, blablabla. Obwohl ich mehrmals rief: „So warte doch!" Also ging ich. Aber es wurde der längste Tag meines Lebens.

Es war schon später Nachmittag, Zeit fürs Abendessen, und ich war zu Hause, da gab es noch einmal eine Verzögerung. David. Schon wieder. Dad und Susan waren zu einer Versammlung wegen des Sumpfs gegangen und ließen mich mit diesem David allein. Aber vorher hatten sie unbedingt noch Anweisungen geben müssen, wie das Essen warm zu machen sei und wann ich ins Bett gehen sollte, als ob ich einen Babysitter oder so etwas nötig hätte. Als sie dann endlich fort waren und David und ich beim Abendessen saßen, war mein einziger Gedanke, wie ich es am besten anstellen sollte, mich zur Scheune hinauszuschleichen. „O David", sagte ich, legte meinen Löffel weg und stieß mich vom Tisch ab, „ich bin fertig, ich muß jetzt –"

„Ich verstehe meinen Bruder wirklich nicht", unterbrach mich David, der mich anscheinend gar nicht gehört hatte. „Susan sieht gut aus, und sie kann kochen. Hast du gewußt, daß sie dieses Zeug gemacht hat?" Er hielt seinen vollen Löffel mit dem Eintopf hoch.

Ich nickte. Susan konnte kochen, das mußte ich zugeben. Jedenfalls besser als Dad.

„Sie sieht gut aus, und sie kann kochen", fuhr David fort. „Heirate sie, kann ich da nur sagen!"

„Will er sie denn heiraten?" fragte ich alarmiert. Ich war dagegen! Vater allein reichte mir schon. Zusammen mit dieser supersüßen Susan aber...

„Nee", sagte David. „Das traut er sich nicht. Sie ist die erste Freundin, die er seit Jahren gehabt hat." Er sah mich nicht an, während er redete, sondern beugte sich über seinen Teller und schlang sein Essen hinunter, als hätte er einen Monat lang nichts bekommen.

Ich schaute zur Hintertür und auf die Taschenlampe, die dort auf dem Stuhl lag. „Äh, David", sagte ich. „Ich habe noch Hausaufgaben zu machen und..."

„Ist noch was da?" fragte David und hielt mir seinen Teller hin.

Ich rollte nur mit den Augen, schnappte mir seinen Teller und ging zum Herd. Ich häufte ihm eine große Portion von dem Eintopf auf und brachte ihn zurück.

„Danke", sagte er. „Und sie verdient auch gutes Geld, diese Susan. Sie ist Hufschmied. Weißt du, was das ist?"

Ich wußte es nicht, aber es war mir auch egal. „Hör mal", versuchte ich es noch einmal. „Ich muß Hausaufgaben machen. Und dann werde ich vielleicht ein bißchen spazierengehen oder so."

„Das heißt, daß sie Hufeisen für Pferde macht", fuhr David fort, während er weiter das Essen in sich hineinstopfte. „Aber sie beschlägt nicht etwa irgendwelche alten Pferde, sie hat eine Konzession an der Rennbahn bekommen. Erstklassige Pferde. Da kann man ganz schön Kohle machen."

Ich stand auf und ging zur Spüle. „Ich mach den Abwasch", erklärte ich.

„He, vielleicht sollte ich auch noch eine Ausbildung dranhängen", redete David unbeirrt weiter. „Zwei Abschlüsse, die nichts gebracht haben, habe ich schon. Einen als Luftfahrtingenieur und einen in Literaturwissenschaft. Das kannst du vergessen. Nein, dein Vater hat es richtig gemacht. Er ist seinen Neigungen gefolgt, so, wie er es immer getan hat. Erst die Kunst, dann seine Erfindungen und jetzt das Fliegen. Hat er dir jemals erzählt, wie er angefangen hat zu fliegen?"

Ich ging zum Tisch zurück und schnappte ihm den Teller unter der Nase weg.

„Wegen Odd Job", sagte David. „Nur wegen ihm. Odd Job war ein alter Gänserich, der auf der Farm unseres Onkels lebte."

Ich drehte mich zu ihm um. „Vater mochte Gänse?" fragte ich.

David zuckte mit den Schultern. „Weiß ich nicht, aber er mochte Odd Job. Odd Job war verrückt. Er hatte gestutzte Flügel und konnte nicht fliegen, aber das schien er gar nicht zu wissen. Er rannte immer den großen Hügel hinter der Scheune runter. Wie ein Jumbo-Jet beim Start. Er rannte und rannte, und irgendwie schaffte er es, so gerade eben über den Zaun zu kommen und ein Stückchen zu fliegen. Und dann stürzte er ab und fiel in den Teich. Er schüttelte sich und startete von neuem." David stand auf, ging zum Fernseher hinüber und ließ sich in einen Sessel fallen. „Komisch, nicht?" sagte er. „Tom fliegt wegen Odd Job. Wer hätte das gedacht?"

Er schaltete den Fernseher an, wo gerade der Kampf zweier Catcher übertragen wurde, setzte sich in seinen Sessel und lächelte zufrieden. Catchen! Der dümmste und langweiligste Sport, den es überhaupt nur gab. Hoffentlich blieb er wenigstens in sein Catchen vertieft...

Aber nein – das blieb er nicht, wirklich nicht. Was sogar noch besser für mich war. Denn nach ungefähr zwei Minuten war er am Einschlafen. Ich sah, wie sein Kopf langsam nach vorne sank.

Schön für mich, denn nun war ich endlich frei! Ich ging zur Hintertür und nahm die Taschenlampe mit. Leise schlüpfte ich nach draußen und rannte zur Scheune. Dort angekommen, legte ich die Taschenlampe auf den Fußboden neben die Kommode und machte langsam und vorsichtig die Schublade auf.

Die Eier hatten sich bewegt. Das war das erste, was mir auffiel. Aber nicht nur das, sie bewegten sich auch jetzt, da ich sie beobachtete. Und außerdem hörte ich deutlich ein kratzendes und pickendes Geräusch! Sie waren soweit!

Atemlos stand ich da, wagte nicht, mich zu bewegen oder ein Geräusch zu machen, und starrte wie gebannt auf die Eier.

Die Eier hüpften und wackelten. Und dann sah ich die ersten Risse.

Und nicht nur bei einem, nein, es schien, als hätten die Gänseküken alle zu genau der gleichen Zeit dieselbe Idee gehabt – aus ihren Schalen hervorzuschlüpfen!

Der Reihe nach begannen die Eierschalen zu zucken und aufzubrechen. Und dann sah ich – ein Auge! Ein großes, weit geöffnetes Auge blickte mich an.

„Oooh", hauchte ich. „Oh, laß dich mal anschauen." Langsam und vorsichtig faßte ich hinein, legte einen Finger auf den kleinen Kopf. „Laß dich anschauen", flüsterte ich.

Es begann zu glucken oder zu piepen oder wie immer man die leisen, zarten Geräusche nennen soll, die so ein kleines Wesen von sich gibt. Dann sprang ein anderes Ei auf, und noch ein Auge erschien, noch ein Gänseküken kam hervor. Und es hörte nicht auf, alle Eier wackelten und bekamen Risse. Es dauerte ziemlich lange, und die ganze Zeit stand ich da, starrte und wagte kaum zu atmen. Sie hatten es geschafft! Sie waren ausgeschlüpft. Meine Gänseküken.

Als alle geschlüpft waren, wuselten sie hilflos herum, wobei es so aussah, als wären ihre kleinen Hälse noch zu schwach, um ihre Köpfe zu halten. Aber sie waren draußen. Sie waren raus aus den Schalen und schauten zu mir her, hatten ihre leuchtenden Augen auf mich gerichtet.

Ich behielt meine Hand in der Schublade, aber nicht, um sie herauszunehmen, dazu war es noch zu früh. Sie waren zu feucht, zu glitschig, zu klein. Ich wollte sie nur berühren und einen Finger auf jeden der Köpfe legen, um sie alle zu begrüßen. „Ihr seid wunderschön", flüsterte ich. „Jedes von euch. Ihr seid einfach schön."

Ich weiß nicht, wie lange ich so dastand und sie anschaute. Sicherlich eine lange, lange Zeit. Einmal dachte ich an David und daran, ob er wohl aufgewacht war. Aber selbst wenn dies der Fall war, glaubte er bestimmt, ich wäre nach oben ins Bett gegangen.

Dann wurde mir ganz plötzlich klar, daß ich sie nicht hier allein lassen konnte. Das war unmöglich. Vorerst jedenfalls. Sie konnten doch nicht ihre ersten Stunden in der Welt allein hier draußen verbringen.

Ich beugte mich vor, klaubte Stroh auf, das auf dem Boden lag, und formte daraus ein großes Bett für sie. Dann hob ich sanft und vorsichtig jedes einzelne Gänseküken aus der Schublade, setzte es in das Nest auf dem Boden und türmte an den Seiten noch mehr Stroh auf, so daß sie nicht herausklettern und weglaufen konnten.

Inzwischen war es spät geworden, sehr spät, wie ich feststellte. Ich war wirklich müde, so als hätte ich selbst und nicht sie die ganze Arbeit des Ausschlüpfens erledigt. Also legte ich mich zusammen mit ihnen in das Strohnest, streckte mich aus und beobachtete, wie sie überall auf mir herumkrochen und -krabbelten. Ich spürte ihre zarten Füße, die wie kleine Käfer über meine Arme und Beine und sogar über mein Gesicht kletterten.

Ich stützte mich ein wenig auf und lächelte meine Gänseküken an. Namen. Ich mußte ihnen Namen geben. Sechzehn Namen für sechzehn Babys.

Ich dachte an Namen in Büchern, die ich gelesen hatte, an Leute, die ich gekannt hatte. Frederica. Das war ein guter Name. Aber ich fragte mich, wie ich unterscheiden sollte, welches einen Jungen- und welches einen Mädchennamen bekommen mußte.

Long John. Das war nicht schlecht; ich hatte ihn aus einem Buch. Und Ralph. Ja, Ralph, die Gans.

Ein Gänseküken kroch zu meiner Schulter und kuschelte sich an mich. „Muffy", flüsterte ich. „Das ist ein schöner Name für dich."

Und als ob sie meine Stimme gehört hätten, begannen alle sich fester an mich zu drängen, einige suchten Schutz an meinen Schultern, andere an meinen Knien. „So ist es gut, Kinder", flüsterte ich ihnen zu. „Hier habt ihr es gemütlich."

Das war das letzte, an das ich mich erinnern kann, bevor ich Dad laut rufen hörte und ein Lichtschein auf meinem Gesicht mich aufweckte.

„Amy!" Er beugte sich über mich, und ich blickte in sein entsetztes Gesicht. „Amy!" rief er. „Mein Gott, Amy, ich dachte, du wärst verschwunden." Er beugte sich herab und nahm mich in die Arme, zog seinen Mantel aus und breitete ihn über mich. „Du mußt ja völlig durchfroren sein", sagte er.

Ich schaute mich um und runzelte die Stirn. Wo war ich? Plötzlich fiel es mir ein. Schnell griff ich nach dem Mantel und versuchte die Gänseküken mit ihm zu bedecken. Aber es nutzte nichts. Dad hatte sie bereits entdeckt. Verwirrt sah er mir ins Gesicht.

„Sie..., sie sind geschlüpft", sagte ich.

Dad schwieg einen Augenblick. Dann nickte er. „Ja. Ich sehe es."

„Kann ich sie behalten?" flüsterte ich.

Lange Zeit sah er mich einfach nur an. Dann legte er seine Hand auf meinen Kopf. „Ich wüßte eigentlich nicht, weshalb nicht", sagte er und lächelte. „Warum eigentlich nicht?"

DREI

Am nächsten Tag hatte ich alle ins Haus gebracht, genauer gesagt in die Küche. David erklärte mir, wie ich sie füttern mußte – alle zwei Stunden, sagte er.

Ich setzte sie auf den Küchentisch und gab ihnen Körner von dem Zeug, das ich zum Frühstück aß. Sie mochten es! Sie mochten es sogar sehr. Sie fraßen es, liefen darin herum – und sie machten auch kleine Häufchen hinein. Nun gut, sie waren halt Babys.

Aber ich konnte nicht zur Schule gehen, nicht, wenn ich sie alle zwei Stunden füttern mußte. Ich setzte mich zu ihnen an den Tisch und schaute sie freundlich an. Wie kleine Kätzchen wuselten sie über die Tischplatte.

„O mein Gott!"

Ich wirbelte herum. Das war Dad – er stand in der Küchentür und sah ziemlich schläfrig aus – und entsetzt dazu. „Was für eine Sauerei!" stöhnte er.

„Ich füttere sie", sagte ich. „Alle zwei Stunden. Das hat David mir gesagt."

„Alle zwei Stunden?" fragte Dad.

Ich nickte. „Sie brauchen eine Menge Zuwendung."

Dad trat näher und zog die Nase kraus. „Sie sollten lernen, wo sie hinzukacken haben", betonte er.

Ich zuckte die Schultern. „Sie sind noch Babys. Was erwartest du?"

Dad setzte sich, nahm ein Gänseküken aus der Schüssel vor ihm und setzte es auf den Boden. „Sie können nicht hier im Haus bleiben", meinte er.

Ich starrte ihn an. „Sie können. Sie müssen!" widersprach ich. „Sie sind noch zu klein. Die Eulen und Katzen könnten sie erwischen. Sie werden sterben, wenn du sie raussetzt."

„Amy!" sagte Dad.

„Nein!" rief ich. „Ich meine es ernst. Du hast gesagt, ich kann sie behalten."

Dad holte tief Luft. „Okay, okay. Aber..."

Draußen gab es ein Geräusch – ein Bus hupte, der Schulbus. „Da ist dein Bus!" drängte Dad.

„Ich fahre nicht", gab ich zur Antwort.

„Amy!" rief Dad.

„Oder du versprichst mir, daß du sie fütterst", sagte ich.

„Ich füttere sie!" erklärte Dad mit einem Seufzen.

„Alle zwei Stunden", forderte ich. „Und du mußt mir versprechen, daß du sie nicht nach draußen bringst."

„Okay, okay, ich verspreche es."

Wieder hupte der Bus. Ich schaute auf meine Küken, die sich im ganzen Raum verteilt hatten, auf dem Fußboden, dem Tisch; einige hatten sich sogar wie Menschen auf die Stühle gesetzt. „Ich komme zurück, Kinder, keine Sorge", sagte ich zu ihnen. Ich schaute wieder zu Dad. „Bist du sicher, daß du damit fertig wirst?" fragte ich.

Er deutete auf die Tür. „Mach dich endlich auf die Socken!"

Ich ging. Aber ich machte mir den ganzen Tag über Sorgen, was, wie sich herausstellte, völlig unnötig war. Als ich zurückkam, waren sie alle munter. Wenn Dad einmal etwas versprochen hatte, dann hielt er es auch, das wurde mir jetzt klar. Er hatte sogar schon einiges für meine Gänse unternommen.

Nicht nur, daß er den ganzen Tag über für sie gesorgt hatte. Er war auch zum Büro der Wildbeobachtungsstation gegangen, wo er Glen, einen Wildhüter, getroffen hatte. Er erzählte Glen von den Gänseküken, und Glen versprach, bald vorbeizukommen und mir zu zeigen, wie ich sie aufziehen sollte.

Von da an sorgten Dad und David tagsüber für sie, und ich spielte nach der Schule mit ihnen. Es war wirklich toll. Obwohl sie erst ein paar Tage alt waren, konnten sie schon laufen und sogar rennen. Aber das beste war, daß sie mir folgten. Egal, was ich tat oder wohin ich ging – sechzehn kleine Gänslein folgten mir. Sie stellten sich wie kleine Schulkinder in einer Reihe auf, und wenn ich losging und sie rief oder Geräusche in ihre Richtung machte, folgten sie mir. Sie folgten mir überallhin, die Steinmauern rauf und runter, durchs Gras, einfach überallhin.

Ich ließ sie aber nicht allzuweit rennen, denn sie waren wirklich noch klein und wurden schnell müde. Und außerdem war da noch das Kleinste, das lahmte und auf das ich besonders aufpassen mußte.

Ich spürte, daß Susan sie mochte und David auch. Bei Dad hingegen war ich mir nicht so sicher. Er schien ein bißchen sauer zu sein – vielleicht, weil sie so eine Unordnung im Haus anrichteten.

Einmal, als wir schon ein wenig Übung hatten, nahmen David und ich sie am Nachmittag ein bißchen mit raus zur Scheune.

Susan wollte dableiben und das Abendessen machen – womit ich einverstanden war. Von Vaters Kocherei hatte ich nämlich allmählich genug.

„Hast du nun allen einen Namen gegeben?" fragte David.

Ich nickte. „Den meisten. Das da ist Frederica", sagte ich und deutete auf sie. „Und das sind Long John und Ralph und Muffy. Bei einigen anderen muß ich noch überlegen."

David griff vorsichtig nach unten und hob das Kleinste, das lahmte, hoch. „Wie heißt es?" fragte er.

„Ich habe ihm noch keinen Namen gegeben", sagte ich.

„Warum lahmt es?" fragte David.

Ich zuckte mit den Schultern. „Weiß nicht. Es ist so auf die Welt gekommen. Ich dachte, ich nenne es vielleicht Krücke."

David nickte, dann setzte er das Gänslein sanft wieder ab. „Ja, aber es könnte Komplexe bekommen", sagte er.

„Oh", erwiderte ich. „Ja. Daran habe ich nicht gedacht."

„Wie wär's denn mit Igor?" schlug David vor. „Du kennst doch sicher Dr. Frankensteins Igor?" Er stand auf, humpelte herum und streckte die Hände wie Klauen aus, verzog das Gesicht und legte den Kopf schief – er spielte das hinkende Monster.

Ich mußte lachen. „Klingt gut, finde ich. Igor, das ist es. Und jetzt komm, laß uns zum Essen hineingehen." Ich stand auf. „Los, ihr Gänse", sagte ich. Ich gab glucksende Töne von mir und machte dann „He, hejahee", und alle liefen hinter mir her, aus der Scheune raus und bis zum Haus.

Während wir aßen, liefen die kleinen Gänse überall herum. Susan hob sie immer wieder auf und bewahrte sie davor, zertreten zu werden, aber sie lächelte die ganze Zeit über. Für mich bestand jetzt kein Zweifel mehr, daß sie sie wirklich mochte.

Als nach dem Abendessen Glen kam, machte Susan eine große Schüssel Popcorn, und ich setzte mich ins Wohnzimmer, aß davon und gab auch den Küken etwas ab. Ich war froh, einfach nur so dazusitzen und vor dem Fernseher rumzuhängen. Es erwies sich nämlich als ziemlich anstrengend, eine Muttergans zu sein.

Dad, Susan und Glen saßen hinten in der Küche und unterhielten sich, aber ich konnte jedes Wort verstehen.

„Es ist verblüffend, wie sie ihr folgen, nicht?" sagte Dad. „Hast du so etwas schon mal gesehen?"

„Man nennt das Prägung", antwortete Glen. „Die Gänse halten das erste Lebewesen, das sie nach ihrer Geburt sehen, für ihre Mutter. Sie werden ihr überallhin folgen."

„Faszinierend", meinte Susan.

„Nun, sie sind Tiere und haben ihren Instinkt", antwortete Glen. „Aber alles in allem sind sie doch ziemlich dumm."

Ich schaute zu ihm rüber. Dumm?

„Also, wie groß sollten die Käfige sein?" fragte Dad.

„Käfige?" fragte Glen. „Was denn für Käfige?"

„Na", erwiderte Dad. „Für die Gänse natürlich. Wenn sie größer werden."

Glen warf seinen Kopf zurück und lachte. „Nein, nein, du brauchst keine Käfige. Es geht doch viel einfacher."

„Das verstehe ich nicht", sagte Dad.

Glen lachte erneut. Dann zog er einen Nagelknipser hervor und begann sich die Fingernägel abzuknipsen – und das am Eßtisch! Der und etwas über „Dummheit" sagen! Er schaute auf und grinste Dad an. „Also gut", sagte er. „Zuerst solltest du wissen, daß Wildgänse ziemlich zähe Tiere sind. So wie man in den letzten Jahren überall die Gänse vertrieben hat, müßte man meinen, daß sie schon ausgerottet sind. Aber sie haben es gelernt, sich anzupassen. Sie haben es gelernt, Plätze zu finden, an denen sie sich niederlassen können."

„Wo zum Beispiel?" fragte Dad. „Wo gehen sie hin?"

Glen nickte. „Da liegt das Problem", sagte er. „Ständig kommen Leute zu mir und beschweren sich, daß sie auf ihrem Rasen oder auf Golfplätzen herumlaufen. Deswegen wurde letztendlich auch das Gesetz gemacht."

„Was denn für ein Gesetz?" fragte Dad.

„In Gefangenschaft aufgezogene Wildgänse müssen flugunfähig gemacht werden", antwortete Glen. „Laut Verordnung Nr. 093-14 von Ontario."

Glen stand vom Tisch auf und kam zu mir ins Wohnzimmer. Ich streckte beide Arme aus und zog meine Gänseküken näher an mich heran.

„Damit ist das Flügelstutzen gemeint", sagte Glen. „Das geht ganz einfach." Er langte nach unten und griff sich eins meiner Küken heraus.

„Nein!" rief ich. „Setzen Sie es ab, bitte! Das sind meine Gänse."

Glen lächelte zu mir herab. „Du bist Amy, nicht wahr?"

Ich nickte, hielt aber weiterhin die Hand über meine Küken. Aus den Augenwinkeln schaute ich zu Dad und Susan rüber. Sie flüsterten und schienen genauso besorgt zu sein wie ich.

Immer noch hielt Glen mein Küken – es war Muffy. Er hielt sie in der einen Hand und den Nagelknipser in der anderen. „Wir müssen das Gesetz befolgen", betonte er. „Das Flügelstutzen ist wirklich ganz einfach. Und fast schmerzlos." Er hielt den Nagelknipser hoch, zog Muffys Flügel auseinander und...

Ich sprang auf. „Was machen Sie da!" schrie ich.

„Glaub mir, Amy", sagte Glen. „Der Vogel merkt nichts davon."

„Lassen Sie sie los!" schrie ich.

„Hör auf damit, Glen!" rief Dad. „Warte!"

Glen steckte Muffys Flügelspitze genau in die Öffnung des Nagelknipsers. Und in diesem Augenblick schlug ich auf ihn ein. Ich griff nach der Popcornschüssel und schleuderte sie ihm an den Kopf. Aber er ließ Muffy nicht los. Für einen Moment stand er da und schüttelte den Kopf, dann beugte er sich wieder über den Nagelknipser.

Inzwischen war Dad ins Zimmer gestürzt und hielt Glen fest, indem er ihn wie ein Bär umklammerte.

Ich riß Muffy aus seinen Händen, schaufelte sie und meine anderen Küken in die Popcornschüssel, flüchtete mit allen ins Badezimmer und schloß mich ein. Hier waren wir alle sicher. Mein Herz schlug wie verrückt, aber wir waren sicher. Ich lehnte mich gegen die Tür. Ich hörte, wie draußen der Streit weiterging.

„Was soll das eigentlich, was du da machst!" brüllte Dad.

„Ich versuche doch nur zu helfen!" brüllte Glen zurück. „Was glaubst du eigentlich, was passiert, wenn diese Vögel anfangen zu fliegen? Ein paar Wochen später werden sie fortziehen, und nach einem Monat sind sie tot."

Ich beugte mich über meine Schützlinge und hielt meine Hände über sie, hoffend, daß sie all das nicht hörten. „Das werdet ihr nicht", flüsterte ich zu ihnen. „Hört einfach nicht zu."

„Ich kann nicht glauben, daß du das tun wolltest!" schrie Dad.

„Hör mal gut zu", sagte Glen. „Diese Vögel können Parasiten und Krankheiten verbreiten. Und möglicherweise übertragen sie sie auf wildlebende Schwärme. Und das, mein Lieber, werde ich nicht zulassen. Sie werden gestutzt, so oder so."

„Laß dich hier nie wieder blicken", zischte Dad. „Hau ab! Raus!"

„Wenn diese Vögel fliegen", erklärte Glen, „werde ich sie beschlagnahmen."

„Runter von meinem Grundstück!" schrie Dad.

Ich hörte, wie die Tür zugeschlagen wurde.

Weg. Er war weg. Doch er würde wiederkommen. Ich spürte es.

Aber ich würde ihn nicht an meine Küken ranlassen. Niemals. Und wenn ich für immer mit ihnen hier im Badezimmer bleiben müßte.

ICH BLIEB die ganze Nacht im Badezimmer. Aus Handtüchern baute ich mir ein Bett in der Badewanne und ließ ein wenig Wasser ins Waschbecken für meine kleinen Gänse. Ich wußte, dieser Glen würde zurückkommen, und vielleicht würde er bei Dunkelheit versuchen, sich ins Haus zu schleichen. Aber ins Badezimmer konnte er nicht kommen. Die Tür war abgeschlossen, und das Fenster war zu klein, so daß niemand hereinklettern konnte.

Dumm nur, wenn Dad und Susan das Badezimmer brauchten. Aber es gab ein zweites eine Treppe höher.

Die beiden waren sehr aufgeregt. Dads Stimme hörte sich seltsam an. Er redete mit mir durch die Tür, versprach, daß er niemandem erlauben würde, meinen Küken etwas anzutun. Er habe nicht gewußt, daß Glen so etwas tun würde.

Möglich. Aber er hätte es wissen sollen! Und dieser Glen! Wie konnte man so jemanden einen Wildhüter nennen? Er wollte sie nicht hüten. Er wollte ihnen weh tun. Er wollte sie am Fliegen hindern!

Jedenfalls war Dad ziemlich aufgebracht. Ich hörte ihn zu Susan sagen, er sei kein besserer Vater als damals, als ich noch klein war. Dann hörte ich, wie er damit drohte, die Tür auszuhängen. Wenn er das getan hätte, wäre ich so weit weggerannt, daß er mich niemals wiedergefunden hätte. Und meine Gänsekinder hätte ich mitgenommen.

Aber ich hörte auch noch etwas anderes – etwas von Susan, das mir leid tat und mir vielleicht sogar half, sie ein bißchen zu verstehen.

Sie und Dad hatten es schließlich aufgegeben, mich aus dem Bad herauszulocken, und waren nach draußen gegangen. Sie saßen auf der hinteren Treppe, direkt unterhalb des Badezimmerfensters, und so konnte ich jedes Wort hören, das sie sprachen. Dort hat Dad dann gesagt, daß er kein guter Vater sei, und Susan sagte: „Aber wenigstens bist du da." Sie erzählte Dad, daß sie ihren Vater nie gekannt habe, daß er weggegangen sei, als sie noch ein kleines Baby war. Das hat mich traurig gemacht. Es muß traurig sein, seinen eigenen Vater nicht zu kennen.

Aber ich fragte mich auch, ob ihr Vater genauso komisch gewesen war wie meiner. Das war das letzte, an das ich mich erinnern kann, bevor ich einschlief.

Als ich wieder aufwachte, war es früher Morgen, und ich konnte Stimmen draußen in der Küche hören – Dad und ein Mann. Es war nicht David. Jemand anderes, jemand, der übers Fliegen redete.

Ich schaute mich um. Ein paar von meinen Gänseküken waren bei mir in der Badewanne, andere im Waschbecken. Ich zählte sie – dreizehn, vierzehn, fünfzehn..., eines fehlte. Igor. Wo war Igor?

Ich stand auf. „Igor!" rief ich. Und da sah ich ihn – er schwamm glücklich und zufrieden in der Toilettenschüssel.

„Du dummer Kerl", sagte ich. Ich schnappte ihn mir und setzte ihn vorsichtig ins Waschbecken zu den anderen. Dann entschloß ich mich zu einer Dusche. Ich fühlte mich ziemlich verdreckt, weil ein paar meiner Gänsekinder in der Nacht auf mich gemacht hatten. Sie waren ja noch solche Babys!

Ich stieg in die Wanne und drehte die Dusche auf – aber vorsichtig. Unsere Dusche ist nämlich so eine Art Scherzartikel. Dad hat eine seiner Erfindungen eingebaut, einen Apparat, der zuerst Seife herausspritzt und dann Shampoo. Meistens aber ist er nur verstopft. Manchmal kann man drücken und drücken, und nichts passiert.

Ich drehte das Wasser an und drückte auf den Seifenknopf. Diesmal funktionierte es. Als ich mich einseifte, mußte ich laut lachen, denn alle meine Gänsekinder sprangen zu mir in die Dusche und planschten um meine Füße herum.

Ich drückte auf den Knopf für das Shampoo, aber es kam nichts. Ich versuchte es erneut. Und noch einmal. Dad war wirklich zu verrückt. Warum konnte bei uns nicht einfach eine Shampooflasche in der Dusche stehen wie bei anderen Leuten auch?

Ich probierte es noch einmal, drückte richtig fest mit der flachen Hand. Da spritzte das Zeug heraus, in einem breiten Strahl wie aus einem Feuerwehrschlauch, mir direkt ins Gesicht, direkt in die Augen! Und ich konnte es nicht mehr zum Stoppen bringen. Ich heulte auf, tastete nach einem Handtuch oder einem Waschlappen, aber ich konnte nichts finden. Nichts.

Meine Augen! Schließlich begann ich laut zu schreien. Aber ich konnte mich nicht bewegen, denn dann hätte ich möglicherweise auf meine Gänseküken getreten. „Hilfe!" schrie ich. „Helft mir!"

Plötzlich war Dad vor der Tür und schrie auch. „Amy! Amy!" rief er. „Was ist los? Was hast du?" Er begann gegen die Tür des Badezimmers zu hämmern. „Amy, meine Liebe, Amy, was hast du?"

Ich konnte nicht aufhören zu schreien. Meine Augen.

Dann hörte ich Susan meinen Namen rufen und an der Türklinke rütteln. „Mach die Tür auf, Amy!" schrie sie. „Mach auf!"

„Ich kann nicht!" rief ich zurück.

Da hörte ich die Tür splittern und bersten. Im selben Moment flog sie krachend auf, und Dad und Susan stürzten herein.

Ich stand nackt da und heulte und rieb meine Augen. Susan griff rasch nach einem Handtuch und wickelte mich ein, aber ich schrie immer weiter. Dann bemerkte ich, daß da noch jemand war – ein Kerl, ein komischer Typ! Er stand mitten im Badezimmer und starrte mich an, und ich schrie immer noch.

„Oh, oh, meine Kleine", sagte Dad.

„Raus!" schrie ich ihn an.

„Das Shampoo", sagte Dad. „Der Kompressor muß explodiert sein."

Susan hielt mich und wischte mir das Gesicht ab, während Dad nur dumm aus der Wäsche schaute. Dann drehte er sich zu dem komischen Typen um, und beide zuckten ratlos mit den Schultern.

„Raus!" schrie ich noch einmal. „Raus!"

Sie gingen. Beide. Susan schlug die Tür – oder was davon übrig war – hinter ihnen zu. Dann drehte sie sich wieder zu mir um und wickelte mich in noch mehr Handtücher ein und wischte noch einmal mein Gesicht ab. „Es ist alles in Ordnung", sagte sie. „Alles in Ordnung."

„Ist es nicht!" schluchzte ich. „Ich halte das nicht aus! Dieses Haus ist voll mit diesen..., diesen schrecklichen Erfindungen. Dieser blöde Bastelkram. Er spinnt doch. Ich vermisse meine Mum. Ich vermisse meine Freunde. Und... wer ist der Typ, der hier drin war?"

„Er ist nur ein Freund von deinem Dad", antwortete Susan. „Sie fliegen zusammen. Es ist alles in Ordnung."

„Es ist nicht alles in Ordnung. Er war hier drin", sagte ich. „Hier drin."

Susan strich mir besänftigend durchs Haar. Und ich weinte. „Und dann dieser Glen!" schluchzte ich. „Warum hat er ihn hergebracht? Er wollte ihnen die Flügel abschneiden!"

Susan schüttelte mich ein bißchen. „Nun ist es aber gut", sagte sie. „Dein Vater hat es nicht gewußt. Niemand von uns hat es gewußt."

„Er wird zurückkommen und sie holen", klagte ich. „Er hat gesagt, daß er es tut."

„Amy", sagte Susan. Sie hielt mich fest. „Hör mir mal zu. Kannst du mir zuhören?"

Ich schüttelte den Kopf. „Versuch es", forderte sie mich auf. „Okay? Versuchst du es?" Ich antwortete nicht. Aber ich nickte.

„Also gut, jetzt hör mir mal zu", sagte sie. „Ich kann niemals deine Mum ersetzen. Niemand kann das. Ich will es auch nicht. Aber ich kann deine Freundin sein. Wenn du das willst. Und die wichtigste Sache in einer Freundschaft ist, daß man sich gegenseitig vertraut.

Glaub mir, ich möchte nicht, daß deinen Gänsen etwas geschieht. Auch dein Dad will das nicht. Ich verspreche es dir."

„Wie kannst du das versprechen?" fragte ich.

„Ich kann es", erwiderte sie. „In Ordnung? Ich kann es. Und ich tue es. Ich verspreche es dir."

Sie hielt mich noch immer fest, wiegte mich hin und her. Und ich weiß nicht, warum, aber ich ließ sie gewähren. Sie hielt mich einfach fest und wiegte mich. Nach einer Weile fühlte es sich wirklich – nun, es fühlte sich gut an.

VIER

Ich kann zwar nicht sagen, daß alles in Ordnung war in den Wochen danach, aber es lief ein bißchen besser. Zunächst einmal gab es Sommerferien. Endlich keine Mädchen mehr mit hochnäsigen Kommentaren über meine Kleider und meinen Akzent. Gut war auch, daß Glen – bislang jedenfalls – nicht wiederaufgetaucht war. Und schließlich war Susan gar nicht so schlecht, wie ich ursprünglich angenommen hatte. Sie hatte viel Sinn für Humor, sie machte manchmal Witze über sich selbst und auch über David und Dad. Aber das Beste, wirklich das Beste waren meine kleinen Gänsekinder. Sie waren lebendig und fröhlich und schlauer, als man sich vorstellen kann, und sie folgten mir immer noch überallhin. Sie liefen sogar hinter mir her, wenn ich mit Dads Geländefahrzeug fuhr, einer Art großes, dreirädriges Motorrad. Auch wenn ich schnell fuhr, rannten die Gänse hinterher. Manchmal taten sie es sogar in Formation, genauso, wie sie es beim Fliegen tun würden – in einem langgezogenen V.

Wochenlang spielten wir den ganzen Tag über. Wir schwammen sogar zusammen im Teich. Ich war niemals allein. Den ganzen Sommer über hatte ich Gesellschaft.

Dennoch machte ich mir ständig Sorgen. Ich dachte, dieser Glen könnte jederzeit wiederauftauchen und versuchen, meinen Gänsekindern weh zu tun. Jeden Tag hielt ich nach ihm Ausschau. Dad sagte zwar, daß Glen auf seiner Seite stehe, was den Kampf gegen die Leute betraf, die den Sumpf zerstören wollten. Aber anstatt daß mir das half, beunruhigte es mich noch mehr. Vielleicht würde Glen zurückkommen, um den Sumpf herummarschieren, so als ob er dort etwas zu beobachten hätte – und sich dann vom Sumpf zum Haus schleichen und wieder versuchen, an meine Gänse zu kommen. Dad hatte für die Gänse einen Stall mit einem Schloß davor gebaut. Hier blieben sie nun über Nacht, denn seit dem Hochsommer wurden sie schon ziemlich groß.

Eines Abends saßen Susan, David, Dad und ich alle zusammen im Haus und unterhielten uns. Hinter Dad saß David und arbeitete am Computer. „Ich habe eine Idee", sagte Dad plötzlich.

„Oha!" rief Susan.

„Es geht um die Gänse", erläuterte Dad und wandte sich zu mir. „Sie folgen doch dem Geländefahrzeug, nicht?"

Ich nickte.

„Gut, dann folgen sie vielleicht auch meinem Flugzeug, du weißt schon, dem Gleiter. Du hast ihn am ersten Tag gesehen. Wenn ich einen Motor einbauen könnte oder so etwas, dann..."

„Wozu denn?" unterbrach ich ihn.

„Dann könnte ich mit ihnen in die Staaten fliegen", sagte Dad. „Richtung Süden. Wenn es stimmt, was in den Büchern steht, haben sie ein fotografisches Gedächtnis. Wenn ich es schaffe, mit ihnen dort runterzufliegen, dann müßten sie in der Lage sein, im nächsten Frühjahr zurückzufliegen."

Ich starrte ihn nur an. Meine Gänsekinder? Meine Gänse? Er wollte, daß meine Gänse wegflogen? „Auf keinen Fall", sagte ich. „Sie gehen nirgendwohin. Sie bleiben hier bei mir."

„Wohin willst du sie denn bringen?" fragte Susan.

Dad zuckte mit den Schultern. „Irgendwohin, wo es warm ist. Sie fliegen ziemlich schnell."

„Fast fünfzig Stundenkilometer", sagte David und schaute von seinem Bildschirm auf. Er drückte ein paar Tasten. „Sie sind fabelhaft konstruiert. Aerodynamisch nahezu perfekt. Sogar ihr Kopf ist so geformt, daß er Auftrieb erzeugt."

Dad nickte. „Auftrieb", wiederholte er.

Ich starrte ihn immer noch an. Meine Gänse? Sie sprachen darüber, wie sie meine Gänse loswerden konnten?

„Das Bernoulli-Prinzip", sagte David. „Wenn ein Gas oder eine Flüssigkeit gleichmäßig über eine Oberfläche strömt, dann ist der Druck des Gases oder der Flüssigkeit auf der Unterseite größer. Das bewirkt den Auftrieb. Es ermöglicht das Fliegen."

„Ich kann es nicht glauben!" stieß ich hervor. Ich hörte, wie mein Herz hämmerte, fühlte diesen Knoten in der Kehle, der immer kommt, wenn ich wütend bin. Ich warf Dad einen zornigen Blick zu. „Du hast es versprochen! Du hast versprochen, daß ich sie behalten kann."

„Du kannst sie ja behalten", erwiderte Dad und wandte sich mir zu. „Mach dir keine Sorgen. Ich werde mein Versprechen halten. Aber sie werden nicht hierbleiben. Sie werden von allein wegfliegen. Oder wir müssen ihnen die Flügel stutzen. Dann werden sie niemals fliegen."

„Es sind Vögel!" sagte ich. „Es ist ihre Natur zu fliegen."

Dad sah mich an. „Richtig", betonte er.

„Oh", sagte ich. Ich atmete tief durch und schloß für einen Moment die Augen. Eine Zeitlang sagte niemand etwas. Ich öffnete die Augen und schaute wieder zu Dad. „Gut", erklärte ich, „könnten sie nicht einfach von allein fliegen? Ich meine, vielleicht entschließen sie sich ja, hierzubleiben."

Dad schüttelte den Kopf. „Sie werden wegfliegen, Amy. Das weißt du. Früher oder später. Wenn du sie allein wegfliegen läßt, werden sie sterben, weil sie den Weg nicht kennen. Schau mal, Amy, sie brauchen Eltern, die ihnen was beibringen, die sie führen. Aber diese hier haben keine Eltern. Also könnte ich versuchen, es ihnen zu zeigen."

Ich schüttelte den Kopf. „Sie werden dir nicht folgen", sagte ich.

„Vielleicht doch", widersprach Dad. Er beugte sich zu mir. „Wenn du mir hilfst, sie zu trainieren."

Ich schaute ihn eine Weile an. Sie trainieren? Ihnen das Wegfliegen beibringen? Ich stand auf. „O nein", sagte ich. „Das ist verrückt. Du wirst sie nur alle umbringen."

Aufgebracht eilte ich nach draußen, um mit ihnen zu sprechen und um ihnen zu sagen, daß ihnen nichts geschehen würde. Ich würde sie nicht wegziehen lassen. Ich ging den Hügel hinauf zu ihrem Stall, machte das Schloß auf und ließ sie heraus. Dann setzte ich mich eine Weile zu ihnen ins Gras, und sie kletterten alle auf mir herum. Es war sehr ruhig hier draußen, ein milder Abend. Ich nahm Long John auf meinen Schoß. „Ihr werdet nicht weggehen, oder?" flüsterte ich ihm zu. „Versprich mir, daß ihr nicht weggehen werdet!"

Aber plötzlich fiel mir auf, wie groß er schon war – wie schwierig es geworden war, ihn mit den Armen ganz zu umfassen. Er war nun schon beinahe ein ausgewachsener Gänserich.

Ich ließ ihn laufen, griff nach Igor und zog ihn auf meinen Schoß. Er drehte seinen Kopf und schaute zu mir auf, als ob er mich etwas fragen wollte. Ich streichelte ihn, betrachtete ihn und schaute mir dann die anderen an. Es war nicht mehr zu übersehen – sie waren größer geworden, nicht nur Long John, sie alle. Sie waren nicht mehr gelb, sondern hatten eine graue Färbung angenommen. Und sie versuchten sogar zu fliegen. Schon als ich sie tagsüber auf einen Ausflug mit dem Geländefahrzeug mitgenommen hatte, war mir aufgefallen, daß sie mir halb nachgerannt, halb hinter mir hergeflogen waren. Sogar Igor hatte versucht, vom Boden hochzukommen, obwohl er damit nicht allzuviel Erfolg hatte.

Ich beugte mich vor und legte meinen Kopf dicht auf eine ganze Schar von Gänsen. „Müßt ihr denn wirklich weg?" flüsterte ich ihnen zu.

Sie pickten nach mir und machten leise, schnatternde Geräusche.

„Sagt mir, müßt ihr?" fragte ich.

Plötzlich hörte ich Schritte hinter mir und drehte mich um. Es war Susan. Sie setzte sich neben mich ins Gras, streckte eine Hand aus und streichelte Igor. Sie sagte kein Wort, saß nur schweigend da.

Auch ich blieb eine ganze Weile stumm. Doch dann fragte ich: „Glaubst du, daß sie wegfliegen werden?"

Sie nickte. „Das werden sie, Amy. Das weißt du."

„Aber...", schluchzte ich. Ich schüttelte den Kopf. „Was ist, wenn..., ich meine, was ist mit Dads Plan? Kann es denn funktionieren? Oder werden sie alle sterben müssen? Und Dad mit ihnen?"

Susan lachte. „Amy", sagte sie, „du kannst mir glauben, ich habe im Lauf der Jahre einen ziemlich guten Unsinnsdetektor entwickelt, was die Männer betrifft. Und wenn dein Vater sagt, daß er etwas kann, dann kann er es normalerweise auch."

Ich starrte nach unten auf die Gänsekinder. „Du glaubst doch nicht im Ernst, daß er mit ihnen zusammen ziehen kann, oder?"

„Es kommt nicht darauf an, ob ich es glaube", erwiderte sie. „Er kann es. Und wenn er einen Plan hat, dann klappt das meistens auch."

Ich schubste Igor sanft hinunter und setzte dafür Muffy auf meinen Schoß.

„Außerdem", sagte Susan und griff nach Igor, zog ihn nahe zu sich heran, „hast du denn eine Alternative?"

Schluchzend schaute ich zu ihr auf. „Werden sie wirklich versuchen wegzufliegen?" fragte ich. „Bist du dir sicher?"

„Ich bin mir sicher", antwortete Susan. „Und du bist es auch. Es sei denn, daß du sie im Stall eingeschlossen halten willst."

Ich schaute auf Muffy und vergrub mein Gesicht in ihren Federn. „Aber es ist doch ihre Natur zu fliegen", sagte ich.

Susan antwortete nichts darauf. Lange Zeit saß ich einfach nur so da und dachte nach. Sie hatte recht. Auch Dad und David hatten recht. Es wäre nicht fair, die Gänse im Stall einzuschließen. Ich schluchzte noch einmal auf. „Gut", sagte ich schließlich. „Du kannst ihm sagen, ich bin einverstanden."

So war es. Nun, vielleicht war ich nicht wirklich einverstanden. Aber es ging eben nicht anders.

So kam es, daß wir in den nächsten Wochen alle hart arbeiteten, um mit meinen Gänsen das Wegfliegen, das Ziehen zu üben. Als allererstes mußten wir ihnen beibringen, Dad genauso zu folgen, wie sie mir gefolgt waren. Natürlich mußten wir damit auf dem Boden anfangen. Ich konnte nicht von ihnen erwarten, mit ihm zu fliegen, wenn sie nicht zuerst gelernt hatten, ihm zu folgen. Das alles klang immer noch zu verrückt, als daß ich hätte glauben können, es würde tatsächlich funktionieren. Andererseits wiederum war Dad so verrückt, daß ich allmählich dachte, es könnte vielleicht doch klappen.

So übten wir denn jeden Morgen. Meine Aufgabe war es, sie alle hinter dem Geländefahrzeug in Aufstellung zu bringen, und Dad mußte dann aufsteigen und losfahren. Zuerst sollte er nur langsam fahren, während ich nebenherlief, bis alle meine Gänsekinder hinter mir her rannten oder fast schon flogen. Dann sollte Dad das Geländefahrzeug auf Touren bringen, und ich sollte beiseite treten, so daß sie ihm folgten.

Das versuchten wir tagelang. Sie lernten wirklich schnell, und bald folgten sie ihm überallhin.

Am Ende der ersten Woche, als sie an das Geländefahrzeug und Dad gewöhnt waren, versuchten wir etwas Neues. Dad hatte das knatternde Geräusch des Flugzeugmotors auf Band aufgenommen, und das wollten wir abspielen, wenn er mit dem Geländefahrzeug fuhr. Wir dachten, das wäre hilfreich, weil sie das Geräusch wiedererkennen würden, wenn die Zeit zum Fliegen kam.

Natürlich gab es eine Menge Probleme, das passende Flugzeug zu finden – denn der Gleiter brauchte einen Motor und Räder und alles mögliche Zubehör, um ihn für einen Langstreckenflug tauglich zu machen. Aber Dad und David und der mit ihnen befreundete Barry – das war der, der an jenem Morgen ins Badezimmer gestürmt war – hatten schließlich etwas zusammengebastelt, was vielleicht funktionierte: einen Gleiter, der wie ein Dreirad mit Flügeln aussah. Bevor sie herausgefunden hatten, wie man es richtig macht, hatten sie einige ziemlich spektakuläre Abstürze. Dad wurde dabei zwar nicht ernsthaft verletzt, aber er schrie oft doch ziemlich laut.

Wie auch immer, schließlich hatten sie es geschafft, und die Wildgänse lernten, das Motorengeräusch wiederzuerkennen. Sobald sie nun den Lärm der Maschine hörten, stellten sie sich hinter Dad auf und folgten halb rennend, halb fliegend dem Geländewagen.

Der einzige, dem es schwerzufallen schien, soviel zu rennen oder wenigstens ein Stückchen wie die anderen zu fliegen, war Igor. Er drehte sich immer nur um und schaute mich an, als wollte er, daß ich ihm zu Hilfe käme, und ich mußte ihn von mir fortjagen.

Schließlich ging er doch los. Aber er war schrecklich langsam. Und niemals kam er vom Boden hoch. Ich fragte mich, ob er jemals lernen würde zu fliegen.

Aber die anderen schafften es. Sie flogen jetzt alle, im Tiefflug, knapp über dem Boden.

Schließlich kam der Morgen, an dem es soweit war. Wir würden mit dem Flugzeug üben. David und Barry waren draußen auf dem Hügel und halfen Dad bei den Vorbereitungen. Susan war bei mir, sie wollte mir helfen, die Gänsekinder hinter dem Flugzeug zusammenzuhalten.

Ich spürte, wie mir das Herz klopfte. Würden sie es wirklich tun?

Ich beobachtete, wie Dad den Gashebel nach vorne schob und die Maschine für den Probeflug laufen ließ, bevor wir die Gänse herausließen. Im Lärm der Maschine rief er David zu: „Start bei etwa fünfzig Stundenkilometern, nicht?"

„Das müßte reichen", erwiderte David.

Dad ließ den Motor noch etwas höher drehen. Innerhalb von Sekunden heulte er auf, und das Flugzeug raste den Hügel hinunter, abwärts, immer weiter abwärts, und dann, ganz plötzlich, hob es ab und flog hoch in den Morgenhimmel. Immer höher.

Ich legte mich am Hang auf den Rücken, schaute in den Himmel und beobachtete, wie Dad hoch über unseren Köpfen dahinflog. Er wendete das Flugzeug und winkte zu uns herunter. Susan und ich winkten zurück.

Dann sah ich mich nach meinen Gänsekindern in ihrem Stall um. Sie schauten alle gen Himmel und beobachteten das Flugzeug, als ob sie genau wüßten, was das alles zu bedeuten hatte.

Ich setzte mich auf und rückte näher an sie heran. „Seht ihr das?" fragte ich und deutete nach oben. „Könnt ihr das auch?"

Sie schauten immer noch gen Himmel, als hätten sie verstanden. Wirklich, sie schienen es verstanden zu haben.

„Ihr könnt das auch", sagte ich, während mir die Tränen in die

Augen stiegen, aber ich wischte sie weg. „Ihr könnt das auch", wiederholte ich mit fester Stimme. „Denkt daran, es ist eure Natur."

Dad flog dicht über uns, kam dann zurück und landete am Hang, wo er auf Susan und mich wartete, die ihm die Gänse zutreiben sollten.

„Okay, ihr Wildgänse", erklärte ich ihnen. „Es ist soweit. Euer erster Flug. Macht euch fertig für den großen Augenblick. Wißt ihr alle, was ihr zu tun habt?"

Wie zur Antwort schnatterten sie durcheinander.

Ich schaute zu Dad, Barry und David beim Hügel. Dad machte mir ein Zeichen. Ich ging zum Stall, öffnete ihn und trieb die Gänse heraus. „Nun stellt euch auf!" rief ich. „Los, kommt! He, he, he! Auf, Gänse, heja, hejahe!"

Als sie sich alle um mich versammelt hatten, drehte ich mich um und rannte zum Hang, wo das Flugzeug mit knatterndem Motor stand und auf sie wartete.

Ich raste den Hügel hinunter zu Dad, machte dann kehrt und lief rückwärts, so daß ich den Gänsen nun das Gesicht zuwandte. Sie rannten wie verrückt und hatten sich zu einem V formiert, einige flogen schon halb. „So ist es gut, so ist es prima!" rief ich. „Weiter so."

Ich schaute über die Schulter zu Dad. Er nickte..., und ganz langsam hob das Flugzeug vom Boden ab.

„Los!" rief ich den Gänsen zu. „Husch!" Ich schwenkte meine Arme in ihre Richtung. „Fliegt los!"

Sie hatten die Köpfe ein wenig zurückgelegt und schauten zum Himmel. Nach oben. Hoch zu Dad im Flugzeug, das nun schon beinahe in Baumhöhe flog. Sie schlugen mit ihren Flügeln, rannten.

Alle bis auf Igor. Er blieb stehen, drehte sich um und schaute mich an. „Los, Igor!" rief ich. „Los!"

Dad war nun schon höher gestiegen, er war über den Baumwipfeln, hoch oben in der Luft.

Und allein. Sehr allein. Denn alle meine Gänse waren noch immer am Boden. Sie standen da und sahen ein wenig ängstlich drein, während sie Dad und das Flugzeug beobachteten. Aber sie flogen nicht hoch, um ihm zu folgen.

Nach einer Weile machten sie kehrt und rannten in meine Richtung, versammelten sich um mich und schnatterten. Sie beklagten sich. Ich ließ mich in ihrer Mitte nieder. „Was denkt ihr denn, wozu wir geübt haben?" schimpfte ich mit ihnen. „Euch ist wohl nicht klar, daß das hier kein Spiel ist. Ihr sollt fliegen. Ihr sollt ihm nachfliegen. So daß ihr sicher wegkommt. Wollt ihr etwa hierbleiben und euch von Glen die Flügel stutzen lassen? Oder für den Rest eures Lebens im Stall eingeschlossen bleiben? Dies hier ist eine ernste Sache."

Aber sie schnatterten mich nur noch mehr an. Ich schüttelte den Kopf über sie. „Wir versuchen's noch einmal, Kinder! Dann werden wir sehen, ob ihr's könnt."

Ich wartete, bis Dad zurück war, und als er landete, grinste er und winkte mir zu. „Keine Sorge!" rief er durch den Lärm des Flugzeugs. „Wir versuchen's einfach noch einmal. Sie können es. Sie brauchen nur ein bißchen Übung. Stell sie noch einmal auf."

Diesmal half mir Susan dabei. Als sie alle in Reih und Glied standen, begann ich erneut zu rennen, entschlossener und schneller als beim ersten Mal, bis sie so richtig auf Touren waren. Dann drehte ich mich wieder zu ihnen um. „Heja, heja, hejahe! Los, ihr Gänse, hejahe."

Sie hatten die Hälse gereckt und sahen gespannt aus, wie zum Abflug bereit.

„So ist es richtig! Das ist das Geräusch. Dem müßt ihr folgen."

Wir rannten den Hügel hinauf auf das knatternde Flugzeug zu, ich, Susan und die komplette Gänseherde. „Denkt an das Geräusch!" rief ich ihnen zu. „Erinnert ihr euch daran? Und jetzt los!"

Dad startete, hinauf, hinauf in den Himmel. Und weg war er. Wieder allein! Schon wieder! Alle Gänse waren immer noch am Boden.

Ich ließ mich in ihre Mitte fallen, war aber zu enttäuscht, um auch nur mit ihnen zu reden.

Dad kam zurück, und wir versuchten es noch einmal – und noch einmal –, jedesmal mit demselben enttäuschenden Ergebnis.

Schließlich, nach vier Versuchen, hatte Dad für diesen Tag genug. „Ich bin nicht entmutigt, Amy", sagte er, als er aus dem Flugzeug stieg und den Hügel herunter zu mir und Susan lief. „Wir versuchen's morgen wieder. Sie brauchen Zeit, um es zu lernen. Sie schaffen es."

Ich antwortete nicht, zuckte nur mit den Schultern. Ich war den Tränen nahe und vollkommen durcheinander. Zuerst hatte ich nicht gewollt, daß sie wegflogen, und nun machte mich die Sorge krank, daß sie es vielleicht nicht tun würden.

Wortlos trieb ich sie zurück zu ihrem Stall, während Dad und Susan zu ihrem Auto gingen und David und Barry zum Pick-up. Ich konnte mir nicht helfen, ich fühlte mich entmutigt und war sogar ein bißchen verärgert über die Gänse. Sie mußten doch den Vogelzug lernen. Sie mußten! Was sollte aus ihnen werden, wenn sie Dad nicht folgten? Was würde passieren, wenn sie es wirklich von allein versuchten?

Würden sie dann umkommen – durch Hochspannungsleitungen oder ähnliches? Außerdem würden sie es sicher schon bald versuchen. Ich brauchte mich doch nur umzusehen, um festzustellen, daß es schon Spätsommer war und die Nächte bereits kühler wurden. In wenigen Wochen würden sie wegziehen. Oder es wenigstens versuchen.

Es sei denn, ich würde sie im Stall einschließen. Aber wie könnte ich ihnen so etwas antun?

„Ihr seid wirklich dumm", schimpfte ich mit ihnen, als ich sie zum Stall zurückführte. „Glen hat recht. Ihr seid dumm." Sie schnalzten und schnatterten, als wollten sie mir antworten und sich rechtfertigen.

Ich öffnete die Stalltür und trieb sie hinein. Sie scharten sich dicht um mich, umschwärmten mich, aber ich war zu böse auf sie, um mich mit ihnen zu beschäftigen.

„Das ist kein Spaß", sagte ich zu ihnen. „Ich meine es ernst. Ihr müßt das lernen."

Sie wichen nicht von mir, stießen ihre Köpfe gegen mich und schmiegten sich an meine Beine wie kleine Kinder. Und da dachte ich plötzlich, sie sind doch Kinder, meine Kinder. Und ich bin ihre Mutter. Sogar Glen hatte das gesagt – sie werden auf das erste Lebewesen geprägt, das sie sehen. Wenn sie also Dad nicht folgten, so würden sie doch bestimmt ihrer Mutter folgen...

Ich holte tief Luft und schaute den Hügel hinauf zu dem Flugzeug.

Nein. Oder doch?

Ich schaute nach Dad und den anderen. David und Barry waren schon gegangen. Susan saß im Auto, und Dad beugte sich von außen durchs Wagenfenster, wahrscheinlich knutschten sie. So bald würden sie nicht hersehen.

Ich drehte mich wieder zum Flugzeug um. Mein Herz schlug laut, und ich hatte das Gefühl, kaum atmen zu können. Ob ich mich wohl traute?

Die Gänse scharten sich immer noch eng um mich. Ich atmete tief durch. „Okay, Kinder", sagte ich leise. „Okay. Aber diesmal fliegt ihr bitte mit hoch."

IcH ÖFFNETE den Stall, ließ die Gänse heraus und verschloß ihn wieder. Dann wandte ich mich um und rannte den Hügel hinauf zum Flugzeug, während sie alle hinter mir herliefen.

Ich spürte ein wenig Angst, aber nicht allzuviel. Im Grunde, dachte ich, ist es doch einfach, die einfachste Sache der Welt. Man braucht nur den Gashebel nach vorn zu drücken, und schon geht das Flugzeug los. Es konnte doch nicht so schwer sein. Schließlich hatte ich Dad schon zigmal dabei zugesehen.

Wenn man den Gashebel drückt, rollt es langsam an, hüpft ein wenig – und dann steigt es in die Luft. Man fliegt ein Stück, zieht den Gashebel wieder zurück und kommt runter. Ist doch keine große Sache. Selbst wenn ich etwas hart aufkommen sollte – was würde das schon ausmachen? Dad war viele Male abgestürzt, und er hatte sich dabei nicht den Hals gebrochen, nicht einmal einen kleinen Finger.

Ich schaute wieder hinunter zu den Gänsen, dann hoch zum Flugzeug. Dad, David und Barry hatten Räder an den Flieger montiert, so daß er weicher landen konnte. Aber nicht nur das, das Fahrwerk blieb auch während des Fluges starr ausgeklappt, so daß man nichts zu tun brauchte, um es wieder auszufahren. Man flog einfach in die Höhe und dann wieder nach unten.

Ich schaute noch einmal hinter mich, zu Susans Auto. Dad hatte immer noch seinen Kopf durch das Wagenfenster gesteckt und drehte mir den Rücken zu.

Meine Gänse waren um mich geschart, stießen sich gegenseitig weg, als ob jede mir am nächsten sein wollte – vielleicht versuchten sie auch, sich einen guten Startplatz zu sichern. „Glaubt ihr, ihr schafft es, Kinder?" fragte ich.

Sie schnatterten und drückten sich dichter an mich.

„Okay, wir werden ja sehen. Aber diesmal fliegt ihr wirklich los."

Ich hatte den Hang erreicht und kletterte die kleine Steigung bis zum Flieger hinauf, meine Gänse im Schlepptau. Ich schätzte, daß die Bäume uns vor Vaters Blicken schützen würden, aber sicherheitshalber wandte ich mich noch einmal um.

Nein, ich konnte ihn nicht sehen. Also konnte er mich auch nicht sehen. Natürlich, wenn ich erst einmal in der Luft war, dann würde er mich bemerken. Aber dann konnte er ja nichts mehr machen.

Am Flugzeug angekommen, blieb ich stehen und schaute es mir genau an, versuchte mir die Sache vorzustellen. Ja, da war der Gashebel. Und eine Lenkstange. Das war alles. Keine weiteren Instrumente, nichts. Es konnte doch nicht so schwierig sein, das Ding zu steuern? Wenn ich ein Motorrad oder ein Geländefahrzeug führen konnte, dann doch wohl auch ein Flugzeug. Oder nicht? Ich holte tief Luft, stieg hinein und setzte mich im Sitz zurecht. Mein Herz schlug wie verrückt, aber ich war weniger ängstlich als freudig erregt. Ich war im Begriff zu fliegen. Und vielleicht, vielleicht auch meine Gänse.

Ich schnallte mich an, hob Dads Kopfschutz vom Boden auf und stülpte ihn mir über. Er fühlte sich schwer und unbequem an, aber ich hielt es für das beste, ihn zu tragen.

Ich schaute wieder auf den Gashebel, dann vorsichtig nach vorne aus dem Flugzeug, genau wie ich es Dad hatte tun sehen. Das Gras und der Hang waren glatt und eben, es gab keine größeren Steine, nichts. Dad, David und Barry hatten sämtliche Hindernisse aus dem Weg geräumt.

Ich sah zu meinen Gänsen hinunter. Sie beobachteten mich aufmerksam, den Blick fest auf mich gerichtet. Seltsam, wie still sie waren, so als ob sie wüßten, daß sie jetzt genau aufpassen mußten und daß dies ein großer Augenblick war. „Nun folgt mir!" sagte ich und deutete nach oben in den Himmel. „Da rauf! Fertig?"

Die Antwort waren ein paar leise Schnattergeräusche.

Ich atmete tief durch und drückte den Gashebel vorwärts, genau wie ich es Dad hatte machen sehen – langsam, langsam, vorsichtig, Zentimeter für Zentimeter.

Es dauerte einen kurzen Moment, aber dann heulte die Maschine heftig auf, und der Flieger begann zu rollen – langsam, ganz langsam, die Bewegung war kaum spürbar. Ich drückte den Gashebel ein klein wenig weiter nach vorne. Der Flieger rollte schneller, dann noch schneller, aber er hob immer noch nicht ab. Ich biß mir auf die Lippen und drückte den Gashebel noch ein wenig mehr nach vorne. Da machte das Flugzeug plötzlich einen Satz, stieß gegen eine Bodenwelle, schnellte hoch und begann zu springen.

Ich hielt die Luft an.

Anhalten! Nur wie? Es gab keine Möglichkeit, es anzuhalten. Es holperte und hüpfte wieder, und dann machte es einen Satz in die Luft. Ich war oben! Ich hatte abgehoben. Ich hatte die Hand am Gashebel, und ich stieg höher, immer höher mit meinem Flugzeug, und das ganz allein. Ich hatte es geschafft! Erleichtert atmete ich tief durch, griff nach der Steuerstange und schaute nach unten. Ich flog über den Bäumen! Ich war in der Luft, über dem Hügel!

Ich drehte mich um und schaute zurück. Ich konnte sie sehen; ich konnte meine Gänse sehen, sie kamen näher, sie rannten.

Sie rannten angestrengt. Sie waren immer noch auf dem Boden. Und dann... ja! Sie flogen, versuchten es. Sie waren kaum über dem Boden, aber sie versuchten es, ihre Flügel schlugen heftig!

Ich behielt sie im Auge und hielt den Atem an. Ja, nun waren sie oben. Ja! Vier, fünf, sechs, eine ganze Gruppe von ihnen – sie waren nun in der Luft und reihten sich hinter mir auf. In der Luft, sie flogen, direkt hinter mir! Ich konnte sogar das Geräusch ihrer Flügel hören.

Ich wandte mich nach vorne, warf den Kopf zurück und fühlte den Wind in meinem Gesicht. Ja! Ich flog. Und dann mußte ich lachen, ich rief laut hurra, genau wie Dad es am ersten Tag gemacht hatte, ich konnte einfach nicht anders.

Ich wandte mich um und versuchte sie zu zählen. Und dann merkte ich es – Igor. Wo war Igor?

Ich lehnte mich hinaus, schaute nach unten. Dad. Dad rannte über die Wiese, rannte den Hang hinauf, winkte mit den Armen.

„Es ist alles okay!" rief ich. Als ich mich nach vorne beugte, stieß ich mit dem Knie gegen etwas. Was war das? Und dann soff plötzlich der Motor ab. Soff einfach ab, setzte aus. Und es ging abwärts.

Abwärts! Steil abwärts! Der Gashebel. Wo war der Gashebel? Ich streckte die Hand nach ihm aus …, aber …

Kein Geräusch mehr, kein Motorgeräusch, nur das Pfeifen der Luft, und dann Stille, nur mein Herz schlug laut. Ob ich nun sterben mußte?

Dad war nicht …

Und das war das letzte, woran ich mich vor dem Aufprall erinnern kann, dieser große Schlag, der sich anfühlte, als ob mir der Kopf abgerissen würde.

Als ich die Augen aufschlug…, schlug ich sie überhaupt auf? War ich vielleicht tot?

Ja, ich war sicher tot. Nein, ich schwamm, so war es, ich schwamm durch die Luft, aber es mußte Nacht sein, weil es dunkel war, überall dunkel, und die Gänse waren bei mir, flogen in Formation, aber da war noch jemand…, jemand, der mich hielt und mich wiegte.

„Amy, o meine liebe Amy, sag doch etwas!"

Warum hielt er mich fest? Ich konnte doch fliegen.

Er hielt mich in seinen Armen. „Amy! Sag etwas!"

Ich schlug die Augen auf. Dad. Es war Dad. Was machte er da? Und warum schrie er so? „Hallo", sagte ich.

„Amy!" rief er. „Amy." Er drückte mich an sich. „O Amy, bist du verletzt?"

„Ich weiß nicht." Ich blinzelte ihn an. „Weinst du etwa?"

Er nickte. Er kniete auf dem Boden und wiegte mich in seinen Armen. „Ich dachte, du wärst…"

„Ich bin geflogen", sagte ich stolz.

„Ja", erwiderte Dad, „ich weiß."

„Bist du mir böse?" fragte ich.

„Dir fehlt nichts", sagte Dad. „Das ist die Hauptsache. Dir fehlt nichts."

Plötzlich hinkte Igor schnatternd heran, er war außer Atem und hörte sich beunruhigt an. Er begann nach mir zu picken. „Hör auf, Igor", sagte ich. „Mir fehlt nichts."

Ich schaute zu Dad auf. Er sah mir in die Augen, hielt mich immer noch und wiegte mich hin und her.

„Dad?" sagte ich. „Hast du es gesehen? Sie sind mit mir geflogen, Dad." Ich merkte, daß meine Stimme schwach und leise war, und ich setzte noch einmal an. „Sie sind mit mir geflogen, Dad. Es war so wunderschön."

„Ich weiß, meine Kleine", flüsterte Dad. „Ich weiß."

FÜNF

Am nächsten Tag versuchte Dad es noch einmal, aber auch diesmal folgten ihm die Gänse nicht. Er versuchte es wieder und wieder. Wir probierten es mit allen möglichen Tricks, aber sie wollten einfach nicht mit ihm ziehen. Dad rang mir das Versprechen ab – ließ es mich sozusagen bei meinem Leben schwören –, daß ich es nicht noch einmal auf eigene Faust versuchen würde, obwohl ich doch wußte, daß ich dazu in der Lage war und sie mir folgen würden. Ich brauchte nur noch richtig fliegen zu lernen, und das konnte doch wohl nicht so schwer sein.

Aber Dad sagte nein. Ich fand das ziemlich gemein von ihm.

Ich war traurig und verärgert, Dad war auch traurig, Susan war deprimiert, und ich denke, sogar die Gänse waren traurig. Sie schienen keine Ruhe zu finden, waren unglücklich, liefen in ihren Käfigen hin und her, schnatterten und beschimpften sich gegenseitig.

Jedesmal, wenn ich ins Haus kam oder in die Werkstatt, hörte ich jemanden darüber reden – Dad, Susan, David, Barry. Irgend jemand sprach immer davon. Es gab kein anderes Thema mehr. Je näher der Herbst rückte, desto klarer schien: Wir würden ihnen die Flügel stutzen müssen.

Einmal ging ich am späten Abend hinaus zur Reifenschaukel und schaukelte so hoch, daß ich dachte, ich könnte in den Himmel abheben, auch ohne Flugzeug. Ich dachte an meine Mum, dachte an zu Hause, an meine alten Freunde. Aber das alles half mir nicht.

Ich schaukelte noch höher, und innerlich redete ich mit Mum, ich erzählte ihr alles, was passiert war. Weißt du noch? sagte ich zu ihr.

Weißt du noch, wie du damals in jener Nacht gesagt hast, daß ich eine gute Mutter für die Gänse sein könnte? Das hast du gesagt, aber willst du die Wahrheit wissen? Ich bin es nicht. Zumindest bin ich nicht gut genug. Weil ich noch zu jung bin. Und ich weiß nicht mehr weiter.

Ich schaukelte noch wilder. Es war dumm, aber die ganze Zeit über, während ich schaukelte, hatte ich das Gefühl zu warten, auf ihre Antwort zu warten.

Manchmal hatte sie mir geantwortet – in Gedanken. Wie damals, als sie wegen der Eier mit mir gesprochen hatte. Aber dieses Mal tat sie es nicht. Ich hatte das Gefühl, völlig allein zu sein.

Ich ging ins Haus zurück und wollte in mein Zimmer hinaufgehen, doch dann blieb ich wie angewurzelt auf der Treppe stehen. David, Dad und Susan waren in einen heftigen Streit geraten. David sagte etwas von einem neuen Flugzeug, das sie bauen würden, ein gutes, leichtes, sicheres, aber es würde eine Menge Geld kosten – und Dad sagte, das Geld sei nicht so wichtig, er werde die Mondlandefähre verkaufen, die Leute seien verrückt danach – und Susan begann zu schreien. Sie fing wirklich an zu schreien.

„Sag mir, daß das nur ein Witz ist!" schrie sie.

„Nein", erwiderte Dad. „Ich mache keine Witze. Schau mal, die Gänse werden mit ihr fliegen. Und sie wird mit mir fliegen. Ich könnte sie alle nach Süden führen."

„Du willst doch nicht, daß sie eines von diesen Dingern steuert?" fauchte Susan. „Ich kann nicht glauben, daß du daran überhaupt nur denkst! Sie ist doch noch ein Kind."

Dad schwieg einen Augenblick, und dann meinte er: „Ja. Du hast wohl recht. Ich weiß auch nicht, was ich mir dabei gedacht habe."

„Aber ich kann es, Dad!" rief ich. Ich rannte hinunter in die Küche. „Wirklich, ich kann es."

Dad verzog das Gesicht und schüttelte den Kopf.

„Gib mir eine Chance!" bettelte ich.

Ich schaute zu Susan, aber sie erwiderte meinen Blick nicht. Sie starrte immer noch auf Dad.

Ich schlang meine Arme um Dads Taille. „Bitte", sagte ich. „Das ist die beste Idee, die du je gehabt hast."

Dad zuckte mit den Schultern und wandte sich zu David.

„Wir könnten es schaffen", sagte David. „Wir könnten ein Leichtflugzeug bauen. Ein sicheres. Aber dann verkaufst du besser dieses Mondding, denn es wird Geld kosten. Und zwar nicht zu knapp."

„Die Kosten sind nicht das Problem", sagte Dad. „Es muß nur sicher sein."

Susan sprang auf. „Ich kann es nicht glauben", sagte sie und schnappte sich ihre Jacke und ihre Handtasche vom Tisch. „Das ist das Unverantwortlichste und Hirnrissigste, was ich je gehört habe."

Dad hob eine Hand. „Was soll ich denn sonst tun? Ich muß sie zum Fliegen bringen. Mir werden sie nicht folgen. Nur so kann es funktionieren."

Ich holte tief Luft. Ja! Ja!

„Was ist bloß mit dir los?" fragte Susan, während sie herumwirbelte und ihn wütend anschaute. „Du willst doch nicht etwa das Leben deiner Tochter für ein paar Gänse aufs Spiel setzen?"

„Ich dachte, du magst die Gänse", sagte Dad.

„Ich mag die Gänse!" explodierte Susan.

Dad zuckte mit den Schultern. „Für jemand, der sich nicht einmischen wollte", meinte er, „legst du dich ganz schön ins Zeug."

Ich trat einen Schritt zurück, schaute von Susan zu Dad und wieder zu Susan. Die Sache lief schief. Ich wollte nicht, daß Susan böse wurde und ging. Aber konnte sie denn nicht verstehen, daß ich mit ihnen fliegen mußte?

„Du hast recht", sagte Susan und zeigte mit dem Finger auf Dad. „Ich will damit nichts zu tun haben." Sie stürmte hinaus und schlug die Tür hinter sich zu – und zwar ziemlich heftig.

Dad und David schauten einander an und dann zu mir rüber.

Ich ging zu einem Sessel, ließ mich hineinfallen und nahm den Kopf zwischen die Hände. Warum mußte das so sein? Ausgerechnet in dem Augenblick, als ich die große, wichtige Sache, die ich mir wünschte, erreicht zu haben schien – gerade, als ich dachte, daß es möglich sei, mit meinen Gänsen zusammen den Vogelzug zu machen –, ging etwas anderes Wichtiges aus der Tür hinaus. Einfach so zur Tür hinaus.

Bis zu diesem Moment war mir nicht klar gewesen, wie wichtig Susan für mich geworden war.

Eine Weile sagte niemand etwas. Ich stand auf und ging zum Fenster. Susan steuerte im Laufschritt auf ihr Auto zu.

Ich rannte nach draußen. „Susan!" rief ich. Ich raste die Auffahrt hinunter zu ihrem Jeep. „Susan!" rief ich noch einmal.

Sie verlangsamte ihren Schritt und hielt an, aber sie drehte sich nicht um. Sie blieb einfach stehen, bis ich bei ihr war.

„Susan", sagte ich, als ich sie völlig außer Atem erreicht hatte. „Susan, ich weiß, du willst nicht, daß ich das mache. Aber schau mal…"

„Nein", erwiderte Susan und drehte sich zu mir um. „Es ist nicht so, daß ich es nicht will. Ich habe nur Angst um dich."

„Ich weiß", sagte ich. „Aber hilf mir doch. Okay? Ich brauche dich."

Ich stand jetzt ganz nah vor ihr. Einen Moment lang verspürte ich das Bedürfnis, ihre Hand zu nehmen, entschied mich aber, es nicht zu tun. Es würde zu sehr so aussehen, als ob ich ein kleines Kind wäre.

Eine Weile standen wir so da und schwiegen. „Amy, was würde deine Mutter dazu sagen?" meinte Susan dann. „Hast du darüber einmal nachgedacht?"

Ich nickte. „Ja", antwortete ich. „Ich denke darüber nach, was sie zu allem sagen würde. Ich denke immer an sie. Gerade vorhin, draußen in der Scheune, habe ich ihr alles erzählt. Von den Gänsen und davon, daß sie nicht mit Dad fliegen, und von allem anderen."

„Und?" fragte Susan.

Ich schaute weg und schluchzte. „Sie hat nicht geantwortet", sagte ich. „Dieses Mal nicht."

„Wenn sie es getan hätte", meinte Susan langsam, „was glaubst du wohl, was sie gesagt hätte?"

Ich schaute zu ihr auf und lächelte sie an. „Mach es!" sagte ich. „Das würde sie sagen. Und weißt du, was noch?"

Susan zog die Augenbrauen hoch und neigte ihren Kopf zur Seite.

„Mum hat immer gesagt, daß Freunde wichtig sind", erklärte ich. „Sehr wichtig. Freunde helfen sich gegenseitig."

Einen Moment schloß Susan die Augen. Dann lächelte sie mich an. „Du hast gewonnen", sagte sie leise. „Ich werde dir helfen."

Ich holte tief Luft und lächelte zurück. „Weil du meine Freundin bist", betonte ich. „Das hast du mir damals im Badezimmer gesagt, erinnerst du dich? Du hast gesagt, daß du meine Freundin bist."

„Das bin ich", sagte Susan. „Du weißt, daß ich das bin."

Ich schaute zu ihr auf, und nun endlich nahm ich ihre Hand. „Weißt du was?" sagte ich. „Mum würde das gefallen."

MEIN Dad mag vielleicht verrückt sein, aber er ist auch ziemlich toll. Er kann bestimmte Dinge viel schneller machen als irgend jemand, den ich je gekannt habe. Und wenn ich schnell sage, dann meine ich das auch.

Nur drei Tage später kamen ein paar Männer in Geschäftsanzügen und schafften die Mondlandefähre fort. Dad verriet mir zwar nicht, was sie ihm dafür bezahlten, aber ich wette, daß es eine Menge war – dem Grinsen auf seinem Gesicht nach zu schließen. Ein bißchen sorgte ich mich darum, daß er sie vielleicht vermissen würde. Er war so stolz darauf gewesen.

Doch allem Anschein nach wollte er darauf keine Zeit verschwenden. Er und David arbeiteten fast Tag und Nacht an ihrem Computer, bis sie einen Gleiter für mich entworfen hatten. Ich glaube, sie ergänzten sich wunderbar – Dad mit seinem Erfindergeist und David als Luftfahrtingenieur. Sie machten die Pläne und kauften das Material, und dann bauten sie das Flugzeug – und das in kaum mehr als einer Woche. Eine Woche voller wundervoller Sommertage.

Ich hatte sehr viel Spaß in dieser Woche. Wenn ich auf der Reifenschaukel in der Scheune saß oder mit meinen Gänsen spielte, mit Susan und Barry redete oder Dad und David zuschaute, wie sie den Gleiter in der Werkstatt zusammenbauten, dann dachte ich, daß ich mich jetzt vielleicht endlich okay fühlte – ich war nicht wirklich glücklich, aber es ging mir so gut wie schon lange nicht mehr. Und wenn ich Dad bei der Arbeit beobachtete, dachte ich eine Menge über ihn nach. Darüber, daß er mich in Neuseeland so lange nicht besucht hatte und was ich ihm gegenüber empfand. Wie stand ich nun zu ihm? Es klappte gut mit ihm, dachte ich, aber... ich war auch verwirrt. Deshalb mußte ich manchmal einfach aufhören, darüber nachzudenken.

Schließlich kam der Tag, an dem Dad und David fertig waren. Sie rollten den Flieger aus der Werkstatt zum Hügel, und obwohl ich ihnen die ganze Zeit beim Zusammenbauen zugesehen hatte, war es dennoch etwas anderes, das Fluggerät draußen auf dem Hügel zu sehen – es war einfach eine Sensation, ein kleines Wunder. Es sah sogar wie eine Gans aus: die Seiten waren mit dem Muster eines Gänsegefieders bemalt, es hatte einen Gänsekopf, und die Tragflächen hatten die Form von Gänseflügeln. Es war wunderschön.

Dad hatte alle Arten von Sicherheitszubehör eingebaut – für die Steuerung und die Kommunikation, auch für die Landung und sogar eine Benzinuhr –, eben alles mögliche.

„Okay, Amy", meinte Dad an diesem ersten Tag, als er mir in das Flugzeug half. „Wir werden das jetzt ganz langsam machen. In Ordnung?"

„In Ordnung", sagte ich.

„Erst die Schutzbrille", erklärte Dad, „dann den Helm."

Ich setzte die Fliegerbrille auf, die Dad mir gekauft hatte, und dann gab er mir den Helm, den er extra für mich hatte anfertigen lassen, einen Helm mit einem eingebauten Mikrofon. Er fühlte sich komisch an, war aber nicht so schwer wie jener, den ich damals bei meinem ersten Flug aufgehabt hatte.

„Jetzt schau mal hier", sagte Dad. „Das Mikrofonkabel geht vom Helm zu dieser Buchse." Er beugte sich vor und stöpselte es in das Funkgerät ein, das an der Steuerstange angebracht war. „Okay?" fragte er. „Du mußt es nicht einmal halten. Sprich einfach in das Mikrofon in deinem Helm, und es wird zu meinem Flieger oder zu Barry oder David am Boden übertragen."

„Verstanden."

„Gut." Dad kletterte in den Flieger, setzte sich hinter mich und nahm mich zwischen seine Knie. „Und das da sind die Kontrollinstrumente. Einfacher geht's nicht." Er deutete auf den kleinen Startknopf. „Wenn du den hier drückst, dann geht der Motor an. Wenn er auf vollen Touren läuft und du dich mit der Steuerstange nach vorn beugst, dann hebt es ab."

„Das ist einfach", meinte ich.

„Aber wir drücken jetzt noch nicht gegen die Steuerstange, wir gehen noch nicht hoch", sagte Dad. „Ganz wichtig: das Lenken. Das wollen wir jetzt üben."

„Ich weiß schon", sagte ich. „Ich habe es schon mit deinem Flieger probiert."

Dad lachte. „Und dich beinahe umgebracht. Jetzt hör zu, es ist wirklich einfach. Du machst alles mit der Steuerstange hier vor dir. Wenn du dich nach links lehnst, geht der Flieger nach links, lehnst du dich nach rechts, geht der Flieger nach rechts. Nach rechts lehnen, nach rechts fliegen, nach links lehnen, nach links fliegen. Kapiert?"

Ich nickte. „Kapiert."

„Jetzt wollen wir das üben", sagte Dad. „Und ich bin dicht hinter dir, wenn du Hilfe brauchst."

„Ich werde dich nicht brauchen", erwiderte ich, obwohl ich insgeheim froh war, daß er da war.

„Bist du bereit?" fragte Dad.

Ich war bereit. Ich schaute mich um. Es gab da so eine Art Kommission, die uns vom Boden aus begutachten wollte – David, Barry und Susan. Alle drei blickten wie stolze Eltern drein – besonders Susan.

Ich winkte zu ihnen hinüber, dann drückte ich den Startknopf, und das Flugzeug begann zu rollen. „Okay", sagte Dad. „Lehn dich nach links! Mach eine Linkskurve. Wir rollen einfach auf dem Boden. Lehn dich nach rechts, mach eine Rechtskurve."

Ich tat genau, was er sagte, wobei ich mich sehr konzentrierte. Wir bewegten uns zwar nur langsam, aber es machte trotzdem großen Spaß. Ich sah mich zu Dad um und grinste ihn an. Er grinste zurück.

Wir übten es wieder und wieder: nach links lehnen, in die Linkskurve gehen, nach rechts lehnen, in die Rechtskurve gehen, dabei immer langsam auf dem Boden fahrend.

„Denk daran, Amy", sagte Dad von hinten. „Du hast eine Flügelspannweite von zehn Metern. Dafür muß genug Platz sein. Es ist ein bißchen so, wie wenn man sehr dick ist."

Wir fuhren ziemlich lange so auf dem Boden herum, und ich lernte, nach rechts oder links zu fahren und an die Flügelspannweite zu denken. Ich konzentrierte mich sehr, und es machte Spaß. Aber ich konnte es kaum noch erwarten, mich endlich in die Luft zu erheben.

Doch es war noch nicht soweit. Üben, üben, üben, sagte Dad. Und so übten wir eben. Tagelang.

Jeden Tag kam Barry zu uns raus, um uns zuzuschauen, und jedesmal, wenn wir an ihm vorbeifuhren, grinste er mich freundlich an und hob anerkennend den Daumen.

Ich war voller Freude und Erwartung. Aber ich war auch besorgt. Ich wollte endlich in die Luft steigen, fliegen. Und ich wurde nervös, weil der Sommer zu Ende ging. Bald würden andere Wildgänse unterwegs sein, und meine würden vielleicht versuchen, es ihnen nachzumachen.

Schließlich kam der Tag, auf den ich gewartet hatte. Wir hatten stundenlang geübt, Dad im Sitz hinter mir, genau wie an den anderen Tagen. Plötzlich sagte er: „Jetzt lehn dich gegen die Steuerung, Amy. Lehn dich dagegen. Wenn du sie nach vorne drückst, hebt es ab."

„Gehen wir hoch?" fragte ich.

„Wir gehen hoch", bestätigte Dad.

Ich holte tief Luft und spürte, wie ich das Gesicht zusammenkniff, so wie ich es immer tat, wenn ich mich auf meine Musik konzentrierte. Ich lehnte mich gegen die Steuerstange.

„Nicht wie ein kleines Mädchen, Amy", sagte Dad. „Drück fest!"

Ich drückte fest.

„Noch fester!" forderte Dad.

Ich drückte noch fester. „Es funktioniert!" rief ich. „Wir gehen nach oben!"

„Gut gemacht, Mädchen!" lobte Dad. Er klopfte mir auf die Schulter. „Wir steigen."

Wir hatten es geschafft! Wir waren oben.

„Jetzt denk daran, was wir geübt haben!" rief Dad über meine Schulter. „Lehn dich nach links, nach links jetzt!"

Ich machte es.

„Bleib so", sagte Dad. „Flieg einen großen Bogen um das Feld."

Ich machte auch das.

„Und jetzt nach rechts", wies Dad mich an.

Ich lehnte mich nach rechts. „Du machst das ganz allein, Amy!" rief Dad. „Ich tue überhaupt nichts. Du machst das großartig."

Ich spürte, wie ein Lachen in mir aufstieg. Ich flog. Und bald – bald würde ich mit meinen Gänsen zusammen fliegen.

Wir flogen lange, und es war überhaupt nicht schwer. Ich hatte so viel am Boden geübt, daß es mir wie selbstverständlich vorkam, so als wäre ich schon immer geflogen.

Während des Fluges dachte ich die ganze Zeit nach – über meine Gänse. Ich wußte, daß sie mich von ihrem Stall aus beobachteten. Ich wette, sie schauten nach oben, bereit, mit mir zu fliegen, genau wie beim letzten Mal. Bald, sagte ich in Gedanken zu ihnen, bald geht's los. Ich werde mit euch in den Süden fliegen, damit ihr es lernt. Dann, im Frühjahr, werdet ihr zu mir zurückkommen. So werden wir es machen. Versprochen. Ihr braucht nur noch ein bißchen zu warten.

SECHS

Es war soweit. Der Tag, an dem Dad sagte, daß ich allein fliegen könnte. Ich war so aufgeregt, daß ich es kaum aushalten konnte. Aber ich hatte auch ein wenig Angst.

Ich spürte, daß auch Dad ein bißchen Angst hatte, obwohl er versuchte, es nicht zu zeigen. Während er mir half, in den Flieger zu klettern, und meinen Helm und mein Mikrofon befestigte, redete er ununterbrochen. „Denk daran, Amy", sagte er, „beuge dich nach vorne, aber nicht zu –"

„Ich weiß, Dad!" unterbrach ich ihn.

„Ja", antwortete er. „Aber dieses Mal ist alles ein bißchen anders. Es geht viel leichter, wenn ich nicht an Bord bin. Also wirst du schneller abheben. Und du wirst überhaupt schneller sein. Das mußt du berücksichtigen, hast du verstanden?"

Ich nickte. „Versprochen", sagte ich. „Ich schaffe das schon."

Dad sah mich eine Weile an, dann lächelte er. „Ich weiß, daß du es schaffst", sagte er. „Ich gehe jetzt rüber zu meinem Flieger. Ich werde bei dir sein. Wir werden über die Startbahn rollen und dann fliegen. Ich werde ein wenig seitlich und über dir sein, genau wie wir es machen werden, wenn wir mit ihnen fortziehen. Fertig?"

„Fertig", bestätigte ich.

Dad ging und stieg in sein Flugzeug, und als er drin war, kam Barry zu mir herüber. „Weißt du was, Amy", sagte er, während er an meinem Mikrofonkabel hantierte. „Ich bin ein Flieger, das weißt du. Und ich habe schon eine Menge guter Flieger gesehen – aber soll ich dir was sagen? Ich habe dich beobachtet, und ich glaube, du bist ein richtiges Naturtalent."

„Danke", sagte ich. Ich schaute auf die Instrumente, denn ich merkte, daß ich rot wurde. Barry mochte mich!

Dads Stimme drang aus dem Funkgerät. „Papa Gans an Basis", sagte er. „Kannst du mich gut hören?"

„Klarer Empfang, Papa Gans", antwortete Barry in das Funkgerät in seiner Hand. „Bleibe auf Empfang."

„Kannst du mich hören, Mama Gans?" fragte Dad, jetzt an mich gerichtet.

„Ich kann dich hören", erwiderte ich.

„Laß uns ein bißchen rollen", sagte Dad. „Du wirst sehen, um wieviel leichter es jetzt ist."

Barry trat vom Flieger zurück. Ich startete und begann zu rollen, folgte Dad, achtete darauf, wie leicht der Flieger nun war, schaute immer wieder zu Dad und rief mir immer wieder ins Gedächtnis, wie breit meine Flügel waren. Ich mußte eine ganze Menge Dinge beachten, aber ich schaffte es. Ich vergaß nicht die kleinste Kleinigkeit.

„Bist du soweit, Mama Gans?" hörte ich Dads Stimme nach einer Weile sagen.

„Ja, ich bin soweit", bestätigte ich.

„Dann also los, laß uns in Startposition gehen. Und wenn du oben bist, dann möchte ich, daß du um das Rollfeld herumfliegst. Auf diese Weise kannst du einfach nach unten schweben, wenn dein Motor aussetzt oder sonst etwas los ist. Flieg nicht woandershin, verstanden?"

„Verstanden", antwortete ich und rollte zum Startpunkt.

Dad tat dasselbe. Dann, als wir beide in Position waren, sagte er: „Fertig? Ich hebe ab. Und dann du."

Ich holte tief Luft, mein Herz war nahe am Zerspringen. Ich war im Begriff zu fliegen. Jetzt gleich! Und allein!

Ich blickte hinüber zu Susan, Barry und David. Sie waren alle da und natürlich auch meine Gänse. Sie waren allerdings in ihrem Stall eingeschlossen, denn wir wollten nicht, daß sie hinter mir herflogen – noch nicht. Nicht, bevor ich noch mehr Übung hatte.

Susan gab mir ein Zeichen mit der Hand. Dann drückte ich auf den Startknopf und spürte, wie der Motor ansprang. Ich sah Dad rollen, dann abheben. Hoch in den Himmel.

Nun war ich an der Reihe. Ich rollte die kleine Wiese hinab, rollte und rollte. Ich gewann an Geschwindigkeit, wurde schneller, immer schneller. Plötzlich stieß ich gegen eine kleine Bodenwelle, und sofort dachte ich wieder an jenes erste Mal, als ich abgestürzt war, aber der Flieger rollte weiter geradeaus. Ich beschleunigte die Fahrt, und dann lehnte ich mich in die Steuerung, und mit einem etwas größeren Sprung segelte ich plötzlich in der Luft.

Hoch. Hoch! Ich war oben. In der Luft. Ganz allein.

Dad war über mir, ich konnte sehen, wie er sich umdrehte, um nach mir zu schauen.

Ich flog. Ganz allein. Hoch in die Luft. Ich grinste, streckte mich in meinem Sitz aus. Fliegen! Ich flog!

Ich holte tief Luft und schaute mich um. Dad hatte gesagt, ich solle das Rollfeld umkreisen, in einer flachen, niedrigen Kurve. Ich lehnte mich in die Steuerung, nicht zu sehr, nur eine flache Kurve. Es war wirklich phantastisch!

„Hallo, Basis", sprach ich ins Mikrofon. „Hallo, Papa Gans. Es ist wunderbar!" Es kam keine Antwort. „Hallo?" rief ich. „Hallo, Daddy, kannst du mich hören?"

Immer noch keine Antwort. Wo war er? Ich schaute mich um, sah ihn, sah seinen Flieger ein Stück vor mir fliegen, ein wenig höher. Er winkte mir zu, wollte mir etwas zeigen.

Ich runzelte die Stirn. Warum benutzte er nicht das Funkgerät? „Kannst du mich hören?" fragte ich in mein Mikrofon.

Er antwortete nicht, winkte immer noch, deutete auf etwas. Ich schaute über meine Schulter, in die Richtung, in die er zeigte. Und da entfuhr mir ein Schrei.

Long John! Long John war rechts von meinem Flügel.

Long John und... Ich schaute hinter mich. Die anderen! Alle! Sie waren hinter mir ausgeschwärmt, eine lange, fließende Linie, so dicht, daß ich ihren Flügelschlag hören konnte.

O Gott! Du lieber Gott! Sie waren so schön. Ich fühlte Tränen aufsteigen..., aber nicht, weil ich traurig gewesen wäre.

Plötzlich war Dad dicht bei mir, auf meiner linken Seite, auf der anderen Seite von Long John. Er versuchte mir hektisch etwas deutlich zu machen, deutete nach unten, auf das Kabel seines Funkgeräts. Ich schaute nach meinem.

Kein Wunder, daß ich ihn nicht hören konnte! Mein Kabel hatte sich gelockert. Ich stöpselte es schnell ein. „Daddy!" rief ich. „Daddy, schau sie dir an. Sie fliegen wirklich mit mir. Was ist passiert?"

„Ich sehe es!" antwortete Dad. „Ich sehe es, Amy! Sie sind über die Umzäunung gesprungen! Sie wollten bei dir sein."

Ich schaute zum rechten Flügel. Long John war so nahe, daß ich beinah die Hand ausstrecken und ihn berühren konnte. „He, Long John!" rief ich. „Wir fliegen! Ihr seid ausgebrochen! Ihr seid zu mir gekommen."

Er kam noch ein bißchen näher, und..., können Gänse lächeln? Ich schwöre, daß er lächelte.

Ich konnte David durch den Kopfhörer hören. „Es klappt!" schrie er. „Ich kann es nicht glauben."

Dann war wieder Dad zu hören. „Okay, Amy", sagte er. „Mach eine Linkskurve. Laß uns mal probieren, ob sie dir folgen. Ich bleibe an dir dran."

„Ich habe verstanden", sagte ich und begann dann langsam meine Kurve. Ich schaute weiter zur Seite. Ja. Long John hielt sich immer noch dicht bei mir.

Und dann – warum machten sie das? Plötzlich waren die anderen Gänse vor mir.

„Dad", sagte ich, „das können sie aber nicht gut, oder?"

Dad lachte. „Es gab mal eine Zeit, Amy, da konntest du nicht gut laufen."

„He, Kinder!" sagte eine Stimme, es war Barry. „Hier unten ist eine kleine unglückliche Gans."

Ich drehte mich um und schaute zurück. Die Gänse waren wieder hinter mir. Eine fehlte. Aber welche? „O nein, Dad!" rief ich. „Wir haben Igor vergessen!"

„Wir holen ihn", sagte Dad. „Mach eine langsame Wendung. Das ist eine gute Übung."

Vorsichtig und sehr konzentriert flog ich eine weite, langsame Kehre. Ich behielt die Gänse im Auge. Sie folgten mir.

„Verringere deine Geschwindigkeit nicht", wies Dad mich an. „Behalt die Nase oben. Halte dich so."

Ich blieb so, wie Dad es sagte. Dann ging ich runter und flog dicht über dem Boden. Ich sah Igor – sah ihn nach oben schauen. Sah ihn rennen. „Los, Igor!" rief ich. „Komm hoch!"

„Lauf, Igor!" hörte ich David rufen. „Lauf!"

Er rannte schneller und schneller. Und plötzlich erhob sich sein kleiner Körper in die Luft. „Er fliegt, Dad!" rief ich.

„Juhu!" antwortete Dad. „Bravo, Igor! Nun, da wir alle versammelt sind, können wir mit dem Üben anfangen. Los, kommt wieder nach oben, und dann machen wir einige Wendemanöver."

Ich flog mit ihnen wieder hoch und legte mich langsam in die Kurve. Ich behielt sie weiter im Auge. Tatsächlich, sie folgten. Es war wunderschön. Sie formierten sich zu einem langgezogenen V hinter mir.

Ich holte tief Luft, wieder kamen mir die Tränen, aber die ganze Zeit mußte ich lächeln. Ich fühlte mich wie ..., so als ob mein Herz auch fliegen würde. Und ich war mir ganz sicher, daß meine Mutter jetzt auch lächelte.

DIE ZEIT schien zu rasen – und doch stand sie zugleich auch still. Der Herbst kam, die Schule begann wieder, und obwohl ich dazu nicht mehr Lust hatte als im letzten Juni, mußte ich doch hingehen. Mit am schlimmsten war, daß wir Unterricht in Umweltschutz hatten – und dieser schreckliche Glen kam nun jeden Dienstag und hielt unserer Klasse einen Vortrag. Als ob er etwas von Tieren oder Vögeln verstünde! Gut, ich mußte hingehen, aber ich mußte ihm ja nicht zuhören.

Aber das Wichtigere passierte außerhalb der Schule: Wir hatten die Gänse soweit. Jeden Tag flogen wir mit ihnen, vor der Schule, nach der Schule, an den Wochenenden, bei jeder sich bietenden Gelegenheit.

Wir mußten bis zur letzten Minute mit ihnen arbeiten, um sicherzugehen, daß sie kräftig genug für die Reise waren. Sie mußten in der Lage sein, jeden Tag über 300 Kilometer zu fliegen. Und sie mußten das vier oder fünf volle Tage lang durchhalten, je nachdem, wie unsere Route verlaufen würde.

Das Fliegen machte sie alle kräftiger, daran gab es keinen Zweifel. Alle außer Igor. Es war unmöglich mit ihm. Er fiel dauernd herunter oder stieß irgendwo an. Und immer war er der letzte, der in der Luft war, und der erste, der schlappmachte. Er bereitete mir große Sorgen.

Aber es gab auch noch andere Probleme – etwa, wohin wir sie bringen sollten. Dad, David und Barry kannten diesen Dr. Killian, den sie den „Vogelprofessor" nannten. Er hatte ihnen von einem Gebiet erzählt, in das wir sie bringen könnten. Es liegt an der Atlantik-Zugroute in North Carolina. Früher, sagte Dr. Killian, flogen dort so viele Gänse, daß sie in der Jahreszeit des Vogelzugs den Himmel verdunkelten.

Aber das war nun vorbei. Es gab zu viele Jäger und aufgrund menschlicher Eingriffe nicht mehr genügend Sumpfland. Wenn wir sie zu diesem Sumpf führen könnten, sagte Dr. Killian, wären sie in Sicherheit – vorausgesetzt, daß wir es rechtzeitig schaffen.

Denn es gab noch ein großes Problem: Wir mußten die Gänse vor dem 1. November dorthin bringen, denn an diesem Tag lief das Umweltschutzgesetz für dieses Gebiet aus. Mit anderen Worten, sagte Dad, die Bauleute würden die Bulldozer in Gang setzen, genau wie sie es in unserem Sumpf getan hatten. Und meine Gänse würden auch dort kein Zuhause haben.

Das war ein knapper Zeitplan, aber wir dachten, wir könnten es schaffen.

Für die Planung hatten wir Gott sei Dank David. Er hatte eine ganze Karte ausgearbeitet mit unserer Route, wo wir haltmachen würden, wie viele Kilometer in wieviel Tagen – sogar mit einer Reserve von Zusatztagen für den Fall, daß wir schlechtes Wetter hätten. Er und Susan und Barry hatten ein Boot und einen Laster vorbereitet, eine komplette Bodenunterstützung. Dad und ich würden mit den Gänsen fliegen, über unser Funkgerät Kontakt halten und an vorbezeichneten Stellen landen, wo die anderen, sozusagen als unsere Bodenmannschaft, uns dann mit Treibstoff, Nahrung und allem, was man sonst noch braucht, versorgen würden. David meinte, das Ganze wäre schon beinahe wie ein Militärmanöver – und das, um sechzehn Wildgänse in ihr Winterquartier zu bringen.

Aber es war den Aufwand wert, darin waren wir uns alle einig. Dad sagte, wenn wir es schafften, dann würde das vielleicht beweisen, daß wir auch mit anderen Vögeln ziehen konnten – zum Beispiel mit Schreikranichen oder Trompeterschwänen, die vom Aussterben bedroht sind, weil sie nicht ziehen können. Es war aufregend und beängstigend zugleich, denn niemand hatte je zuvor so etwas versucht.

Inzwischen waren wir so gut wie fertig. Außer Igor. Er war immer noch ein Versager.

Eines Nachmittags, nur ein paar Tage bevor wir bereit zum Abflug waren, fütterte ich im Stall die Gänse und versuchte dabei, Igor mit Extrafutter zu ermutigen, als ich plötzlich das Gefühl hatte, ich würde beobachtet. Ich drehte mich um.

Glen! Glen mit seiner Fliegersonnenbrille, mit diesem schmierigen Ausdruck im Gesicht. Er stand direkt vor dem Stall. „Sie fliegen jetzt, oder?" sagte er.

Ich stand auf und verschränkte die Arme. „Was wollen Sie?"

Er zuckte mit den Schultern. „Ich bin nur so vorbeigekommen, ich wollte deinen Vater besuchen."

„Er ist nicht da", erklärte ich. „Und er hat Ihnen gesagt, Sie sollen sich von unserem Grundstück fernhalten."

Dad war nicht da – er war in der Stadt mit Susan, um Vorräte zu besorgen. Und ich wünschte mir nichts so sehr, als daß er schon wieder zurück wäre. Glen nahm seine Sonnenbrille ab und schaute sich um. „Wo habt ihr denn eure Flieger?" fragte er.

Ich richtete die Augen auf ihn. „Was denn für Flieger?" fragte ich.

Er lachte. „Komm schon. Ich habe gehört, daß dein Vater was Verrücktes vorhat. Und wer ist der andere Typ, der hier herumläuft?"

Als ob ihn das etwas anginge.

„Das ist mein Onkel David", erwiderte ich. Ich schaute Glen so böse an, wie ich überhaupt nur konnte. „Er hat den schwarzen Gürtel. Wir nennen ihn den Killer."

Glen lachte wieder auf. „Okay, Amy", sagte er. „Wir werden uns wiedersehen. Darauf kannst du dich verlassen."

Mein Herz schlug wie wild, während ich dastand und beobachtete, wie er in seinen Laster stieg. Ich schaute ihm nach, bis ich ganz sicher war, daß er verschwunden war. Dann drehte ich mich zu meinen Gänsen um. „Macht euch keine Sorgen", sagte ich zu ihnen. „Nur noch ein paar Tage, und wir sind hier weg. Er wird euch nie mehr belästigen."

Später, als Dad nach Hause kam und wir uns fertigmachten, um die Gänse zu unserem Abschlußtraining mitzunehmen, erzählte ich ihm von Glen. Aber Dad sagte nur, wir sollten uns wegen ihm keine Sorgen machen. In zwei Tagen seien wir auf und davon.

Wir stiegen in unsere Flieger und machten sie startklar. Wir hatten uns ein System erarbeitet. Dad flog links von mir, übernahm die Führung und die Navigation. Und ich flog mit den Vögeln. Sie hielten sich rechts an meinem Heck und kamen manchmal bis zu meinem Flügel ran.

An diesem Tag waren wir gerade gestartet, als ich eine Nachricht von Barry über Funk erhielt. „Hier ist noch einer an Deck, Mama Gans", sagte er. Ich schaute nach unten. Natürlich war es Igor!

„Du holst ihn besser ab", erklärte Dad.

„Er muß es lernen mitzuhalten, Dad!" erwiderte ich.

„Bodenstation Gans!" rief ich. „Stell dein Funkgerät neben ihn."

„Verstanden", antwortete Barry. „Ist schon geschehen."

„Igor!" sagte ich streng. „Hör auf herumzualbern. Wir fliegen morgen ab. Das ist jetzt kein Spaß mehr." Ich konnte Igor über Funk schnattern hören.

Außerdem sah ich ihn – er rührte sich nicht vom Fleck. „Komm, wir holen ihn ab, Vater Gans", sagte ich. Ich kehrte um, legte mich in die Kurve und flog niedrig und langsam über unseren Startplatz hinweg.

Igor schaute zu mir auf. „Los!" rief ich. „Mach schon." Er blickte immer noch himmelwärts. „Das ist kein Spaß!" rief ich. „Wir fliegen morgen ab. Du willst doch wohl nicht zurückbleiben. Was ist, wenn Glen dich erwischt?"

So als hätte er verstanden und Angst vor Glen bekommen, setzte sich Igor endlich in Bewegung – er hüpfte in die Luft, und seine kleinen Flügel schlugen wie verrückt.

„Er ist oben, Mama Gans", sagte Dad.

„Ich sehe ihn", antwortete ich. Ich machte kehrt, legte mich in die Kurve und schaute mich nach hinten um. Alle meine Gänse waren in Formation, Igor flog weit hinten. Aber wenigstens war er oben.

Und weg. Er war schon wieder weg!

„Papa Gans!" rief ich in das Funkgerät. „Ich seh ihn nicht mehr."

Schweigen am anderen Ende, und dann sagte Dad: „Ich seh ihn auch nicht. Ich habe ihn hinter dem Haus verloren. Drossle die Geschwindigkeit und mach eine Kehre. Wir fliegen zurück."

„*Roger*", antwortete ich. „Ich wende nach Osten."

Ich verlangsamte, wendete, legte mich in die Kurve.

„Nicht so steil!" rief Dad.

„Okay. Siehst du ihn?" fragte ich.

„Nein..., richte dich wieder auf, Amy!" sagte Dad.

Ich folgte seiner Anweisung und strich über die Bäume hinweg, die hier und da schon in prächtigem Rot und Gelb standen.

Nichts zu sehen von Igor.

„Vorsicht, Amy!" schrie Dad auf. „Da kommt er."

Ich kam gerade aus der Kurve. Und da – bums! Ein Schlag gegen meinen Flügel. Ich drehte mich um, schaute. Igor. Er war direkt gegen meine Tragfläche geflogen! Ich sah plötzlich nur noch Federn. Gänsefedern, die herumwirbelten – und Igor, der zur Erde stürzte.

„Dad!" schrie ich. „Daddy, ich bin mit Igor zusammengestoßen. Er ist abgestürzt." Ich begann zu weinen. Ich wollte mich in die Kurve legen, umkehren. „Daddy!" schrie ich.

„Amy!" hörte ich Dads Stimme, streng und hart. „Amy, hör zu", sagte er, „schau mal hinter dich."

Ich drehte mich um und sah meine Gänse in einer langen Reihe.

„Du mußt auf sie aufpassen, Amy", sagte Dad. „Bring sie nach Hause. Kehr um und flieg nach Hause. Sofort. Verstehst du? Sie brauchen dich."

Ja. Ich verstand. Sie brauchten mich. Ich weinte. Aber ich tat wie geheißen. Ich kehrte um. Und sie folgten mir nach Hause.

Alle bis auf Igor.

WIR ALLE – Barry, Dad, David, Susan und ich – stapften für den Rest des Tages und die halbe Nacht draußen herum und suchten Igor. Wir suchten im spärlichen Nadelgebüsch und in den Wäldern und überall im Umkreis der Absturzstelle. Nichts. Nicht die geringste Spur.

Barry meinte, es sei besser so. „Kein kleiner Leichnam, Amy", sagte er.

Aber das konnte mich nicht trösten. Was, wenn ein wildes Tier ihn erwischt hatte? Ihn getötet, aufgefressen, weggeschleppt hatte? Ich war krank vor Sorge.

Wir suchten schon seit Stunden, inzwischen war es stockdunkel. Wieder spürte ich, wie Tränen in mir aufstiegen. Susan streckte den Arm aus und zog mich zu sich heran. Sie hielt mich eine Weile, wie sie mich damals im Badezimmer gehalten hatte.

Und da hörte ich Dad, hörte diesen Ton in seiner Stimme, den ich nie zuvor von ihm gehört hatte. Da war so etwas in seiner Stimme wie..., wie Ehrfurcht. „Ich kann es nicht glauben!" flüsterte er. „Ich glaube es einfach nicht."

Ich wirbelte herum und folgte seinem Blick. Er leuchtete mit seiner Taschenlampe in den Sumpf, aus dem plötzlich ein lautes Schnattern kam!

Da erschien Igor, stapfte aus dem Sumpf, hinkend, schnatternd, schimpfend. „Igor!" rief ich, rannte zu ihm, beugte mich über ihn und drückte ihn, schaute ihn mir genau an.

Er schnatterte wieder, laut und klagend – so als wollte er fragen: Warum habt ihr denn so lange gebraucht?

Igor! Und er schien heil zu sein. Dad beugte sich hinunter und tastete Igors kleinen Körper ab, untersuchte ihn vorsichtig. „Er scheint in Ordnung zu sein, Amy!" erklärte er. „Er hat ein paar Flugfedern verloren. Aber das ist nicht so schlimm, sie werden nachwachsen."

„Er wird aber nirgendwohin fliegen können, oder?" meinte Susan und beugte sich über ihn. „Zumindest nicht in diesem Herbst."

„Wir können ihn nicht hierlassen, Daddy", sagte ich und schaute zu ihm auf. „Er muß mit seinen Brüdern und Schwestern fliegen."

Igor schnatterte wieder, sogar ziemlich laut. Ich schloß ihn in meine Arme. „Er ist wieder da."

„Ist schon in Ordnung", sagte Dad. „Los, wir bringen ihn nach Hause. Uns wird schon was einfallen."

Ich stand auf und drückte Igor fest an mich. „Mach dir keine Sorgen", flüsterte ich ihm zu. „Wir lassen dich nicht zurück. Dad wird sich was ausdenken."

Während wir so unter meiner Führung zum Haus zurückgingen, konnte ich dicht an mir Igors kleinen, warmen Körper spüren. Es mußte schrecklich für ihn gewesen sein, so zur Erde zu stürzen, für Stunden im Sumpf verschollen zu sein, also sprach ich auf dem ganzen Heimweg mit ihm und versuchte, ihm wieder Mut zu machen.

Er gab ein leises, schwaches Schnattern von sich, als ob er genau wüßte, was ich sagen wollte. Ich schmiegte mein Gesicht an seinen Hals. „Du bist wirklich ein Sorgenkind, weißt du", sagte ich. „Aber ich liebe dich trotzdem."

Die anderen gingen ins Haus, während ich mit Igor im Arm den Hügel hinauf zum Stall ging und mir dabei mit der Taschenlampe den Weg leuchtete.

Es war ruhig dort oben, die Nacht war still und friedlich. Es wehte eine leichte, kühle Brise, die Blätter raschelten im Wind. Der Herbst war da. Und meine Wildgänse würden fortziehen. Morgen würde es soweit sein. „Ihr werdet nach Hause fliegen", sagte ich zu Igor. „Ihr alle. Und dann, wenn das Frühjahr kommt, fliegt ihr zurück. Zu mir."

Es war still oben am Hügel bei den Käfigen, die Gänse waren ungewöhnlich ruhig. Vielleicht machten sie sich wirklich Sorgen um Igor?

Ich leuchtete mit der Taschenlampe auf die Käfigtür ... Ich erinnere mich nur noch daran, daß ich schrie. Ich schrie aus Leibeskräften.

Die Käfige waren leer. Sie waren leer, und meine Gänse waren weg. Weg! Sie waren weg!

Ich raste zurück zum Haus, platzte, Igor immer noch in den Armen haltend, in die Küche. „Sie sind weg, Daddy!" schluchzte ich. „Sie sind weg."

Danach habe ich nur noch geweint, während Susan mich in ihren Armen hielt. Dad war zwar gleich hinausgerast, um nachzusehen, ob ich mir das nicht nur eingebildet hatte, aber er blieb ganz ruhig. Er und auch David blieben völlig gelassen.

Sie waren bereits dabei, einen Plan zu schmieden. „Hör zu, Amy", sagte Dad und setzte mich auf den Küchentisch. „Zuerst einmal, das Schloß ist mit einer Zange durchgeschnitten worden. Also hat Glen sie. Sie sind nicht von allein weg, und niemand sonst könnte sie weggenommen haben."

„Er wird ihnen die Flügel stutzen!" schrie ich.

Dad schüttelte den Kopf. „Sicher nicht. Das ist jetzt, wo sie größer sind, viel schwieriger. Er würde mehrere Helfer brauchen, um sie festzuhalten. Und da er bei diesem Tierschutzprogramm, oder was immer das ist, mitmacht, wird er sicher alle Gesetze beachten. Es wird Tage dauern, bevor er so etwas machen kann."

Ich schüttelte den Kopf.

Er nahm meine Hände. „Amy", sagte er. „Ich habe gesagt, du kannst mir vertrauen, als ich dir erlaubt habe, sie zu behalten, stimmt's?"

„Und?" fragte ich.

„Und du hast mir vertraut, als es darum ging, ihnen bei ihrem Flug zu helfen, oder nicht?"

Ich nickte.

„Dann vertrau mir auch diesmal. Ich weiß, wovon ich rede."

„Okay", sagte ich. „Aber was nun?"

„Wir werden sofort daran arbeiten", sagte Dad.

Und das taten wir. Die halbe Nacht blieben wir auf und planten. Schließlich schlief ich am Küchentisch ein, und Susan half mir ins Bett.

Gegen Morgen hatten Dad, David und Barry einen Plan ausgearbeitet. Er bestand aus so vielen Einzelheiten, daß mir der Kopf weh tat, wenn ich darüber nachdachte. Erst einmal hatten Barry und David mitten in der Nacht nachgeforscht, und tatsächlich waren alle meine Gänse – außer Igor natürlich – hinter der Tierbeobachtungsstation am See in einem Stall eingesperrt.

Es machte mich furchtbar wütend, aber Dad meinte, wir sollten ruhig bleiben. Wir würden es schon schaffen. Außerdem erinnerte mich Dad daran, daß morgen ja Dienstag sei – Glens Schultag. Wenn er in meiner Schule war, konnte er nicht in seinem Büro sein.

„Aber Dad", sagte ich, „da ist doch noch jemand dort im Büro. Das hast du mir selbst erzählt."

„Keine Sorge", sagte Dad. „Wir haben einen Plan. Du brauchst dich nur um deinen Teil zu kümmern."

Und mein Teil war leicht. Mit dem Flugzeug dort vorbeifliegen, während Barry und David die Gänse freiließen, so lange darüber hinwegfliegen, bis die Gänse mich sahen und sich mir anschlossen. Und mich dann über den See hinweg aus dem Staub machen.

Richtung Süden. Der erste Tag unseres Zuges.

Als Dad mir erzählte, wie Barry und David die Gänse befreien wollten, mußte ich lachen. Es war ein phantastischer Plan. Aber er war sehr gewagt, so daß ich, wenn ich Dad nicht so gut gekannt hätte, sicher gesagt hätte, das funktioniert niemals. Nie im Leben. Aber mir wurde nun klar, daß nichts zu verrückt – oder zu kompliziert – war, als daß er es nicht versucht hätte.

Nicht nur das, er stellte es als so einfach dar, daß ich tatsächlich zu glauben begann, es könnte klappen. Und das beunruhigte mich ein wenig – ich meine, daß ich allmählich begann wie Dad zu denken, an ihn zu glauben.

Wenigstens glaubte ich ihm fast.

SIEBEN

Am nächsten Morgen hatte Susan das kleine Boot und den Lastwagen mit den Vorräten bereitgemacht, David hatte die Campingausrüstung und all das Zeug zusammen, das er für uns nach Süden in die Staaten bringen sollte, und Dad und ich hatten unsere Flieger aufgetankt. Alles war an seinem Platz. Nur meine Gänse fehlten noch.

Und noch etwas mußten wir tun, bevor wir losgingen, um sie zu befreien und mit ihnen zu ziehen: Wir mußten eine Möglichkeit finden, Igor mitzunehmen.

Die Lösung dafür fand ich selbst. Es war ganz einfach – und ich war sicher, daß es funktionierte. Ich benutzte die Babytrage, dieselbe, in die ich alle meine Gänseeier gelegt hatte in der Nacht, in der ich sie aus dem Sumpf geholt hatte. Wenn Igor erst einmal drin wäre, die Flügel und alles fest eingewickelt, würde er nicht einmal versuchen zu fliegen. Er würde schön eingekuschelt hinter mir sitzen.

Als ich mit Igor in meinen Flieger stieg, schlug mein Herz wie verrückt, es klopfte so laut, daß ich es in den Ohren hören konnte. Ob Barry und David das überhaupt schaffen würden, selbst wenn Glen nicht im Büro war? Und würden meine Gänse dann zu mir hochfliegen? Konnten sie überhaupt noch fliegen? Waren ihnen nicht schon die Flügel gestutzt worden?

Es gab so viele ungelöste Fragen, aber als es Zeit war zu starten, schien Dad überhaupt nicht besorgt zu sein. Er umarmte mich fest. „Es wird toll werden", sagte er. „Jetzt geht's nach Süden. Du schaffst das. Ich weiß, daß du es schaffst."

Ich schnitt ihm eine Grimasse, aber ich lächelte dabei. Mir kam der verrückte Gedanke, daß er jetzt gleich sagen würde: Es ist doch deine Natur.

Dann verabschiedeten wir uns von Susan, die uns im Lastwagen folgen sollte, stiegen in unsere Flieger und starteten. Dad flog voran, lenkte sein Flugzeug über die Stadt hinweg und dann über den See, und ich folgte dicht hinter seinem Flügel.

Die Tierbeobachtungsstation war direkt am See, also zogen wir einige Schleifen draußen über dem Wasser und warteten ab. Beobachteten.

Bei ungefähr jeder dritten Schleife kam ich dem Land ein Stück näher, aber ich würde nur so weit runtergehen, daß ich etwas erkennen konnte.

Weit unten, ganz weit entfernt, konnte ich bei der Station ein paar kleine Gestalten sehen – einen Lieferwagen und ein paar Leute. Barry? David? War das dieser Angestellte, der aushalf, wenn Glen nicht da war?

Deutlich konnte ich die Ställe sehen. Ich bildete mir ein, ich könnte sogar aus dieser Höhe meine Gänse schnattern und nach mir rufen hören. Ich war mir sicher, daß sie meinen Motor hören konnten. Sie spürten, daß ich da war, das wußte ich.

Ich drehte eine weitere langsame, weite Schleife und schaute dabei zur Station hinunter. Als ich die Leute dort unten und die Gänseställe sah, mußte ich zum ersten Mal lächeln – und ich begann daran zu glauben, daß es klappen würde. Und dann lachte ich bei der Vorstellung, was in diesem Augenblick dort unten ablief.

David sollte also hineingehen und dem Angestellten erzählen, daß er irgendein wildes, gefährliches Tier in den Wäldern gefangen habe und der Typ solle doch bitte mal herauskommen und es sich ansehen.

Draußen würde David ihm dann erzählen, daß das Tier verschwunden sei und daß sie es suchen müßten. Daß es äußerst gefährlich sei und daß sie vorsichtig sein müßten... Und wenn sie dann unter den Büschen und parkenden Autos herumsuchen würden, sollte Barry um die Station herumgehen und mit einem Bolzenschneider die Schlösser an den Ställen durchtrennen.

Trotzdem dauerte das alles da unten ziemlich lange, länger, als ich mir vorgestellt hatte. Ich fing an, mir wieder Sorgen zu machen.

„Dad?" fragte ich in mein Mikrofon. „Dad, warum dauert das so lange?"

„Mach dir keine Sorgen, Amy", erwiderte Dad. „Du kennst den

Plan. Und du kennst David – er wird es schaffen. Er wird total verwirrt tun, und der Typ wird alles schlucken."

„Ja, Dad, aber was ist, wenn der Kerl schlauer ist, als wir gedacht haben?"

Dad lachte. „Schlauer als David?" sagte er.

Da mußte auch ich lachen. Dad hatte ja so recht. Kaum jemand war schlauer als David, außer vielleicht Dad.

„Aber es dauert so lange", sagte ich.

„Amy", rief Dad, „schau doch!"

Ich blickte nach unten. Dort. Dort! David – nein, Barry hantierte an den Ställen.

David und der Angestellte waren um das Gebäude herumgegangen. Ich konnte sie als kleine Punkte erkennen. Sie suchten nach dem entflohenen wilden Tier. Und Barry war allein bei den Ställen.

„Mach dich fertig, Amy", sagte Dad.

„*Roger*", antwortete ich. „Ich gehe runter." Ich ließ den See hinter mir und näherte mich den Ställen, flog so nahe heran, wie ich mich nur eben traute. Ich flog eine langsame Kurve, bis ich genau über der Station war und auf Barry hinuntersah.

Schließlich war ich so nahe dran, daß ich sehen konnte, wie meine Gänse nach oben schauten, dorthin, wo der Lärm meines Motors herkam. Barry hielt den Kopf gesenkt, er arbeitete immer noch mit seinem Bolzenschneider.

Und dann plötzlich kamen meine Gänse aus den Käfigen geströmt, flatterten, watschelten, streckten sich. Aber sie flogen nicht.

Einen schrecklichen Augenblick lang dachte ich, sie seien schon gestutzt worden!

Aber es war alles in Ordnung, es fehlte ihnen nichts, denn mit einem Mal flogen sie auf, stiegen hoch, hinauf in den Himmel. Sie hatten mich gesehen und gehört und kamen nun herauf zu mir.

Ich drehte ab und grinste, stieg langsam weiter hoch und schaute nach hinten. Ja! Sie formierten sich hinter mir.

Ich flog eine weite Kurve, bis sie alle aufgeschlossen hatten. Ich schaute nach hinten und zählte. Ja, fünfzehn Gänse, sie waren alle da.

„Schau sie dir an, Igor!" rief ich. „Schau sie dir an! Sie kommen! Jetzt sind wir unterwegs!" Er schnatterte laut. „Alles in Ordnung, Kinder!" rief ich ihnen zu. „Wir sind auf dem Weg. Keine Sorge, Igor ist auch da."

Dann bog ich ab, entfernte mich von der Station, dann geradewegs die Hauptstraße entlang – direkt über die Schule! –, und ich schaute nach hinten, alle meine Gänse hingen dicht an meinem Flügel, wo sie unter Führung von Long John ein großes V bildeten. Dann erschien Dads Flugzeug auf meiner linken Seite, und er schwenkte ein, übernahm die Führung Richtung Süden, genau wie wir es geplant hatten.

„Mama Gans an Papa Gans!" rief ich in mein Mikrofon. „Das war toll!"

„Toll?" antwortete Dad. „Ich habe gerade meine Tochter zu einer Kriminellen gemacht. Jetzt werden wir beide ins Kittchen wandern."

Ich lachte. „Dad", sagte ich, „sei nicht so dramatisch."

„Was heißt hier dramatisch?" gab Dad zurück. „Es fängt doch erst an. Wir müssen heute zweihundertzwanzig Kilometer fliegen, über den Ontariosee, über eine Landesgrenze, und das ohne Erlaubnis – mit gestohlenem Gut –, und außerdem sind wir spät dran."

„Dad?" sagte ich und lächelte.

„Jetzt sind wir auf uns selbst angewiesen, Kleines", meinte er.

Ich schaute zurück auf Igor und meine Gänse, die hinter mir aufgereiht waren. Ich lächelte. „Und wir lieben es", flüsterte ich.

„Was?" fragte Dad.

„Igor", sagte ich. „Er liebt es. Er genießt den Flug." Ich drehte mich noch einmal um und schaute nach ihm, wie er gemütlich in seiner Babytrage saß.

„Okay", sagte Dad. „Nun laß uns langsam nach oben steigen. Ich möchte, daß wir viel Höhe haben, wenn wir über den See fliegen."

„*Roger*", antwortete ich.

Dad begann zu steigen, und ich stieg mit ihm. Wir flogen auf den See hinaus, über diese riesige blaue Fläche, so groß, daß ich ihr Ende nicht sehen konnte. Wir flogen nach Süden. Auf uns allein gestellt.

Ich schaute noch einmal zu meinen Gänsen zurück. Sie zogen in einem wunderschönen V neben meiner Tragfläche, so dicht, so nah, daß ich beinahe das Schlagen ihrer Flügel hören konnte.

„Jetzt geht's nach Hause", sagte ich zu ihnen. „Wir fliegen nach Süden. So, wie es in eurer Natur liegt."

WIR FLOGEN den ganzen Tag und bis in den Abend hinein über dem Ontariosee. Ich war müde, und ich wußte, daß auch Dad müde war. Aber schlimmer noch, auch meine Gänse waren erschöpft. Ich merkte es daran, wie sie flogen, sie sahen unsicher und zerzaust aus, und einige waren weit zurückgefallen.

Die Sonne wollte gerade untergehen, und die dunkle, weit entfernte Küste kam in Sichtweite, als ich Dad rief. „Papa Gans", sagte ich, „hier gibt es ein paar schrecklich müde aussehende Vögel."

„Nur noch fünf Minuten, Amy", erwiderte Dad. Und dann hörte ich, wie er mit Barry sprach. „Seegans!" rief er – das war der Name, den er Barry gegeben hatte, der unter uns im Boot war. „Unser Treibstoff ist fast zu Ende. Der Gegenwind hat uns ganz schön zugesetzt. Ich sehe Land. Wir werden bald runtergehen müssen."

„Aber wir haben Treffpunkt eins noch nicht erreicht", erwiderte Barry.

„Egal", meinte Dad. „Wir müssen runter. Ich sage dir dann, wo."

„*Roger*", antwortete Barry. „Wir werden Anker werfen und auf Nachricht von euch warten."

„Okay", sagte Dad. Und dann fügte er plötzlich hinzu: „Ich glaube, wir haben Glück! Da scheint ein Flugfeld zu sein. Folge mir, Amy."

Ich folgte ihm, aber ich war unruhig. Was, wenn wir Barry und die anderen später nicht trafen? Wie sollten sie uns finden? Wir brauchten was zu essen. Und Treibstoff. Und meine Gänse brauchten Futter.

Ich schaute auf die Benzinuhr und dann in den dunkler werdenden Himmel. Nicht nur, daß auch mein Tank beinahe leer war und meine Vögel müde, es war auch schon zu dunkel, um noch richtig sehen zu können. Wie sollten wir im Dunkeln auf dem Flugfeld landen?

„Papa Gans?" sagte ich. „Werden wir es schaffen?"

„Klar", versicherte Dad. „Halte dich direkt hinter mir. Wir gehen jetzt runter. Ich sehe schon das Gelände."

Plötzlich sah ich es auch – eine lange Lichterreihe, leuchtende blaue Lichter, die sich ins Endlose zu erstrecken schienen.

Dann hörte ich über meinen Kopfhörer Stimmen. „Tower", sagte jemand. „Da ist etwas Seltsames da draußen. Ich steige auf."

„Papa Gans?" sagte ich. „Dad?"

„Alles in Ordnung, Amy", meldete sich mein Vater. „Bleib dicht bei mir." Aber er hörte sich nicht so an, als ob alles in Ordnung wäre.

Wir gingen runter. Es ging ziemlich schnell. Wir glitten über Land, direkt über die blauen Lichter hinweg. Plötzlich entdeckte ich links und rechts über uns zwei Flugzeuge – sie sahen dunkel und geisterhaft aus, und ich hatte den Eindruck, als würden sie uns folgen.

Während wir hinuntersegelten, sah ich noch mehr Flugzeuge, anscheinend Kampfflugzeuge, häßliche schwarze Ungeheuer ohne Hoheitsabzeichen, wie ich sie aus dem Kino kannte.

Wir glitten direkt über das Heck von zwei solchen Flugzeugen hinweg, und dann waren wir gelandet. Wir waren unten, auf der Landebahn eines Flughafens, und standen in diesem leuchtendblauen Licht, das so hell war, daß es mich blendete, und um uns herum lauter Flugzeuge – Flugzeuge und Männer in Uniform.

Ich blickte mich um. Meine Gänse hatten gerade zur Landung angesetzt, und direkt hinter ihnen, im Licht, kamen die beiden Geisterflugzeuge.

Ich nahm meinen Helm ab, machte meinen Gurt los und schickte mich an auszusteigen. „Keine Bewegung!" schrie jemand. „Hände hoch!" Ich schaute rüber zu Dad.

„Tu, was sie sagen, Amy", meinte er. Er hob die Hände über den Kopf, und ich machte es ihm nach.

Es war völlig verrückt. Wir waren umringt von Jeeps und uniformierten Männern mit Gewehren. Alle starrten uns an, die Gewehre auf uns gerichtet. Ich bekam schreckliche Angst. „Dad?" sagte ich.

„Okay, alle aussteigen!" befahl einer der Männer. „Kommt mit!"

Dad stieg aus seinem Flieger und ich auch. Dann kam Dad rüber zu mir und nahm meine Hand. „Es ist okay", sagte er. „Ich denke, ich kann mit ihnen reden, und sie werden uns freilassen."

„Was haben wir denn getan?" fragte ich.

„Mach dir keine Sorgen", antwortete Dad.

Wir gingen Hand in Hand, inmitten dieses Trupps von Männern. Sie brachten uns in einen großen büroähnlichen Raum mit einem großen Fenster, das zur Rollbahn hinausging. Hinter dem Schreibtisch stand ein ausgesprochen wütend aussehender Mann.

Obwohl ich von solchen Dingen keine große Ahnung habe, begriff ich, daß wir auf irgendeinen Militärstützpunkt geraten waren, und dieser Typ mußte der Boß sein, der General oder was weiß ich. Er trug eine Uniform mit vielen Orden und all diesem Zeug. Und er war furchtbar wütend. Sein Gesicht war rot angelaufen, er ging auf und ab, und er schrie. Kaum waren wir durch die Tür getreten, warf er sich herum und zog vom Leder. „Ist Ihnen klar", fragte er, „daß Sie einen kompletten Militärstützpunkt in Alarm versetzt haben? Nicht nur das, Sie haben auch…"

„Aber Sir", unterbrach ihn Dad, „es war wirklich ein Notfall. Wir hatten keine Ahnung, daß hier ein Luftwaffenstützpunkt ist. Wir mußten hier landen, sonst wären wir in den Ontariosee gestürzt."

Der General gab ein unwilliges Schnauben von sich. Dann wandte er sich um und schaute nach draußen durch das Fenster auf die Rollbahn, wo die Männer mit den Jeeps immer noch um meine Gänse herumstanden. „Leute!" schrie er. „Hört auf, mit diesen Vögeln herumzuspielen!"

Die Männer nahmen sofort Haltung an.

Der General drehte sich wieder zu uns um.

„Es tut uns wirklich leid", sagte ich leise.
„Leid?" Der General starrte mich an und streckte mir einen Finger entgegen. „Ihr habt den ganzen Stützpunkt in Alarm versetzt!" schrie er. „Das bedeutet für mich und meinen Stab einen Berg von Papierkram, und du sagst einfach, es tut euch leid?"

Ich blickte zu Boden, hob aber gleich wieder den Kopf. „Es tut uns wirklich leid."

Dann folgte eine lange Pause. Er starrte mich nur an. Seine Augen waren nur noch kleine Schlitze, so daß ich richtig Angst vor ihm bekam. Ob er wohl gleich wieder anfangen würde zu schreien – oder würde er uns ins Gefängnis werfen? Er musterte mich von Kopf bis Fuß. Und dann geschah etwas mit seinem Mund. Er kniff ihn fest zusammen, so als würde er versuchen... Versuchte er etwa, nicht zu lachen? Oder hoffte ich das nur?

„Wir versprechen, daß wir es nie wieder tun", sagte ich.

Und da lachte er. Er lachte tatsächlich.

Dad und ich schauten uns an, und wir mußten beide lächeln. Aber nur ein bißchen. Ich holte tief Luft. War jetzt alles gut?

Der General schüttelte nur den Kopf, aber er lachte immer noch. Dann warf er diesem Typen einen Blick zu, den ich zuvor gar nicht bemerkt hatte, jemand in Zivilkleidung, der in einer Ecke stand und sich Notizen machte. Der General nickte ihm zu. Der Mann nickte zurück und wandte sich Dad und mir zu. „Hallo", sagte er. „Ich bin Reporter bei der *Rochester Post Gazette*. Ich habe gerade ein Interview mit dem Herrn General gemacht, und da haben wir von diesem nichtidentifizierten – äh, von diesem Dingsda – auf dem Radarschirm gehört. Aber anscheinend ist mit Ihnen ja alles in Ordnung..." Er schaute den General an.

„Es ist alles in Ordnung", bestätigte der General.

Der Reporter wandte sich wieder Dad und mir zu. „Können wir vielleicht ein Bild von Ihnen mit dem General machen?" fragte er.

„Sicher", meinte ich.

Dad und der General nickten, und dann stellten wir uns alle zusammen auf, während der Reporter anfing, uns zu fotografieren.

Danach benahm sich der General wirklich korrekt. Vielleicht war er nur sauer gewesen, weil wir ihm einen Schreck eingejagt hatten. Aber als das Fotografieren vorbei war, gab er uns was zu essen und einen Platz zum Schlafen und sogar Futter für die Gänse. Meine Güte, waren die müde und hungrig. Dad durfte sogar das Funkgerät des Generals benutzen, so daß er David, Barry und Susan verständigen und ihnen mitteilen konnte, wo wir uns am nächsten Tag treffen würden.

Am nächsten Morgen ging es weiter. Doch bevor wir in unsere Flieger stiegen, posierte der General wieder für Fotos mit uns. Nur daß dieses Mal ein paar mehr Leute da waren als nur ein Zeitungsreporter, sogar ein Fernsehteam, vor allem aber eine Menge Typen mit allen möglichen Kameras, die Dad in seinem Flugzeug und mich in meinem Gänseflieger fotografierten und uns beide interviewten. Sie wollten genau wissen, was wir da machten und warum. Nur meinen Gänsen stellten sie keine Frage, was ich taktlos von ihnen fand, auch wenn sie eine Menge Fotos von Igor in seiner Babytrage schossen.

Als sie endlich genug hatten, starteten wir, und wieder einmal schaute ich zurück nach meinen Gänsen. Sie stiegen hinter mir in den Himmel auf, und unten auf der Rollbahn salutierten der General und seine Männer für uns.

Ich winkte ihnen kurz zu, begann dann aber sofort, meine Gänse durchzuzählen.

„Sind alle vollzählig versammelt?" fragte Dad über Funk.

„Ich habe sie gerade gezählt", sagte ich. „Sie sind alle da. Und Igor ist richtig glücklich."

Plötzlich hörte ich ein anderes Geräusch über Funk – es war Barrys Stimme. „Wir sind auch alle da", erklärte er. „Und wir haben Neuigkeiten für euch."

„Was gibt es?" fragte Dad.

„Hört euch das an", antwortete David. Er drehte an seinem Funkgerät, und dann konnten wir plötzlich andere Stimmen hören, es mußten Fernseh- oder Radiostimmen sein – und zuerst verstand ich gar nichts. Aber dann erkannte ich, daß sie im Radio und Fernsehen über uns sprachen! Über mich und Dad und unsere Gänse.

„Also aufgepaßt, Leute im Staat New York", sagte einer der Reporter gerade. „Wenn ihr ein kleines Mädchen seht, das einen Gänseschwarm anführt, ruft uns an. Laßt uns wissen, wo sie sind."

„Hör dir den an, Dad", sagte ich ins Mikrofon. „Wir sind berühmt. Die Leute halten nach uns Ausschau!"

„Das glaube ich auch", sagte Dad.

„Aber ich bin kein kleines Mädchen", setzte ich hinzu.

Dad lachte nur.

„Warum interessieren sich die Leute dafür?" fragte ich. „Ich meine, so etwas Besonderes ist es doch nicht, oder?"

Dad lachte wieder. „Amy, du vergißt aber ziemlich schnell. Erinnerst

du dich daran, was du noch vor ein paar Wochen zu mir gesagt hast –
daß es verrückt sei? Und daß wir es nicht schaffen würden!"

„Ich soll das gesagt haben?" erwiderte ich. Aber dann mußte ich auch lachen.

Ich streckte mich in meinem Sitz aus, machte es mir für den langen Flug so bequem wie möglich und schaute nach Dad, der über uns flog, uns führte, zügig und genau nach Plan, entlang der Atlantik-Zugroute nach North Carolina.

Ich drehte mich um, schaute hinter mich. Meine Gänse sahen gut aus, sie flogen zielsicher und kraftvoll in ihrer langgezogenen V-Formation. Ich holte tief Luft, lächelte und drehte mich wieder nach vorn. Wir waren auf dem richtigen Weg. Wir würden es schaffen.

Weil Dad es uns gezeigt hatte. Er hatte die Idee gehabt, er hatte alles geplant und verwirklicht. Genau wie er es versprochen hatte.

WIR FLOGEN den ganzen Tag über, vom frühen Morgen bis kurz vor Sonnenuntergang. In der Frühe ging es den Gänsen gut, sie waren voller Energie und stark. Aber ab dem späten Nachmittag konnte ich sehen, daß sie erschöpft waren. Sie bildeten hinter mir ein langgezogenes, müdes V.

Aber ich wußte, daß wir noch weitermußten. Es gab da diesen Stichtag für den Sumpf in North Carolina. Noch ein Tag bis zum ersten November – oder höchstens eineinhalb Tage, je nachdem, auf welche Uhrzeit der Termin angesetzt war –, und wenn wir bis dahin unser Ziel nicht erreichten, gab es keinen Platz mehr, wo wir sie lassen konnten. Dann wären sie wieder ohne ein Zuhause.

„Daddy?" sagte ich in mein Funkgerät. „Wie weit ist es noch? Wir sind alle ziemlich müde."

„Knapp zwanzig Kilometer", antwortete Daddy. „Das ist nicht weit."

Plötzlich tauchte direkt vor uns ein riesiger Gänseschwarm auf und kreuzte unsere Flugbahn von rechts nach links. „Daddy! Schau!" schrie ich.

Und dann sah ich etwas, bei dem mir fast das Herz stehenblieb.

Long John, der Kräftigste, der sich die ganze Zeit über dicht an meine Tragfläche gehängt hatte, meine Leitgans, die mich noch nie verlassen hatte, er flog weg und folgte ihnen.

Er war gestartet und hatte eine scharfe Kehre zu dem Schwarm hin gemacht. Und noch schlimmer – alle meine Gänse folgten ihm, flogen hinter ihm her, folgten den wilden Gänsen.

„Long John!" schrie ich. „Komm zurück!"

Ich merkte, wie sogar Igor hinter mir zu zappeln anfing. „Daddy! Sie sind weg!" rief ich in mein Mikrofon.

„Ich hab's gesehen, Amy", sagte Dad. „Alles, was wir jetzt machen können, ist, ihnen nachzufliegen. Dreh nach Westen, Amy. Kannst du sie dort unten sehen?"

Ich machte eine scharfe Kurve und schaute nach unten. Ja, ich sah sie, sie landeten alle auf einem großen Teich nahe einer Farm. Unzählige waren schon unten, und die anderen strömten ihnen nach – wilde Gänse, meine Gänse, alle zusammen. In ihrer wenig eleganten Art waren sie alle platschend auf dem Teich gelandet.

Und dann hörte ich Schüsse. „Daddy!" schrie ich.

„Links rüber!" schrie Dad.

Ich tat, was er sagte, flog eine superscharfe Kurve.

„Daddy?" rief ich wieder.

„Sie sind unten", sagte Dad. „Sie sind okay. Ich habe keine hinunterfallen sehen. Geh auf dem Feld links von dir runter. Mach schon!"

„*Roger*", sagte ich.

Ich ging runter – und betete. Während der ganzen Landung betete ich. Hoffentlich sind sie nicht erschossen worden, hoffentlich sind sie nicht verschwunden. Nicht jetzt. Wir sind schon so nahe am Ziel.

Ich legte mich in die Kurve und landete. Dad war schon auf dem Boden, als ich ausrollte, er kam zu mir zum Flieger. „Es wird schon gut werden", sagte er, beugte sich vor und öffnete meinen Sitzgurt für mich. „Wir werden warten und morgen versuchen, sie herauszulocken."

Ich schwieg, ich konnte nicht antworten. Ich kletterte raus, setzte meinen Helm und meine Schutzbrille ab, nahm dann Igor heraus und schaute über den Teich. Unzählige Gänse waren da, meine Gänse, wilde Gänse, alle durcheinander. Igor begann zu strampeln, er wollte auch zu ihnen hin, glaube ich, aber ich hielt ihn fest.

Ich sah Dad an. „Was machen wir, wenn sie nicht kommen?" fragte ich.

„Vielleicht ist es das beste für sie, Amy", antwortete Dad.

„Aber sie können doch noch nichts!" rief ich. „Du hast selbst gesagt, daß sie noch lernen müssen. Die Gänse hier kommen von anderswoher. Nächstes Frühjahr werden sie dorthin zurückkehren wollen, und dann werden meine sich verirren. Sie könnten..."

In diesem Augenblick hörte ich wieder Schüsse, und Dad und ich warfen uns zu Boden.

Und dann – wir sahen beide zugleich den Jäger. Nur – war das ein Jäger? Jemand kam über das Feld auf uns zu, aber er sah wirklich nicht wie die Jäger aus, die ich schon gesehen hatte. Wer immer es auch war, er – nein, sie, eine alte Frau, eine alte Farmersfrau mit lockigem grauem Haar – zielte mit einem Gewehr auf uns.

Dad und ich tauschten einen Blick, danach schauten wir beide wieder zu der alten Frau mit dem Gewehr. Dann rappelten wir uns auf, aber ich ließ Igor am Boden in der Babytrage, im Gras versteckt, nur für den Fall, daß sie auf Gänsejagd war.

Als ich sie so mit ihrem rauchenden Gewehr auf uns zukommen sah, dachte ich nur: schon wieder! Zum zweiten Mal innerhalb von zwei Tagen hielt jemand ein Gewehr auf uns gerichtet!

„Ihr gebt es wohl nie auf, was?" schrie die Frau wütend, als sie in Rufweite gekommen war. „Jäger! Ihr seid doch alle gleich. Wildert Gänse ..." Sie blickte mit einem verächtlichen Gesichtsausdruck zu unseren Fliegern hinüber. „Und jetzt kommt ihr schon mit Drachen her!" fügte sie hinzu.

„Aber nein, Madam", sagte Dad. „O nein, wir sind doch nicht auf der Jagd."

„Ha!" Sie schielte zu mir herüber. „Und du, hast du etwa auch ein Gewehr, kleine Lady?"

Ich blinzelte sie an und schüttelte den Kopf. „Ich, äh, nein." Ich ging einen Schritt nach vorne, um ihr die Sicht auf Igor zu verstellen.

„Sie sollten sich was schämen", sagte sie zu Dad. „So einem jungen Ding beizubringen, Gottes herrliche Kreatur zu töten. Ich sollte Ihnen ein Loch in den Pelz brennen."

Ich nahm Dads Hand. Ob sie Ernst machte? War sie gefährlich?

„Nein, nein, Sie verstehen das falsch", sagte Dad und wich ein wenig zurück. „Wir wollten nicht ..."

„Niemand tötet Gänse auf meinem Grundstück!" schimpfte sie wütend.

In diesem Moment erschien plötzlich Igor direkt vor meinen Füßen, strampelte sich aus seiner Babytrage und humpelte nach vorne.

Ich beugte mich vor und hob ihn auf, drückte ihn fest an mich.

Die Frau starrte ihn an, schaute dann auf Dad und mich. „O mein Gott!" schrie sie. Dann sprudelte sie hervor: „Moment mal! Moment mal! Ich weiß, wer ihr seid. Du bist das kleine Mädchen mit den Gänsen. Ich habe dich im Fernsehen gesehen!"

„Wirklich?" sagte ich.

„Und das ist Igor", sagte sie und deutete dabei auf ihn.

Ich nickte. „Ja, das ist Igor."

„Gut", sagte sie. Sie holte tief Luft und wurde plötzlich viel ruhiger.

Sie lächelte sogar und blickte in die Runde – auf uns, unsere Flugzeuge und dann in den dunkler werdenden Himmel. „Sieht nicht so aus, als ob ihr heute nacht noch weit kommen würdet", stellte sie fest. „Braucht wohl einen Platz zum Schlafen?"

Ich schaute hoch zu Dad. Er lächelte und nickte. „Wenn Sie das Gewehr weglegen", sagte er.

Sie ließ das Gewehr sinken, drehte sich um und führte uns zu ihrem Haus, wobei sie die ganze Zeit über plapperte. „Ich kann's nicht glauben", sagte sie immer wieder. „Ich habe euch im Fernsehen gesehen. Ich kann's einfach nicht glauben."

Beim Haus angekommen, stellte die Frau sich vor – sie hieß Mabel – und machte gleich ein Zimmer für mich und Dad zum Schlafen zurecht. Dann setzte sie uns ein kräftiges Frühstück vor, obwohl es schon Nacht war, mit Speck, Eiern, Toast und Fritten. Noch nie hat mir etwas so gut geschmeckt.

Als wir fertig waren und Dad Susan, David und Barry per Telefon erreicht und ihnen gesagt hatte, wo wir waren, setzten wir uns ein wenig vor den Fernseher. Und wirklich, Mabel hatte recht – in allen Nachrichtensendungen lief etwas über uns. Ich konnte es nicht glauben! Sie machten eine ziemlich große Sache daraus.

Wir schauten uns das eine Weile an, ruhten uns aus und sprachen kaum dabei. Es tat so gut, einfach nur dazusitzen. Das Fliegen machte zwar eine Menge Spaß, aber es war auch harte Arbeit. Und da man beim Fliegen so allein war, hatte man dabei auch viel Zeit zum Nachdenken. Ich hatte seit diesem Morgen eine Menge nachgedacht. Über Dad. Über Mum. Über mich und was ich da machte und über meine Gänse, über alles mögliche.

Ich schaute zu Dad hinüber. Vorhin am Telefon hatte er Susan berichtet, daß die Gänse jetzt bei ihren wilden Verwandten waren. Und dann hatte ich gehört, wie er sagte: „Erzähl das mal Amy."

Ich konnte mir schon vorstellen, was sie gesagt hatte – daß es so gut für sie sei, gut für sie, frei zu werden. „Sag ihr, noch nicht!" hatte ich ihm zugerufen. „Nicht, bevor sie am richtigen Platz sind, sonst finden sie den Weg zurück nicht."

Und da hatte Dad mir zugelächelt, so als ob er wüßte, was ich fühlte. Vielleicht tat er das ja auch wirklich. Aber jetzt hörten wir beide etwas im Fernsehen – Dad und ich setzten uns aufmerksam auf. Sie sprachen über unseren Flug, und der Mann sagte: „Inzwischen haben wir jedoch erfahren, daß es ein Problem an ihrem Zielort geben könnte. Von unserem angeschlossenen Sender haben wir die Nachricht erhalten, daß für diesen Platz Eigenheime geplant sind und daß der Bauherr morgen abend beginnen will, das Sumpfland umzupflügen."

„Morgen?" sagte ich. „Morgen abend? Ich dachte, wir hätten noch eineinhalb Tage...?"

„Psst!" Dad runzelte die Stirn vor dem Fernseher und schaute auf die Datumsanzeige seiner Armbanduhr. „Nein, es ist morgen abend", sagte er.

„Können wir es schaffen?" fragte ich.

Dad nickte, den Blick immer noch auf den Fernseher gerichtet. „Es wird schwierig werden, aber wir können es schaffen", sagte er. „Wir müssen es schaffen. Oder sie machen den Sumpf kaputt."

Ich blickte Dad an. Ja, wir waren Teil von etwas Wichtigem. Es ging nicht nur um meine Gänse, es ging um alle Gänse. Aber mit meinen fingen wir an. Wenn wir es schafften.

Ich stand auf und ging nach draußen, hinaus durch den Wald bis zur Wiese. Dort blieb ich stehen und schaute in den Nachthimmel. Es war so dunkel hier auf dem Land, der Himmel war fast schwarz, und die Sterne standen so niedrig, daß sie in den Zweigen der Bäume zu hängen schienen. Ich legte den Kopf zurück und schaute in den Himmel, zu den Sternen und zur silbernen Mondsichel. Vom Sumpf her konnte ich das Rufen, Schnattern und Rauschen der Gänse hören.

Kommt morgen zu mir, flüsterte ich ihnen zu. Bitte kommt zu mir. Wenn wir euch erst einmal dorthin gebracht haben, könnt ihr wild und frei sein. Aber erst müßt ihr euren Weg finden.

Ich blieb noch einen Augenblick stehen und schickte meine Gedanken zu ihnen. Dann kehrte ich ins Haus zurück und machte mich zum Schlafen fertig. In dem Zimmer, das Dad und ich uns teilten, brannte noch Licht, aber Dad hatte sich schon auf einem der Betten niedergelassen. Er lag auf dem Rücken und starrte zur Decke.

Ich stieg in das andere Bett und schaute zu ihm rüber. In dem Moment fiel mir wieder ein, wie ich am Morgen in meinem Flieger über ihn nachgedacht hatte, darüber, wie er diese Arbeit machte. Daß er es mir versprochen und er sein Versprechen auch gehalten hatte. Ob er mich..., liebte er mich? Hatte er das alles deshalb gemacht? Und ich, wie stand es mit mir? Liebte ich ihn?

Am Anfang hatte ich ihn gehaßt.

Ich seufzte und zog die Decken hoch.

„Alles in Ordnung?" fragte Dad.

„Ja", antwortete ich.

„Keine Sorge", sagte Dad. „Morgen früh holen wir deine Wildgänse. Sie werden zu uns kommen."

„Ich weiß", sagte ich. Aber ich war mir dessen überhaupt nicht sicher. Und dann, fast ohne Absicht, platzte es aus mir heraus. „Dad, ich möchte etwas von dir wissen."

Er schaute zu mir rüber.

„Was war los mit dir und Mum?" fragte ich.

Dad seufzte. „O Amy", antwortete er. „Das ist wirklich nicht so einfach."

„Versuch's doch", sagte ich. „Ich bin kein kleines Kind mehr."

Es entstand eine Pause, und dann fragte Dad: „Was hat sie dir erzählt?"

„Sie sagte, daß ihr beide Künstler seid. Und daß das schon von Anfang an schwierig war, weil Künstler manchmal so selbstsüchtig sind."

„Das ist wahr", antwortete Dad.

„Und sie hat gesagt, daß sie Heimweh nach Neuseeland gehabt hätte. Und daß sie eine Stadt brauchte, wo sie auftreten konnte."

Dad nickte und schaute zur Decke. „Richtig", sagte er. „Da hatte sie recht."

„Und", fuhr ich fort, „daß du die Farm brauchst, um dort zu arbeiten. Ihr hättet beide schuld gehabt, sagte sie."

„So war das wohl, Amy", erwiderte Dad. Er drehte sich zu mir um. „Aber wir können nicht alles falsch gemacht haben, weil..." Er lächelte zu mir rüber. „Weil wir dich hatten."

Ich holte tief Luft, schaute weg und konnte eine Weile gar nichts sagen. „Aber du bist fast nie gekommen, um mich zu besuchen", meinte ich schließlich.

„Hm, aber Neuseeland ist ziemlich weit weg."

„Das ist eine ganz schön faule Ausrede", sagte ich.

Als Dad nach langem Schweigen antwortete, klang seine Stimme seltsam, irgendwie weit weg, so als ob er statt zu mir nur zu sich selbst sprechen würde. „Ich habe lange gebraucht, Amy", sagte er langsam. „Eine lange Zeit, um mir einzugestehen, daß es ein Fehler war, euch beide gehen zu lassen. Und dann, später... Ich glaube, ich habe mich einfach in meine Arbeit vergraben. Ich war wütend, und ich hatte Angst, Amy. Es machte mir angst, daß ich dich so sehr verletzt hatte."

„Das hast du", antwortete ich. „Weil du nicht gekommen bist."

„Es tut mir leid", sagte Dad. „Es tut mir wirklich, wirklich leid."

Ich schwieg, sah ihn nur an.

„Und ich bin so froh, daß du zurück bist", sagte Dad. „Kannst du mir verzeihen? Können wir vielleicht ... noch einmal von vorne anfangen?"

Ich nickte, dann streckte ich den Arm aus und knipste das Licht aus. „Ich denke schon", sagte ich ins Dunkle hinein. „Aber vielleicht haben wir es ja schon getan."

ACHT

Noch bevor es am nächsten Morgen hell wurde, kamen David, Susan und Barry mit dem Begleitfahrzeug und brachten uns Treibstoff und Proviant. Dann gingen wir alle leise zum Ufer des Teichs.

Als wir dort ankamen, stieg gerade die Sonne über dem Sumpf auf. Igor hatte ich, fest in seine Babytrage eingewickelt, mitgenommen.

„He, Long John!" rief ich leise. „Komm, komm, heja, heja!"

Der Sumpf blieb unbewegt, still, man hörte nur das Rascheln der Gänse und hier und da ein Schnattern. Die Luft war so kalt, daß mir mein Atem als weißer Dampf ins Gesicht zurückschlug.

Aber das war alles, was zurückkam. Nichts von Long John, nichts von den anderen. Ich schaute zu Dad, der an meiner Seite stand und angestrengt in den Sumpf starrte. „Versuch's noch mal", sagte er.

„Hierher, Long John!" rief ich wieder. „Hierher, Frederica, hierher!"

Ich lauschte. Immer noch nichts. Nur Stille und ein leises Geschnatter von den Gänsen.

„Muffy!" rief ich. „Jeremiah? Stinky!"

Es blieb alles still bis auf das leise Rascheln und Schnattern und hier und dort ein Platschen. Eine Menge Wildgänse, alle dicht auf dem Teich zusammengedrängt wie Kinder auf einem Schulhof. Wie Kinder auf einem Schulhof, die nichts von ihrem Lehrer wissen wollten.

Ich schaute zu Igor hinunter und drehte vorsichtig seinen Kopf so, daß er auf den Teich hinaussehen konnte. „Willst du mir nicht helfen?" fragte ich.

Er schnatterte laut.

Und da kamen sie. Sie kamen tatsächlich zu mir! Fünfzehn Gänse lösten sich schwimmend aus dem Pulk der zweihundert anderen. Sie kamen aus verschiedenen Richtungen, so als hätten sie die Nacht mit neuen Freunden verbracht. Aber sie kamen zu mir, alle fünfzehn

Gänse! Meine Wildgänse. Ich schaute zu Dad. „Sieh nur!" flüsterte ich. „Sieh nur! Sie kommen!"

Er lächelte zurück. „Ja, tatsächlich", sagte er. „Aber laßt uns jetzt gehen. Es wird ein langer Tag werden."

„Ein echt langer Tag", ergänzte David. Er sah auf die Uhr. „Ihr habt noch zehn Stunden Zeit. Ihr müßt den ganzen Tag in der Luft bleiben."

Dad nickte. „Wir werden es schaffen."

„Denkt daran, das Gesetz läuft heute um fünf Uhr aus", sagte David.

„Das wissen wir", erwiderte Dad. „Wir sind schon unterwegs."

Wir gingen zu den Gleitern, gefolgt von meinen Gänsen, die laut schnatterten und riefen. Und als wir starteten, starteten sie auch – sie hielten sich dicht an meiner Tragfläche. Wir folgten Dad.

Anfangs war es oben in der Luft ein wenig neblig, so daß man nicht viel sah. Wir waren jetzt nicht weit von Maryland und Virginia, aber noch viele Kilometer von unserem Ziel entfernt. Dad flog voran und übernahm wieder die Führung und die Navigation.

Plötzlich konnte ich hören, wie Dad durch das Mikrofon David am Boden rief. „Gänsemobil!" rief er. „Ich hab da ein Problem mit meinem elektronischen Navigationssystem."

„Was für ein Problem?" fragte David.

„Weiß ich nicht. Es wird schwächer. Ich kann es nicht mehr richtig ablesen."

„Könnten die Batterien sein", sagte David.

„O nein!" stöhnte Dad.

„Dad!" schrie ich auf. „Wie konntest du nur die Batterien vergessen?"

„Egal", sagte Dad. „Ich weiß, wo wir sind. Wir sind irgendwo bei Baltimore."

„Dem Empfang nach zu urteilen, könnte das hinhauen", antwortete David.

Und dann waren wir plötzlich nicht mehr über dem Land. Wir waren in einer Stadt. Ich wußte nicht, ob es Baltimore war, aber direkt vor uns, rechts, sah ich unzählige himmelhohe Bürotürme!

„Daddy?" schrie ich. „Daddy, paß auf!"

„Wir sind richtig!" rief Dad. „Bleib nah bei mir. Wir fliegen durch die Hauptstraße."

Ich folgte Dad, tauchte in den Nebel ein. Wir flogen geradewegs durch die Straße, die Hauptstraße, zwischen den Bürogebäuden hindurch. Dad, die Gänse und ich.

Ich sah Bürohäuser und Fensterputzer hoch oben auf ihren Gerüsten, und alle schauten zu uns her, zeigten auf uns. Dann bog Dad um eine Ecke, ich folgte ihm, meine Gänse hinterdrein – und schon waren wir wieder draußen.

„Hab ich einen Schreck bekommen!" rief ich Dad zu.

„Ja, aber wir haben es geschafft, Mama Gans!" rief Dad zurück. „Von jetzt an kann nichts mehr passieren."

Und so war es, denn allmählich zerriß der Dunstschleier, die Sonne zeigte sich, und plötzlich war es ein wundervoller Morgen – schön vor allem, weil meine Gänse mit mir flogen, sie waren stark und freuten sich auf die Reise. Unter mir sah ich Pferde, die über einen Hügel liefen, und Bäume in flammenden Farben.

Wir flogen weiter und weiter, den ganzen Tag. Es war schon spät, als Dad an David funkte: „Papa Gans an Gänsemobil. Ich schätze, wir kommen etwa eine Stunde vor Sonnenuntergang an."

„Hört sich gut an", sagte David. „Dann bleibt noch genau eine Stunde. Das Gesetz läuft mit Sonnenuntergang aus."

„Wir werden es schaffen", sagte Dad. „Wir haben genug Treibstoff, warum fährst du also nicht los und bereitest schon mal alles für unsere Ankunft vor?"

„Roger, Papa Gans", sagte David. „Bis später dann, Hals- und Beinbruch!"

Dad drehte sich um und winkte mir zu. Er war zu weit weg, so daß ich sein Gesicht nicht sehen konnte, aber ich hatte den Eindruck, daß er fröhlich aussah.

Ich jedenfalls fühlte mich so. Noch eine Stunde. Und dann würden wir landen. Meine Gänse würden frei sein. Und das Land würde wieder ihnen gehören.

Wir flogen weiter, über den Hügel, über die flammenden Bäume. Ich behielt meine Gänse im Auge, aber sie machten ihre Sache prima.

Und da kam plötzlich Dads Stimme über Funk. „Verdammt!" schrie er.

„Was ist los?" fragte ich zurück. „Daddy, was ist los?"

Keine Antwort. Ich sah nach vorne, hielt nach ihm Ausschau. „Mama Gans an Papa Gans. Was ist los? Wo bist du?"

Und dann sah ich es – ihn – seinen Flieger. Ich flog direkt hinter ihm. Er drehte sich um sich selbst, schraubte sich immer tiefer und tiefer, wie ein großer Drache ohne Schwanz.

„Daddy!" schrie ich. Ich machte eine scharfe Kehre, drehte um und folgte seinem trudelnden Flieger. Ich schrie in mein Funkgerät. „Mama Gans an Bodenfahrzeug! Bitte kommen."

Aber es kam keine Antwort. Sie waren schon losgefahren.

Dann war Dad mit seinem Flugzeug unten. Ich sah, wie es in einem Feld landete, aufsetzte und hochsprang. Es lag in einem Kornfeld und war beschädigt, soviel konnte ich sehen.

„Daddy!" schrie ich.

Nichts. Keine Antwort. Ich umkreiste das Feld, bis ich einen Platz zum Landen sah, drehte noch eine Runde und begann dann nach unten zu schweben. Meine Gänse flogen in dichter Formation hinter mir. „Wir gehen runter!" schrie ich. „Runter. Kommt mit."

O lieber Gott, laß ihn unverletzt sein, betete ich, hoffentlich hat er sich nichts getan. Bitte laß ihn nicht...

Ich flog in niedriger Höhe über das Feld und glitt hinab. Jenseits der Bäume konnte ich das Wrack seines Fliegers sehen. *Bitte, lieber Gott.*

Ich sprang aus meinem Gleiter und kämpfte mir einen Weg durch Büsche und Bäume. Zweige verfingen sich in meinen Beinen und schlugen gegen mein Gesicht. „Daddy!" schrie ich. „Daddy!"

Dann sah ich ihn. Er stand aufrecht, lehnte an einem Baum. Aber er stand. Kein Blut. „Daddy!" Ich warf mich in seine Arme. „Bist du in Ordnung?"

Er hielt die Luft an. „Ich habe mich an der Schulter verletzt", sagte er. „Ich glaube, sie ist ausgekugelt."

Ich trat zurück und schaute ihn an. „Tut es weh?" fragte ich. „Kannst du sie bewegen?"

Dad wimmerte. „Sie war schon mal ausgekugelt. Das ist nicht so schlimm. Aber es tut weh."

Plötzlich waren meine Gänse überall, wollten nach Dad sehen, sie stießen und pickten nach ihm.

„Schon gut, Kinder", sagte ich zu ihnen. „Er ist okay." Ich wandte mich wieder Dad zu. „O Daddy!" Ich lehnte mich an ihn. „Was ist passiert?"

„Ich weiß nicht. Mein Seitenruder, glaube ich. Aber ich kann nicht weiterfliegen, Amy."

„Ich weiß", erwiderte ich.

„Du mußt den Rest des Weges mit ihnen allein machen", sagte Dad.

Ich schaute ihn nur an. „Ich?"

„Du", bekräftigte Dad.

„Nein", antwortete ich. „Das kann ich nicht."

„Es sind keine fünfzig Kilometer mehr. Eine Stunde. Das kannst du schaffen."

„Nein!" sagte ich. „Ohne dich finde ich den Weg nicht."

„Doch, das kannst du", sagte Dad.

Ich schüttelte nur den Kopf und spürte, wie mir Tränen in die Augen stiegen. Das konnte ich nicht. Ich konnte doch nicht allein fliegen. Ohne ihn.

„Doch, das kannst du", wiederholte Dad. „Und weißt du auch, warum?" Wieder schüttelte ich den Kopf. „Weil du genau wie deine Mutter bist", sagte er. „Sie war sehr tapfer, weißt du."

Ich konnte nicht antworten, weil mir die Tränen kamen.

Er streckte die Hand aus und berührte mein Gesicht. „Sie ist losgegangen und ihrem Traum gefolgt, Amy. Genau wie du. Das hier ist dein Traum."

„Ich weiß", sagte ich. „Aber ich kann nicht! Ich bin nicht wie sie."

Er lächelte. „Doch, das bist du. Niemand hat ihr geholfen. Sie hat es einfach getan. Und du hast auch diese Kraft, Amy."

Ich schaute auf meine Gänse und zu meinem Gleiter. Das war mein Traum. Aber wie ..., wie konnte ich das allein schaffen? „Ich wünschte, sie wäre jetzt hier!" sagte ich.

„Das ist sie, Amy", erwiderte Dad sanft. „Das ist sie. Sie ist ganz in deiner Nähe. Sie ist in den Gänsen, sie ist im Himmel, sie ist überall um dich herum. Und sie wird dich nicht im Stich lassen."

Ich holte tief Luft und biß mir auf die Lippen. War sie das wirklich? Würde sie das tun? Und durfte ich überhaupt aufgeben – jetzt, wo wir so nahe am Ziel waren?

„Aber was ist mit dir?" fragte ich. „Ich kann dich doch nicht einfach hier zurücklassen. Du bist verletzt! Warum kommst du nicht mit mir mit, im Flieger?"

„Das geht nicht", erwiderte Dad. „Nicht genug Treibstoff."

„Aber ..."

„Geh", sagte Dad. Er deutete auf das Feld hinaus. „Ich will, daß du jetzt in deinen Flieger steigst und mit den Gänsen losfliegst."

Ich zögerte. „Bist du sicher, daß dir auch wirklich nichts fehlt?" fragte ich. „Wie willst du hier wegkommen?"

„Ich werde ein Auto anhalten. Irgend jemand wird mich schon mitnehmen. Los jetzt, Amy! Es bleibt nicht mehr viel Zeit. Mit mir kommt schon alles wieder in Ordnung, ich verspreche es dir. Folge einfach dem Fluß bis New Hope, dreh dann nach Südwesten ab und fliege fünfzehn Kilometer die Küste entlang."

„Wie soll ich mich zurechtfinden?"

„Das wird schon klappen. Du wirst sehen. Es ist ganz einfach."

Und dann drückte ich ihn – aber vorsichtig. Und weg war ich. Auf eigene Faust. Ich folgte meinem Traum. Allein.

Und ich hatte furchtbare Angst dabei.

NIE IN meinem Leben hatte ich solche Angst gehabt. Ich hatte keine Ahnung von Navigation und keine Ahnung davon, wie man allein fliegt. Ich wußte, wo Osten ist – gegenüber der Seite, wo jetzt die Sonne unterging. Und ich würde auch den Fluß finden, weil wir ihm schon die ganze Zeit gefolgt waren. Aber wie weiter? Woran sollte ich erkennen, wenn ich in New Hope angekommen war? Wie sollte ich eine Stadt von einer anderen unterscheiden?

Als ich zu meinem Flugzeug rannte, rief Dad mir noch hinterher, daß ich nach Lastwagen, Fernsehleuten, Menschenansammlungen Ausschau halten sollte. Aber würde ich das alles allein entdecken können? Wie sollte ich es von so hoch oben erkennen?

Ich stieg in meinen Flieger, setzte Schutzbrille und Helm auf, schaute noch einmal zu Dad zurück – winkte ihm zu und startete Richtung Osten. Das war alles, was ich wußte.

Ich stieg hoch, hoch über die Bäume. Hinter mir reihten sich meine Gänse auf, und im Sitz hinter mir saß Igor immer noch fest in seiner Babytrage.

Als ich in der Luft war, sah ich mich nicht mehr nach Dad und seinem zerschellten Flugzeug um. Ich hätte es nicht ausgehalten, oder ich wäre vielleicht umgedreht. Statt dessen blickte ich zu meinen Gänsen, die hinter mir ein langgezogenes, starkes V bildeten.

Anscheinend war ihnen der kurze Aufenthalt gut bekommen, denn sie flogen jetzt kraftvoller, Long John hielt die Führung, dicht an meiner Tragfläche. Ich fragte mich, was sie wohl darüber dachten, daß Dads Flugzeug nun nicht mehr da war, und ob sie es wohl genauso vermißten wie ich. Jedesmal, wenn ich zur Seite schaute, stiegen mir die Tränen in die Augen.

Lange Zeit flog ich den Fluß entlang. Wie lange? Ich schaute auf die Uhr. Zwanzig Minuten, die mir wie zwanzig Stunden vorkamen. Zwanzig Minuten, in denen ich nach Anhaltspunkten suchte – dem Fluß, der Küste, New Hope. Und dann, mit einemmal, sah ich eine Stadt. War das New Hope? Es war die einzige Stadt, die ich bis jetzt gesehen hatte, also mußte sie es sein. Oder?

Ich schaute wieder auf die Uhr. Dreiundzwanzig Minuten waren vergangen, seit ich Dad verlassen hatte. Das mußte New Hope sein.

Aber wohin jetzt? Wo war die Küste? Ich blinzelte in die Weite. Nichts. Kein Zeichen. Wieder schaute ich auf die Uhr. Nur noch eine halbe Stunde bis Sonnenuntergang. Bei Sonnenuntergang würde alles vorbei sein.

Plötzlich sah ich es – zumindest glaubte ich, es zu sehen. Ein

Glitzern, links von mir, wie Sonne über Wasser. Das mußte die Küste sein, oder? Ich kniff die Augen zusammen und steuerte noch weiter nach links. Ja! Wenn ich hier nach links abbog, dann würde die Küste...

Aber nein. Ich flog eine Straße entlang, konnte aber nichts von der Küste sehen. Und ich hatte den Fluß verloren.

Ich umkreiste die Stadt und kam langsam zurück, in einer langgezogenen, weiten Kurve. Es war so frustrierend.

Es wurde dunkler, die Sonne war beinahe schon untergegangen. Es war keine Zeit mehr, in die falsche Richtung zu fliegen, um dann vielleicht zurückzukehren und den anderen Weg einzuschlagen. Ich mußte es sofort finden. Ich flog die Hauptstraße der Stadt entlang, eine lange Hauptstraße, auf der nur ein oder zwei Leute zu sehen waren.

Ich hatte die Orientierung verloren! Ich war so wütend, daß mir Tränen kamen, stumme Tränen. Ich war doch schon so nahe dran, und nun hatte ich mich verflogen!

Dann sah ich plötzlich etwas unter mir – Leute auf der Straße in der Stadt – zwei Frauen. Sie winkten mir zu, als ob sie mich erkannt hätten, sprangen auf und ab, winkten wie verrückt. Sie deuteten in eine Richtung. Eine von ihnen machte große, ausholende Gesten mit dem Arm.

Sie zeigten nach rechts – nicht links, rechts. War es etwa das, was sie mir sagen wollten, daß ich mich rechts halten sollte?

Ich wendete, legte mich nach rechts auf die Seite, schaute nach unten. Sie sprangen auf und ab, klatschten in die Hände. Ja!

Ich winkte ihnen zu und flog dann nach rechts. Nach Osten. Und ja, das war der richtige Weg, denn nach ein paar Minuten war sie da – die Küste des Ozeans lag glitzernd vor mir. Ich brauchte ihr nur noch zu folgen. Ja. Ja!

Ich sank ein wenig in meinen Sitz zurück und spürte, wie mein Atem etwas leichter ging. Wir waren so gut wie angekommen. Ich drehte mich um und schaute nach meinen Gänsen. Sie flogen an meiner Seite, ihre Flügel schlugen stark und fest. „Wir sind gleich da, Kinder!" rief ich ihnen zu. „Ihr seid gleich daheim."

Ich drehte mich wieder um, schaute nach vorne und lächelte. Beinahe zu Hause. Und dann, komisch, hörte ich etwas. Ein Geräusch. Eine Stimme? Ja, eine Stimme. Und ein Lied. Dieses Lied, das in jener Nacht erklang, als Mum starb, dieses Lied, das mir so lange nachgegangen war. Nur dieses Mal klang es nicht so traurig, nur..., nur sehnsuchtsvoll. *"Auf Wiedersehn, mein liebes Kleines"*, hörte ich. *"Auf Wiedersehn für lange Zeit, ich muß nun fort..."*

Ich lächelte und kämpfte zugleich gegen meine Tränen.

"Aber ich komm zurück zu dir..., auch wenn ich zehntausend Meilen gehen muß..."

Hatte Dad recht? War Mum hier? Im Himmel, in der Luft, in den Gänsen?

Das Lied begleitete mich die ganze Zeit über, während wir die Küste entlangflogen und ich Ausschau hielt. Und dann dort! Das mußte es sein! Das war es.

Ich erkannte einen Sumpf und Felder, die im Sonnenuntergang glühten. Und weiter hinten – die Fernsehleute und ihre Kameras. Und den Bulldozer.

Ich schaute auf meine Uhr. Fünf Minuten. Fünf Minuten bis Sonnenuntergang. Und dann...

War das Dad? War das Dad dort unten, der mir mit einem Arm zuwinkte? Wie war er so schnell hierhergekommen? Es mußte ihn sofort jemand mitgenommen haben. Ich schüttelte den Kopf. Er war so verrückt – verrückt und wunderbar und intelligent –, und nun schien er sogar zaubern zu können.

Ich sah mich um. Meine Gänse waren alle da – alle fünfzehn.

Langsam, vorsichtig begann ich mit unserem letzten Landemanöver, sanft verloren wir an Höhe, glitten tiefer. In den Sumpf, in die Felder, nach Hause. Ich setzte mein kleines Flugzeug auf das Feld, ein wenig entfernt von der Menschenmenge.

Zu Hause. Meine Gänse waren zu Hause. Und sie waren jetzt frei. Endlich würden sie in Freiheit leben. "Ihr seid nun zu Hause, Kinder!" rief ich ihnen zu. "Ihr seid zu Hause."

Ich beugte mich zurück und holte Igor aus seiner Babytrage, befreite ihn. Seine Brüder und Schwestern kamen herbei und versammelten sich um uns, schnatterten, flatterten, als ob sie genau wüßten, wo sie waren, als ob sie erkannt hätten, daß sie zu Hause waren.

Und als dann Dad herbeigerannt kam und mir aus dem Flieger half, als Susan und Barry und David mich drückten – da begann ich zu lachen, obwohl ich gleichzeitig auch heulen mußte. Und immer noch hörte ich die Musik.

"Ich komm zurück zu dir..."

"Du hast es geschafft!" sagte Dad.

Ich schaute ihn an. "Ja. Und du hast recht gehabt", erwiderte ich. "Mit Mum."

Er zog die Augenbrauen hoch. Ich sagte nichts mehr, es war nicht nötig. Ich wußte, daß er mich verstanden hatte.

Mum war im Himmel, in der Luft, in den Gänsen. In den beiden Frauen, die mir den Weg gezeigt hatten. In Susan und Barry und David.

Sie war zurückgekommen. Oder vielleicht war sie die ganze Zeit dagewesen.

Ich tastete nach Dads Hand und hielt sie fest. Denn Mum war nicht die einzige, die einem Traum gefolgt war. Auch Dad hatte das getan.

Und er hatte mir gezeigt, wie man das macht.

EPILOG

Im nächsten Frühjahr, als die Blätter an den Bäumen der Farm gerade zu treiben begannen, hörte ich ein Geräusch. Es war Nacht, und obwohl ich schlief, glaubte ich etwas zu bemerken. Zuerst nur ein leises, platschendes Geräusch, so als wenn ein gefiederter Körper ins Wasser taucht, dann noch einer und noch einer.

Ich drehte mich um, runzelte die Stirn. Was war das? Und dann wachte ich richtig auf, denn ich hatte noch andere Geräusche gehört, ein Schnattern und Rauschen. Schnattern!

Ich sprang auf und schlug den Vorhang zur Seite. Ja! Ja!

Erst wollte ich laut rufen, um Dad und Susan aufzuwecken. Aber nein, noch nicht. Nicht gleich.

Ich stellte mich ans Fenster und schaute in die stille, kühle Dämmerung. Lächelnd. Und voller Vertrauen. Sie waren zurückgekehrt.

Genauso, wie wir es uns vorgestellt hatten.

PATRICIA HERMES

Eine verrückte Idee wurde Wirklichkeit

Der Flug eines Menschen mit einem Schwarm Zugvögel ins Winterquartier mag als reine Romanidee abseits der Wirklichkeit erscheinen, und doch handelt es sich hier um tatsächliche Erlebnisse des Kanadiers Bill Lishman. Eines Morgens, als der flugbegeisterte Lishman mit seinem Leichtflugzeug über den Feldern bei seiner Farm kreiste, stieg ein Schwarm Enten zu ihm auf und gesellte sich zu seinem kleinen Flugzeug. „Da war ich plötzlich in diesem riesigen Strom von Enten, und ich flog ein paar Kilometer mit ihnen", erinnert sich Lishman. „Es war solch ein Erlebnis, daß ich Tränen in den Augen hatte, als ich landete; ich mußte einfach versuchen, es zu wiederholen."

Nach mehreren Jahren Vorarbeit, in denen Lishman unter anderem lernte, Gänseküken auf sich zu prägen, ging 1993 sein Traum in Erfüllung, als er und sein Freund Joseph Duff mit zwei Leichtflugzeugen achtzehn Wildgänse nach Virginia geleiteten. Lishmans „Operation Vogelzug" lieferte Bilder von solch atemberaubender Schönheit, daß die Idee nahelag, aus dem Stoff einen Kinofilm zu machen. Die Hollywood-Drehbuchautoren Robert Rodat und Vince McKewin erstellten ein Filmskript mit einer von ihnen ersonnenen Vater-Tochter-Beziehung im Mittelpunkt, und die Jugendbuchautorin Patricia Hermes erweiterte das Drehbuch zu einer anrührenden Erzählung. Schließlich fing die Filmcrew den alten Menschheitstraum vom Fliegen in unvergeßlichen Bildern ein. „Wenn Lishman mit den Gänsen im Licht des Sonnenuntergangs über die Bäume kam", erinnert sich ein Hauptdarsteller, „dann rief die ganze Mannschaft abgebrühter Hollywood-Leute einfach nur noch: ‚*Wow!* Seht euch das an!'"

ROULETTE MIT DEM TEUFEL
Originalausgabe: *The Iron Hotel*
erschienen bei Michael Joseph Ltd., London
© 1996 by Sam Llewellyn
© für die deutsche Ausgabe 1997 by Ullstein Buchverlage GmbH, Berlin

DAS TAL DER TRÄUME
Originalausgabe: *The Outsider*
erschienen bei Simon & Schuster, New York
© 1996 by Penelope Williamson
© für die deutsche Ausgabe by S. Fischer Verlag GmbH, Frankfurt am Main

DAS URTEIL
Originalausgabe: *The Runaway Jury*
erschienen 1996 im Verlag Doubleday (Bantam Doubleday Dell Publishing Group, Inc.), New York
© 1996 by John Grisham
© für die deutsche Ausgabe 1997 by Hoffmann und Campe Verlag, Hamburg,
und Wilhelm Heyne Verlag GmbH & Co. KG, München

AMY UND DIE WILDGÄNSE
Originalausgabe: *Fly Away Home*
© 1996 by Columbia Pictures Industries Inc., New York
© für die deutsche Ausgabe 1997 by Droemersche Verlagsanstalt Th. Knaur Nachf., München

Übersetzer:
Roulette mit dem Teufel: Hedda Pänke
Das Tal der Träume: Manfred Ohl und Hans Sartorius
Das Urteil: Christel Wiemken
Amy und die Wildgänse: Thomas Wollermann, Kollektiv Druck-Reif

Illustrationen und Fotos:
Roulette mit dem Teufel: S. 4 (links), 6/7, 8: Hubertus Mall;
Das Tal der Träume: S. 4 (rechts): Timm Rautert (Visum); S. 184/185, 186: Thomas Zörlein
Das Urteil: S. 5 (links), 340: Benelux Press/Bavaria (Justitia); S. 5 (links), 338/339, 340: Dieter Gebhard (Zigarette); S. 338/339: Alan Schein/Stock Market (Gebäude)
Amy und die Wildgänse: S. 5 (rechts), 498/499, 500: Columbia/Tristar

Die ungekürzten Ausgaben von *Roulette mit dem Teufel*, *Das Urteil*
und *Amy und die Wildgänse* sind im Buchhandel erhältlich.